채만식 장편소설
탁류

책임 편집 · 우찬제

서강대학교 경제학과와 같은 대학원 국문학과 졸업.
현재 서강대학교 국어국문학과 교수로 재직 중.
저서로 『욕망의 시학』 『상처와 상징』 『타자의 목소리: 세기말 시간의식과 타자성의
문학』 『고독한 공생: 밀레니엄 시기 소설 담론』 『텍스트의 수사학』 『프로테우스의 탈주』
『불안의 수사학』 등이 있음.

한국문학전집 42

탁류

채만식 장편소설

초판 1쇄 발행 2014년 1월 22일
초판 13쇄 발행 2024년 3월 11일

지 은 이   채만식
책임 편집   우찬제
펴 낸 이   이광호
펴 낸 곳   ㈜문학과지성사
등록번호   제1993-000098호

주   소   04034 서울 마포구 잔다리로7길 18(서교동 377-20)
전   화   02)338-7224
팩   스   02)323-4180(편집) 02)338-7221(영업)
전자우편   moonji@moonji.com
홈페이지   www.moonji.com

ⓒ ㈜문학과지성사, 2014. Printed in Seoul, Korea

ISBN 978-89-320-2532-2 04810
ISBN 978-89-320-1552-1(세트)

채만식 장편소설
탁류

우찬제 책임 편집

문학과지성사 한국문학전집 42

| 차 례 |

1. 『탁류』는 1937년 10월 12일부터 1938년 5월 17일까지 『조선일보』에 연재되었으며, 단
   행본은 1939년 박문서관에서 출간되었다. 이 책은 박문서관본을 저본(底本)으로 하고
   있으며, 마찬가지 박문서관본을 저본으로 한 1987년 창작사본과 『조선일보』 연재본을
   저본으로 한 1997년 서울대학교 출판사본을 모두 참고하였다.
2. 이 책의 맞춤법은 1988년 1월 19일 문교부 교시 '한글 맞춤법'에 따르는 것을 원칙으
   로 하였다. 단 작품의 분위기에 영향을 준다고 판단되는 방언이나 구어체 표현, 의성
   어, 의태어 등은 그대로 두었다.
   > 예) 멱살을 당시랗게 따잡혀가지고는
   >   돈 내요. 안 내면 깝데기를 벳겨놀 테니……
3. 원본의 한자는 가급적 한글로 바꾸었으며, 작품 이해에 도움이 될 만한 한자는 그대로
   두고 괄호 안에 넣었다. 반복적으로 등장하는 한자어는 최초에만 괄호 안에 한자를 병
   기하고 후에는 한글로만 표기하였다.
4. 대화를 표시하는 「 」 혹은 『 』은 모두 " "로, 대화가 아닌 경우에는 ' '로 바꾸었다. 책
   제목은 『 』로, 노래 제목은 「 」로 표시하였다. 말줄임표 '··' '···' '······'는 모두 '······'
   로 통일하였다. 주변사람의 배경 목소리는 줄표(—)로 표시하였고, 작가가 편집자적
   논평을 붙인 부분은 괄호 (( ))안에 표시하였다.
5. 외래어 표기는 1986년 1월 7일 문교부 교시 '외래어 표기법'에 따라 바꾸었다. 단 작
   품의 분위기에 영향을 준다고 판단되는 경우에는 원본을 그대로 살렸다. 일본어로 발
   음되어 표기된 부분은 원문 그대로 두었다.
6. 과도하게 사용된 생략 부호나 이음 부호는 읽기에 편하도록 조정하였다.
7. 당시에 검열로 삭제된 것으로 짐작되는 부분은 ○, ×, …… 등의 표기를 그대로 두었다.
8. 책임 편집자가 부가적으로 설명이나 단어 풀이가 필요하다고 판단한 경우에는 미주로
   설명을 붙여놓았다.

인간기념물人間記念物

금강(錦江)……

이 강은 지도를 펴놓고 앉아 가만히 들여다보노라면, 물줄기가
중동께서 남북으로 납작하니 째져가지고는——한강(漢江)이나 영
산강(榮山江)도 그렇기는 하지만——그것이 아주 재미있게 벌어
져 있음을 알 수 있다. 한번 비행기라도 타고 강줄기를 따라가면
서 내려다보면 또한 그럼직할 것이다.

저 준험한 소백산맥(小白山脈)이 제주도(濟州島)를 건너보고
뜀을 뜰 듯이, 전라도의 뒷덜미를 급하게 달리다가 우뚝…… 또
한 번 우뚝…… 높이 솟구친 갈재(蘆嶺)와 지리산(智異山) 두 산
의 산협 물을 받아가지고 장수(長水)로 진안(鎭安)으로 무주(茂
朱)로 이렇게 역류하는 게 금강의 남쪽 줄기다. 그놈이 영동(永
同) 근처에서는 다시 추풍령(秋風嶺)과 속리산(俗離山)의 물까지
받으면서 서북(西北)으로 좌향을 돌려 충청좌우도(忠淸左右道)

의 접경을 흘러간다.

그리고 북쪽 줄기는,

좀 단순해서, 차령산맥(車嶺山脈)이 꼬리를 감추려고 하는 경기(京畿) 충청(忠淸)의 접경 진천(鎭川) 근처에서 청주(淸州)를 바라보고 가느다랗게 흘러 내려오다가 조치원(鳥致院)을 지나면 거기서 비로소 오래 두고 서로 찾던 남쪽 줄기와 마주 만난다.

이렇게 어렵사리 서로 만나 한데 합수진[1] 한 줄기 물은 게서부터 고개를 서남으로 돌려 공주(公州)를 끼고 계룡산(鷄龍山)을 바라보면서 우줄거리고[2] 부여(扶餘)로…… 부여를 한 바퀴 휘돌려다가는 급히 남으로 꺾여 단숨에 논메(論山), 강경이(江景)까지 들이닫는다.

여기까지가 백마강(白馬江)이라고, 이를테면 금강의 색동이다. 여자로 치면 흐린 세태에 찌들지 않은 처녀적이라고 하겠다.

백마강은 공주 곰나루(熊津)에서부터 시작하여 백제(百濟) 흥망의 꿈자취를 더듬어 흐른다. 풍월도 좋거니와 물도 맑다.

그러나 그것도 부여 전후가 한창이지, 강경에 다다르면 장꾼들의 흥정하는 소리와 생선 비린내에 고요하던 수면의 꿈은 깨어진다. 물은 탁하다.

예서부터가 옳게 금강이다. 향은 서서남(西西南)으로, 밋밋이 충청·전라 양도의 접경을 골타고 흐른다.

이로부터서 물은 조수(潮水)까지 섭쓸려[3] 더욱 흐리나 그득하니 벅차고, 강 넓이가 훨씬 퍼진 게 제법 양양하다.[4]

이름난 강경벌은 이 물로 해서 아무 때고 갈증을 잊고 촉촉하다.

낙동강이니 한강이니 하는 다른 강들처럼 해마다 무서운 물난리를 휘몰아 때리지 않아서 좋다. 하기야 가끔 홍수가 나기도 하지만.

이렇게 에두르고 휘돌아 멀리 흘러온 물이, 마침내 황해(黃海) 바다에다가 깨어진 꿈이고 무엇이고 탁류째 얼러 좌르르 쏟아져 버리면서 강은 다하고, 강이 다하는 남쪽 언덕으로 대처(大處: 市街地) 하나가 올라앉았다.

이것이 군산(群山)이라는 항구요, 이야기는 예서부터 실마리가 풀린다.

그러나 항구라서 하룻밤 맺은 정을 떼치고 간다는 마도로스의 정담이나, 정든 사람을 태우고 멀리 떠나는 배 꽁무니에 물결만 남은 바다를 바라보면서 갈매기로 더불어 운다는 여인네의 그런 슬퍼도 달코롬한 이야기는 못 된다.

벗어부치고 농사면 농사, 노동이면 노동을 해먹고 사는 사람들과 마찬가지로, '오늘'이 아득하기는 일반이로되, 그러나 그런 사람들과도 또 달라 '명일(明日)'이 없는 사람들…… 이런 사람들은 어디고 수두룩해서 이곳에도 많이 있다.

정주사(丁主事)도 갈데없이 그런 사람이다.

정주사는 시방 미두장[米豆場: 미곡취인소(米穀取引所), 기미시장(期米市場)]⁵ 앞 큰길 한복판에서, 다 같은 '하바꾼[절(節)치기꾼]'⁶이로되 나이 배젊은⁷ 애송이한테, 멱살을 당시랗게⁸ 따잡혀⁹가지고는 죽을 봉욕¹⁰을 당하는 참이다.

시간은 오후 두 시 반, 후장(後場)의 대판시세이절(大阪時勢二節)[11]이 들어오고 나서요, 절기는 바로 오월 초생.

싸움은 퍽 단출하다. 안면 있는 사람들이 없는 바는 아니지만, 누구 하나 나서서 말리지도 않는다.

지나가던 상점의 심부름꾼 아이 하나가 자전거를 반만 내려서 오도카니 바라보고 서 있는 것이 그림의 첨경(添景) 같아 더욱 호젓하다.

휘둘리는 정주사의 머리에서, 필경 낡은 맥고모자[12]가 건뜻 떨어져 마침 부는 바람에 길바닥을 데구루루 굴러간다. 미두장 정문 앞 사람 무더기 속에서 웃음소리가 와아 하고 터져 나온다.

미두장은 군산의 심장이요, 전주통(全州通)이니 본정통(本町通)이니 해안통(海岸通)이니 하는 폭넓은 길들은 대동맥이다. 이 대동맥 군데군데는 심장 가까이, 여러 은행들이 서로 호응하듯 옹위하고 있고, 심장 바로 전후좌우에는 중매점(仲買店)들이 전화줄로 거미줄을 쳐놓고 앉아 있다.

정주사는 자리하고도 이런 자리에서 봉변을 당하는 참이다.

그러나 미두장 앞에서 일어난 싸움이란 빤히 속을 알조[13]다. 그런 싸움은 하루에도 으레 한두 패씩은 얼러붙는다.

소위 '총을 놓았다'[14]는 것인데, 밑천 없이 안면만 여겨 돈을 걸지 않고 '하바'를 하다가 지고서 돈을 못 내게 되면, 그래 내라거니 없다거니 하느라고 시비가 되어, 툭탁 치고받고 한다. 촌이라면 앞뒷집 수탉끼리 암컷 샘에 후두둑후두둑하는 닭싸움만큼이나 예삿일이다.

해서 아무리 이런 큰길바닥에서 의관깨나 한 사람들끼리 멱살을 움켜잡고 얼러붙은 싸움이라도 그리 할 일이 없어서 심심한 사람이 아니면 별반 구경하는 사람도 없다.

　다 알고 지내는 같은 '하바꾼'들은 싸움을 뜯어말리기커녕, 중매점 처마 밑으로 미두장 정문 앞으로, 넌지시 비켜서서, 흰머리가 희끗희끗 장근[15] 오십의 중늙은이 정주사가 자식뻘밖에 안 되는 애송이한테 그런 해거[16]를 당하는 것을 되레 고소하다고 빈정거리기만 한다.

　─밑천도 없어가지고 구성없이[17] 덤벼들어, 남 골탕 멕이기 일쑤더니, 그저 잘꾸사니[18]야!

　─정주산지 고무래주산지 인제는 제발 시장 근처에 오지 말래요.

　─저 영감님 저러다가는 생죽엄하겠어!

　─어쩔라구들 저래!

　─두어두게. 제 일들 제가 알아서 할 테지. 때[19]에 가면 둘 다 콩밥인걸.

　정주사는, 멱살을 잡은 애송이의 팔목에 가 대롱대롱 매달려 발돋움을 친다. 목을 졸려서 얼굴빛은 검푸르게 죽고, 숨이 막혀 캑캑 기침을 배알는다.

　낡은 맥고모자는 아까 벌써 길바닥에 굴러 떨어졌고, 당목 홑두루마기[20]는 안팎 옷고름이 뜯어져서 잡아낚는 대로 주정뱅이처럼 펄럭거린다.

　"여보게 이 사람, 여보게!"

　"보긴 무얼 보라구 그래? 보아야 그 상판이 그 상판이지 별것 있나?······ 잔말 말구 돈이나 내요."

"글쎄 여보게, 이건 너무 창피하지 않은가! 이걸 놓고 조용조용 이야기를 하세그려, 응? 이건 놓게."

"흥! 놓아주면 뺑소니를 칠 양으루? 어림없어······ 돈 내요. 안 내면 깝대기를 벳겨놀 테니······"

"글쎄 이 사람아! 이런다구 없는 돈이 어디서 솟아나나?"

"요런 얌체 빠진 작자 같으니라구! 왜, 그럼 돈두 없으면서 덤볐어? 덤비기를······ 그랬다가 요행 바루 맞으면 올개미 없는 개장수²¹를 할 양으루?······ 그리구 고 꼴에 허욕은 담뿍 나서, 머? 오십 전이야 차마 하겠나? 일 원은 해야지?······ 고런 어디서······ 아이구! 그저 요걸 그것······"

애송이는 뺨을 한 대 갈길 듯이, 멱살 잡지 않은 바른편 팔을 번쩍 쳐들어 넓죽한 손바닥을 들이대면서 얼러 멘다. 정주사는 그것을 피하려고 고개를 오므라뜨리면서 엉겁결에 손을 내민다.

그 꼴이 하도 궁상스럽대서 하하하 웃음소리가 사방에서 터져 나온다.

그때 마침 ××은행 군산지점(群山支店)의 당좌계(當座係)에 있는 고태수(高泰洙)가, 잠깐 다니러 나왔는지 맨머리로 귀 위에 철필대를 꽂고 슬리퍼를 끌고, 미두장 앞을 지나다가 싸움 열린 것을 보더니 멈칫 발길을 멈춘다. 그러자 또, 미두장 안에서는 중매점 '마루강(丸江)'의 '바다지(場立)'²²로 있는 곱사²³ 장형보(張亨甫)가 끼웃이 밖을 내다보다가, 태수가 온 것을 보고 메기같이 째진 입으로 히죽히죽 웃는다.

"자네 장래 장인 방금 죽네, 방금 죽어, 어여 쫓아가서 말리게. 괜히 소복 입구 장가들게 되리!…… 어여 가서 뜯어말리라니깐 그래!"

모여 섰던 사람들은, 태수를 아는 사람이고 모르는 사람이고, 모두 돌려다보면서 빙긋빙긋 웃는다.

태수는 형보더러 눈을 흘기면서도 함께 웃는다. 그는 형보 말대로 싸움을 말려주고는 싶어도 형보가 방정맞게 여럿이 듣는 데서 그런 말을 씨월거려²⁴ 놔서 차마 열적어²⁵ 선뜻 내닫지 못하는 눈치다. 그러나 그것도 잠깐이요, 형보한테 빙긋 한 번 더 웃어 보이고는 싸움 열린 길 가운데로 슬리퍼를 직직 끌고 건너간다.

"이건 무얼 이래요!…… 점잖찮게스리. 이거 노시오."

태수는 정주사의 멱살을 잡은 애송이의 팔목을, 말하는 말조보다는 우악스럽게 훑으려 쥔다.

정주사는 점직해서,²⁶ 안 돌아가는 고개를 억지로 돌리고, 애송이는 좀 머쓱하기는 하면서도 멱살은 놓지 않는다.

"아니, 이런 경우가 어디 있어요?…… 나이깨나 좋이 먹어가지구는……"

"노라면 놔요!"

버럭 소리를 지르면서 태수는 쥐었던 애송이의 팔목을 잡아낚는다.

"……잘잘못은 누게 있던지, 그래 댁은 부모도 없수? 젊은 친구가 나이 자신 분한테 이런 행패를 하게."

몰아대면서 거듭 떠보는 태수의 눈살은 졸연찮게²⁷ 팽팽하다.

애송이는 할 수 없이 멱살을 놓고 물러선다.

"그렇지만 경우가 그렇잖거던요!"

"경우가 무슨 빌어먹을 경우람? 누구는 그 속 모르는 줄 아우? 하바하다가 총 났다구 그러지?…… 여보, 그렇게 경우가 밝구 하거던 아예 경찰서루 가서 받아 달래구려!"

"허어 참!"

애송이는 더 성구지[28] 못하고 돌아서서 미두장 정문께로 가면서, 혼자 무어라고 두런두런 두런거린다.

정주사는 검다 희단 말이 없이 모자를 집어 들고 건너편의 중매점 앞으로 간다. 중매점 문 앞에 두엇이나 모여 섰던 하바꾼들은, 정주사의 기색이 하도 암담한 것을 보고, 입때[29]까지 조롱하던 낯꽃을 얼핏 고쳐 갖는다.

"담배 있거들랑 한 개 주게!"

정주사는 누구한테라 없이 손을 내밀면서 한데를 바라보고 우두커니 한숨을 내쉰다.

여느 때 같으면,

"담배 맬겼수?"

하고 조롱을 하지, 단박에는 안 줄 것이지만, 그중 하나가 아무 말도 없이 마코[30] 한 개를 꺼내준다.

정주사는 담배를 받아 붙여 물고 연기째 길게 한숨을 내뿜으면서 넋을 놓고 먼 하늘을 바라본다.

광대뼈가 툭 불거지고, 홀쭉 빠진 볼은 배가 불러도 시장만 해 보인다. 기름기 없는 얼굴에는 오월의 맑은 날에도 그늘이 진다.

분명찮은 눈을 노상 두고 깜작거리는[31] 것은 괜한 버릇이요, 그것이 마침감[32]으로 꼴이 더 궁상스럽다.

못생긴 노랑 수염이 몇 낱 안 되게 시늉만 자랐다. 그거나마 정주사는 잊지 않고 자주 쓰다듬는다.

정주사가 낙명이 되어 한숨만 거듭 쉬고 서서 있는 것이 그래도 보기에 딱했던지 마코를 선심 쓰던 하바꾼이 부드러운 말로 위로를 하는 것이다.

"어서 댁으루 가시오. 다아 이런 데 발을 딜여놓자면 그런 창피 저런 창피 보기도 예사지요. 옷고름이랑 저렇게 뜯어져서 못쓰겠소. 어서 댁으루 가시오."

정주사는 대답은 안 하나 비로소 정신이 들어, 모양 창피하게 된 두루마기 꼴을 내려다본다. 옆으로 위로하던 하바꾼이 한 번 더 선심을 내어 중매점 안으로 들어가더니 핀을 얻어가지고 나와서, 두루마기 고름 뜯어진 것을 제 손으로 찍어매준다.[33]

미두장 정문 옆으로 비켜서서 형보와 무슨 이야기를 하느라고 고개를 맞대고 있던 태수가, 정주사가 서 있는 앞을 지나면서 일부러 외면을 해준다. 정주사도 외면을 한다.

태수가 저만치 멀리 갔을 때 정주사는 비로소

"으흠."

가래 끓는 목 가다듬을 한 번 하더니 ××은행이 있는 데께로 천천히 걸어간다. 다섯 자가 될락말락한 키에 가슴을 딱 버티고 한 팔만 뒷짐을 지고, 그리고 짝 바라진 여덟팔자걸음으로 아장아장 걸어가는 맵시란 누구더러 보라고 해도 시장스런[34] 꼴이다.

푸른 지붕을 이고 섰는 ××은행 앞까지 가면 거기서 길은 네거리가 된다. 이 네거리에서 정주사는 바른편으로 꺾이어 동녕고개 쪽으로 해서 자기 집 '둔뱀이'로 가야 할 것이지만, 그러지를 않고 왼편으로 돌아 선창께로 가고 있다.

뒤에서 보고 있던 하바꾼이, 빈정거리는 말인지 걱정하는 말인지 혼자말로, 저 영감 자살하구 싶은가 봐? 그러길래 집으루 안 가고 선창으루 나가지, 하고 웃으면서 돌아선다.

앞뒷동이 뚝 잘려서[35] 도무지 어떻게 할 도리가 없는 게 정주사네다. 그러나마 식구가 자그마치 여섯.

스물한 살 먹은 맏딸 초봉(初鳳)이를 우두머리로, 열일곱 살 먹은 작은딸 계봉(桂鳳)이, 그 아래로 큰아들 형주(炯柱) 이 애가 열네 살이요, 훨씬 떨어져서 여섯 살 먹은 병주(炳柱), 이렇게 사남매에, 정주사 자기네 내외 해서 옹근[36] 여섯 식구다.

이 여섯 식구가, 아이들까지도, 입은 자랄 대로 다 자라, 누구 할 것 없이 한 그릇 밥을 내놓지 않는다.

그러니, 한 달에 쌀 오 통[37] 한 가마로는 모자라고 소불하[38] 엿 말은 들어야 한다.

또, 나무도 사 때야 하지, 아무리 가난하기로 등짐장수처럼 길가에서 솥단지밥을 해 먹는 바 아니니 소금만 해서 먹을 수는 없고, 하다못해 콩나물 일 전 어치나, 새우젓 꽁댕이[39]라도 사 먹어야지, 옷감도 더러는 끊어야지, 집세도 치러야지.

그런 데다가 정주사의 부인 유씨(兪氏)라는 이가 자녀들에 대한 승벽이 유난스러,[40] 머리를 싸매 가면서 공부를 시키는 판이다.

그래서 맏딸 초봉이는 보통학교를 마친 뒤에 사립으로 된 삼년제의 S여학교를 다녀 작년 봄에 졸업을 했고, 계봉이는 그 S여학교 삼학년에 다니는 중이고, 형주가 명년 봄이면 보통학교를 마치는데, 저는 인제 서울로 올라가서 어느 상급학교엘 다니겠노라고 지금부터 조르고 있고 한데, 그러고도 유씨는 막내동이 병주를 지난 사월에 유치원에 들여보내지 못한 게 못내 원통해서, 요새로도 생각만 나면 남편한테 그것을 뇌사리곤[41] 한다.

이러한 적지 않은 세간살이건만, 정주사는 명색 가장이랍시고 벌어들인다는 것이 가용의 십분지 일도 대지를 못한다.

일찍이 정주사는, 겨우 굶지나 않는 부모의 덕에, 선비네 집안의 가도대로, 하늘천 따지의 천자를 비롯하여 사서니 삼경이니를 다 읽었다. 그러고 나서 세태가 바뀌니 '신학문'도 해야 한다고 보통학교도 졸업은 했다.

정주사의 선친은 이만큼 '남부끄럽지 않게' 아들을 공부시켰다. 그러나 조업[42]은 짙은[43] 것이 없었다. 그것도 있기만 있었다면야 달리 찢길 데가 없으니 고스란히 정주사에게로 물려 내려왔겠지만 별로 우난[44] 것이 없었다.

지금으로부터 열두 해 전, 정주사가 강 건너 서천(舒川) 땅에서 이곳 군산으로 이사를 해 올 때, 그의 선대의 유산이라고는 선산(先山) 한 필에, 논 사천 평과 집 한 채 그것뿐이었다. 그때에 정주사는 그것을 선산까지, 일광지지[45]만 남기고, 모조리 팔아서 빚을 뚜드려 갚고 나니, 겨우 이곳 군산으로 와서 팔백 원짜리 집 한 채를 장만할 밑천과 돈이나 한 이삼백 원 수중에 떨어진 것뿐이었었다.

정주사의 선친은 그래도 생전 시에 생각하기를, 아들을 그만큼이나 흡족하게 '신구 학문'을 겸해 가르쳤으니 선비의 집 자손으로 어디 내놓아도 낯 깎일 일이 없으리라고 안심을 했고, 돌아갈 때에도 편안히 눈을 감았다.

미상불 이십사오 년 전, 일한합방 바로 그 뒤만 해도 한 문장이나 읽었으면, 사 년짜리 보통학교만 마치고도 '군서기(郡雇員)' 노릇은 넉넉히 해먹을 때다.

그래서 정주사도 그렇게 했었다. 스물세 살에 그곳 군청에 들어가서 서른다섯까지 옹근 열세 해를 군서기를 다녔다. 그러나 열세 해 만에 도태를 당하던 그날까지 별수 없는 고원이었었다.

아무리 연조가 오래서 사무에 능해도, 이력 없는 한낱 고원이 본관이 되고, 무슨 계(係)의 주임이 되고, 마지막 서무주임을 거쳐 군수가 되고, 이렇게 승차[46]를 하기는 용이찮은 노릇이다. 더구나 정주사쯤의 주변[47]으로는 거의 절대로 가망 없을 일이다.

정주사는, 청춘을 그렇게 늙힌 덕에 노후(老朽)라는 반갑잖은 이름으로 도태를 당하고 말았다. 그리고 보니 처진 것은, 누구 없이 월급쟁이에게는 두억시니[48]같이 붙어 다니는 빚(負債)뿐이었었다.

그 통에, 정주사는 화도 나고 해서 생화도 구할 겸, 얼마 안 되는 전장[49]을 팔아 빚을 가리고, 이 군산으로 떠나왔던 것이요, 그것이 꼭 열두 해 전의 일이다.

군산으로 건너와서는, 은행을 시초로 미두중매점이며 회사 같은 데를 칠 년 동안 두고 서너 군데나 드나들었다. 그러다가 마침내 정말 노후물의 처접을 타고[50] 영영 월급 세민층에서나마 굴러떨어지고 만 것이 지금으로부터 다섯 해 전이다.

그런 뒤로는 미두꾼으로, 미두꾼에서 다시 하바꾼으로—

오월의 하늘은 티끌도 없다.

오후 한나절이 겨웠건만 햇볕은 늙지 않을 듯이 유장하다.

훤하게 터진 강심[51]에서는 싫지 않게 바람이 불어온다. 오월의 바람이라도 강바람이 되어서 훈훈하기보다 선선하다.

날이 한가한 것과는 딴판으로, 선창은 분주하다.

크고 작은 목선들이 저마다 높고 낮은 돛대를 웅긋중긋 떠받고 물이 안 보이게 선창가로 빽빽이 들이밀렸다.

칠산바다[52]에서 잡아가지고 들어온 젓조기가 한창이다. 은빛인 듯 싱싱하게 번쩍이는 준치도 푼다.

배마다 셈 세는 소리가 아니면, 닻 감는 소리로 사공들이 아우성을 친다. 지게 진 짐꾼들과 광주리를 인 아낙네들이 장속같이 분주하다.

강안(江岸)으로 뻗친 찻길에서는 꽁지 빠진 참새같이 방정맞게 생긴 기관차가 경망스럽게 달려 다니면서, 빽빽 성급한 소리를 지른다. 그럴라치면 멀찍이 강심에서는 커다랗게 드러누운 기선이, 가끔가다가 우웅하고 내숭스럽게 대답을 한다.

준설선[53]이 저보다도 큰 크레인을 무겁게 들먹거리면서 시커먼 개흙을 파 올린다.

마도로스의 정취는 없어도 항구는 분주하다.

정주사는 이런 번잡도 잊은 듯이 강가로 다가서서 초라한 수염을 바람에 날리고 있다.

강심으로 똑딱선이 통통거리면서 떠온다. 강 건너로 아물거리는 고향을 바라보고 섰던 정주사는 눈이 똑딱선[54]을 따른다.

그는 열두 해 전 용댕이(龍塘)[55]에서 가권을 거느리고 저렇게 똑딱선으로 건너오던 일이 우연히 생각났다. 곰곰이 생각은 잦아지다가, 그래도 그때는 지금보다는 나았느니라 하면, 옛날이 그리워진다. 이윽고 기름기 없는 눈시울로 눈물이 괸다.

정주사가 미두의 속을 알기는, 중매점의 사무를 보아주던 때부터지만 그것에 손을 대기는 훨씬 뒤엣일이다.

그가 처음 군산으로 올 때만 해도, 집은 내 것이겠다, 아이들이라야 셋이라지만 모두 어리고, 또 그런대로 월급도 받거니와 집을 사고 남은 돈이 이삼백 원이나 수중에 있어, 그다지 군졸하게[56] 지내지는 않았었다.

그러던 것이, 한 해 두 해 지나노라니까, 아이들은 자라고 학비까지 해서 용[57]은 더 드는데, 직업을 바꿀 때마다 월급은 줄고, 그러는 동안에 오늘이 어제보다 못한 줄은 모르겠어도, 금년이 작년만 못하고, 작년이 재작년만 못한 것은 완구히[58] 눈에 띄어, 살림은 차차 꿀려 들어가기 시작했다. 하다가 마침내 푸달진[59] 월급자리나마 영영 떨어지고 나니, 손에 기름은 말랐는데 식구는 우그르하고, 칠팔 년 월급장사로 다시금 빚밖에 남은 것이 없었다.

정주사는 두루두루 생각했으나 별수가 없고, 그때는 벌써 은행에 저당 들어간 집을 팔아 은행빚을 추린 후에, 나머지 한 삼백 원이나를 손에 쥐었다. 이때부터 정주사는 미두를 하기 시작했었다.

미두를 시작하고 보니, 바로 맞는 때도 있고 빗맞는 때도 있으나, 바로 맞아 이문을 보는 돈은 먹고 사느라고 없어지고 빗맞을 때에는 살 돈이 떨어져 나가곤 하기 때문에 차차로 밑천이 졸아들었다.

그래서, 제주말(濟州馬)이 제 갈기를 뜯어먹는다는 푼수로, 이태 동안에 정주사의 본전 삼백 원은 스실사실[60] 다 받아버리고[61] 말았다. 그러나 삼백 원 밑천을 가지고 이태 동안이나 갉아먹고 살아온 것은 헤펐다느니보다도, 오히려 정주사의 담보 작고 큰돈 탐내지 못하는 규모 덕이라 할 것이었었겠다.

밑천이 없어진 뒤로는 전날 미두장에서 사귄 친구라든지, 혹은 고향에서 미두를 하러 온 친구가 소위 미두장 인심이라는 것으로, 쌀이나 한 백 석, 오십 원 증금(證金)[62]으로 붙여주면, 그놈을 가지고 약삭빨리 요리조리 돌려놓아 가면서 한 달이고 두 달이고 매일 돈 일 원씩, 이삼 원씩 따먹다가 급기야는 밑천을 떼고 물러서고, 이렇게 하기를 한 일 년이나 그렁저렁[63] 지내왔다.

그러다가 다시, 오늘 이날까지 꼬박 이태 동안은, 그것도 사람이 궁기[64]가 드니까 그렇겠지만 어느 누구 인사엣말로라도 쌀 한 번 붙여주마고 하는 친구 없고, 해서 마치 무능한 고관 퇴물이 ××원으로 몰려가듯이, 밑천 없는 정주사는, 그들의 숙명적 코스대로 하릴없이 하바꾼으로 굴러 떨어져, 미두장이의 하염없는 여운(餘韻)을 읊고 지내는 판이다.

그러나 많고 적고 간에 그것도 노름인데, 그러니 하는 족족 먹으란 법은 없다. 가령 부인 유씨의 바느질삯 들어온 것을 한 일원이고 옭아내든지, 미두장에서 어릿어릿하다가 안면 있는 친구한테 개평으로 일이 원이고 떼든지 하면, 좀이 쑤셔서도 하바를 하기는 하는데, 그놈이 운수가 좋아도 세 번에 한 번쯤은 빗맞아서 액색한[65] 그 밑천을 홀랑 불어먹고라야[66] 만다. 노름이라는 것은 잃는 것이 밑천이요. 그러므로 잃을 줄 알면서도 하는 것이 미두꾼의 담보란다.

하바를 할 밑천이 없으면 혹은 개평이라도 뜯어 밑천을 할까 하고, 미두장엘 간다. 그렇지 않더라도 먹고 싶은 담배나 아편의 인에 몰리듯이 미두장에를 가보기라도 않고서는 궁금해 못 배긴다.

정주사도 어제 오늘은 달랑 돈 십 전이 없으면서 그래도 요행수를 바라고 아침부터 부옇게 달려 나와 비잉빙 돌고 있었다.

그러나 수가 있을 턱이 없고, 그럭저럭 장은 파하게 되어오고, 초조한 끝에,

"에라 살판이다"

고, 전에 하던 버릇을 다시 내어, 그야말로 올가미 없는 개장수를 한번 하쟀던 것이 계란에도 뼈가 있더라고 고놈 꼭 생하게만 된 후장이절[67]의 대판시세[68]가, 엣다 보아란 듯이 달칵 떨어져서, 필경은 그 흉악한 봉욕을 다 보게까지 되었던 것이다.

정주사는 마침 만조가 되어 축제[69] 밑에서 늠실거리는 강물을 내려다본다.

그는, 죽지만 않을 테라면 시방 그대로 두루마기를 둘러쓰고 풍

22

덩 물로 뛰어들어, 자살이라도 해보고 싶은 마음이다.

젊은 녀석한테 대로상에서 멱살을 따잡혀, 들을 소리 못 들을 소리 다 듣고 망신을 한 것이야 물론 창피다. 그러나 그러한 창피까지 보게 된 이 지경이니 장차 어떻게 해야 살아가느냐 하는 것이, 창피고 체면이고 다 접어놓고, 앞을 서는 걱정이다.

"어린 자식들을 데리고 어떻게 살아가나?"

이것은 아무리 되씹어도 별 뾰족한 수가 없고, 죽어 없어져서, 만사를 보지 않고 듣지 않고 생각지 않고 하는 도리뿐이다.

미상불 그래서 정주사는 막막한 때면

"죽고 싶다."

"죽어버리자."

이렇게 벼른다. 그러나 막상 죽자고 들면 죽을 수가 없고, 다만 죽자고 든 것만이 마치 염불이나 기도처럼 위안과 단념을 시켜준다. 이러한 묘리를 체득한 정주사는 그래서 이제는 죽고 싶어 하는 것이 하나의 행티[70]가 되어버렸던 것이다.

정주사는 흥분했던 것이 사그라지니 그제야 내가 왜 청승맞게 강변에 나와서 이러고 섰을꼬 하는 싱거운 생각에, 슬며시 발길을 돌이킨다. 그러나 언제 갈 데라야 좋으나 궂으나 집뿐인데, 집안일을 생각하면 다시 걸음이 내키지를 않는다.

어제저녁에 싸라기 한 되로 콩나물죽을 쑤어 먹고는 오늘 아침은 판판 굶었다. 시방 집으로 간댔자, 처자들의 시장한 얼굴들이 그래도 행여 하고 가장이요 부친인 자기를 기다리고 있을 판이다. 다만 십칠 전짜리 현미 싸라기 한 되라도 사 가지고 갔으면, 들어가는 사람이나 기다리는 식구들이나 기운이 나련만 그것조차 마련할 도리가 없다.

정주사는 ××은행 모퉁이까지 나와 미두장께를 무심코 돌려다 보다가 얼른 외면을 하면서

"내가 네깐 놈의 데를 다시는 발걸음인들 허나 보아라!"

누가 굳이 오라고를 할세 말이지, 그러나 이렇게 혼자서라도 옹심[71]을 먹어두어야 조금은 속이 후련해진다.

그것은 이번이 처음이 아니다.

그저 가끔 밑천 없이 하바를 하다가 도화를 부르고[72]는 젊은 사람들한테 여지없이 핀잔을 먹고, 그런 끝에 그 잘난 수염도 잡아 끄들리고 그 밖에도 별별 창피가 비일비재다.

그래서 작년 가을에는, 내가 이럴 일이 아니라 차라리 벗어부치고 노동을 해먹는 게 옳겠다고, 크게 용단을 내어 선창으로 나와서 짐을 져본 일이 있었다.

그러나 체면이라는 것 때문에 일껏 용기를 내어가지고 덤벼든 막벌이 노동도 반나절을 못하고 작파해버렸다. 힘이 당해낼 수가 없었던 것이다. 그는 반나절 동안 배에서 선창으로 퍼올리는 짐을 지다가 거진 죽어가지고 집으로 돌아가서는 그 길로 탈이 난 것이, 십여 일이나 갱신 못 하고 앓았다. 집안에서들은 여느 그저 몸살이거니 하고 걱정은 했어도, 그날 그러한 기막힌 내평[73]이 있었다는 것은 종시 알지 못했다.

그런 뒤로부터 막벌이 노동을 해먹을 생심은 다시는 내지도 못

했다. 못 하고 그저 창피하나따나, 벌이야 있으나 없으나, 종시 미두장의 방통이꾼[74]으로 지냈고, 양식을 구하지 못하는 날은 처자식들을 데리고 앉아 굶고, 이렇게 사는 참이다.

입만 가졌지 손발이 없는 사람······ 이것이 정주사다.

진도라고 하는 섬에서 나는 개(珍島犬)하며, 금강산의 만물상이며, 삼청동 숲 속에서 울고 노는 새들이며, 이런 산수고 생물이고 간에 천연으로 묘하게 생긴 것이면 '천연기념물(天然紀念物)'이라고 한다.

그럴 바이면 입만 가졌지 수족이 없는 사람, 정주사도 기념물 속에 들기는 드는데, 그러나 사람은 사람이니까 '천연기념물'은 못 되고 그러면 '인간기념물'이겠다.

정주사는 내키지 않는 걸음을 천천히 걸어 전주통(全州通)이라고 부르는 동녕고개를 지나 경찰서 앞 네거리에 이르렀다. 거기서 그는 잠깐 망설인다. 탑삭부리[75] 한참봉(韓參奉)네 집 싸전가게[76]를 피하자면, 좀 돌더라도 신흥동(新興洞)으로 둘러 가야 한다.

그러나 묵은 쌀값을 졸릴까 봐서 길을 피해 가고 싶던 그는 도리어, 약차하면 졸릴 셈을 하고라도 눈치를 보아 외상쌀이나 더 달래볼까 하는 억지가 나던 것이다.

정주사는 요새 정거장으로부터 시작하여 새로 난 소화통이라는 큰길을 동쪽으로 한참 내려가다가 바른손 편으로 꺾이어 개복동(開福洞) 복판으로 들어섰다.

예서부터가 조선 사람들이 모여 사는 곳이다.

지금은 개복동과 연접된 구복동(九福洞)을 한데 버무려가지고, 산상정(山上町)이니 개운정(開運町)이니 하는 하이칼라 이름을 지었지만, 예나 시방이나 동네의 모양다리는 그냥 그 대중이고 조금도 개운(開運)은 되질 않았다. 그저 복판에 포도장치(鋪道粧置)도 안 한 십오 간짜리 토막길이 있고, 길 좌우로 연달아 평지가 있는 둥 마는 둥 하다가 그대로 사뭇 언덕비탈이다.

　그러나 언덕비탈의 언덕은 눈으로는 보이지를 않는다. 급하게 경사진 언덕비탈에 게딱지 같은 초가집이며 낡은 생철집[77] 오막살이들이, 손바닥만 한 빈틈도 남기지 않고 콩나물 길 듯 다닥다닥 주어 박혀, 언덕이거니 짐작이나 할 뿐인 것이다. 그 집들이 콩나물 길 듯 주어 박힌 동네 모양새에서 생긴 이름인지, 이 개복동서 그 너머 둔뱀이(屯栗里)로 넘어가는 고개를 콩나물고개라고 하는데, 실없이 제격에 맞는 이름이다.

　개복동, 구복동, 둔뱀이, 그리고 이편으로 뚝 떨어져 정거장 뒤에 있는 '스래(京浦里)', 이러한 몇 곳이 군산의 인구 칠만 명 가운데 육만도 넘는 조선 사람들의 거의 대부분이 어깨를 비비면서 옴닥옴닥[78] 모여 사는 곳이다. 면적으로 치면 군산부의 몇십분지 일도 못 되는 땅이다.

　그뿐 아니라 정리된 시구(市區)라든지, 근대식 건물로든지, 사회시설이나 위생시설로든지, 제법 문화도시의 모습을 차리고 있는 본정통이나 전주통이나 공원 밑 일대나, 또 넌지시 월명산(月明山) 아래로 자리를 잡고 있는 주택지대나, 이런 데다가 빗대면 개복동이니 둔뱀이니 하는 곳은 한 세기나 뒤떨어져 보인다. 한

세기라니. 인제 한 세기가 지난 뒤라도 이 사람들이 제법 고만큼
이나 문화다운 살림을 하게 되리라 싶질 않다.

  개복동 복판으로 들어서서 콩나물고개까지 거진 당도한 정주사
는 길 옆 왼편으로 있는 탑삭부리 한참봉네 싸전가게를 넘싯 들
여다본다. 실상은 눈치를 보자는 생각뿐이요, 정작 쌀 외상을 더
달라고 하리라는 다부진 배짱은 못 먹었기 때문에, 사리기부터
하던 것이다.

  "정주사 안녕하시우?"

  탑삭부리 한참봉은 마침 쌀을 사러 온 아이한테 봉지쌀 한 납대
기[7]를 되어 주느라고 꾸부리고 있다가 힐끔 돌아다보고 인사를
한다는 것이 탑삭부리 수염에 푹 파묻힌 입에서 말이 한 개씩 한
개씩 따로따로 떨어져 나온다.

  "네에, 재미 좋시우? 한참봉······"

  정주사는 기왕 눈에 뜨인 길이라 가게 안으로 들어선다.

  정주사는 이 싸전과 주인을 볼 때마다 샘이 나고 심정이 상한다.

  정주사가 처음 군산으로 와서 '큰샘거리(大井洞)'서 살 때에 탑
삭부리네는 바로 건너편에다가 쌀, 보리, 잡곡 같은 것을 동냥해
온 것처럼 조금씩 벌여놓고, 오도카니 앉아 낱되질[80]을 하고 있었
다. 거래는 그때부터 생겼다.

  그런데 그러던 것이, 소리도 없이 바스락바스락 일어나더니, 작
년 봄에는 지금 이 자리에다가 가게와 살림집을 안팎으로 덩시렇
게 지어놓고, 겸해서 전화까지 때르릉때르릉 매어놓고, 아주 한
다하는 대상이 되었던 것이다. 제 말로도 한 일이만 원 잡았다고

하니까, 내숭꾸러기라 삼사만 원 좋이 잡았으리라고 정주사는 생각한다.

털보 한서방 혹은 탑삭부리 한서방이 '한참봉'으로 승차한 것도 돈을 그렇게 잡은 덕에 부지중 남이 올려 앉혀준 첩지 없는 참봉이다.

이렇게 겨우 십여 년간에 남은 팔자를 고치리만큼 잘되었는데 자기의 몰락된 것을 생각하면 나도 차라리 그때부터 천여 원의 그 밑천으로 장사나 했더라면 하는 후회가 들어, 그래 샘이 나고 심정이 상하던 것이다.

정주사는 나도 장사를 했다면 꼭 수를 잡았으리라고 믿지, 어려서부터 상고판[81]으로 돌아다닌 사람과, 걸상을 타고 앉아 붓대만 놀리던 '서방님'이 판이 다르다는 것은 생각하려고도 않는다.

"시장에서 나오시는군?…… 그래 오늘은……"

탑삭부리 한참봉은 방금 되어 준 쌀값 받은 돈을 가게 방문턱 안에 있는 나무궤짝 구멍으로 딸그랑 집어넣고, 손바닥을 탁탁 털면서 돌아선다. 이 사람은 돈은 모았어도 손금고 한 개 사는 법 없고, 처음 장사 시작할 때에 쓰던 나무궤짝을 손때가 새까맣게 오른 채 그대로 쓰고 있다. 그놈을 가지고 돈을 모았대서 복궤라고 되레 자랑을 한다.

"……오늘은 재수가 좋아서, 우리집 묵은 셈이나 좀 해주게 되셨수?"

"재순지 무언지, 말두 마시우!…… 거 원 기가 맥혀!"

정주사는 눈을 연신 깜짝깜짝하면서 아까 당한 일을 무심코 탄식한다.

"왜?…… 또 빗맞었어?"

"전 백 환이나 날린걸!"

정주사는 속으로 아뿔싸! 하고 슬끔 이렇게 둘러댄다. 그는 지금도 늘 몇백 석씩 쌀을 붙여두고 미두를 하는 듯이 탑삭부리 한참봉을 속여온다. 그래야만 다 체면이 차려진다는 것이다.

"허어! 그렇게 육장[82] 손만 보아서 됐수!"

한참봉은 탑삭부리 수염 속에 가 내숭이 들어서 정주사의 형편이며 속을 빤히 알면서도 짐짓 속아주는 것이다.

알고서 말로만 속는 담에야 해될 것이 없는 줄을 그는 잘 아는 사람이다.

그럴 뿐 아니라 정주사와는 십 년 넘겨서의 거래에, 작년 치 쌀 한 가마니 값과 또 금년 음력 정월에 준 쌀 두 말 값이 밀렸다고 그것을 양박스럽게[83] 조를 수는 없는 처지다. 그래서 실상인즉 잘 렸느니라고 속으로 기역자를 그어논[84] 판이요, 다만 장사하는 사람의 투로, 지날결에 말이나 한 번씩 비쳐보는 것이다. 그렇게 하면 묵은 것은 받지 못하더라도, 다시는 더 외상을 달래지 못하는 이익이 있대서……

"거 참!…… 그놈이 바루 맞기만 했으면 나두 셈평[85]을 펴구, 한참봉 묵은 셈조[86]두 닦어드리구 했을 텐데……"

정주사는 입맛을 다시고, 눈을 깜짝거리다가 다시

"……가만 계시우. 오래잖어서 다아 치뤄주리다…… 설마 잊기야 하겠수? 아무 염려 마시구……"

정주사는 언제고 외상값 이야기면 첫마디가 떨어지기가 무섭게 지레 겁이 나서 미리 방패막이를 하느라고 애를 쓴다. 그는 값을 돈이 없어 미안하다거나 걱정이라기보다도 졸리기가 괜히 무색해서 못 견디는 사람이다.

"……원, 요새 같을래서는 도무지 세상이 귀찮어서…… 그놈 글쎄 번번이 시세가 빗맞어가지굴랑 낭패를 보구하니!…… 그러잖어두 자식들은 많구 살림은 옹색한데……"

"허! 정주사는 그래두 걱정 없지요! 자손이 번족하겠다, 무슨 걱정이겠수?"

"말두 마시우. 가난한 사람이 자식만 많으면 소용 있나요? 차라리 없는 게 맘이나 편치."

"그런 말씀 마슈. 나는 돈냥 있는 것두 다아 싫으니, 자식이나 한 개 두었으면 좋겠습디다."

"아니야, 거 애여 자식 많이 둘 게 아닙디다."

"사람이 자손 재미두 없이 무슨 맛으로 산단 말씀이오?"

"건 속 모르는 말씀……"

"거 참 모르는 말씀을 하시는군!…… 정주사두 지끔 자녀가 하나두 없어 보시우?"

"허허…… 한참봉두 가난은 한데 쓸데없이 자식만 우쿠르르해 보시우?…… 자식두 멕여 살려야 말이지……"

둘이는 제각기 제게는 옳은 말이다. 그러나 제각기 저편이 하는 말은 속 답답한 소리다.

탑삭부리 한참봉은 나이 사십이 넘어 오십 줄에 앉았으되, 자녀

간 혈육이 없다. 그는 그래서, 돈 아까운 줄도 모르고 이삼 년 이 짝은 첩을 얻어 치가를 하고 자주 갈아세우고 해보아도 나이 점점 늙기만 하지 이내 눈먼 딸자식 하나 낳지 못했다.

"어디, 오래간만에 한 수 배워 보실려우?"

마침 심부름 나갔던 사환아이가 돌아오는 것을 보고, 우두커니 넋을 놓고 섰던 탑삭부리 한참봉이 시름을 싹 씻은 듯 정주사더러 장기를 청한다.

"참 한참봉, 그새 수나 좀 늘었수?"

정주사는 그러잖아도, 장기나 두던 끝에 어물쩍하고 쌀 외상을 달래볼까 싶어, 먼저 청하려던 차라 선뜻 응을 한다.

"정주사 장기야 하두 시언찮어서, 원."

"죽은 차(車) 물러달라구 떼나 쓰지 마시우."

둘이는 이렇게 서로 장담을 하면서 앞서거니 뒤서거니 가겟방으로 들어간다.

그러자 안채로 난 널문이 열리면서 안주인 김씨(金氏)가, 곱게 단장을 한 얼굴을 들이민다.

"아이! 정주사 오셨군요!"

김씨는 눈이 먼저 웃으면서, 야불야불[87]하니 예쁘장스럽게 생긴 온 얼굴에 웃음을 흩뜨린다.

정주사도 웃는 낯으로 인사를 하면서 곱게 다듬은 모시 진솔[88]로 위아래를 날아갈 듯이 차리고 나선 김씨를 올려본다. 김씨는 남편보다도 나이 훨씬 처져 서른 살이 갓 넘었다. 그런 데다가 얼굴 바탕이며 몸매가 이쁘장스럽고 맵시도 있거니와, 애기를 낳지

않아서 그런지 나이보다도 훨씬 앳되어 고작 스물사오 세밖에는
안 되어 보인다. 몸치장도 거기에 맞게 잘한다.

그래서 겉늙고 탑삭부리진 남편과 대해놓고 보면 며느리나 소
실 푼수밖에 안 된다.

"애기 어머니두 안녕허시구?…… 그리구 참……"

김씨는 깜빡, 긴한 생각이 나서 가겟방 앞으로 다가 들어온다.

"……댁에 큰애기가, 아이유 어쩌믄 그새 그렇게 아담스럽구
이뻐졌어요! 내 정주사를 뵈믄 추앙을 좀, 그리챦두 흡씬 해드
릴려던 참이랍니다!"

"거 무얼, 그저……"

정주사는 좋기는 하면서도 어색해서 어물어물하고, 김씨는 들
입다 흔감을,

"글쎄, 허기야 그 애기가 저어, 초봉이던가? 응 그래 초봉이
야…… 어렸을 때두 이쁘기는 했지만, 어느 결에 그렇게 곱게 피
구 그랬어요? 나는 요전번에 이 앞으루 지내믄서 인사를 하는데,
첨엔 깜박 몰라보았군요! 거저 다두욱다둑해주구 싶게 이쁘더라
니깐요…… 내가 아들이 있다믄 글쎄 억지루 뺏어다가라두 며누
리를 삼겠어! 호호호."

명랑하게 째불거리고 웃고 하는 데 섭쓸려 탑삭부리 한참봉도
정주사도 따라 웃는다.

"그러니 진작 아이를 하나 났으면 좋았지?"

탑삭부리 한참봉이 웃으면서 일변 장기를 골라 놓으면서 농담
삼아 아내를 구슬리던 것이다.

"진작 아니라, 시집오던 날루 났어두 고작 열댓 살밖에 안 되겠수…… 저어 초봉이가 올해 몇 살이지요? 스무 살? 그렇지요?"

"스물한 살이랍니다!…… 거 키만 엄부렁하니[89] 컸지, 원 미거해서[90]……"

정주사는 대답을 하면서 탑삭부리 한참봉의 곰방대에다가 방바닥에 놓인 쌈지에서 담배를 재어 붙여 문다.

"아이! 나는 꼭 샘이 나서 죽겠어! 다른 집 사남매 오남매보다 더 욕심이 나요!"

"정주사 조심허슈. 저 여편네가 저리다가는 댁의 딸애기 훔쳐 오겠수, 호호호호……"

"허허허……"

"훔쳐 올 수만 있대믄야 훔쳐라두 오겠어요…… 정말이지."

"저엉 그러시다면야 못 본 체할 테니 훔쳐 오십시오그려, 허허허."

"호호, 그렇지만 그건 다아 농담의 말씀이구, 내가 어디 좋은 신랑을 하나 골라서 중매를 서드려야겠어요."

"제발 좀 그래 주십시오. 집안이 형세는 달리는데 점점 나이는 들어가구…… 그래 우리 마누라허구 앉으면 그리잖어두 그런 걱정을 한답니다."

"아이 그러시다뿐이겠어요!…… 과년한 규수를 둔 댁에서야 내남없이[91] 다아 그렇지요. 그럼 내가, 이건 지낼말루가 아니라, 그 애기한테 꼬옥 가합한 신랑을 하나 골라디리께요."

"저 여편네 큰일났군……"

장기를 딱 딱 골라 놓고 앉았던 탑삭부리 한참봉이 한마디 거드
는 소리다.

"……중매 잘못 서면 뺨이 세 대야!"

"그 대신 잘 서믄 술이 석 잔이라우."

"그런가? 그럼 술이 생기거들랑 날 주구, 뺨은 이녁[92]이 맞구 그
릴까?"

"술두 뺨두 다 당신이 차지허시우. 나는 덮어놓구 중매만 잘 설
터니…… 글쎄 이 일은 다른 중매허구는 달라요. 내가 규수를 좋
게 보구 반해서, 호호, 정말 반했다우. 그래서, 자청해설랑 중매
를 서는 거니깐, 그렇잖아요? 정주사."

"허허, 그거야 원 어찌 되어서 서는 중매던 간에, 가합한 자리
나 하나 골라주시오."

"자아, 그 이야기는 그만했으면 됐으니 인제는 어서 장기나 둡
시다. 두시오, 먼점."

탑삭부리 한참봉이 장기가 급해서 재촉이다.

"저이는 장기라면 사죽을 못 써요!…… 나 잠깐 나갔다 와요.
정주사, 천천히 노시다 가시구, 그건 그렇게 알구 계서요?"

"네에, 믿구 기대리지요."

"거 참, 나갈 길이거던 장으루 둘러서 도미라두 한 마리 사다가
찜을 하던지 해서, 고서방 먹게 해주구려?…… 요새 찬이 좀 어
설픈 모양이더군그래?"

탑삭부리 한서방은 벌써 정신은 장기판으로 가서 있고 입만 놀
린다. 고서방이란 이 집에 하숙을 하고 있는 ××은행의 태수 말

이다.

　정주사는 도미찜 소리에 침이 꼴깍 넘어가고 시장기가 새로 드는 것 같았다.

생활 제일과生活 第一課

    정거장에서 들어오자면 영정(榮町)으로 갈려 드는 세거리 바른
편 귀퉁이에 있는 제중당(濟衆堂)이라는 양약국이다.

    차려놓은 품새야 대처면 아무 데고 흔히 있는 평범한 양약국이
요, 규모도 그다지 크지는 못하다. 그러나 제중당이라는 간판은,
주인이요 약제사요 촌사람의 웬만한 병론(病論)¹이면 척척 의사
질까지 해내는, 박제호(朴濟浩)의 그 말대가리같이 기다란 얼굴
과, 삼십부터 대머리가 훌러덩 벗겨져서 가뜩이나 긴 얼굴을 겁
나게 더 길어 보이게 하는 대머리와, 데데데데하기는 해도 입담
이 좋은 구변과, 그 데데거리는 말끝마다 빠트리지 않는 군가락²
'제기할 것!' 소리와, 팥을 가지고 앉아서라도 콩이라고 남을 삶
아 넘기는 떡심³과…… 이러한 것들로 더불어 십 년 이짝 이 군산
바닥에는 사람의 얼굴로 치면 마치 큼직한 점이 박혔다든가, 햄
끔한 애꾸눈이라든가처럼 특수하게 인상이 박히고 선전이 되고

한, 만만찮은 가게다.

가게에는 지금 제호의 기다란 얼굴은 보이지 않고, 초봉이가 혼자 테이블을 타고 앉아서 낡은 부인잡지를 들여다보고 있다.

초봉이는 시방 집안일이 마음에 걸려 진득이 있을 수가 없다. 종시 돈이 변통되지 못하면 어쩌하나 싶어 초조하던 것이다. 그래서 그는 잊고 앉아 절로 시간이 가게 하느라고 잡지의 소설 한 대문을 읽는 시늉은 하나 마음대로 정신이 쏠려지지는 않았다.

기둥에 걸린 둥근 괘종이 네 시를 친다. 벌써 네 신가 싶어 고개를 쳐들면서 가볍게 한숨을 내쉬는데, 마침 협수룩하게 생긴 촌사람 하나가 철 이른 대팻밥모자[4]를 벗으면서 끼웃이 들어선다.

"어서 오십시오."

초봉이는 사뿐 일어서서 진열장 뒤로 다가 나온다. 가게 사람이 손님을 맞이하는 여느 인사지만 말소리가 하도 사근사근하면서도 뒤끝이 자지러질 듯 무령하게[5] 사그러지는 그의 말소리가, 약 사러 들어선 촌사람의 주의를 끌어 더욱 어릿거리게 한다.

초봉이의 그처럼 끝이 힘없이 스러지는 연삽한[6] 말소리와 그리고 귀가 너무 작은 것을, 그의 부친 정주사는 그것이 단명(短命)할 상이라고 늘 혀를 차곤 한다.

말소리가 그럴 뿐 아니라 얼굴 생김새도 복성스러운 구석이 없고 청초하기만 한 것이 어디라 없이 불안스럽다.

티끌 없이 해맑은 바탕에 오뚝 날이 선 코가 우선 눈에 뜨인다. 갸름한 하장[7]이 아래로 좁아 내려가다가 급하다 할 만치 빨랐다.

눈은 둥근 눈이지만 눈초리가 째지다가 남은 것이 있어 길어 보이고, 거기에 무엇인지 비밀이 잠긴 것 같다.

윤곽과 바탕이 이러니 자연 선도 가늘어서 들국화답게 초초하다. 그래서 보는 사람으로 하여금 웬일인지 위태위태하여 부지중 안타까운 마음이 나게 하던 것이다.

이와 같이 말하자면 청승스런 얼굴이나 그런 흠을 많이 가려주는 것이 그의 입과 턱이다.

조그맣게 그려진 입이, 오긋하니 동근 주걱턱과 아울러 그저 볼 때도 볼 때지만 무심코 해죽이 웃을 적이면 아담스런 교태가 아낌없이 드러난다.

그는 의복이야 노상 협수룩한 검정 치마에 흰 저고리를 받쳐 입고 다니지만, 나이가 그럴 나이라 굵지 않은 몸집이 얼굴과 한가지로 알맞게 살이 오르고 피어나, 미상불 화장품 장사까지 겸하는 양약국에는 마침 좋은 간판감이다.

올 이월, 초봉이가 이 가게에 나와 있으면서부터 보통 약도 약이려니와 젊은 서방님네가 사지 않아도 괜찮은 것이면서 항용 살 수 있는 화장품이며, 인단,[8] 카올,[9] 이런 것은 전보다 삼 곱 사 곱이나 더 팔렸다.

주인 제호는 그러한 제 이문이 있기 때문에 초봉이를 소중하게 다루기도 하려니와 또 고향이 같은 서천이요, 교분까지 있는 친구 정영배—정주사의 자녀라는 체면으로라도 함부로 할 수는 없는 처지다.

그러나, 그런 관계나 저런 타산 말고라도 이쁘게 생긴 초봉이를 제호는 이뻐한다.

일곱 살 먹은 어린아이가 다리를 삐었다고, 마치 병원에 온 것처럼이나 병론을 하는 촌사람한테, 이십 전짜리 옥도정기[10] 한 병을 팔고 나니 가게는 다시 빈다. 늘 두고 보아도 장날이 아니면, 바로 세 시 요맘때면 언제든지 손님의 발이 뜬다.

초봉이는 도로 테이블 앞으로 가서 잡지장을 뒤지기도 내키지 않고 해서, 뒤 약장에 등을 기대고 우두커니 바깥을 내다본다.

그는 혹시 모친이 올까 하고 아침에 가게에 나오던 길로 기다렸고, 지금도 기다린다. 아침을 못 해 먹었으니, 그새라도 혹시 양식이 생겨서 밥을 해 먹었으면, 알뜰한 모친이라 점심을 내오는 체하고 벤또에다가 밥을 담아다 주었을 것이다. 그러나 이제껏 소식이 없는 것을 보면, 그대로 굶고 있기가 십상이다.

초봉이 제 한 입이야 시장한 깐으로 하면, 그래서 먹자고 들면, 가게에 전화도 있고 하니 매식집에서 무엇이든지 청해다가 먹을 수는 있다. 그러나 그는 집안이 죄다 굶고 앉았는데, 저 혼자만 음식을 사 먹을 생각은 염에도 나지를 않았다. 모친이 밥을 내오기를 기다리는 것도, 집에서 밥을 먹었기를 바라는 생각이다.

시름없이 섰는 동안에, 추렷한[11] 부친의 몰골, 바느질로 허리가 굽은 모친, 배가 고파서 비실비실하는 동생들의 애처로운 꼴, 이런 것들이 자꾸만 눈앞에 얼찐거리면서 저절로 눈가가 따가워진다.

아까 옥도정기 한 병을 팔고 받은 십 전박이 두 푼이 손에 쥐어진 채 잘랑잘랑한다.

늘 집에서 밥을 굶을 때, 가게에 나와서 물건 판 돈이라도 돈을 손에 쥐어보면 생각이 나듯이, 이 돈 이십 전이나마도 집에 보내

줄 수 있는 내 것이라면 오죽이나 좋을까 싶어, 곰곰이 손바닥이 내려다보여진다.

그는 지금 만일 계봉이든지 형주든지 동생이 배가 고파하는 얼굴로 시름없이 가게를 찾아온다면, 앞뒤 생각할 겨를이 없이 손에 쥔 이십 전을 선뜻 주어 보냈을 것이다. 그런 생각이 나던 참이라 무심코 동생들이 혹시 가게 앞으로 지나가지나 않나 하고, 오고 가는 아이들을 유심히 본다.

물론 그렇게 할 수 있다면, 아예 집으로 보내주기라도 할 도리를 생각하겠지만, 그러나 소심한 초봉이로 거기까지는 남의 것을 제 마음대로 손을 댈 기운이 나지 않았다.

길 건너편 샛골목에서 행화가 나오더니 해죽이 웃고 가게로 들어선다.

"혼자 계시능구마?…… 쥔나리는 어데 갔능기요?"

"어서 오세요. 벌써 아침나절에 나가시더니, 여태……"

초봉이도, 손님이라기보다 동무처럼 마음을 놓고, 웃는 낯으로 반겨 맞는다.

본시야 초봉이가 기생을 안다거나 사귄다거나 할 일이 있었을까마는, 가게에서 일을 보자니까 자연 그러한 여자들도 손님으로 접촉을 하게 되고, 그러는 동안에 그가 단골손님이면 낯을 익히게 된다.

행화는, 처음 가게에 나오던 때부터 정해놓고 며칠만큼씩 가루우유를 사 가고 가끔 화장품도 사 가고 전화도 빌려 쓰고 했는데, 그럴 때면 주인 제호가, 행화 행화 하면서 이야기도 하고 농담도 하고 하는 바람에 초봉이도 자연 그의 이름까지 알게 된 것이다.

초봉이는 몇몇 단골로 다니는 기생 가운데, 이 행화를 제일 좋아한다. 그것은 행화가 얼굴이 도렴직하니[12] 코언저리로 기미가 살풋 앉은 것까지도 귀인성[13]이 있고, 말소리가 영남 사투리로 구수한 것도 마음에 들지만, 다른 기생들처럼 생김새나 하는 짓이 나가 빤질거리지 않고 숫두룸한[14] 게 실없이 좋았다.

행화도 초봉이의 아담스러운 자태며, 말소리 그것이 바로 맘씨인 것같이 사근사근한 말소리에 마음이 끌려, 볼일을 보려 가게에 나오든지 또 가게 앞으로 지날 때라도 위정[15] 들러서 잠시잠시 한담 같은 것을 하기를 즐겨한다.

"우유는 누가 먹길래 늘 이렇게 사 가세요?"

초봉이는 행화가 달라는 대로 가루우유를 한 통 요새 새로 온 놈으로 골라주면서, 궁금하던 것이라 마침 생각이 난 길에 지날 말같이 물어본다.

"예? 누구 멕이는가고?"

행화는 우유통을 받아 도로 초봉이한테 쳐들어 보이면서 장난 꾼같이 웃는다.

"……우리 아들 멕이제!…… 우리 아들, 하하하하."

"아들? 아들이 있어요?"

초봉이는 기생이 아들이 있다는 것이 어쩐지 이상했으나, 되물어놓고 생각하니, 기생이니까 되레 일찍이 아이를 둔 것이겠지야고 싶어, 이번에는 고개를 끄덕거린다.

"와? 기생이 아들 있다니 이상해서? 하하하. 기생이길래 아들

딸 낳기 더 좋지요? 써방이가 수두룩한걸, 하하하."

초봉이는 말이 그만큼 노골적으로 나가니까, 얼굴이 붉어는 지면서도 같이 따라서 웃는다.

"아갸! 어짜문 저 입하구 턱하구가 저리두 이쁘노! 다른 데도 이쁘지만…… 예? 올게(올에) 몇 살이지요?"

"스물한 살."

"아이고오! 나는 열아홉이나, 내 동갑으루 봤더니……"

"몇인데요? 스물?"

"예."

"네에! 그런데 아들을 났어?"

"하하하…… 내 쇡였소. 우리 아들이 아니라, 내 동생이라요."

"동생?…… 어쩌믄!"

초봉이는 탄복을 한다. 기생이면 호화롭기나 하고 천한 것으로만 알던 초봉이는 기생에게서 그런 인정을 볼 수 있는 것이 놀라웠다. 그는 행화가 다시 한 번 치어다보였다.

치어다보면서 곰곰이 생각하니, 인정이야 일반일 것이니 그렇다 하겠지만, 천한 기생이라면서 어린 몸으로 그만큼 집안을 꾸려나간다는 것이 초봉이 자신에 비해서 사람이 장한 성싶었다.

마침 제약실에서 안으로 난 문이 열리더니, 제호의 아낙 윤희(允姬)가 나오는 것을 보고 행화는 눈을 째긋하면서 씽하니 나가 버린다.

"아직 안 오셨어?"

윤희는 가시같이 앙상한 얼굴을 기다란 모가지로 연신 기웃거

리면서,

"……어디 가서 무얼 허구 여태 안 오는 거야! 사람 속상해 죽겠네!…… 자동차에 치여 죽었나? 또 기집년의 집에 가 자빠졌나?"

아무래도 한바탕 짓거리가 나고라야 말 징조다.

십 년 전 제호는 어느 제약회사에 취직을 하고 있었고, 윤희는 ××여자전문학교에 다닐 때에, 이미 처자가 있고 나이 열한 살이나 맏인 제호와 윤희는 연애가 어울려서, 제호는 본처를 이혼하고 윤희는 개업할 자금을 내놓고, 두 사람은 결혼을 했었다. 그러나 달콤하던 것은 그 돈을 밑천 삼아 이 군산으로 내려와서 제중당을 시작하던 그 당시 이삼 년이었지, 시방은 윤희한테는 가시 같은 히스테리가 남았을 뿐이요, 제호는 아낙이 죽기나 했으면 제발덕분 시원할 지경이다.

그러한 판에 초봉이가 여점원 겸 사무원으로 와서 있는 담부터는 윤희의 신경은 더욱 날카로와지고, 범사에 초봉의 일을 가지고 남편을 달달 볶아댄다.

초봉이도 그러한 눈치를 잘 안다. 그래서 그는 털털하고도 시원스러운 제호한테는 턱 미더움이 생겨, 장차 몇해고 약제사의 시험을 칠 수 있는 정도에 이르는 날까지 붙어 있을 생각이었었고, 또 그리 할 결심이었지만, 요새 와서는 윤희로 해서 늘 불안이 생기고, 이러다가는 장래가 길지 못할 것 같아 낙심이 되기도 했다.

"그래 어디 갔는지두 몰른단 말이야?"

윤희는 제 속을 못 삭여 색색하고 섰다가 초봉이더러 볼썽사납게 소리를 지르던 것이다.

"모르겠어요. 어디 가시면 가신다구 말씀을 하셔야지요?"

초봉이는 괜한 일에 화풀이를 받기가 억울하나, 그렇다고 마주 성글 수도 없는 노릇이라, 다소곳하고 대답이다.

마침 그러자 전화가 때르르하고 운다. 윤희는 괜히 질겁을 해서 놀랐다가

"집엣전화거든 날 주어"

하면서 전화통을 떼어 드는 초봉이에게로 다가선다.

"네에, 제중당입니다."

초봉이는 들은 체도 않고 전화를 받는다.

"……"

"네?…… 네, ××은행에 계신……"

"……"

"고 태 수 씨요? 네에 네."

"××은행 고태수 아시지요?"

저편에서는 상냥하게 되물어준다.

"네에 압니다."

초봉이는 ××은행에서 고태수라는 사람이 늘 약이며 화장품 같은 것을 전화로 주문해 가기 때문에 그, 사람이나 얼굴은 몰라도 ××은행에 다니는 고태수라는 성명은 알 수가 있었다.

그러나 저편의 태수는 전화로 주문해 가기도 하지만, 대개는 제가 가게에 와서 사간 적이 많았기 때문에, 그것만 여겨 '실물'인 고태수를 아느냐고 물은 것이요, 안다니까 역시 그 '실물'인 고태

수를 안다는 말로 알아듣게 되었던 것이다.

"그러시면 헤리오도로푸[16]를 쓰시지요? 그저어 향수 좋은 것 있어요?"

저편에서는 '있어요?'라고까지 말이 더 친숙해진다.

"네에, 향수요? 여러 가지 있습니다. 어떤 것을 찾으시는지……"

"그저 좋은 것이면 아무거라두 좋습니다. 오리지나루[17] 같은 거……"

"네에! 오리지날이요? 있습니다. 그렇지만 그건 썩 좋지는 못한데요…… 보통 많이들 쓰시기는 하지만……"

"네에! 아아, 그런가요? 그러면……"

저편에서는 이렇게 당황해하다가 다시……

"그럼 오리지나루가 아니라, 무어 좋은 걸루 한 가지 골라주시지요."

"것두 썩 고급품은 아니지만 그래두……"

"네네…… 그럼 그, 그 헤 헤리…… 그 향수 한 병만 지금 곧 좀 보내주시까요?"

"네에 보내디리겠습니다. ××은행 고태수 씨라구 그러셨지요?"

이것을 다시 묻는 것은 저편에서 적지 않게 실망할 소리나, 그래서 네, 하는 저편의 대답이 대번 떫떫해졌지만 초봉이야 그런 기색을 알 턱이 없는 것이고……

"그런데, 참……"

초봉이가 깜박 생각이 나서 전화통으로 파고든다.

"……지금 배달하는 아이가 마침 나가구 없어서 시방 곧은 못 보내드리겠는데요? 좀 더디어두 괜찮을까요?"

"아, 그리세요? 그러면, 저어……"

잠시 침음[18]하다가 이어……

"……그러면 내가 오래 기대릴 수는 없으니까, 이렇게 해주시지요? 내 하숙집으루 좀 보내주세요? 아이를 시켜서 보내면, 내가 없더래두 받아두구서, 대금두 치러줄 겝니다."

"그럼 그렇게 하세요. 댁이 어디신가요?"

"바루 저 개복동서 둔뱀이루 넘어가자면, 고개까지 채 못 가서 있는, 한참봉네 싸전집입니다. 찾기 쉽습니다."

"네에 네, 거기시면 잘 압니다. 그러면 글러루 보내드리겠습니다."

초봉이는 전화를 끊고 돌아서면서, 그 사람이 그 사람이구면 하는 짐작이 들어 고개를 끄덕거린다. 집에서 누구한테서든가, 탑삭부리 한참봉네 집에, 어느 은행에 다니는 사람이 하숙을 하고 있다는 말을 귓결에 들은 적이 있었던 것이다.

초봉이는 아직도 그대로 지켜 섰는 윤희한테 또 시달림을 받기가 싫어서 분주한 체, 헤리오드로푸 한 병 있는 것을 진열장에서 꺼내다가 싸개지로 싸고, 다시 전표를 쓰고 막 그러고 나니까, 또 전화가 온다.

윤희는 이번에도 제호의 전화거든 저를 달라고 따라온다.

초봉이는 대답을 하는 둥 마는 둥 수화기를 떼어 들면서,

"네에, 제중당입니다."

"……"

초봉이는 저쪽에서 오는 소리를 듣자, 눈과 입가로 미소가 떠오르면서 금시로 귀밑이 빨개진다.

"초봉이어요."

초봉이는 매달리듯 전화통으로 다가들면서 무심결에 뒤를 돌려다본다. 그것을 눈여겨보고 있던 윤희가 새파랗게 눈에서 쌍심지가 뻗쳐 나오면서,

"비껴나 이것!"

소리 무섭게 초봉이를 떠다박지르더니 수화기를 채어다가 귀에 대고는,

"아니, 이건 어떻게 하는 셈이요? 응?"

여부없이 다짜고짜로 전화통에다가 터지라고 악을 쓰는 것이다.

"네에?"

저편에서는 얼띤 목소리가 분명찮게 들려온다.

"네에라께 다 무엇이 말라죽은 거야? 왜 남은 기다리다가 애가 말라죽게 하구서, 전방에 있는 계집애만 데리구 전화질만 하구 있는 게야? 이놈의 전방에다가 불을 싸놓는 꼴을 보구래야 말 테야? 응? 이, 천하에 행사가 개차반 같은 위인 같으니라구……"

더 잇대어 해 퍼부을 것이지만 숨이 차서 잠깐 말이 끊긴다. 그 사이를 타서 저편의 말소리가 들려온다.

"네? 왜 그리시나요?…… 누구신데 무슨 일루 그리시나요?"

비록 전화의 수화기로 들려는 올망정, 코에 걸리는 듯한 베이스

음성으로, 뜸직뜸직[19] 저력 있게 울리는 이 말소리는 데데거리고 급한 제호의 말소리와는 얼토당토않다.

"무엇이 어째?"

윤희는 번연히 남편 제호가 아닌 것을 역력히 알아차렸으면서 상관 않고, 대고 멋스린다.[20]

윤희는 먼저는 저편이 제혼 줄 알고, 그래서 제호한테 초봉이가 전화를 받으면서 그런 아양을 떨고 하니까, 그만 강짜에 눈까지 뒤집혀 그 거조를 한 것인데, 저편이 제호가 아니고 생판 딴사람이고 보매, 이번에는 그것이 되레 부아가 났던 것이다.

"……당신이 그럼 박제호가 아니란 말요?"

윤희는 여전히 서슬 있게 딱딱거리기는 해도 어쩔 줄을 모르고 쩔쩔맨다.

돌려다보니, 나서서 일을 모피해주어야 할 초봉이는 모른 체하고 외면을 하고 있다. 그것이 속이 절여 터지게 밉다.

"여보세요……"

저편에서는 밉광머리스럽게[21] 성도 내지 않고 좋은 말로 차근차근,

"……나는 박제호 씨가 아닙니다. 남승재(南勝在)라는 사람입니다. 여기는 금호병원(錦湖病院)인데요, 여기 조수로 있는 사람입니다. 약을 주문하느라고……"

이 무색한 꼴을 어떻게 건사할 길이 없다. 하니, 덮어놓고 기승을 피우는 게 차라리 속이라도 시원할 일이다.

"원 참, 별 빌어먹을 꼴두……"

윤희는 수화기를 내동댕이를 치고 물러서서, 초봉에게로 잡아 먹을 듯이 눈을 흘긴다.

"……아니거던 아니라구 진작 말해주어야지!"

초봉이는 더 참을 수가 없어서 마주 퀄퀄하게²² 해대려고 고개를 번쩍 들었으나, 말은 목 안에서 잠겨버리고 청하지도 않는 눈물만 솟아 글썽거린다.

"……전방에 두어둘 제는 치레뿐으루²³ 두어두었나?…… 무어야 대체? 모른 체허구 서서 남을 망신을 주구…… 전화나 가지구서 희학질²⁴이나 하믄 제일인가?"

이 말을 하다가, 윤희는 초봉이가 아까 전화통 앞에서 아양을 부리는 양을 다시 생각하고 그러자니까 문득, 실로 문득, 초봉이가 정말로 제호한테도, 전화를 받을 때나 단둘이서 있을 때며는 그렇게 하려니, 그래서 제호를 후리려고 하고, 제호는 그것이 좋아서 침을 게질질 흘리면서 헤헤, 헤헤 하려니…… 이러한 짐작이 선뜻 머리에 떠오르던 것이다.

등골이 오싹하도록 무섭게 초봉이를 노리고 섰던 윤희는 몸을 푸르르 떨면서 뽀드득 이를 갈아붙인다. 만약 이때에 초봉이가 조그만큼만 더 윤희의 부아를 돋구어주었다면, 윤희는 단박 달려들어 초봉이의 얄밉디얄밉게시리 이쁜 입과 턱을 싹싹 할퀴고, 물어뜯고 해주었을 것이다.

마침 배달 나갔던 아이가 자전거를 내리면서 들어서다가 전방 안의 살기등등한 공기를 보고 지레 겁을 내어 비실비실 한옆으로 피해 간다.

"선생님 어디 간지 몰라?"

윤희는 아이한테다 대고 버럭 소리를 지른다.

"저는 몰라요, 어디 가신지……"

아이는 행여 노염을 살세라고 조심하여 몸을 사린다.

"두구 보자! 모두들……"

윤희는 혼잣말같이 이렇게 씹어뱉고는 통통거리고 제약실로 해서 안채로 들어가버린다.

한편 구석에 가서 가만히 박혀 있던 아이가 그제야 윤희의 등뒤에다가 혀를 낼름 하고는 초봉이한테 연신 눈을 찌긋찌긋한다.

초봉이는 본 체도 않는다. 그는 윤희한테 마주 해대지 못하고서 병신스럽게 당하기만 하던 일이 새 채비로 분했다.

하기야 지지 않고 같이 들어서 다투는 날이면, 자연 주객이 갈리게 될지도 모르고, 그러는 날이면 다시 직업을 얻기도 만만치 않거니와, 얻어진대도, 지금같이 장래 보기로는 쉽지 않을 것이다.

그뿐 아니라, 오늘이라도 이 집을 그만두면 매삭 이십 원이나마 벌이가 끊기니 집안이 그만큼 더 어려울 것이요, 하니 웬만하면 짐짓이라도 져주는 게 뒷일이 각다분하지 않을 형편이기는 하다. 그러나 그런 타산이야 흥분되기 전 일이요, 일을 잡치고 난 뒤에 가서

'참았더라면 좋았을걸……'

할 후회거리지, 당장은 꼿꼿한 배알이 없는 것도 아니다.

'오늘부터라도 그만두면 그만이지……'

무럭무럭 치닫는 부아가 이렇게쯤 다부진 마음을 먹을 수까지

도 있다. 그래서 어엿하게 고개를 쳐들고 활활 해부딪쳐주려고까지 별렀었다.

그러나 그는 그리 하지를 못했다.

초봉이는 비단 오늘 일뿐 아니라, 크고 작은 일이고 간에 누구한테든지 저 하고 싶은 대로 고집을 세운다든가, 속에 있는 말을 조백이게[25] 해대지를 못한다. 속이야 다 우렁잇속[26]같이 있으면서 말을 하자고 들면, 가령 그것이 억울하다든가 분한 경우라든가, 기운이 겉으로 시원시원하게 내뿜기지를 못하고 속으로만 수그러들어 목이 잠기고 눈물이 앞을 서곤 한다.

흥분이 심하면 심할수록에 그것이 더하다.

오늘 일만 해도, 그는 윤희한테 무슨 정가 막힐[27] 일이 있었던 것도 아니요, 버젓하게 다 해댈 말이 있는 것을 부질없이 말은 막히고서 나오지 않고, 남 보기에는 무슨 죄나 진 것같이 울기부터 한 것이다.

전화통에는 윤희가 내동댕이를 친 채로 수화기가 디룽디룽 매달려 있다.

그렇거나 말거나 다른 전화 같으면 심술로라도 내버려두겠지만, 혹시 승재가 그대로 기다리고 있을까 민망해서 얼핏 수화기를 올려 들었다.

"여보세요."

잠긴 목을 가다듬어 겨우 소리를 내니까

"거 웬 난리가……"

승재의 대답이 바로 들린다.

"아녜요, 여기 아주머니가 아저씨한테서 온 전화 줄 알구……"

"흐응! 거 대단하군."

초봉이는 금시 노염이 사라지고, 그 대신 입과 눈이 아까처럼 혼자 웃는다.

"……저어, 로지농 칼슘 있지요."

"네에 있어요. 보내드릴까요?"

"한 곽만…… 곧 좀……"

"네에 시방 곧 보내드리께요."

"그럼 한 곽만……"

초봉이는 전화가 끊기는 소리를 듣고도, 그대로 한참이나 섰다가 겨우 돌아선다.

그는 무어라고 아무 이야기라도 좋으니 좀 더 이야기를 하고 싶었다. 그럴 바이면 이편에서 전화를 걸 수도 있고, 또 전화가 끊기기 전에 이야기를 할 것이라고 하겠지만, 그러나 그저 이야기가 하고 싶었지, 그게 무슨 이야기인지는 모르고, 모르니까 하재도 할 수가 없었다.

그래서 언제고 전화를 끊고 나선 저 혼자만 섭섭해하는 것이다.

초봉이는 실상 승재와 한 지붕 밑에서 살고 있다. 승재가 초봉이네 집 아랫방을 얻어서 거처하고 있던 것이다.

그러니까 둘이는 아침저녁으로 얼굴을 대하는 터에, 밖에 나와서 전화로 이야기를 해야만 할 까닭은 없는 것이다. 집에서 부모네가 그것을 간섭하거나 하는 것도 아니니……

그러나 둘이는 집에서는 사세부득한[28] 것 말고는 서로 말이 없

이 지낸다. 내외나 조심을 하자는 것도 아닌데, 둘이는 그러고 지낸다. 그것을 지금 초봉이더러

"너 승재한테 맘이 있는 게로구나?"

이렇게 묻는다면 초봉이는 아니라고 기를 쓰고, 얼굴이 붉어질 것이다.

뒤바꾸어, 승재더러 그 말을 물어도 역시 그럴 것이다.

이것은 그들이 거짓말을 하는 것이 아니라, 사실로 그들은 그들 자신의 마음을 모르기 때문이다.

초봉이는 '로지농 칼슘' 한 곽을 꺼내다가 전표를 써서, 먼저 준비해논 태수의 것까지 아이를 주어 배달을 하라고, 태수의 것은 이러저러한 데 있는 그의 하숙집으로 갖다 주라고 이르니까 아이놈이 연신 빈들빈들 초봉이의 얼굴을 치어다보면서

"고상이오? ××은행 고상이오?"

해쌓는 것이 아무래도 사람을 구슬리는 양이다.

"너 왜 그러니? 그이가 무얼 어쨌니?"

초봉이는 머루 먹은 속이라도, 무심결에 따라 웃으면서 물어보는 것이다.

"아녜요, 히히……"

"저 애가 왜 저럴까?"

"아녜요, 고상이 어쩔 양우루 오늘은 재갸가[29] 안 오구서 이렇게 배달을 시키니깐 말이지요…… 헤헤 헤헤."

"누군데 저애가 왜 저래?"

"아주, 조상두(초봉이) 시치미를 뚜욱 따요!"

"저애 좀 봐요! 내가 무얼 시치미를 딴다구 그래애!"

"그럼 안 따요? 사흘에 한 번씩은 꼭 가게에 와설랑 무엇이구 사 가는 고상을 조상이 몰라요? 다아 알면서……"

"그래도 나는 모르는 걸 어떡허니? 허구많은 손님을 누가 일일이 다아 낯을 익혀둔다더냐."

"그래두 고상은 특별히 다르다나요! 누구 때문에 육장 와서 쓸데두 없는 것을 사 가는데요."

"그걸 내가 어떻게 아니?"

"모르긴 왜 몰라요! 다아 조상 얼굴 볼려구 그리는데, 히히…… 척 연앨……"

"저애가!"

초봉이는 잘급해 소리를 지르는데, 얼굴은 절로서 화틋[30] 단다.

하고, 일변 그렇게 듣고 생각해보니 아닌 게 아니라 낯을 암직한 여러 손님 가운데 한 사람, 아리송하니 얼굴이 머리에 떠오른다.

후리후리한 몸에 차악 맞는 양복을 입고, 갸름한 얼굴이 해맑고, 코가 준수하고, 윗입술을 간드러지게 벌려 방긋 웃고, 그래서 무척 안길 성[31] 있이 생기기는 생겼어도, 눈이 오긋한 매눈에 눈자가 몹시 표독스러워 보이는, 그 사람이 그러면 ××은행에 다니는, 그리고 탑삭부리 한참봉네 집에 기식을 하고 있다는, 또 그리고 배달하는 아이 말대로 초봉이 저를 보려고 자주 물건을 사러 가게에 온다는 그 사람인 게로구나 하는 짐작이 들었다.

그러자 초봉이는 웬일인지 아까 첫 번과는 달리 가슴이 두근거리면서 그 사람 고태수의 얼굴이 다시금 떠오르더니 그것을 요모로 조모로 뜯어보는데, 또 그러자 문득 승재와 비교가 되어지면서 비교된 결과는 생김새로든지 처지로든지 승재가 훨씬 못한 것이 단박 드러나고, 하니까는 그다음에는 승재를 위해서 고태수한테 시기가 난다.

그래, 분개해서 고태수를 들이 미워해야 하겠는데, 그러나 어쩐 일인지 그가 미워지질 않고 자꾸만 더 돋보인다.

그럴 수가 있을까 보냐고 도로 또 비교를 해본다.

승재는 장차에야 버젓한 의사가 될 사람이지만, 지금은 겨우 남의 병원의 조수요, 고태수는 당장 한 사람 몫을 하고 있는 은행원이다.

생김새도 승재가 못생긴 것은 아니나, 고태수가 멀끔한 것이 매력이 있다.

승재는 고태수의 조화된 데 비해서, 아무렇게나 생긴 사람이다.

키가 훨씬 더 크고, 몸도 크고, 어깨통이 떠억 벌어졌다.

얼굴은 두툼하니 넓죽하고, 이마도 퍽 넓다. 그래서 실직하고[32] 무게는 있어 보여도 매초롬한[33] 고운 태는 찾으려도 없다.

얼굴은 눈퉁이며, 눈이며, 코, 입 이런 것들이 제자리는 제자리라도, 너무 울퉁불퉁하게 솟을 놈 솟고 박힐 놈 박히고 해서 조각적이기는 해도, 고태수라는 사람처럼 그린 듯 곱지는 못하다. 다만 그의 눈만은 고태수의 눈과는 문제도 안 되게 좋다. 어느 산중에 있는 깊은 호수같이 맑고도 고요하다. 무엇인지는 모르겠어도, 이 세상 좋은 것이라고는 다 그 눈에 가 들었는 성싶은 그런 눈이다. 그리고 이 눈으로 해서 승재의 그 아무렇게나 생긴 얼굴이 흠을 가리고 남는다.

 못하거니 하고, 그럴 수가 있을까 보냐고 다시금 둘을 빗대보던 초봉이는 승재의 눈에 이르러 흠뻑 만족을 한다.

 만족을 하고 그 기분이 그대로 승재의 모습으로 옮아가서, 그의 올라앉아 말 탄 양반 훨훨 소 탄 양반 끄덕끄덕을 하고 싶은 어깨통, 이편이 몸뚱이를 가져다가 콱 가슴에 부딪뜨리면 바위같이 움찔도 안 할 듯싶은 건장한 몸뚱이, 후련하게 뚜렷한 얼굴과 넓은 이마, 그리고 다시 그렇듯 맑고 고요한 눈, 이렇게 하나씩 하나씩도 생각해보고 전체로도 생각해보고 하노라니까, 비로소 고태수라는 사람은 어디로 갔는지 잠깐 잊혀지고, 승재가 이 세상에 있다는 것이 차악 안심이 되고 기쁘고 한다.

 처지를 대놓고 보아도 실상은, 도리어 둘을 같이 놓고 생각할 수가 없다.

 승재는 작년 시월에 서울 가서 치르고 온 의사시험에 반은 넘겨 패스가 되었으니까, 그리고 금년 시월 시험이나, 늦어도 명년 오월 시험까지 한 번 아니면 두 번만 더 치르면, 전과목이 다 패스가 되어 옹근 의사가 될 수 있다. 그러니까 그럴 날이면 한낱 은행원쯤 부럽지 않다.

 여기까지 생각하던 초봉이는 한숨을 호 내쉬면서 가슴에다가 무심코 손을 얹는다. 안심의 표적인 것이다.

 이렇듯 만족도 하고 안심도 하는데, 그러나 그러는 하면서도 일변 따로, 한번 머릿속에 박혀진 고태수의 영상은 그대로 처져 있고 종시 사라지질 않는다.

그것은 마치 그의 곱다란 얼굴과 좋은 몸맵시를, 궁하고 보잘것 없는 승재의 옆으로 들이대면서 자아 어떻수? 하고 비교해보라고 느물거리는 것만 같다.

짜증이 나서 고태수한테 눈을 흘겨준다. 그러나 빈들빈들 웃기만 하지, 물러가려고 하지 않는다.

제호가 마침 그제야 털털거리고 가게로 들어선다.

"어허, 이거 우리 초봉이가 혼자서 수고하는군. 제기할 것……"

그는 기다란 얼굴로 싱글벙글 웃으면서 수선을 피운다.

"……초봉이 혼자서 수고를 했어. 이놈은 어디 갔나?…… 옳지, 배달 나간 거루구만? 그렇지?…… 어 후후 더웁다. 인전 제법 더웁단 말야, 제기할 것."

한편 떠들면서 좋아하는 양이 단단히 좋은 일이 있는 눈치다.

초봉이도 그에 섭쓸려 웃으면서, 손가방을 받아 준다.

"응? 그래, 저리 좀 내던져주어…… 건데 초봉이가 자꾸만 저렇게 이뻐져서 저거 야단났군! 야단났어, 허허허허, 제기할 것. 멀, 이쁘면 좋지, 허허허허. 건데 말야, 응?…… 지금 아주 대대적으루 존 일이 생겼단 말야. 대대적으루 응?…… 그리구 우리 초봉이한테두 대대적으루 존 일이구, 허허허. 제기할 것, 인전 됐다."

제호는 언제고 그렇지만, 오늘은 유독히 더 정신을 못 차리게 혼자 찧고 까불고 하면서 북새를 놓는다.[34]

초봉이는 대체, 좋은 일이라면서 저렇게 떠들어대니 무얼 가지고 저러나 싶어 속으로 적잖이 궁금했다.

　제호는 초봉이가 앉은 테이블 앞에 걸상에 가서 털썬 걸터앉아 모자를 벗어가지고 번질번질한 대머리 얼러 얼굴에 부채질을 한다.

　그러다가 두리번두리번하더니, 초봉이가 가방을 들고 섰는 것을 보고……

　"응웅! 거기 있군…… 나는 또 어디다가 내버리고 왔다구. 제기할 것, 거 잘 좀 갖다가 제약실 안에 둬두라구."

　아까는 내던지라더니 이제는 또 잘 갖다 두란다.

　"……그 속에 좋은 게 들었단 말야, 그 속에…… 오늘 아주 대성공이야 대성공. 건데 초봉이두 좋은 일이 있어. 시방, 시방 이야기허까? 가만 있자. 나 담배 한 개 피우구, 응? 아뿔싸? 담배가 없군…… 이놈은 어디 갔누? 옳아, 배달 나갔지, 제기할 것. 빙수 한 그릇 먹었으면 조오켔다. 시방 빙수 팔까? 아직 없을 테지?"

　"글쎄요?"

　"없을 거야, 없어. 제기할 것, 이게 다아 여편네 잘못 만난 놈의 고생이야. 아, 이런 때 척 밀수³⁵나 한 그릇 타다가 주군 하면 오죽 좋아? 밤낮 그 히스테리만 부리지 말구, 응? 그렇잖아? 허허 제기할 것."

　"아주머니가 참 퍽 기대리셨어요!"

　"아뿔싸!"

　제호는 무릎을 칠 듯이 깨우치고는, 잠시 멍하다가 뒤통수를 긁는다.

　"……이거 야단났군!…… 오늘 두 시에 동부인합시구³⁶ 제 동

58

무네 친정집 환갑잔치에 가기루 했었는데. 그만 깜박 잊었지!…… 안 잊었어두 보던 일이야 제쳐놓구 오지는 못했겠지만…… 그래 나와서 무어래지?"

"머, 별루……"

초봉이는 소경사를 다 이야기할까 하다가 그만둔다.

"재랄하잖어?"

"두 번이나 나오셔서, 아저씨 안 오셨느냐구……"

"아냐! 분명 재랄을 했을 거야, 분명. 그래 재랄을 하다가 혼자 간 모양이? 그러니 이거 야단 아냐? 그놈의 성화를 어떻게 받나! 제기할 것, 돈 백 원만 얹어주겠시니 누구 그놈의 여편네 좀 물어 가는 사람 없나? 허허 제기할 것."

"아이머니나! 숭헌 소리두 퍽두 허시네!"

"아냐 정말야. 초봉일랑 인제 시집가거든 애여 남편 그렇게 달달 볶지 말라구. 거, 아주 못써. 그놈의 여편네가 좀 그리지를 안 했으면 내가 벌써 이십 년 전에 십만 원 하나는 모았을 거야, 응? 그렇잖어?"

"아저씨두! 두 분이 결혼하신 지가 십 년 남짓하시다문서 그러세요?…… 내, 온……"

"아하하하, 참 그렇던가? 내가 정신이 없군. 그건 그런데, 초봉이두 알지만, 에, 거 여편네 히스테리 아주 골머리가 흔들려! 그 어떻게 이혼을 해버리던지 해야지 못 견디겠어. 아무것두 안 되겠어!"

"괜히 그러세요!"

"아니, 자유 결혼이니까, 이혼두 자유야. 거 새끼두 못 낳구 히스테리만 부리는 여편네 무엇에 쓰노!"

"그렇지만 아주머니가 보시기엔 아저씨한테 더 잘못이 많답니다."

"잘못? 응, 더러 있지. 오입한다구, 그리구 제 히스테리에 맞추지 않는다구. 그러니깐 갈려야지? 잘잘못이야 뉘게 있던 간 둘이서 같이 살 수가 없으니깐 갈려야 할 게 아냐? 그렇잖어?"

"전 모르겠어요."

초봉이는 제호의 이야기에 끌려 허튼 수작에 대거리는 하고 있어도, 시방 딴 걱정에 도무지 건성이다.

그는 제호한테 청할 말이 있어서, 윤희 못지않게 제호의 돌아오기를 기다리고 있었다.

그러나 막상 제호가 돌아오고 해서 얼굴을 대하고 난즉은, 언제나 마찬가지로 섬뻑[37] 말이 나오지를 않던 것이다.

그는 실상 아까 아침나절에 이야기를 했어야 할 것이었다. 그러나 벼르기만 하고, 말이 차마 나오지를 않아서 주춤주춤하고 있는 동안에 제호는 부루루 나가버렸고, 그래서 후회를 하고 종일토록 까맣게 기다리고 있던 참이다.

하다가 인제 그가 돌아왔으니 말을 내야 할 것이지만, 그러나 종시 말은 나와지지 않고, 그러면 그만두자 한즉, 당장 집안 식구들이 굶고 있는 것을 어떻게 하며, 오늘이 이러한 걸, 내일을 또, 그 다음날도 돈이 생길 때까지는 굶어야 할 테니, 도저히 안 될 말이다.

"아저씨, 저어……"

초봉이가 겨우 쥐어짜듯이 기운을 내서 이렇게 말부리를 따놓고,[38] 눈치를 보느라고 고개를 쳐드니까, 제호는 없는 담뱃갑을 찾느라고 이 포켓 저 포켓 부산하게 뒤지다가 마주 얼굴을 든다.

"응? 무어?…… 이놈의 담배가 그렇게 하나두 없나! 제기할 것. 그래, 무어 할 이야기 있어? 응, 무어야?"

"네에……"

"그래, 무슨 이야긴데?"

"말씀하기가 미안해서……"

미안한 것뿐이 아니지만, 사실 미안하기도 퍽 미안하다.

지난달 그믐을 가까스로 넘기고서 초하룻날 하루만 겨우 지나고 난 이달 초이튿날, 가게에 나오기가 무섭게 오늘처럼 염치를 무릅쓰고 돈 십 원을 이달 월급 턱으로 선대 받아 간 것이 열흘도 채 못 된다. 그랬는데, 그런 때문에 인제 찾을 것이라야 겨우 십 원밖에 남지 않았고, 월급날이라고 정한 스무닷샛 날이 되기도 전에 또 선대를 해달라고 하게 되니, 가령 저편에서야 괜찮다고 하지만 초봉이로 앉아서는 말을 내기가 여간만 민망한 노릇이 아니다.

초봉이가 말을 운만 떼어놓고 그다음 말을 못 하고 어려워만 하는 것을,

"허허! 사람두 원!…… 알았어, 알았어!"

제호는 벌써 알아차리고,

"……돈이 쓸 데가 있단 말이지?…… 그걸 말 좀 하기를 그렇

게 어려워한담? 사람두 어디서, 원……"

"그래두 미안하잖어요?"

"미안은 무슨 미안? 미안하기루 들면, 내가 되려 미안하지. 친구 자녀 데려다가 두구서는 월급두 변변히 못 주어서 늘 옹색하게 하니깐, 안 그래? 그렇지? 허허 제기할 것?…… 그래 얼마나 쓸까?…… 날더러 일일이 달라구 해선 뭘 하누? 거기 있을 테니 좀 끄내다 쓰구 장부에 올려나 놓지. 그래, 거기 손금고에서 끄내 써요, 응? 아뿔싸! 열쇠를 내가 가지구 나갔었지…… 정신없어 야단났어! 제기할 것."

제호는 포켓에서 열쇠 꾸러미를 꺼내가지고 테이블 위에 놓인 손금고를 방울 소리를 울리면서 찰크당 열어젖힌다.

초봉이는 두고 보면 볼수록 소탈하고 시원스런 제호가 사람이 좋았고, 비록 본디야 남이지만 그만한 아저씨를 둔 것이 또한 좋았다. 만일 제호가 정말로 외가로든지 친척으로서의 아저씨가 된다면, 더욱 마음 든든하고 즐거울 것 같았다.

그리고 이렇게, 초봉이가 보기에는 좋은 사람인 것을, 대체 그 부부간이라는 게 무엇이길래 윤희는 육장 두고 제호를 못살게시리 달달 볶아대는지, 그 속을 알 수가 없었다.

"……그래 얼마나? 오 원? 십 원?"

제호는 일 원, 오 원, 십 원 이렇게 세 가지 지전을 따로따로 집어 들고 세면서 묻는다.

"글쎄요……"

초봉이는 기왕이니 십 원을 탔으면 좋겠으나, 그 역 말이 나오지 않는다.

"저런, 사람두! 돈 쓸 사람이 얼마 쓸지를 몰라? 허허 제기할 것. 자아 십 원. 기왕이면 모개지게[39] 한꺼번에!"

초봉이는 비로소 안도의 한숨이 내쉬어지려고 하는 것을 속으로 삼키고, 파르스름하니 안길 성 있게 색채가 나는 십 원짜리를 받아 쥔다.

돈을 받아 쥔 손바닥의 촉감도 여느 때 물건을 팔았을 때에는 다 같은 십 원짜리라도 그런 줄을 모르겠더니, 이렇게 어렵사리 제 몫으로 받아 쥐는 십 원짜리의 촉감은, 어디라 없이 그놈이 빳빳하면서도 자별히 보드라운 것 같았다.

돈을 탔으니 인제는 집으로 갈 일이 시각이 바쁘다. 그러나, 아직 겨우 네 시 반…… 돌아갈 시간 여섯 시까지에는 한 시간 반이나 남았다.

어떻게 하나? 탈을 하고, 오늘은 일찍 돌아가나? 좀 더 있다가 배달하는 아이가 돌아오거든 집으로 보내주나? 이런 때에 동생들이라도 누가 나왔으면 싶었다.

제호는 제약실로 들어가 앉아서 손가방을 열어놓고 무엇인지 서류를 뒤적거린다. 그것을 보니, 아까 제호가 들어서던 길로 떠들어대면서, 좋은 일이 있다고, 초봉이한테도 좋은 일이 있다고 수선을 피우던 일이 생각났다.

그날그날의 생활이 막막하고, 앞뒷동이 막힌 때에는 빈말로나마 좋은 일이 생긴다는 말을 들으면 반가운 법이다. 초봉이도 그래서 한 가지 시름을 놓고 나니 그다음에는, 대체 그 좋은 일이라는 게 무엇인고? 이편에서 물어라도 보고 싶게 차차 궁금증이 나기 시작한다.

제호는 서류를 한번 주욱 훑어보더니 다시 차곡차곡 챙겨서 제약실 안에 있는 금고를 열고 소중하게 건사를 한 뒤에 도로 마루로 나온다.

"자아, 인전 참, 초봉이한테 이야기를 좀 해야지……"

제호는 테이블 앞 의자에 가 걸터앉더니……

"……나 이 전방 이것 팔았지, 헤헤. 팔아두 아주 잘 판걸, 제기할 것."

"네에!"

초봉이는 하두 어이가 없어 놀라지는 대로 놀랐지, 미처 어찌하지를 못한다.

그러나 제호는 연신 싱글벙글 웃기만 한다.

"왜 그렇게 놀래누? 허허허허…… 걱정 말아요, 걱정 없어요."

초봉이는 다시 생각하니, 주인이 갈린다고 점원까지 갈리랄 법은 없으니 너는 걱정 없느니란 말인 듯싶었고, 사실 또 그게 근리한[40] 말인 것 같아서 지레 놀란 것이 무색했다.

"누가 샀는데요?"

"뭐, 어떤 '가모'가 하나 덤벼들어설랑, 허허허허, 제기할 것……"

"……"

"헌데…… 초봉이 말이야?…… 나허구 같이 서울루 가지이? 서울……"

"서울루, 요?"

초봉이는 알아듣고도 모를 소리여서 뚜렛뚜렛하는⁴¹ 것이다.

"응, 서울루."

"어떻게?"

"어떻게라니 차 타구 가지? 걸어가잴까 봐서? 허허허허, 제기할 것."

"그래두 전 무슨 말씀인지."

"모를 건 뭣 있나? 서울루 가서 시방 여기서처럼 일 보아주면 되지."

"네에!"

초봉이는 그제야 겨우 고개를 끄덕끄덕한다.

"인제 알겠지?…… 그래, 서울루 가요. 서울루 가면 내 정식으루 월급두 나우 주지. 그때는 시방처럼 이런 여점원이 아니라 사무원이야 사무원. 그리구 나는 응? 척 지배인 영감입시구, 허허허허. 박제호가 인전 선영 명당바람이 나나 부다, 제기할 것."

"무얼 시작하시는데?"

"제약회사야 제약회사. 이거 봐요, 내가 몇 해 전버텀두 그걸 하나 해볼 양으루 별렀단 말이야. 그거 참 하기만 하면 도무지 어수룩하기가 뭐 짝이 없거든. 글쎄 삼십 전이나 오십 전 딜여서 약을 맨들어가지군 뭐, 어쩌구 어쩌구 하다구 풍을 쳐서 커다랗게 신문에다 광고를 내면 말이야, 헐라치면 십 원씩 내구 사다 먹어요! 십 원씩을. 제깐놈들이 뭐 약이 어쩐지 아나 머. 그래 열 곱 스무 곱 남아요. 십 년 안에 삼십만 원 이상 벌어놀 테니 보라구,

삼십만 원."

"어쩌문!"

"그럴듯하지? 거 봐요. 그래서 이번에 그걸 하기루 돈 낼 사람이 나섰단 말야. 그자가 사만 원 내놓구, 내가 이만 원 내놓구, 주식회사 무슨 제약회사라구 쓱, 응?…… 자본금은 삼십만 원이구, 사장에 아무개요, 지배인에 박제호요, 허허허허, 제기할 것. 그러느라구 이것두 판 거야. 팔아두 숫지게[42] 팔았지. 이천 원 딜여서 설비해놓구, 십 년 동안 전 만 원이나 모으구, 그러구 나서 오천 원을 받았으니, 허허허허, 제기할 것…… 세상이 아직두 어수룩하단 말이야, 어수룩해. 이걸 오천 원에 사는 '가모'가 있지를 않나, 삼사십 전짜리 약을 맨들어서 광고를 크게 내면, 저히가 광고 요금꺼정 약값에다가 껴서 내구 좋다구 사다 먹질 않나. 그러니 장사해먹는 이놈이 손복할[43] 지경이지. 생각하면 벼락을 맞일 일이야. 허허허허, 제기할 것."

초봉이는 흐무진[44] 것 같기는 해도, 어수선해서 무엇이 무엇인지 속을 알 수가 없었다.

"그건 그렇구. 그래 그러니 초봉이두 날 따라서 서울루 같이 가요. 글쎄 조로케 이쁘구, 좋게 생긴 아가씨가 이따우 군산 바닥에 묻혔어야 바랄 게 있나?…… 서울루 가야만 다아 좋은 신랑감두 생기구 허지, 흐흐흐…… 그리구 아버지가 혹시 반대하신다면 내쫓아가서 우겨재키지 않으리? 만약 어머니 아버지가 서울 보내기 안심이 안 된다면, 머 내가 우리집에다 맡아두잖으리? 그러니, 이따가 집에 가거들랑 어머니 아버지한테 위선 말씀을 해요. 그리구 가게 되면 이달 보름 안으루 가야 할 테니깐, 그리 알구, 응?"

"네에."

초봉이는 승낙하는 요량으로 대답을 한다. 사실로 그는 어느 모로 따지고 보든지 제호를 따라 서울로 가게 되는 것이 기쁜 일이었었다.

제호는, 그렇다. 방금 한 말대로, 여러 해 두고 벼르던 기회를 만나 그야말로 평생 팔자를 고칠 커다란 연극을 한바탕 꾸미게 되니 엉덩이가 절로 들썩거리게 만족한 판이다. 그러니 얼굴 묘하게 생긴 계집애 하나쯤 그리 대사가 아니다.

만일 초봉이로 해서 일에 걸리적거림이 있다든가, 또 그게 이미 손아귀에 들어온 애물이라고 하더라도, 일을 하는 데 필요만 하다면 도로 배앝아놓기를 주저하지 않을 경우요 그럼직한 인물이다. 그러나 초봉이와 일과는 아무런 상극도 되지를 않는다. 그럴 뿐 아니라, 초봉이는 제호한테 진실로 웃음을 빚어주는 한 송이의 꽃인 것이다.

제호는 아내에게 늘 볶여 지내기만 하지, 가정에 대한 낙이라고는 없다. 그러한 그에게, 이쁜 초봉이를 손닿는 데 두어두고 시시로 바라보는 것은 큰 위안이 아닐 수 없던 것이다.

물론, 안면 있는 친구의 자녀라는 것이며, 나이 갑절이나 층이 져서 자식뻘밖에 안 된다는 것이며, 아내의 감시며, 그리고 무엇보다도 초봉이가 미혼 처녀라는 것 때문에 그의 욕망은 행동으로 발전을 하지는 못한다. 사실상, 일반으로 중년에 들어선 기혼 남자는, 그가 패를 차고 다니는 호색한이 아니면, 미혼 처녀에게 대해서 강렬한 호기심을 갖기는 가지면서도 한편으로는 그러나, 그 미혼 처녀라는 것이 무엇인지 모르게 겁이 나고 조심이 되어, 좀처럼 그들의 욕망을 행동화하지 못하도록 견제를 하는 수가 많다.

초봉이에게 대한 제호의 경우가 역시 그러한데, 그러나 (아니, 그렇기 때문에 오히려) 초봉이를 놓치고 싶질 않던 것이다.

여섯 시가 되기를 기다려 초봉이는 가게를 나섰다. 오후의 한가한 해가 서편으로 기울고, 하늘은 한빛으로 푸르다. 너무 맑고 푸른 것이 되레 그대로 두기가 아깝고, 흰구름 조각 한두 장쯤 깔아 놓았으면 좋을 것 같다.

아침에도 그랬고, 어제 그저께부터도 그랬지만 정거장 둘레의 포플러 숲과 그 건너편의 낮은 산이 처음 보는 것같이 연푸른 초록으로 훤하게 피어오른다.

어디 포근포근한 잔디밭이라도 있으면 퍼근히 좀 주저앉아 놀고 싶어지는 것을, 그러한 느긋한 마음과는 딴판으로 종종걸음을 쳐서 제일보통학교 앞을 지나 집이 있는 둔뱀이로 가고 있다.

학교 마당에서는 아이들이 몇만 놀고 있다. 초봉이는 혹시 형주가 그 속에 섞여 있나 하고, 철사 울타리 안으로 눈여겨 들여다보기는 했으나, 물론 있을 턱이 없었다.

머리 위로 솟은 아카시아나무에서 달콤한 향내가 가득 번져내린다. 초봉이는 끌리듯 고개를 쳐들고 높다랗게 조랑조랑 매달린 아카시아 꽃송이를 올려다보면서 절로 미소를 드러낸다.

조금 아까만 해도 초봉이는 이러한 마음의 여유는 없었다. 그러나 지금은 꽃향기에 마음 놓고 웃을 수가 있는 것이다.

제호를 따라 서울로 가기로 아주 마음에 작정을 했다. 모친은 선뜻 그러라고 할 것이고, 좀 반대를 한다면 부친이겠는데, 잘 이야기를 하고 또 모친과 제호가 우축좌축[45]을 하면 역시 승낙을 할 것이다.

　제호가 아까, 월급도 한 사십 원 준다고 했으니까, 우연만하면[46] 삼십 원은 집으로 내려 보낼 수가 있고, 또 종차 형편을 보아 집안이 통 서울로 이사를 해 갈 수도 있을 것이다.

　서울! 서울! 늘 가고 싶던 서울이다.

　서울은 사년급 때 수학여행으로 한 번 구경을 가기는 했었다. 그러나 그렇게 지날결에 한 번 구경한 것으로는 초봉이가 동경하던 서울의 환상을 씻지 못했다. 그는 서울이면, 그때에 본 것보다는 더 아름답고 더 즐거움이 있으려니 지금도 생각하고 있다.

　하던 참이라, 이렇게 뜻밖에 서울로 가게 된 것이 기쁘고, 그리고 인제 무엇인가——그게 어떠한 무엇인지는 몰라도——무엇인지 좋으려니 싶던 것이다.

　하기야 그렇게 기쁘던 끝에 문득 윤희를 생각하고, 이건 일이 모두 와해되나 하면 낙심이 되기도 했었다.

　윤희가 방해를 놀면 별수 없이 못 가고 말 것이었다. 해서, 그게 걱정스럽고, 그래 하다못해, 무얼 그것도 제호가 좋도록 다 이러고저러고 해서 역시 따라가게 되겠지 하고 짐짓 저를 안심시켰다.

　또 한 가지, 승재와 매일 전화도 못 하고 서로 멀리 떨어지게 되는 것, 이것이 여간만 섭섭한 게 아니었었다.

그러나 그것도 이럭저럭 좋도록 제 마음을 무마해놓았다. 승재는 시험을 보느라고 가끔 서울은 다닐 터이니까, 간혹 만날 수가 있을 것이고, 그러는 동안에는 시방의 전화 대신 편지나 서로 하면서 지내고, 그러노라면 승재도 종차 서울로 올라오겠거니 해서 역시 안심을 했던 것이다.

한참이나 생각에만 잠겨 무심코 걸어가던 초봉이는, 머리 위로 향기를 뿜는 아카시아나무를 또 한 번 올려다보고는 방싯 웃는다.

신판 新版 『흥부전 興甫傳』

　일곱 시가 거진 되어서 정주사는 탑삭부리 한참봉네 싸전가게
를 나섰다.

　장기는 세 판을 두어 두 판은 이기고 한 판은 지고 해서, 삼판양
승으로 정주사가 개선가를 올렸다.

　그러나 장기는 이겼대도, 배는 부르지 않았다.

　또 마지막에 탑삭부리 한참봉의 차(車) 죽은 것을 물려주지 않
아서, 그래 비위를 질러놓기 때문에 쌀 외상 달란 말도 내지 못
했다.

　정주사는 정말로 꼬르륵 소리가 나는 배를 허리띠를 졸라매면
서 천천히 콩나물고개로 걸어가고 있다.

　시방 싸전집 아낙 김씨가 하던 말을 되생각하면서, 그가 꼭 그
렇게 합당한 신랑감을 골라 중매를 서주려니 싶어 느긋이 좋아한
다. 우선 배야 고프고 당장 저녁거리야 없을망정 그것 하나만은

퍽 든든했다.

그놈의 것, 기왕이니 내일이라도 혼담이 어울려, 이달 안으로라도 혼인을 해치웠으면 더 좋을 성싶었다.

그러기로 들면 적으나마 혼수비를 무엇으로 대며, 또 초봉이가 지금 다달이 이십 원씩이나 물어들이는 그것마저 끊길 테니, 이래저래 두루 걱정은 걱정이다.

그러나 그렇다고 딸자식이 벌써 스물한 살인데 계집애로 늙히자고 우두커니 보고만 있을 수도 없는 노릇, 아무 때 당해도 한번은 당할 일인 걸, 늦게 한다고 어디서 돈이 솟아날 바 없고 하니, 그저 이 계제에 바싹 서둘러서 아무렇게나 해치우는 게 도리는 도린데……

도리는 도린데, 그러나 당장 조석을 굶고 있는 형편에 무슨 수로? 나는 데는 그만 궁리가 딱 막혀 가슴이 답답해 온다. 하다가 문득, 그야말로 하늘이 무너져도 솟아날 구멍이 있다더니 참으로 문득, 이런 생각이 훤하니 비치더란 말이다.

"혹시?…… 응, 응…… 그래!"

물론, 그것이 점잖은 터에 자청해서 말을 낼 수는 없지만, 저쪽 신랑 편에서 혼수 비용 전부를 대서 혼인을 하겠다고 할는지도 모르는 것이다.

좀 창피한 일이다. 그러나 어쩔 수 없는 형편이다.

"원 어디 그럴 법이야 있나!"

이렇게쯤 중매 서는 사람한테든지, 혹은 직접 신랑편 사람한테든지, 낯닦음으로 사양을 해보다가 못 이기는 체하고 응낙을 하고, 하면 실없이 괜찮을 노릇이다.

그렇게 슬슬 얼버무려 혼인을 하고, 혼인을 하고 나서는 그 신랑이라는 사람이 속 트인 사람이고, 돈냥이나 제 손으로 주무르는 형편이면, 또 혹시 몇백 원이고 몇천 원이고 척 내주면서,

"아 거 생화¹도 없이 놀고 하시느니 이걸로 무슨 장사라도 소일삼아 해보시지요?"

이러랄 법도 노상 없지는 않을 것이다. 그 애 초봉이가 그렇잖은 아이니까, 제 남편더러 그렇게 해달라고 조르기라도 할는지 모르는 것……

그래 저희들이 그런 소리를 하거들랑 짐짓,

"원, 그게 될 말이냐!"

고

"그래서야 내가 돈에 욕기가 나서 혼인을 한 것이 되지 않느냐?"

고, 준절히 이르다가 그래도 저희들이며 옆엣사람들이 나서서 무얼 그러느냐고 권면은 할 테니까, 그때는 못 이기는 체하고 그 돈을 받아…… 한밑천 삼아서 장사를 해…… 미상불 그렇게 어떻게 잘만 하면 집안 셈평도 펼 수도 있기는 있으렷다!

정주사의 이 공상은 이렇듯 그놈이 바로 희망으로 변하고, 희망은 희망이 간절한 만큼 다시 확신으로 굳어버리던 것이다.

'둔뱀이'는 개복동보다도 더하게 언덕비탈로 제비집 같은 오막살이집들이 달라붙었고, 올라가는 좁다란 골목길은 코를 다치게 경사가 급하다.

'흙구더기'까지 맞닿았던 수만 평의 논은 다 없어지고, 그 자리에 집이 들어앉고 그 한복판으로 이 근처의 집 꼬락서니와는 얼리지 않게 넓은 길이 질펀히 뻗어 들어왔다. 그놈을 등 너머 신흥동으로 뽑으려고 둔뱀이 밑구멍에 굴을 뚫을 계획이라는데, 정주사네 집은 바로 그 위에 가서 올라앉게 되었다. 그래 정주사는 굴을 뚫다가 그놈이 혹시 무너져서 집이 퐁당 빠지기나 하는 날이면, 집이야 남의 셋집이니 상관없지만 집안의 사람들이 큰일이라고 슬며시 걱정이 되는 때도 있다.

　정주사는 집 가까이 와서 비로소, 번화할 초봉이의 혼인과 및 그 결과 대신, 오도카니 굶고 있을 집안 식구들을 생각하고는 맥이 탁 풀린다.

　그러나 그는 지쳐둔 일각대문²을 힘없이 밀고 들어서다가, 뜻하지 않은 광경을 보았다. 초봉이가 부엌에서 밥을, 죽도 아니요 적실히 밥을 푸고 있고, 계봉이는 밥그릇을 마루로 나르고 있지를 않느냔 말이다.

　오늘은 정주사한테 액일도 되지만, 좋은 일도 없지는 않은 날인가 보다.

　밥이야 어인 밥이 되었든, 정주사는 밥을 보니 얌체 없는 배가 연신 꼬로록거리고, 오목가슴이 잡아 훑듯이 쓰리다. 어금니에서는 어서 들어오라고 신침이 홍건히 흘러 입으로 그득 괸다. 대문 소리에 계봉이가 돌려다보더니

　"아이, 아버지 들어오시네……"

　해뜩 웃으면서 방으로 대고

74

"……병주야 병주야, 아버지 오셨다, 아버지 오셨어!"

연신 소리를 친다.

계봉이의 뒤통수에서는 몽땅하게 자른 '뽐' 단발이, 몸을 흔드는 대로 까불까불한다. 정주사는 이 까부는 단발과 깡총한 치마 밑으로 퉁퉁한 맨다리가 드러나 보이는 것이 언제고 눈에 뜨일 때마다 마땅치가 못해서 상을 찌푸린다.

초봉이가 밥을 푸다 말고 반겨 부엌문을 나서면서,

"아이, 아버지!"

하다가, 부친의 초졸한 안색에 얼굴이 흐려진다.

"……시장허실 텐데!"

"오냐, 괜찮다."

정주사는 눈을 연신 깜작깜작, 대답을 하면서 대뜰로 올라서는데, 미닫이를 열어논 안방에서 막내동이 병주가 퉁탕거리고 뛰어나온다.

"아버지이, 이잉……"

노상 흘려두는 콧물에, 방금 울다가 그쳤는지 눈물 콧물을 온 얼굴에다 쥐어바르고 어리광으로 울상을 하면서, 달려들어 부친에게 안긴다.

"오냐, 병주가 또 울구 떼썼구나?"

정주사는 손가락으로 병주의 콧물을 훑어다가 닿는 대로 마룻전에 씻어버린다. 병주는 아직 얼굴에 남아 있는 놈을 부친의 그 알량한 단벌 두루마기에다가 문대면서 냅다 주워섬긴다.

"아버지 아버지, 내 양복허구, 내 모자허구, 내 구두허구, 내 자전거허구, 또 내 빠나나허구……"

이렇게 정신없이 한참 외다가 비로소 헛다방[3]인 것을 알고 서……

"히잉, 안 사 왔구만, 히잉 히잉……"

"오냐 오냐, 오늘은 돈이 안 생겨서 못 사 왔으니 내일은 꼭 사다 주마. 자아 방으로 들어가자, 우리 병주가 착해."

달래면서 병주를 안고 안방으로 들어가고, 건넌방에서는 숙제를 하는지 엎드려 있던 형주가 그제야 고개를 내밀다가 만당 아무것도 사가지고 들어오지 않은 아버지는 나서서 볼 필요도 없던 것이다.

방에서는 부인 유씨가 서향한 뒷문 바투 앉아서 돋보기 너머로 바느질을 하느라고 고부라졌다. 유씨는 아직 그럴 나이도 아니면서 눈이 어두워, 돋보기가 아니고는 바느질을 한 코도 뜨지 못하던 것이다.

"시장한데 어딜 그러구 돌아다니시우?……"

유씨는 올려다보지도 않고 그대로 앉은자리만 따들싹하는[4] 시늉을 한다. 어디라니, 번연히 미두장에 갔다가 오는 줄 몰라서 하는 말은 아니다.

"그건 웬 거요?"

정주사는 초봉이가 또 월급을 선대 받아 왔으리라고는 생각할 수가 없고, 지금 유씨가 만지작거리고 있는 바느질감이 들어온 덕에 그놈 바느질삯을 미리 받아다가 밥을 하느니라고 짐작했던 것이다.

"내가 해 입구 시집갈려구 끊어 왔수."

유씨는 웃지도 않고 천연스럽게 실없는 소리를 한다.

"저 봐라! 병주야······"

정주사는 두루마기를 벗으면서, 다리에 매달려 이짐을 부리는 병주더러 한다는 소리다.

"······네가 말을 안 듣구 그러니깐 엄마가 시집가버린단다! 응?"

"아냐, 거짓뿌렁야. 내 양복허구, 내 모자허구, 내 구두허구, 내 자전거허구, 그리구 빠나나랑, 얼음사탕이랑, 사다 준다구 하구 거짓뿌렁이만 하구, 잉······"

"내일은 정말 사다 주마."

"시타, 이잉, 또 거짓뿌렁할려구. 밤낮 거짓뿌렁만 허구."

병주는 앉은 부친의 무릎으로 기어올라 아래턱의 노랑 수염을 훑으려 쥐고 잡아 흔든다.

"아프다, 이 자식아! 아이구 아이구!······"

정주사는 턱을 내밀고 엄살을 하다가······

"내일은 꼭 사다 주마, 꼭."

"거짓뿌렁이야."

"거짓뿌렁 않구 꼭 사다 주어, 꼭."

정주사는 속으로 너를 위해서라도, 네 큰누이의 혼인이 어서 바뻐 그렇게 얼려야 하겠다고, 절절히 결심(!)을 더 했다.

"제호가 서울루 간답디다."

유씨는 초봉이한테서 이야기를 먼저 들었었다. 그리고 모녀간에는 벌써 합의가 되었었다.

"제호가? 서울루?……"

정주사는 그다지 놀라질 않는다.

"……어쩨, 무슨 일루?"

"서울 가서 크게 장사를 시작한다구. 가게두 벌써 팔았답디
다…… 그리구 우리 초봉이더러두 서울루 같이 가잔다구 헌다
우."

"초봉이더러?"

이렇게 되짚어 묻는 말의 운이 벌써 마땅치 않다는 것은 분명
하다.

"서울루 가면 월급두 한 사십 원씩 주마구, 또 객지루 혼자 내
보내기가 집에서 맘이 뇌지 않는다면, 재갸가 재갸네 집에서 같
이 데리구 있겠다구."

"거, 안될 말……"

정주사는 서너 시간 전과도 달라 시방은 아주 흐뭇한 계획과 희
망이 들어차서 있기 때문에, 서울이며 월급 사십 원쯤, 그런 소리
는 다 귀에 들리지도 않는다.

"……월급은 사십 원 아니라 사백 원을 준다기루서니, 또 아무
리 아는 친구의 집에 둔다기루서니, 장성한 계집애 자식을 어디
그렇게 함부루 내놓는 법이 있소? 나는 지금 예서 거기 다니는 것
두 마땅찮은데……"

이 말은 노상 공연한 구실말은 아니다. 정주사는 마음먹은 혼인
도 혼인이려니와, 가령 그것이 아니더라도 섬뻑 서울까지 보내기

를 많이 주저할 사람이다.

"그래두 내 요량 같아서는 따라 보내는 게 좋을 것 같습니다. 집에다 둬선 무얼 하겠수? 육장 굶기기나 허구."

"그러니 어서 마땅한 자리를 골라서 여워버려야지."

"말은 좋수……"

유씨는 시쁘다는 듯이 돋보기 너머로 남편을 넘겨다본다.

"……하루 한 끼 먹기두 어려운 집구석에서 무슨 수루 혼인을 허우?"

"그렇다구 계집애루 늙히나?"

"누가 계집애루 늙힌다우? 그렇게 가서 있으면, 제가 버는 것을 모아서라두 시집갈 밑천은 장만할 것이구, 또 제호 손에서 치어나면, 아따 무엇이라더냐, 시험을 보아서 장래 벌이두 잘하게 된다구 하니까, 두루두루 좋은 거린데, 왜 덮어놓구 막기만 허시우?"

"세상일이 다아 그렇게 맘먹는 대루만 되구 탈이 없으면야 무슨 걱정이야?"

"맘먹은 대루 안 될 것은 무엇 있수? 대체 십 년이나 없는 살림에 애탄가탄⁵ 공부를 시켰으니, 그런 보람이 있게 해야지, 어쩌자구 가난해 빠진 집구석에다가 붙들어만 두려구 드시우? 당신은 의관하구 다니면서 치마 둘른 날만치두 개명은 못 했습니다."

"그런 개명 부럽잖아…… 여편네가 얼개명한 건 되려 못쓰는 법이야."

필경 티격태격하면서, 보낸다거니 안 보낸다거니 서로 우겨댄다.

오늘뿐이 아니라 언제고, 일이 이렇게든지 저렇게든지 끝장이 날 때까지는 둘이 다 지지 않고 고집을 세운다. 그러나 이 부부가 의견이 달라지고 서로 우겨대다가, 필경 가서 누가 이기느냐 하면 영락없이 부인 유씨가 이기고 나선다.

그러니까 이번 일도 만일 달리 마새[6]가 생기지만 않으면 초봉이는 마음먹은 대로 제호를 따라 서울로 가게 될 게 십상이다.

초봉이는 계봉이의 밥까지 수북하게 다 푸고 나서, 마지막으로 제 몫을 바라진 양재기에다가 반이나 될락말락하게 주걱데기를 딱 긁어 붙이고 솥에다 숭늉을 붓는다.

계봉이는 주걱데기를 시쁘게[7] 집어 들면서, 엄살하듯 한단 소리가,

"애개개! 요게 겨우 언니 밥이야?"

하나, 이건 그게 혹여 제 몫일까 봐서 꾀를 쓰는 소리.

"그 밥이 왜 적으냐?⋯⋯"

초봉이는 소댕[8]을 덮고 부뚜막에서 일어선다.

"⋯⋯너 아버지 진지랑 식잖게 뚜껑 덮었니?"

"시방 잡술 걸 뚜껑은 덮어선 무얼 해? 자아 인전 어서 국 퍼요."

"국은 불을 더 때야겠다. 아직 더얼 끓었어⋯⋯ 나가서 뚜껑 찾아서 잘 덮어봐라, 굳잖게."

초봉이는 물렸던 장작개비를 도로 지피고 불을 살군다.

"아이, 배고파 죽겠구먼. 언니두 배고프지?"

"나는 괜찮어."

"멀! 배고프문서두…… 언니 이따가 내 밥 같이 먹어, 응?"

"그래, 걱정 마라. 나는 누룽지두 훑어다 먹구 할 테니깐 네나 많이 먹구 배고프단 말 말아."

"그럼 머 인제 어머니가, 이년, 네 언니는 주걱데기하구 누룽지만 멕이구 너는 혼자서 옹근 사발엣 밥 차구 앉어 고질고질" 처먹구 있어? 이렇게 욕허게?…… 아이 참, 어머닌 나는 밉구, 언니만 이쁜가 봐? 그렇지? 언니."

"계집애가 별소릴 다 하네!"

초봉이는 웃으면서 눈을 흘긴다. 계봉이는 하하 웃고, 부엌에서 뛰어나와 방으로 들어간다.

초봉이는 아궁이 앞에 앉아 지금 방에서 어머니와 아버지가 하고 있는 그 이야기가 어떻게 돼가는가 해서 궁금히 생각을 하고 있는데, 삐그럭 중문 소리에 연달아 뚜벅뚜벅 무거운 구두 소리가 들린다. 초봉이는 보지 않고도 그것이 승재의 발자국 소린 줄 안다.

초봉이는 승재와 얼굴이 마주쳤다. 승재는 여느 때 같으면 히죽이 웃으면서 그냥 아랫방께로 갔을 것이지만, 오늘은 할 말이 있는지 양복저고리 포켓에다 손을 넣고 무엇을 찾으면서 주춤주춤한다.

초봉이는 고개를 돌이켰어도 승재가 말을 해주기를 기다린다. 그랬으면 초봉이도 그 말끝에 잇대어 아까 가게에서 풍파가 났던 이야기도 하고…… 하면 재미가 있을 것 같았다.

그러나 둘이는 내외를 한다거나 누가 금하는 바는 아니지만, 딱 마주쳐서 어쩔 수 없는 때나 아니고는 섬뻑 말이 나오지를 않는다. 그들은 처음부터 그렇게 버릇이 되었다. 한 것은, 가령 승재가 안에 기별할 말이 있다든지, 안에서 초봉이가 승재한테 무엇 내보낼 것이 있다든지 하더라도, 직접 승재가 초봉이한테, 또는 초봉이가 승재한테 해도 관계치야 않겠지만, 그러나 손아래로 아이들이 있는 고로, 다만 숭늉 한 그릇을 청한다 하거나 내보내거나 하는 데도 자연 아이들을 부르고 아이들을 시키고 하기 때문에, 그게 필경 버릇이 되고 말았던 것이다.

승재가 방을 세로 얻어 든 것이 작년 세안[10]이라 하지만, 그러기 때문에 둘이는 제법,

"나 승잽니다."

"초봉이어요."

이만큼이라도 말을 주고받기라도 하기는 금년 이월 초봉이가 제중당에 나가서부터다.

초봉이가 기다리다 못해, 그것도 잠깐이지만 도로 고개를 돌리니까, 승재는 되레 무렴해서 벌씬 웃고 얼른 아랫방께로 걸어간다.

초봉이는 승재가, 대체 무슨 말을 하려다 못 하고 저러나 싶어서, 그의 하던 양이 우습기도 하거니와 한편 궁금하기도 했다.

안방에서는······

내외간의 우김질은, 아이들이 초봉이만 부엌에 있고 모두 몰려드는 바람에 흐지부지 중판을 메고 묵묵하다.

식구들은 누구나 다 말은 안 해도, 밥상이 어서 들어왔으면 하는 눈치다.

82

계봉이는 모친이 주름을 잡고 있는 남색 벰베르크[11] 교직 치마를 몇 번째 만져보다가는 놓고, 놓았다가는 만져보고 해쌓는다.

그러다가 마침내 어리광하듯,

"어머니?…… 나두 이런 치마 하나만."

말은 해놓고도 고개를 오므라뜨리고 배식이 웃는다.

"속없는 계집애년!……"

유씨는 돋보기 너머로 눈을 흘기다가 생각이 나서……

"……너는 네 형 혼자만 맽겨놓구, 이렇게 퐁당 들어앉아서 고따위 소갈머리 없는 소리만 하구 있니?"

"다아 된걸, 머……"

계봉이는 그만 무렴해서 치마 만지던 손을 건사를 못 해 한다.

"국두 더얼 끓었는데 다 돼? 본초 없는[12] 것이, 어디서……"

계봉이는 식식하고 윗목으로 가서 돌아앉아버린다.

"요년, 냉큼 일어나서 나가 보지 못하느냐?"

"어이구 어머니두, 어머닌 내가 미워 죽겠나 봐?"

계봉이는 볼때기를 축 처뜨리고 울먹울먹, 발꿈치를 콩콩 구르고 마루로 나와서 부엌으로 내려간다.

그 볼때기하며, 계봉이는 성질도 그렇거니와 생김새도 형 초봉이와는 아주 딴판이다.

계봉이는 몸집이고 얼굴이고 늘품[13]이 있다. 아무 데고 살이 있어서 북실북실하니 탐스럽다. 코가 벌씸한 것은 사람이 좋아 보이나, 처진 볼때기에는 심술이 들었다. 눈과 이마도 뚜렷하니 어둡지가 않다. 그러한 중에도 제일 좋은 것은 그의 입이다.

마음을 탁 놓고 하하 웃을 때면, 시원스럽게 떡 벌린 입으로 그리 잘지 않은 앞니가 하얗게 드러나기까지 하여, 보는 사람도 속이 후련하다.

초봉이의 웃는 입은 스러질 듯이 미묘하게 아담스럽지만, 계봉이의 웃음은 훤하니 터져 나간 바다와 같이 개방적이요, 남성적이다. 그런 만큼 보매도 믿음직하다.

계봉이는 아직 활짝 피지는 않았다. 그러나 오래잖아 초봉이의 남화(南畵)답게 곱기만 한 얼굴보다 훨씬 선이 굵고, 실팍한 여성미를 약속하고 있다.

이 집안의 사남매는 계봉이와 형주와 병주가 한 모습이요, 초봉이가 돌씨[14]같이 혼자 딴판이다. 그러나 그 두 모습이 다 같이 정주사나 유씨의 모습은 아니다. 초봉이는 부계(父系)의 조부를, 계봉이와 형주 병주는 모계(母系)로 외탁을 했다.

초봉이는 부뚜막에 꾸부리고 서서 국을 푸다가 계봉이를 돌려다보다가 웃으면서……

"왜 또, 뚜했니?[15]"

"나는 머 어디서 얻어다 길렀다나? 자꾸만 구박만 허구."

계봉이가 잔뜩 부어가지고 서서 두런두런 두런거리는 것을, 초봉이는 그 꼴이 하도 우스워서 손을 멈추고 자지러지게 웃는다.

"깍쟁이가 왜 자꾸만 웃구 있어! 남 약올르라구."

"저 계집애가 왜 저래? 내가 무어랬니?"

초봉이는 그대로 웃는 얼굴이나, 부드럽게 타이른다.

"……이짐[16]부리지 말구 어서 아버지 진지상 가지구 들어가아…… 아버지 시장하시겠다. 너두 배고프다믄서 먼첨 먹구."

초봉이는 부친과 병주와 맞상을 본 데다가, 국을 큰놈 작은놈 한 그릇씩 올려놓고, 그 나머지 세 오뉘와 모친이 먹을 국은 큰 양재기에다 한데 퍼서 딴 상에 올려놓는다. 따로따로 국을 푸재도 입보다 그릇이 수효가 모자란다.

밥상에는 시커멓게 빛이 변한 짠 무김치 한 접시와 간장에 국뿐이다. 철 늦은 아욱국이기는 하지만, 된장기를 한 구수한 냄새가 우선 시장한 배들을 회가 동하게 한다.

계봉이는 다른 때 같으면 아직 더 고집을 쓰겠지만, 제가 원체 시장한 판이라 직수굿하고[17] 부친의 밥상을 방으로 날라다 놓고 다시 나온다.

그동안에 초봉이는 승재 방으로 들여보낼 자리끼[18] 숭늉을 해가지고 서서 망설인다.

진작부터 초봉이는 밤저녁으로 승재가 목이 말라도 조심이 되어 물을 청하지 못할 줄을 알고, 언제든지 제가 저녁밥을 짓게 되는 날이면 이렇게 자리끼 숭늉을 해서 내보내곤 한다.

오늘도 숭늉을 해 들고, 기왕이니 든 길에 내 손으로 내다 주어볼까 하고 벼르는 참인데, 마침 계봉이가 도로 부엌으로 나오니까, 장난을 하다 들킨 아이처럼 무렴해서 얼핏 계봉이더러 갖다 주라고 내맡긴다.

"싫여!…… 왜 내가…… 난 싫여."

계봉이는 아직도 심술났던 것이 덜 풀린 채로 쏘아붙이는 것이다.

"싫긴 왜 싫여? 남 밤중에 목마른 때 먹으라구 숭늉 한 그릇 해다 주믄 좋잖으냐?"

"조믄 나두 좋아? 언니나 좋지……"

"머?"

초봉이는 소스라치게 놀라서 무어라고 말을 할 줄을 모르고 기색이 당황해진다.

"하하하하, 아하하하……"

계봉이는 언제 심술이 났더냐는 듯이 싹 풀어져가지고 웃어대다가……

"……내가 옳게 알아맞혔지? 저 얼굴 빨개지는 것 좀 봐요! 하하하하."

"저 애가!"

"암만 그래두 난 못 속인다누, 하하하하. 자아, 그럼 내가 메센저 노릇을 해주지, 햄……"

계봉이는 그제야 자리끼 숭늉을 받아 든다.

"……그렇지만 조심해야 해. 혹시 내가 남서방을 태클할는지도 모르니깐, 응? 언니?"

"너 이렇게 까불 테냐?"

나무라면서 때릴 듯이 어르니까, 계봉이는 해뜩 돌아서서 아랫방께로 달아나느라고, 질름질름[19] 숭늉을 반이나 흘린다.

초봉이는 나머지 밥상을 집어 들고, 뒤를 돌려다보면서 안방으로 들어간다.

계봉이는 아랫방문 앞으로 가더니 일부러 사나이 목소리를 흉내 내어……

"헴, 남군 있소?"

"거 누구?"

미닫이를, 계봉이는 그래도 승재의 대답 소리를 듣고서야 연다.

승재는 아까 돌아올 때의 차림새 그대로 책상 앞에 가 앉아서 책을 보다가 고개를 돌리고 히죽 웃는다.

돌아올 때의 차림새라고 했지만, 극히 간단해서 위아랫막이를 검정 사지로 만든 쓰메에리[20] 양복 그것뿐이다.

이놈에다가 낡은 소프트[21]를 머리에 얹었으면 장재동(藏財洞)에 있는 병원과 이곳 거처하는 초봉이네 집을 오고 가는 도중에 있을 때요, 그 위에다가 흰 까운(진찰복)을 걸친 때는 병원에서 의사 노릇을 하는 때요, 또 한 가지, 게다가 낡아 빠진 왕진가방을 들었을 때는 근동(近洞)의 가난한 집에 병을 보아주러 무료왕진의 청을 받고 가는 때다.

작년 겨울 승재가 이 방을 세 얻어 든 뒤로 심동에 헌 외투 하나를 덧입은 것 외에는, 그의 얼굴이 변하지 않듯이, 그놈 검정 사지의 쓰메에리 양복도 반년이 지난 오늘까지 한 번도 변한 적이 없다. 그래서 대체 날이 더우면, 저 사람이 무슨 옷을 입고 나설 텐고? 이것이 다른 사람들도 다른 사람이거니와 초봉이한테는 재미스런 궁금거리이었었다.

그러나 그렇다고 승재라는 사람이 속세의 생활을 한 고패[22] 딛고 넘어서서 탈속(脫俗)이 되었다거나, 달리 무슨 괴벽이 있어서 그러냐 하면 실상 그런 것은 아니다. 오히려 제 몸 감장도 할 줄 모르는 탁객(濁客)[23]인 소치다.

그러한 데다가 그는 또 가난하다.

승재는 본시 서울 태생이었었고, 다섯 살에 고아가 된 것을 그의 외가 편으로 일가가 된다면 되고 안 된다면 안 되는 어떤 개업의(開業醫)가 마지못해서 거두어 길렀다.

아이가 생김새와는 달리 재주가 있고 배우고 싶어 하는 정성이 있음을 본 그 의사는 반은 동정심에서, 반은 어떻게 되나 하는 호기심에서 승재를 보통학교로부터 중등학교까지 졸업을 시켰다.

승재는 학교에 다니는 한편 주인의 진찰실과 제약실에서 자라다시피 했고, 더욱 그가 중등학교의 상급학년 때부터는 그 이상의 상급학교는 바랄 수 없음을 각오하고, 정성껏 진찰실의 실제 공부를 전심했다.

그리고 중학을 마친 뒤에는 이어 삼 년 동안을 꼬박 주인의 조수 노릇 하면서 의사시험을 치를 준비를 했다.

그리하는 동안에, 주인과는 미운 정 고운 정 다 들어, 주인도 승재를 어떻게 해서든지 의사시험에 잘 패스가 되어 의사면허장을 얻도록 해주려고 여러 가지로 지도와 편의를 보아주었다. 그러나 그는 그 뜻을 이루지 못한 채, 승재를 그의 동창이요 이 군산서 금호의원을 개업하고 있는 윤달식(尹達植)이라는 의사에게 천거하는 소개장 한 장만 남겨놓고, 마침내 저세상 사람이 되어버렸다.

이것이 승재가 이 군산으로 굴러 오게까지 된 경로요……

승재가 금호의원으로 와서 있기는 재작년 정월인데, 그동안 그는 작년 오월과 시월에 두 번 시험을 쳐서 반 넘겨 패스를 했다.

인제 남은 것은 제일부의 생리(生理)와 해부(解剖), 제이부의 병리(病理)와 산부인과(産婦人科), 제삼부의 임상(臨床), 이 다섯 가지 과목뿐이다. 이 중에서도 임상에는 충분한 자신이 있기 때문에 일부러 뒤로 미룬 것이요, 그 나머지만 준비가 덜 된 것인데, 어쨌거나 금년 시월이나 명년 오월이 아니면 시월까지의 시험을 치르기만 하면 넉넉 다 패스가 될 형편이다.

승재가 군산으로 와서 있으면서부터는 시험 준비의 진보가 더디긴 했다. 매삭 사십 원의 월급에 매달려, 그만큼 일을 해주어야 하는 때문이다.

금호의원의 주인 의사 윤달식은 승재의 임상이 능란한 데 안심하고, 거의 병원을 내맡기다시피 했다. 숙식(宿食)도 전부 병원에 달려 있는 자기 집에서 하게 했었다.

그러고 보니 밤으로도, 밤에 오는 환자와 입원환자 때문에 승재는 공부를 할 시간이 없었다.

달식이도 죽은 친구의 부탁까지 맡은 터이라, 미안히 여겨 마침내 승재더러 따로 방을 얻어가지고서 밤저녁의 거처 겸 조용히 공부를 하라고 여유를 주었다. 그래서 승재는 작년 봄부터 그렇게 했고, 그러던 끝에 작년 겨울에는 방을 옮기게 된 계제에 이 초봉이네 집으로 우연히 오게 된 것이다.

그러나 승재는 하필 병원에서 거처하기 때문에만 시험 준비가 더디었던 것은 아니다.

"좀 더디면 어떨라구."

이런 늘어진 배포로서 그는 시험 준비를 해야 할 의학서류는 제

쳐놓고, 자연과학서류에 재미를 붙여 그 방면엣 것을 많이 읽곤
했다. 그래서 그가 거처하고 있는 이 방에도, 책상 하나, 행담[24] 하
나, 이부자리 한 채, 이 밖에는 아무것도 없는 허술한 방이지만,
한편 벽으로 천장 닿게 쌓은 것은 책뿐이요, 그중에도 삼분지 이
이상이 자연과학서류다.

그뿐 아니라 조용히 들어앉아 공부를 하겠다고 따로 거처를 잡
고 나온 그는 도리어 일거리 하나를 더 장만했다.

동네에 병자가 있어 병원에도 다니지 못하고 하는 사람인 줄 알
면, 그는 약도 지어서 주고, 다니면서 치료도 해준다. 그것이 소
문이 나가지고, 이 근처의 일판에서는 걸핏하면 제 집의 촉탁의
사나 불러대듯이, 오밤중이고 새벽이고 상관없이 불러댄다. 그래
서, 시간도 시간이려니와 그 수응[25]을 하느라고 매삭 돈 십 원씩이
나 제 돈이 녹는다.

월급 사십 원을 받아서 그중 십 원은 그렇게 쓰고, 이십 원은 책
값으로 쓰고, 나머지 십 원을 가지고 방세 사 원과 한 달 동안 제
용돈으로 쓴다. 용돈이라야, 쓴 막걸리 한 잔 사 먹는 법 없고 담
배도 피울 줄 모르고, 내의도 제 손으로 주물러 입으니까, 목간값
이나 이발값이 고작이요, 그래서 처지는 놈은 책값으로 넘어가지
않으면 요새 몇 달째는 초봉이네 집에 방세를 미리 들여보내느라
고 새어버린다. 이렇듯 그는 가난하던 것이다.

그러나 그렇지만 가난 이외의 것을 모르니까, 그는 태평이다.
그는 제가 의사시험에 패스가 되어 의사면허를 얻게 될 것을 유
유히 믿는다. 자연과학의 힘을 믿는다. 그리고 가난한 사람들의

병을 낫게 해주어 성한 사람이 되게 하는 것을 재미있어 한다. 해
서 근심도 초조도 없다.

　"덩치는 덜씬 커가지구……"
　계봉이는 승재가 언제나 마찬가지로 입은 다문 채 코를 벌씬하
고 눈으로만 웃는 것을 마구 대고 놀려먹는다.
　"……웃는 풍신²⁶이 그게 무어람! 그건 소가 웃는 거지 사람이
웃는 거야?"
　승재는 계봉이의 하는 양이 도리어 귀엽다고 그대로 눈으로만
순하디 순하게 웃고 있다.
　"저거 봐요! 그래두 말을 안 듣구서 그래! 아 글쎄 기왕 웃을려
거던 하하하하 이렇게 웃던지, 어허허허 이렇게 웃던지 응? 입을
떠억 벌리구 맘을 터억 놓구서 한바탕 웃는 게 아니라, 그건 뭐
야! 흠, 이렇게, 입을 갖다가 따악 봉해놓구 앉어서 코허구 눈허
구 웃는 시늉만 하구…… 앵! 그 청년 못쓰겠군. 거 좀 속시원하
게 웃어 제치지 못한담매?"
　"인제 차차 웃지."
　승재는 수염 끝이 비죽비죽 솟은 턱을 손바닥으로 문댄다.
　"인제란 게 언제야? 남서방 손자가 시방 남서방처럼 턱 밑에 그
런 수염이 나면? 그때 말이지? 하하하하!……"
　계봉이가 웃는 것을 보고, 승재는 아닌 게 아니라 너는 퍽 시원
스럽게 웃는다고 탐탁해 바라다만 본다.
　계봉이는 이윽고 웃음을 그치고 나서 자리끼 숭늉을 문턱 안으

로 들여놓아 준다.

"자아 숭늉요…… 그런데 이건 거저 숭늉은 숭늉이지만 이만저만찮은 생명수요! 알아듣겠지? 그 말뜻을, 응?"

승재는 얼굴이 붉어지면서, 점직하다고 히죽히죽 웃기만 한다.

"하아! 저 청년이 왜 저렇게 무렴해하꼬? 무 캐먹다가 들켰나?"

계봉이는 마치 동물원에 간 어린아이들이 곰을 놀려먹듯 한다. 그는 지금 배가 고프지만 않았으면 얼마든지 장난을 하겠지만, 고만하고 돌아선다.

마악 돌아서는데 승재가 황급하게……

"저어, 나 좀……"

"무슨 할 말이 있는고?"

"응, 저녁 해 먹었지?"

승재는 아까 마당에서 하듯이 양복저고리 포켓 속에 손을 넣고 무엇을 부스럭부스럭 찾으면서 어렵사리 묻는다.

"저녁? 응. 해서 지금들 먹는 참이구. 그래서 본인두 어서 들어가서 진지를 자셔야지, 생리학적 기본요구가 대단히 절박해!"

"저어, 이거 갖다가…… 응?……"

우물우물하더니 지전 한 장, 오 원짜리 한 장을 꺼내서 슬며시 밀어놓는다.

"……어머니나 아버지 디려요. 아침나절에 좀 변통해볼려구 했지만 늦었습니다구."

계봉이는 승재가 오늘도 아침에 밥을 못하는 눈치를 알고 가서,

더구나 방세가 밀리기는커녕 이달 오월 치까지 지나간 사월 달에 들여왔는데, 또 이렇게 돈을 내놓는 것인 줄 잘 알고 있다.

계봉이는 승재의 그렇듯 근경 있는 마음자리가 고맙고, 고마울 뿐 아니라 이상스럽게 기뻤다. 그러나 그러면서도 한편으로는 얼굴이 꼿꼿하게 들려지지 않을 것같이 무색하기도 했다.

"이게 어인 돈이고?"

계봉이는 돈을 받는 대신 뒷짐을 지고 서서 준절히 묻는다.

"그냥 거저……"

"그냥 거저라니? 방세가 이대지 많을 리는 없을 것이고……"

"방세구 무엇이구 거저, 옹색하신데 쓰시라구……"

계봉이는 인제 알았다는 듯이 고개를 두어 번 까댁까댁하더니

"나는 이 돈 받을 수 없소"

하고는 입술을 꽉 다문다. 장난엣말로 듣기에는 음성이 너무 강경했다.

승재는 의아해서 계봉이의 얼굴을 짯짯이[27] 건너다본다. 미상불, 여전한 장난꾸러기 얼굴 그대로는 그대로지만, 그러한 중에도 어디라 없이 기색이 달라진 게, 일종 오만한 빛이 드러났음을 볼 수가 있었다.

승재는 분명히 단정하기는 어려우나, 혹시 나의 뜻을 무슨 불순한 사심인 줄 오해나 받은 것이 아닌가 하는 생각도 들었다. 그렇게 생각하고 보니, 비록 마음이야 담담하지만 일이 좀 창피한 것도 같았다.

"왜애?"

승재는 속은 그쯤 동요가 되었어도, 좋은 낯으로 심상하게 물어
보던 것이다.

"거지의 특권을 약탈하구 싶던 않으니까……"
하는 소리도 소리려니와, 조그마한 계집아이가 뒷짐을 딱 지고
도고하니 고개를 들고 서서 그런 소리를 탕 탕, 남달리 커다란 사
내를 다궂는²⁸ 양이라니, 도무지 깜찍하기란 다시 없다.

그러나 보매 그러한 것 같지, 역시 본심으로다가 기를 쓰고 하
는 짓은 아니다. 그는 다만 아까부터 제 무렴에 지쳐서 심술을 좀
부리고 싶은 참인데, 그러자 전에 어떤 잡지에서 본 그 말 한 구
절이 마침 생각이 나니까 생각난 대로 그냥 써먹은 것이다.

애꿎이 혼이 나기는 승재다.

승재는 마치 어른한테 꾸지람을 듣고 있는 아이같이 큰 눈을 끄
덕끄덕하고 있다가 겨우 발명을 한다는 것이……

"나는 거저 허물없는 것만 여겨서, 그냥……"
말도 똑똑히 못 하고 비실비실한다.

"그렇지만 말이지……"
의젓하게 다시 책을 잡는 계봉이는 아이를 나무라는 어른 같다.

"……자선이나 동정 같은 것은 받는 사람의 프라이드를 뺏는
경우두 있는 법이어든."

"나두 별수 없이 다 같은 가난한 사람인걸?"

"하하하하, 아하하하……"
별안간 계봉이는 허리를 잡고 웃어젖힌다.

"……하하하하, 저 눈 좀 봐요. 얼음판에 미끄러진 황소 눈이라

니, 글쎄 저 눈 좀 봐요. 하하하하……"

계봉이는 승재가 아까부터 무렴해서 어쩔 줄을 모르고 쩔쩔매는 꼴이 우스워 못 견디겠는 것을 겨우 참고, 그가 하는 양을 좀 더 보고 있던 참인데, 인제는 터져 나오는 웃음을 어떻게 걷잡을 수가 없었다.

친하면 친하다고도 할 수 있지만, 그런 만큼 또 체면의 어려움도 없지 않다.

그러한 승재, 즉 남의 집 젊은 총각한테 늘 이렇게 한 팔을 꺾이는 듯한 가난, 가난이라고 막연하게보다도 밥을 굶고 늘어지는 창피한 꼬락서니를 들키곤 하는 것이, 마침 열일곱 살배기의 처녀답게 무색했던 것이다. 물론 그것은 제 무렴이다.

아무튼 그래서, 그 복수는 충분히 했다. 거지의 특권을 약탈하고 싶진 않다고, 자선이나 동정 같은 것은 받는 사람의 프라이드를 뺏는 경우가 있다고, 장난은 역시 장난이면서, 그러나 버젓하게 또 꼼짝 못하게 해주었으니까……

그러고 나니까, 께름하던 마음이 풀리는데, 일변 승재의 하는 양이 그러하니 재미가 있어서도 웃고, 그저 우스워서도 웃을밖에 없던 것이다.

계봉이가 그처럼 웃는 것을 보고 승재는 겨우 안심은 했으나, 꾀에 넘어가서 사뭇 쩔쩔맨 것이, 이번에는 점직했다.

"원, 사람두…… 나는 정말 노여서 그리는 줄 알구 깜짝 놀랬구먼!"

"하하하…… 그렇지만 꼭 장난으루만 그런 건 아니우, 괜히."

"네에, 잘 알었습니다."

"그런데에······"

계봉이는 문제된 오 원짜리 지전을 내려다본다. 아무리 웃고 말았다고는 하지만 그대로 집어 들고 들어가기가 좀 안되었다. 그러나 그렇다고 종시 안 가지고 가기는 더 안되었다. 잠깐 망설이다가 할 수 없이 그는 돈을 집어 든다.

"······그럼 이건 어머니한테 갖다 디리께요?"

고개를 까땍 하면서 돌아서서 가는 계봉이를 승재는 다시 한 번 바라다본다.

엄부렁하니 큰 깐으로는 철이 안 나서 늘 까불기나 하고, 동생들과 다투기나 하고, 할 말 못할 말 함부로 들이대기나 하고, 이러한 털팽이[29]요, 심술꾸러기로만 계봉이를 여겨온 승재는 오늘이야 계봉이가 엉뚱하게 속이 깊고, 깊은 속을 곧잘 표시할 수 있는 지혜와 영리함이 있음을 알았던 것이고, 따라서 탄복스럽던 것이다.

그것은 계봉이도 마찬가지로 승재를 한 번 더 다르게 볼 수가 있었다.

그래서 둘이는 마음이 훨씬 더 소통이 되고 친해질 수가 있게 되었다.

한밥[30]이 잡힌 누에들이 통으로 주는 뽕잎을 가로타고, 기운차게 긁어 먹는 잠박(蠶箔)[31]처럼, 안방에서는 다섯 식구가 제각기 한 그릇 밥에 국을 차지하고 앉아 째금째금 후루룩후루룩 한참 맛있게 밥을 먹고 있다. 모처럼 얻어걸린 밥이니 그렇지 않을 수도 없는 것이다.

"계봉이는 어디 갔느냐?"

그래도 여럿이 먹다가 한 사람이 죽을 지경은 아니었던지, 정주
사가 이편 밥상을 건너다보고 찾는다.

"아랫방 자리끼 숭늉 내다 주러 갔어요."

초봉이가 역시 이 애는 무얼 하느라고 이리 더딘고 궁금해하면
서 대답을 한다.

"가서 또 쌔왈거리구 까부느라구 그러지, 그년이……"

유씨는 계봉이 제 말마따나, 어디라 없이 계봉이가 미운 게 사
실이어서, 은연중 말이 곱지 않게 나오는 때가 많다.

"거, 너는 왜 밥을 반 그릇만 가지구 그러느냐? 밥이 모자라는
거로구나?……"

정주사가 초봉이의 밥그릇을 넘겨다보다가 걱정을 한다.

"……그렇거들랑 이 밥 더 갖다 먹어라!"

집어 드는 건 밥상 옆에 옹근째 내려놓은 병주의 밥그릇이다.

제 밥은 아껴두고 부친의 밥을 뺏어 먹고 있던 병주는 밥 먹던
숟갈을 둘러메면서 발버둥을 친다.

"어머니! 어머니!……"

거푸 부르면서 그제야 계봉이가 식구들이 밥을 먹고 있는 안방
으로 달려든다.

"……저어, 나아, 돈 오십 전만 주믄, 돈 오 원 어머니 디리지?"

식구들은 그게 웬 소린지 몰라 밥을 씹던 채, 숟갈로 밥을 뜨던
채, 혹은 밥숟갈이 입으로 들어가다 말고 모두 뚜렛뚜렛하면서

계봉이를 치어다본다.

이윽고 유씨가 시쁘다고 눈을 흘기면서……

"네년이 돈이 오 원이 있으면, 나는 백 원이 있겠다!"

"정말? 내가 오 원을 내놓을 테니깐 어머닌 백 원을 내노시우?"

"저년이 한참 까부는구만? 남서방이 딜여보내는 돈일 테지, 제가 돈이 어디서 생겨!"

"해해해해, 자요, 오 원. 인제는 어머니두 백 원 내노시우?"

기연가미연가하고[32] 있던 식구들은 모두들 놀란다. 초봉이는 비로소 아까 승재가 마당에서 포켓에 손을 넣고, 무슨 말을 할 듯이 우물우물하던 속을 안 것 같았다.

"이년아, 이게 네 돈이더냐? 바루 남의 돈을 가지구 생색을 내려 들어!"

유씨가 돈을 받으면서 핀잔을 주는 것을,

"그래두 내가 퇴짜를 놨어 보우! 괜히……"

계봉이는 지지 않고 앙알거리면서 밥상 한 모서리로 앉는다.

"그년이 점점 더 희떠운 소리만 허구 있어! 왜 남이 맘먹구 주는 돈을 마다구 해?"

"아무려나 거 그 사람이 웬 돈을 그렇게…… 거 원!"

정주사가 한마디 걱정을 하는 것을 유씨는 받아서……

"아침에 밥 못 해 먹은 줄을 알았던 게지요, 매양……"

"그러니 말이야. 방세두 이달 치를 지난달에 벌써 내잖었수?…… 그런걸……"

"허긴 나두 허느니 그 걱정이오!"

"거 원, 그 사람두 넉넉지는 못한 모양인가 부던데 내가 그렇게 신세를 져서 원……"

정주사는 쓰지도 않은 입맛을 쓰게 다신다.

병주가 돈과 부친의 얼굴을 번갈아 가면서,

"아버지? 아버지……"

불러놓고는 냅다 속사포 놓듯 주워 꿰는 것이다.

"……내 양복허구, 내 모자허구, 내 구두허구, 내 자전거허구, 그리구 빠나나랑 미깡이랑 사주어, 잉? 아버지."

"저 애는 밤낮 그런 것만 사달래요……"

저도 한몫 보자고, 형주가 뚜우 해서 나선다.

"……남 월사금³³도 못 타게! 어머니 나 지난달 치허구 이달 치허구 월사금!…… 그리구 산술공책허구."

"깍쟁이! 망할 자식!"

밥 먹던 숟갈을 연신 들어 메면서 병주가 도전을 한다.

"왜 날더러 깍쟁이래? 이따가 너 죽어 봐. 수원 깍쟁이 같으니라구."

"저놈!"

정주사가 막내둥이의 편역³⁴을 들어 형주를 꾸짖는다. 막내둥이의 편역이 아니라도, 정주사는 유씨가 계봉이를 괜히 미워하듯이 형주를 미워하던 것이다.

"어머니, 나 월사금 주어야지, 머 나두 몰라! 머."

이번에는 계봉이가 형주를 반박한다.

"이 애야 월사금은 너만 밀렸니? 나두 두 달 치 밀렸다…… 어머니, 아따 월사금은 그믐께 주구, 나 위선 오십 전만 주우? 우리 회람문고³⁵ 지난달 회비 주게, 응? 어머니."

"월사금이 제일이지 그까짓 게 제일인가? 머."

"월사금은 이 녀석아, 좀 늦게 줘두 괜찮아. 오십 전만 응? 어머니."

"이잉, 깍쟁이가…… 난 월사금, 몰라!"

"아버지 아버지, 내 양복허구, 내 모자허구, 내 구두허구, 빠나 나랑 사다 주어 응? 자전거랑."

"오냐 오냐, 허허……"

정주사는 우두커니 보고 있다가 어이가 없다고 한단 소리다.

"……꼬옥 흥부 자식들이다, 흥부 자식들이야!…… 거 장가딜 여달라구 조르는 놈만 없구나!"

"그리구 당신은 꼬옥 흥부 같구요?"

"내가 어째서 흥부야? 여편네가 새수빠진³⁶ 소리만 하구 있네!"

"누가 당신 속 모르는 줄 아시우?"

"내가 어쨌길래?"

"어쩌기는 무얼 어째요? 이놈에서 일 원허구 육 전만 발라서 위선 담배 한 곽 사 피구, 일 원은 두었다가 미두장에 갈 밑천을 할려면서……"

"허허허허……"

정주사는 속을 보이고는 할 수 없이 웃음으로 얼버무린다.

"……기왕 그런 줄 알았으니, 그럼 일 원허구 육 전만 주구려. 허허……"

'⋯⋯생애生涯는 방안지方眼紙라!'

조금치라도 관계나 관심을 가진 사람은 시장(市場)이라고 부르고, 속한(俗漢)은 미두장이라고 부르고, 그리고 간판은 '군산미곡취인소(群山米穀取引所)'라고 써붙인 ××도박장(賭博場).

집이야 낡은 목제의 이층으로 헙수룩하니 보잘것없어도 이곳이 군산의 심장임에는 갈데없다.

여기는 치외법권이 있는 도박꾼의 공동조계¹요 인색한 몽테카를로다. 그러나 몽테카를로 같은 곳에서는, 노름을 하다가 돈을 몽땅 잃어버리면 제 대가리에다 대고 한 방 탕 쏘는 육혈포² 소리로, 저승에의 삼천 미터 출발신호를 삼는 사람이 많다는데, 미두장에서는 아무리 약삭빠른 전재산을 톨톨 털어 바쳤어도 누구 목 한번 매고 늘어지는 법은 없으니, 그런 것을 조선 사람은 점잖아서 그런다고 자랑한다든지!

군산 미두장에서 피를 구경하기는 꼭 한 번, 그것도 자살은 아니다.

에피소드는 이렇다.

연전에 아랫녘(全南) 어디서라던지, 집을 잡히고 논을 팔고 한 돈을 만 원가량 뭉뚱그려 전대에 넣어 허리에 차고, 허위단심[3] 군산 미두장을 찾아온 영감님 하나가 있었다.

영감님은 미두란 어떻게 하는 것인지 통히 몰랐고, 그저 미두를 하면 돈을 딴다니까, 그래 미두를 해서 돈을 따려고 그렇게 왔던 것이다.

영감님은 그 돈 만 원을 송두리째 어느 중매점에다 맡겨놓고, 미두 공부를 기역 니은(미두학 ABC)부터 배워 가면서 일변 미두를 했다.

손바닥이 엎어졌다 젖혀졌다 하고, 방안지의 계선이 올라갔다 내려왔다 하는 동안에 돈 만 원은 어느 귀신이 잡아간 줄도 모르게 다 죽어버렸다.

영감님은 여관의 밥값은 밀렸고, 고향으로 돌아갈 (면목은 몰라도) 찻삯이 없었다.

중매점에서 보기에 딱했던지, 여비나 하라고 돈 삼십 원을 주었다. 영감님은 그 돈 삼십 원을 받아 쥐었다. 받아 쥐고는 물끄러미 내려다보면서 후유 한숨을 쉬더니 한숨 끝에 피를 토하고 쓰러졌다. 쓰러지면서 죽었다.

이것이 군산 미두장을 피로써 적신 '귀중한' 재료다.

그랬지, 아무리 돈을 잃어 바가지를 차게 되었어도 겨우 선창께로 어슬렁어슬렁 걸어 나가서 강물에다가 눈물이나 몇 방울 떨어뜨리는 게 고작이다. 금강은 백제가 망하는 날부터 숙명적으로 눈물을 받아먹으란 팔자던 모양이다.

미상불 미두장이가 울기들은 잘한다.

옛날에 축현역[杻峴驛: 시방은 상인천역(上仁川驛)] 앞에 있던 연못은 미두장이의 눈물로 물이 고였다고 이르는 말이 있었다.

망건 쓰고 귀 안 뺀 촌샌님들이 도무지 어쩐 영문인 줄 모르게 살림이 요모로 조모로 오그라들라치면 초조한 끝에 허욕이 난다. 허욕 끝에는 요새로 친다면 백백교[4], 들이켜서는 보천교[5] 같은 협잡패에 귀의해서 마지막 남은 전장을 올려 바치든지, 좀 똑똑하다는 축이 일확천금의 큰 뜻을 품고 인천으로 쫓아온다. 와서는 개개 밑천을 홀라당 불어버리고 맨손으로 돌아선다.

그들이야 항우 같은 장사가 아닌지라, 강동(江東) 아닌 고향으로 돌아갈 면목은 있지만 오강(烏江) 아닌 축현역에 당도하면 그래도 비회[6]가 솟아난다. 그래 찻시간도 기다릴 겸 연못가로 나와 앉아 눈물을 흘린다. 한 사람이 그래, 두 사람이 그래, 열 사람 백 사람 천 사람이 몇 해를 두고 그렇게 눈물을 뿌리니까, 연못의 물은 벙벙하게 찼다는 김삿갓 같은 이야기다.

오늘이 오월로 들어서 둘쨋번 월요일이라, 이번 주일의 첫장이다. 그러므로 웬만하면 입회가 다소간 긴장이 되겠지만 절기가 그럴 절기라 놔서, 볼썽없이 쓸쓸하다.

그중 큰 매매라는 것이 기지개를 써서 오백 석 아니면 천 석짜리요, 모두가 백 석 이백 석짜리 '마바라'(잔챙이 미두꾼)들만 엉켜 붙어서 옴닥옴닥한다.

옛날 말이지, 시방은 쌀값을 최고 최저 가격을 통제해서 꽉 잡아 비끄러매놓기 때문에 아무리 날고뛰어도 별반 뾰죽한 수가 없고, 다직해서 여름의 농황(農況)을 좌우하는 천기시세(天氣相場) 때와 그밖에 이백십일(二百十日)이나, 특별한 정변(政變)이나, 연전의 동경대진재[7] 같은 천변지이(天變地異)나, 이러한 때라야 그래도 폭넓은 진동(大幅振動)이 있고 해서 매매도 활기가 있지, 여느 때는 구멍가게의 반찬거리 흥정을 하는 푼수밖에 안 된다.

그러니까 투기사(投機師)는 ××××가 살인강도나, 옛날 같으면 권총사건 같은 것이 생기기를 바라듯이 김만평야의 익은 볏목에 우박이 쏟아지기를 바라고, ××이나 ××이 지함(地陷)[8]으로 돌아 빠지기를 기다린다.

후장삼절(後場三節)……

아래층의 '홀'로 된 '바다지석(場立席)'에는 각기 중매점으로부터 온 두 사람씩의 '바다지(場立: 중매점의 시장대리인)'들과 '죠오쓰게(場附)'라고 역시 중매점에서 한 사람씩 온 서두리꾼[9]들까지, 한 사십 명이나 마침 대기하듯 모여 섰다.

같은 아래층을 목책으로 바다지석과 사이를 막은 '갸꾸다마리'에는 손님들이 한 백 명가량이나 되게 기다리고 있다.

이 사람들이, 그중에는 구경꾼이나 하바꾼들도 섞이기는 했지만, 거지반 미두 손님들이다.

일부러 골라다 놓은 듯이 형형색색이다. 조선옷, 양복, 콩소매 달린 옷, 늙은이, 젊은이, 큰 키, 작은 키, 수염 난 사람, 이발 안

한 사람, 잘생긴 얼굴, 못생긴 얼굴, 이러하되 그들 한 사람 한 사람이 제가끔 한 사람 몫의 한 사람씩인 '저'들이요, 제가끔 김가, 이가, 나까무라, 최가 등속인 노름꾼들이다.

그러나, 본래 '오오테(大手)'라고, 몇천 석 몇만 석씩 크게 하는 축들은 제 집에다 전화를 매놓고 앉아 시세를 연신 알아보아 가면서 오천 석을 방해라, 만 석을 사라, 이렇게 해먹지 그들 자신이 미두장에 나오는 법이 없다.

해서, 으레 미두장의 갸꾸다마리에 주욱 모여 서는 건 하바꾼과 구경꾼과 백 석 이백 석을 붙여놓고 일 정(一丁: 一錢) 이 정(二丁: 二錢)의 고하를 눈 뒤집어쓰고서 밝히는 '마바라'들이다.

하지만, 또 이 마바라들이야말로 하바꾼들과 한가지로 미두전장(米豆戰場)의 백전노졸들인 것이다.

그들은 대개가 십 년 이십 년, 시세표(市勢表)의 고하를 그리는 괘선(罫線)을 따라 방안지(方眼紙)의 생애(生涯)를 걸어오는 동안, 수만 금 수십만 금 잡았다가 놓쳤다가 하여서 무수한 번복을 거쳐, 필경은 오늘날의 한심한 마바라나 그보다 더 못한 하바꾼으로 영락한 무리들이다.

그런만큼 그들은 미두장이의 골이 박혀 시세를 보는 눈이 날카롭고 담보는 크건만, 돈 떨어지자 입맛 난다는 푼수로, 부러진 창대를 가지고는 백전노졸도 큰 싸움에는 나서는 재주가 없다.

후장삼절을 알리느라고 '갤러리'로 된 이층의 '다까바(高場)'에서 따악 따악 따악 딱다기 소리가 나더니 '당한(當限)'[10]이라고 쓴 패가 나와 붙는다.

이것이 소집 나팔이다.

딱다기 소리에 응하여 바다지들은 반사적으로 일제히 다까바를 올려다보고는 그 길로 장내를 휘휘 돌려다본다. 그들은 직업적으로 약간 긴장하는 둥 마는 둥하다가 도로 타기만만하다.[11]

갸꾸다마리에서는 저으기 긴장이 되어 모두들 바다지한테로 시선을 보내나 바다지들 사이에는 종시 매매가 생기지 않는다. 또 손님들 편에서도 아무 동요가 일어나지 않는다.

바다지석과 갸꾸다마리 사이의 목책 위에 놓인 각 중매점의 전화들만 끊일 새 없이 쟁그럽게 울고 그것을 받아내느라고 죠오쓰게들만 분주하다.

갤러리의 한편 구석으로 자리를 잡고 있는 통신사(通信社) 사람들은 전화통에 목을 매달고 각처에서 들어오는 시세를 받느라고, 또 한편으로 그놈을 흑판에다가 분글씨로 써서 내거느라고 여념이 없다.

다까바에는 딱다기꾼 외에 두 사람의 다까바(高場: 書記)가 테이블을 차고 앉아 마침 기록을 하려고 바다지들을 내려다보고 있다.

당한에는 바다지들의 아무런 제스처 즉 매매의 도전(賣買挑戰)이 없어, 소위 '데기모(出來不申)'라고, 매매가 없다고 만다.

다까바에서는 다시 딱딱이가 울고 '중한(中限)'[12]패로 갈려 붙는다.

이에 응하여 선뜻 한 사람의 바다지가 손을 번쩍 쳐들면서

"셍고쿠 야로."

소리를 친다. 대체 이 사람이 쳐든 손은, 언뜻 아무렇게나 쳐든

것 같아도 실상인즉 대단히 기묘복잡함이 있다.

엄지손가락과 식지는 접어두고 중지와 무명지와 새끼손가락 세 개만 펴서 손바닥은 바깥으로 둘렀다.

하고 보니, 벙어리가 에스페란토를 지껄인 것이랄까, 그것을 번역하면 이렇다.

끝엣 손가락 세 개를 편 것은 삼(三)이라는 뜻으로 삼 전(三錢)이란 말이고, 손바닥을 바깥으로 두른 것은 팔겠다는 말이고, 그리고,

"셍고쿠 야로"

는,

"쌀 천 석 팔겠다"

는 말이다. 그러니까 즉,

"쌀 천 석을 삼 전(三錢: 삼십 원 삼 전)씩에 팔겠다."

이런 뜻이다.

이 매매가 성립이 되자면 누구나 사고 싶은 다른 바다지가 응하고 나서야 한다.

장내는 조금 동요가 되다가 다시 조용하고 갸꾸다마리에서는 담배 연기만 풀씬풀씬 올라온다.

삼십 원 삼 전이라는 시세에 바다지나 손님들이나 다 같이,

"흥! 누가 그걸……"

하는 듯이 맨숭맨숭하다.

그래서 '시데나시(仕手無)'[13]라는 걸로 중한도 매매가 성립되지 못한다.

본시 한산한 시기에는 당한과 중한에는 매매가 별반 없는 법인
데, 더구나 시세가 저조(低調)여서 '매방(買方)'이 경계를 하는
판이라 전절(前節: 二節)보다 일전(一錢)이 비싼 삼십 원 삼 전에
팔겠다는 걸, 그놈에 응할 사람이 없을 것도 당연한 일이다.

세 번째 딱다기가 울고 '선한(先限)'[14]패로 갈려 붙는다. 그러자
마침 기다리고 있던 듯이 갸꾸다마리에서 손님 하나가 바다지 한
사람을 끼웃끼웃 찾아 불러내다가는 목책 너머로 소곤소곤 귓속
말을 한다.

바다지는 연신 고개를 까닥까닥하면서 말을 듣는 한편, 손에 들
고 있는 금절표(金切表)를 활활 넘기고 들여다본다.

이윽고 바다지는 돌아서면서, 엄지손가락 식지 중지 세 손가락
을 펴서 손바닥을 밖으로 쳐들고,

"고햐쿠 야로."

소리를 친다. 이것은 팔 전(八錢: 이십구 원 구십팔 전)에 오백
석을 팔겠다는 뜻인데, 그 소리가 떨어지자 장내는 더럭 흥분이
된다.

일 초를 지체하지 않고 저편으로부터 다른 바다지가 팔을 쳐들
어 안으로 두르고,

"돗다."

소리를 지른다. 그놈을 사겠다는 말이다.

이어서 여기저기서 '얏다', '돗다' 소리와 동시에 팔이 쑥쑥 올
라오고, 소리는 한데 엉켜 왕왕거리는 아우성 소리로 변한다. 치
켜올린 바다지들의 손과 손들은 공중에서 서로 잡혀진다. 커다란

혼잡이다.

바다지석은 흰화[15] 속에서 뒤끓는다. 다까바들은 눈을 매눈같이 휘두르면서 손을 재게 놀려 기록을 한다.

바다지와 다까바는 매매를 하느라고 홍분이 되고, 이편 쟈꾸다마리는 시세 때문에 홍분이다.

그도 그럼직한 일이다.

오늘 아침 '전장요리쓰키(前場寄付)'[16] 삼십 원 십이 전으로 장이 서가지고는 '전장도메(前場止)'[17] 홑 구 전, '후장요리쓰키(後場寄付)'[18] 홑 칠이 이절에 가서 오 정(五丁: 五錢)[19]이 더 떨어져 홑 이 전으로 되더니, 삼절에는 마침내 그처럼 삼십 원대를 무너뜨리고 팔 전—이십구 원 구십팔 전으로 또다시 사 정이 떨어졌던 것이다.

현물이 품귀(品貴)요, 정미도 값이 생해서 기미(期米)도 일반으로 오르게만 된 형세건만, 도리어 이렇게 떨어지기만 해놔서, '쓰요키(强派)'[20]들한테는 여간 큰 타격이 아니다.

만일 이대로 떨어져 가기로 들면 '후장도메'까지에는 다시 사오 정은 더 떨어지고 말 것이고, 한다면 도통 이십 정(二十丁)이 오늘 하루에 떨어지는 셈이다.

표준미가(標準米價) 이후 하루 동안에 백 정(百丁)이니 이삼백 정이니 하는 등락은 이미 옛날의 꿈이요, 진폭이 빈약한 오늘날, 더구나 한산한 이 시기에 하루 이십 정의 변동은 넉넉히 홍분거리가 될 수 없는 게 아니던 것이다.

쟈꾸다마리의 얼굴들은 대번 금을 그은 듯이 두 갈래로 갈려버린다.

판 사람들은 턱을 내밀고서 만족하고 산 사람들은 턱을 오므리고서 시치름하고, 이것은 천하에도 두 가지밖에는 더 없는 노름꾼의 표정이다.

이처럼 시세가 내리쏟히자 태수의 친구요, 중매점 마루강(丸江)의 바다지인 곱사 형보는 팽팽한 이맛살을 자주 찌푸리면서 손에 쥔 금절표를 활활 넘겨본다.

사각 안에다가 영서로 K자를 넣은 것이 태수의 마크다.

육십 원 증금(證金)으로 육백 원에 천 석을 산 것인데, 인제 앞으로 십 정만 더 떨어져서 이십구 원 팔십팔 전까지만 가면 증금으로 들여논 육백 원은 수수료까지 쳐서 한 푼 남지 않고 '아시(證金不足)'[21]이다.

형보는 잠깐 망설이다가 곱사등을 내두르고 아기작아기작 전화통 앞으로 가더니 옆엣사람들의 눈치를 슬슬 살펴 가면서 ××은행 군산지점의 전화를 부른다. 태수한테 기별을 해주려는 것이다.

그러나 만일 한낱 행원으로 미두를 한다는 소문이 퍼지게 되고 보면, 더구나 모범행원이라는 고태수로, 그런 눈치를 은행에서 알게 되는 날이면 일이 재미가 적고 한 터라, 이러한 전화는 걸고 받고 하기에 서로 조심을 한다.

××은행 군산지점 당좌계[22]의 창구멍(窓口)안에 앉은 고태수, 그는 어젯밤을 새워 먹은 작취[23]로 골머리가 떵하니 아프고, 속이 메스꺼운 것을 겨우 참고 시간되기만 기다린다.

세 시 전이니 아직도 한 시간이 더 남았다.

그래, 팔걸이 시계를 연신 들여다보고는 하품을 씹어 삼키고 하는 참인데 마침 급사 아이가 와서 전화가 왔다고 알려준다.

　태수가 전화통 옆으로 가서,

　"하이(네에)."

　나른하게 대답을 하는데,

　"낼세, 내야."

하는 게 묻지 않아도 형보다. 태수는 혹시 시세가 올랐다는 기별이었으면 하고 은근히 가슴이 두근거린다.

　"왜 그래?"

　"뻐게졌네, 뻐게졌어!"

　삼십 원대가 무너졌다는 말이다.

　태수는 맥이 탁 풀려 그대로 주저앉을 것 같았다.

　"음."

　태수는 분명치 않은 소리만 낼 뿐, 무어라고 형편을 물어보고 싶어도 옆에서 상관이며 동료들이 듣는 데라, 그야말로 벙어리 냉가슴 앓는 조다.

　"팔 전인데, 여보게?"

　형보는 딱 바라진 음성으로 이기죽이기죽[24] 이야기를 씹는다.

　"……팔 전인데, 끊어버리세?"

　"글쎄……"

　"글쎄구 개×이구 이대루 십 정만 더 떨어지면 아시야 아시! 알어들어?…… 왜 정신을 못 채리구 이래?"

　"그렇지만 인제 와서야 머……"

태수는 지금 그것을 끊는대도 돈이라야 오십 원밖에 남지 않는 것을, 그러구저러구 하기가 도무지 마음에 내키지를 않던 것이다.

애초에 돈 천 원이나 먹을까 하고, 그래서 발등에 당장 내리는 불이나 끌까 하고, 시세가 마침 좋은 것 같아서 쌀을 붙였던 것인데, 천 원을 먹기는 고사하고 본전 육백 원이 다 달아난 판이니 깨끗이 밑창을 보게 두어둘 것이지, 그까짓 것 꼬랑지로 처진 오십 원쯤 시방 이 살판에 대수가 아니다.

"그리지 말게!…… 소바(投機: 미두)란 그렇게 하는 법이 아니란 말야…… 그러니 내가 시키는 대루……"

형보가 이렇게 타이르는 말을 태수는 성가신 듯, 버럭 짓질러……

"긴 소리 듣기 싫여!…… 그만 해두구, 내가 어제 맡긴 것 있지?"

"있지."

형보는 어제저녁때 태수한테서 액면 이백 원짜리 소절수[25] 한 장을 맡았었다. 진출인은 백석(白石)이라고 하는 고리대금업자요, 은행은 태수가 있는 ××은행 군산지점이다. 형보는 가끔 태수한테서 이러한 부탁을 받는다.

"그걸 오늘 지금 좀, 그렇게 해주게."

"내일 해달라더니?"

"아냐, 오늘루."

태수는 전화를 끊고 도로 제 자리로 돌아와서 털씬 걸터앉는다. 인제는 마지막 여망이 그쳐버리고 어찌할 도리가 없이 되었다.

바로 십여 일 전 일이었었다.

그날 태수는 형보가 있는 중매점 마루강에다가 육십 원 증금으로 육백 원을 내고 쌀 천 석을 '나리유키(成行)'[26]로 붙였다.

그날이 마침 토요일인데 전장요리쓰케 삼십 원 십칠 전으로 장이 서가지고는 이절에 이십구 전, 삼절에 삼십육 전, 사절에 사십 전 이렇게 폭폭 솟아올라 갔다.

이 기별을 받은 태수는 마침 기회가 좋은 듯싶어 다음 오절에 사달라고 일렀다. 전화를 걸어주던 형보는 위태하다고 말렸으나, 태수의 생각에는 그놈이 그대로 일 원대를 무찌르고도 앞으로 백 정은 무난하리라는 자신이 들었었다. 그때에 날이 마침 가물었기 때문에 모낼 시기를 앞두고 그것이 다소 강재(强材)[27]가 아닌 것은 아니었으나, 매우 속된 관찰이요, 더욱이 백 정이 오를 것을 예상한 것은 터무니없는 제 욕심이었었다.

태수는 그날도 은행 전화라 자세하게 이야긴 할 수도 없거니와 또 그럴 필요도 없어, 그냥 시키는 대로나 해달라고 형보를 지천을 했었다.[28]

한 삼십 분 지나서 형보가 다시 전화를 걸었다.

"오절에 사십오 전에 샀더니 육절에 또 사 정이 올라 사십구 전일세…… 그렇지만 나는 모르니 알아채려서 하게!"

형보는 여전히 뒤를 내던 것이다.

그날 한 시까지 은행일을 마치고 나와서 알아보니까, 그놈 육절에 사십구 전을 절정으로 시세는 도로 떨어져 전장도메 사십육 전이었었다. 그래도 태수는 약간의 반동이거니 하고 안심을 했었다.

그러나 그 뒤로 시세는 태수를 조롱하듯이 조촘조촘[29] 떨어지다가, 오늘 와서는 마침내 삼십 원대를 무너뜨리고 아시란 말까지 나오게 되었던 것이다.

은행 시간이 거진 촉하게 되어서, 웬 낯모를 사람이 아까 형보와 이야기하던 소절수를 가지고 돈을 찾으러 왔다. 형보는 태수의 이 심부름을 가끔 해주기는 해도 제 몸을 사리느라고 언제든지 한 다리를 더 놓지, 제가 직접 오는 법이 없다.

태수는 들이미는 대로 소절수를 받아 장부에 기입을 하고 현금계로 넘긴다. 필적이며 그 밖에 조사 대조해볼 것을 조사 대조해볼 것도 없이, 그것은 태수 제 손으로 만들어낸 백석이의 소절수인 것이다.

이어 시간이 다 되자, 태수는 사무상 앞을 걷어치우고 은행을 나섰다. 그는 걱정에 애를 못 삭여 짜증이 났다. 누가 보면 어디 몸이 아프냐고 놀랄 만큼 이맛살을 잔뜩 찌푸리고 몸에 풀기[30]가 없다.

그러나 그것도 잠깐이요 기색은 도로 평탄해진다. 그는 무엇이고 오래 두고는 생각하거나 걱정을 하질 않는다. 또 그랬자 별수가 없는 것을 그는 잘 알고 있다.

"걱정하면 소용 있나? 약차하거던 죽어버리면 고만이지!"

그는 혼자말로 씹어뱉는 것이다.

그는 일을 저지른 후로 요즈음 와서는 늘 이런 막가는 마음을 먹는다. 그러고 나면 걱정이 되고 속 답답하던 것이 후련해지곤 하던 것이다.

일을 저질렀다는 것은 다름이 아니라, 항용 있는 재정의 파탈로 남의 돈에 손을 댄 것이다.

　그는 작년 봄 경성에 있는 본점으로부터 이곳 군산지점으로 전근해 오면서부터 주색에 침혹하기를[31] 시작했다.

　그는 얼굴 생긴 것도 우선 매초롬한 게 그렇거니와, 은연중에 그가 서울서 전문학교를 졸업했고, 집안은 천여 석 하는 과부의 외아들이고, 놀기 심심하니까 은행에를 들어갔던 것이 이곳 지점에까지 전근이 되어 내려온 것이라고, 이러한 소문이 떠돌았었고, 그런데 미상불 그러한 집 자제로 그러한 사람임 직하게 그의 노는 본새도 흐벅지고,[32] 돈 아까운 줄은 모르는 것 같았다.

　그러던 결과, 반년 남짓해서 육십 원의 월급으로는 엄두도 나지 않게 빚이 모가지까지 찼다.

　이러한 억색한 경우를 임시로 메꾸기에, 태수의 컨디션은 안팎으로 좋았다. 지점장의 신임은 두텁고, 은행 내정에는 통달했는데 앉은 자리가 당좌계다.

　그래서 작년 겨울 백석이라는 대금업자의 소절수를 만들어 쓰는 것으로부터 그는 '사기'와 '횡령'이라는 것의 첫출발을 삼았다.

　큰 대금업자랄지, 그 밖에 예금한 금액이 많고 은행으로 들이고 내고 하기를 자주 하는 예금주(預金主)들은, 그러하기 때문에 액면이 많지 않은 위조 소절수가 자기네 모르게 몇 장 은행으로 들어가서 '조지리(帳尻: 總計對照)'[33]가 맞지 않더라도 좀처럼 눈에 띄지를 않는다. 그러므로 그러한 위조 소절수가 은행에 들어오더라도 그게 위조인지 아닌지를 밝혀야 할 당좌계에서 그냥 씻어서 넘기기만 하면 일은 우선 무사하다. 태수는 그 묘리를 알았던 것이다.

그는 은행에서 소절수첩을 빼내 오고, 백석이의 도장을 그대로 새기고 글씨를 본받아 백석이 자신이 발행한 소절수와 언뜻 달라 보이지 않는 것을 만들기에 그리 힘들지 않았다.

그놈을, 믿는 친구라는 형보더러 찾아달라고 맡기고, 그럴라치면 형보는 다시 다른 사람을 시켜 은행으로 찾으러 보낸다. 은행에서는 태수가 그것을 어엿이 받아 장부에 기입을 해서 현금계로 넘기고, 현금계에서는 아무 의심도 없이 돈을 내주고, 그 돈이 조금 후에는 형보의 손을 거쳐 태수에게로 돌아 들어오고, 이것이다.

그가 처음 그렇게 소절수 위조를 해서 쓸 때에는, 손이 떨리고 며칠 동안은 가슴이 두근거리고 했으나, 차차 맛을 들이고 단련이 되면서부터는, 돈이 아쉴 때면 제법 제 소절수를 발행하듯이 척척 써먹었다.

또 범위도 넓혀, 역시 예금이 많고 거래가 잦은 '농산흥업회사' 와 '마루나'라고 하는 큰 중매점까지 세 군데 치를 두고 그 짓을 계속했다. 한 것이, 작년 세안부터 지금까지 반년 동안 백석이 것이 일천팔백 원, 농산흥업회사 치가 칠백 원, 마루나 중매점 치가 이번 것까지 팔백 원, 도합하면 삼천삼백 원이다.

이 삼천삼백 원은 형보가 심부름을 해줄 때마다 얼마씩 떼어 쓴 사오백 원과, 요릿집과 기생한테 준 행화[34]와 미두 밑천으로 다 먹혀버린 것이다.

이 짓을 해놓았으니, 늘 살얼음을 밟는 것같이 마음이 위태위태한 판인데, 지나간 사월 초생부터 그 백석이와 은행 사이에 사소한 일로 등갈[35]이 나가지고, 백석이가 다른 은행으로 거래를 옮기리 어쩌리 하는 소문이 들렸다. 만약 그러는 날이면 예금한 것을 한꺼번에 모조리 찾아갈 것이요, 따라서 태수가 손댄 일천팔백 원이 비는 게 드러날 것이다. 동시에 그날이 태수는 끝장을 보는 날이다.

태수는 어디로 도망을 가거나, 또 늘 입버릇같이 되던 자살을 하거나 두 가지 외에는 별수가 없다.

소문대로 그가 천여 석 추수를 하는 과부의 외아들이기만 하다면야 모면할 도리가 없지도 않다. 그러나 그것은 백줴[36] 낭설이다.

그의 편모(偏母)는 지금 서울 아현(阿峴) 구석의 남의 집 단칸 셋방에서 아들 태수가 십오 원씩 보내주는 것으로 연명을 해가고 있다.

태수의 모친은 중년 과부로 남의 집 안잠을 살고 바느질품 빨래품을 팔아 가면서 소중한 외아들 태수를 근근이 보통학교까지만은 졸업을 시켰었다.

샘 같아서는 그 이상 더 높은 학교라도 들여보냈겠지만 늙어 가는 과부의 맨손으로는 힘이 자랄 수가 없고, 그래 태수는 보통학교를 마치던 길로 ××은행의 급사로 뽑혀 들어갔다.

그는 낮으로는 은행에서 심부름을 하고, 밤으로는 다른 부지런한 동무들이 하듯이 야학을 다녀, 을종[37] 상업학교 하나를 졸업했다.

아이가 우선 외모가 똑똑하고, 하는 짓이 영리하고, 그런 데다가 을종이나마 학교의 이력과 여러 해 은행에서 치어난 경력과, 또 소속한 과장의 눈에 고인 덕으로, 스물한 살 되던 해엔 승차해서 행원이 되었다.

본점에서 꼬박 이 년 동안 지냈다. 그동안 태수를 총애하던 과장(그는 男×家이었었다)은 태수가 소위 '급사아가리(使童出身)'라서 아무래도 다른 동무들한테 한풀 꺾이는 것을 액색히 생각해서 기회를 보다가 계제를 만나, 작년 봄에 이 군산지점으로 전근을 시켜주었다.

태수도 서울 본점에 있을 동안은 탈잡을[38] 데 없는 모범행원이었었다. 사무에는 능숙하고, 사람됨이 영리하고, 젊은 사람답지 않게 주색을 삼가고.

그러나 주색을 삼가한 것은 그가 급사로 지내던 타성으로 조심이 되어 그런 것이지, 삼가고 싶어 그런 것은 아니다.

그랬길래 그가 이 군산지점으로 내려와서 기를 탁 펴고 지내게 되자, 지금까지는 금해졌던 흥미의 대상인 유흥과 계집이 상해(上海)와 같이 개방되어 있는 그 속으로 맨 먼저 끌려 들어간 것이다. 그는 마치 아이들이 못 보던 사탕을 손에 닿는 대로 쥐어 먹듯이 방탕의 행락을 거듬거듬[39] 집어먹었다.

믿는 외아들 태수가 이 지경이 된 줄 모르고, 그의 모친은 그가 인제는 어서 바삐 장가나 들어 살림이나 시작하면 그를 따라와서 얼마 남지 않은 여생을 편안히 보내려니, 지금도 매일같이 그것만 기다리고 있지, 천석거리 과부란 당치도 않은 소리다.

태수는 지난 사월에 그처럼 사세가 절박해오자 두루 생각한 끝에 마루나의 육백 원 소절수를 또 만들어 그 돈으로 미두를 해본 것이다.

전에도 가끔 오백 석이고 삼백 석이고 미두를 했고, 그래서 번번이 손을 보았지만, 천 석은 처음이다.

그는 그놈에게 돈 천 원이나 먹으면 어떻게 백석이 것 일천팔백 원을 채워가지고 백석이한텔 가서 무릎을 꿇고 사정을 하든지, 본점에 있는 그 과장이라도 청해다가 백석이를 위무해서 일을 모면하려던 그런 계획이었다.

그러나 그 돈 천 원이 생기기는 고사하고 밑천 육백 원까지 물고 달아났으니 게도 잡지 못하고 구럭까지 놓친 셈이다.

오직 그동안, 백석이가 말썽부리던 것이 너끔하고,[40] 그래 다른 은행으로 거래를 옮기는 눈치가 보이지 않는 것이 천만다행이다. 그러나 그것도 우선 위급을 면한 것이지, 아무래도 받아논 밥상인 것을 언제 어느 구석에서 일이 뒤집혀 날지 하루 한시인들 앞일을 안심할 수가 없다. 그래서 그는 육장 입버릇같이,

"죽어버리면 고만이지."

이 소리를 하고, 할라치면 순간순간은 아무것이고 무섭지도 않고 근심도 놓이고 하던 것이다.

태수는 거리로 나와서, 어디로 갈까 하고 잠깐 망설인다.

이런 때는 어떤 조용한 데, 가령 서울 같으면 찻집 같은 데로 가서, 혼자 우두커니 시간 가는 줄 모르게 앉아 있었으면 좋을 것 같았다. 그렇게 생각하니 서울서는 별반 다녀보지도 못한 찻집이

불현듯이 그리웠다.

그러나 이곳에는 그런, 기분이 가라앉는 순수한 찻집이 없으니 소용없는 말이고, 그냥 선창이나 공원으로 거닐까 생각해보았으나, 그것은 어제 밤을 새워 술을 먹은 몸이 고단해서 내키지를 않는다. 그러다가 문득, 제중당으로 초봉이나 만나보러 갈까 해본다. 어제 낮에 들렀더니 요전번 전화할 때의 말대로, 알기는 알겠는지 얼굴이 발개가지고 대응하는 게 달랐고, 그것이 태수한테는 퍽 유쾌했다.

태수는 초봉이를 두고 생각하면 할수록 절로 입이 벙싯벙싯 벌어진다. 그는 초봉이가 이 세상에 있다는 것 그것 하나만도 견딜 수 없이 기쁘다.

그는 어떻게 해서든지 초봉이와 결혼이나 해서 단 하루나 이틀이라도 좋으니 재미를 보기가 마지막 소원이요, 그런 다음에는 세상 아무것에 대해서도 미련이 없을 것 같았던 것이다.

태수는 발길이 절로 정거장 쪽으로 떼어놓여진다.

그러나 바로 어제 들러서 인단이야 포마드야를 더금더금[41] 사 왔는데, 오늘 또 채신머리 없이 가고 보면 초봉이라도 속을 들여다보고 추근추근하다고 불쾌하게 여길 듯싶어 재미가 덜할 것 같았다.

태수는 섭섭하나마 가던 발길을 돌려 개복동으로 들어선다.

개복동 초입에 있는 행화의 집은 아무라도 오라는 듯이 대문이 활짝 열려 있다. 태수는 대문간으로 들어서면서, 지금 초봉이한테를 이렇게 임의롭게 다닌다면 작히나 좋으려니 싶었다.

안방에서는 행화가 홍얼거리는 목소리로 부르던 육자배기
를……

"혜느은 지이이이고오……"
하면서 귀곡성을 질러 올렸다가,

"……저문 날인데, 편지 일장이 도온절이로구나아 헤."
없는 시름이라도 절로 솟아나게 끝을 다뿍 하염없이 흐린다.

"좋다."
형보의 소리다. 먼저 와서 기다리고 있던 것이다. 두 사람은 별로
장소를 달리 정하지 않았으면 요새는 여기서 만날 줄 알고 있다.

신발 소리에 행화가 꺄웃하고 내다보다가 웃으면서, 흐르는 옷
허리를 걷어잡고 마루로 나선다.

태수가 방으로 들어서니까, 형보는 아랫목 보료[42] 위에 사방침[43]
을 얕게 베고 누운 채 고개만 드는 시늉하면서……

"인제 오나?"

"날이 좋은데!…… 은적사(恩積寺)나 나갈까 부다."
태수는 모자를 쓴 채로 방 가운데 털씬 주저앉으면서 혼잣말같
이 두런거린다. 그는 조금 아까부터 그 생각이다. 우선 날이 좋으
니 절에라도 나가서 펑청거려가면서 놀직도 하고, 또 그밖에는
이 쭈루투룸한[44] 심사를 어찌 할 수 없을 것 같았다.

"거 조오치!"
형보가 맞장구를 친다. 태수는 그러나, 이어 딴생각을 하느라고
그냥 우두커니 앉았다가 '몇 전 도메'냐고 묻는다. 단념은 했어
도, 그래도 조금 남은 미련이 있어, 그놈이 잊자고 해도 강박관념

같이 주의를 끌던 것이다.

"구 전…… 육 전까지 갔다가 구 전 도메."

태수는 다시 말이 없다. 형보는 귀밑까지 째진 입에 담배 꽂은 상아 빨쭈리[45]를 옆으로 물고 누워 태수의 숙인 이마를 곰곰이 올려다본다. 그의 퀭하니 광채 있는 눈은 크기도 간장종지 한 개만큼씩은 하다.

이 사람을 목간통에서 보면 더욱 기괴하다.

고릴라의 뒷다린 듯싶게 오금이 굽고 발끝이 밖으로 벌어진 두 다리 위에, 그놈 등 뒤로 혹이 달린 짧은 동체(胴體)가 붙어 있고, 다시 그 위로 모가지는 있는 둥 마는 둥, 중대가리로 박박 깎은 박통만 한 큰 머리가 괴상한 얼굴을 해가지고는 척 올라앉은 양은, 하릴없이 세계 풍속사진 같은 데 있는 아메리카 인디언의 '토템'이다.

그는 체격과 얼굴이 그렇기 때문에 나이는 지금 삼십이로되 사십도 더 넘어 보인다. 부모처자도 없고 인천이며, 서울이며, 안동현이며, 이런 투기시장으로 굴러다니다가 태수보다 조금 앞서 군산으로 왔다. 두 사람이 알기는 서울서부터지만 이렇게 단짝이 되기는 태수가 군산으로 내려와서 외입판에 첫발을 들여놓을 때에 병정[46]을 서주면서부터다.

그러나 태수는 형보를 미덥고 절친한 친구로 여기지, 결코 병정으로 알지는 않는다. 그래서 그는 의리를 지킬 각오까지도 있다. 형보도 표면으로만은 그러하다. 그래서 노상 태수의 일을 걱정하고 충고를 하는 체한다.

남녀 세 사람은 형보와 행화까지 태수의 침울해지려는 기분에 섭쓸려 한동안 말이 없다가, 형보가 이윽고 긴하게,

  "그런데 여보게 태수?······"

하더니 발딱 일어나서 도사리고 앉는다.

  "······좋은 수가 있기는 하나 있는데, 자네 내가 시키는 대루 할려나?"

  "수?····· 글쎄······"

  은행의 돈 범포[47]낸 그 일에 대한 것인 줄 태수는 알아듣고도, 뭐 그저 수라께 강낭옥수수겠지 하는 생각에 그다지 내켜하지도 않는다.

  "자네, 대체 어쩔 셈으루 이리나?"

  형보는 태수가 당겨하지를 않으니까, 이번에는 짐짓 걱정조로 캐자고 나선다.

  "아무 도리두 없지 머······"

  태수는 두 팔을 뒤로 짚고 퍼근히 다리를 뻗고 앉아서 담배만 풀씬풀씬 피운다.

  "그러면 잔말 말구, 어쨌든지 나 하라는 대루 하게, 응?"

  "어떻게?"

  "지금 백석이까지······"

  말을 꺼내는데 태수가 눈을 끔적끔적한다. 형보는 알아차리고서 행화를 돌려다본다.

  "행화, 미안하지만 건넌방으루 잠깐만 가서 있게그려나, 응?"

  경대 앞에서 심심파적으로 눈썹을 다스리고 있던 행화가 세수

수건을 집어 들고 일어선다.

"난두 세수하러 나갈라던 참이요…… 와? 무슨 수가 생기오?"

"응, 단단히 수가 생기네."

"하아, 오래간만에 장주사 덕분에 술 한잔 얻어묵나 부다……
인제 수 생기거던 아예 내 모가치⁴⁸ 잊지 마소, 예?"

"아무렴!…… 또 내가 잊어버리더래두 다아 이 고주사가 있잖
나!"

"아무레나 나는 모르겠다. 수나 드북하니 잡소, 들……"

행화는 웃음 섞어 이런 소리를 하면서 마루로 나간다.

"그래, 세 군데니 말이야……"

형보는 행화가 다 나가기를 기다려 소곤소곤 이야기를 다시 내
놓는다.

"……세 군데서 삼천 환씩 한 만 환 가량만 뽑아내면 일은 되는
데?……"

태수는 벌써 고개를 흔들고 시원찮아하다가,

"만 원을 가지구 어떡허게?"

"응, 그놈 만 원을 가지구서 나하구 둘이서 서울루 가거던……
자네 혼자 가기가 적적하거들랑 저 애 행화나 데리구."

"흥!"

"하아따! 지레 그리지 말구 끝까지 들어봐요…… 그렇게 서울
루 가서, 자넬라컨 문 밖에 아무 데나 깊숙이 들어앉어 있으란 말
야, 삼 년 아니면 다직해야⁴⁹ 사 년……"

"공금 횡령해가지구 도망갔다가 잽히잖는 놈 못 봤네…… 제

124

기, 상해나 북경 같은 데루 뛰었다두 잽혀와서 콩밥을 먹는데, 황
차 서울!"

"그야 저 하기 나름이지. 조심을 안 하니깐 붙잽히지, 죽은 드
끼 들어앉아만 있으면 십 년 가두 일없어요."

태수는 말이 없이 혼자서 고개만 가로 흔든다. 그는 잡히고 안
잡히고 간에, 하루 이틀도 아니요 삼사 년을 그처럼 답답하게 처
박혀서 숨어 지낸다는 것은 생각만 해도 진저리가 날 일이다.

돈을 마음대로 쓰고, 돌아다니면서 즐겁게 노는 그런 움직이는
생활이 아니고는 차라리 죽음만도 못한 것이다. 그러니까 그는
일이 탄로 나는 마당에 이르러서도, 자살로써 감옥 가기를 피하
려는 각오를 하고 있는 것이다.

이러한 속도 모르고 형보는 연신 제 계획 설명이다.

"그러니깐 아무 염려 말구, 한 삼 년 그렇게 참구 있으면, 그동
안 나는 그놈 만 환을 가지구 앉아서 쓱 돈장수를 한단 말야! 응?
돈장수."

"돈장수라니?"

"응, 돈장수!…… 수형 할인[50] 떼어먹는 것 말인데, 자세한 것은
종차 이야기하겠지만, 그렇게 만 환을 가지구 종로 바닥에 앉아
서 재빠르게만 납디면[51] 삼사 년 안에 한 사오만 환쯤은 넉넉 잡
네!"

"허황한 소리!"

"이건 속두 모르구 이래! 해만 보아요…… 아, 그래서 한 사오
만 환 잽히거들랑 그때는 자네가 자포[52]낸 본전 일만삼천 환을 가

지구 도루 와서, 자아 돈을 가져왔으니 용서해주시오, 한단 말야. 비는 장수 목 벨 수 없다구, 그렇게 돈을 물어내놓구 빌면 징역은 면할 테니깐…… 그리구 나서는 그 돈 나머질 가지구 자네허구 나허구 다시 장사를 하면 버젓하잖어?[53] 어때?"

"글쎄…… 그것두 자네가 친구를 생각하는 맘으루 그러는 것이니 고맙기는 고마워이. 그러니 종차 생각해보세마는……"

"자네가 그렇게 내 속을 알어주니 말이지, 그게 내한테두 여간만 위태한 일이 아닐세! 잘못하다가는 나두 콩밥이 아닌가?…… 그렇지만 하두 자네가 사정이 딱하니깐 친구루 앉어서 그냥 보구 있을 수가 없구 해서 그리는 것이지. 그러니깐 자네두 생각하려니와 내 일을 내가 생각해서라두 여간한 조심할 배가 아니어든……"

그러나 형보는 태수를 위해서 그런다는 것은 생판 입에 발린 소리요, 또 그렇게 만 원을 빼준대도 지금 이야기한 대로 행할 배짱은 아니다.

형보는 늘 두 가지의 엉뚱한 계획을 품고 지낸다.

첫째, 그는 제가 제 손수 무슨 농간을 부리든지, 혹은 누구를 등골을 쳐서든지, 좌우간 군산을 떠나 북쪽으로 국경을 벗어날 그 시간 동안만 무사할 돈이면, 돈 만 원이고 이삼만 원이고 상말로 왕후가 망건 사러 가는 돈이라도 덮어놓고 들고 뛸 작정이다.

뛰어서는, 북경으로 가서 당대 세월 좋은 금제품 밀수(禁制品密輸)를 해먹든지, 훨씬 더 내려앉어 상해로 가서 계집장사나 술장사나, 또 두 가지를 겸쳐 해먹든지 하자는 것이다.

그는 재작년 겨울, 이 군산으로 옮기기 전에 한 반년 동안이나 상해로 북경으로 돌아다닌 일이 있었고, 이 '영업목록'은 그때에 얻은 '현지지식(現地知識)'이다.

그래서 그는 어떻게 하면 돈 만 원이나 올가미를 씌울까, 육장 궁리가 그 궁리인 것이다.

또 한 가지는 그처럼 형무소가 덜미를 쫓아다니는 위태한 것이 아니라 썩 합법적인 수단인데.

눈치를 보아 어수룩한 미두 손님 하나를 친하든지, 엎어삶든지 해서 계제를 보아 쌀을 한 오백 석이고 천 석이고 붙여달라고 한다. 아직도 미두장 인심이란 어수룩한 데가 있어서 그게 노상 그럴 수 없으란 법은 없다.

그렇게 쌀을 붙여주면 그놈을 시세를 보아 가면서 눈치 빠르게 요리조리 되작거린다.[54]

만일 운이 트이기만 하려 들면 한 일이 년 그렇게 주무르는 동안에 돈이나 한 오륙천 원 만들기는 그다지 어려운 노릇이 아니다.

그놈이 그처럼 여의해서 이삼 년 내에 오륙천 원이 되거들랑 그때는 미두장에서 손을 싹싹 씻고 서울로 올라간다. 올라가서 그놈을 밑천 삼아 일이백 원, 이삼백 원, 기껏 커야 사오백 원짜리로, 이렇게 잔머리만 골라 '수형 할인'을 떼어먹는다. 이것도 착실히만 하면, 한 십 년 후에 가서 몇만 원 잡을 수가 있다. 몇만 원 가졌으면 족히 평생이다.

그래야지, 만일 미두장에서만 어물어물하고 있다가는 피천[55] 한 푼 못 잡고, 근처의 수두룩한 하바꾼 신세가 되기 마침이다—는 것이다.

이렇게 그는 투기사답지 않게 염량[56]을 차리고, 그러한 두 가지 계획을 품고서 늘 기회를 엿보던 차에, 언덕이야시피 다들린[57] 게 태수의 일이다.

그는 태수가 만일 말을 들어 돈을 만 원이고 둘러 빼만 주면, 태수야 어떻게 되거나 말거나, 저 혼자서 그 돈을 쥐고 간다 보아라, 북경 상해 등지로 내뺄 뱃심이다.

그래, 사뭇 침이 넘어가게 구미가 당기는 판이라, 벼르고 있다가 실끔 말을 내던진 것인데, 의외로 이건 도무지 맹숭맹숭, 좋은 말로 어물쩍하려고 하니 시방 속으로는 태수가 까죽이고 싶게 미워서 견딜 수가 없다.

'요놈의 새끼, 네가 영영 내 말을 안 들어만 보아라. 아무 때고 한번 골탕을 먹여줄 테니.'

형보는 마침내 이런 앙심을 먹고 말았다.

이야기가 흐지부지해서 둘이는 시무룩하고 앉았는데, 행화가,

"천냥 만냥 다아 했소?"

하고 얼굴을 씻으면서 방으로 들어온다.

형보는 속이 좋잖은 끝이라……

"다아 했다네."

"어찌 미잉밍한 게 술 얻어묵을 것 같잖다!"

행화는 경대 앞으로 앉아 단장을 시작한다.

"어디 지휘 받았나?"

"아니."

"그런데 웬 세수를 벌써?"

"나두 영업인데…… 이렇게 마침 채리고 있다가 인력거가 오거든 힝하니 쫓아가야지!…… 그래야 한 푼이라두 더 벌지 않능기요!"

"치를 떠는구나."

하다가 형보가 그 말끝에 생각이 나서 태수게로 대고……

"그런데 여보게 이 사람! 저것은 어떡헐려나?"

쌀 붙인 것 말이다.

"내버려두지, 머!"

태수는 담배만 피우고 앉았다가 겨우, 봉했던 입같이 떨어진다.

"내버려두다니? 오륙십 원은 돈 아닌가?…… 그러느니 차라리 날 주게?…… 잘 되작거려서 담뱃값이나 뜯어쓰게시니."

"쯧! 제발 그러게그려!"

태수는 성가신 듯이 얼핏 승낙을 한다. 그는 꺼림칙하게 꼬리를 물려놓고서, 아주 끊어버리기도 싫고 그런 것을 형보가 이렇다거니 저렇다거니 조르는 게, 그만 머릿살이 아프게 귀찮았던 것이다.

그러나 태수나 형보나 다 같이 그 끄트머리가 그 이튿날부터 크게 조화를 부릴 줄은 꿈에도 생각을 못 한 것은 물론이다.

"고마워이!"

형보는 태수의 승낙을 받고 싱글벙글 좋아한다. 어쩌면 내일로 닥쳐오는 그 쌀 천 석의 운명을 미리 짐작하고서 좋아하는 것같이도 되었다.

아닌게아니라, 그러니까 노름이란 도깨비살림[58]이라지만, 그놈이 바로 그 다음날 가서 형보가 미처 끊을 겨를도 없이 한목 이십 정(二十丁: 二十錢)이 푹 올라간 것이며, 그것을 계제 좋다고 잡아 끊었다가, 그놈으로 들거리[59]를 삼아, 다시 쌀을 몇백 석 붙여 놓고 요리조리 되작거려서 반년 후에는 돈 천 원이나 잡은 것이며, 다시 일 년 남짓해서는 형보의 곡진한 포부대로 오륙천의 밑천을 장만한 것이며, 이러한 것은 태수는 물론 형보도 그 당장에야 상상도 못 했던 일이다.

형보는 그 이튿날 당장 시세가 그처럼 이십 정이나 올라서 우선 이백 원 가까운 이익을 보았다는 것이며, 그 뒤로도 부엉이살림같이 차차로 늘어 간다는 것을 꽉 숨겨버렸었다.

그러나 아무튼 그것은 그날이 밝는 그 다음날부터의 일이지, 이 당장에서 형보가 그것을 미리 짐작하고 그래 좋아하는 것은 아니다. 혹시 귀신이 씌어대었다는 말이나 거기에 맞을는지, 그래서 형보는 저도 모르고 좋아한 것인지는 몰라도……

"제엔장…… 세사는 여반장이요, 생애는 방안지라(世事如反掌, 生涯方眼紙)!"[60]

형보는 끙! 하고 일어나 쪼글트리고 앉으면서, 미두꾼들이 좋은 때고 언짢은 때고 두루 쓰는 이 타령을 한바탕 외다가 갑자기,

"아차! 내가 깜박 잊었군!……"

하더니, 추욱 처진 조끼 호주머니에서 불룩한 하도롱봉투[61] 하나를 꺼내어 태수게로 던진다. 아까 은행에서 찾아온 돈 이백 원이다.

"……거기 그대루 다아 있네."

실상, 잊었던 것이 아니라 그대로 저한테 두어두고 눈치를 보아

몇십 원 꺼낸 뒤에 태수를 주려고 했던 것이지만, 인제는 미두하던 끄트머리를 얻어 가졌으니 이 돈에까지 손을 댈 염치는 없었던 것이다.

태수는 형보가 미리서 손을 대지 않고 그대로 고스란히 두었다가 주는 것이 도리어 이상했으나 말없이 받아 봉투를 찢는다.

"보이소 고주사, 예?"

돌아앉아서 단장을 하던 행화가 태수가 너무 말이 없이 시춤하고만[62] 있으니까, 그렇다고 그게 무슨 걱정이 되는 건 아니지만 그저 심심 삼아 말을 청하던 것이다.

"응?"

태수는 행화한테 주려고 돈 백 원을 따로 세면서 건성으로 대답을 한다. 그는 한 일주일 전에 오입을 하고 이내 다니면서 아직 인사를 치르지 못했었다.

"글쎄 고주사아!"

"왜 그래?"

"와 그렇게 코가 쑤욱 빠졌소? 예?…… 물 건너 첩장인 죽었소?"

"망할 것!"

"아니, 첩장인이면……"

형보가 거들고 내달으면서……

"……첩장인이면 행화 아버지?"

"우리 아배는 발써, 옛날에 옛날에 천당 갔소!"

"기생 아범두 천당 가나?"

"모르제! 그래도 갔길래 펜지가 왔제?"

"그건 지옥에서 온 걸 잘못 본걸다!"

"아니, 천당이락 했던데? 아이고 몇 번지락 했더라?…… 번지 두 쓰고 천당 하나님 방(方)이락 했던데?"

"아냐, 그건 지옥에서 문초 받으러 잠깐 불려갔던 길일세!"

"여보게 행화?……"

별안간 태수가 졸연찮게 행화에게로 버썩 돌아앉으면서……

"……자네 그럼 나하구 천당 좀 갈려나?"

"천당요?…… 갑시다!"

"정말?"

"이 사람 그러다가는 천당으루 못 가구 지옥으루 따러가네!"

형보가 쐐기를 박는데, 행화는 그대로 시치미를 따고 앉아서……

"정말 아니고? 금세라두 갑시다."

행화나 형보나 다 농담이다. 농담 아니기는 태수다.

태수는 행화의 얼굴을 끄윽 들여다본다. 여느 때도 독해 보이는 그의 눈자는 매섭고 광채가 난다. 그는 시방 들여다보고 있는 행화의 얼굴에서 행화의 얼굴을 보는 게 아니라 초봉이의 얼굴을 보고 있는 것이다.

그는 계집과 둘이서 천당을 간다는 말에서 '정사(情死)'라는 것을 암시를 받았고, 그놈이 다시,

'초봉이와의 정사!'

라는 데까지 번져 나갔던 것이다.

132

문득 생각한 것이나 그는 무릎이라도 탁 치고 싶게 신기했고, 장차 그리할 것이 통쾌했다.

태수는 이윽고 혼자서 싱긋 웃더니 갑자기,

"에라 모르겠다!"

소리를 치면서 벌떡 일어선다. 형보와 행화는 질겁하게 놀라서 한꺼번에 태수를 올려다본다.

"……자아, 일어들 나게. 자동차 불러 타구 소풍 삼어 은적사(恩積寺)루 놀러가세."

"은적사 조오치!"

형보는 선뜻 맞장구를 치고 좋아하고, 태수는 손에 여태 쥐고 있던 돈 백 원이 그제야 생각이 나서, 행화의 치마폭에다가 떨어뜨려 준다.

"어서 얼핏, 옷 갈아입엇!"

"아이갸! 이리 급해서!"

행화는 돈에는 주의도 하지 않고 입술에다가 루즈칠만 한다.

"빨리 빨리!"

"서두는 게 오늘 밤에 또 울어 됐다, 고주사."

"미쳤나! 내가 울긴 왜 울어?"

"말두 마이소. 대체 그 초봉이락 하능기 뉘꼬?…… 예? 장주사는 알지요?"

"알기는 아는데 나두 상판대기는 아직 못 봤네."

행화는 제중당에 있는 그 여자가 초봉인 줄은 모른다. 모르고 어느 기생으로만 알고 있다.

"오늘 좀 불러 봤으면 좋겠다!…… 대체 어느 기생이길래 고주 사가 그리 미망이 져서 울고불고 그 야단을 하노?"

"허허허허."

형보는 행화가 초봉이를 이름이 그럴듯하니까 기생인 줄만 알 고 그러는 것이 우습대서 껄껄거리고 웃는다. 태수도 쓰디쓰게 웃고 섰다.

"예? 고주사…… 난두 기생이니 오입쟁이로 내 혼자만 차지하 자꼬마는, 그러니 강짜를 하는 게 아니라아 고주사가 구만 하두 우 미망이 져서 날로 붙잡고 초봉이, 초봉이 카문서 우니 말이 오."

"잔말 말앗!"

"앙이다! 그라지 말고오, 오늘은 어데 어떻기 생긴 기생인지 좀 구경이나 합시다, 예?"

"까불지 말래두 그래!"

"하아! 내 이십 평생에 까분단 말이사 첨 듣소…… 예? 고주사, 오늘 데리구 같이 갑시다. 어느 권반[63]이오?"

"기생 아니야! 괜히 그런 소리 하다가는……"

"하아! 기생 아니고, 그럼 신흥동(新興洞: 遊廓) 갈보라요?"

"이 자식!"

태수가 때릴 듯이 엄포를 하고, 행화는 까알깔 웃으면서 방구석 으로 피해 달아난다.

"잘한다! 잘한다!"

형보가 아랫목에서 제풀에 곱사춤을 춘다.

형보의 몫으로 기생 하나를 더 불러, 네 남녀가 탄 자동차는 길로 먼지를 하나 가득 풍기면서 공원 밑 터널을 빠져 '불이촌(不二村)'[64] 앞을 달린다.

바른편으로는 바다에 가까운 하구의 벅찬 강물에 돛단배들이 담숭담숭 떠 있고, 강 건너 충청도 땅의 암암한 연산(連山)들 봉우리 너머로는 오월의 창공이 맑게 기울어져 있다.

곱게 내리는 햇볕에 강 위의 배들이고 들판의 사람들이고 모두 움직이건만 조는 것 같다.

태수는 그러한 풍광보다는 이 길이 공동묘지로도 가는 길이니라 생각하면, 나도 오래지 않아 죽어서 시체만 영구차(靈柩車)에 실리어 이 길을 이렇게 달리겠거니, 그리고 오늘처럼 돌아오지 못하고 빈 영구차만이 이 길을 돌아오겠거니 생각하는 동안, 저도 모르게 눈가가 매워 왔다.

그러나 그 슬픔에는 초봉이로 더불어 죽어 더불어 묻히고, 더불어 돌아오지 못하니 차라리 즐겁다는 기쁨이 없지도 않았다.

일행은 은적사로 나가서 술 섞어 저녁을 먹고 훨씬 저문 뒤에 시내로 들어왔다. 시내로 들어와서는 다시 요릿집에 들어앉아 자정 후 두 시가 지나도록 술을 먹고서야 파하고 헤어졌다.

태수는 술을 많이 먹느라고 먹었어도 종시 취하지를 못하고, 몸만 솜 피듯 피로했지, 취하자던 정신은 끝끝내 초랑초랑했다.[65]

그는 자동차를 타고 오다가 개복동 어귀 행화집 앞에서 행화와 갈렸다. 행화는 기왕 늦었으니 제 집으로 들어가자고 권했고, 태수도 그리하고는 싶었으나 좋게 물리쳤다. 너무 여러 날 바깥 잠만

자고 제 방을 비워두어서는 안 될 '의무' 한 가지가 있던 것이다.

태수는 바깥주인 탑삭부리 한참봉이 차라리 첩의 집에 가지 않고 큰집에서 자고 있기나 했으면 되레 다행이겠다고 생각하면서, 지쳐만 둔 대문을 살그머니 여닫고, 마당을 무사히 지나 뜰아랫방인 제 방으로 들어갔다. 그러나 마악 양복저고리를 벗었을 때에, 신발 끄는 소리와 연달아 방문이 열리면서, 안주인 김씨가 눈이 샐쭉해가지고 말없이 들어서더니, 다짜고짜로 와락 달려들어 태수의 팔을 덥석 물고 늘어진다.

아씨 행장기 行狀記

　김씨가 이럴 제는 탑삭부리 한참봉은 첩의 집에 가고 없는 게 분명했다. 줄 맞은 병정이라, 태수는 마음 놓고,

　"아이구 아얏!"

　허겁스럽게 소리를 지르면서 방구석께로 피해 들어간다.

　김씨는 물었던 것을 놓치고서 새액색 기어들고, 태수는 방구석에 가 박혀 서서 두 손을 내밀어 김씨를 바워낸다.[1]

　"다시는 안 그럴게, 다시는……"

　태수는 어리광을 떨면서 빌고, 김씨는 약 올랐던 것이 사그라지기 전에 웃음이 나오려고 하는 것을 억지로 참을 겸, 입을 따악 벌리고 연신 덤벼든다.

　"아, 안 돼. 아, 안 돼."

　"다시는 안 그러께요. 거저 다시는 안 그러께요!"

　태수는 지친 몸을 지탱하다 못해 펄씬 주저앉아서 두 손바닥을

싹싹 비빈다.

김씨는 태수가 그러면 그럴수록 꼬옥 한 번만 더 물고 싶어 죽는다. 인제는 밉살스러워서 그런 것이 아니라, 이뻐서 물고 싶다.

김씨는 물기를 무척 좋아한다. 그는 태수가 이뻐도 물고, 미워도 문다. 물어도 그냥 질근질근 무는 것이 아니라, 사정없이 아드득 물어뗀다. 이렇게 물어뗴는 맛이란, 잇념² 속이 근질근질, 몸이 금시로 노그라지는 것 같아 세상에도 꼭 둘째 가게 좋지, 셋째도 가지 않는다.

그 덕에 태수는 양편 팔로 어깨로 젖가슴으로 사뭇 이빨자국투성이다.

처음 시초는, 소리를 내서 티격태격하기가 조심이 되니까, 소리 안 나는 싸움을 하느라고 물고 물리고 했던 것인데, 시방 와서는 그것이 둘 사이에 없지 못할 애무(愛撫)가 되고 말았다.

무는 김씨는 말할 것도 없거니와 물리는 태수도 아프기야 아프지만, 그놈 살이 떨어질 듯이 아픈 맛이란, 약간 안마(按摩) 못지 않게 시원하다.

김씨는 태수가 젊고, 다 그 밖에도 여러 가지로 좋은 데가 있어서 좋아하는 것이지만, 이렇게 물어뗄 수 있는 것이 더욱 좋았다.

그는, 언젠가 남편이 첩의 집에 가지 않고 큰집에서 같이 자던 날 밤인데, 아슥간에 태수한테 하던 버릇만 여겨, 그다지 기름지지도 못한 남편의 젖가슴을 텁석 물어뗴었다.

했더니, 탑삭부리 한참봉은 경풍하게³ 놀라,

"아니, 이 여편네가 이건 미쳤나!"

고함을 지르면서 김씨의 볼때기를 쥐어박질렀다. 그런 뒤로부
터는 김씨는 남편과 잘 때면 조심을 하느라고 애를 쓰곤 했었다.
　김씨는 종시 입을 따악 벌리고,
　"아…… 한 번만 더 물자. 아"
하면서 자꾸만 태수 앞으로 고개를 파고든다.
　"아퍼 죽겠구만!"
　태수는 먼저 물린 자리를 만지면서 바로 응석을 부린다.
　"그래두. 그새 죄진 벌루다가…… 아, 한 번만 더. 아."
　"싫여이!"
　"요것아!"
　물기도 이골이 나서 어느 결에 들이덤볐는지, 태수의 어깨를 덥
석 물고 몸을 바르르 떤다. 으응! 소리가 사뭇 징그럽다.
　"아이구우! 이놈의 늙은이가 인전 날 영영 죽이네에!"
　태수는 방바닥에 나동그라져 우는 시늉을 하면서 물린 어깨를
손바닥으로 비빈다.
　"아프냐?"
　김씨는 좋아서 태수의 얼굴을 갸웃이 들여다보다가, 머리를 안
아올려 무릎을 베게 해준다.
　"응, 아퍼 죽겠어!"
　"아이 가엾어라! 내 새끼…… 자아 그럼 쎄쎄 해주께, 응?"
　김씨는 태수의 어깨를 손바닥으로 싹싹 비비면서,
　"쎄쎄 쎄쎄, 까치야 까치야, 우리 애기 생일날…… 아이 술냄새
야! 술을 또 퍼먹었구나?"

"응, 아주 많이……"

"왜 그렇게 술을 몹시 먹구 다녀! 그대지 일러두?"

"속이 상해서!"

"속이 왜 상허구, 또 속상헌다구 술만 먹구 다녀선 쓰나? 몸에 해룹기나 허지. 무엇 밀수(蜜水)나 좀 타다 주까?"

태수는 고개만 살래살래 흔들고 눈을 스르르 감는다. 얼굴에는 수심이 가득하다.

태수의 얼굴을 내려다보던 김씨도 역시, 태수만 못지않게 얼굴에 수심이 드러난다.

"아무래두! 아무래두……"

김씨는 가볍게 한숨을 내쉬면서 탄식하듯 혼자말로 뇌사린다.

"……너를 장가나 딜여서 맘을 잡게 해야 할까 부다! 아무래두."

"장가? 흥! 장가아!……"

태수는 시쁘듬하게 제 자신더러 하는 듯, 이런 조소를 하다가 다시……

"……혹시 우리 초봉이라면!……"

"건 안 될 말이다!"

김씨는 시방까지 추렷하고 상냥스럽던 얼굴과는 딴판으로, 더럭 표독스럽게 잡아뗀다.

"대체 어째서 초봉이라면 그렇게 치를 떨우?……"

태수는 열이 나서 벌떡 일어나 앉아 눈을 찢어지게 흘긴다.

"……초봉이가 당신네 신주단지요?"

"네게는 과분해."

김씨는 아까 낯꽃 변했던 것을, 태수한테 띄지 않고 얼핏 고쳐, 천연스럽게 갖는다.

"내, 오기루라두 기어코 초봉이허구 결혼하구래야 말걸?……"

태수는 씹어뱉듯이 두런거리면서 아무 데나 도로 쓰러진다.

"내가 방해를 놀아두?"

"그게 원 무슨 놈의 갈쿠리 같은 심청⁴이람!…… 그래, 우리가 언제까지구 이렇게 지내다가는 못쓰겠으니 갈려야 하겠다구, 뉘 입으루 내논 말야?…… 뭐 또, 날더러 맘을 잡으라구, 다아 그렇게 하자면 역시 장가를 들어야겠다구 한 건 누구야? 내가 장가를 가겠다면 중매 이상으루 가진 뒷수발 다아 들어주겠다구는 뉘 입으로 한 말야?"

"그래 글쎄! 내가 중매까지 서구, 말끔 대서 장간 딜여줄 테야!"

"그런데 왜 내가 좋다는 초봉인 훼방을 놀려구 들어?"

"초봉인 안 된다! 네게루 가면 그 애가 불쌍해. 천하 건달 부랑자한테루 그 애가 시집을 가서 신세를 망친대서야 될 말이냐?"

"별 오라질 소리두 다아 허구 있네!"

태수는 골딱지가 나서 벽을 안고 누워버린다.

태수는 그래서 골을 내는 것이지마는 김씨는 김씨대로 노여움이 없지 못하다. 노여움 끝에는 자연 일의 시초가 여자답게 뉘우쳐지기도 한다.

태수가 여관에서 묵다가 아는 사람의 반연[5]으로 이 집으로 하숙을 잡아 들기는 작년 여름이다.

제 밥술이나 먹는 탑삭부리 한참봉네가 무슨 우난 이문을 바라서 그런 건 아니고, 기왕 뜰아랫방이 비어 있으니 비어 내던져 두느니보다 점잖은 손님이라도 치고 싶다고 김씨가 이웃에 말을 냈던 것이 계제에 염집을 구하던 태수한테까지 발이 닿았던 것이다.

본시야 서로 코가 어디 가 붙었는지도 모를 생판 남이지만, 한번 주객이 되고 보매 둘 사이는 매삭 이십오 원이라는 밥값을 주고받는다는 거래를 떠나서 서로 마음이 소통되게끔 사정이 마침 맞았다.

태수는 생김새도 흉치 않거니와 성품도 사근사근하니 정이 붙게 하는 데가 있어 탑삭부리 한참봉더러도 아저씨 아저씨 하고 정말 일가뻘이나 되는 조카처럼 따르고 더러는 맛 좋은 정종병도 들고 들어와서 적적한 밥상머리에 앉아 반주도 권해주고 하는 짓이 수월찮이 밉지 않게 굴었다.

탑삭부리 한참봉은, 그것도 자식 없는 사람의 약한 인정이라, 태수가 그래 주는 것이 적잖이 위로가 되고, 그러는 동안에 정이 들어, 지금 와서는 어느 때는 태수가 꼭 자기의 자식이나 친조카 같이 생각되는 적도 있었고, 그래서 그는 늘 태수의 밥상 같은 것에도 마음을 쓰고, 아내더러 도미를 사다가 찜을 해주라고까지 하게끔 되었던 것이다.

"모르는 건 놈팽이뿐."

이런 물 건너 속담도 있거니와, 물론 그는 아내와 태수 둘이서 그런 짓을 하고 지내는 줄은 꿈에도 모르고 있다.

여자라는 것은 무슨 정이고 간에 정이 들기가 남자보다 연한 편이다.

김씨는 태수가 아주머니 아주머니 하면서 상냥하게 굴고 하는 서슬에 그가 주인 정해 온 지 석 달이 채 못해서, 남편이 일 년 가까이 된 요새 겨우 태수한테 든 정 그만큼 도타운 정이 그때에 벌써 들었었다. 김씨는 그래서 그때부터, 조카같이 오랍동생같이 나이를 상관 않고 자식같이 귀애했고, 귀애하기를 남편 한참봉만 못지않게 귀애했다.

그러하던 중……

작년 시월 초생, 음력으로 보름께였던지, 달이 휘영청 밝고, 제법 산들거리는 게 젊은 사람은 객회[6]가 남직한 밤이었었다.

그날 밤 태수는 주인집의 저녁밥도 비워때리고 요릿집에서 놀다가 자정이 지나서야 돌아오는 길이었다.

술이야 얼근했지만, 밤이 그렇게 마음 출출하게 하는 밤이니, 다니는 기생집도 있고 한 터에 그냥 돌아오지는 않았겠지만, 어찌어찌하다가 서로 엇갈리고 헛갈리고 해서 할 수 없이 혼자 동떨어진 셈이었었다.

그는 술을 먹고 늦게 돌아왔다가 탑삭부리 한참봉한테 띄면 으레껏 붙잡혀 앉아서 술을 먹지 말라는 둥, 사내가 어찌 몇 잔 술이야 안 먹을꼬마는 노상 두고 과음을 하면 해로운 법이라는 둥, 이런 제법 집안 어른 노릇을 하자고 드는 잔소리를 듣곤 하기 때문에 그것이 성가시어, 살며시 제 방으로 들어가려고 했었다.

태수는 그래서 사푼사푼 마당을 가로질러 뜰아랫방으로 가노라
니까 공교히 안방에서,

"고서방이우?"

하고 기척을 내는 김씨의 음성에 연달아 앞 미닫이가 열렸다.

"네에, 납니다…… 여태 안 주무세요?"

태수는 할 수 없이 안방 댓돌로 올라섰다. 김씨는 흐트러진 풀
머리[7]에 엷은 자릿적삼[8]으로 앞을 여미면서 해죽이 웃고 내다보던
것이다.

남편의 마음이 변한 것이야 아니지만, 그래도 시앗[9]을 본 젊은
여인이라, 더위 끝에 산산히 스미는 야기(夜氣)에 잠을 설치고 마
음이 싱숭거려, 이리저리 몸을 뒤치고 있던 참이다.

"늦었구려? 저녁은 어떻게 했수? 자서예지?"

"먹었어요…… 아저씬 주무세요?"

"저 집에 가셨지."

"하하하, 나는 글쎄 술을 한 잔 먹었길래, 아저씨한테 들킬까
봐서 그대루 슬쩍 들어가버릴 양으루 그랬지요. 하하하…… 그럼
좀 놀다가 잘까?"

태수는 아무 거리낌 없이 마루로 해서 안방으로 성큼 들어선다.

이거야 탑삭부리 한참봉이 있건 없건, 밤이고 낮이고 안방에 들
어가서 놀고 누워 뒹굴고 하던 터라, 이날 밤이라고 그것을 허물
할 바는 아니었었다.

그러나 이날 밤사 말고, 태수는 김씨의 잠자리에서 나온 그 흐
트러진 자태에 전에 없던 운치스러움을 느끼지 않은 것도 아니

다. 하지만, 그렇다고 또 어떤 무엇을 분명하게 계획한 것은 물론 아니요, 그저 그 당장에 문득 인 흥(興), 단지 그 흥에 지나지 않던 것이다. 적어도 시초만은 그러했다.

이 흥은 김씨도 일반이다. 그는 태수가 그대로 돌아서서 제 방으로 가려고 했더라면 놀다가 가라고 자청 불러들이기라도 했을 것이다.

태수는 윗미닫이로 해서 안방으로 들어서고 김씨는 엽엽스럽게도,[10]

"아이머니!"

질겁을 하면서, 그러나 엄살을 하는 깐으로는 서서히, 자줏빛 누비처네[11]를 끌어다가 홑껍데기 하나만 입은 아랫도리를 가리고 앉는다.

"미안합니다! 난 또 아직 눕잖으신 줄 알았지."

"아냐 괜찮아! 일루 앉어요. 어떤가? 머, 늙은 사람이…… 자아 앉어요."

태수가 도로 나올 듯이 주춤주춤하는 것을 김씨는 붙잡아 앉히기라도 할 것같이 반색을 한다.

둘이는 태수가 술 먹은 이야기를 몇 마디 주고받고 하다가 말거리가 없어 심심했다. 전에는 이런 일은 통히 없었다.

"고서방두 인제는……"

어색하리만치 말이 없다가 김씨가 겨우 이야깃거리를 찾아내던 것이다.

"……장갈 들어서 살림을 해예지! 늘 이렇게 지내느라구 고생

허구…… 적적하긴들 오죽해여!"

"아즈머니두! 색시가 있어야지 장갈 가지요?"

"온 참! 고서방 같은 이가 색시가 없어서 장갈 못 들어? 과년찬 색시들이 사뭇 시렁 가래다가 목을 맬려꾸 들 텐데, 호호."

"아녜요, 정말 하나두 걸리는 게 없어요. 이러다간 총각귀신 못 면할까 봐요!"

"숭헌 소리두 픽두 허구 있네!…… 아 고서방이 장가만 가구 싶다면야 내 중매 안 서주리?"

"정말이요?"

"그래에!"

"거 참 한자리 마땅한 데 좀 알아봐 주시우. 내 술은 석 잔 말구 삼백 잔이라두 내께."

"그래요!…… 그렇지만 인제 고서방이 장갈 들면 따루 살림을 날 테니 우리 내윈 섭섭해서 어떡허나? 호호, 우리 욕심만 채리구서 그런 말을 다아 허구 있어요! 하하하아."

"허허, 정 그러시다면, 그대루 저 뜰아랫방에서 살림을 하지요, 허허."

"호호……"

김씨는 간드러지게 웃다가 낯빛을 고치고 곰곰이,

"……아이 나두 고서방 같은 아들이나 하나 두었으면 오죽이나!"

말을 못 맺고 한숨을 내쉰다.

"인제 애기 나실걸 머…… 저렇게 젊으신데!"

"내가 젊어?……"

김씨는 짐짓 눈을 흘기다가, 다시 고개를 흔든다.

"……내야 늙구 젊구간이, 안 돼!"

"왜요?"

"우리집 영감님이 아주 제바리[12]야! 그새 첩을 네엔장 몇 씩 갈아딜이두 아이를 못 낳는 걸 좀 보지?"

"허긴 그래요! 남자가, 저어 그래설랑…… 아일 못 낳기두 하니깐……"

"그러니 우리 집안은 자손 보기는 영 글렀지!…… 젠장맞을, 여편네 혼자서 아이 낳는 재주 없나!"

김씨는 해쭉 웃고, 태수도 같이서 빙긋이 웃는다.

김씨는 아이를 낳지 못해서 슬하가 적막하기도 하거니와, 장래가 또한 걱정이었었다.

만일 김씨 자기가 영영 아이를 낳지 못하고, 그 대신 첩의 몸에서 무엇이 되었든지 간에 하나 낳는 날이면, 남편의 정이며 또 재산은 그 아이와 그 아이의 어미한테로 달칵 기울고 말 것이었었다.

그러는 날이면, 김씨는 내 신세가 간데없을 테라 해서 연전부터 그는 남편한테 돈을 한 오백 원이나 얻어가지고 그것을 따로 제 몫을 삼아 사사 전당도 잡고, 오 푼 변[13] 돈놀이도 한 것이 시방은 돈 천 원이나 쥐고 주무르는데, 이것은 장차 그렇게 될 날을 혹시 염려하고, 즉 말하자면, 늙은 날의 지팡이를 장만하는 셈이었었다.

이러한 불안이 있으므로 김씨는 내 몸에서 아이를 낳기를 간절히 바랐다. 그는 그가 한 말대로 여자 혼자서 아이를 날 수가 있다면, 그 수가 무엇이 되었든지 간에 가리지 않을 만큼 간절히 아이를 바랐었다.

그러나 그렇다고 다른 남자에게 정조를 개방하리라는 결단이 동시에 서서 있느냐 하면 그런 것은 아니고, 그것은 옳고 그른 시비보다도 우선 거기까지는 생각이 미치지를 않았었다.

태수와 사이의 사단이, 좌우간 마음 성가시게 된 요새 와서는 김씨는 '자식이나 하나 보겠던 것이!' 하는 후회를 혼자 앉아 가끔 하곤 한다. 그러나 그것은 저로서 저를 속이자는 괜한 억지이던 것이다.

미상불 태수와 그렇게 된 그 이튿날부터도 아기를 바랐고, 시방도 바라는 것은 사실이다. 그러나 그는 아기를 바라느라고 태수와 그렇게 한 것은 아니었었다. 기왕 그리 되었으니 아기나 하나 낳았으면 좋겠다는 욕심, 이게 정말이던 것이다.

탑삭부리 한참봉은 비록 자손을 보겠다고 첩을 얻고 지내지만, 마음으로는 아내 김씨한테 노상 민망해한다. 십오 년 동안이나 쓴맛 단맛 같이 맛보아 가면서, 게다가 이만한 전장까지 장만하느라고, 동고동락으로 늙어온 아내다. 자식을 낳지 못하는 것 하나가 흠이지, 정이야 깊을 대로 깊고 해서 알뜰한 생애의 길동무인 것이다.

그렇지만 한참봉은 김씨보다 나이 열세 살이나 더해서 이미 늙발[14]에 들어앉은 사람이다.

그러한 데다 한 달이면 삼사 일만 빼놓고 육장 첩의 집에 가서 잠자리를 하곤 하니, 가령 마음은 변하지를 않았다 하더라도 옛날같이 다 구격이 맞는 남편이 될 수는 없었다.

한편 김씨도 남편이 마음이 변하지 않았고, 미더워하며 소중히 여겨주는 줄은 잘 알고 있었다. 또 김씨 자신도 의가 좋게 반생을 같이 살아온 남편이니, 그에게 정도 깊거니와 의리도 큼을 모르는 바 아니었었다.

그런지라 그는 남편이 갑자기 싫어졌다거나, 그래서 배반할 생각이 들었다거나 한 것은 아니었었다.

단지 그것은 그것이고, 이것은 따로 이것이라, 시장하기도 한데 냉면도 구미가 당겼던 그런 셈쯤 되었었다.

그럼직도 한 것이, 김씨는 젊었다. 나이보다도 또 더 젊었다. 그런데 바로 눈앞에서 알찐거리는 태수는 늘 아주머니 아주머니 하면서 곧잘 보비위[15]를 해주고 싹싹히 굴어 오랍동생같이 조카같이 자식같이 따르는 귀동이요, 그런 만큼 다뤄보기에 호락호락하기도 했었다.

그 만만하게 다룰 수 있는 귀동이는, 그런데 또 보매도 씩씩한 젊은 사내이어서 셰파트답게 세찬 매력을 가졌었다.

진실로, 삼십을 가제 넘은, 시앗을 본 여인의 바로 무릎 앞에서, 그리하여 그놈 셰파트가, 초가을의 산산한 야기(夜氣)에 포옹이 그리운 밤과 더불어, 쭈그리고 앉아 있는 게 그 밤의 핍절한[16] 정경이었었다.

피가 뜨겁게 머리로 치밀고 숨이 차왔다. 그러자 마침 땡땡 마루에서 두 시를 쳤다.

시계 소리에 태수는 그만하고 일어설까 했으나 엉덩이가 떨어지지를 않았다. 어느 결에 흠씬 무르익어버린 이 흥을 이대로 깨뜨리기가 섭섭했던 것이다.

"고서방, 우리 화투나 칠까?"

김씨가 약간 떨리는 음성을 캐액캑 가다듬어 겨우 말을 내던 것이다.

"칩시다."

태수는 선선히 대답을 하고 일어서더니, 잘 아는 장롱서랍을 뒤져 화투목을 꺼내다가 착착 치면서 김씨 앞으로 바투 다가앉는다.

"고서방 고단할걸?"

"뭘! 괜찮어요."

"그러면 '놉빼꾸'¹⁷ 한 판만…… 그런데 내기야?"

"좋지요. 무슨 내기를 할까요?"

"글쎄…… 무슨 내기가 졸꼬?…… 고서방이 정허구려."

"나는 아무래도 좋아요. 아주머니 하자는 대루 할 테니깐 맘대루 정하시우."

"무슨 내기가 좋을지 나두 모르겠어!…… 고서방이 정해요."

"그럼 팔 맞기?"

"승거워!"

"그럼 무얼 하나!"

"아이! 정허구서 해예지!"

김씨는 태수가 내미는 화투를 상보기)¹⁸로 떼어보고, 태수도 떼어보면서,

"내가 선이로군…… 그럼 이렇게 합시다? 이기는 사람이 시키

는 대루 내기 시행을 하기루?"

"그래그래, 그럼 그렇게 해요? 무얼 시키든지 시키는 대루 하기야?…… 고서방 또 도화 불르면 안 돼?"

"염려 마시구, 아즈머니나 떼쓰지 말구서 꼭 시행하시우!"

토닥토닥 화투를 치기 시작은 했으나, 둘이는 다 화투에는 하나도 정신이 없다. 싫증이 나서 홍싸리로 흑싸리를 먹어 오기도 하고, '시마'를 빼놓고 세기도 했다.

누가 이기고 누가 져도 상관없을 것이지만, 그래도 승부는 나서 태수가 졌다.

"자아, 인전 졌으니 내기 시행해요!"

"하지요. 무어든지 시키시오."

"가만있자…… 무얼 시키나아?"

"무어든지……"

"무엇이 조꼬?……"

김씨는 까막까막 생각하는 체하다가 별안간,

"아이! 난 모르겠다!"

하면서 자리에 가 쓰러져버린다.

"승겁네!"

"그럼 말야아, 응?……"

김씨는 도로 발딱 일어나더니, 얼른 태수의 귀때기를 잡아다가 입에 대고,

"……저어, 나아 응? 애기 하나만……"

하면서 한편 팔이 태수의 어깨를 감는다.

그날 밤 그렇게 해서 그렇게 된 뒤로부터 둘이는 그대로 눌러 오늘날까지 지내왔다. 여덟 달이니 장근 일 년이다.

탑삭부리 한참봉이야 육장 첩의 집에 가서 자곤 하니까, 태수가 달리 오입을 하느라고 바깥잠을 자는 날만 빼면, 그래서 한 달 두고 보름은 둘이의 세상이다.

식모나 심부름하는 아이년도 돈이며, 옷감이며, 다 후히 얻어먹는 게 있어, 밤이면 태수를 바깥주인 대접을 할 줄로 알게쯤 되었기 때문에 둘이는 아주 탁 터놓고 지낼 수가 있었다.

그것은 마치 한참봉이 첩을 얻어두고 어엿이 다니는 것과 일반으로, 김씨도 태수를 남첩(男妾)으로 집 안에다 두어두고 재미를 보던 것이다.

태수가 작년 여름에 이 집으로 주인을 잡고 올 때에는 인조견 이부자리 한 벌과, 낡은 트렁크 한 개와, 행담 한 개와 도통 그것뿐이었었다.

그러던 것이, 김씨와 그렇게 되던 사흘 만에는 단박 푹신푹신한 진짜 비단 이부자리에 방석까지 껴서 들여놓고, 연달아 양복장이야, 책상이야, 요강, 재떨이, 체경 이런 것으로 그의 방은 혼란스럽게 차려졌다.

그 밖에 철철이[19] 갈아입을 조선옷이며, 보약이며, 심지어 담배까지도 해태표로만 통으로 두고 피웠다.

이러한 비발[20]은, 김씨가 말끔 제 돈을 들여서 해주되, 남편한테는 눈치로든지 말로든지 태수가 돈을 내놓아 그 부탁으로 심부름을 해주는 체하기를 잊지 않았다.

밥값은, 처음에 이십오 원에 정한 것을 오 원씩 더 내서 삼십 원씩이라는 핑계로 언제나 밥상은 떡 벌어졌다. 그러나 태수는 처음 석 달 동안만 이십오 원씩 밥값을 치렀지, 그 뒤로는 피차에 낼 생각도, 받을 생각도 하지를 않았다.

그동안 김씨는 남편이 어느 첩한테서 긴치 않게 전염을 받은 ××을 나누어 가졌다가, 그놈을 다시 태수한테 모종을 해주었다.

그 덕에 태수는 단단히 고생을 했고, 치료는 했어도 뿌리는 빠지지 않고 만성이 되어, 요새도 술을 과히 먹거나 실섭[21]을 하면 도로 도져서 병원 출입을 해야 했었다.

태수는 화투의 승부로 그날 밤에 짊어진 내기 시행 가운데 여벌치 한 대목은 아직도 시행을 하지 못했다. 웬일인지, 김씨는 포태(胞胎)[22]하는 기색이 보이지를 않았다.

"나는 아마 팔자가 그런가 봐!"

김씨는 생각이 나면 태수를 붙잡고 불평 삼아, 탄식 삼아 가끔 이렇게 뇌살거린다.[23]

그러나 일변 둘이 사이에 정은 수월찮이 물크러졌다.

태수는 한편으로, 호화스러운 맛에 전과 다름없이 기생 오입도 하고 지내고, 또 요새 와서는 초봉이한테 정신이 쏠려 그와 결혼을 하려고 애를 쓰고 하기는 해도, 그런 것과는 달리 김씨와 사이에는 소위 색정이라는 것이 자못 깊었다. 김씨는 더했다.

그러나 아무리 정이 들고 서로 좋고 해도, 애초부터 아무 때고 떨어져야 한다는 말없는 조건이 붙은 둘 사이의 관계이었었다.

김씨는 수월찮이 영리하기도 한 여자이었었다. 그는 한때의 손짭손²⁴으로 일생을 그르칠 생각은 없었다.

만일 태수와 이렇게 오래오래 두고 지내다가는 필경 파탈²⁵이 나서, 큰 풍파가 일고라야 말 것을 그는 잘 알고 있다.

그래서 그는 지나간 삼월부터는, 인제는 웬만큼 해두고 일을 수습할 궁리를 하기 시작했다.

하기야 태수와 떨어질 일을 생각하면, 생각만 해도 섭섭하기란 다시 없었다. 또 기왕 내친걸음이니, 바라던 자식이나 하나 뺄 때까지 그렁저렁 밀어가고도 싶었다.

그러나 올 삼월, 그때만 해도 벌써 배가 맞아 지낸 지가 반년인데, 반년이나 두고 그렇게 지냈어도 가져지지 않던 아이가 앞으로 더 지낸다고 별안간 생겨질 것 같지도 않고, 그뿐 아니라, 남편을 더 오래 속일수록 위험은 더 많이, 그리고 더 가까이 닥뜨려오게 하는 것이어서 차차로 겁이 더 나기도 했었다.

한번 이렇게 위험을 느끼고 나매, 그는 그새까지는 어쩌면 그렇듯 마음을 턱 놓고 지냈던가 싶을 만큼 자꾸만 초조와 불안이 생기기 시작했다. 뿐 아니라 앞으로 가령 위험이 없다고 하더라도, 그렇더라도 태수를 한평생 옆에 두고 지내진 못할 바이면, 역시 차라리 선뜻 떨어지는 게 수거니 싶었다.

그러나 생각만 그렇지, 생각 먹은 대로 되지는 않았고, 해서 그러면 생으로 잡아떼느니보다 태수를 장가를 들여서 할 수 없이 떨어지도록 하는 도리가 옳겠다고, 드디어 태수를 장가를 들일 결심을 했던 것이다. 하고서, 태수더러 그 이야기를 하고 그렇게 하자고 하니까, 태수는 갈리는 거야 형편대로 할 것이지만, 장가는 갈 생각이 없다고 내내 코방귀만 뀌었다.

그래서 하루 이틀, 그 짓을 그대로 미룩미룩²⁶ 밀어내려오던 참인데, 그러자 이러한 일이 있었다.

사월 바로 초생이니까 달포 전이다.

태수가 오후에 은행에서 돌아와 바깥 싸전가게에 나가서 탑삭부리 한참봉과 한담을 하고 있노라니까, 웬 여학생인지, 차림새는 초라해도 얼굴이며 몸맵시가 단박 눈에 차악 안기는, 그런 여학생 하나가 가게 앞으로 지나가고 있었다. 태수는 그 여학생의 차림새가 너무 조촐하고 더욱 트레머리²⁷에 통치마는 입었어도, 고무신에 버선을 신은 것이, 혹시 공장이나 정미소에 다니는 여직공이 아닌가 했다.

그렇다면 더욱 인물이 아깝다고, 그래서 태수는 황홀하게 그를 바라보는 참인데, 마침 탑삭부리 한참봉을 보더니 사풋이 허리를 굽혀 인사를 하는 것이었었다.

초봉이었었다.

"어이, 아버지 안녕하시구?"

탑삭부리 한참봉은 이렇게 아주 친숙히 인사 대답을 했다.

"네에."

초봉이의 대답은 들리는 둥 마는 둥 했지만, 방긋이 웃는 입을 보고서 태수는 그만 엎으러지게 흠탄을 했다.

초봉이가 지나가기가 무섭게 태수는 탑삭부리 한참봉더러,

"거 누구예요?"

하면서 사뭇 숨이 차게 다급히 묻던 것이다.

"왜?……"

한참봉은 히쭉이 웃다가……

"……저 너머 둔뱀이 사는 우리 아는 사람의 딸인데…… 학교 졸업하구서 시방 저기 제중당이라는 양약국에 다닌다지…… 그래 맘에 들어?"

그는 연신 수염 속에서 내숭스럽게 웃는다.

"아녜요, 거저……"

태수는 너무 덤빈 것이 점직해서 뒤통수를 긁는다.

"흐응! 맘에 드는 모양이군그래?…… 워너니[28] 똑똑하겐 생겼지. 저엉 맘에 들거들랑 집엣사람더러 중맬 서달라지? 저 너머 둔뱀이 정주사네 맏딸 초봉이라면 나보다 더 잘 알 테니."

"아녜요, 아저씬 괜히."

그날 밤부터 태수는 그새까지 시뻐하던 장가를 급작스레 들겠노라고, 그러니 초봉이한테 중매를 서달라고 김씨를 졸랐다.

초봉이란 말에 김씨는 도무지 전에 없던 일로, 별안간 강짜[29]가 나고, 나되 사뭇 앞이 캄캄하고 몸이 떨려 어쩔 줄을 몰랐다.

김씨는 자청해서 태수더러 결혼을 하라고 했고, 종차 나서서 규수를 골라 내 손으로다가 뒤받이[30]를 들어 혼사를 치러줄 염량까지 했고, 그러면서도 조금도 질투 같은 것은 몰랐고, 한 것은 무릇 그 여자 즉 태수의 배필인 동시에 질투의 대상 인물이 실지의 인물로서 아직 드러나지 않았기 때문이었었다.

그러다가 마침내 초봉이라고 하는, 자알 아는 계집애, 그때의 최근으로는 작년에 본 것이 마지막이지만, 썩 아담스럽게 생긴 그 계집애 초봉이가, 이건 시방 당장 내 애물인 태수를 차지를 해 가다니! 아 고 계집애가! 이러해서 계제와 대상을 만나 질투는 피 어올랐던 것이다. 그러한 딴 속을 두어두고, 그는 태수더러는 초 봉이가 너한테는 과분하다는 평계를 해가면서, 그의 소청을 들어 주지 않으려고 드는 것이었었다.

그러나 그는 마침내 마음을 돌리지 않을 수가 없었다.

조그마한 사업事業

언덕 비탈을 의지하여 오막살이들이 생선 비늘같이 들어박힌 개복동, 그중에서도 상상꼭대기에 올라앉은 납작한 토담집.

방이라야 안방 하나, 건넌방 하나 단 두 개뿐인 것을 명님(明姬)이네가 도통 오 원에 집주인한테서 세를 얻어가지고, 건넌방은 따로 '먹곰보'네한테 이 원씩 받고 세를 내주었다.

대지가 일곱 평 네 홉[1]이니, 안방 세 식구, 건넌방 세 식구, 도합 여섯 사람에 일곱 평 네 홉인 것이다.

건넌방에는 시방 먹곰보도 없고, 그의 아낙도 없고, 아랫목에는 제둘잡이 어린것이 앓아누웠고, 윗목에서는 경쟁이[2]가 경을 읽고 앉았다.

방 안은 불을 처질러놓아서, 퀴퀴한 빈취(貧臭)[3]가 더운 기운에 섞여 물큰 치닫는다.

어린것은 오랜 백일해로 가시같이 살이 빠고, 얼굴은 양초빛이

158

다. 그런 것이 입술만 유표하게 새까맣게 탔다. 폐렴을 덧들였던 것이다.

눈 따악 감은 얼굴이며, 꼼짝도 않는 사족에는 벌써 사색(死色)이 내려덮었다. 목숨은, 발딱발딱 가쁜 숨을 쉬는마다 달싹거리는 숨통에만 겨우 걸려 있다. 몇 분도 아니요, 초(秒)를 가지고 기다릴 생명이다.

경쟁이는 갓을 쓰고, 두루마기를 입고, 윗목으로 벽을 향하여 경상 앞에 초연히 발을 개키고 앉아 경만 읽는다.

경상으로 모서리 빠진 소반 위에는 밥이 한 그릇에 콩나물 한 접시, 밤 대추 곶감을 얼러서 한 접시, 북어가 세 마리 이렇게가 음식이요, 돈이 일 원짜리 지전으로 두 장, 쌀이 두 되는 실히 되겠고, 소지(燒紙)[4]감으로 접은 백지가 석 장, 일 전짜리 양초에 불을 켜서 꽂아놓은 사기접시, 그리고 소반 옆으로는 얼멍얼멍한 짚신이 세 켤레, 대범 이와 같이 차려놓았다. 병자한테 붙어 있는 귀신더러 이 음식을 먹고, 이 짚신을 신고, 이 돈으로 노수[5]를 해서 딴 데로 떠나라는 것이다.

이렇게 차려놓은 경상 앞에 가서 경쟁이는 자못 엄숙하게 북을 차고 앉아 경을 읽는데……

북을 얕게 동당동당 동당동당 울리면서 청도 북대로 고저와 박자를 맞추어 나직하고 느릿느릿,

"해동조선 전라북도 군산부 산상정 권씨 댁……"

무엇이 어쩌구저쩌구 한바탕 주욱 외우다가는, 목소리를 일단 위엄 있이,

"오방신자앙."

처억 불러놓고서 이어, 북도 빨리, 청도 빨리 몰아 들입다 귀신을 불러대는데, 아마 세상 귀신이란 귀신은 있는 대로 죄다 나오는 모양이다. 게다가 계급도 가지각색이요, 개명을 톡톡히 한 경쟁이든지, 심지어 '한강철교 연애하다가 빠져 죽은 귀신'까지 불러댄다.

대체 이렇게 숱해 많은 귀신들이, 한 부대(一個部隊)는 넉넉한가 본데, 겨우 그 앞에 차려놓은 것만 가지고 나누어 먹자면 대가리가 터지게 싸움이 날 텐데, 본시 귀신이란 형체가 보이지 않는 것이라 그런지, 저희끼리 오쟁이를 뜯는[6] 꼴은 볼 수 없다.

아무튼 그렇게 귀신 대중(大衆)을 불러놓더니, 그 담에는 갑자기 북소리와 목청을 맹렬하게 높여, 그러느라고 발 개킨 엉덩이를 들썩들썩, 팔을 번쩍번쩍 쳐들면서, 크게 꾸짖어 가로되,

"너 이 귀신들!…… 빨리 운감[7]을 하고, 당장에 물러가야 망정이지, 그러지 안할 양이면, 신장을 시켜 모조리 잡아다가, 천리 바다 만리 바다 쫓어보내되, 평생을 국내 장내도 못 맡게 하리라아!"

고, 냅다 풍우를 몰아치듯 추상같은 호령을 하는 것이다.

이렇게 한 대문을 걸찌익하게 읽고 나서, 다시 처음부터 시작을 하고, 그러자 마침 먹곰보네 아낙이 숨이 턱밑까지 차서 허얼헐 판자문 안으로 들어선다.

그의 등 뒤에서는 승재가 낡은 왕진가방을 안고 따라 들어오고, 또 그 뒤에는 명님이가 따라섰다.

주인과 승재가 방으로 들어서도, 경쟁이는 모른 체 그냥 앉아
경만 읽는다.

"아가아, 업동아!"

먹곰보네 아낙은 방으로 들어오기가 무섭게 어린것의 얼굴 위
에 엎드려 끌어안을 듯이 들여다본다.

어린것한테서는 싸늘하니 아무런 반응도 없다. 눈을 떠본다든
지, 입술을 달싹거린다든지, 하다못해 손끝을 바르르 떤다든지.

승재는 대번 보고서 짐작은 했지만, 아무려나 이왕 온 길이니
청진기를 꺼내서 귀에 걸고 다가앉는데, 먹곰보네는 그제야 놀란
눈을 홉뜨고,

"아이구머니 이것이 죽었나베!"

하면서 당황히 서둔다.

승재는 어린것의 앙상한 가슴을 헤치고 청진기로 들어보는 것
이나 가느다랗게 담 끓는 소리만 들리는 둥 마는 둥, 맥은 아주
그치고 말았다.

승재는 청진기를 떼고 물러앉으면서 이마를 찡그린다.

"아직 살았나 봐요!……"

먹곰보네 아낙은 어린것의 가슴에 손을 대보다가 아직 따뜻한
온기가 있으니까, 그것이 되레 안타까워 미칠 듯이 납뛴다.

"……네? 아직 살았나 봐요? 어서 얼른 좀…… 아가 업동아?
업동아? 엄마 왔다, 엄마…… 젖 먹어라. 아이구 이걸 어떡해요!
어서 손 좀 대주세유!"

"소용없어요, 벌써 숨이 졌는걸!"

승재는 죽은 자식을 놓고 상성할 듯[8] 애달파하는 정상이 불쌍한 깐으로는, 소용이야 물론 없을 것이지만, 당장이나마 원이라도 없으라고 강심제 한 대쯤 주사를 놓아주고 싶지 않은 것도 아니었으나, 그러나 우선 인정에 못 이겨 그 짓을 했다가는 뒤에 말썽이 시끄러울 것이니, 차라리 눈을 지그시 감고 모른 체하느니만 같지 못하다고 생각했다.

처음 한동안 승재는 부르는 대로 불려가서, 아무리 목숨이 경각에 달린 병자라도 가족들이 붙잡고 매달리면, 효과야 있건 없건 구급주사를 꾸욱꾹 놓아주곤 했었다. 그러나 대개가 시기를 놓친 병자들이라 살아나지를 못하고, 주사 기운이 없어지면 그만이곤 하는데, 그럴라치면 개개 주사가 생사람을 잡았다고 승재를 칭원[9]하고, 심한 사람들은 승재게로 쫓아와서 부르대기까지 한다.

그러던 끝에 달포 전에는 필경 먹살을 떠들려 경찰서까지 간 일이 있었다.

그때 승재는 유치장에서 하룻밤을 자고, 이튿날 병원 주인인 달식이의 주선으로 놓여나오기는 했으나, 석방이 아니라 불구속(不拘束) 취조라는 것이었다.

그 뒤에 일은 아주 무사했으나, 그 일을 겪고 나서부터 승재는, 인제 의사면허를 얻기까지는 되도록 절망 상태인 듯싶은 병자한테는 가기를 피하고, 혹시 마지못해 불려가기는 한다더라도, 아예 함부로 손은 대지 않기로 작정을 했었다.

그러던 터인데, 오늘도 병원에서 일곱 시나 되어 돌아오니까, 명님이가 먹곰보네 아낙과 같이 와서 기다리고 있었다. 명님이는 집을 가리켜주느라고 같이 왔던 것이다.

승재는 먹곰보네 아낙한테 아이가 백일해 끝에 한 사날 전부터 딴 증세가 생겨가지고 몹시 보채더니, 인제는 마디숨을 쉬고 담이 끓는다는 말을 듣고, 벌써 일이 그른 줄 짐작했었다. 그래서 따라오지 않을 것이지만, 울상으로 사정사정하는 바람에 무어라고 퀴를 쓰지 못하고 와보기는 와보았던 것이다.

와서 보니 경을 읽고 있는 꼴이 우선 비위가 상하는데, 아이는 벌써 죽었고, 해서 만일 경을 읽힐 정성으로 이틀만 미리 닦아 서둘렀어도 이 가엾은 생명을 구할 수가 있었을 것을 생각하면, 자식을 죽이고 애처로워하는 어머니가 불쌍하기보다도 밉살머리스러워서 못 했다.

"그래두 저 거시키……"

먹곰보네 아낙은 또다시 어린것의 시체에다가 손을 대보고 부르고 하다가 승재한테 애걸을 한다.

"……주사라더냐 하는, 침을 노면 살아난다는데유?"

"인전 소용 없어요!"

"그래두 남들은 그렇게 해서 죽은 것을 살렸다구 그러든데유? 제발 좀 살려주세요!…… 이걸 죽이다니, 아이구머니 이것을 죽이다니!…… 네? 제발 좀……"

"소용 없대두 그래요!……"

승재는 듣는 사람이 깜짝 놀랄 만큼 볼먹은 소리[10]로 지천을 한다.

"……왜 진작 나한테루 오든지 하질랑 않구서, 이게 무어람? 자식을 생으로 죽여놓구는…… 인전 편작[11]이라두 못 살려놓아요!"

승재는 골이 나는 대로 해부딪고, 왕진가방을 집어 들고 마루로 나선다.

먹곰보네 아낙은 어린것의 시체를 얼싸안고, 울음 섞어 넋두리를 시작한다.

경쟁이는 하늘이 무너져도 꿈쩍 안 할 듯, 여전히 초연하게 앉아 경만 읽는다.

"그년의 경인지 기급인지 고만둬요!"

먹곰보네 아낙이 눈이 뒤집혀가지고 악을 악을 쓴다.

"네?"

경쟁이는 선뜻 경 읽던 것을 멈추고, 고개를 돌린다. 그렇게 선뜻 알아듣는 것을 보면, 옆에서 벼락을 쳐도 모른 체 열심으로 경을 읽던 것은 실상은 건성이요, 속은 말짱했던 모양이다.

"……그만두라면 그만두지요!……"

끙 하고 북채를 놓더니 혼자서 무어라고 두런두런, 돈을 비롯하여 소반에 차려놓았던 것을 견대에다 주워 담는다.

"……죽는 것두 다아 제 명이지요! 인력으루 하나요. 끙!"

"오라지는 건 어떻구?…… 왜 제 명대루 죽을 것을, 경을 읽으면 꼭 낫는다구는 했어?"

먹곰보네 아낙의 악쓰는 소리를 등 뒤로 들으면서 승재는 침울하게 그 집 문간을 나섰다.

승재는 효험이야 있거나 말거나 간에, 또 뒷일이야 아무렇든 간에, 자식을 잃고 애통하는 어머니를 위로하는 뜻으로, 소원하는 주사라도 한 대나마 놓아주는 시늉을 하지는 않고서 되레 타박을 한 것이 후회가 났다.

이 사람들도 자식을 위해 애쓰는 정성은 매일반이다. 결과야 물론 자식을 죽이고 살리고 하는 것을 좌우하게 되지마는, 그야 무지한 탓이지, 범연해서 그런 것은 아니다.

그러고 보니 가난과 한가지로 무지도 그 사람들을 불행하게 하는 큰 원인이요, 그래서 그 사람들에게는 양식과 동시에 지식도 적절히 필요하다.

승재는 생각을 하면서 절절히 그것을 여겨, 고개를 끄덕거린다.

다섯 살[12]에 고아가 되어, 생판 남과도 진배없는 친척에게 거둠을 받아 자라났으니, 역경이라면 크게 역경일 것이다. 그러나 역경은 역경이면서도, 승재의 지나오던 자취에는 일변 단순함이 없지 않았었다.

그는 세상이라는 것을 별반 볼 기회가 없었다. 인간 감정의 복잡한 갈등이나 생활과의 심각한 단판씨름 같은 것을 스스로 경난은 물론 구경할 기회조차 없었다.

그는 다만 병원에 앉아 검온기[13]를 통해서, 맥박(脈搏)의 수효나 청진기(聽診器)를 통해서, 뢴트겐(X光線)이나 타진(打診)을 통해서, 주사기를 들고, 처방전을 들고, 카르테를 들고…… 이렇게 다만 병든 인생만을 대해 왔었다.

그래서 병이라는 것이 인생의 큰 불행임을 알았다. 단지 그것뿐이었었다. 그러므로, 그의 인생이라는 것은 서로 아무런 상관이 없이 하나하나 떨어진, 그리고 생리적인 인생을 의미한 것이었었다.

그러다가 그가 군산으로 와서 있으면서 비로소 조금 분간 있이 인생을 보게 되었다.

서울의 옛주인에게 있을 때에는 치료비 없이 왔다가 도로 쫓겨 가는 병자들을 그리 보지 못했었다. 그러나 이 군산의 금호의원 으로 와서는 그러한 정상을 가끔 보았다.

승재는 울기까지 한 적이 있었다. 병이 큰 고통인데, 그것을 치 료하지도 못하는 사람들의 불행…… 인간 세상의 한구석에는 이 러한 불행이 있다는 것에 그는 통분했던 것이다.

그러던 끝에 하루는, 설하선염[14]으로 턱과 얼굴이 팅팅 부은 소 녀 하나가, 부친인 성싶은 중년의 노동자와 같이 병원의 수부에 와서 치료비가 얼마나 들겠냐고 물어보더니, 십 원이 넘겨먹겠단 소리에 다시 두말도 없이 실심하고 돌아서는 것을 승재는 보았 다. 그들이 지금의 명님이와 그의 부친 양서방이었었다.

승재는 그들이, 다른 돈 없이 온 병자들처럼 돈이 없으니 그냥 치료를 해달라거니, 이 다음에 벌어서 갚겠거니 이렇게 조르고 사정을 하고 하지도 못하고, 겨우 얼마나 들겠느냐고 물어만 보 고서 큰돈 십 원이 넘겠다고 하니까, 낙심이 되어 추렷이 돌아가 는 양이 어떻게나 가엾던지, 그대로 보고 있을 수가 없었다. 그는 병원 문 밖으로 그들을 따라 나와서 집이 어디냐고, 번지와 골목 을 잘 알아두었다.

저녁 때, 승재는 우선 병원에 있는 기구 중에서 간단한 수술기 구와 약품 같은 것을 빌려가지고 명님이네를 찾아가서 수술을 해 주었다.

그는 마침 병원에서의 거처를 그만두고, 방을 얻어 따로 있기 시작한 때였기 때문에 밤저녁의 행동은 자유로웠다. 그래서 그는 계제에 결심을 하고, 왕진기구 일습과 약품을 장만해가지고 본격적으로 야간개업(夜間開業)을 시작했던 것이다. 물론 치료비나 약값은 받지를 않고, 가난한 제 낭탁¹⁵을 기울여 가면서……

이 노릇을 승재는 스스로 조그마한 사업으로 여겨 거기서 기쁨과 만족을 느끼되, 무심했지 달리 그것을 평가(評價)를 하거나 자성(自省)함이 없었다.

하다가 오늘 마침 먹곰보네 집에를 불려와, 그렇듯 경이나 읽히면서 자식을 갖다가 생으로 죽이고 마는 미련스런 인간들을 보자니, 그만 보도록새 짜증이 나서, 전에 없이 골딱지¹⁶를 냈던 것인데……

그러나 그것도 무슨 정성이 미흡한 탓이 아니요 무지한 소치라면야 그만이겠지만, 그러니 그들이 그렇듯 무지한 이상 시료병원(施療病院)이 거리마다 늘비하다고 하더라도 별수가 없겠거니 싶고, 그 무지라는 것을 생각하면, 어느 결에 승재 제 자신이 길을 걸어가다가 어떤 거대한 장벽에 가서 딱 닥뜨린 것같이 가슴이 답답하고 어찌 할 줄을 모를 것 같았다.

그 끝에 가면, 시방 제가 여태까지 재미를 붙여 해오던 이 노릇이, 그만 신명이 뚝 떨어지고 흥이 하나도 나지를 않는 것이었었다.

승재가 다뿍¹⁷ 풀이 죽어서 문간으로 나가는데 명님이는 벌써

문 밖에서 기다리고 있다.

"여기 있었니?……"

승재는 마음이 산란한 중에도 명님이가 귀엽고 반갑던 것이다.

"……둘러봐두 없길래 어디루 갔나? 했지…… 어머니랑 아버지랑 다아 안 계시드구나?"

"네에……"

명님이는 배시시 웃으면서 손을 내민다.

"……인 주세요, 제가 들어다 디리께."

명님이는 지금 저한테 끔찍이 고맙고, 또 노상 살뜰하게 귀애해 주는 이 '남서방어른'이 저희 집에를 온 것이 언제나 마찬가지로 좋았고, 게다가 가방을 들어다 주기는 더욱 좋았던 것이다. 승재는 괜찮다고 물리치다가, 명님이의 그러한 마음성을 아는 터라, 이내 가방을 제 손에다가 들려준다.

"그럼 요기, 요 아래까지만?……"

"네에."

명님이는 좋아라고 가방을 들고 앞을 서서, 깔끄막진[18] 언덕길을 내려간다.

"아버진 일 나가셨니?"

"네에."

"어머닌?"

"빨래해주려 가시구요."

"그럼 요샌 밥 잘 해 먹겠구나?"

"내에…… 아침에는 밥 해 먹구, 저녁에는 죽 쑤어 먹구 그래

168

요."

"으응, 그나마라두…… 그렇지만 즘심은?"

"안 먹어요. 그래두 먹구 싶잖어요."

눈치가 빨라서 승재가 그다음에 물을 말까지 지레 대답을 하던 것이다.

"먹구 싶잖을 리가 있나! 배고프지?…… 요새 해가 퍽 긴데……"

"그래두 배는 안 고파요."

"명님이 좋아하는 청국만두 사주까? 시켜 보내주까?"

"아이, 싫여요! 괜찮아요!"

명님이는 깜짝 반색을 하면서 가던 길을 멈추고 돌아선다.

승재는 전엣 일이 문득 생각나서 중국만두라고 했던 것이다. 승재가 처음 명님이네 집을 찾아가서 수술을 해주고, 그 뒤에도 매일 다니면서 심을 갈아주곤 했는데, 거진 다 나아갈 때쯤 된 어느 날인가는 중국만두가 먹고 싶다고 저의 부모를 조르다가 지천을 듣는 것을 마침 보았었다. 어린애요 살앓이[19]를 하던 끝이라, 입이 궁금해서 무엇이고 두루 먹고 싶을 무렵이었었다.

승재는 잠자코 있다가 나와 중국 우동집에 부탁해서 만두를 세 그릇 시켜 보내주었다. 했더니, 그 이튿날 또 갔을 때, 명님이네 부모의 치하도 치하려니와 명님이가 좋아하는 양은 절로 미소가 나오게 했었다.

명님이는 제 병이 아주 나은 뒤에는 가끔가끔 승재를 찾아와서 무엇 내의고, 양말자박이고, 벗어놓은 것이 없으면 조르다시피 뺏어다가는 저의 모녀가 잘 빨아서 꿰맬 데 꿰매고, 기울 데 기워서 차곡차곡 챙겨다 주곤 했다. 이것이 명님이네 식구가 승재를 위하여 애써 줄 수 있는 다만 한 가지 정성이던 것이다.

그러한 근경[20]인 줄 아는 승재는 차차 그것을 기쁘게 받고, 그 대신 간혹 명님이네 집에를 들렀다가 끼니를 끓이지 못하고 있는 눈치가 보이면, 다만 양식 한 되 두 되 값이라도 내놓고 오기를 재미 삼아서 했다. 승재가 끊어다 주는 노란 저고리나 새파란 치마도 명님이는 더러 입었다.

승재는 명님이가 명님이답게 귀여우니까 귀애하기도 하는 것이지만, 명님이는 일변 승재의 기쁨이기도 했다.

그것은 승재의 그 '조그마한 사업'의 맨 처음의 환자가 명님이 었던 때문이다. 승재는 병원에서 많은 사람을 치료해주었고, 그 중에는 생사가 아득한 중병환자를 잘 서둘러 살려내기도 한두 번이 아니었었다. 그러나 그다지 중병도 아니요, 수술하기도 수나로운[21] 명님이의 설하선염을 수술해주던 때, 그리고 그것이 잘 나았을 때, 그때의 기쁨이란 도저히 다른 환자의 치료에서는 맛볼 수 없이 큰 것이었었다.

그렇듯 명님이는 승재의 기쁨이기는 하지만, 한편 또 명님이로 해서 슬픔도 없지 않았다.

명님이네 부모가 명님이를 기생집의 수양녀로 주려고 하는 것을 알고 나서부터다.

승재는 명님이가 장차에 매녀(賣女)의 몸이 될 일을 생각하면, 마치 친누이동생이나가 그러한 구렁으로 굴러 들어가는 것같이 슬프고 안타까워했다. 그래서 승재는 명님이를 만나면 그 일을 안 뒤로는, 겉으로 반가움이 솟아나서 웃는 한편, 속에서는 그 반가움 못지 않게 슬픔이 서리곤 했다.

이러한 갈피로 해서 명님이는 일변 승재로 하여금 은연중에, 그가 인생을 살피는 한 개의 실증(實證)이요 세상을 들여다보는 거울이기도 했다. 그것은 그새까지도 그러했거니와, 이 앞으로도 그러할 형편이었었다.

승재는 앞서서 비탈길을 내려가는 명님이의 뒤태를 눈여겨보면서 무심코 한숨을 내쉰다.

"벌써 열세 살!⋯⋯"

그의 등 뒤에서는 유난히 긴 머리채가 치렁거려 제법 계집애 꼴이 박혀 보인다.

승재는 이 애가 이렇게 매초롬하니 장성하는 것이 새삼스럽게 불안스러 견딜 수가 없었다.

"명님아?"

부르는 소리에 명님이는 대답 대신 해뜩 돌려다본다.

"요새두 어머니 아버지가 저어, 거시기 음! 그 집으루 가라구 그리시든?"

승재는 좀 거북해하면서 떠듬떠듬 물어본다. '그 집'이란 팔려 갈 기생집 말이다.

"네에⋯⋯ 그래두⋯⋯"

명님이는 고개를 숙이고, 조그맣게 대답을 한다.

"흐응⋯⋯ 그래서?"

"지가 싫다구 그랬지요, 머."

"흐응…… 그러니깐 무어래시지?"

"그럼 죄꼼 더 크거던 가라구 그래요."

"그럼 명님인 어머니 젖 먹구퍼서, 싫다구 그랬나?"

"아녜요! 아이 참……"

명님이는 승재가 혹시 농담으로 그러는 줄 알고서……

"……놀리실려구 그리시느만, 머."

"아냐, 놀리는 게 아니구……"

"그렇지만 머, 어머니 보구퍼서 남의 집에 어떻게 가서 있나
요?"

"그럼 더 자라면 어머니 보구 싶잖은가?"

"그렇다구 그러든데요? 어머니두 그리시구, 아버지두 그리시
구…… 그러니깐 인제 죄꼼 더 자라거던 가라구."

"흐응, 더 자라거던!"

승재는 먼눈을 팔면서 혼자 말하듯이 중얼거린다.

승재는 속으로 촌사람들이 돼지 새끼나 송아지를 팔래도 너무
어리고 젖이 떨어지지 않아서 어미를 찾고 소리를 지르니까, 아
직 좀 더 자라게 두어두고 기다리는 것 같은 그러한 정상[22]을 명님
이네 집에다 빗대보던 것이다.

돼지 새끼나, 혹은 송아지나 그놈이 조금만 더 자라 제풀로 뛰
어다니면서 밥도 먹고, 꼴도 먹고, 그래 젖이 떨어지면 장에 내다
가 팔려니 하고 기다리는 촌사람이나, 일변 딸자식이 철이 좀 더
들어서 부모도 그려 않고, 그동안에 가슴도 좀 더 볼록해지고, 키

도 좀 더 자라고 하면 기생집에다가 수양딸로 팔아먹으려니 하고, 매일같이 고대고대 기다리고 있는 명님이네 부모나 별반 다를 게 없을 것 같았다.

승재는 이마를 찡그리면서 무심결에 캐액 하고 침을 뱉는다.

그러나 이어, 그들 양순하디 양순한 명님이네 부모의 얼굴을 생각하면, 고약스럽다는 반감보다도 불쌍한 마음이 앞을 섰다.

승재는 명님을 돌려보내고, 콩나물고개로 해서 초봉이네 집으로 돌아왔다.

안방에서들은 마침 저녁을 먹는지 대그락거리는 수저 소리가 들리고, 승재 방에는 자리끼 숭늉이 문턱 안에 들여놓여 있었다.

이 한 그릇 자리끼 숭늉은, 계봉이가 하던 말마따나 소중한 생명수이었었다.

승재는 갈증도 나지 않았지만, 물그릇을 집어 들고 후루루 들이마신다. 물은, 물을 마셨다느니보다 초봉이로 연하여 가득 넘치는 행복을 들이마시는 것 같았다.

이튿날 아침.

진작부터 일어나 책상 앞에 앉아서 『성층권(成層圈)의 연구(硏究)』라고 하는 신간을 읽고 있던 승재는 사발시계가 저그럭저그럭 가다가 일곱 시 반이 되자, 읽던 책을 그대로 펴놓은 채 푸시시 일어선다. 일곱 시 반은 병원에 출근하는 시간이다. 인제 가서 소쇄[23]를 하고 조반을 먹고 나면 여덟 시 반, 여덟 시 반부터는 진찰실에 나가 앉아야 한다.

승재는 버릇대로 낡은 소프트를 내려 쓰고 툇마루로 나앉아서 구두를 신노라니까, 문밖에선지 와자하니 사람 떠드는 소리가 들렸다.

그러거나 말거나, 승재는 무심히 구두를 신고 마당 한가운데로 걸어 나가는데, 그러자 별안간 지쳐둔 일각문을 와락 열어젖히면서 '먹곰보'가 문간 안으로 쑥 들어서는 것이다.

승재는 대번, 이건 또 말썽이 생겼구나 생각하면서 주춤하니 멈춰 선다. 그는 명님이네 집을 자주 다니기 때문에 먹곰보의 얼굴을 익히 알던 것이다.

술속²⁴ 사납고, 싸움 잘하기로 호가 난²⁵ 줄도 잘 알고⋯⋯

먹곰보의 뒤에는 그의 아낙이 따랐고, 먹곰보가 떠드는 바람에 지나가던 사람도 두엇이나 일각문으로 끼웃이 들여다본다.

"이놈, 너 잘 만났다!"

먹곰보는 승재를 보자마자, 황소 영각²⁶하듯 외치면서, 눈을 부라리면서, 쏜살같이 달려들면서 승재의 멱살을 당시랗게 훑으려잡는다.

세모지게 부릅뜬 눈하며, 본시 검은 데다가 술기와 흥분으로 검붉어, 썩은 생선빛으로 질린 곰보 얼굴을 휘젓고 들이미는 양은 우선 흉하기 다시 없었다.

놀란 것은 승재요, 그는 설마 이렇게야 함부로 다그칠 줄은 몰랐기 때문에 어마지두²⁷ 쩔매는데, 그러자 먹곰보는 멱살을 움켜쥐기가 무섭게,

"이놈!"

소리와 얼러, 철썩 뺨을 한 대 올려붙인다.

승재는 아프기보다도 정신이 얼떨떨해서 더욱 당황해한다.

"아이구머니! 저를 어쩌애!"

계봉이가 마침 학교에 가느라고 책보를 안고 대뜰로 내려서다가 그만 질겁하게 놀라, 동당거리고[28] 외친다. 안방에서 식구들이 우 하고 몰려나온다.

"그래 이놈!……"

상관 않고 땅땅 어르면서 먹곰보는 수죄(數罪)[29]를 하는 것이다.

"……네가 이놈, 침대롱깨나 가지면 김생원 박생원 한다더라구, 그래 네가, 의술깨나 한다는 놈이, 남의 어린 자식이 방금 죽는다는 것을 보구서두 약 한 봉지를 써주지를 않구 침 한 대 놓아달라구 애걸복걸을 해두 그냥 말었다니…… 그래서 필경 내 자식을 죽여놓아?…… 이놈!"

이를 부드득 갈면서 승재의 맷집 좋은 따귀를 재차 본새 있게 올려붙인다.

승재는 하도 어이가 없어 말도 못 하고 뻐언하니 마주 보기만 한다.

먹곰보네 아낙이 슬금슬금 들어와서 사내의 팔을 잡고, 좋은 말로 하지 왜 이러느냐고 말리는 시늉을 한다. 그러기는 해도, 승재가 얻어맞는 것이 고소한 눈치다.

뒤늦게 정주사가 신발을 끌고 허둥지둥,

"원 이게, 웬 행패란 말인고!…… 너 이 손! 이걸 놓지 못할 텐가!"

내려오면서 호령호령한다.

먹곰보는 힐끔 돌려다보더니 꾀죄한 정주사의 풍신이 눈에도 차지 않는다는 듯이 아래로 한번 마슬러보다가[30]……

"이건 왜 나서서 이 모양이야! 꼴같잖게!……"

유씨와 초봉이는 벌벌 떨고만 섰고, 계봉이는 휘휘 둘러보다가 부엌으로 뛰어 들어간다.

"……이놈, 경찰서루 가자. 너 같은 놈은 단단히 법을 좀 가르 쳐야 한다."

먹곰보는 얼러대면서 멱살을 잡은 채로 잡아 낚아챈다. 바로 그 때다. 퍽 소리와 같이 장작개비가 먹곰보의 옆구리를 옹글게 후 려갈긴다. 계봉이의 짓이었었다.

계봉이는 이를 악물고 억척으로, 이번에는 팔뚝을 후려갈기려 는 참인데, 아 저런 년 보았느냐고 정주사가 나무라면서 떠밀어 버린다.

지나가던 사람이 여럿 문간으로 끼웃거리다가 몇은 슬금슬금 마당으로 들어서서 구경을 한다.

정주사는 달려들지는 못하고 돌아가면서 연신 호통만 하고 있 고, 계봉이는 분에 못 이겨 새액색 어쩔 줄을 몰라 한다.

"헤에, 참 내!"

승재는 뒤를 돌려다보면서 누구한테라 없이 바보처럼 한 번 웃 더니, 그러다가 어찌 무슨 생각으로, 먹곰보가 멱살을 잡고 버팅 긴 팔목을 슬며시 훑으려 쥐고 불끈 잡아 비튼다.

먹곰보는 하잘것없이 주먹을 편다. 다 같은 장정이라도 승재가 완력이 솟고, 한데다가 먹곰보는 술이 취해놔서 그다지 용을 쓰지 못하던 것이다.

승재는 부챗살같이 손가락을 쫙 편 먹곰보의 비틀린 팔목과 얼굴을 한참이나 번갈아 들여다보다가, 그의 아낙한테로 밀어젖힌다.

"……데리구 가요!…… 내가 죽였수? 당신네가 죽였지."

먹곰보는 나가동그라질 뻔하다가 겨우 버팅기고 선다.

"오냐, 이놈 보자, 적반하장(賊反荷杖)두 유분수가 있지, 이놈 네가 되레 사람을 치구……"

먹곰보가 끄은히[31] 왜장을 치면서[32] 비틀거리고 도로 덤벼드는 것을 그의 아낙이 뒤에서 허리를 그러안고 늘어진다. 그러자 마침 양서방이 명님이를 뒤세우고 헐러덕벌러덕 달려든다.

"이 사람이 환장을 했나? 이건 어디라구……"

양서방은 들어단짝[33] 지천을 하면서, 먹곰보를 사정없이 떠밀어 박지른다.

"아, 성님!……"

"성님이구 지랄이구 저리 물러나! 당장, 괜시리……"

양서방은 먹곰보를 한 번 떠밀어 내던지고, 승재 앞으로 가까이 와서, 술 먹은 개라니, 저 녀석이 시방 자식을 죽이고 환장을 해서 그러는 거니 참고 탄하지 말라고, 제 일같이 사정을 한다. 승재가 멱살잡이에 따귀까지 두 대 얻어맞은 줄은 모르고서 하는 소리다.

승재는 별말 안 하고, 어서 데리고 가라고 흔연히 대답을 한다.

먹곰보는 더 덤비려고는 안 하고, 몸을 휘청거리면서 승재더러 욕만 거판지게……

"이놈아, 네가 명색 의술을 한다는 놈이 그래 이놈, 내 자식이 죽은 것을 보고두 모른 체해야 옳아? 그리구서 왜, 진작 뵈잖었느냐구 내 여편네게 호령을 해? 이놈 당장 목을 쓸어 죽일 놈, 이놈. 이노옴! 내 자식 내놔라. 이놈."

"업동 아버진 괜히 생떼를 써요……"

명님이가 진작부터 나설 듯 나설 듯하다가 그제야 얼굴이 새빨개가지고 여러 사람더러 들으라는 듯이 먹곰보를 몰아세운다.

"……다아 죽어서 아주 숨도 안 쉬구 그랬어요. 그런 걸 주사를 놓는다구 죽은 애기가 살아나나요?…… 괜히, 죽은 송장한테 주사를 났다가 정말 죽였다구 애맨 소리 듣게요?…… 생으로 어거지를 쓰믄, 본 사람두 없나, 머……"

정주사는 대개 그러한 곡절이려니 짐작도 했지만, 명님이가 앙알앙알 앙알거리는 말을 듣고 나서는 쾌히 속은 알았다. 속을 알고 보니 먹곰보가 더욱이 괘씸했다.

그러나 그보다 더 괘씸하기는, 아까 자기를 보고 근육질을 하던 것이다. 과연 생각한즉 분하기도 하고, 계제에 먹곰보가 인제는 한풀 죽었는지라 기운이 불끈 솟았다.

"거 고현 손이로군!……"

정주사는 노랑 수염을 거슬려 가면서 눈을 깜작깜작, 음성은 위엄을 갖추어 준절히[34] 꾸짖기 시작했다.

"……그게, 그 사람이 돈을 받고 하는 노릇도 아니요, 다아 동정심으로 그리는 것인데, 그러니 가서 보아준 것만이라두 감사할 것이지, 그래 오죽 잘 알아보구서 손두 대지 않았으리라구!……

네끼 고현 손 같으니라구!…… 아무리 무지막지한 모산지배[35]기루서니 어디 그럴 법이 있나!"

호령이 엄엄한[36] 푼수로는 당장 무슨 거조가 날 것 같으나, 오직 발을 구를 따름이다.

승재와 양서방은 한편으로 비껴서서, 승재는 어제 겪은 일을, 양서방은 먹곰보가 아이를 나서는 잃고, 나서는 잃고 하다가 사십이 넘어 마지막같이 또 하나를 낳아가지고 금이야 옥이야 하던 참인데, 그렇게 죽이고 보니 눈이 뒤집히는데, 간밤에 그의 아낙이 말을 잘못 쏘삭여서 그래 더구나 환장지경이 된 것이라고, 서로 이야기를 하고 있다.

먹곰보는 인제는 기운을 차리지도 못하고, 땅바닥에 퍼근히 주저앉아서 무어라고 게걸거리기만 한다.

정주사는, 승재가 그동안 역시 이러한 일로 여러 번 봉변을 했고, 급기야 한 번은 경찰서에 붙잡혀가기까지 했었으나, 다 옳은 일을 한 노릇이기 때문에 무사히 놓여나왔다고 구경꾼들더러 들으라는 듯이 일장 설명을 한다.

그러고는 다시 한바탕 먹곰보를 꾸짖어 가로되,

"너 이 손, 그 사람이 맘이 끔찍이 양순했기 망정이지, 만일 조금만 무엇한 사람이면, 자네가 당장 죽을 거조를 당했을 테야!…… 내라두 한 나이나 더얼 먹었으면, 자네를 잡어 엎어놓고 물볼기를 삼십 도는 치구래야 말았지, 다시는 그런 버릇을 못 하게…… 어디 그럴 법이 있나! 고현 손이지…… 이 손! 그래두 냉큼 물러가지를 못해?!"

마지막 정주사는 푸달진 노랑 수염을 잔뜩 거슬리면서 소리를 꽥 지른다.

그러나 호령은 역시 큰 효험이 없고, 먹곰보네 아낙과 양서방이 양편에서 부축하다시피, 겨우 일각대문 밖으로 '고현 손'을 끌고 나간다.

초봉이는 비로소 안심을 하고 절로 가슴을 만진다.

계봉이는 부친의 말마따나 그 '고현 손'을 잡아놓고 물볼기를 때리든지 하는 게 아니라, 그대로 좋게 돌려보낸다고 그만 암상³⁷이 나서,

"저 녀석을! 저 녀석을 거저……"

사뭇 안달을 하더니, 휘휘 둘러보다가 장작개비를 도로 둘러메고 나선다.

"이년!……"

정주사는 장작개비를 뺏어 부엌으로 들이뜨리면서,

"……계집애년이 배운 데 없이, 거 무슨 상스러운 짓인고!"

"그래두 그 녀석을!…… 그 녀석이 우리 남서방을, 마구……"

계봉이는 분을 못 참아 쫑알거리면서 발을 동동 구르다가, 금시로 굵다란 눈물이 방울방울 떨어진다. 그러자 마침 승재가 땅바닥에 떨어진 모자를 집어 털고 섰는 것을, 별안간 우루루 그 앞으로 쫓아가더니, 두 주먹을 발끈 쥐고 승재의 가슴패기를 마치 다듬이질을 하듯이 동당동당 두들기면서, 지천에 새살에,

"바보! 남서방 바보야. 그깐 녀석한테 따구를 두 번씩이나 얻어맞구서두 왜 잠자쿠 있어?…… 왜 그래? 왜 그래?…… 이잉, 난

몰라! 남서방 미워!"

그래도 시원찮은지 물러서서 쌀쌀 몸부림을 친다.

정주사와 유씨는 서로 치어다보고 피쓱 웃어버린다. 초봉이는 가슴속이 뿌듯하고, 하다못해 눈물이 솟아 고개를 숙인다.

승재도 감격했다. 그는 계봉이의 하는 양이 꼬옥 친누이동생의 응석같이 재롱스러워서 등이라도 다독다독 해주고 싶었다.

"괜찮아요! 좀 맞으믄 어떤가? 나 아프잖어. 어여 학교 가요, 응?"

"누가 아파서 말인가! 머……"

계봉이는 주먹으로 눈물을 씻으면서 타박을 준다.

천냥만냥 千兩萬兩

"내가 네깐 놈의 데를 다시는 발걸음인들 하나 보아라."

정주사가 제 무렴에 삐쳐, 미두장께로 대고 눈을 흘기면서 이런 배찬 소리를 한 것도 실상은 그 당장뿐이요, 바로 그 이튿날도 갔었고, 그 뒤에도 매일 가서 하바도 하고, 어칠비칠하기도 했고, 그리고 오늘도 역시 미두장에서 돌아오는 길에 시방 탑삭부리 한 참봉네 싸전가게에 들른 참이다.

탑삭부리 한참봉네 싸전가게야 쌀 외상을 달라고 혀 짧은 소리나 하려면 몰라도, 묵은 셈을 졸릴까 무서워 길을 돌아서까지 다니지만, 오늘은 우정 마음먹고 들렀던 것이다.

초봉이는 내일모레면 서울로 간다고 모녀가 들어서 옷을 새로 하네, 어쩌네 들이 서둘고 있다. 그거야 가장(家長)이요 부친된 사람의 위엄으로 가지 못하게 막자면야 못 할 것은 없다(……고 정주사는 생각한다). 그러나 그러고저러고 하느니보다 혼처나 어

182

디 좋은 자리가 선뜻 나서서 말이 오락가락하면, 그것을 핑계 삼아 서울도 가지 못하게 하려니와 무엇보다도 어서어서 혼인을 했으면 일이 두루 십상일 판이라, 요전에 탑삭부리 한참봉네 아낙이 그다지도 발을 벗고 중매를 서겠다고 서둘렀으니, 무슨 기미가 있어도 있겠지 싶어, 어디 오늘은 눈치나 좀 보아야지 이렇게 염량을 하고 쓱 들러보았던 것인데, 아니나 다를까……

김씨는 마침 가게에 나와서 있다가 반겨하면서, 낮에 전위해 정주사네 집에까지 가서 유씨만 만나, 우선 대강 이야기는 했다고, 그래도 미흡한 것 같아 이렇게 정주사가 지나가기를 지키고 있었노라고, 선뜻 혼담을 내놓던 것이다.

정주사는 처음 ××은행 군산지점의 고태수라는 말을 듣고, 며칠 전 미두장 앞에서 봉변을 할 때에 그 사람이 내달아 말려주던 일이 생각나서 혼자 얼굴이 붉으려고 했다. 그러나 한편, 사람의 인연이라는 것이 이러한 것이로구나 하는 신기한 생각도 없지 않았다.

"글쎄 그이가요!……"

김씨가 연달아 참새같이 재잘거리기 시작한다.

"……근 일 년짝이나 우리집에서 기식을 허구 있지만, 두구 본다 치면 볼수록 얌전하겠지요! 요새 젊은이허군 그런 이가 있기두 쉽지 않을 거예요!"

"네에, 내가 보기에두 과히 사람이 상스럽지는 않을 것 같드군요."

정주사는 태수의 차악 눈에 안기는 모습을 다시 한 번 머릿속에 그려보면서 미상불 그럴듯하다고 했다.

"그이 말두 그래요…… 정아무개씨라구 그리니깐, 아 그러냐구, 그 어른 같으면 인사는 못 이쪘어두 가끔 뵈어서 안면은 익혀 안다구……"

"그러나저러나 거, 근지(根地)¹가 어떤지?"

"원이 서울이래요. 과부댁 외아들인데, 양반이구. 그래서 지끔 두 재갸네 본댁에서는 솟을대문²을 달구, 안팎으루 종을 부리믄서 이애 여봐라 허구 그런대나요. 재산두 벼 천이나 허구…… 그래서 그이가 월급 받는 건 담뱃값이나 허지, 다달이 재갸네 본댁에서 돈을 타다 쓰군 해요. 그건 나도 가끔 각지편지(爲替書留)³가 오는 걸 보니깐요. 그리구 은행에 다니는 것두, 인제 크게 무얼 시작할 양으루 일 배울 겸 소일 삼아서 그러는 거래요…… 이런 이야기야 그이가 어디 자기 입으루 하나요? 그이 친구헌테 들엄들엄⁴ 들은 소문이지."

"나이는 몇이라지요? 스물육칠 세 되었지?"

"스물여섯…… 그러니깐 갑진 을사, 을사생(乙巳生)이지요. 재작년 봄에 경성서 전문대학교를 졸업허구, 서울 그 은행에 들어 갔다가 작년에 일러루 전근이 돼서 내려왔대요."

"네에!"

정주사는 잠깐 딴생각을 하느라고 건성으로 대답을 했다.

대체 그만큼 기구가 좋은 집안의 자제로 외양도 반반하겠다, 한데 어째 스물여섯이나 먹도록 장가를 가지 아니했나? 혹시 요새 젊은 아이들이 항용 그러듯이 제 집에 구식 본처를 두어두고, 또는 이혼을 하고 다시 신식결혼을 하려고 하는 것은 아닌가?

이러한 미심스러운 생각이 들고, 그래서 어떻게 그것을 좀 파고 물어보았으면 싶었다.

그러나 그는 얼핏 그만두었다. 그는 혹시라도 그것이 사실이기를 저어하여 물어보기가 겁이 나던 것이다.

'아무런들 그럴 리야 없겠지…… 그렇기야 할라구.'

그는 짐짓 이렇게 씻어 덮어버렸다. 그래도 마음 한 귀퉁이에서 찜찜해하니까, 그는 다시 마음을 다독거리는 것이다.

'아무리 허물없는 중매에미한테기로니, 그런 말을 까집어놓고 묻는 법이야 있나?…… 차차 달리 알아볼지언정.'

"원……"

그는 마침내 김씨더러 자기 의견을 대답하되, 고태수라는 사람이 외양이 그만큼 똑똑하고, 또 지금 듣자하니 학식이며 문벌이며 다 상당하니까 그 말을 믿기는 믿겠다, 따라서 나도 가합하다고 생각한다. 그러나……

"……그러나 아시다시피 내 집 형편이 너무 구차해서 그런 좋은 혼처가 있어두 섬뻑 엄두가 나지를 않습니다그려! 허허……"

어쩐지 일이 묘하게 척 들어맞는 성싶어, 슬쩍 한번 넘겨짚느라고 해본 소린데, 아니나 다를까! 김씨는 기다리고 있던 듯이, 사뭇 속이 후련하게시리……

"내에 내, 그리잖어두 그 말씀을 지금 하려던 참이에요…… 그건 아무 염려 마세요. 벌써 내가 정주사 댁 형편 이야길 대강 했더니, 그러냐구, 그러면 어려운 댁에 괴롬 끼칠 게 없이, 자기가 말끔 다아 대서 하겠다구, 그리는군요!…… 그런 걸 보아두 사람이 영리하구 속이 티이구 헌 게 아녜요? 호호."

"허허, 그렇지만 어디 그럴 법이야 있나요! 아닐 말루 내가 몇 끼 밥을 굶구서 혼수를 마련할 값에……"

정주사는 시방 속으로는 희한하고도 굴져서 입 저절로 흐물흐물 못 견딜 지경이다.

"온! 정주사도 별 체면을 다아 채리시려 드셔!"

김씨는 반색을 하면서, 그런 걱정은 조금치도 하지 말라고 다시금 설명을 주욱 늘어놓는다.

결혼식은 예배당이나 공회당에 가서 신식으로 할 테니까, 또 혼인잔치도 요릿집에 가서 할 테니까, 집에서는 국수장국 한 그릇 말지 않아도 된다. 그런 것뿐 아니라 태수의 말이, 저의 모친은 규수고 결혼식이고 전부 다 네 맘대로 정한 뒤에 성례날이나 기별하면, 그날 보러 내려오겠다고 한다고 한다. 부잣집 과부의 외아들인만큼 어려서부터 저 하고 싶은 대로 하게 했고, 그래서 혼인까지도 상관을 않고 제가 하는 대로 내맡겨둔다는 것이다. 그래서 제 말이, 인제 혼인을 하게 되면 아저씨(탑삭부리 한참봉)와 아주머니(김씨)한테 범백⁵을 미룰 테니 잘 알아서 해달라고 부탁을 해오던 참이다. 그러니 혼인을 하게 되면, 범절⁶은 우리 두 집안이 상의껏 치르게 될 것이다, 한즉 퍽 순편할 모양이다.

"그리구……"

김씨는 이야기하던 음성을 일단 낮추어, 더욱 의논성 있게 소곤거리는 것이다.

"……이것은 내가 지금 말씀을 않더래두 차차 아시겠지만, 기왕이니 들어나 두세요. 그이가요…… 그 말두 혼수 비용을 자기가 말끔 대서 하겠다는 그 말끝에 한 말인데…… 아 그 댁이 지내시기가 그렇게 어렵다니 참 안됐다구, 더구나 정주사 어른이 별반 생화두 없으시다니 거 그래서 쓰겠나구 걱정을 해요. 하던 끝에, 그러면 재갸가 인제 혼인이나 치르구 나서 형편을 보아서 장사나 허시라구 얼마간 밑천을 둘러디려야 허겠다구 그리겠지요!…… 글쎄 젊은이가 으쩌믄 그렇게 맘 쓰는 게 요밀조밀합니까! 온……"

이 말까지 듣고 난 정주사는 혼자 속으로 참고 천연덕스럽게 있기가 어려울 만큼 <u>흐흐흐흐</u> 한바탕 웃어 젖히든지, 춤을 덩실덩실 추든지 하고 싶게 몸이 근지러워났다.

저편짝에서 한동안 쌀을 파느라고 분주히 서둘던 탑삭부리 한참봉이 가게가 너끔하니까, 손바닥을 탁탁 털면서 이편으로 가까이 온다.

"정주사, 그 혼인 꼬옥 허시우. 내가 보기에두 사람은 쓸 만합디다…… 술잔 먹기는 허나 봅디다마는……"

탑삭부리 한참봉은 태수가 장가를 가는 것이 마치 며느리를 보게 되는 것같이 좋아서 하는 말은 말이나 고정한 치가 돼서 사실대로 털어놓고 권을 하던 것이다.

"그이가 무슨 술을 먹는다구 그래요!"

김씨는 기를 쓰고 나서서 남편을 지천을 한다.

"허어! 왜 저러꼬?"

"귀성없는 소릴 하니깐 그리지요!"

"먹는 건 먹는다구 해야 하는 법이야! 또오, 젊은 사람이 술을 좀 먹기루서니 그게 대순가? 정주산 그런 건 가리잖는 분네야, 그렇잖수? 정주사……"

"허허, 뭐……"

"아녜요, 정주사…… 그인 술 별루 먹잖어요. 난 먹는 걸 못 봤어요."

"뭐, 그거야 먹으나 안 먹으나……"

"그래두 안 먹는걸요!"

"난 보니깐 먹던데?"

"언제 먹어요?"

"요전날 밤에두 장재동 골목에서 취한 걸 본걸?"

정주사는 실로(진실로 그렇다) 태수가 술은 백 동아리를 먹어도 괜찮다고 생각하면서, 탑삭부리 한참봉네 싸전가게를 나섰다.

그는 김씨더러 집에 돌아가서 잘 상의도 하고, 또 아무려나 당자인 초봉이 제 의견도 물어보고, 그런 뒤에 다 가합하다고[7] 하면, 곧 기별을 해주마고 대답은 해두었다.

그러나 그런 건 인사 삼아 한 말이지, 아무래도 상관없었다.

그 당장에서 정혼을 해도 좋았을 것이었었다.

미상불 그는 선 자리에서, 여보 일 잘되었소, 자 그 혼인합시다. 사주단자에 택일(擇日)까지 아주 합시다. 책력 이리 가져오시오, 이렇게 쾌히 요정을 지어버리고[8] 싶기까지 했었다.

아무것도 주저하거나 거리낄 것이 없었다. 김씨의 말이, 자기

부인 유씨도 이야기를 다 듣고 나서 가합한 양으로 말을 하더라
니까, 그러면 되었고, 당자 되는 초봉이가 혹시 어떨는지 모르지
만, 가령 제가 약간 싫은 일이라도 그 애가 부모가 시키는 노릇이
라면 다 그대로 좇는 아인즉슨, 또한 성가실 일이 없을 터였었다.

그러나마 사람 변변치 못한 것을 제 배필로 골랐을세 말이지,
고태수 그 사람이 오죽 도저한가!⁹ 도리어 과한 편이지.

처음 김씨가 혼담을 내놓았을 때에 정주사의 머릿속에 그려지
는 태수의 정체는, 시방처럼 선명한 자격은 보이지 않았고, 매우
막연한 것이었었다.

그렇던 것이 김씨가 이야기를 한 가지씩 한 가지씩 해가는 대로
차차 선명하게 미화(美化)되어가기 시작했었다.

그것은 마치 캔버스 위에서 화필(畵筆)이 노는 대로 그림의 선
과 색채가 한 군데씩 두 군데씩 차차로 뚜렷해지다가, 마침내 훤
하게 인물이 나타나는 것과 같았다.

정주사의 머릿속에서 조화를 부리기 시작한 태수의 영상은, 그
가 '전문대학'을 졸업했다는 데 이르러서 비로소 선명해졌고, 다
시 정주사한테 장사 밑천을 대준다는 데서 완전히 미화되어버렸
었다.

골고루 골고루, 대체 요렇게 마침감으로 똑 떨어진 신랑감이 어
디 가서 다른 집 몰래 파묻혔다가 대령하듯이 펄쩍 뛰어나왔는가
고 생각하면, 자꾸만 꿈인가 싶어진다.

그는 이 혼인을 하기로 마음에 작정을 하고 나서는, 한 번 돌이
켜, 마치 시관¹⁰이 주필을 들고 글을 끊듯이¹¹ 사윗감인 태수를 끊

는다.

자자[12]에 관주[13]다.

태수의 눈짜[14]가 좀 불량해 보이는 것이랄지, 사람이 반지빠르고 건방져 보이는 것이랄지, 더욱 무엇보다도 마음 찜찜한 구석은, 그가 조건 붙은 새장가를 들려고 하는 것이 아닌가 미심다운 것, 이런 것들은 다 모른 체하고 슬슬 넘겨버린다.

죄다 관주를 주어놓고서, 정주사는 어떻게 해서 누가 준 관주라는 것은 상관 않고, 사윗감이 관주인 것만을 기뻐한다.

아들놈이 여느 때에 공부를 잘 못하는 줄을 알면서도, 통신부의 성적이 좋으면 기뻐하는 게 부모다. 이거야 선량한 어리석음이구나 하겠지만, 정주사는 그러한 인정이라 하기도 어렵다.

아무튼 그래서 정주사는 시방 크게 만족하여 가지고 콩나물고개를 넘어가고 있다.

그는 바로 며칠 전에 이 콩나물고개를 이렇게 넘어가면서 초봉이의 혼인과 및 그 결과에 대해서 공상을 했었고, 하던 그대로 모든 일이 맞아떨어진 기쁨을 안고서 오늘은 이 고개를 넘느라 생각하면, 이놈 콩나물고개란 놈이 신통한 놈이로구나 싶어, 새삼스럽게 좌우가 둘러보여지는 것이다.

'자아, 그래서 돈이 생기면……'

느긋하게 궁리를 하면서, 정주사는 천천히 집을 향하고 걸어간다.

'대체 얼마나 둘러주려는고? 한 오륙백 원?…… 오륙백 원쯤 가지고야 넘고 처져서 할 게 마땅찮고…… 아마 돈 천 원은 둘러주겠지. 혹시 몇천 원 척 내놓을지도 모르고.'

'한데, 무슨 장사를 시작한다?…… 싸전? 포목전? 잡화전?…… 그런 것은 이문이 박해서 할 것이 못 되고……'

'가만히 미두를 몇 번 해보아? 그래서 쉽게 한밑천 잡아?'

'에잉! 그건 못쓰지. 그랬다가 만약 실수나 하고 보면, 체면도 아니려니와 모처럼 잡은 들거린데 방정을 떨어서야……'

'그러면 무얼 해야만 하기도 수나롭고, 이문도 박하잖고 두루 괜찮을꼬?'

초봉이는 가게 일로 아직 돌아오지 않았고, 계봉이와 형주는 건넌방으로 쫓고, 병주는 저녁 숟갈을 놓던 길로 떨어져 자고, 시방 정주사 내외가 단둘이 앉아 초봉이의 혼담 상의에 고부라졌다.

"나두 한참봉네 집에서 두어 번이나 보기는 했수마는……"

유씨는 삯바느질로 하는 생수¹⁵ 깨끼적삼을 동정을 달아가지고 마침 인두를 뽑아들면서, 문득 이런 말을 비집어낸다.

"……외양두 다 똑똑허구 허긴 헌데, 어찌 눈짜가 좀 독해 뵙디다아?"

"아냐, 거 그 사람의 눈이 독한 눈이 아니야…… 그러구저러구 간에, 여보! 그렇게까지 흠을 잡아낼래서야 사우감을 깎아 맞춰야 하지, 어디……"

정주사는 발을 따악 개키고 몸뚱이를 좌우로 흔들흔들, 양말 벗어던진 발샅¹⁶을 오비작오비작 후비고 앉아서, 누구와 구누¹⁷나 하는 듯이 연신 눈을 깜작깜작, 자못 유유한 태도다.

"글쎄 나두 그것이 무슨 대단한 흠이라는 것이 아니라, 그렇단 말이지요, 머…… 아무튼지 사람은 그만하면 괜찮겠습디다."

"괜찮구말구! 그만하면…… 그런데 거, 그 사람이 술을 좀 먹는 모양이지?"

이번에는 정주사가 탈을 잡는 체한다. 한즉은 유씨가 이번에는 차례 돌림이나 하듯이 부리나케 그것을 발명[18]하기를……

"당신두 원 별소리를 다아 하시우!…… 시체 젊은 애들치구 술잔 안 먹는 사람이 백에 하나나 있답디까? 젊은 기운이구 허니 술좀 먹는 것두 괜찮아요! 많이 먹어야 낭패지."

"것두 미상불 그렇긴 그래!…… 사내자식이 너무 괴타분한 것보담은 술잔 먹구 다아 그러는 데서 세상 조화두 부리구 하는 법이니깐."

"거 보시우……"

유씨는 돋보기 너머로 남편을 흘끗 넘겨다보면서 한바탕 구박이 나온다.

"……당신두 인제야 그런 줄 아시우?…… 세상에 당신같이 괴탑지근한[19] 이가 어디 있습디까?…… 담보 있게 술 한잔 먹어볼 생각 못 해보구, 그래 고렇게 늘 잔망스럽게 살아왔으니 어떻수? 만래가 요지경이 아니우?"

정주사는 할 말이 없으니까 한바탕 껄꺼얼 웃더니, 여태 발샅 후비던 손가락을 올려다가 못생긴 코밑수염을 양편으로 싸악싹 꼬아 올린다. 암만 그래도 그놈이 카이젤 수염[20]은 되지 못하고 죽지가 처지는 것이고.

"아, 그런데 말야!…… 그 애가……"

정주사는 무릅 끝에 서시렁주웅[21]하고 이야기를 내놓는 모양인데, 그는 벌써 태수를 '그 애'라고 애칭(愛稱)을 한다.

"……글쎄 우리 초봉이를 벌써 지난 초봄부터 알았다는구려?…… 그래 가지굴랑은 저 혼자만 애가 달아서, 머 여간 아니었다더군그래! 허허."

"시체 사람들은 다아 그렇게 연앨 해야만 장가를 온다우. 우리 애가, 너무 내차기만 허구, 그래서 남의 집 젊은 사람이라면 눈두 거듭떠보질 않지만…… 그러나저러나 간에 나는 그 사람 재갸네 집에서, 어쩌면 그렇게 통히 당자한테 내맽기구 맘대루 하게 한다니, 그 속 모르겠습디다! 신식이요 개명한 집안이면 다아 그렇기는 하답디다마는……"

"아 여보, 그럴 게 아니오? 과부의 외아들이겠다, 제 집안이 넉넉하겠다, 허니 자연 조동[22]으루 자랐을 것이요, 그래서 입때까지 장가두 들지 않구 있었던 게 아니오? 그러니깐 장가를 가더라두 제 맘대루 골라서 제 맘대루 갈려구 할 것이고, 저의 집에서두 기왕 그래 오던 것이니, 쯧! 모르겠다, 다아 네 마음대로 해라, 맘대루 해서 하루바삐 장가나 가거라, 이럴 게 아니오? 사리가 그러잖소?"

두 내외의 태수의 위인이랄지, 또 혼인하기에 꺼림칙한 점이랄지는 짐짓 말 내기를 꺼려했고, 혹시 말이 나오더라도 서로 그것을 싸고 돌고 안고 돌아가고 하느라고 애를 썼다. 마치 자리 잡은 부스럼이나 동티나는 터줏대감 건드리기를 무서워하듯.

그들은 진실로 이러하다. 그들은 딸자식 하나를 희생을 시켜서 나머지 권솔이 목구멍을 도모하겠다는 계책을 적극적으로 세우고 행하고 할 담보는 없다. 가령 돈 있는 사람을 물색해내서 첩으로 준다든지, 심하면 기생으로 내앉히거나, 청루(靑樓)[23]에다가 팔거나 한다든지 그렇게 하지는 못한다.

비록 낡은 것이나마 교양이라는 것이 있어서 타성적으로 그놈 한테 압제를 받기 때문이다.

교양이 압제를 주니 동물적으로 솔직하지 못하고 인간답게 교활하다.

해서, 정주사네는 시방 태수와 이 혼인을 함으로써 집안이 셈평을 펴게 된 이 끔찍한 행운을 당하여 한걸음 뒤로 물러서서, 이 혼인이 장차에 딸자식을 불행하게 하지나 않을 것인가 하는 의구를 일으켜가지고 그 의구가 완전히 풀리기까지 두루 천착을 해보기를 짐짓 그들은 피하려 든다. '사실'이 무섭고 무서운 소치는 너무도 '사실'이 뚜렷하고 보면 차마 혼인을 못 할 것이므로다.

그리하여 그들은 이미 악취가 나는 것도 그것을 번연히 코로 맡고 있으면서 실끔 외면을 하고는, 하나가 혹시,

"어찌 좀 퀴퀴하우?"

할라치면, 하나가 얼른 내달아,

"아냐, 구수한 냄새를 가지고 그리는구려"

하고 달래고, 그리다가 또 하나가,

"그런데, 어쩐지 좀 상한 냄새가 나는 것 같군!"

할라치면, 하나가 서슬이 시퍼래서,

"향깃허구면 그리시우!"

하고, 세수빠진 소리를 하는 것을 지천을 하던 것이다.

이렇듯 사리고 조심하여 눈을 가리고 아웅한 덕에, 내외의 의견은 더 볼 것도 없이 맞아떨어졌던 것이다.

정주사는 아랫동네의 약국으로 마을을 내려가려고 벗었던 양말을 도로 집어 신으면서 유씨더러, 초봉이가 오거든 우선 서울은 절대로 보내지 않을 테니 그리 알고, 겸하여 이러저러한 곳에 혼처가 나섰으니, 네 의향이 어떠냐고 물어보라는 말을 이른다.

"성현두 다아 세속을 쫓는다는데, 그렇게 제 의향을 물어보는 게 신식이라면서?"

정주사는 마지막 이런 소리를 하면서 대님을 다 매고 일어선다.

"그럼, 절더러 물어보아서 제가 싫다면 이 혼인을 작파하실려우?"

유씨는 그저 지날말같이 웃음엣말같이 한 말이지만, 은연중에 남편을 꼬집는 속이다. 그러나 그것은 일변 유씨가 자기 자신한테도 일반으로 마음 걸리는 데가 없지 못해서 말이다.

"제가 무얼 알아서 싫구 말구 할 게 있나?…… 에미 애비가 조옴 알아서 다아 제 배필을 골랐으리라구."

"그런 걸, 제 뜻을 물어보랄 건 무엇 있소?"

"대체 여편네하구는, 잔소리라니!…… 글쎄 물어보아서 저두 좋아하면 더할 나위 없을 것이고, 만약에 언짢아하거들랑 알아듣두룩 깨우쳐 일르지?"

"그걸 글쎄 낸들 어련히 할까 봐사 그리시우?…… 잔소린 면점 해놓구설랑…… 어여 갈 데나 가시우."

정주사는 핀잔을 먹구서야 그만 해두고 마루로 나간다.

마침 대문 여는 소리가 들렸다. 유씨는 초봉이가 들어오나 하고 귀를 기울였으나 마당에서 정주사와 인사를 하는 승재의 음성이다.

'오오, 승재가!……'

유씨는 새삼스럽게 승재한테 주의가 가던 것이다. 그럴 내력이 있었다.

유씨는 실상인즉 진작부터서 초봉이가 승재한테 범연치 않은 기색을 눈치채고 있었다.

그래서, 꼭이 그래서뿐만 아니지만, 그첨저첨해서 그는 승재를 맏사윗감으로 꼽고서 두루 유념을 해왔던 것이다.

말이 많지 않고, 보매는 무뚝뚝한 것 같아도 맘이 끔찍이 유순하고 인정이 있는 것이 무엇보다도 유씨의 마음에 들었다.

한번 그렇게 마음에 들고 나니 그 담엣 것은 다 제풀로 좋게만 보여졌다.

그의 듬직한 성미는 사람이 무게가 있는 것같이 미더운 구석이 있어 보였다.

그가 지금은 다 그렇게 궁하게 지내지만, 듣잔즉 늘잡아서 내년 가을이면 옹근 의사가 된다고 하니, 의사가 되기만 되는 날이면 돈도 벌고 해서 거드럭거리고 지낼 거야 묻지 않아도 빤히 알 일이요, 그러니 그때 가서는 마음 턱 놓고 딸을 줄 수가 있을 것이었다.

하기야 한 가지 마음 걸리는 데가 없지도 않았다.

승재는 부모도 없고 친척도 없이 무우대가리같이 굴러다니는

196

사람인걸, 도대체 근지가 어떠한지 알 수가 없었다.

옥에 티라고나 할까, 이것 한 가지가 유씨의 승재에게 대한 불안이었다.

그러나 궁하면 통한다는 묘리대로, 그것 또한 변법이 없으리라는 법은 없었다.

"지금 세상에 근지가 무슨 아랑곳 있나?"

"양반은 어디 있으며, 상놈이 어디 있어?"

"저 하나 잘나고 돈만 있으면, 그게 양반이지."

이렇게 유씨는 이녁의 편리를 위하여 승재의 근지 분명치 못한 것을 관대하게 처분을 내렸었다.

그러나 그렇다고, 명년 가을에 승재가 의사가 되기를 기다려 그를 사위를 삼겠다고 정녕코 작정을 한 것은 아니었다. 역시 사윗감으로 좋게 보고서 눈여겨두었을 따름이지.

유씨는 그러했지만 정주사는 결단코 그렇지 않았다. 그는 승재 따위는 애당초 마음도 먹어본 일이 없었다.

물론, 승재가 생김새와는 달라 인정이 있고 행동거지가 조신한 것은 정주사 자신도 두고 겪어보는 터라 모르는 바는 아니었다.

그러나 당장 눈앞에 보이는 초라한 승재, 그가 의사가 되어가지고 돈도 많이 벌고 의표[24]도 훤치르르하고, 이렇게 환골탈태해서 척 정주사의 눈앞에 현신을 한다면, 그때 가서야 정주사의 생각도 달라지겠지만, 시방의 승재로는 간에도 차지를 않았다. 그는 유씨처럼 승재가 일후 잘되게 되는 날을 미리 생각해보려고를 않던 것이다.

그러므로 만약 초봉이가 승재한테 무슨 다른 기색이 있는 눈치를 안다거나, 또 유씨라도 승재를 가지고, 자 약시[25] 이만저만하고 이만저만해서 나는 이 사람을 초봉이의 배필로 마땅하다고 생각하는데 당신은 어떻게 생각하시오, 이렇게 상의를 한다면 정주사는 마구 훌훌 뛸 것이었다.

대체 어디서 굴러먹던 뉘 집 뼈다귄지도 모르는 천민(賤民)을 가지고 어엿한 내 집 자식과 혼인을 하다니 그런 해괴망측한 소리가 있더란 말이냐고, 그 노랑 수염을 연신 꼬아 추키면서 냅다 냉갈령[26]을 놓았을 것이었다. 그 끝에 유씨한테 듭신[27] 지천을 먹기도 하겠지만.

아무튼 그래서 유씨는, 남편의 그러한 솔성을 잘 아는 터라, 아예 말눈치도 보이지 않고 그저 그쯤 혼자 속치부[28]만 해두고 오늘날까지 지내왔었다.

그러자 오늘 별안간, 고태수라는 신랑감이 우선 외양도 눈에 차악 뀔 뿐만 아니라 천하에도 끔찍한 이바지를 가지고서 선뜻 눈앞에 나타났던 것이다.

유씨는 태수가 나타나자 그의 외양과 들이미는 소담스런[29] 이바지에 그만 홈탁[30]해서 여태까지 유념해두고 지내던 승재는 미처 생각할 겨를도 없이 태수 하나만 가지고 여부없이 작정을 해버렸던 것이다. 태수는 혼자 가서 첫째를 한 셈이다.

유씨는 그렇게 작정을 하고 나서 그러고도 종시 승재라는 존재를 잊어버리고 있는데, 마침 승재의 음성이 들리니까 비로소 주의가 갔던 것이다.

유씨는 그제야 승재를 태수와 대놓고 보았다. 그러나 그것은 마치 쌍으로 선 무지개처럼, 빛이 곱고 선명하니 가깝게 있는 며느리 무지개는 태수요, 뒤로 넌지시 있어 희미한 시어머니 무지개는 승재인 양, 도시 이러니저러니 할 것도 없을 성싶었다.

태수가 그처럼 솟아 보이는 것이 흡족해서, 유씨는 무심코 빙그레 웃기까지 한다.

그러나 그 끝에 문득, 그만큼이나 무던하다고 본 승재를 그대로 놓치게 되는가 하면 일변 아까운 생각도 들었다.

이 아깝다는 생각에는, 그보다 앞서서 욕심 하나가 돋쳐 나왔다. 그는 승재를 그냥 놓아버릴 게 아니라 작은딸 계봉이의 배필로 붙잡아두고 싶던 것이다.

지금 스물다섯 살이라니까 계봉이와는 나이 좀 층이 지기는 해도, 여덟 해쯤 대사가 아니었었다. 그러니 아무려나 승재는 그 요량으로 유념해두고서 후기를 보기로 작정을 했다. 하고 본즉 유씨는 하룻밤에 한 자리에 앉아서 큰사위 작은사위를 다 골라 세운 셈이 되고 말았다.

아홉 시나 되었음 직해서 초봉이가 돌아왔다.

유씨는 들어오는 초봉이의 얼굴을 보자마자 깜짝 놀란다.

"너 어디 아프냐?"

눈이 폭 갈리고 해쓱한 얼굴이며 더구나 핏기 없는 입술이, 결코 심상치가 않았던 것이다.

"아니."

초봉이는 대답은 해도 말소리에 신명이 하나도 없고, 방으로 들어서자 접질리듯 주저앉는 몸짓에도 완구히 맥이 없어 보인다.

유씨는 바느질하던 것도 내려놓고 성화스럽게 딸을 바라본다.

"아니라께? 응?…… 저녁은 아까 형주가 날라갔지? 먹었니?"

"네에."

"그럼 늦게 일을 해서, 시장해서 그리나 보구나?"

"아니."

"그럼 왜 신색이 저러냐?…… 어디가 아픈 게루구먼? 분명히 아픈 게야!"

"아이, 어머니두!"

초봉이는 강잉해서[31] 웃으려고 하는 모양이나, 웃는다는 게 웃는 것 같지도 않다.

"……내가 어쨌다구 그리시우? 난 아무렇지두 않은데."

"아무렇지도 않은 게 다아 무어냐? 사람이 꼬옥 중병 치르구 난 것처럼 신색이 틀렸는걸…… 어디가 아파서 그러거던 아프다고 말을 해라! 약이라두……"

"아프긴 어디가 아프우? 아무렇지두 않다니깐."

초봉이는 성가신 듯이 이마를 가늘게 찌푸린다.

초봉이는 아까 아침에 나갈 때만 해도 넘치게 명랑했었다.

오늘은 저녁때부터 새 주인한테 가게를 아주 넘겨주고 내일 하루는 집에서 쉬고 모레는 밤차로 서울로 가고 한다고, 사람이 본시 진중하니까 사뭇 쌔왈거리거나 하지는 않았어도, 혼자 속으로 좋아서 못 견디어하는 눈치는 완연했었다.

그는 그새도 늘 어머니만 믿으며 어쨌든지 아버지가 못 가게 막지 못하도록 가로맡아주어야 한다고, 모녀가 마주 앉기만 하면 뒤를 누를 겸 신신당부를 했고, 오늘 아침에 나갈 적에도 모친을 가만히 부엌으로 불러내어 그 말을 하면서, 모친이 염려 말라고 해주니까, 그저 입이 벙싯벙싯하는 것을 손등으로 가리고 나가기까지 했었다.

그랬었는데 지금 저녁에는 갑자기 신색이 말이 아니게 틀려가지고 맥이 없이 들어오니까, 유씨는 처음에는 필경 몸이 아파서 그러는 줄로만 애가 쓰여서 그다지 성화를 한 것이다.

그러나 차차 보니, 제 말대로 역시 몸이 아픈 것은 아니고 무엇을 걱정하는 것 같은, 낙담한 것 같은 그런 기색이 엿보였다.

그러면 혹시 가려던 서울을 못 가게 되어서 그런 것이나 아닌가. 물론 집안엣일을 제가 그새 벌써 알았을 이치는 없고, 그렇다면 달리 무슨 곡절이 생긴 모양인데…… 대체 어찌된 까닭인고?…… 유씨는 이렇게 두루 생각을 해보느라고 잠잠히 손끝의 바늘만 놀리고 있다.

초봉이는 잠자코 한동안 말이 없이 앉았다가 문득
"어머니, 난 서울 못 가게 됐다우!"
하는 게, 마치 성가신 남의 말을 겨우 전갈하듯 한다.

"으응? 왜?"
유씨는 속으로는 그런 것 같더라니 하고서도 짐짓 놀란다. 그는 짐짓 놀라는 체했지, 속으로는 그거 일은 실없이 잘되었다고 마음에 썩 다행스러웠다.

유씨는 방금 오늘 아침까지도 딸더러 부친이 막는 것은 가로맡을 테니 염려 말라고 장담을 하면서 서울로 가라고 해왔었다.

그러던 것을 그날 하루가 다 못 가서 같은 그 입을 가지고, 이애 너 서울 못 간다, 이 말을 하기는 아무리 모녀지간이요, 또 갑자기 좋은 혼처가 나선 때문이지만, 그래도 낯간지러운 노릇이었다.

그런데 계제에 제가 먼저 서울을 가지 못하게 되었던 말을 하고 보니 유씨는 이런 순편할[32] 도리가 없던 것이다.

초봉이는 제가 한 말이고, 모친이 묻는 말이고를 다 잊어버린 듯이 우두커니 앉아 있다가 겨우 내키지 않게……

"아저씨가 오지 말래요."

"아저씨? 제호 말이지?"

"내에."

"왜? 어째서?"

물어도 초봉이는 고개를 숙이고 대답이 없다.

"아니, 글쎄……"

유씨는 서슬을 내어 성구려 든다.

"……제가 자청을 해서 가자구 해놓구는 인제는 또 오지 말란다니, 그건 무슨 놈의 변덕인구?…… 그런 실없은 일이 어딨다더냐?"

물론 이편은 버젓한 혼인을 하게 된 고로, 그렇지 않아도 일을 파의시켜야[33] 할 판이었고, 그러니 절로 파의가 된 것이 다행이긴 하지만, 그건 그것이고 이건 이것이지, 생각하면 괘씸하고 도무지 경우가 그른 짓이다.

일껏 제 입으로 가자고 가자고 해서 다 말짜듯이[34] 짜놓고는, 인 제 슬며시 오지 말라고 한다니, 그래서 남의 집 어린 자식을 저렇 게 신명이 떨어져서 죽을 상 되게 하다니.

요행 보내지 않기로 조금 전에 작정을 했기에 망정이지, 그렇지 않았다면 유씨는 단박 두 주먹을 불끈 쥐고 쫓아가서 속이라도 시원하게 시비를 가리자고 들 그의 승벽이다.

사실 그는 당장에 초봉이가 가엾은 깐으로는 그대로 부르르 달 려가서 제호의 턱밑에다 주먹을 들이대고, 자, 무슨 일로 그랬읍 나? 그런 경우가 어딨읍나? 그만두소, 그까짓 놈의 서울 안 보내 도 좋습네, 보아란 듯이 버젓한 신랑감을 골라서 혼인을 하겠읍 네, 이렇게 콧구멍이 뻐언하도록 몰아세워주고 싶기도 했다.

"글쎄 우릴 만만히 보구서 그러는 게 아니냐? 대체 어째서 가자 구 했다가 이제는 오지 말란다더냐?…… 답답하다. 속이나 좀 알 자꾸나?"

"나도 모르겠어요…… 그냥 오지 말라구 그리니깐……"

초봉이는 곧은 대답을 않고 있다가, 종시 모른다고 하고 만다.

그는 아까 저녁때 당하던 그 일을 모친한테고, 남한테고, 제 낯 이 오히려 따가워서 말하기조차 창피했다.

저녁때 다섯 시가 얼마 지나서다.

바쁜 일이 없어도 바쁘게 돌아다니는 제호지만, 요새 며칠은 정 말 바빠서, 오늘도 아침부터 몇 번째 그 긴 얼굴을 쳐들고 분주히 드나들던 끝에 잠깐 앉아 쉬려니까 그나마 안에서 윤희가 채어 들여갔다.

제호가 안으로 들어가고 조금 있더니 큰 소리가 들려 나오기 시작했다.

이틀에 한 번쯤은 내외간에 싸움을 하는 터라, 초봉이는 그저 또 싸움을 하나 보다 했지, 별반 귀여겨듣지도 않고 있었다.

"그래, 기어코 그 계집애를 데리구 갈 테란 말이야?"

윤희의 쟁그럽게 악을 쓰는 목소리가, 마치 초봉이더러도 들으라는 듯이 역력히 들려왔다. 초봉이는 귀가 번쩍 띄었다.

"글쎄, 데리구 가면 어째서 그리는 거야?"

이것은 약간 거칠게 나오는 제호의 음성이다.

"어째서라니? 내가 그 속 모를까 봐서?"

"속은 무슨 속이란 말이야?"

"말은 못 하나?…… 계집애가 밴조고름하게[35] 생겼으니깐 음충맞게[36] 딴 배짱이 있어 가지구설랑……"

이렇게 들려 나오는 윤희의 발악 소리에, 초봉이는 얼굴이 화틋 달아올랐다. 그는 마침 배달하는 아이도 없이 혼자 가게에 앉아 있으면서도 고개를 들 수가 없었다.

그는 깨끗한 처녀의 마음자리에 진흙을 끼얹은 것 같아 일변 분하기도 했다.

"나잇값이나 좀 해요!……"

제호가 나무라듯 비웃듯 씹어뱉는다.

"……인전 그만하면 철두 들 때두 됐는데, 왜 점점 갈수록 고모양이야?…… 원 내가 아무리 계집에 걸신이 들렸기루서니, 그래, 나이 자식 연갑이구, 더구나 믿거라 허구서 갖다 맡기는 친구의 자식한테 손을 댈까 봐서?…… 원 히스테리두 분수가 있구, 강짜두 택이 있어야지!"

"아이구! 저 꽹우리구멍³⁷ 같은 아가리루다가 말은 이기죽이기 죽 잘두 하네!…… 아무튼지 말루만 이러네 저러네 해야 소용 없구, 자아, 데리구 갈 테야? 안 데리구 갈 테야? 응?"

"데리구 갈 테야!"

"정말?"

"그래."

"그럼 나두 나 하구 싶은 대루 할 테야……"

윤희의 한결 더 독살스러운 소리가 잠깐 그치더니, 조금 있다가 다시……

"……자아 이거 알지? 이건 빙초산이구, 이건 ××가리(加里)…… 빙초산은 위선 그 계집애 낯바닥에다가 끼얹어주구, 그리구 나서 ××가릴랑은 내가 먹구…… 어때? 그랬으면 시언상 쾌하겠지?"

빙초산을 그 계집애 얼굴에다가 끼얹는다는 소리가 들릴 때, 초봉이는 오싹 소름이 끼치고 수족이 떨렸다.

안에서는 연달아 쾅당거리는 소리, 외치는 소리가 들리고, 그 소리가 가게께로 가까와질 때에는 초봉이는 벌써 길로 뛰어나왔다.

그러자, 길로 뛰어나오기는 했어도, 어마지두 어떻게 할지 분간이 선뜻 나지 않아서 주춤주춤하는데, 제호가 양편 손에 약병 하나씩을 갈라 들고 씨근버근³⁸ 가게로 나오는 것이다.

안에서는 윤희가 아이고대고 목을 놓고 울음을 울고, 제호는 두리번거리다가 길 가운데 가 서서 있는 초봉이더러 들어오라고 손짓을 하면서 기다란 얼굴을 끄덕거린다.

초봉이는 서먹서먹하기는 해도 가게로 들어갔다.

"이런 제기할 것!……"

제호는 들고 나왔다가 테이블 위에 놓았던 빙초산과 ××가리병을 도로 집어 들고 들여다보면서 두덜거린다.

"……글쎄, 그놈의 원수가 이건 어느 결에 도독질을 해다 두었드람? 거 참…… 하마트면 큰일날 뻔했지! 제기할 것…… 이거 아무래두 내가 ××가리래두 들이마시구 죽어버려야 할까 봐!…… 건데 초봉이?"

불러놓고도 그는 난처해 차마 머뭇거리다가 겨우 말을 잇는다.

"……이거 참 미안하게 됐는데 말이야, 응?…… 저어 이번에 말이야, 서울 같이 못 가게 될까 봐?……그러니 집에 있으라구, 집에 있으면, 내 인제 올라오라구 기별하께시니, 응? 초봉인 다아 내 사정 알아줄 테니깐 하는 말이니…… 제기할 것, 이놈의 세상!"

제호는 초봉이의 대답을 차마 듣기가 미안한 듯이, 제 할 말만 다 해놓고는 이내 약병을 집어 들고서 '극약 독약'이라고 쓴 약장 앞으로 가고 만다.

사맥[39]이 이렇게 된 사맥이고, 했고 보매 초봉이는 그렇듯 창피스런 곡절을 비록 모친한텔값에[40] 이야기를 하기가 낯이 뜨꺼웠던 것이다.

"그리구 저리구 간에……"

유씨는 굳이 더 캐어물으려고 하지 않고 그쯤서 짐짓 모르쇠를 해버리면서 비로소 혼인말의 허두를 꺼내놓되……

"……잘되었다, 그까짓 서울은 간들 실상 말이지 무슨 그리 우난수가 있다더냐? 밤낮 그 턱이 제 턱이지…… 아주 잊어버려라, 그리구 시집이나 가거라."

초봉이는 그러나 이 끝엣말은 심상하게 귀넘겨들었다.

전에도 양친이 늘 마주 앉기만 하면, 초봉이가 듣는 데고 안 듣는 데고, 어서 시집을 보내야겠다거니 너무 늦어가서 걱정이라거니, 이런 이야기를 하곤 했기 때문에, 오늘 저녁에도 그저 지날말인 줄만 알았던 것이다.

한편 유씨는 오늘 저녁에 그 말을 죄다 할까, 또 운만 따고서 그만둘까 망설이던 참이다.

가자던 서울은 못 가고, 저렇게 풀이 죽어 만사에 경황이 없어하는데 혼인 이야기란 어찌 생각하면 새수빠진 듯하기도 했다.

그러나 일변 생각하면, 그 애가 그럴수록 혼인이 어울린 이야기를 해주어서 거기에다가나 마음을 돌리고 다른 것은 잊어버리도록 하는 것도 계제에 좋을 성싶었다.

그래 우선 그렇게 허두만 내놓고는, 어떻게 할까 하고 다시 한번 궁리를 하는데 건넌방에 있던 계봉이가 마침 건너와서 살며시 들어앉는다.

그는 오늘 초저녁부터 눈치들이 이상하고 하니까, 필경 형의 혼인 이야기려니 기수를 채고서 궁금증이 나서 견딜 수가 없었다.

"나두 바느질 좀 배워예지, 혜."

계봉이는 도로 쫓겨갈까 봐 아주 이런 소리를 하면서 말긋말긋 눈치를 여살핀다.

"여우 같은 년 같으니라구!……"

유씨가, 누가 네 속 모를 줄 아느냐는 듯이 돋보기 너머로 눈을 흘기면서……

"……네년이 무척 바느질이 배우구 싶겠다?…… 그리다가 짜장 사람 되게?"

"어이구 어머니두…… 바느질 못 한다구 시집갔다가 쫓겨오믄 어머닌 속이 시원하겠수?"

"말이나 못 하나?…… 저년이 주둥아리만 알루 까났어!"

"해해해…… 그래두 어머니 딸은 어머니 딸이지이?"

"내 속에서 네년 같은 왜장녀⁴¹가 어떻게 생겨났는지 나두 모르겠다!"

"그렇지만 어머니, 나는 나 같은 훌륭한 딸이 어떻게 우리 어머니 뱃속에서 나왔는고? 그게 이상한걸?"

"저년이 얄래져서⁴² 한참 까불구 있구만!…… 그렇게 까불구 분주하게 굴려거든 저 방으루 건너가아!"

"내에, 그저 다소곳하구 앉아서, 어머니 바느질하시는 것만 보겠습니다!"

유씨는 계봉이를 지천은 해도, 그 애가 건너와서 분배를 놓고⁴³ 나니까 초봉이와 단둘이서 앉아 있을 때보다는 어쩐지 빡빡하던

208

것이 적이 풀리고, 그래서 이야기를 하기도 훨씬 수나로워지는
듯싶다.

"이 애야 초봉아?"

유씨는 음성에 정이 간곡하게 부르면서 잠깐 고개를 쳐들고 본다.

초봉이는 모친이 무슨 긴한 이야기가 있길래 음성까지 가다듬
어가지고 그러는고 해서 마주 고개를 쳐든다.

"……너두 벌써 나이가 스물한 살이니……"

유씨는 이윽고 이렇게 허두를 내놓고는, 그러고는 또 한참이나
잠잠하다가, 비로소……

"……흰말[44]이 아니라, 우리가 고향에서 그래두 조석 걱정은 않
구서 살던 그때 같은 처지라면야 너를 나이 스물한 살이나 먹두
룩 두어두었을 것이며, 또오 너를 내놔서 그 푸달진 돈벌이를 시
키느라고 오늘처럼 박제호 따위가 우리를 호락호락히 보구서
그런 경우 빠진 짓을 하게 하긴들 했겠느냐?…… 그것이 다아 집
안이 치패해서[45] 궁하게 살자니까 범사가 모두 그 지경이로구나!"

유씨는 이렇게 시초를 잡아가지고, 넉넉 아마 삼십 분 동안은
별별 잔사설을 늘어놓더니, 급기야, 그러하니 네 나이 한 나이라
도 더 들기 전에 마땅한 혼처가 있으면 하루바삐 혼인을 해야겠
다, 너의 부친과 앉으면 그 걱정을 하는 참이다고, 겨우 장황스런
서론을 끝마친다.

마치고 나서는 또 한 번 음성을, 이번에는 썩 의논성 있게 가다
듬어……

"너, 혹시 저 너머, 한참봉네 싸전집 말이다. 그 집에 기식하구

있는 고태수라는 사람, 저 아따, 저 ××은행소 다닌다는 사람 말
이다. 그 사람 더러 본 일 있느냐?"

유씨는 고개를 쳐들면서 말을 멈춘다.

초봉이는 고태수라는 이름을 듣자, 앗! 기어코 여기까지 바싹
들이대고 육박을 했구나! 하고 몸을 떨었다.

그동안 초봉이는 고태수라는 사람의 독하고 세찬 정기가 미묘
하게도 심장 속으로 뚫고 들어오는 것을 막으며 밀리며 실로 악
전고투를 해왔었다.

고태수라는 사람의 얼굴을 알아내고, 동시에 그가 이러저러한
속이 있다는 것을 알던 그날부터 초봉이의 가슴에는 저도 모르게
동요가 시작되었었다.

초봉이가 맨 처음 그날, 태수의 모습을 머릿속에 그려보다가 승
재와 비교해서 승재가 그만 못하니까, 그것을 시기하여 태수한테
반감이 생긴 것 그것이 벌써 일 심상치 않을 시초였던 것이다.

그 뒤로 늘 태수는 초봉이의 머릿속에 가서 승재의 옆에 가 차
악 붙어서는 초봉이가 아무리 눈치를 해도 찰거머리같이 떨어지
지를 않았다.

초봉이는 승재를 자꾸만 추켜 앉히고 싸고 돌고 해도 그럴수록
태수는 자꾸만 더 드세게 파고들었다.

태수는 마치 색채(色彩) 강렬한 꽃이나 진한 향수처럼 초봉이
의 신경을 자극시켰다. 초봉이는 눈이 아프고 콧속이 아려서 그
꽃을 안 보려고, 그 향내를 안 맡으려고 눈을 감고 고개를 두르고
했어도 끝끝내 큰 운명인 것처럼 그것이 피해지질 않았다.

피하려도 피해지지도 않고, 그게 안타깝다 못해 필경 제 마음이 울고 싶게 짜증만 났었다.

그러나 다만 한 가지, 인제 오래잖아 서울로 가는 날이면, 그것도 활활 털어지고 마음 가뜬하겠지, 이렇게 믿고 일변 안심을 했었다.

이렇듯 초봉이로서는 이 판이 말하자면 아슬아슬한 땅재주를 넘는 살판인데, 별안간 서울 가자던 것이 와해가 돼 단지 서울을 가지 못하는 것 그것만 해도 큰 실망인데, 우황[46] 고태수라니!

마침내 승재를 갖다가 한편 구석으로 밀어젖히고서, 제가 어엿하게 모친 유씨의 옹위까지 받아 가면서 이마 앞으로 바로 다가선 그 고태수!

초봉이는 모친이 말을 묻는 것도 잊어버리고, 저 혼자서, 시방 태수라는 사람이 던지는 그물에 옭혀매어 옴나위하지도[47] 못하면서, 그러면서도 어느덧 방그레니 웃으면서 그한테 손을 내미는 제 자신을 바라보다가, 깜박 정신이 들어 다시금 몸을 바르르 떤다.

유씨는 딸의 대답을 기다리지 않고 잠깐 만에 다시,

"그 사람 말이, 너를 안다구 그리구, 너두 자기를 알 것이라구 그리더란다."

하면서, 이야기를 또 내놓는데, 계봉이가 말허리를 꺾고 나서서 한마디 참견을 하느라고……

"으응, 그 사람?…… 나두 더러 보았지…… 그런데 사람이 어떻게 너무 말쑥한 것 같더라!"

"네깐 년이 무얼 안다구, 잠자쿠 있던 않구서, 오루루 나서? 주제넘게!……"

유씨는 계봉이를 무섭게 잡도리를 해놓고서, 다시 초봉이더러,

"……그래, 느이 아버지두 그리시구, 또 내가 보기두 사람이 퍽 깨끗허구 똑똑해 뵈더라…… 나이는 올해 스물여섯이구, 서울서 아따 뭣이냐, 전문대학교를 졸업했다구?……"

"어이구 어머니두!……"

욕을 먹을값에, 계봉이는 제 낯이 따가워서 그대로 듣고 있을 수가 없던 것이다.

"……전문대학교가 어디 있다우? 전문학교믄 전문학교구 대학 이믄 대학이지."

"이년아 그럼, 더 높은 학콘 게로구나!"

"어이구 참, 볼 수 없네! 혼인허기두 전에 지레들 반해가지굴 랑…… 난 고런 사내 얄밉더라! 뻰질뻰질한 거……"

"아, 저년이!"

유씨는 소리를 버럭 지르면서 당장 무슨 거조를 낼 듯이, 돋보 기 너머로 계봉이를 흘겨본다. 행여 건드릴세라 사리고 조심하는 아픈 자리를, 마치 들여다보는 듯 공짱나게[48] 칼끝으로 쑤셔낸다 고야, 이 당장 같아서는 자식이 아니라 원수요, 쳐 죽이고 싶게 밉던 것이다.

초봉이는 종시 고개를 떨어뜨리고 있고, 유씨는 계봉이한테 흘 기던 눈을 고쳐서 초봉이게로 돌려 한 번 힐끗 기색을 살핀 뒤에, 죽 설명을 늘어놓는다.

"태수는 고향이 서울이요, 양반의 집 과부의 외아들이요, 재산

은 천 석 추수나 하고, 지금 은행에 다니는 것은 장차 무슨 큰 경륜이 있어 일을 배울 겸 그리 하는 것이요, 결혼식은 인제 예배당에나 공회당에 가서 신식으로 할 테고 잔치는 돈을 많이 들여 요릿집에 가서 할 테고 우리 집이 가난해서 마음은 있어두 혼인할 엄두를 못 낸다니까, 그렇잖아도 혼인 비용을 전부 제네가 대줄 요량을 하고 있단다고 하고, 그러니 털어놓고 말이지, 시방 이 지경이 된 우리한테 당자가 그만큼 잘나고 집안이 좋고, 그밖에 여러가지로 구격이 맞은 그런 혼처가 좀처럼 생기기가 어려운 노릇인데 그게 다아 연분이라는 것이니라. 그래서 느이 아버지와 내가 잘 상의를 해보고 나서 이 혼인을 하기로 아주 작정을 했다. 그러니 너도 그렇게 알고 있거라. 느이 아버지는 너의 의향을 물어보라고 하시지만 너도 노상이 그 사람을 모르는 배 아니니 물어보나마나 네 맘에도 들 것이다……"

이렇게 유씨는 이야기를 마치고 잠긴 숨을 내쉬면서 고개를 들어 딸의 기색을 엿본다.

모친의 여러 가지 설명으로 해서 초봉이의 머릿속에 들어 있던 태수의 영상은, 인제는 더할 나위도 없이 찬란해가지고, 승재의 그러잖아도 뒤로 밀려간 희미한 영상을 더욱 압박했다. 초봉이는 그것이 안타까워 몸부림을 치면서,

'나두 몰라요!'

고함쳐 포악이라도 하고 싶었다.

세 모녀가 잠시 말이 없이 잠잠하고 있다가 유씨가 다시 무슨 말을 하려고 하는데 계봉이가 얼른 내달아, 초봉이한테 의미 있

는 눈을 찌긋째긋,

"언니 참 잘 됐구려? 그만하믄 오케이(OK)지, 무얼 생각하구 있어? 하하하…… 우리 언니가 인전 다마노코시[49]를 타게 됐단 말이지! 하하하."

웃어대면서 언중유언[50]의 말로 짓궂게 놀려주고 있다.

초봉이는 눈을 흘기다가 다시 고개를 숙이고 말이 없다.

"언니, 내일 아침버텀은 밥 내가 하께, 응? 해해…… 척 이렇게 써비슬 해야 한단 말이야…… 그 대신 인제 언니 결혼하구 나서 혹시 서울루 가게 되거들랑 나 공부 좀 시켜주어야 해? 응?"

"……"

"아이, 왜 대답을 안 해?…… 난 많이두 바라지 않구, 자그만치 의학전문이나 약학전문 하나만 마쳐주믄 그만이야."

계봉이는 이 자리에서는 형을 놀리느라고 장난 삼아 하는 말이지만, 그가 의학전문이나 약학전문을 다녀, 한 개 버젓한 기술을 캐치하고 싶어 하는 것은 노상 두고 하던 말이요 진정이었었다.

"온…… 같잖은 년이!……"

유씨가 계봉이를 타박을 하는 것이다.

"……이년아, 네 따위가 공분 더 해서 무얼 하니?…… 사람 으젓잖은 것 공부시키기 공력만 아깝지!"

"어이구 어머니두…… 그래두 나두 언니 덕 좀 볼걸…… 어머니 아버지두 인제 부자 사위한테 단단히 덕 볼려믄서……"

"저년을, 주둥아리를……"

유씨는 그만 펄쩍 뛰면서 계봉이를 때릴 듯이 벼른다.

"안 그러께요 어머니! 다신 안 그러께요…… 그렇지만 어머니?…… 저 거시키 조사나 잘 좀 해보았수?"

"아 이년아, 조사가 무슨 조사야?"

"그 사람이 부자요, 다아 양반이요, 그리구 어머니 말대루 전문대학교를 졸업하고 그리구 또……"

"그년이 곤달걀 지구 성 밑엔 못 가겠네."[51]

"하하하하…… 그럼 언니가 곤달걀 푼수밖에 안 되나?"

"저년을 거저!…… 아 이 계집애년아, 느이 아버지하면 내면 다아 오죽 알아서 할라구, 네년이 나서서 건방지게 쏘옥쏙 참견을 하려 들어?"

"네에, 다아 그러시다면야…… 나두 다아 언닐 생각해서 그런 거랍니다."

"이년아, 고양이 쥐 생각이라구나 해라!"

"내에, 언니가 아까는 곤달걀이라더니, 인전 또 쥐라!…… 오늘 저녁에 울 언니가 둔갑을 많이 하는군!"

"저년을! 네 요년……"

유씨는 을러메면서 옆에 놓았던 침척[52]을 집어 들고, 계봉이는 얼른 날쌔게 마루로 해서 건넌방으로 달아난다.

"……이년 인제 보아라. 등줄기에서 노린내가 나게시리 늑신 두들겨줄 테니…… 사람 못된 년 같으니라구!"

유씨는 부아는 났어도 일변, 계봉이가 건넌방으로 가고 없는 것이 다행했다. 그는 인제 마지막으로 초봉이한테 하려는 그 말은 '여우 같은 그년' 계봉이가 있는 데서는 내놓기가 겁이 났었다.

보나 안 보나, 그 주둥아리에 또 무어라고 말참견을 해서 속을 상해줄 테니까(……가 아니라 실상은 계봉이가 무서워서).

유씨는 부아를 삭히느라고 한동안 잠자코 바느질만 하다가 이윽고 목소리를 훨씬 보드랍게 이야기를 꺼내놓는다.

"그리구 이런 말이야 아직 네한테까지 할 건 없지만, 기왕 말이 난 길이니…… 그 사람이 이렇게 하기로 한다더라…… 혼수 비용을 자기가 말끔 대서 하기두 하려니와, 또 우리가 이렇게 간구하게[33] 지낸다니까, 원 그래서야 어디 쓰겠냐구, 그럼 인제 혼사나 치르구 나서 자기가 돈을 몇천 원이구(유씨는 몇천 환이라고 분명히 말했다) 대디리께시니, 느이 아버지더러 무어 점잖은 장사나 해보시란다구 그런다드구나!…… 그렇다구 너라두 혹시 에미 애비가 사우 덕에 호강을 할려구 딸자식을 부둥부둥 우겨서 부잣집으로 떠실어 보낼려구 하지나 않는고 싶어, 어찌 생각이 들는지는 모르겠다마는, 어디 설마한들 백만금을 준다기루서니, 당자 되는 사람이 흠이 있다든지, 또 깨렴직한 구석이 있다면야 마른하늘에서 벼락이 내릴 일이지, 어쩌면 너를 그런 데루다가 이 에미 애비가 보낼 생각인들 하겠느냐? 그저 첫째루는 너를 위해서 하는 혼인이요, 그래 네가 가서 고생이나 않구 호강으루 살기두 하려니와, 또 그 사람이 밑천이라두 대주어서 장사라두 하면, 그게 그대지 나쁠 일이야 없지 않느냐?"

유씨는 바늘귀를 꿰는 체하고 잠깐 말을 멈추고 딸의 기색을 살핀다.

"글쎄 이 애야!"

유씨는 다시 바늘을 놀리면서 음성은 별안간 처량하다.

"……너두 노상 그런 걱정을 하지만, 느이 아버지 말이다……
그게 허구 다니는 꼬락서니가 그게 사람 꼴이더냐? 요전날 저녁
에두 글쎄 두루매기 고름이 뜯어진 걸 다시 달아달라구 내놓더구
나! 아마 누구한테 먹살잽일 당한 눈치더라, 말은 안 해두…… 아
이구 그 빈차리[54]같이 배싹 야웨가지군 소 갈 데 말 갈 데 안 가는
데 없이 다니면서 할 짓 못 할 짓 다아 하구, 그런 봉역이나 당하
구, 그리면서두 한 푼이라두 물어다가 어린 자식들 멕여 살리겠
다구…… 휘유! 생각하면 애차럽구 눈물이 절루 난다!"

눈물이 난다는 유씨는 그냥 맹숭맹숭하고, 초봉이가 고개를 숙
인 채 눈물이 좌르르 쏟아진다. 그것은 부친을 가엾어하는 눈물
이기도 할 것이다. 그러나 노상 그것만도 아니다.

그는 모친에게서 결혼을 하고 나면 태수가 장사 밑천으로 돈을
몇천 원 대주어서 부친이 장사 같은 것을 하게 한다는 그 말을 듣
고는 다시는 더 여부없이 태수한테로 뜻이 기울어져버렸다.

그거야 태수가 미리서 마음을 동요시킨 것이 없었다고 하더라
도, 그만한 조건이고 보면 필연코 응낙을 않진 못할 초봉이다.

그러나 시방 초봉이는 제 마음의 한편 눈을 감고서라도 태수한
테 뜻이 있어서가 아니요, 그 유리한 조건 그것 한 가지 때문이라
고 해서나마, 안타까운 제 심정의 분열을 짐짓 위로하고 싶을이
만큼 일변으로는 승재한테 대하여 커다란 미련과 민망스러움이
간절했다.

그러나 가령 그렇듯 박절하게 옹색스런 회포를 짜내지 않더라

도 아무려나 아직까지는 그게 첫사랑의 싹이었던 걸로 해서 태수
한테보다는 승재한테로 정은 기울어 있었던 게 사실이매, 그만한
미련의 상심(傷心)은 아무튼지 없지 못했을 것인데, 마침 겹쳐서
모친 유씨의 그 눈물만 못 흘리지 비극배우 여대치게[55] 능청스런
세리프[56]가 있어 놓으니, 또한 비감(悲感)의 거리가 족했던 것이
요, 게다가 또다시 한 가지는, 그러한 부친과 이러한 집안을 돕기
위하여 나는 나를 희생을 한다는 처녀다운 감격…… 이렇게나 모
두 무엇인지 분간을 못 하여 뒤엉켜가지고 눈물이라는 게 흘러내
리던 것이다.

닷새가 지나, 오늘은 양편이 탑삭부리 한참봉네 안방에 모여서
초봉이와 태수가 경사로운 약혼을 하는 날이다.

태수 편에서는 다 그럴 내력이 있어서 혼인을 급히 몰아친 것이
요, 정주사 편에서도 역시 하루바삐 '장사'를 할 밑천이 시각이
급해, 그저 하자는 대로 응 응 하고 따라갔던 것이다.

신부 편에서는 규수 초봉이와 정주사와 형주가 오고, 신랑 편에
서는 태수가 가장 친하다는 친구 형보를 청했고, 탑삭부리 한참
봉네 내외는 주인 겸 신랑 편이다.

다섯 시에 모이자고 했는데 여섯 시에야 수효가 정한대로 겨우
들어섰다.

형보는 오늘 이 자리에서 처음으로 보는 초봉이를 보고는 깜짝
놀란다.

그는 절절히 탄복하면서,

'아, 요놈이!'

하고, 샘을 더럭 내어 태수를 쳐다보았다.

　형보의 눈에 보인 대로 말하면, 초봉이는 청초하기 초생의 반달 같고, 연연하기 동풍에 세류 같았다. 시방 형보가 초봉이를 탐내는 품은 태수가 초봉이한테 반한 것보다 훨씬 더했다.

　"고걸, 고걸 거저, 손아구에다가 꼭 훑으려 쥐고서 아드득 비어 물었으면, 사뭇 비린내두 안 나겠다!"

　형보는 정말로 침이 꿀꺽 삼켜졌다.

　"고것 오래잖아 콩밥 먹을 놈 주긴 아깝다! 아까워, 참으로 아까워!"

　형보는 꿩하니 뚫려가지고는 요기(妖氣)조차 뻗치는 눈망울을 굴려 초봉이와 태수를 번갈아 본다.

　그는 지금부터라도 제가 슬그머니 뒤로 나서서 태수의 뒤밑을 들추어내어 이 혼인이 파의가 되게시리 훼방을 놀아볼까 하는 생각을 두루두루 해보기까지 했다.

　마침 음식 분별[57]이 다 되었던지, 그새 안방과 부엌으로 팔락거리고 드나들던 김씨가 행주치마에 가뜬한 맵시로 앞 쌍창을 크게 열더니, 방 안을 한번 휘휘 둘러본다. 음식상을 어떻게 들여놓을까 하는 참이다.

　태수는 약혼반지 곽을 꺼내서 주먹에 숨겨 쥐고 김씨한테 흔들어 보인다.

　약혼을 한다고 모여 앉기는 했지만, 무엇을 어떻게 해야 약혼인지 알 사람도 없거니와 분별을 할 사람도 없어, 음식상이 들어오도록 약혼반지는 태수의 포켓 속에 가서 들어 있었다.

그도 그럴 것이, 가령 결혼식이라면 명망가라는 사람을 청해 오든지 목사님을 모셔오든지 했겠지만, 그럼 약혼식이니 명망가의 다음가는 사람이나 부목사를 불러올 것이냐 하면, 그건 그럴 수야 없는 노릇이다.

그래서 일은 좀 싱거웠고, 일이 싱거운지라 자리가 또한 싱거워져서, 전원이 모여 앉은 지는 한 시간이로되, 초봉이는 너무 오랫동안 고개를 숙이고 앉았기 때문에 충혈이 되어서 얼굴이 아프고, 형주는 장난을 못 해서 좀이 쑤시고, 태수는 장인영감이 될 정주사의 앞이라서 담배를 못 피워 입 안이 텁텁하고, 정주사는 인제 혀가 갈라진 줄도 모르고 귀한 해태표를 연신 갈아 피우면서 탑삭부리 한참봉더러, 옛날 우리 조선 사신이 상국(上國: 宋·明)에 갔다가 글재주와 꾀로써 거기 사람을 혼내주었다는 이야기를 하고 있으되, 자리가 자리인 만큼 탑삭부리 한참봉이 거 묵은 셈조간을…… 이런 소리를 하지 못하는 그 속이 고소했고, 탑삭부리 한참봉은 이렇게 심심하게 앉아 있으니 아이놈한테 맡겨놓고 들어온 가게나 나가보든지, 정주사와 장기를 한판 두든지 하고 싶었고, 김씨는 아랫목에 태수와 나란히 앉아 있는 초봉이를 보니 일찍이 내가 태수와 누렸던 자리에 인제는 네가 앉아 있구나 하는 시새움과 감개가 없지 못했으나, 일변 안팎으로 드나들기에 정신이 없었고, 그리고 형보는……

형보는 처음에는 와락 이 혼인을 훼방을 놀아볼까 하는 궁리도 해보았지만, 훼방을 놀기가 어려운 것이 아니라, 그게 자는 호랑이를 불침 놓는 일이겠어서 생각을 돌려먹었다.

만일 태수와 파혼이 되고 보면, '이 계집애'는 도로 처녀로 제 부모한테 매여 있을 테요, 장차 어느 딴 놈의 것이 될지언정 형보 제가 손을 대기는 제 처지로든지, 연줄로든지 어느 모로든지 지난한 일이나, 그러나 태수와 그대로 결혼을 하고 보면, 얼마든지 기회도 있고, 조화도 부릴 수가 있으리라 했던 것이다.

"오냐, 우선 너이끼리 시집가고, 장가들고 해라. 해놓고 나서 서서히 보자꾸나."

형보는 아주 이렇게 늘어진 배포를 부리기로 했다. 그는 꼭 이 처녀래야만 한다는 것은 아니었었다.

하고 나서, 그는 시치미를 뚜욱 떼고 앉아, 들은 풍월로 강 건너 장항(長項)이 축항까지 되면 크게 발전이 될 테고, 그러는 날이면 이쪽 군산이 망하게 된다고 태수한테 그런 이야기를 씨부렁거리고 있고……

모두 이렇게 갑갑하기 아니면 심심한 참이었었다.

그런 중 김씨 하나가, 아무려나 처음부터 나서서 좌석도 분별하고, 이야기도 붙이고, 말하자면 서두리꾼 노릇을 하느라고 했는데, 반지 조건은 총망[58] 중에 깜박 잊고 있었다. 그러나 마침내 그놈 반지가,

"여보, 나도 한몫 봅시다!"

하는 듯이 출반주[59]를 하던 것이다.

김씨는 섬뻑 어찌할 바를 몰라 어릿어릿한다. 그러나 그건 잠깐이요, 그는 혼자말을 여럿이 알아듣게,

"아따, 아무려믄 어떨라구!"

하면서 척척 걸어 들어와 태수의 손에서 반지곽을 툭 채어가지고 (참말 아무래도 괜찮은 듯이) 처억 반지를 꺼내더니, 마치 요술 부리는 사람처럼 좌중에게 한 번 높이 쳐들어 보이면서……

"자아, 이게 약혼반지예요……"

이렇게 통고를 한 후에 다시,

"……자아, 내가 끼워주어요!……"

선언을 하고는 초봉이의 왼손을 잡아당겨 무명지 손가락에다가 쏘옥 반지를 끼워준다. 빨간 루비를 박은, 몸 가느다란 십팔금 반지가 초봉이의 희고 조그마한 손에 예쁘게 어울린다.

초봉이의 손은, 일제히 그리로 쏠려가지고 제각기 감회가 다르게 바라보는 열두 개의 눈앞에서 바르르 가늘게 떨린다.

김씨는 반지를 끼워주고 나니, 그래도 원 약혼이라는 게 이렇게 싱거울 법이 있으랴 싶었던지 잡았던 초봉이의 손목을 그대로 한 번 더 번쩍 치들고,

"자아 인전 약혼이 다 됐어요!"

하면서 좌중을 둘러본다. 권투장에서 심판이 이긴 선수한테 하는 맵시꼴이다.

이렇게 해서 약혼이 되고, 이튿날인 오늘 아침에 정주사네 집에서는 태수의 기별이라면서, 탑삭부리 한참봉네가 보내는 돈 이백 원에다가 간단한 옷감이 들어 있는 혼시함(婚時函)을 받았다.

오늘부터 이 집은 그래서 단박 더운 김이 치닫게 우꾼우꾼한다. 식구들은 초봉이만 빼놓고, 누구 하나 싱글벙글 웃기 아니면 빙

굿이라도 안 웃는 사람은 없다.

바느질이 바쁘게 되었다. 혼인날은 단 엿새가 남았는데, 옷은 신부 것을 말고라도 집안 식구가 말끔 한 벌씩 새로 해입어야겠으니 여간이 아니다.

그래서 저녁부터는, 그새까지는 남의 삯바느질을 하던 이 집에서, 되레 삯바느질꾼을 불러온다, 재봉틀을 새를 얻어온다, 광목을 찢어라, 솜을 두어라, 모시를 다뤄라, 마구 게야단법석[60]으로 바느질을 몰아친다.

그리고 계봉이는 아랫방 문 앞에 서서 승재더러 닭 쫓던 개는 지붕이나 치어다보라고 지천을 하고 있고……

외나무다리에서

계봉이는 형 초봉이가 승재를 떼쳐놓고 달리 결혼을 하는 것이
그리 달갑지가 않았다.

더구나 형과 결혼을 하게 된 그 사람 고태수한테는 웬일인지 좋
게 생각이 가지 않았다.

그러면서도 그는 승재가 저 혼자 외따로 떨어진 것이 무엇인지
모르게 마음이 놓이는 것 같았다.

그러나 그렇기는 하면서도 일변 그것과는 따로 승재가 불쌍하
기도 했다. 제 애인이 시집을 가게 되어 약혼까지 다 해놓고, 그
래서 안에서는 시방 혼인 바느질을 하느라고 생 법석인데, 이건
그런 줄도 모르고 여전히 아랫방 구석에 그대로 *끄먹끄먹*¹ 앉아
있다니!……

계봉이는 승재가 불쌍하기도 하려니와, 제일 딱해 볼 수 없었
다. 그런 깐으로는 어디로든지 없어지고 혼인 준비의 꼴을 보이

224

지 않았으면 싶었다.

저녁 후에 계봉이는 책을 빌리러 나온 체하고, 이런 이야기 저런 이야기 하면서 우선 정말 모르고 있나, 혹시 알고도 위인이 의뭉꾸러기라 짐짓 모른 체하고 있나, 그 눈치를 떠보았다. 했으나 역시 아무것도 모르고 깜깜속이었었다.

그래 계봉이는 슬끔 이렇게 말을 비쳐보았다.

아 참, 우리 언니가 이번 스무사흗날 ××은행에 다니는 고태수라는 사람과 공회당에서 결혼식을 하게 되었는데, 그날은 병원을 하루 빠지고라도 꼬옥 참례를 해야 한다고.

그러니까 승재는 대번 알아보게 흠칫 놀라더니, 그러나 그것은 일순간이요, 이어 곧 시침해가지고 대답이, 아 그러냐고, 그날 형편 보아서 그렇게 해도 좋지야고 하는 것이 아주 조금도 무엇한 내색이 없이 심상했다.

계봉이는 승재가 좀 더 놀라기도 하고, 당황해하기도 하고, 실망낙담도 하고 이랬으면 동정하는 마음도 더할 뿐더러, 저도 같이서 긴장도 되고 해서 좋았을 텐데, 저편이 뎁다 그렇게 밍밍하고 보니 이건 도무지 싱겁기란 다시 없었다.

계봉이는 그래서, 마치 솜뭉치로 사람을 때려주는 것처럼 해먹고, 인제는 불쌍하다는 생각은 열두째요 밉살스러운 생각이 더럭 나서, 그래 마구 닭 쫓던 개는 지붕이나 치어다보라고 지천에 잡도리를 하고 있는 참이다.

"아이유! 어쩌믄 조렇게두!……"

계봉이는 손가락질을 해가면서 혀를 끌끌 차면……

"……그래, 애인이 딴 데루 시집을 가는 줄두 모르구서 저렇게 소처럼 끄먹끄먹 앉었기만 허구…… 그리구 일껀 아르켜줘두…… 아이유! 흘개 빠진…… 정말이지 번죽이 아깝지!"

들이 몰아세워도 승재는 종시 아무렇지도 않은 듯이 히죽이 웃기만 한다.

"누가 웃쟀어?…… 꼴에 연애? 옜수, 연애?…… 애인이 시집 가는 줄두 모르는 연애?…… 조 모양이니 애인이 딴 데루 시집을 안 가?"

"쯧!…… 할 수 없지!……"

승재는 시치미를 떼던 것을 잊고서 계봉이 설레에 무심코 변명을 하는 것이다.

"……몰라두 할 수 없구, 알아두 할 수 없구, 다아…… 거저."

사실 승재는 모르고 알고 간에, 그 일을 가지고 무얼 어떻게 할 내력도 없으며 주변도 없었다.

초봉이와 둘이서 터놓고 연애를 했던 것도 아니요, 결혼을 하자는 약속 같은 것이 있었던 것도 아니다. 그러니, 가사 그랬다손 치더라도 저편이 변심이 되었다거나, 혹은 달리 무슨 사정이 있어서 그리하는 것일 터인즉, 승재로 앉어서야 별수가 없을 것이거늘, 하물며 조금 얼쩍지근했다면 했다고 할 수 있지만, 아무렇지도 않았다면 역시 아무렇지도 않았다고 할 수 있는 둘이의 사이리요.

하기야 승재도 우렁잇속 같은 속은 있어서 비록 겉으로는 내색을 안 할망정 지금 여러가지로 감정이 착잡하게 엉클어지지 않는 것은 아니다.

애초에 방을 세 얻어서 오니까, 나이 찬 안집 딸이, 즉 초봉이가 첩경 눈에 띄었고, 그 뒤로 차차 두고 보노라니, 눈 한번 거듭뜨는 것이며, 얼굴 한번 돌이키는 거랄지, 또 어찌어찌하다 지나가는 것처럼 한두 마디씩 하는 말이라든지 그밖에 무엇이고 유상무상간에 범연한 게 없이 특별한 관심과 호의를 보이는 것 같았고, 그것이 초봉이만 그러는 것이 아니라, 승재 자신도 초봉이한테 그래지는 것을 그는 이윽고 알게 되었었다.

그러다가, 금년 이월부터는 초봉이가 제중당에 가서 있게 되고, 마침 제중당은 금호의원에 약품을 대는 집이라, 약을 주문하는 간단한 전활망정 하루에 한두 번쯤은 초봉이와 이야기를 하곤 하는 것이 승재 저도 모르게 즐거운 일과였었다.

그랬는데 며칠 전에는 웬 사람이 찾아와서 제중당을 제가 맡아하게 되었으니 앞으로도 전대로 많이 거래를 시켜달라고 인사를 하고, 그래 전화를 걸어보았더니 초봉이는 통히 나오지를 않고해서 그러면 주인이 갈리는 바람에 가게를 그만두었나 보다고 짐작은 했으나, 섭섭하기란 이를 데가 없었다.

그래 일변, 그렇다면 다시 어떻게 취직을 해야 하지 않나…… 혹 우리 병원에 간호부 자리라도 한자리 나면…… 제딴에는 이런 걱정까지 하던 참인데, 천만 뜻밖에 계봉이가 나와서 그런 이야기를 하던 것이다.

선뜻 그 이야기를 듣는 순간 승재는 제 스스로도 의외로와할 만큼 가슴의 격동이 대단했고, 그것이 자연 얼굴에까지 나타나지 않질 못했다.

그렇듯 격동을 받아 놀라다가, 그는 이다지도 놀랄까 싶어, 그
것이 또한 놀랍기도 했거니와 퍼뜩 다른 생각이 들면서 그만 계
봉이를 보기에도 점직해, 얼른 기색을 숨기고 아무렇지도 않은
듯이 시치미를 뗐던 것이다.

이것은 그러나, 그가 별안간에 의지력이 굳센 초인(超人)이나
어진 성자(聖者)가 된 때문도 아무것도 아니다.

그는 계봉이가 흘개가 빠졌다고 지천을 하는 꼭 그대로, 주변성
도 없고 저를 떳떳이 주장하지도 못하고 일에 겁(怯: 內省)부터
내는 솜씨라, 가령 오늘 밤만 하더라도 선뜻, 아뿔싸! 내가 남의
(초봉이의) 마음을 알지도 못하고서…… 괜히 속없는 요량을……
이런 망신이라니! ……이 생각이었던 것이다.

'초봉이는 나한테 아무 뜻도 있었던 게 아니요, 단지 그저 사람
됨이 착하고 상냥해서 보이기를 그렇게 보였던 것이다. 실상 말
이지, 무엇을 가지고 초봉이가 나한테 향의가 있었다는 것을 주
장을 할 테냐? 요전날 밤에 계봉이가 자리끼 숭늉을 가지고 나와
서 쌔왈거리던 말도, 짐짓 나를 놀려먹느라고 한 소리가 아니면,
저도 잘못 짐작을 하고서 그런 것일 게다. 글쎄 그런 것을 나 혼
자서만 건성 김칫국을 마시듯이 물색없이 좋아하다니! 그러고서
그가 결혼을 한다니까 후닥닥 놀라다니!'

참말로 큼직한 보자기가 있었으면 좋겠는 이 무렴을 끄느라고,
그는 계봉이가 보는 데서는 아무렇지도 않은 체, 그다지 능란하
지도 못한 연극을 하느라고 한 것이다.

계봉이는 저 하고 싶은 대로 실컷 더 구박을 하다가 들어갔고 책상에 팔을 얹어 턱을 괴고 우두커니 앉아 있는 승재는 마음이 세 갈래 네 갈래로 흐트러져, 시간이 가고 밤이 깊고, 다시 날이 밝는 것도 몰랐다. 제 몸뚱어리를 송두리째 어디다가 잃어버린 것 같은 헛헛함, 비로소 느껴지는 고독, 드세게 머리를 쳐들고 일어나는 초봉이에의 애착, 그러한 초봉이를 장차 차지할 고태수라는 미지의 인물에 대한 맹렬한 질투…… 승재로는 일찍이 겪어보지도 못한 번뇌였었다.

꼬박 뜬눈으로 앉아서 밤을 새웠고, 훤하니 밝은 마당으로 내려섰을 때는 이 집이 감개도 깊거니와 일변 등 뒤에서 누가 손가락질이나 하는 것만 같아, 도망하듯 문간 밖으로 나왔다. 다시는 얼굴을 쳐들고 이 집에는 들어서지 못할 듯싶었다.

뚜벅뚜벅 비탈길을 내려오면서 승재는 생각이다.

아무래도 어디 딴 데로 방을 구해서 옮아가는 게 좋겠다. 물론 갑자기 이사를 한다면, 계봉이는 물론 온 집안 식구가 속을 몰랐던 사람까지 되레 눈치를 채기 십상이요, 그래서 용렬한 사내자식이라고 삐쭉거릴 것, 그러니 그도 난처는 하다. 그렇지만 그게 난처하다고 그냥 눌러 있자니 그건 더 못할 노릇이다. 누가 아무려거나 역시 옮아버리는 게 상책이겠다……

승재는 이렇게 작정을 하고서 병원에 당도하던 길로 아범(人力車꾼)을 시켜, 병원 근처로 몇 집을 우선 돌아다녀 보게 했다.

마침 병원에서 정거장 쪽으로 얼마 안 가노라면 '스래(京浦里)'로부터 들어오는 큰길과 네거리가 된 바른편 모퉁이에, 영감

네 내외가 벌여놓고 앉은 고무신가게가 있고, 그 안으로 삼조짜리 다다미방 하나가 빈 게 있어서 그놈을 두말 않고 빌리기로 했다.

방은 뒤로 구석지게 붙었고 따로 쪽대문이 있어서, 주인네와는 상관없이 출입을 할 수 있게 되었다. 그래서 밤에 조용히 앉아 공부를 한다든지, 불려 다닌다든지 하기에 십상인 품이, 되레 초봉이네 아랫방보다도 방만은 마음에 들었다.

오후 네 시가 좀 지나서 승재는 새로 얻은 방을 닦달을 하려고 나서다가 마침 환자가 왔기 때문에 그대로 붙잡혔다.

환자는 처음 온 환자인데 처음 오는 환자는 주인 달식이가 초진을 하는 시늉을 하지만, 왕진을 나갔든지 해서 없으면 승재가 그냥 진찰을 한다.

환자는 간호부의 지휘로 벌써 진찰실 한옆에 차려놓은 진찰탁(診察卓) 옆의 둥근 걸상에 가 단정히 걸터앉았고, 승재는 벗었던 가운을 도로 꿰면서, 직업적으로 환자를 한번 훑어본다.

역시 어떠한 환자나 일반으로, 사람처럼 생긴 사람이요, 그러나 양복과 신수가 멀쩡하니 이건 갈데없이 화류병(花柳病)² 환자요, 하는 외에는 더 특별한 인상도 주의도 안 했고 또 그게 의사로서 보통인 것이다.

"성함이 누구시지요?"

승재는 환자와 무릎이 서로 닿을 만큼 바싹 놓여진 진찰탁 앞의 회전의자에 걸터앉아 카르테를 펴놓고 잉크 찍은 철필 끝을 들여다보면서, 종시 직업적으로 무심히 묻는 말이다.

그러나 천만 의외지, 환자의 입으로부터 나오는 대답이……

"네, 고태수라고 합니다."

승재는 하릴없이, 별안간 누가 면상에다가 물이라도 쫙 끼얹은 것처럼 소스라치게 놀라, 반사적으로 쳐든 얼굴로 뚫어져라고 태수의 얼굴을 건너다본다.

'으응! 이 사람이 바로 그 사람이라!'

승재는 이윽고 두근거리던 가슴을 진정하고서, 무엇을 의미하는 것인지 실상은 저도 모를 소리를, 속으로 뇌느라고 고개를 가볍게 끄덕거리는 것이다.

사실 그는 생각도 안 했다가 별안간 고태수라는 그 사람과 섬뻑 만나놓고 보니, 미처 무엇이 어떻다고 할 수가 없고, 어안이 벙벙할 따름이었다.

그는 제 직업도 잊어버리고, 그대로 태수의 얼굴을 건너다보고 있다.

해맑은 얼굴이 갸름하되 홀쭉하지 않고, 볼때기가 도독한 것이며, 이목구비가 모두 골라서 미남자로 생긴 태수의 모습사리가 승재는 단박 판에 새긴 부각(浮刻)처럼 똑똑하게 머릿속으로 들어박히고, 그것이 백년을 가도 잊혀질 것 같지 않았다.

'흐응! 네가 고태수라아!'

일단 더 정리가 된 적의(敵意)로부터 우러나오는 마음속의 세리프다.

승재는 시방, 이 사나이를 이렇게 만난 것이 어쩐 일인지 반가운 것 같은, 재미있는 것 같은, 그러면서 한옆으로는, 해사하니 이쁘게 생긴 그의 얼굴을 무얼로다가 들이 으깨주고 싶은 충동도 일어났다.

무례하다 하리만큼 얼굴을 똑바로 건너다보면서 기색이 심상치 않은 의사란 자의 태도에 태수는 마침내 이마를 찡그리고 낯꽃이 좋잖아진다.

"왜? 나를 아시나요?"

누가 태수라도 따지자고 할밖에······

"네, 아 아니오!"

승재는 그제야 정신이 들어, 얼른 고개를 수그리고 펜을 놀린다. 태수는 이 괴한(怪漢)이 여간만 불쾌한 게 아니다.

그는 며칠 전부터 ××이 도졌고, 그래서 그새 줄곧 병원에 다녔는데, 그게 한번 도지면 좀처럼 낫지를 않는 줄은 번연히 알면서도, 첫째 아파서 견딜 수가 없었고, 또 혼인날도 며칠 남지 않았고 해서, 혹시나 무슨 별 도리라도 있을까 싶어, 마침 병원이 지금까지 다니던 그의 단골 병원보다 낫다는 소문이 있고 하니까, 오늘은 시험 삼아 이 금호의원으로 와본 것이다.

그러나 와서 본즉, 병을 보아주겠다고 처억 나서는 위인이 우선 정나미가 떨어졌다. 태수가 보기에는 의사라고 하기보다는 기껏해야 제약사요, 그러잖으면 병원 고쓰가이³ 푼수밖에는 못 될 성싶었다. 더구나 체격이며 얼굴 생김새는 몸에다가 돈을 지니고 호젓한 데서 만날까 무서울 지경이다. 태수가 승재를 본 첫인상은 이러했다.

그래서 태수는 속이 찜찜한 판인데, 이건 성명을 대주니까, 대체 무엇이 어쨌다구 남의 얼굴을 마구 뚫어지게 치어다보면서 뚱딴지같이 구는 데는, 의사고 무엇이고 한바탕 들이대고 싶게 심정이 상했다.

"어디가 편찮으신가요?"

승재는 이내 고개를 숙인 채, 연령과 주소와 직업을 물어, 일일이 제자리에 쓰고 나서 비로소 철필을 놓고 회전의자를 빙그르르 돌려 태수와 마주 앉는다.

그는 이 말을 묻기가 무서웠다. 보나 안 보나 화류병이기 십상인데, 제발 그런 것이 아니고, 사람이 착실하여 결혼 전에 건강 진단을 하자는 것이었으면 하는 원념으로 다뿍 긴장이 되기까지 했다.

"××인데요?……"

태수는 불쾌하던 끝이나 울며 겨자 먹기로 오히려 점직해하면서 대답을 한다. 처음도 아니요, 또 의사 앞에서라지만 젊은 간호부까지 대령하고 섰는데서 부끄럼을 타는 불결한 병을 말하기란 누구나 마찬가지로 거북하고 창피할밖에 없는 것이다.

"×? ×?"

승재는 짐작은 한 바이지만, 의사답지 않게 소리를 지른다.

'바로 며칠 아니면 초봉이와 결혼을 할, 소중한 그 초봉이와 결혼을 할 네가 천하에 고약하고 더러운 ××을 앓다니!……'

승재는 사뭇 치가 떨리는 것 같았다.

태수는 그러잖아도 점직한 판에 승재가 또 소리를 꽥 지르고 놀라고 해놓으니 더욱 무렴하기도 하거니와, 대관절 이게 의사가 아니고 미친놈이나 아닌가 싶었다.

"언제부터 편찮으셨나요?"

승재는 이윽고 다시 의사가 되어가지고 손을 내밀면서 묻는다.

"병이 생기기는 벌써 작년 가을인데, 치료해서 낫긴 나았어요, 그랬는데 자꾸만 도지구 해서……"

"근치가 되지를 않았던 게지요, 그런 것을 조심을 안 하시니까…… 그러시면 안 됩니다! 조심을 하셔야지."

승재는 제 요량만 여겨, 시방 초봉이의 남편될 사람더러 충고하는 것이다. 태수는 그따위 참견은 다 아니꼬웠지만 절에 간 색시라,

"글쎄요, 그런 줄이야 다아 알지만, 자연……"

하면서 어물어물거리다가,

"……그런데 좀 급한 사정이 있는데요?…… 인제 한 사오 일 동안에 치료가 안 될까요?"

승재는 속으로,

'네가 이 녀석 단단히 급했구나!'

이런 생각을 하니 원수를 잡아다가 발밑에 꿇려 앉힌 것처럼 기광[4]이 나는 것 같았다.

"거 안 될 갭니다!……"

승재는 커다랗게 고개를 흔들다가,

"……아무튼 진찰을 해봐야 알겠지만, 아주 초기라두 어려울 텐테 만성이면 더구나……"

"그래두 사정이 절박해서 그리는데요? 그래 상의를 해볼 겸, 또……"

234

"무슨 일이십니까? 여행을 하십니까?…… 여행 같으면 그 병엔 더구나 해롭습니다!"

승재는 짐짓 이렇게, 제 딴에는 태수를 구슬린다는 요량이다.

"아닙니다. 여행이 아니라……"

"그럼?"

승재는 심술궂게 추궁을 하고, 태수는 주저주저하다가,

"결혼을 하게 됐답니다, 헤."

하면서 빙긋 웃는다.

"겨얼혼?"

승재는 허겁스럽게 소리를 지르고 놀라는 시늉을 하면서 설레설레 고개를 흔든다.

"……결혼을 하시다니! 건 안 됩니다. 차라리 혼인날을 넌즈시 물리십시오."

이 말은 의사로서 당연한 권고다. 그러나 승재는 결코 태수를 위해서 권고하자는 뜻이 아니다. 차라리 태수를 끔끔수[*]를 주고 싶어서 하는 말이요, 그보다도 더, 그래저래하다가 이 혼인이 파혼이 되었으면 좋겠다는 막연한 심술로다가 하는 말이다.

그러나 태수는 또 태수라, 저도 고개를 쌀쌀 흔든다. 그는 혼인을 물리라다니 천만에 당찮은 수작이었던 것이다.

"그럴 수는 없어요! 절대루……"

"그래두 그래선 안 됩니다. 첫째 환자 당자한테두 해롭구, 또 부인한테두……"

승재는 여기까지 말을 하느라니까, 어느덧 그만 가슴이 뭉클하

면서 사뭇,

'아이구우!'

하고 소리쳐 부르짖기라도 하고 싶은 것을 겨우 참는다.

그는 초봉이가 이자에게 짓밟혀 더러운 ××까지 전염받을 일을 생각하면, 방금 신성(神性)이나 모독되는 것 같아서 사뭇 열이 치달아 올랐다. 그는 열이 나는 깐으로 하면, 그저 주먹을 들어 이자를 대가리에서부터 짓바수어⁶놓고 싶었다.

눈치를 먹는 줄도 모르고 태수는 앉아서 조른다.

"그러니깐 그걸 상의하는 게 아닙니까? 근치되는 거야 어렵다구 하더라두 위선 임시루 아프지나 않구, 또 전염이나 안 되게시리…… 가령 농이 멎게 한다던지……"

"물론 그렇게만이라두 해드렸으면야 생색두 날 것이구 해서 두루 좋겠지만……"

승재는 입맛을 다신다. 그는 태수가 미운 것으로만 하면 이 녀석아 잔말 말라고 따귀라도 한 대 때려서 쫓기라도 하겠지만, 뒤미쳐 생각할진대 역시 울며 겨자 먹기로 제 힘과 재주를 다하여 태수가 청한 말대로 응급방편이라도 써보는 게 초봉이를 위한 도리일 성싶었다.

일변 태수는 도로 심정이 상해서 눈살이 장히 아니꼽다. 대체 의사라는 위인이 처음부터 보기 싫게 굴어 비위를 거슬리더니 내내 비쌔는 꼴이 뇌꼴스럽고 해서, 그만두어버리고 벌떡 일어설 생각이 났다.

그는 지금 이 칼날 위에 올라선 판에 ××쯤 앓는다고, 또 초봉이한테 전염이 되는 게 안되었다고 그걸 치료하려고 아둥바둥 애를 쓰는 제 자신이 생각하면 우스웠다.

'세상살이 마주막 날을 날 받아놓다시피 했으면서!…… 초봉이두 그렇구……'

이렇게 속으로 두런거리면서, 이 작자가 인제 한 번만 더 같잖게 굴면, 두말 않고 일어서서 나가버리려니 했다.

"좌우간……"

이윽고 승재는 과단 있이 말을 하면서 일어선다.

"……해볼 대루는 힘껏 다아 해봐 디리지요. 그리구 나서 원……"

승재가 일어서니까 간호부는 벌써 알아차리고서 오십 체체(50cc)[7]짜리 주사기를 핀셋으로 집어 들고 주사준비를 시작한다.

"주사를 먼점? 균을 검사할 텐데?…… 머, 주사를 먼점 놓아두 좋겠지……"

승재는 혼자서 괜히 갈팡질팡하다가 현미경의 초자판(硝子板)[8]을 꺼내 가지고 태수한테로 도로 온다.

간호부는 노랗게 마노빛으로 맑은 트리파플라빈[9] 주사액을 솜씨 있게 주사기로 켜올리고 있다.

승재는 마치 최면술의 암시에나 걸린 듯이 끄윽 서서 그것을 노려본다. 보는 동안에 양미간이 이상스럽게 찌푸려진다. 발부리 앞에 가서 사지를 뒤틀고 나가동그라져 민사(悶死)[10]하는 태수의 환영이 역력히 보이던 것이다.

하다가, 다시 주사에서 암시를 받아, 저기다가 ××××를 몇 그램만 섞었으면? 이 생각을 하던 참이다.

세상에도 유순한 그의 눈이 난데없는 살기를 띠고 힐끔 태수를 돌려다보는 것이나, 태수는 아무것도 모르고 한눈만 팔고 앉았다.

간호부가 준비된 주사기를 손에 들려줄 때에야 승재는 제정신이 들어 부질없이 흠칫 놀란다.

주사기를 받아 들고 서서 승재는 태수의 걷어 올린 팔을 내려다본다. 파아란 정맥이 여물게 톡톡 비어진 통통한 팔이다. 살결이 유난스럽게 희다.

이 팔이 가서 초봉이의 그 어여쁜 어깨를 쌍스럽게 휘감으려니 생각하매, 태수의 팔은 팔이 아니고 별안간 굵다란 구렁이로 보인다. 그만 징그러워서 온 전신의 소름이 쪽 끼치고, 차마 더 볼 수 없어 눈을 스르르 감는다.

눈을 감으니까, 감은 길이니 주사침을 아무렇게나(아파서 깡충 뛰게시리) 푹 찔렀으면 고소할 것 같아 손이 옴질옴질한다.

알콜 솜으로 자리를 닦아놓고서 기다리다 못해 간호부가 찔벅거리는 바람에 승재는 눈을 도로 뜨고 가까스로 주사 한 대를 마쳤다.

농(膿)을 초자판에다가 받았다. 실상 현미경 검사야 해보나마나 빠안한 것이지만, 그러니까 그것은 환자를 위해서 그런다느니보다, 다 우리 병원에서는 이만큼 면밀하고 친절하오 하고 내세우는 병원 간판인 것이다.

승재는 농을 받은 유리조각을 알콜불에 구워서 메틸렌 브라운으로 착색을 해가지고 현미경을 구백배(九百倍)로 맞추어 들여다본다.

초점을 맞추어가는 대로 파스르름하게 나타나는 신장형(腎臟
型)의 반점은 갈데없이 ×균(菌)이다.

승재는 오도카니 앉았는 태수를 손짓해서 현미경을 들여다보게
하고 옆으로 비켜선다.

"보입니까? 콩팥같이 생기구, 파르스름한 거……"

"안 보이는데요?…… 아니 무엇이 보이는 것 같은데……"

"이러면?"

승재는 초점을 다시 조절해준다.

"응응, 네네, 보입니다. 똑똑하게 보입니다. 하하! 그러니깐 이
게 빠꾸데리얀가요?"

태수는 신기해하면서 박테리아냐고 묻는 것이나, 승재는 실소
하려다 말고……

"그렇지요, 박테리안 박테리아죠. 그게 ××균입니다."

"하하! 이게가 그렇군요!"

태수는 한참이나 더 현미경을 들여다보다가 이윽고 고개를 든
다. 그는 이렇게 현미경을 들여다보기는 고사하고, 현미경을 구
경도 못 한 사람이라 두루 희한했던 것이다.

"하하! 그렇구만요!……"

태수는 현미경 옆에 가 붙어 서서 고개를 갸웃하다가 밑천이 드
러나는 줄을 모르고 한다는 소리가……

"……그럼 이게 한 십 배나 되나요? 빠꾸데리얀 퍽 작은 건
데……"

"그게 구백 배랍니다!"

"구백 배?…… 아이구! 구백 배…… 하하, 네네…… 아 원, 고게……"

태수는 연신 신기해하다가 도로 현미경을 들여다본다.

승재는 태수가 밉기는 하면서도 그의 하는 양이 어쩌면 어린아이처럼 단순하고 명랑한 것이, 일변 귀염성스럽기도 했다.

그러나 이 귀엽다는 생각은 시방 불시로 우러난 것이 아니요, 태수가 초봉이를 뺏어가는 사람이어서 미운 생각이 와락 치달을 때 그때에 벌써 그 미운 생각과 같은 순간에 배태가 되었던 것이다. 초봉이를 빼앗가는 사람이니까 밉지만, 그러나 초봉이의 배필이 될 사람이니까 일변 귀엽던 것이다.

이 귀여운 생각은, 그런데 미운 생각이 너무 강렬했기 때문에 그만 꺼눌려버렸던 것이, 그랬다가 대수롭지 않은 일에 기회를 얻어 의식 위에 떠오른 것이다.

그러기 때문에 귀엽다는 생각은 순간만에 사라지지를 않고, 도리어 무럭무럭 자라났다. 승재는 이 모순된 두 개의 감정에 휘달려 속으로 몸부림을 쳐도 그것을 벗어날 수는 없었다.

망연히 서서 있던 승재는, 태수가 다시 현미경을 들여다보는 동안, 진찰실 한옆에 들여세운 책상에서 금자박이 술 두꺼운 책 한 권을 꺼내다가 활활 넘겨 이편 진찰탁 위에 펴놓는다. ×균이 현미경의 원색대로 삽화(揷畫)가 있는 대목이다.

이윽고 태수가 이편으로 오기를 기다려, 승재는 펴놓았던 책의 삽화를 짚어가면서, ×균의 형상부터 시작하여 그 성장이며 전염

240

경로, 잠복, 활동, 번식, 그리고 병리와 ××이 전신과 부부생활과 제이세[12]랄지 일반 사회에 미치는 해독이며, 마지막 치료와 섭생에 대한 설명을 아주 자상하게 들려준다.

태수는 승재를 다시 한 번 치어다보았다.

태수는 승재의 설명을 듣고 나서 본즉 모두가 그럴듯했다. 그새까지 다니던 먼저 병원에서는 처음 가던 길로 펌프질(沃度銀注入)이나 해주고 주사나 꾹꾹 찔러주고 했을 뿐 현미경 같은 것은 보여주지도 않았는데, 자 이 병원에 오니까는 의사가 생기기는 고 쓰가이나 도둑놈 같고 불쾌하게는 굴었어도 척 현미경을 보여준다, 여러 가지로 자상 분명하게 설명을 해준다, 하는 게 썩 그럴듯했고, 불쾌하던 의사란 작자도 그러는 동안에 차차 인간이 차차 양순해뵈고 해서 태수가 또한 뒤가 없는 사람이라, '박사'나 되는 것같이, 그리고 오랜 친구와 같이 신뢰하는 마음이 들었다.

승재는 처방을 쓰고 있다.

가루약을 쓰고 그다음에 물약을 쓰노라니까, 그놈에다가 ×× 가리(××加里)를 한 그램만(아니 반 그램만도 족하다) 넣고 싶었다. 그랬으면 오늘 저녁에 식후 두 시간이 지나 물약을 먹을 테요, 먹으면 대번 경련이 일어나고 숨쉬기가 힘이 들어 허얼헐 하고 시큼한 냄새가 나고 두 눈이 퀭해지고 맥이 추욱 처졌다가 삼분이 다 못해서 숨이 딸꼭⋯⋯

승재는 그러한 장면을 연상하느라고 잠시 우두커니 앉아 있다가 어깨를 흠칫하면서 도로 철필을 놀린다.

마지막에,

"물 백 그램"

이라고 쓰고 나니까, 그 위에 조금 빈 데다가 자꾸만,

　"××가리 한 그램"

이라고 쓰고만 싶어 철필 끝이 떨어지지를 않는다.

　'제약사가 보구서 무어랄까?'

　'미쳤다구, 야단이 나겠지!'

　'제약사가 마침 없었으면 좋겠는데……'

　'가만있자, 내일 어디……'

　승재는 속으로 이렇게 자문자답을 하면서 내일 보자고 한다. 그러나 그는 오늘 제약사가 없었으면 좋았을 게 아니라, 그 반대로 제약사가 있는 것이 다행스러웠다.

　처방을 다 쓰고 나서 승재는 태수한테 여러 가지로 주의를 시킨다. 혼인 전날까지 매일 다니면서 주사를 맞고, 약을 정성 들여서 먹고, 찜질을 하고, 주색이나 그런 것은 일체로 끊고, 자극되는 음식이며 과한 운동도 하지 말고, 그렇게 치료와 조섭을 잘하면 혹시 나을는지도 모른다. 그러나 농은 멎더라도 ○사(○絲)는 그대로 나오는 법인즉 전염이 된다, 그러니 그것은 맨 마지막 날 보아서 무슨 변법이라두 구처해줄 텐즉 우선 그리 알고 있거라, 결혼하는 여자한테 전염을 시켜서는 단연 안 된다. 그것은 죄 없는 여자한테 적악[13]일 뿐 아니라, 생겨나는 자손에게까지도 죄를 짓는 것이니라……

　이렇게 순순히 타이르고 있노라니까, 승재는 어쩌면 친동생을 훈계나 하는 듯이 다정스런 것 같았다. 사실 태수가 나이는 한 살

만이라도 앳되고, 승재가 훨씬 노숙해서 그냥 보기에도 승재는 침착한 게 손윗사람 같고, 태수는 어린 수하사람 같았다.

승재는 태수를 돌려보내고 나서, 오늘 새로 얻은 방을 닦달하려고, 비와 털이개[14]와 걸레 등속을 찾아 가지고 그 집으로 갔다.

그는 인제는 태수까지 알았는데, 태수를 저만 알고 시치미를 뚝 떼었으니, 만일 내일이라도 태수가 약혼까지 했다니까, 혹시 초봉이네 집에를 온다든지 해서 섬뻑 만나고 보면 그런 무색할 도리가 없을 것이요, 그런즉 기왕 방까지 구해둔 바에 오늘 저녁으로 이사를 하는 것이 옳겠다고 했다.

승재는 숱한 먼지를 뒤집어써 가면서 다다미야, 오시레야,[15] 방 안을 말끔하게 털어내고 한 뒤에, 다시 병원에 들러 아범더러 끌구루마꾼을 하나 얻어 보내달라는 부탁을 해놓고서 둔뱀일 넘어갔다.

새삼스럽게 반가운 것 같은, 또 슬픈 것 같은 초봉이네 집 문간 안으로 문득 들어서려니까는 어쩐지 등갈이 나가지고 오랫동안 발을 끊었던 집에를 찾아오는 것처럼 서먹서먹했다.

그러려니 하고 보아서 그런지, 집 안은 안팎이 모두 어디라 없이 두런거리고 들뜬 것 같았다.

부엌에서 계봉이가 웬 낯모를 아낙네와 밥을 하느라고 수선을 피우다가 승재를 보더니 해뜩 웃는다.

조금만 웃는 웃음이라도 시원하니 사심이 없고, 그리고 어떻게 보면 그 웃음이,

'어제저녁에 그렇게 몰아세우기는 했어도 다 공중[16] 그런 것이

고, 자나는 이렇게 반가워하잖우?'

하면서 맞일 해주는 것이거니 싶었다.

승재는 계봉이가 웃고 반가워하는 것이 살에 배도록 기쁘고 고마웠다. 그러나 (그것이 기쁘고 고맙기 때문에 자연) 이것도 오늘이 마지막이요, 꼬옥 동기간의 누이동생인 양 귀애도 하고 응석도 받아주고 하던 것이 또한 그만이고나 하면, 차마 이 집을 떠나는 회포가 한량없이 애달파, 방금 내려덮이는 황혼과 함께 마음 둘 곳을 모르게 슬펐다.

마당 가운데로 지나면서도 초봉이와 얼굴이라도 마주치기를 꺼려하는 제 마음과는 정반대로, 마지막 얼굴이라도 한번 마주쳤으면 싶어 무심결에 안방께로 고개가 돌아간다. 그러나 이 구석 저 구석 안팎으로 보기 싫게 생긴 아낙네들만 움덕움덕 들끓지, 초봉이는 그림자도 보이지 않았다.

승재가 짐을 꾸리느라고 책을 죄다 책장에서 꺼내서 한 덩이씩 한 덩이씩 따로 동여매고 있는데, 계봉이가 가만가만 나왔다.

"아이유머니나!…… 이게 대천 웬 야단이우?……"

계봉이는 깜짝 놀라서 눈이 휘둥그래진다.

"……왜 책을 죄다 끄내놓구 그리우?"

"응, 저어……"

승재가 책 동여매던 손을 멈추고 히죽 웃으면서 더듬는 것을, 계봉이는 그제야 알아채고서 얼른……

"이사허우?"

"응."

244

"이? 사?······"

계봉이는 얼굴을 찡그릴 듯하다가 별안간 웃음을 가득 흩트리면서······

"하하!····· 오오라잇! 우리 남서방, 부라보······"

승재는 어째서 하는 말인지 몰라 뻐언하고 있고, 계봉이는 상관 않고 고개를 깝신깝신[17]하면서 들이 좋아서······

"······웅? 남서방····· 나두 남서방이 어디루 가기나 허구 없으면 좋겠다 그랬는데····· 보기에 하두 딱해서 말이우, 괜히 잘못 알아듣구서 삐칠까 무섭다!····· 그랬는데 아무튼지 잘 생각했수!····· 소(牛)는 면했어, 하하하······"

계봉이는 기어코 한마디 조롱을 하고서는 웃어대다가 다시, 구누나 하는 것처럼 소곤소곤······

"그리구우, 어디루 가는지 집만 아르켜주믄 내가 인제 찾아갈게, 웅?····· 꼬옥 레포할[18] 재료두 있구······"

승재는 종이쪽에다가 이사해 가는 집 번지를 쓰고, 길목이며 드나드는 문간까지 알기 쉽게 대주면서, 앞으로 밤에 급한 병자가 있는 집에서 부르러 오든지 하거든 그대로 잘 가리켜주라는 부탁을 얼러서 당부한다.

"내일이라두 봐서 가께? 여섯 시쯤······"

계봉이는 승재가 주소 적어주는 종이쪽을 받아 들고 훑어보다가 허리춤에 건사를 한다.

"······우리 남서방 우라, 하하하하····· 내일 기대리우?"

계봉이는 승재가 저희 집에 그대로 끄먹끄먹 앉아 있지 않게 된 것이 좋기도 했거니와, 그보다도 승재가 딴 데 가서 있으면 놀러 다니기가 임의로울 테니까, 그래서 더 좋아했다.

이튿날 아침 승재는 병원에 가던 길로 독약 ××××를 조그마한 병에 다가 갈라 넣어 포켓 속에 건사해두고 태수가 오기를 기다렸다. 오더라도 저녁때나 올 줄 알면서도 그는 아침부터 그 저녁때를 기다린 것이다. 그러나 열한 점쯤 해서는 독약병을 치워버렸다. 그러나 또 한 시에는 다시 준비를 했고, 세 시에는 또 치워버리고서 짜증이 나서 안절부절못하다가 네 시 치는 소리가 들리자 또 장만을 해두었다. 이번에는 포켓 속에다가 건사하지를 않고, 진찰실 안의 약병들 틈에다가 끼워두었다.

네 시 반쯤 되어서 태수가, 윗입술을 한편만 벌려 간드러지게 웃으면서 진찰실로 들어왔다.

승재는 반가워서 웃고 맞이했다. 그는 어째서 반가운지는 몰라도, 또 그걸 생각해볼 마음의 여유도 없었으나, 아무튼 태수가 반가웠다.

"그래, 밤새 좀 어떠십니까?"

승재는 태수가 앞에 와서 앉기를 기다려, 의사된 도리와 습관이 아니라 진정한 관심으로 인사를 한다.

"네, 뭐…… 별로 모르겠어요!"

"그럴 겝니다, 아직…… 그렇지만 더하지만 않으면 차차 나어 갈 테니까요."

이야기를 하고 있는데 간호부가 주사를 준비하려고 한다. 승재는 미리 생각해두었던 주사액을 주문하라고, 만일 제중당에 없다거든 다른 데라도 물어보아서 가져오게 하라고 간호부를 저편 전화 있는 낭하로 쫓아 보낸다.

그것은 ××에 놓는 주사라도 피하주사(皮下注射)요, 효력도 신통찮아 근자에는 잘 쓰지 않기 때문에 도리어 구하기가 어려운 약이요, 승재는 그것을 알고 시키던 것이다.

간호부를 쫓아냈으니 이 방에는 승재 저와, 그래서 꼭 필요한 인간 태수와 단 두 사람뿐이다. 이 분이나 삼 분이면 넉넉히 조처를 댈 판이다. 승재는 마침내 일어섰다.

그는 이 제웅[19]이 아무 속도 모르고, 속을 모를 뿐 아니라 오히려 타악 믿고서 무심히 앉아 있는 것이 다시금 귀여웠다.

승재는 간호부가 꺼내놓고 나간 주사기를 집어 바른손에 들고 트리파플라빈의 이쁘장스럽게 생긴 유리단지를 줄로 꼭대기를 쓸어 따낸 뒤에 주사액을 주사기에다가 쪽 켜올린다. 노오란 주사액이 이십 체체(20cc)까지 올라왔다.

그다음에는 아까 약병들 틈에다가 숨겨두었던 독약 ××××를 집어 왼손에 쥔 채 병마개를 뽑는다.

뽕! 나는 둥 마는 둥 작은 소리건만 승재는 움찔 놀란다. 사실 방 안은 그다지도 교교했었다.

승재는 독약병을 기울여 바른손에 든 주사기의 침 끝을 담그고 속대를 천천히 잡아당긴다.

독약은 병 속에서 조금씩 준다. 주사기에는 한 체체(1cc), 두 체체(2cc), 셋, 넷 차차로 독약이 불어오른다.

마침내 이십오 시시를 가리킬 때 주사침을 독약병에서 꺼내 든다.

침 끝에서는 가느다란 물방울이 신경적으로 바르르 떨면서 한 방울 두 방울 떨어진다.

승재는 준비가 다 된 주사기를 멀찍이 쳐들고 서서 한참이나 바라본다.

태수는 승재가 돌아서서 무엇을 하고 있는지 그의 커다란 윗도리가 가리어 보이지도 않았거니와, 도시에 거기에는 주의도 하지를 않고 가만히 앉아 기다린다.

승재는 고개를 돌려, 인해 오도카니 앉아 있는 태수를 바라보다가 주사기를 치어다보고 또 태수를 돌려다보곤 한다.

'이놈을 고 새파란 정맥에다가 쪼옥 들이밀면……'

'일 분, 이 분, 삼 분이면 안색이 질리면서 가슴을 우디고 몸을 비틀다가 고만 나가동그라져, 그리고 눈을 뒤쓰고 단말마의 고민을 하다가 이어 딸꼭!'

'응!'

사람을 굳히겠다는 순간이면서, 승재는 긴장보다도 얼굴에 가벼운 미소가 떠오른다.

승재가 선뜻 돌아서서 제 옆으로 오는 것을 보고 태수는 와이셔츠 소매를 걷어 팔을 내놓는다.

승재는 왼손에 쥐고 온 알콜 솜으로 주사 자리를 싹싹 씻는다.

"주먹을 꼬옥 쥐십시오."

주의를 시키면서 주사기를 뉘어, 침 끝을 볼록 솟은 정맥 위에다 누르는 듯 갖다 댄다. 침 끝에서 약물이 배어나와 살에 번진다.

인제는 침 끝을 푹 찔렀다가 속대를 뒤로 뽑는 듯하면 검붉은 핏기가 주사기 안으로 배어든다. 그럴 때에 속대를 진득이 밀기 시작하면 그만이다.

승재는 바늘 끝으로 핏대를 누른 채 그대로 잠시 멈추고 있다.

태수는 주사침이 살을 뚫을 바로 직전임을 알고 눈을 스르르 감는다. 언제고 그러하듯이 따끔 아픈 것을 보고 있노라면 속이 간지러워서 못 하던 것이다.

눈을 감은 태수는 인제 시방 바늘 끝이 따끔 살을 뚫고 들어오려니 기다린다.

그러나 암만 기다려도 소식이 없다.

넉넉 삼십 초는 되었을 것이다. 태수는 기다리다 못해 감았던 눈을 뜨고, 승재는 갖다 댄 바늘끝으로 핏대를 푹 찌르는 것이 아니라, 주사기를 도로 쳐들고 싱겁게 피쓱 웃으면서 허리를 펴고 돌아선다.

태수는 웬일인고 싶어 뻐언히 앉아 승재의 등 뒤를 바라다본다.

승재는 주사기의 뒷대를 눌러 약을 내뿜는다. 은침 같은 물줄기가 이쁘게 뻗쳐나와 리놀륨[20] 바닥에 의미 없는 곡선을 그려놓는다.

승재는 미상불 태수를 죽이고도 싶었고, 그래서 죽여보려고 한 것은 사실이다.

그러나 단지 그는 '죽여보려'고 했을 뿐이지 죽일 '작정'을 한 것은 아니다.

신경(神經)의 게임(遊戲)이라고나 할는지, 의사쯤 앉아서 사람 한 개 죽이고 살리고 하는 최후의 경계선 그것은 오블라토[21] 한 겹보다도 더 얇게 가를 수 있는 것이다.

이 얇은 한 겹의 이편쪽까지만을 애초부터 목표로 정하고서 승재는 독약을 준비하고, 그놈을 주사기에다가 켜올리고, 해가지고서 찬찬히 쳐들고 서서 제웅의 얼굴과 번갈아 빗대보고 마침내는 혈관에다 갖다 대고 푹 찌를 듯이 숨을 들이마시고, 이렇게 살인행위의 계단을 천연덕스럽게 밟아 올라왔다.

그리고 거기까지가 절대의 목적지였었다.

그렇게 살인의 한 계단 두 계단을 밟아 올라오고, 오다가 마침내 그 오블라토 한 겹을 남겨놓고 우뚝 멈춰서는 신경의 스포츠, 그것은 적실히 유쾌한 긴장일 수가 있었다.

승재는 주사액이 상한 것 같아서 그랬다고 하는 것을, 태수는 그대로 속았을 따름이고……

승재가 새 주사기를 꺼내다가 새 주사액을 따서 주사를 놓아주니까, 태수는 이런 것도 다 이 병원이 세밀하고 친절해서 그런 거니 생각하고 무척 좋아한다.

태수는 주사를 다 마치고 나가다가 돌아서더니, 문득 그날 바쁘지 않거든 와달라고 제 혼인날 손님으로 승재를 청을 한다.

승재는 속으로 뜨끔해서 선뜻 대답을 못 하고 어름어름하고 섰다.

"바쁘시기도 하시겠지만, 잠깐 거저…… 허기야 뭐, 결혼식이라구 숭내만 낼 테면서 오시래기두 부끄럽습니다. 아무튼지 인제 청첩두 보내드리겠지만 부디 구경이나 와주세요. 퍽 영광이겠습니다."

"네, 되두룩 가서…… 그날 바쁘지만 않으면……"

승재는 조르는 양이 졸연찮을 눈치 같아서 대답만 그만큼 해두는 것이다.

 승재는 여섯 시가 되기를 까맣게 기다려 병원을 나와서 어젯밤 새로 든 집으로 가다가, 집 모퉁이 가게 앞에서 두리번두리번거리고 있는 계봉이를 만났다.

 "남서방!"

 "계봉이!"

 둘이는 서로 이렇게 부르면서 마주 웃는다. 그들은 오래 오랜만에 만나는 것같이 반가웠다.

 그러나 겨우 어젯밤에 갈리고 났으니 무슨 짙은 인사야 할 말이 없다.

 "그래……"

 "응……"

 둘이는 웃으면서 이런 아무 뜻은 없어도 마음은 통하는 말을 서로 한마디씩 한다.

 "잘 왔군!"

 "해애."

 "들어가자구."

 "응."

 둘이는 앞서거니 뒤서거니, 지쳐둔 쪽대문을 열고 좁은 처마 밑을 한참 지나 승재의 방 앞에 당도했다.

 "일러루 오니까 이렇게 성가시어서……"

 승재는 계봉이를 돌려다보고 웃으면서 방문에 채운 자물쇠를 연다.

계봉이는 방으로 들어와서 앉을 생각도 미처 못하고 방 안을 휘휘 둘러본다. 책은 벌써 전대로 책장 속에다 챙겨 넣었고, 또 몇 가지 안 되는 홀아비 세간이지만, 책상 외에는 구접지근한[22] 것들을 다 오시이레 속에다가 몰아넣었기 때문에 계봉이 저의 집에 있을 때보다 방 안이 한결 조촐하게 보였다.

방 안이 그렇게 침착할 뿐 아니라, 그새까지 어른들이 있고 해서 부지중 조심이 되던 저의 집이 아니고, 이렇게 단출하게 승재와 만날 수 있는 것이 기쁘기야 하지만 그러나 어쩐지 조심이 되던 저의 집에서처럼은 도리어 임의롭지가 않고, 무엇인지 모를 어려움이 있는 것 같아 장히 거북스러웠다.

왜 그럴까 하고 그는 생각해보았으나 아무 그럴 일이 없는 것 같고, 없는 데 그래지는 것이 이상하기만 했다.

"왜 이렇게 섰어?…… 좀 앉질랑 않구서……"

승재가 재촉하는 말을 듣고서야 계봉이는 겨우 배시시 웃으면서 섰던 자리에 그대로 주저앉았다.

승재는 계봉이가 이렇게 온 것이 반가웠고, 다 기쁘기는 해도 별반 할 이야기는 없다.

그야말로 시사를 말한다든지, 학문을 논한다든지야 말도 안 될 처지요, 그렇다면 집안 이야기를 묻는 것밖에 없는데, 집안 이야기도 할 거리라고는 초봉이의 혼인에 대한 것뿐인걸, 이편이 불쑥 꺼낼 수는 없는 것이다.

그러나마 계봉이가 그새처럼 농담을 한다든지, 원 까불어댄다든지 그랬으면 자연 무엇이고 간에 말거리도 생기고 이 서먹서먹한 기분도 스러질 텐데, 그 애 역시 가끔 무료하게 미소나 할 뿐, 얌전을 빼고 있어서 여간 거북스런 게 아니다.

"무어 과실이나 좀 사다가 둘 것을……"

한참 만에 승재는 혼잣말을 중얼거리고 일어선다. 겸사겸사해서 무엇 입놀릴 것을 사오는 게 좋겠다고 생각했던 것이다.

"……나 잠깐 다녀올게? 곧……"

"무어? 무얼 사올려구?…… 아냐, 난 먹구 싫잖어요!"

계봉이는 부여잡을 듯이 일어선다.

"먹구 싫지 않어두 내가 사주는 거니, 먹어야 하는 법야!……그래야 착하지."

승재가 없는 구변으로 먼저 농을 건네니까, 계봉이도 그제야 어색스럽던 것이 얼마쯤 풀어져서,

"누굴 마구 위협하려 드나!"

"흐응, 그럼 잘못 됐게?…… 그런데 계봉이가 밤새루 갑자기 얌전해진 것 같으니, 거 웬일일꾸?"

"하하하, 남서방 보게두 그런 것 같수?"

"응."

"아이 어쩌나!…… 글쎄 내가 생각해두 웬일인지 그런 것 같어서 지금……"

"허어! 정말 그렇다면 야단났게?"

"심청 허군!…… 남이 얌전해져서 야단이 나요?"

"응."

"어째서?"

"난 얌전한 계봉이보다두, 까불구…… 아니 까불구가 아니라 장난하구 응석 부리구 그리는 계봉이가 좋아서."

"그럼 난 머, 밤낮 어린애기구 말괄량이구 그러라구?"

계봉이는 승재가 생각하기에는 속을 알 수 없게 뾰롱한다.

"애기가 좋잖어?"

"좋긴 무에 좋아? 어른들 축에도 못 끼는걸."

"어른이 좋은 게 아냐…… 그리지 말구 이거 봐요, 계봉이?"

"응?"

"저어, 계봉이 말야…… 내 누이동생이나 내자쿠?"

"누이동생? 오빠 누이 그거?"

계봉이는 말끄러미 승재를 올려다보다가, 별안간,

"……싫다누!"

하면서 아주 얀정없이[23] 잡아뗀다.

생각잖은 무렴을 보고서 승재는 얼굴이 벌개진다.

"싫여?"

"응, 해애."

계봉이는 그렇게까지 안 해도 좋을 것을 너무 매몰스럽게 쏘아 준 것이 미안했던지, 제라서 배시기 웃는다.

"왜 싫으꼬?"

"왜?…… 응, 거저."

"거저두 있나? 이유가 있어야지."

"이유? 이윤…… 응!…… 없어 없어."

"없는 게 아니라, 아마 계봉인 남서방이 싫은 게지? 그리니깐 누이동생 내기두 싫대지?"

"누가 남서방이 싫여서 그러나, 머."

"뭘!…… 싫으니깐 그리지."

"아냐!"

"아닌, 뭘!"

"아니래두, 자꾸만!…… 남 속두 모르구서, 괜히……"

계봉이는 필경 암상이 나서, 대고 지청구를 한다.

승재는 다시는 꿈쩍도 못 하고 슬며시 밖으로 나간다.

거리로 걸어가면서 승재는, 계봉이가 소갈찌를 포르르 내면서, 남의 속도 모르고 그런다고 쏘아붙이던 말을 두루 생각을 해본다.

결코 까부느라고 아무렇게나 한 말이 아니요, 영감같이 속이 엉뚱한 소리던 것이다.

철없이 함부로 굴고 응석을 부리고 하는 계봉이를, 동기의 친누이동생인 양 승재는 단순하게 그리고 마음 놓고 사랑했고, 그것을 그대로 길이길이 가꾸고 싶었었다.

그러나 그것은 시방 보고 나온 계봉이로 해서 한낱 전설같이 아득한 것이 되고 말았다.

누이동생을 내자고 하니까, 말끄러미 올려다보던 그 눈, 남의 속도 모르고서 그런다고 암상을 떨던 그 눈, 본시 타고난 것이라, 한껏 이지적이기는 하면서도 가릴 수 없는 정열을 흠뻑 머금어, 사뭇 위태위태해 보이던 그 눈을 생각하면 승재는 다시는 계봉이와 똑바로 마주 보지를 못할 듯싶게 그 눈이 무서웠다.

"그렇게도 조달[24]을 하나!"

승재는 혼자서 탄식하듯 중얼거린다.

승재가 과실과 과자를 조금씩 사 가지고 들어왔을 때에는, 계봉이는 아까 일은 죄다 잊어버린 듯이 그런 눈치도 안 보였었다. 승재는 그것이 다행하고 안심이 되었다.

"안 먹으면 또 협박을 할 테니깐……"

계봉이는 과자봉지를 풀어놓고 승재와 둘이서 마악 먹기 시작하려다가 밑도 끝도 없이 묻는 말이다.

"……남서방, 그새 퍽 궁금했지요?"

"궁금?"

"응…… 언니 결혼하는 거 말이우."

"으응, 난 무슨 소리라구!…… 머 거저……"

"뭘 그래요! 퍽 궁금했으믄서……"

"모르면 어떤가? 다아……"

"글쎄 몰라두 괜찮다믄 그만이지만…… 그런데 말이우, 내 꼬옥 한 가지만 이야기해주께, 응?"

"……"

"언니가아, 응? 언니가 말이우, 남서방을 잊지 못하나 봐!"

"괜헌 소릴!"

승재는 말과는 딴판으로 얼굴이 붉어진다. 그는 울고 싶은 반가움을 미처 숨길 수가 없었던 것이다.

"아냐, 정말이라우!……"

계봉이는 우선 그날 밤 초봉이와 같이 앉아 모친한테 듣던 이야

256

기를 그대로 다 되풀이해서 옮겨놓는다.

승재는 이야기를 듣는 동안에, 태수가 그렇듯 집안이 양반 집안에 재산이 있고, 얌전하고, 전문학교까지 졸업을 했고 한 버젓한 신랑이란다, 정주사네 내외며 당자인 초봉이며, 다 그러한 문벌이랄지 학식이랄지 그런 것에 끌려서 혼인을 하는 것도 무리는 아니겠지 싶었다.

그러나 동시에 한편 구석에서는,

"그렇지만 어디 원!"

하는 반발이 생기고, 자격이 모자라 떠밀렸구나, 뺏겼구나 하매, 저를 잊지 못한단 소리가, 슬프게 반갑던 것은 어디로 가고 마음이 앙앙하여[25] 좋지 않았다.

『장한몽(長恨夢)』[26]의 수일(洙一)이만큼은 아니라도 승재는 아무려나 초봉이가 야속하고 노여웠다.

그것은 그러하고, 일변 미심이 더럭 나는 것이 고태수라는 인물의 정체다.

무엇보다도 그가 전문학교니 대학이니를 졸업했다는 것이, 오늘 본 걸로 하면 종작없는[27] 소리 같았다.

오늘 아까 병원에서는 그의 소위 이력이라는 것을 몰랐고 겸하여 딴 데 정신이 팔려 그냥 귀넘겨들었었지만, 어떤 놈의 전문학 곤지 대학인지 졸업을 했다는 사람이(사실 중등학교만 옳게 다녔어도 그럴 리가 없는데) 데데하게시리 현미경을 요술주머니처럼 신기해하고, 게다가 현미경 검사를 하는 세균을 십 배(十倍)냐고 묻다니!

정녕 무슨 협잡이 붙었기 쉽고……

또, 얌전한 사람이요 처신이 조신하거든 ×× 같은 추한 병이
걸렸을 이치도 없거니와, 우연한 불행이나 한때 실수로 그렇다손
치더라도 치료와 조섭을 게을리 않고 조심을 하여 이내 완치를
했을 것이지, 결코 도로 도지고 도지고 하도록 몸가짐을 난하게
할 리가 없는 게 아니란 말이다.

필경 주색에 침혹하는 게 분명하고……

그러고 보니, 다른 것, 가령 문벌이 좋으네 재산이 있네 하는 것
도 역시 꼭 같은 야바윗속이요, 자칫하면 그 녀석이 계집을 두어
두고서 생판 시방 초봉이를?……

이렇게까지 생각을 하고 난 승재는, 이거 큰일났다고, 당장 쫓
아가서 정주사더러든지, 제가 보고 짐작한 대로 사실과 의견을
토파하여[28] 혼인을 파의하도록 해야만 할 것 같았다.

그래 마음은 잔뜩 초조한데, 그러나 그러면서도 그를 선뜻 해댈
강단은 또한 나지를 않고 물씬물씬 뒤가 사려진다.

가령 그 짐작이 옳게 들어맞았다고 하더라도 혼인이 파혼이 될
는지가 의문인걸, 항차 정주사네가 뒷줄로 다시 알아본 결과(혹
은 이미 알아본 걸로) 고태수의 그러한 제반 자격이 적실한 것이
고 볼 양이면, 승재 저는 남들한테, 저놈이 초봉이를 뺏기고서 오
기에 괜히 고태수를 중상하여 혼인을 훼방을 놀려던 불측한 놈이
라고 얼굴에다 침 뱉음을 당하게 될 테니, 그런 창피 그런 망신이
있으며, 고태수를 죽이려던 그 약으로 승재가 죽어야 할 판이다.

더욱이나 제 양심을 향하여, 내가 진실로 초봉이의 불행만을 여

겨서 그렇듯 서둘고 나서자는 것이지, 은연중일 값에 그 혼인을 방해하고 싶은 욕심은 조금도 없는 것이냐고 물어볼 때에 그는 제 사심이 부끄러워(결과의 여하는 그만두고) 차마 기운이 나지를 않았다.

'그러니, 그렇다고 끄먹끄먹 앉아서 보고만 있을 것이냐?'

안타까와 못할 노릇이다.

'그러면 들고 나서서 간섭을 해?'

그것은 안팎으로 사리는 게 많아 못할 일이다.

'대체 이 일을 그러면 어떻게 한단 말이냐?'

해도 대답은 나오지 않고, 사뭇 조바심만 나서 승재는 마치 무엇 마려운 무엇에다 빗댈 형용이다.

"아, 그래서 난 그만 건넌방으로 쫓겨왔는데…… 그런데 글쎄……"

계봉이는 승재가 하도 저 혼자서 얼굴이 붉으락푸르락, 무엇을 생각을 하느라 입맛을 다시느라 심상치 않으니까, 저도 한동안 앉아 과실만 벗기면서 눈치를 보다가, 이윽고 그다음 이야기를 계속하던 것이다.

"……그댐버텀 언니가 시추움하니 풀이 죽어가지굴랑 혼자서 한숨을 딜이쉬고 내쉬고 그리겠지!…… 난 글쎄 그날 저녁에 언니가 그 자리에 앉아서 어머니한테 바루 승낙을 한 줄은 몰랐구려!…… 머, 어머니 아버지가 당신네끼리 다아 작정을 해놓구설랑 언니더러 이러구저러구 해서 다아 그렇게 된 거니 그리 알라구 일른 거니깐, 언니 성미에 싫더래두 싫다구 하지두 못했을 거야…… 언니가 글쎄 그렇게 맘이 약허다우……"

계봉이는 과실을 한 쪽 집어주는 길에 승재의 동의를 묻는 듯이 말을 잠깐 멈춘다. 승재는 주는 과실을 받아 가진 채 그대로 묵묵히 말이 없고, 계봉이는 그다음을 계속하여……

"……그래 내가 하루는, 그리니깐 그게 바로 약혼을 하던 그 전날 저녁인가 봐…… 언니더러 가만히, 아 그렇게 맘에 없는 것을 아무리 어머니 아버지가 시키는 노릇이라두 싫다구서 내뻗으면 고만이지 왜 억지루 당하믄서 그리느냐구 그리잖었겠수? 그랬더니 언니 말이, 너는 속도 모르구서 무얼 그리느냐구, 내가 그 사람하고 결혼을 하믄, 인제 그 사람이 돈을 수천 원 장사 밑천으로 아버지한테 대준다고 하는데 내가 어떻게 이 혼인을 마다구 하겠느냐구 그리겠지! 글쎄 그 말을 들으니깐 어떻게 결이 나구 모두 밉살머리스럽던지 마구 그냥 몰아셌지…… 그래 이건 케케묵은 심청전을 읽구 있나? 장한몽 같은 잠꼬대를 하구 있나…… 그게 어디 당한 소리냐구…… 그리구 일부러 안방에서 어머니와 아버지두 들으시라구, 그럴 테믄 애당초에 뭣 하려 자식을 길러야구, 저 거시키 돼지 새끼나 병아리 새끼를 인제 자라믄 팔아먹을려구 기르는 거나 일반이 아니구 무어냐구…… 마구 왜장을 쳤더니, 아 언니가 손으루다가 내 입을 틀어막구 꼬집구 그리겠지!…… 그래두 안방에서 다아들 듣긴 들었을 거야…… 속이 뜨끔했지 뭐…… 해해해."

계봉이는 그날 밤의 일이 다시금 통쾌하대서 마침내 까알깔 웃어 젖힌다.

승재는 그러나 마디지게 한숨을 몰아 내쉬고 묵묵히 앞 벽을 건너다본다. 그는 시방, 방금 아까 초봉이의 위태한 결혼을 막지 못해 안타깝게 초조하던 불안도, 또 바로 그전에 초봉이가 못내 야속하던 노염도 죄다 잊어버리고 얼굴은 아주 딴판으로 감격함과 엄숙한 빛이 가득하다.

초봉이는 불쌍한 부모와 동기간을 위하여, 제 한 몸이나 제 사랑을 희생시키는 것이라서, 그 혼이 거룩하고 그 심정이 감격했던 것이다.

승재는 개봉동 양서방네가 딸 명님이를 기생집에 수양딸로 팔아먹으려고 조금 더 자라기를 기다리는 것을 (계봉이가 방금 저의 부모더러 들으라고 내쏘았다는 그 말대로) 승재 저도 일찌기 그것을, 돼지 새끼나 병아리를 치면서 그놈이 자라기를 기다리는 것이나 다를 게 없다고 생각을 했었다.

그러나 명님이네의 일과 별반 다를 것이 없는 (따지고 보면 더 야박하다고 할 수 있는) 이번의 초봉이의 혼인에 대해서는 그러한 반감 같은 것은 조금도 나지를 않았다. 않았다기보다도 실상은, 계봉이가 짐승의 새끼를 팔아먹는다는 그 비유를 하는 대목에서는, 승재는 벌써 정신을 놓고 다른 생각을 아무것도 하게 될 겨를이 없었던 게 사실이다.

종시 말이 없고 눈을 치떠 허공을 보는 승재의 얼굴은 차차로 황홀해간다. 그는 시방 눈앞에 자비스런 초봉이가 한가운데 천사의 차림으로 우렷이 나타나 있고, 그 좌우와 등 뒤로는 그의 가권들의 가엾은 얼굴들이 초봉이의 후광(後光)을 받아 겨우 희미하게 안식을 얻고 있는 그런 성화(聖畵)의 한 폭이 보이던 것이다.

"장한 노릇이군!⋯⋯"

더욱 감격하다 못해 필경 눈이 싸아 하고 눈물이 배는 것을, 그
러거나 말거나 앉아서 중얼거리듯 탄식을 하던 것이다.

"으음⋯⋯"

다시 훨씬 만에, 이번에는 입술을 지그시 다물면서 연해 고개를
끄덕거린다.

그는 비로소, 아까 초봉이를 야속해하던 생각이며, 그의 혼인을
훼방 놓지 못해 초조 불안하던 것이며, 더구나 태수한테 질투와
증오를 갖던 제 자신이, 초봉이의 그렇듯 깨끗하고 아름다운 맘
씨에 비하여 얼마나 추하고 부끄러운 소인의 짓이던가 싶었다.

"거룩한 노릇이야!"

승재는 마침내 남의 그렇듯 거룩한 행위에 대한 감격이 적극적
인 의욕으로 번져나가면서, 그리하자면 우선 손쉽게 가령 태수한
테라도 그에게 가지던 비열한 마음을 죄다 버리고 일변 그의 병
을 정말 지성스런 마음으로 치료를 해주는 것도 바로 그것일 것
이고, 하면은 더욱이 초봉이를 위하여 정성을 씀이 되는 것이니
두루 추상할 일일 것 같았다.

결심을 가지고 나니 승재의 마음은 노곤했던 잠결같이 편안해
졌다.

승재가 마치 몽유병자가 된 것처럼 별안간 감격 황홀해져서 있
는 것을, 계봉이는 과실과 과자를 서로가람[29] 집어다 먹어가면서
우스워 못 보겠다는 듯이 해끗해끗, 재미있어만 하다가 승재의

거룩한 노릇이라는 두 번째 탄성에는 말끄러미 경멸하듯 올려다 보고 있더니, 필경,

"가관이네…… 아니, 쥐뿔은 어떻구?"

하면서 우선 한마디 쏘아다 부딪는다.

"왜?…… 아름답구 거룩한 거 좋잖아?"

승재는 아직도 꿈을 꾸는 듯, 얼띤 얼굴에 허한 음성이다.

"오오라!…… 그럼 남서방두 인제 딸 나서 자라믄 장사 밑천 얻자구 아무한테나 내주겠구려?"

"허어! 난 그런 것보담두 위선 초봉이 언니의 아름다운 맘씨를 가지구 하는 말인데!"

"아름다운 맘인가? 아주 케케묵은 생각이지!"

"못써요!…… 아름다운 건 아름답게 보아 버릇해야 하는 법 야…… 초봉이 언니 맘씨가 오죽 아름다워?"

"못나서 그래요!"

"저거! 하는 소리마다!……"

"괜히 잠꼬대 같은 소리 하지 말아요, 혼내줄 테니……"

"계봉이 못쓰겠어!"

"흥! 그래두 두고 봐요!……"

"두고 보아야 머 응석받이?"

"암만 응석받이라두 나두 눈치는 다아 있어요…… 이봐요 남서 방…… 글쎄 이번에 우리 언니가 그 결혼을 해서 잘 산다구 칩시 다…… 그렇더래두 말이지, 맨 첨에 맘을 먹기를 장사 밑천 얻을 양으루다가 딸을 내놓는 그 맘자리가 그게 고약스럽잖우?……

그러니깐 아무리 우리 부모라두 난 나쁘다고 할 말은 해요……
말이야 다아 그럴듯하잖어?…… 사람이 잘나구, 머 똑똑하구, 전
문대학교를…… 하하하하, 글쎄 우리 어머니가 전문대학교래요!
그래 내가 있다가, 대체 전문대학교가 어덨느냐구 핀잔을 주니
깐, 하는 소리 좀 들어봐요!…… 아 이년아, 더 높은 학꾼 게로구
나, 이러겠지? 하하하하, 내 온……"

　계봉이가 웃는 바람에 승재도 섭쓸려서 웃는다.

　"……그래 글쎄, 그렇게 사람이 잘나구 어찌구저찌구 해서 너
를 위해서 첫째는 이 혼인을 하는 것이라구, 그러구 장사 밑천이
야 다아 여벌이 아니냐구 그리더라나?…… 아이구 거저, 내가 그
대루 앉었다가 그런 소릴 들었더라믄 뾰죽하게 한바탕 몰아세는
걸."

　"그러면 말이지……"

　승재는 계봉이가 어찌하나 본다고……

　"……자식이 부모를 위하여 희생하는 게 나쁘기루 치면, 부모
가 자식 때문에, 자식을 모두 길러내느라구 고생하구 하면서 역
시 희생하는 것두 마찬가지루 나쁜가?"

　"아니."

　"왜? 그건 어째서?"

　"부모는 자식을 제가 독립해서 살아갈 수 있두룩 길러내구 교
육시키구 그럴 의무가 있으니깐, 그러니깐 희생을 해서라두 의무
시행을 해야 옳지?…… 세납 못 바치믄 집달리[30]가 솥단지나 숟
갈 집어 가듯이…… 우리집에서두 전에 한번 그 일 당한걸, 하하

264

하."

승재는 인제 겨우 여학교 삼년급에 다니는 열일곱 살배기 계집
아이가 대체 어느 결에 어떻게 해서 그런 소리까지 할 줄 알게 되
었나 싶어 아까 누이동생 정하기 싫다구 하던 때와는 의미가 다
르나 역시 놀랍구 겁이 나는 것 같았다.

이튿날 승재는 태수의 ××을 혼인날까지 기어코 낫우어[31]줄 딴
도리가 없을까 하고 두루두루 궁리를 해보면서 혼자 애를 썼다.
그리고 앞으로는 태수를 결코 미워하지 않겠다고, 다시금 제 마
음에 맹세를 했다.

그러나 막상 오후가 되어 태수가 척 들어설 때는 승재의 마음의
맹세는 그다지 힘을 쓰지 못했다.

마음은 그래서 동요가 되었어도, 그는 그것을 억제하면서 밤사
이의 증세도 물어보고, 술을 삼가고 음식을 자극성 없는 것으로
조심해서 가려 먹으라고 두루 신칙하기를[32] 잊지 않았다.

행화杏花의 변辯

치료를 받고 난 태수는 그 길로 개복동 행화의 집을 들렀다.

언제나 마찬가지로 오늘도 형보가 먼저 와서, 아랫목 보료 위에가 사방침을 베고 드러누웠고, 행화는 가야금을 심심 삼아 누르고 있다.

"자네, 집 장만했다면서 방이 몇인가? 남을 게 있나?"

태수가 마루로 올라서노라니까, 방에서 형보가 이런 소리를 먼저 묻는다. 형보는 태수가 결혼을 하고 살림을 차리면 비벼 뚫고들어갈 요량을 대고 있는 참이다.

"염려 말게. 그러잖아두, 다아……"

태수는 방으로 들어서면서 우선 양복 윗저고리를 훌러덩 벗어들고 휘휘 둘러보다가 행화가 차고앉은 가야금 위에다 획 내던지고 모자는 벗어서 행화의 머리에다 푹 눌러 씌운다.

"와 이리 수선을 피우노?…… 남 안 가는 여학생 장가나 가길래 이라제?"

행화는 익살맞게 그대로 까딱 않고 앉아서 태수한테 눈을 흘긴다.

"하하하하, 그래그래, 내가 요새 대단히 유쾌해!"

"참 볼 수 없다!…… 그 잘난 제미할 여학생 장가로 못 갈까 봐
서 코가 쉰댓 자나 빠져갖고 댕길 때는 언제고, 저리 좋아서 야단
스레 굴 때는 언제꼬!"

"하 이 사람, 그러잖겠나? 평생소원을 이뤘으니…… 그렇지만
염려 말게…… 신정이 좋기루 구정이야 잊을 리가 있겠나?"

"아이갸! 내 차 타고 서울로 가서 한강철교에 자살로 할라 캤더
니, 그럼 그 말만 꼬옥 믿고 그만두오, 예?"

"아무럼, 그렇구말구…… 다아 염려 말래두 그래!"

시방 행화는 농담으로 농담을 하고 있지만, 태수는 진정을 농담
으로 하고 있다.

그는 초봉이와 약혼을 한 그날부터는 근심과 불안을 요새 하늘
처럼 말갛게 싹싹 씻어버렸다.

그새까지는 근심이 되고 답답하고 할 적마다, 염불이나 기도를
하는 것과 일반으로, 뭘! 약차하거든 죽어버리면 고만이지, 하고
그 임시 그 임시의 번뇌를 회피하기는 했지만, 그러면서도 한편
으로는 어떻게 일을 좀 모면하고 싶은 마음이 간절하여, 늘 불안
과 더불어 그것이 가슴에 서리고 있었다.

하던 것이, 영영 그를 모피하지는 못할 형편인데 일변 한 걸음
두 걸음 몸 바투 다가는 오고 그러자 마침 초봉이와 뜻대로 약혼
까지 되고 나니, 그제는 아주 예라! 이놈의 것…… 하고, 정말로

죽어버릴 결심을 하고 말았던 것이다.

해서, 그 무겁던 불안과 노심으로부터 완전히 해방을 받은 것
이다.

—제일 큰 소원이던 초봉이한테 여학생 장가를 들어 마지막 원
을 푼 다음에야 단 하루라도 좋고 이생에 아무 미련도 없다. 그리
고 (그래서 장차 어느 날일지는 몰라도 그날에 임하여 종용자약하게
죽음을 자취할 테나) 그러나 그날의 최후의 일순간까지라도 이 세
상을 깊이 있고 폭 넓게, 단연코 즐거운 생활을 해야만 한다.

그리하자면 첫째 초봉이로 더불어 맺은 꿈을 최대한으로 호화
롭게 꾸며야 한다. 그러나 그러면서도 한편으로는 많이 많이 뚱
땅거리고 술을 마시면서 놀아야 한다. 계집도 할 수 있는껏 여럿
을 두고 지내야 한다. 하니까 행화도 그대로 데리고 지낼 테다.

돈도 도적질도 좋고 빚도 좋고 사기횡령 다 좋다. 재주껏 끌어
대면 그만이다.

즐겁고 유쾌하자면 그러므로 몸에 고통이 없어야 한다. 그러니
까 병원에를 다니면서 ××도 치료를 받아야 한다.

이렇듯 태수는, 마치 무슨 의식을 거행하는 데 순서를 작정해논
것처럼, 앞일을 가뜬하고 분명하게 짜놓았다.

해서 그는 진정으로 유쾌하고 명랑했던 것이지 조금도 억지로
그러는 것이 아니던 것이었다.

태수와 행화가 주거니 받거니 한참 지껄이는 동안, 형보는 혼자
서 제 생각에 골몰해 있다가 이윽고 끙 하면서 일어나 앉더니 태
수 앞에 놓인 해태 곽을 집어다가 한 대 피워 물고는, 저도 말에

한몫 끼자고……

"행화가 말루는 아무렇지도 않은 체해두 다아, 속은 단단히 꽁한 모양이지?"

"와?"

"아, 저렇게 이쁜 서방님을 뺏기니깐……"

"하! 고주사가 이쁘문 거저 이뺐나? 돈을 주니 이뺐제……"

"조건 농담을 해두 꼭 저따우루 한단 말야!"

"와 농담고? 진정인데……"

"그래그래, 말이야 말루 바른말이다…… 그런데, 아무튼 고주사가 장가를 든다니깐 섭섭하긴 섭섭하지?"

"체! 고주사가 장가 안 가구 있으문 언제 나한테루 장가온다 카덩기요?…… 내는 조강지처 바래지도 않소."

"거저 저건 팔자에 타고난 화루겟 물건이야!"

"아니, 장주사두 철부지 소리로 하지 않소?……"

더럭 성구는 행화는 그렇다고 흥분한 것은 아니나, 농담하는 낯꽃도 아니다.

"……기생이문 기생답게 돈이나 벌고 다아 그랄 끼지, 아이고 무얼 팔자 탄식을 하고, 첩이 싫다고 남의 조강지처나 바라고 하는 거 내 그만에 구역이 나더라, 제에!"

"흥!"

"그라제…… 또오, 기생년이 뭣이냐 연애한다고 껍덕대는 거, 내 참 눈이 시여 못 보겠더라."

"아니, 기생이라구 연애하지 말라는 법두 있나? 이 사람 자네 너무 겸손허이!…… 괜히 동무들한테 몽둥이 맞일……"

"기생이 연애가 어데 당한 거꼬?…… 주제에 연애로 한다는 년
도 천하잡년, 기생년하고 연애하자구 덤비는 놈팽이두 천하잡
놈……"

"아니 어째서?……"

여태 싱글싱글 웃고 앉아서 저 하는 양만 보고 있던 태수가, 저
도 어디 말을 시켜본다는 듯이 얼른 거들고 나서던 것이다.

"……이건 내가 되려 행화 말마따나, 차를 타구 서울로 가서 자
살을 하던지 해야 할까 보이 응? 아, 그래두 난 여태 행화허구 연
애를 하거니 하구서, 멋없이 좋아하잖았나!"

"하아! 당신네들이 암만 그란다고, 내 무척 입살을 탈 내
오!…… 아예 말두 마소…… 돈 받고 × ××× 연애라카
오?…… 뭇놈이 디리 주무르던 몸뚱이제, ××이야 매독이 시글
시글해서 그만에 한쪽이 썩어 들어가제, 그런 주제에 연애가 무
어 말라죽은 거꼬?"

"허!…… 그래두 난 행화한테 연앨 한걸?"

"말두 마소?…… 글쎄 고주사만 해두, 나하구 살로 섞고 지내
문서 달리 초봉이라 카는 색시하고 연애로 해서 장가가지 않
소?…… 그걸 쥐×도 내가 시기로 하는 기 아니라, 그것만 봐도
기생하고는 연애가 안 되길래 그러는 기 아니오? 이 답답한 되련
님, 요!"

"홍! 그래두 난 보니깐……"

태수가 미처 무어라고 대거리를 못 하는 사이에, 형보가 도로

말참견을 하고 나서던 것이다.

"……기생들두 버젓하게 연애만 하구, 다아 그러더라."

"그기 연애라요?…… 활량²이 오입한 거 아니고? 기생이 오입 받은 거 아니고?…… 오입 길게 하는 걸로 갖고 연애라 캐싸니 답답한 철부지 소리 아니오? 예? 장주사 나리님!"

"저게 끄은히 날더러 철부지래요! 허어 그거 참…… 그러나저 러나 이 사람아, 글쎄 기생두 다아 같은 사람이래서 연앨 해먹게 마련이구, 그래서 더러 연앨 하기두 하구 하는데 자넨 어찌 그리 연애하는 기생이라면 비상 속인가?"

"연애로 하문 다아 사람질하나? 체! 요번엔 저 앞에서 보니 개 두 연앨 하던데?"

태수는 형보와 어울려 한참이나 웃다가, 빈 담뱃갑을 집어보고 는 돈을 꺼내면서 바깥을 기웃기웃 내다본다.

"와?"

"담배……"

"아무두 없는데!…… 피종 피우소."

행화는 제 경대 서랍에서 담뱃곽을 꺼내다 놓는다.

"요전날 뭣이냐, 계집애 하나 데려오기루 한 건 어떻게 했나? 참."

태수가 마침 심부름이 아쉽던 끝이라 무심코 생각이 난 대로 지 날말같이 물어보던 것이다.

"응? 계집애?"

형보는 행화가 미처 대답도 할 겨를이 없게시리 딱지를 떼고 덤빈다. 임의롭고 한 행화의 집이니 혹시 제 소일거리라도 생기나 해서……

"……웬 거야? 어떻게 생긴 거야?"

"와 이리 안주 없이 좋아하노?…… 우리 딸로 데리올라 캤더니 아직 어려서 조꼼 더 크게로 두었소, 자아……"

"허 거 참…… 그러나저러나 인제 어린것이 딸이라니?"

"하아! 내 나이 환갑 아니오?"

"기생의 환갑?"

"뉘 환갑이거나 인제는 딸이나 길러야 늙밭에 밥이라두 물어다 멕여 살릴 기 아니오?"

"아서라!…… 남의 계집애 자식을 몇 푼이나 주구서 사다갈랑은 디리 등골을 뽑아 먹을 텐구?…… 쯧쯧!"

"등골은 와?…… 다아 제 좋고, 내 좋고 하제!"

"대체 몇 푼이나 주구서 사오기루 했던가?"

"하아따, 장주사는 푼돈 크기 쓰나 보제?…… 백 원짜리로 두 푼에 정했소, 정했다가 제도 마단다 하고, 내도 급하잖길래 후제 보자 했소, 속이 시원하오?"

양서방네 딸 명님이의 이야기다. 그러나 태수고 형보고, 그들은 명님인 줄도 모르고, 또 코가 어디 붙은 계집아인지 알 턱도 없던 것이다.

"집을 도배를 하나? 원……"

태수가 혼자말로 중얼거리면서 방바닥에 놓인 양복 저고리를 집어 들고 일어선다.

"좀…… 가보아야겠군."

"어딘데?"

"그전 큰샘거리…… 자네두 같이 가세. 오늘 가서 집을 알아뒀다가, 도배 끝나거든 짐짝 떠짊어지구 가서 있게."

"아니 내가 먼점 집을 들어?"

형보는 두루마기를 내려 입으면서 속으로는 어쩌하면 일이 이렇게도 군장맞게³ 잘 맞아떨어지느냐고 좋아한다.

"식모는 벌써 집하구 한꺼번에 구해서 집을 맡겨뒀는데, 인제 살림을 딜여놓자면 식모만 믿을 수가 없으니까, 자네가 기왕 와서 있을 테고 하니 미리 오란 말이지."

"원 그렇다면 모르거니와……"

"행화두 미리서 집 알이 겸 가세그려?…… 아무래도 또 만나서 저녁이나 먹어야 할 테니 아주 나갈 길에……"

태수는 시방 태평으로 집을 둘러보러 가는 것이나, 그와 거의 같은 시각에서 조금 돌이켜, 초봉이도 계봉이와 같이 그 집에를 가게 된 것은 생각도 못 한 일이다.

집은 다른 서두리와 마찬가지로, 탑삭부리 한참봉네 아낙 김씨가 나서서 얻어놓았다.

태수는 실상 돈만, 같은 솜씨로 소절주 농간을 해서 오백 원을 마련해다가 김씨한테 내맡겨버리고 기껏해야 청첩 박는 것, 식장으로 쓸 공회당이며, 예식집에 전화로 교섭하는 것, 요리집에다가 음식 맞추는 것, 이런 것이나 누워 떡 먹기로 슬슬 하고 있지, 정작 힘 드는 일은 김씨가 통 가로맡아서 하고 있다.

그러하되 그는 마치 며느리를 볼, 아들의 혼인이나 당한 것처럼 팔을 걷어붙이고 나서서 일을 했다.

돈도 태수가 가져다준 오백 원은 거진 다 없어졌다. 정주사네 집으로 현금 이백 원에, 혼수가 옷감이야 무어야 해서 오륙십 원 어치가 가고, 다시 반지를 산다, 신랑의 옷을 한다, 집을 세로 얻는다, 살림 제구를 장만한다…… 이래서 그 오백 원은 거진 다 없어진 것이다.

인제는 돈이 앞으로 얼마가 들든지 제 돈을 찔러넣어야 할 판이다.

그러나 그는 그것도 아깝지가 않고 도리어 그리할 수 있는 것이 좋아 신이 났다.

집을 얻어놓고서 그는 정주사네 집에다가는, 새 집을 사려고 했었으나 마침 마음에 드는 집이 없어서 종차 새로 짓든지 사든지 할 테거니와, 급한 대로 우선 셋집을 이러이러한 곳에다 얻어놓았다고 혹시 규수가 나올 길이 있거든 마음에 드는지 둘러나 보라고 태수의 전갈로 기별을 했다.

그러자 오늘 마침 초봉이가 계봉이를 데리고 목간을 하러 나가겠다니까 유씨가, 기왕 나갔던 길이니 구경이나 하고 오라고 두 번 세 번 신신당부를 했다.

초봉이는 보아도 그만 안 보아도 그만이라고 생각했지만, 또 기별까지 왔고, 모친도 보고 오라고 해싸니까, 그런 것을 굳이 안 보려고 할 것도 없겠다 싶어 목간을 하고 오는 길에 들러본 것이다.

새길 소화통(昭和通)이 뻗어나간 뒤꼍으로 예전 '큰샘거리'의

복판께 가서 바로 길 옆에 나앉은 집이다.

밖에서 보기에도 추녀며 기둥이 낡지 않은 것이, 그리 묵은 집은 아니고, 대문으로 들어서면서 장독대가 박힌 좁지 않은 뜰 앞이 우선 시원스러웠다.

좌는 동향한 기역자요, 대문을 들어서면 부엌이 마주 보이고 부엌에 연달아 안방이 달리고 마루와 건넌방이 왼편으로 꺾여 있다. 그리고 뜰아랫방은 부엌 바른편에 가 달려 있다.

도배꾼이 셋이나 들끓고, 방이며 마루며 마당이 안팎 없이 종이 부스러기야 흙이야 너절하니 널려 있어 어설프기는 어설퍼도 집은 선뜻 초봉이의 마음에 들었다.

그것은 이 집이 그다지 훌륭한 집인 줄 알아서 그런 것이 아니라, 지금 사는 둔뱀이 집에 빗대어 보면 훤하니 드높고 뚜렷한 게, 속이 답답하지 않은 때문이다.

식모는 먼저 구해두기로 했다더니 어디로 가고 보이지 않고, 건넌방에서 도배하던 사내들만 끼웃끼웃 내다본다.

초봉이는 그만 하고 돌아서서 나올까 하는데 계봉이가 별안간 반색을 하여,

"어쩌믄! 꽃밭이 있어!"
하면서 마당 귀퉁이로 뛰어간다.

아닌 게 아니라, 전에 살던 사람의 알뜰한 맘씨인 듯싶게, 조그마한 화단이 무어져 있고, 백일홍과 봉선화와 한련화가 모두 망울망울 망울이 맺었다. 코스모스도 서너 포기나 한창 자라고 있고, 화단 가장자리로는 채송화가 아침에 피었다가 반일(半日)이

지난 뒤라 벌써 시들었다.

화단은 그러나 주인 없이 집이 빈 동안에 하릴없이 거칠었다. 꽃 목이 꺾이기도 하고, 흉한 발자국에 밟히기도 했다. 저편 담 밑으로는 아사가오⁴ 서너 포기가 타고 올라갈 의지가 없어 땅바닥에서 덩굴이 헤매고 있다.

초봉이는 마음깐으로는 지금이라도 꽃들을 추어올리고, 아사가오도 줄을 매주고 이렇게 모두 손질해주고 싶은 생각이 간절했으나 차마 못 하고 돌아서면서, 집을 들면 그 이튿날 바로 이 화단에 먼저 손을 대주리라고, 꼬옥 염량을 해두었다.

초봉이가 마악 돌아서려니까, 대문간에서 뚜벅뚜벅 요란스런 발자국 소리가 들리면서 사람들이 한떼나 되는 듯싶게 몰려들었다.

태수가 행화와 나란히 서고 형보가 그 뒤를 따라 처억척 들어서던 것이다.

양편이 다 놀란 것은 말할 것도 없다.

초봉이는 고개를 푹 숙이고, 계봉이는 덤덤하니 서 있고, 형보는 히쭉이 웃고, 행화는 의아하고, 태수는 어쩔 줄을 몰라 허둥지둥이다.

그는 뒤를 돌려다보다가 초봉이를 건너다보다가, 뒤통수를 긁으려고 하다가 밭은기침⁵을 하다가, 벙끗 웃다가 하는 양이, 보기에도 민망할 지경이다.

다섯 남녀의 마음은 다 제각기 다르게 동요가 되었다. 얼굴마다 또렷또렷하게 마음을 드러내놓는다.

초봉이는 행화가 웬일인가 싶어 이상하게도 했으나, 그런 것을 생각해볼 겨를 없이 수줍은 게 앞서서 얼굴이 홍당무가 되어가지고 빗밋이[6] 돌아서 있다.

계봉이는 태수의 얼굴은 알아볼 수 있으나 형보를 보고, 저건 어디서 저런 흉허운 게 있는가, 또 태수가 웬 기생을 데리고 다니니 필경 부랑자이기 쉽겠다 하여, 눈살이 꼬옷꼿하고 이마를 찡그린다.

형보는 속으로 고소해서 죽는다.

'너 요녀석, 거저 잘꾸사니야!'

'바짓가랭이가 조옴 캥기리!'

'조롱게 생긴 계집애한테루 장가를 들랴면서 기생년을 꿰어차구 다니니 하눌이 알아보실 일이지.'

'아무려나 초봉이 너는 내 것이니 그리 알아라, 흐흐.'

행화는 초봉이가 초봉이인 줄도 모르거니와, 그가 태수하고 결혼을 하게 된 '초봉이'라는 것도 몰랐고, 단지 제중당에서 친한 새악시가 와서 있으니까 반갑기도 하고 이상하기도 하여 뽀르르 초봉이한테로 달려든다.

태수는 이리도 못하고 저리도 못하고, 그러나 이렇게고 저렇게고 간에 무얼 어떻게 분별할 도리도 없어 필경 울상을 한다.

행화는 초봉이의 손목이라도 잡을 듯이 혼감스럽게,

"아이고, 오래감만이오!"

하면서 초봉이의 숙인 얼굴을 들여다본다.

초봉이는 입이 안 떨어져서 인사 대답은 하지 못하고 눈으로만 반가워한다.

"……근대, 웬일이오? 예?"

웬일이라니, 행화 네야말로 웬일이냐고 물어보아야 할 판인데, 그러고 보니, 초봉이는 말은 못하고 이쁘게 웃는 턱 아래만 손으로 만진다.

형보는 제가 나서야 할 때라고, 아기작아기작 세 여자가 서 있는 옆으로 가까이 가더니, 아주 점잔을 빼어……

"아, 이 두 분이 진작 아십니까?"

"아이갸, 알구말구요! 어떻게 친했다고. 하하."

"원 그런 줄은 몰랐군그랴! 허허허허…… 저어 참, 이 행화루 말하면 나하구, 그저 참 그저 다아 그렇습니다. 허허…… 그리구 행화, 이 초봉 씨루 말하면 바루 저 고주사하구 이번에 결혼하실, 응? 알겠지?"

"아이갸아! 원 어쩌문!"

행화는 신기하다고 연신 고개를 끄덕거리다가 태수를 돌려다보면서 눈 하나를 째긋한다.

"거 참, 두 분이 아신다니 나두 반갑습니다, 허허…… 나는 이 사람하구 거기까지 좀 갔다 오느라구 이 앞으로 지나던 길인데 바루 문 앞에서 고군을 만났어요."

이만하면 초봉이나 계봉이의 행화에게 대한 의혹은 넉넉히 풀 수가 있다.

그러나 실상 초봉이는 그들이 행화를 데리고 온 것을 계봉이처럼 태수한테다 치의를 하거나 그래서 불쾌하게 여기거나 그러지는 않았고, 좀 이상하게 보고 말았을 따름이다.

초봉이가 겨우 허리만 나풋이 숙여 뉘게라 없이 인사를 하는 체
하고 계봉이를 데리고 대문간으로 나가는 것을, 행화가 해뜩해뜩[7]
태수를 돌려다보고 웃으면서 따라 나간다.

태수는 형보의 재치로 일이 무사하게 피어 가슴이 겨우 가라앉
는데, 행화가 그들을 따라나가니까 혹시 무슨 이야기나 할까 봐
서 대고 눈을 흘긴다.

"잘 가시오, 예?…… 내 혼인날 국수 묵으로 가께요?"

행화는 바깥대문 문지방을 짚고 서서 작별을 한다.

초봉이는, 꼭 와달라는 말을, 말 대신 웃음으로 대답하면서 고
개를 끄덕거린다.

행화는 그대로 오도카니 서서, 초봉이가 계봉이와 나란히 가고
있는 뒤태를 바라보고 있다. (조금 가다가 계봉이가 해뜩 돌려다보
더니, 초봉이한테로 고개를 처박고 무어라고 쌔왈거리는 모양인데,
그건 행화 제 말을 하는 것이라고 생각했고……)

행화는 제중당 전방에서 처음 초봉이를 만나던 때부터 어딘지
모르게 그가 좋았고, 그래서 말하자면 서로 터놓고 친해지기 전
에 정이 먼저 갔던 것이라고 할 수 있었다.

그러자 어저껜지 그저껜지는 마침 제중당에를 들르니까, 웬 낯
선 사람이 있고 그는 보이지 않아서 물어보았더니 며칠 전에 주
인이 갈리면서 같이 그만두었다고 해, 그래 심심찮은 동무 하나
를 불시에 잃어버린 것 같아서, 적잖이 섭섭했어, 하다가 또, 오
늘은 생각도 않은 곳에서 뜻밖에 그를 만나, 만났는데 알고 본즉,
그가 바로 초봉이—태수의 아낙이 될 그 색시가 아니냔 말이다.

행화는 그것이 마치, 모르고 구경했던 구경거리를, 속내를 알고 나니까 깜빡 신기하듯이 인제야 비로소 일이 자꾸만 희한스럽고 재미가 나고 했다.

　그러나 그는 단지 그렇게 희한스럽고 재미가 나고 하기나 할 뿐이지, 가령 탑삭부리 한참봉네 안가 김씨처럼 태수를 놓고 초봉이를 질투하는 그런 마음은 역시 조금치도 우러나지 않았다.

　질투가 없을 뿐만 아니라 (그역, 김씨가 강짜에 가슴을 쥐어뜯기는 하면서도, 일변 그들의 결혼에 대해서는 도맡아가지고 일을 성취시켜주듯이 그러한) 호의나 관심도 또한 생기지를 않았다.

　다만 한 가지, 그것도 아주 담담한 정도의 애석한 생각으로 초봉이가 좀 가엾기는 했다.

　행화는 보기에 태수라는 사람이 돈냥 있는 집 자식 같기는 해도, 그저 돈이나 있고 생긴 거나 매초롬하고 했지 그 밖에는 별수 없는 사내였었다.

　그렇다고 그가 태수를 나삐 여기느냐 하면, 그런 것도 아니다. 도대체 행화는, 오입판에서 언뜻 만나 잠시 같이 지내는 사내가 하상[8] 좋고 나쁘고가 없었다.

　그처럼 두드러지게 좋아하는 것도 아니요 편벽되게 나빠하는 것도 아니요, 그런즉 태수가 별수가 있거나 말거나 또한 행화 저한테는 아랑곳이 없는 일이었었다.

　그래서, 그러므로 결코 태수에게 대한 관심으로서가 아니라, 단지 초봉이—제 마음에 좋아서 정이 끌리던 초봉이요, 더구나 저렇듯 손도 댈까 무섭게 애련한 처녀가, 이건 마구 주색에 푹 빠

져 세월 모르고서 덤벙거리는, 게다가 ××이 부글부글 괴는, 천
하 난봉이지 별반 취할 것이 없는 그러한 고태수의 아낙이 된다
는 것이, 그래서 좀 애석하고 가엾다 하는 것이다.

'그래도 할 수 없지!…… 남의 일 내가 와 알아서?…… 쯧! 굿
이나 보고 떡이나 얻어묵지……'

초봉이 아우형제가 휘어진 길 저쪽으로 사라지고 보이지 않았
을 때 비로소 행화는 혼잣말로 중얼거리면서 돌아선다. 마침 태
수와 형보가 뭐라고 지껄이던 끝에 킬킬거리고 웃으면서 대문간
으로 나온다.

태풍 颱風

　마침내 태수와 초봉이의 결혼식은 별일이 없이 끝났다. 대단히
경사스럽고 겸하여 원만했다.

　다만 청하지 않은 아낙네들 구경꾼이 많이 와서 결혼식장의 번
화와 폐를 한가지로 끼쳐준 대신 온다던 태수의 모친이 오지를
않은 '사건'이 있었을 따름이다.

　정주사네는 중난한' 미지의 사부인한테 크게 경의를 준비해가
지고 그를 기다렸던 것인데, 웬일인지 온다던 날짜인 결혼식 그
전날에 까맣게 오지를 않았고, 겨우 당일에야 결혼식장으로 전보
만, 다른 축전 몇 장 틈에 끼여서 들이닿았다. 갑자기 병이 나서
못 내려온다는 것이었었다.

　태수는 사실 제가 결혼을 한다는 것을, 애오개의 남의 집 단칸
셋방에 오도카니 앉아 있는 저의 모친한테 알리지도 않았었다.
전보는 서울서 그의 친구가 미리 서신으로 부탁을 받고서 그대로

쳐준 것이다.

정주사네는 사부인의 그러한 불의의 급병이며 사랑하는 자제의 경사스런 혼인에 참례를 하지 못하는 섭섭할 심경이며를 사부인을 위하여 대단히 심통(心痛)해하는 정성을 표하기를 아까와하지 않았다. 그러나 그것 때문에 결혼식이 무슨 구애를 받을 것은 아니요, 그러므로 대망(大望)의 가장 요긴한 대목의 한쪽이 이지러지거나 할 머리[2]가 없는 것이라 마음은 지극히 편안했었다.

식장에는 승재도 참예를 했다.

승재는 제 가슴의 아픔을 상관 않고 일종 비장한 마음으로, 그 소위 거룩하다 한 초봉이를 위하여 그의 결혼을 축하하려고 참석을 했던 것이다.

그러나 그의 기대는 어그러져, 다시 새로운 슬픔을 한 가지 안고 돌아오지 않지 못했다. 초봉이가 지극히 슬퍼함을 보았기 때문이다.

흰 의복에, 흰 면사포에, 흰 백합꽃에, 이러한 흰빛만의 맨드리[3]가 흰빛이 지나쳐 창백한 것이며, 단을 향하여 고개를 깊이 떨어트리고 천천히 천천히 다만 항거할 수 없는 운명에 이끌리듯, 한 걸음 반 걸음 걸어나가는 그 고요함이라니, 그것은 마치 소리 없는 엘레지인 듯, 승재는 그만 어떻게나 슬프던지, 시방 초봉이는 정녕코 눈물을 흘리지 싶어 승재 저도 눈이 싸아 하면서 아프고, 차마 그다음은 고개를 들어 정시(正視)하지를 못했다.

이게 실상은 옥구구[4]요, 사실 초봉이는 누구나 처녀로 결혼식장에 임하여 경험하듯이, 아무것도 정신을 차리지 못해, 제법 슬퍼

하고 기뻐하고 할 겨를이 없었던 것인데, 승재는 부질없이 제 슬픔에 잡쳐가지고는 그게 초봉이에게서 우러나는 초봉이의 슬퍼함이라는 착각을 일으켰던 것이다.

하고 보니 그다음에 오는 것은 환멸이다. 물론 그렇다고 승잰들, 초봉이가 오늘 결혼식장에서 벙싯벙싯 웃고 명랑하리라고 생각했던 것이야 아니지만, 그러나 초봉이가 슬퍼하리라는 것도 또한 거기까지는 예측을 못 했던 일이다.

했다가 초봉이가 신부라고 하기보다도 상청의 젊은 미망인인 듯 초초하고 슬퍼 보여, 그런데 거기에 또 한 가지 생각 못 했던 정경으로는, 초봉이만 빼놓고 그의 가족 전부가 누구 할 것 없이 만족과 기쁨이 싱글벙글 넘쳐흐르는 얼굴들이다.

이때에, 승재는 전날에 머릿속에서 우러러보던 성화(聖畵)는 전연 반대의 것으로 바뀌어, 그림의 전면에는 가족들이 살지고 만족한 여러 얼굴들이 옹기중기 훤하게 드러나고, 초봉이는 저편 뒤로 보일락말락하게 불쌍하게 서서 있던 것이다.

승재는 뜨고 있는 눈에도 선연히 보이는 이 불쾌한 그림을 차마 보지 않으려고 부지중 스르르 눈을 감았다.

그러나 눈을 감고 있잔즉 그제는 검은 옷을 입은 '희생(犧牲)의 주신(主神)'이 지팡막대로 앞을 가로막으면서,

'나를 알으켜내야만 이 길을 비켜주리라'

고 짓궂이 수염을 쓰다듬던 것이다.

승재는 식이 끝나기가 바쁘게 자리를 빠져나왔다. 피로연에는 애초부터 가지 않을 요량이었지만, 만약 누가 잡아끌기라도 한다

면 버럭 성을 냈을 것이다.

그날 바로 그 순간부터 승재는, 마음 아름다운 초봉이를 거룩하다고만 막연히 탄복하고 있지 못하고, 슬픈 양자로 시집가던 초봉이를 슬퍼하는 마음이 더했다.

그리하면서야 비로소 그는, 이 앞으로 초봉이의 운명이 자못 평탄하지가 못하고 어떠한 불행이 약속되어 있거니 하는 막연한 불안이며, 정주사 내외의 그 불순(不純)한 정책 혼인에 대한 반감이며가 머리를 들고 일어났다.

아무려나 그렇듯 무사히 혼인을 했고 다시 무사한 열흘이 지나갔다.

절기는 유월로 접어들어 여름은 적이 완구해가기 시작했다. 그러나 아침 새벽은 아직도 좋다.

"뚜우."

다섯 시 반 첫 사이렌 소리에 (맞추듯) 초봉이는 친가에 있을 때의 버릇대로 퍼뜩 잠이 깨어, 깨던 맡으로 벌떡 일어나 앉는다.

일어나 앉으면서 그는 가벼운 경이의 눈으로 방 안을 둘러다본다. 덧문을 닫지 않은 위아래 앞문과 뒤창이 다 같이 희유끄름히 밝으려고 하는데 파아란 덮개를 드리운 전등은 아직 그대로 켜져 있다.

양지로 바른 위에다가 분을 먹여 백지로 덧발라놓아서, 희기는 희되 가볍지 않고 침착한 바람벽, 윗목으로 나란히 놓인 양복장과 삼층장의 으리으리한 윤택, 머릿장, 머릿장 위에 들뭇하게⁵ 놓인 금침 꾸러미, 축음기 등속 모두가 눈에 생소한 것이면서, 그러나 어제저녁에 잠이 들기 전에 보았던 그것들 그대로다.

흐트러진 자리옷에 남색 제병[6] 누비이불로 아랫도리를 가리고 앉았는 초봉이 제가, 보아야 역시 저다. 바로 제 옆에서 자줏빛 제병 처네를 걸치고 누워 자고 있는 고태수가, 장히 낯선 사람은 사람이라도 어제저녁 잠이 들기 전에 보았던 초봉이 제 남편인 채 그대로다.

이, 다 그대로인 것, 잠을 깨서 보니 오늘도 다 그냥 그대로인 것이 번연한 일인데, 그래도 초봉이는 그것이 이상하고 그리고 신통하기도 한 것이다.

그리하여 그는 잠이 깨고 난 첫 순간에 인식되는 이 현실을, 거진 음성을 내어 중얼거릴 만큼 오늘도 이런가? 하고 가볍게 놀란다.

그러나 그래 놓고는 이어 다음 순간, 오늘도 이런가라니? 그럼 그게 어디로 갔을까 봐? 하고 번연한 노릇을 가지고 그런다고 혼자서 우스워한다.

생각하면 제가 하는 짓이 꼬옥 애기 같고, 그래서 하하하 소리를 내어 웃고 싶다.

잠시 혼자서 웃고 앉았던 초봉이는 이윽고 있다가 이번에는 고개를 꺄웃꺄웃, 그런데…… 그런데 그래도?…… 이상하다고 태수와 저를 번갈아 보고 또 보고한다.

'결혼이라고 하는 것을 하고서, 어머니 아버지며 동생들은 다 집에 그대로 있는데 나만 혼자 이 집으로 오고, 와설랑은 이 사람

—여기서 자구 있는 이 사람—색시 노릇을 하고, 대체 이 사람이 나하고 무엇이길래 나를 가지고 어쩌고저쩌고 하고, 그렇게도 이쁜지 밤이나 낮이나 마구 좋아서 죽고, 그리고 나는 또 그걸 죄다 받아주고……'

이게 다 무엇 하는 짓인지, 가만히 우습기만 하지, 알고도 모를 일이다.

'나는 저 너머 둔뱀이 사는 초봉인데, 우리 어머니 아버지네 딸이고 계봉이네 언니고 형주 병주네 큰누나고 한 초봉인데, 어째서 초봉이가 이 집에 와서 이 사람하고 이럴꼬?……'

암만해도 초봉이 저는 따로 있고, 시방 저는 남인 것만 같다.

'남?…… 그래 남! 나 말고서 남……'

초봉이는, 이 제 자신이 남으로 여겨지는 자의식(自意識)의 분열이 무척 마음에 들었다.

'그래 그래, 나는, 정말 초봉이는 시방도 저 너머 '둔뱀이' 우리 집에 있다. 맨 먼저 일어나서 시방 몽당 빗자루로 토방을 쓴다. 부엌으로 들어가서 밥을 짓는다. 안방에서 병주가 사탕을 사달라고 아버지를 졸라댄다. 어머니는 여태 자고 있는 계봉이더러 부엌에를 같이 나가지 않는다고 나무람을 한다. 짜악 소리 없던 뜰 아랫방 문 여는 소리가 들리더니 조금 만에 뚜벅뚜벅, 승재의 커다란 몸뚱이가 대문간으로 걸어나간다. 때르릉 전화가 온다. 몇 번 만에야 이번은 옳게 승재의 음성이다. 나 승잽니다. 나 초봉이에요. 저어, 무슨 무슨 주사 한 곽만…… 네, 시방 곧…… 조금 더 이야기를 해주었으면 좋겠는데, 저편에서도 역시 그러고 싶은

지, 잠깐 말이 없다가야 전화를 끊는다. 삐그덕 대문이 열리면서
승재가 뚜벅뚜벅 들어온다. 얼굴이 마주치고 히죽 웃으면서 고개
를 숙인다. 나도 웃으면서 고개를 숙인다……'

　환상 가운데의 웃음이 현실로 육체에로 옮아, 방긋이 웃던 초봉
이는 문득 옆에서 태수가 잠덧[7]을 하느라고 돌아눕는 바람에 퍼뜩
정신이 든다.

　웃던 웃음은 삽시간에 사라지고 별안간 괴로운 고뇌가 좌악 얼
굴을 덮는다.

　얼마만인지 겨우, 초봉이는 마디지게 한숨을 몰아쉬고는 강잉
해 안색을 단정히 고쳐가지고서 옷을 갈아입기 시작한다.

　'부질없다! 잡념이다! 지나간 일이며 지나간 사람은 씻은 듯이
죄다 잊고, 여기로부터서 인제로부터 새로운 생애를 북돋아 새로
운 생활을 장만하자 했으면서…… 그것이 어떻게 되어서 한 결혼
이든지 간에 일단 결혼을 하기는 한 것인즉, 앞으로의 생활은 이
미 결혼을 했다는 그 사실──절대로 무시할 수 없는 그 사실──
을 근거로 하고서 행동을 가져야 할 것이요, 동시에 그 행동은 추
궁된 동기나 미련 남은 과거에게 간섭을 받을 필요가 없는 것이
다. 하물며 내 스스로가 고태수한테로 약간의 뜻이 기울었던 계
제인데, 마침 그의 힘을 입어 집안이 형편을 펴게 되리라고 했기
때문에 와락 그리로 마음이 쏠려버렸던 것이 아니냐? 그리했으면
서 인제는 완전히 외간 남자인 과거의 사람에게 미련을 가짐은 크
게 어리석은 짓일 뿐더러, 전부를 내맡기고 평생을 같이할, 이 남
편 되는 사람에게 죄스러운 이심(二心)이 아니냐?……'

초봉이는 저으기 개운한 마음으로, 제가 덮었던 이부자리를 걷어치운다.

초봉이가 이렇듯 생각이 많기는 오늘이 처음인 것이 아니다. 그는 어제 새벽에도 잠이 깨자 오늘처럼 그러했고, 그저께 새벽에도 또 결혼을 하던 이튿날인 그 다음날부터 줄곧 그래 왔었다. 새로운 객관(客觀)에 무심한 낯가림이던 것이다.

사실 초봉이는 승재를 못 잊어 하는 번뇌가 있기는 있으면서 그러나 이 새로운 생활환경이 불만인 것은 아니다. 오히려 한 가지 두 가지 차차로 기쁨이 발견됨을 따라 명랑한 시간이 늘어가고 있다. 제웅이 제가 제웅임을 모르고서, 제단 앞에서 제단의 아름다움에 취해 기뻐하는 양임에 틀림이야 없지만……

하얀 행주치마를 노랑 저고리에 받쳐 입은 남치마 위로 가뜬하게 두르면서, 초봉이는 옷미닫이를 조용히 열고 마루로 나선다.

바깥은 첫여름의 맑고도 새뜻한 새벽 공기가, 기다렸던 듯 얼굴에 좌악 끼치어 그 상쾌함이 이를 데가 없다.

초봉이는 반사적으로 가슴에 하나 가득 숨을 들이쉬었다가 호길게 내뿜는다. 이어서 또 한 번 두 번 신선한 새벽 공기를 깊이 들이마시는 동안, 밤사이 후덥지근한 방 안에서 텁텁해진 머리와 부자연하게 시달린 몸의 피로가 한꺼번에 다 씻겨나가는 것 같았다.

문 앞 행길에서는 장사아치들이며 행인들의 잡음도 아직 들리지 않고 집은 안팎이 두루 조용하다. 태수도 그대로 자고 있고 식모도 여섯 시가 되어야 부엌으로 나온다. 건넌방에서 형보가 잠이 깨어, 쿠욱 캐액 담을 배알으려면 한 시간은 더 있어야 한다.

초봉이가 마루 앞 기둥에 등을 대고 잠깐 생각하는 것 없이 생각에 잠긴 동안 날은 차차로 차차로 밝아오다가, 삽시간에 아주 훤하니 밝는다.

초봉이는 이끌리듯 신발을 걸치고 마당으로 내려선다. 밤이 아니고 밝는 새벽, 그러나 인적이 없는 정적(靜寂)의 틈을 타서 홀로 마당도 걷고, 화단에 손질도 해주고, 하늘도 우러러보고 하는 것이 결혼 이후로 초봉이에게는 매우 사랑스러운 세계였다.

"아이머니, 어쩌믄!"

초봉이는 마당으로 내려서면서 무심코 하늘을 우러러보다가, 그만 저도 모르게 황홀해 소곤거린다.

그것은 마치, 이따가 한낮만 되면 전부 활짝 필, 모란 꽃밭의 숱해 많은 꽃망울들과 같다고 할는지.

하늘에는, 가는 맑게 개었고, 한복판으로 조그만씩 조그만씩 한 엷은 수묵색 구름 방울들이 망울망울 수없이 많이 널려 있는 고놈 봉오리 끝이 제각기 모두 불그레하니 연분홍빛으로 곱게 물들어 있다.

한 말로 그저 좋다고 하기에는 너무도 휘황하고 번화스런 광경이다.

초봉이는 고개 아픈 줄도 모르고 한참이나 하늘의 모란 꽃망울들을 올려다보다가, 문득 제 꽃밭이 생각이 나서, 조르르 화단 앞으로 달려간다.

화단은 그가 혼인하기 전 집을 둘러보러 왔다가 보고서 유념한

대로, 혼인한 그 이튿날부터 손에 흙을 묻혀가면서 추어주고 가꾸어주고 했었다. 그러고서 매일 아침저녁으로 온갖 정성을 다하여 손질을 해주곤 하는 참이다.

촉촉한 아침 이슬에 젖은 꽃떨기들은 모두 잎과 가지가 세차고 싱싱하다. 백일홍은 두어 놈이나 망울이 벌어지기 시작한다. 채송화는 땅바닥을 깔고 누워 분홍 노랭이 빨갱이 흰 놈, 벌써 알쏭달쏭 꽃이 피었다. 아사가오는 매준 줄을 타고 저희끼리 겨룸이나 하는 듯이 고불고불 기어 올라간다.

초봉이는 꽃포기마다 들여다보고 다니면서 밤사이의 인사나 하는 것같이 웃어 보인다. 그는 사람한테 생소한 정을 먼저 꽃한테다가 들이던 것이다.

초봉이는 화단 옆으로 놓여 있는 댓 개나 되는 빈 화분들을 보고, 오늘은 국화 모종을 잊지 말고 꼭 사다 달래야 하겠다고 요량을 하면서 마악 돌아서는데, 방에서 태수의 음성이 들린다.

"여보오?"

태수는 제법 몇십 년 같이서 늙어온 영감이 마누라를 부르는 것처럼 아주 구성지다. 혼인하던 그날 저녁부터 그랬다.

태수가 초봉이를 이뻐하는 양은 형보더러 말하라면, 눈꼴이 시어서 볼 수가 없을 지경이다.

그는 결혼을 했으니 어디 온천 같은 데로 신혼여행을 갔을 것이지만, 만일 여러 날 동안 제 자리를 비워놓으면, 그동안 다른 동료가 대신 일을 맡아볼 것이요, 그러노라면 일이 지레 탄로가 나기 쉬울 테라, 혼인날 하루만 할 수 없이 겨우 빠지고는 바로 그

이튿날부터 출근을 했다.

지점장도 며칠 쉬라고 권고했으나 그는 은행 일에 짐짓 충실한 체하고 물리쳤다.

그러나 신혼여행은 가지 못했어도 그 대신 신혼의 열흘 동안을 힘 미치는 껏 마음을 들여서 재미있게 즐겁게 지내기를 잊지 않았다.

그는 초봉이와 결혼을 하기는 하더라도 역시 전처럼 술도 먹고 행화한테도 다니고. 또 되도록이면 다른 기생도 오입을 하고 다 이럴 요량을 하기는 했었다.

그러나 그는 결혼을 하고 나서는 그런 짓을 하나도 시행한 것이 없다.

술 한잔 먹으러 간 법 없고 행화 집도 발을 뚝 끊었다. 은행의 동료들이 붙잡고서 장가턱을 한잔 '뻇어먹으려고 애를 썼어도 밴들밴들[8] 피해버렸다. 그래서 동료들이며 술친구들은 결혼이 태수를 버려주었다고 탄식했다.

그러거나 말거나 태수는 그저 은행에서 시간만 마치고 나면, 곁눈질도 않고 씽하니 집으로 돌아오곤 한다.

그래저래 곯는 것은 형보다. 그는 태수가 술을 먹으러 다니지 않으니, 달리 술을 먹을 길은 없고 아주 초올촐하다.

그는 전자에 태수가 돈 만 원을 빼둘러가지고 도망을 가자는 제 말을 들어주지 않은 것이 시방도 미운데, 또 술을 사주지 않아서 한 가지 더 미움거리가 생겼다.

그러나 만일 그러한 것만이라면 형보는 잊고 말 수도 있고 그런

대로 참을 수도 있고 하다. 따라서 적극적으로 나서서 태수를 해칠 악심도 생길 기회가 없고 말았을 것이다.

그런 것을, 형보에게 무서운 자극을 주는 게 무엇이냐 하면 초봉이다.

고 마침으로, 오도독 깨물어 먹기 좋게 생긴 것을 갖다가 태수가 따악 차지를 하고는 밤과 아침저녁으로 갖은 재미를 다 보고 하는 것을 형보 저는 건탕으로 건넌방 구석에서 처박혀 끙끙 앓아가면서, 듣고 보고 하기라니, 도저히 견디기 어려운 악형을 당함과 같았다.

'조, 묘하게 생긴 조게, 갈데없이 내 것이 될 텐데!'

그는 조석으로도 이런 생각을 하면서 혓바닥으로 입술을 핥는다.

'저, 원수가 얼른 후딱 떼가서 콩밥을 먹어야 할 텐데!'

이런 생각을 그동안 몇 번째 했는지 모른다.

사실 그는 가만히 앉았으면, 오늘이고 내일이고, 아니 이따가 저녁때쯤 태수가 경찰서로 붙잡혀 갈 테고, 붙잡혀 가는 날이면 '조것'은 내 것이 될 테라서 그를 기다리고 있었다.

그러나 도무지 하루 한시가 참기는 어려워 가는데 대체 결혼식인들 무사히 치를까 싶던 '원수 녀석' 태수는 이내 멀쩡하고 붙잡혀 가는 기맥이 없다.

만일 이대로 밀려 나가다가는 두석 달이 걸릴지 반 년이나 일 년이 더 걸릴지 누가 알며, 하니 그러다가는 형보 저는 애가 받아 죽든지 급상한이 나서 죽든지 하고 말 것이다.

'안 될 말이다!'

형보는 마침내 어제 그저께부터 딴 궁리를 하기 시작했다.

이 전짜리 엽서 한 장이면 족하다. 은행으로든지 백석이나 다른 여러 곳 중 어디든지, 사분이 이만저만하고 이만저만하니 조사를 해보아라, 이렇게 엽서에다가 써서 집어넣으면 그만이다. 태수제야 아무 때 당해도 한 번 당하고 말지만 켯속°이 되어먹은 것, 그러니 내일 당해도 그만이요, 모레 당해도 그만이요, 일 년이나 이태 더 끌다가 당해도 매일반인 것이다. 하기야 태수가 노상 입버릇같이 죽어버리면 고만이지야고 했으니까, 정말 자살이라도 했으면 더할 나위 없이 좋은 일이다.

자살을 하기만 하면야, 붙잡혀 가서 콩밥이나 좀 먹고는 몇해 후에 도로 나와가지고는, 제 계집을 빼앗아 갔느니 어쨌느니 하는 말썽도 씹히지 않을 것이매, 두 다리 쭈욱 뻗고 초봉이를 데리고 살 수가 있어서 좋다.

이렇게 따지고 보면, 섣불리 밀고질을 했다가는 일이 별안간에 뒤집혀가지고, 이놈이 어마지두 책상머리에 앉았던 채 바로 수갑을 차게 할 혐의가 없지 않으니, 일을 그저 어떻게 묘하게 제가 먼저 눈치를 채고서 얼른 자살을 해버릴 여유가 있도록, 서서히 저절로 탄로가 나야만 천 냥짜리다.

그런데 그놈 천 냥짜리를 꼭지가 물러 저절로 떨어지기를 입만 떠억 벌리고 기다리잔즉, 이건 마구 애가 말라 견딜 수가 없다.

그러니 그렇다며는, 밀고를 하기는 해도 일이 한꺼번에 와락 튕겨지지를 않고 수군수군하는 동안에 제가 눈치를 채도록, 그렇게 어떻게 농간을 부리는 재주가 없을까?

어제로 그저께로 형보의 골똘히 궁리하고 있는 게 이것이다.

태수는 형보의 그러한 험한 보짱[10]이야 물론 알고 있을 턱이 없다. 그는 가끔 무서운 꿈은 꾸어도 깨고 나면 종시 명랑하고 유쾌하다.

오늘 아침에는 그는 자리 속에서 잠이 애벌만 깨어 눈이 실실 감기는 것을, 초봉이가 보이지 않으니까, 보고 싶어서 여보오 하고 영감처럼 그렇게 구수하게 부르던 것이다.

초봉이는 대답을 하고 신발을 끌면서 올라와서 방으로 들어선다. 바깥은 훤해도 방 안은 아직 어슴푸레하다.

태수는 눈을 쥐어뜨고 초봉이를 올려다보면서 헤벌씸[11] 웃는다. 초봉이는 아직도 수줍음이 가시지 않아서, 태수와 얼굴이 마주치면 부끄럼을 타느라고 웃기 먼저 하면서 고개를 돌린다.

태수도 웃고, 초봉이도 웃고, 이렇게 하고 나면 태수는 볼일은 만족히 끝난다. 눈앞에 초봉이가 보였고, 웃어주었고, 그래서 태수 저도 웃었고……

"몇 시지?"

"다섯 시, 반."

"밥 지우?"

"아직……"

"헤에."

초봉이는 벌써 열흘째나 두고 아침저녁으로 이렇게 속으니까, 인제는 길이 들어서 아주 그럴 것으로 알고 있다. 그러나……

"참, 여보?"

초봉이가 마악 돌아서서 나오려고 하는데, 태수가 전에 없이 긴하게 불러놓더니,

"……그런데…… 저어 거시키, 한 천 원은 있어야겠지?"

태수는 밑도 끝도 없이 이런 말을 하고, 초봉이는 무슨 소린지 몰라서 두릿두릿한다.

"……아따, 저어 아버지, 저어 장사하실 것 말야……"

초봉이는 비로소 알아듣기는 했으나 그냥 웃기만 한다. 그는 애초에 일을, 하루 세 끼 밥을 먹는 것이나 마찬가지로 당연하게 태수가 그것을 해줄 것으로 알고 있었기 때문에, 점심을 먹으면서 이따가 저녁을 먹는다는 것을 측량하지 않듯이 별반 괘념을 않고 있었던 참이다.

"……일러루 와서 좀 앉아요. 생각났던 길에 그거 상의나 하게……"

태수는 머리맡에 있는 담뱃곽을 집어다가 피워 물면서 베갯머리께로 오라고 손짓을 한다.

초봉이는 시키는 대로 가서 앉고, 태수는 그의 무릎에다가 팔을 들어 얹는다.

"……한 천 원은 있어야 할 것 같은데, 어떨꼬? 모자랄까?"

"글쎄……"

"글쎄라니! 우리 둘이서 상일 해야지."

"그래두……"

초봉이는 사실은 이래라저래라 하고 같이서 말을 하기가 막상 거북했다.

당초에 그러한 조건으로 결혼을 했고, 그랬대서, 저편이 말을 꺼내기가 무섭게 얼른 내달아 콩이야 팥이야 하는 건, 새삼스럽게 제 몸뚱어리를 놓고서 흥정을 하는 것같이나 불쾌한 생각이 들던 것이다.

또, 천 원이라고는 하지만, 천 원이라는 액수가 초봉이한테는 막연한 숫자라, 그놈이 어느 정도의 돈이지 알 수가 없다.

그리고 또, 전에 들잔즉 몇천 원을 대주겠다고 했다면서 태수는 지금 천 원이라고 하는 것을 그렇다고, 여보 처음에는 몇천 원이라고 했다더니…… 이렇게 따지자니, 그야말로 몸값 흥정의 상지[12]가 될 판이다.

그러니, 내가 그 일에 말참견을 않는다고 대주자던 돈을 안 대줄 이치도 없는 것, 나는 모른 체하고 말려니, 굳이 상의를 하고 싶으면 아버지와 둘이서 천 원이고 혹은 몇천 원이고 좋도록 귀정을 내겠지, 이렇대서 초봉이는 저는 빠져버리자는 것이다.

태수는 처음 혼인 말을 건넬 때야, 공중 그저 그놈에 혹하기나 하라고, 장사 밑천을 얼마간 대주마고 했던 것이나, 인제 문득 생각하니 그놈 거짓말을 정말로 둘러놓아도 해롭잖은 노릇일 것 같았다.

첫째 기왕 남의 돈에 손을 대어 일을 저지른 바에야, 돈이나 한천원 더 집어낸다더라도 결국 일반일 바이면 다른 일에나 뒤를 깨끗이 해두는 게 사내자식다운 활협[13]이니, 함직한 노릇이다.

그리고 그렇게 해놓고 죽으면 제가 죽는 날 불행히 초봉이를 데리구 같이 죽지 못하더라도 초봉이는 그 끈으로 저의 부친을 의지 삼아 그다지 몹쓸 고생은 하지 않을 것이니, 그도 함직한 노릇이다.

그런데 또 보아라! 그 말을 꺼내놓으니, 초봉이가 사양은 하면서도 저렇게 은근히 좋아하질 않느냔 말이다. 초봉이를 즐겁게 해줌은 바로 내 즐거움이거든, 이날에 천 원은 말고 만 원도 헐타! 만 원이라도 내게는 종잇조각 하나…… 흥! 만 원은 말고 백만 원을 먹었은들, 어느 누구 시체(屍體)를 감히 벌할 자 있느냐? 쾌하다! 시원타!…… 오냐, 수일간 기회를 보아서 몇천 원이고……

이것은 물론 일이 뒤집히는 마당이면 정주사의 장사 밑천도 태수가 대어준 것이 탄로가 날 것이고, 따라서 도로 다 뺏기게 될 것이지만, 태수는 그것까지는 미처 생각을 못 했던 것이다.

"그래두가 무어야? 우리 둘이서 얘길 해가지구……"

태수는 초봉이의 무릎을 잡아 흔들면서 조른다.

"……응? 그래야 할 거 아냐?"

"전 모르겠어요!"

초봉이는 그만 해두고 일어서서 뒷걸음질을 친다.

"이잉! 그럼 어떻게 해?"

"저어, 아버지허구…… 아버지허구 상의해보세요."

"아아, 아버지하구?…… 그건 나두 알지만 말야……"

"그럼 됐지요, 머……"

"그래두 우리 아씨한테 한번 상의는 해야지, 헤헤."

"몰라요!"

아씨란 말에 질겁해서 초봉이는 얼굴이 빨개진다.

"아하하하, 그럼 아씨 아닌가?"

"몰라요! 난 나갈 테에요……"

초봉이는 뒤로 미닫이를 열고 나가려다가,

"……오늘은 국화 모종 꼭 사 가지구 오세요?"

"국화 모종? 그래그래, 오늘은 꼭 사 가지구 오께."

"다섯 포기만……"

"겨우?…… 한 여남은 포기 사다가 심지."

"화분이 다섯 개뿐인걸?"

"화분두 사지?"

처억척 대답은 하면서도 태수는, 너는 누구더러 보라고 국화를 심자 하느냐고, 아무 내평도 모르고서 어린아이처럼 좋아만 하는 초봉이가 측은하여, 다시금 얼굴이 치어다보였다.

초봉이가 부엌으로 내려간 뒤에 건넌방에서 형보가 잠이 깨었다는 통기를 하듯 쿠욱 캐액 담을 배알더니,

"고주사 기침하셨나?"

하고 소리를 지른다. 일상 하는 짓이라 태수는,

"어"

하고 궁상맞게 대답을 한다.

형보는 속으로, 어디 이 녀석을 오늘은 좀 위협이라도 슬그머니 해주리라고 벼르면서 유까다[14] 자락을 펄럭이면서 안방으로 건너온다.

부엌에서 형보의 음성을 듣던 초봉이는 저도 모르게 어깨를 오

싹한다. 초봉이는 형보가 처음부터 섬뜩하더니, 끝끝내 그가 싫고, 마치 커다란 구렁이라도 한 마리 건넌방에 가 서리고 있는 것만 같아 시시로 무서운 생각이 들곤 했다.

그럴 때면 그는 부질없는 생각이라고 저를 타이르고, 물론 겉으로는 흔연 대접을 해왔었고, 하기는 하지만, 그러나 갈수록 무서움이 더하면 더했지 가시지는 않았다.

그렇다고 초봉이가 형보의 음흉한 속내를 눈치채거나 했던 것은 결코 아니고 다만 그의 외양이 그중에도 퀭한 눈방울이 너무도 무서워 보이기 때문일 것이다.

태수는 회회 감기는 자줏빛 명주 처네를 걸친 채 팔을 내뻗어 불끈 기지개를 쓴다. 형보는 물향내와 살냄새가 한데 섞여 취할 듯 이상스럽게 물큰한¹⁵ 규방의 냄새에 코를 사냥개처럼 벌씸거리면서 너푼 들어앉는다. 그는 이 냄새를 매일 아침같이 맡곤 하는데, 그러노라면 초봉이의 몸뚱이가 연상이 되고 하여, 그 흥분이 괴로우면서도 맛이 있었다. 그는 그래서, 별로 할 이야기가 없더라도, 아침이면 많이 문을 여닫아 그 냄새가 빠져버리기 전에 안방으로 건너오곤 한다.

"나는 어제저녁에 신흥동(遊廓) 갔다 왔다, 제기."

"그러느라구 새벽에 들어왔네그려?…… 망할 것!"

"왜 망할 것야? 느이끼리 하두 지랄을 하구 그러니, 어디 견딜 수가 있더냐?…… 늙두 젊두 않은 놈이 건넌방에 가 처박혀서."

"……면 돈 안 들구 좋았지? 하하하하."

"네라끼!…… 허허허허, 그거 원 참!"

"하하하하."

"허! 그거 참…… 그러나저러나 간에 여보게, 태수?"

형보는 부자연하다 할 만큼 농담하던 것을 쉽게 거두고서 점잖
스럽게 기색을 고쳐 갖는다. 태수는 무언고 하고 형보를 바라다
보면서 그다음을 기다린다.

형보는 천천히 담배를 피워 물고는 제법 소곤소곤, 그리고 다정
하게……

"다아 이건 조용한 틈이길래 하는 말이네마는, 대체 자네는 어
쩔 셈으루다가 이렇게 태평세월인가? 응?"

"무엇이?"

태수는 첫마디에 알아듣고도, 그래서 이 사람이 왜 방정맞게 식
전 마수에 재수 없이 그따위 소리를 꺼낼까 보냐고 얼굴을 찡그
리면서, 그래 짐짓 못 알아들은 체하던 것이다.

"못 알아들어? 저 거시키, 소소……"

"으응…… 쯧! 할 수 있나!"

태수는 성가신 듯 씹어뱉는다.

"할 수 있나라께? 그래, 날 잡아 잡수우 하구, 그냥 앉아서 일을
당할 테란 말인가? 그 일을? 그 흉한……"

"당하긴 왜 당해? 괜찮어, 일없어."

"일없다? 안 당한다?……"

형보는 가볍게 놀란 제 기색을 얼른 가누면서……

"……아니, 그러면 혹시 어떻게 모면할 도리라두 채려놨
나?…… 그렇다면야 여북 좋겠나!…… 그래 어떻게 무슨 묘책이

있어?"

"쯧! 있다면 있구, 없다면 없구."

태수는 심정이 상하구 귀찮아서, 말대꾸가 아무렇게나 나가고 흥이 없던 것인데, 그것이 속을 모르는 형보가 보기에는, 태수가 어느 구석인지 타악 믿는 데가 있어 안심을 하고서 아무 걱정을 않는 걸로만 보이던 것이다.

'분명 무슨 도리가 있는 눈치다. 대체 그렇다면 요녀석이 어디를 가서 무슨 꿍꿍이속을 부렸기에? 응?'

'하하! 오옳지, 옳아, 그랬기가 십상이겠군……'

형보는 속으로 가만히 무릎을 쳤다.

그는 퍼뜩 탑삭부리 한참봉네 아낙을 생각했던 것이다. 그가 태수와 관계가 이만저만찮이 깊었던 것이며, 그런데 그가 돈을 많이 가지고 있다는 것을 형보는 잘 알고 있었다.

그런지라, 제 품 안에서 놀던 태수를 제가 서둘러서 그처럼 장가까지 들여줄 호기가 있는 계집이거드면, 제 돈 몇천 원을 착 내놓아 애물[16]의 위급을 감장시켜[17]주었을는지도 모른다는 것이다.

형보는 예까지 생각을 하고 나니, 제 일이 그만 낭패라, 그런 것을 모르고서 해망[18]만 하고 있었다니 그럴 데라고는 없다.

그러나 그는 짐짓 무얼 알아맞히겠다는 듯이 고개를 꺄웃꺄웃 한참이나 앉았다가……

"야 이 사람아! 그렇게 어물어물하지 말구서, 이 얘길 까놓구 하게그려? 응?…… 궁금해 죽겠구먼서두?……"

"무얼 그래?…… 다급하면 죽어버리는 것두 다아 수가 아닌

가!…… 쥐 잡는 약이 없나? 잠자는 약이 없나?…… 강물두 깊숙
해서 좋구, 철둑도 선선해서 좋구."

"지랄 마라!…… 자살두 다아 할 사람이 있지, 자넨 못 하네."

"홍, 당하면 못 하리?"

"그럴 테면 세상에 누렁 옷 입구 쇠사슬 차구 똥통 둘러메구서
징역살이할 놈 없게?…… 다아 자살두 제마다 못 하길래, 그 고
생 그 창피당해 가면서 징역을 살구 있지!"

"듣기 싫여!"

태수는 버럭 소리를 지르면서 돌아눕는다. 그는 형보가 말하는
대로 제가 방금 누렁 옷을 입고 쇠사슬을 차고 똥통을 둘러메고
징역살이를 하고 있는 꼴이, 감옥의 붉은 벽돌담을 배경으로 눈
앞에 선연히 보이던 것이다.

형보는 의심이 풀리지 않은 채, 더 물어보지는 못하구 속으로
저 혼자만 궁리가 깊어간다.

태수는 조반을 먹고 아무렇지도 않게 은행에 출근을 했다. 그러
나 아침에 형보가 지껄이던 소리가 자꾸만 생각이 나고, 그것이
마치 식전 마수에 까마귀 우는 소리를 들은 것처럼 꺼림칙했다.

그래서 온종일 마음이 좋지 않아 근래에 없이 이마를 찌푸리고
겨우 시간을 채웠는데, 네 시가 다 되어 이 분밖에 남지 않았을
무렵에 농산흥업회사로부터 전화가 왔다.

농산흥업회사라면 태수가 위조한 소절수로 예금을 축내주고 있
는 그 세 군데 중의 한 군데이다.

농산흥업회사에서 당좌계에 있는 사람을 대달라는 전화가 왔다

고 급사가 말하는 소리에 태수는 반사적으로 흠칫 놀랐다. 피는 한꺼번에 심장으로 쏟혀들고 얼굴은 양초빛같이 해쓱, 등과 이마에는 식은땀이 배어 올랐다.

그러나 이것은 태수의 의사와는 독립하여 다만 근육의 반사일 따름이다.

'기어코 오늘이 왔나!'

당연한 것을 기다리고 있던 양으로, 이렇게 생각이라고 할는지 각오라고 할는지, 마음은 다뿍 시쁘듬했다.[19] 그런 만큼(실상은 그렇기 때문에) 머릿속은 유리같이 맑고 뛰던 가슴이 이내 가라앉았다.

"나를 찾어?……"

우정 장부를 걷어치우던 손을 멈추지 않고 아무렇지도 않게 혼자말로 씹어본다. 음성은 약간 목이 갈리는 것 같았으나, 그다지 유표하진 않다.

"……나를 찾더냐? 당좌곌 찾더냐?"

"당좌곌 대달래요."

"〈우루사이나!〉(에잇 성가셔)! 시간두 다아 됐는데…… 왜 그린다던?"

"모르겠어요, 거저 대달라구만……"

"가만 있자아!"

태수는 추움춤하면서 시계가 네 시를 지나버리기를 기다려, 급사더러 수통의 냉수를 길어 오라고 쫓아버리고는 전화통을 집어든다.

"네에."

하는 대답을 따라 저편에서,

"여기는 흥업회산데요…… 우리 당좌에 조금 미상한[20] 데가 있
어서요……"

하는 게 절박한 힐난이 아니고 정중한 상의다.

태수는 속으로 역시 그렇겠지야 하고 생각하면서 음성을 낮추
어……

"네에! 아, 그러세요?…… 에 또, 에, 당좌계는 시간이 다아 돼
서 나가구 없는데요. 무슨 일이신지요? 웬만하면 내일 아침에 일
찍……"

"네에, 그래두 괜찮지만…… 그럼 지점장두 나가셨나요?"

"네에."

"하하아!…… 그럼 내일 다시 걸겠습니다…… 머 별일이야 없
겠지만, 조금 미심한 데가 있어서요."

전화 끊는 소리를 듣고 태수도 신호를 울리고서 돌아서려니까,
마침 맞게 급사가 냉수를 가져와 준다.

태수는 냉수 한 고뿌[21]를 맛있게 다 들이켰다. 그러고는 제자리
로 돌아와서 잠시 생각을 가다듬는다. 생각이란 다른 게 아니고,
지금부터 나가서 일을 차릴 계획이다.

'시방 나가면서 '쥐 잡는 약'을 하나만 사고, 그리고 전처럼 과
실과 과자를 사서 들고, 흔연히 집으로 돌아간다.'

'집에서는 초봉이가 웃으면서 맞아준다. 오후를 초봉이를 데리
고 재미있게 놀고, 저녁 후에는 잠깐 나온다. 행화네 집을 다녀서

김씨를 찾아간다. 요행 탑삭부리가 없거들랑 두어 시간 구회를 풀어도 좋다. 그렇다. 신정이 구정만 못하다더니 역시 구정이 그립기는 한 것인가 보다.'

'옳아! 우리가 서로 약속한 것도 있으니까 그리하는 게 좋겠지. 만약 탑삭부리가 있으면 그야 할 수 없지. 그저 혼인한 뒤에 처음이니까 수인사 겸 들른 체하고 돌아오지.'

'빌어먹을 것, 그 여편네까지 행화까지 다 데리고 초봉이와 넷이서 죽었으면 십상 좋겠다. 그렇게 했으면 통쾌는 할 테지만, 괜한 욕심이고.'

'김씨한테 들렀다가 돌아오면서는 정종을 맛 좋은 놈을 한 병 사서 들고 집으로 온다. 초봉이더러는 안주를 장만하라고 시키고 그동안에 소절수를 농간하던 도장과 소절수첩을 없애버린다. 없애나마나한 것이지만 기왕이니.'

'그러고 나서 안주가 되거들랑 초봉이를 술상머리에 앉혀놓고서 한 잔 마신다. 초봉이도 먹인다. 열두 시까지만 그렇게 놀다가 자리에 눕는다. 세 시만 되거든 다시 일어난다. 일어나서 비로소 초봉이를 일으켜 앉히고 실토정[22] 이야기를 죄다 한다. 그러고 나서 같이 죽자고 한다.'

'초봉이가 싫다고 하면?'

'그러거들랑, 네 속을 보느라고 그랬다고 웃으면서 안심을 시켜 잠이 들게 하지. 잠이 들거든 무어 허리띠 같은 것으로—'

'가만 있자! 영감님 장사 밑천을 마련해주지 못했지? 좀 안됐다. 돈 천 원이나 빼내서 주었더라면 좋았을 것을, 조금만 돌이켜

서 생각이 났어도 좋았지.'

'그러나 뭐, 인제는 할 수 없는 일이고.'

'그러면 다 됐나?'

'아뿔싸! 이런!…… 어머니를! 어머니를 어떻게 한다? 불쌍한 우리 어머니를.'

'나는 도적놈이요, 못된 놈이요. 그러고도 불효한 자식!'

태수는 마침내 생각지 못했던 회심에 다들려 후유 길게 한숨을 내쉰다.

'쥐 잡는 약'을 사서 포켓 속에 건사를 하고도 태수는 그런 것은 남의 일같이 천연스럽게 과실 바구니와 과자 꾸러미를 양편 손에다 갈라 들고 허둥허둥 집으로 달려든다.

"여보오?"

그는 대문 문턱을 넘어서기가 바쁘게 초봉이를 부르면서 얼굴에는 웃음을 하나 가득 흩트린다. 결코 오늘의 최후를 짐짓 무관심하자고 하는 것이 아니요, 절로 그래지는 것이다.

초봉이는 마침 마당에서 화분들을 벌여놓고 흙을 장만하느라고 손에 어린아이같이 흙칠을 하고 있다. 형보도 옆에서 초봉이와 같이 흙을 주무르느라고 끙끙하고 있다.

초봉이는 발딱 일어나서 웃으면서 태수가 들고 온 과실 바구니와 과자 꾸러미를 받는다.

"고주사 오늘은 좀 늦으셨네그려?"

"장주사 수고하네그려?"

태수는, 무릎이 어깨까지 올라오게 쪼글트리고 앉아 있는 형보를 들여다본다.

"수고랄 게 있나!…… 거, 아주머니가 고운 손에다가 흙을 묻히구 그리시길래 내가 보기에 민망해서 지금……"

"그럼 나두 해야지."

태수는 팔을 걷으면서 초봉이를 돌려다보고 벙긋 웃는다. 초봉이는 손에 받았던 것을 마루에 가져다 놓고 도로 내려오다가 겨우 국화 모종을 안 사 가지고 온 것을 깨우치고서 흙이 대래대래 묻은 조그마한 손을 태수한테로 내민다.

"국화 모종……"

"아뿔싸!……"

태수는 무릎을 탁 치면서 혀를 날름날름한다. 그는 그런 중에도 시방 제 앞에다가 내미는 초봉이의 손이, 흙이 묻은 것까지도 어떻게나 이쁜지, 형보만 없는 데라면 꼬옥 잡아다가 조몰조몰 주물러주고 싶었다.

"……깜박 잊었어! 어떡허나?"

"차라리 내한테 시키시지?……"

형보가 저도 빠질세라고 한몫 거들고 나선다.

"……그 사람은 그런 심부름시켜야 개울 건네다가 잊어버린답니다."

"그럼 아재가 내일 오시는 길에 사다 주세요?"

아재란 건 물론 형보더러 하는 말인데, 태수가 그렇게 부르라고 시켰던 것이다.

"아냐, 내일은 꼭 잊잖구서 사 가지구 오께, 허허허허."

태수는 말을 하다가 그만 꺼얼껄 웃어버린다. 그러나 아무도 웃는 속을 몰랐고, 형보가 농담을 하는 체……

"정치게 효도할려구 드네!"

"네라끼 망할 것!"

"너무 그러지들 말게! 자네들이 너무 정분이 좋은 걸 보면 나는 괜히 심정이 나군 하데."

"아재두 살림하시지요?"

"돈두 없거니와 여편네가 있나요? 어디."

"행화?"

"행? 화?…… 허허허허, 어허허허허."

초봉이는 형보가 과히 웃어쌓는 것이, 혹시 무슨 실수된 말을 했나 해서 귀밑이 발개진다. 태수는 형보와 마주보지 않으려고 슬쩍 돌아선다.

그때 마침 탑삭부리 한참봉네 집에 있는 계집아이가 대문 안으로 꺄웃이 들여다보면서 마당으로 들어선다.

"오오, 너 왔니?"

태수가 김씨가 저를 부르러 보냈겠지야고 짐작을 하고, 그렇다면 막상 잘되었다고 생각했다.

계집아이는 태수와 초봉이더러 인사를 하고 나서, 고주사나리 저녁 잡숫고 잠깐 다녀가시란다고, 여쭐 말씀이 있습니다고 전갈을 한다.

"오냐, 참봉나리가 그러시던?"

"네에."

계집아이는 김씨가 시킨 가늠이 있는지라 그대로 대답을 한다.

그래서 초봉이는 그저 그런가 보다고 심상히 여기고 말았을 뿐이지 깊이 유념도 하지 않았다.

실상 또, 태수와 계집아이가 그렇게 꾸며대지를 않았더라도 초봉이는, 그저 김씨가 할 이야기가 있어서 잠깐 오라는 것이겠지 했을 것이지, 그 이상 달리 새김질을 하거나 의심을 하거나 그럴 내력이 없었다.

그러나 형보는 그렇질 않았다.

그는, 오늘 저녁에 김씨가 분명코, 태수가 돈 범포낸 그 조건에 대해서 앞일 수습을 상의할 것이고, 혹은 벌써 그동안에 돈 준비가 다 되어서 몇천 원 착 태수의 손에 쥐어주기까지 할는지도 모르겠다고 생각을 했다. 아까 아침에 태수가 수상한 눈치를 보이던 일을 미루어 보더라도 역시 그게 틀림없으리라고, 달리는 더 의심도 하려고 하지 않았다.

'그렇다면은?'

'밑질 건 없으니 칵 질러버려라!'

형보는 마침내 혼자 물어보고 혼자 대답하면서 연신 고개를 끄떡거렸다.

일곱 시가 조금 지나서 형보는 저녁을 먹던 길로 볼일이 있다고 힁 나가더니, 여덟 시가 못 되어서 도로 들어왔다. 여느 때 같으면 그는 태수가 초봉이와 같이 축음기를 틀어놓고 일변 먹어가면서 재미있게 놀고 있으니, 오라고 청을 하거나 말거나 안방으로 덤벙 들어앉아, 저도 한몫 끼였을 판이었었다.

그러나 전에 없이 얼굴빛이 해쓱하여, 기분이 좋지 않다고 건넌방으로 들어가더니 이내 불을 끄고 누워버렸다.

태수는 저녁을 먹으면서 초봉이더러 싸전집에 잠깐 들러보고, 마침 또 서울서 친한 친구가 왔으니까 나갔던 길에 찾아보고 올 텐데, 그러자면 자정이 지날지도 모르겠은즉 기다리지 말고 일찌감치 먼저 자라고 미리 일러두었다.

저녁 후에는 전대로 한참 재미나게 놀다가 아홉 시가 되는 것을 보고 유까다를 입은 채 게다를 끌고 집을 나섰다. 집을 나서면서 그는 저녁 먹을 때 초봉이더러 이르던 말을 더 이르기를 잊지 않았다.

행화는 마침 놀음에 불려 나가고 집에 있지 않았다. 태수는 그것이 도리어 잘되었다 싶었지 섭섭한 줄은 몰랐다. 그는 기다리고 있을 김씨의 무르익은 애무(愛撫)가 차라리 마음 급했다.

탑삭부리 한참봉네 집까지 와서 우선 가게를 살펴보았다. 빈지[23]를 죄다 잠갔고, 빈지 틈바구니로 들여다보아도 캄캄하니 불이 켜져 있지 않았다. 이만하면 가겟방에도 탑삭부리 한참봉이 있지 않은 것은 알조다.

그래서 안심을 하고 나니까, 그제야 저 하던 짓이 우스웠다.

'왜, 내가 이렇게 뒤를 낼꼬? 다 오죽 잘 알고서 데리러 보냈을까 봐서.'

그렇기는 하면서도 웬일인지 모르게 전처럼 마음이 턱 놓이지를 않고, 어느 한구석이 서먹서먹해지는 듯싶은 것을 어찌하지 못했다.

그러기 때문에 그는 안대문께로 돌아가서 지쳐둔 대문을 밀고 들어서서도,

　"헴, 아저씨 주무세요?"

하고 짐짓 기척을 내보았다.

　김씨는 태수의 기척이 들리기가 무섭게 앞미닫이를 드르륵 열고 연둣빛 처네를 걸친 윗도리를 내놓으면서, 말은 없고 웃기만 한다.

　태수는 그의 하고 있는 맵시가 작년 초가을 맨 처음 그날 밤과 꼭 같다고 자못 회포 있어 하면서 성큼 방으로 들어선다.

　김씨는 이내 웃으면서 옆에 와서 앉으라고 요 바닥을 도닥도닥 가리킨다.

　태수는 그리로 가서 털 숭얼숭얼한 종아리를 드러내놓고 펄씬 주저앉는다. 그는 새삼스러운 긴장과 아울러 임의롭기 큰마누라한테 온 것같이나 마음이 놓임을 스스로 느꼈다.

　눈치 빠른 계집아이가 건넌방에서 나오더니, 대문을 잠그고 태수의 게다를 치워버린다.

　"그래, 새루 장가간 재민 좋더냐?"

　김씨가 고개를 앞으로 내밀어 태수의 빙그레 웃고 있는 얼굴을 들여다보면서 애기 어르듯 한다.

　"인전 장가를 갔으니깐 어른인데, 그래두 이랬냐 저랬냐 해?"

　"아이고 요것아!……"

　김씨는 손가락으로 태수의 볼때기를 잡아 쌀쌀 흔들다가 그대로 끌어다가는 ×× ×××. 기왕이니 한바탕 깍 물어 떼고 싶은

312

것을 차마 아직 참던 것이다.

"……장갈 들더니 재롱 늘었구나!"

"헤헤."

"얼굴이 많이 상했다가? 젊은 것들 장갈 딜여주면 이래서 걱정이야!…… 그렇지만 너무 그리지 마라, 몸에 해루니라."

"보약이나 좀 지어 보내주딜랑 않구서!"

"오냐, 날새 내가 지어 보내주마. 그렇지만 좀 조심해야 한다!…… 그 애가 온 그렇게두 이쁘더냐?"

"응."

"하하하! 고것이야!…… 그렇지만 너 오늘 저녁은 내 것이다? 약속 알겠지? 한 달에 두 번은 내한테 오기루 한 거."

"응, 그렇지만 열두 시까지유?"

"이건 누가 쫓겨가더냐?"

"그런데 참, 오늘 저녁에 탑삭부리가 없을 줄은 어떻게 미리 알구서?……"

태수는 그것이 궁금했다. 그만큼 그의 마음이 착 놓이지를 않던 것이다.

"그거?…… 그런 게 아니라 오늘이 그년 생일이라나? 그리니깐 여니 때두 아니구 갈 건 빠안하잖아? 그래 나두 늦기 전에 미리서 다아 요량을……"

"그런 걸 글쎄 난 미심쩍어서 가겔 다아 딜여다봤지! 헤헤."

"그런 걱정을랑 말구서 맘 놓구 다녀요, 내가 오죽 알아서 할까봐?"

탑삭부리 한참봉은 불도 켜지 못하고, 가겟방에 웅숭그리고 누워서 지리한 시간을 기다린다.

작은집에서 열 시에 나왔으니 하마 열한 시는 되었음직한데 종시 시계 치는 소리는 들리지 않는다.

그는 궁금하기도 하고, 불안하기도 하고 또 어찌 생각하면 청승맞은 짓을 하고 있느냐라 싶어서 우습기도 했다. 그러나 일변 겁이 나기도 했다. 가만히 팔을 뻗쳐본다. 머리맡에 놓아두었던 굵직한 다듬이 방망이가 손에 잡힌다. 조금 마음이 든든해진다.

탑삭부리 한참봉은 아까 저녁때 일곱 시가 마악 지났을 무렵에 이상한 전화를 받았었다.

항용 거저 쌀을 보내달라는 전화겠거니 하여, 네에 하고 무심히 대답을 하는데, 저편에서는 딱 바라진 음성으로 이상스럽게 다지듯……

"여보시오, 한참봉이신가요?"

"네에."

"확실히 한참봉이시지요?"

"글쎄 그렇단밖에요…… 뉘십니까?"

"네에, 내가 누구라는 건 아실 것 없습니다. 또오 성명을 대디려두 모르실 게구…… 그렇지만, 나는 한참봉을 잘 아는 사람입니다."

"네에……"

한참봉은 겉목소리[24]로 대답하면서 눈을 끄먹끄먹한다.

314

그는 선뜻 돈을 어디로 가져오라는 협박을 하는 게 아닌가 하고, 가슴이 더럭 내려앉았던 것이다. 그러나 모르면 몰라도 협박 전화치고서 이렇게 음성이 공손할 리가 없다. 또 그뿐 아니라 한참 당년에 ×××을 모집한다면 ×××들이 사방에서 날뛰던 그런 때라면 몰라도 지금이야 그런 건 옛말이지, 눈 씻고 볼래야 볼 수 없는 일이다.

"그러면 말씀하시지요?……"

저편에서 목을 가다듬더니,

"……에, 다름이 아니라, 당장 오늘 저녁에 큰 재앙(災殃)이 한 가지 한참봉 댁에 생기게 된 것을 알으켜드릴려고 전화를 거는 겝니다……"

"재애앙?"

"쉬위! 떠들지 말구…… 자, 자세히 들으십시오…… 아뿔싸! 지금 가게에 누구 다른 사람은 없습니까?"

"없지요!"

"그럼 맘 놓구서 이야길 하지요…… 한데 한참봉 오늘 저녁에 작은댁엘 가시겠다요?"

"네에?"

탑삭부리 한참봉은 깡충 뛴다.

"하하! 그렇게 놀라실 건 없습니다. 없구…… 에, 이따가 저녁을 자시구 나서 가게를 디린 뒤에…… 자세 들으십시오!…… 아주 천연스럽게 작은댁으루 일단 가신단 말씀이지요. 댁의 하인이나 부인한텔라컨 말루든지 작은댁에 꼭 가시는 체하셔야 하십니다, 네?"

"네에!"

대답이 아니라 바로 신음소리다.

"그래 그렇게 작은댁으로 가셨다가 말씀이지요. 열한 시쯤 되거들랑 어딜 좀 댕겨오시겠다구 하구서 도루 큰댁으로 오십시오. 오시되, 미리서 가게의 빈지문 하나를 안으루다가 걸지 말구서 고리를 뱃겨놨다가는 글러루 들어오시든지, 혹은 아녈말루 담을 넘어서 들어오시든지 아무튼 쥐두 새두 모르게 들어오십니다. 아시겠지요?"

"네에!"

"그렇게 살끔 들어와서는 그댐엘라컨 가만가만 발자국 소리두 내지 마시구 안으로 들어가십니다. 들어가서."

"그래서요?"

탑삭부리 한참봉은 어느 결에 다뿍 긴장이 되어가지고 성미 급하게 재촉을 한다.

"네에…… 그래 그렇게 소리 없이 안으로 들어가설랑은 거저 두말없이 거저, 안방 문을 열어제치십시오. 그러면 다아 아실 겝니다."

"아니, 여보시오!"

"글쎄 더 묻지 마십시오, 그러면 다아 아실 겝니다."

"아니, 여보시오!"

"글쎄 더 묻지 마십시오. 더는 묻지 마시구, 그렇게 하실랴거든 해보시구, 또 내 말이 곧이들리지 않거들랑 고만두시는 게구……

그러나 종차 후횔량은 마십시오."

"글쎄 여보시오!"

"여러 말씀 하실 게 없습니다. 그리구 또 한 가지…… 나는 이 일에 대해서 조금치두 무슨 이해 상관이 있거나 그런 것은 아닙니다. 그건 참 어찌 생각 마십시오."

여기까지 말을 하고는 저편은 전화를 끊어버린다. 탑삭부리 한참봉은 비로소 정신이 들기는 했으나 하도 어이가 없어서 멀거니 전화통에다가 매달린 채 돌아설 줄을 모른다.

이것은 형보가 정거장 앞에 있는 자동전화를 이용한 것임은 물론이다.

형보는 흔히 신문에서 보는, 샛서방[25]과 계집이 본서방에게 들키는 현장에서 한꺼번에 목숨을 빼앗기는 경우와 같은 요행수를, 오늘 밤 일의 결과에다가 기대를 했었다. 그리고 아울러 태수가 제 집을 비워두는 시간을 넉넉히 이용하여 사전(事前)에 우선 초봉이를 조처해둘 요량이었었다.

그러했기 때문에 그는, 태수가 김씨를 찾아가서 그 몇천 원의 돈을 받으리라는 초저녁 시간을 지정하지 않고, 느직이 열한 시라고 했던 것이다.

오늘 저녁의 일은, 가령 허사가 되더라도 태수를 법망에 얽어넣을 방법이 얼마든지 종차로 있으니까 밑질 게 없지만, 혹시 뜻대로 일이 되어서 태수가 죽기만 한다면 미상불 형보한테는 호박이 절로 떨어지는 판이었었다.

탑삭부리 한참봉은 이윽고 수화기를 걸고 신호를 울린 뒤에 천천히 돌아섰다.

그는 도무지 맹랑해서 어떻다고 이를 데가 없고, 허황한 품으로
는 누구의 장난 같았다. 그러나 장난치고는 너무나 심한 장난이
기도 하지만, 도대체 그러한 장난을 할 사람이 없었다. 그러니 분
명코 장난은 아니고.

그러면, 작은 여편네가 어떤 놈하고 배가 맞아서, 오늘 저녁에
나를 따돌리려고 꾸며낸 흉계가 아닌가 하는 생각이 뒤미처 들었
다. 이러한 경우에 만만한 건 남의 첩인지 미상불 그림직하기는
했다.

그러나 실상인즉 작은집에서는, 오늘이 제 생일이라서 제 동무
들까지 몇을 청해다가 저녁을 먹고 나서 이어 밤새도록 놀아젖힐
채비를 차리고 있고, 그래서 조금 전까지 벌써 세 번째나 어멈을
내려보내서, 제발 오늘은 가게를 일찍 드리고 올라오시라고 기별
을 했는데야!

그러니 혹시 여느 때라면 몰라도, 오늘 저녁 일로는 작은집에다
가 그러한 치의를 할 계제가 되지 못하고.

그 끝에 자연한 순서로 큰댁 김씨에게 의심이 갈 것이지만, 혹
은 평소에 너무 믿음이 도타웠던 탓인지, 아직은 미처 그의 생각
은 나지도 않고.

'그러며는?'

무엇이란 말이냐고, 고개를 두루 깨웃거리나 통히 종작을 할 수
가 없었다. 그러나 그렇다고, 모른 체하고 말자니 꺼림칙해서 견
딜 수가 없었다.

그게 어떤 놈이길래, 원 어떻게 해서 내 집안 사정이랄지, 또 더구나 오늘 밤에 작은집에를 간다는 것은 아직은 나 혼자만 염량을 하고 있는 터인데, 그것을 제가 알아냈느냔 말이다. 귀신이 아니고는 그렇게 역력히 알아맞히진 못할 것이다.

'귀신!'

아닌게 아니라 귀신의 장난 같기도 했다. 하다고 생각을 하니, 별안간 몸이 으시시하면서 뒤가 돌려다보였다.

그러나 실상, 장성 센 사람이면 흔히 그러하듯이, 탑삭부리 한참봉도 젊어서 이래로 귀신이라는 것을 믿지를 않고, 그래서 남들이 귀신을 보았네 귀신이 뭐 어쨌네 하는 소리를 시뻐하고 곧이듣지 않던 사람이다. 오늘 일도 귀신의 작회로 돌리지 않았다.

'에잉! 쯧! 어떤 미친놈이 미친 개소리를 씨월거린 걸 가지구서.'

그는 하다하다 못해, 화풀이 받을 사람도 없는 역정을 내떨면서, 인제는 그따위 허황한 소리는 생각도 않는다고, 고개를 내흔들고 발을 쿵쿵 굴렀다.

그러나 그는 제정신 말짱해가지고서 그 괴상한 전화의 최면에 본새 있게 걸려들고 말았다. 우선 여덟 시쯤 되어서 가게를 드릴적에, 마치 무엇한테 씌인 것처럼, 빈지문 고리 하나를 벗겨놓았으니……

가게를 드리고, 돈궤짝은 안으로 가지고 들어가서 벽장에다가 넣고 자물쇠를 잠그고 대문을 잘 신칙하라고 김씨더러 이르고 한 뒤에, 내키지 않는 대로 작은집으로 갔다.

작은집에서는 은근한 젊은 계집들도 많이 모이고, 잔치도 걸어서, 이를테면 꽃밭에 들어앉은 맥이로되 도무지 흥도 나지 않고 술도 맛이 없고, 재앙이라고 전화로 들리던 쨍쨍하니 딱바라진 그 음성에만 정신이 쏠렸다.

열 시도 못 되어 그는 조바심이 나서 자리를 일어섰다. 열한 시라고 했지만, 차라리 미리서 가서 숨어 앉아 기다리자던 것이다.

작은집은 물론이고, 취한 계집들이 모두 붙잡는 것을 스래까지 갔다가 열두 시에 도로 오마고, 그리고 문득 그게 좋을 것 같아서, 요새 미친개가 퍼져서 조심이 된다고 둘러대고는, 다듬이 방망이 하나를 손에 쥐고 나섰다. 첫째 몸이 허전했고 겸하여 만약 거동이고 눈치고 수상한 놈이 어릿거리든지 하거든 우선 어깻죽지고 엉치고 한대 갈겨놓고 볼 작정이던 것이다.

그는 혹시 누구한테 띌까 하여, 조심조심 큰집으로 내려와서 집 바깥을 휘익 한 바퀴 둘러보았다. 대문은 잠겼고, 안에서도 아무 기척이 없고, 집 바깥으로도 별반 수상한 기척이 보이지 않았다.

우선 안심을 하고는, 가게 앞으로 돌아나와서 고리를 벗겨둔 빈 지문을 살그머니 열고 들어섰다. 어둔 속에서 방금 무엇이 튀어나오는 것 같아 간이 콩만했다.

겨우 어둔 속에서 더듬더듬 기다시피 가겟방으로 들어가서 앉고 나니 어쩐지 한숨이 내쉬어졌다.

그러고는 시방 눈을 끄먹끄먹, 시간을 기다리고 있는 참이다.

탑삭부리 한참봉은 음풍이 도는 듯 텅 빈 가게의 캄캄 어둔 방에서, 더듬는 손에 방망이가 잡히는 것이 조금 든든하기는 했으나 시방 자꾸만 더해가는 불안과 공포와 초조한 마음은 고만 것으로는 가실 수가 없었다.

곤란한 것은 마음뿐이 아니다. 방이 추운 것은 아니지만, 그만해도 벌써 오십객²⁶인데 까는 요도 없이 맨구들 바닥에 가서 누워 있자니, 뼈가 배기고 찬 기운이 올라와서 견딜 수가 없다.

시계는 밉살머리스럽게도 칠 줄은 모르고서 또옥 뚜욱 뚜욱 따악, 한껏 늑장을 부린다.

눈을 암만 크게 떠야 보이는 것은 없고, 땅속 같은 어둠뿐이다. 이런 때는 담배라도 한대 피웠으면 좋겠는데, 성냥을 그으면 불빛이 샐 테니 그도 못한다.

먹고 싶은 담배도 맘대로 못 먹는 일을 생각하면 슬며시 부아가 난다.

'이놈! 어쨌든지 도적놈이기만 해봐라, 이놈을……'

담배 못 피운 화풀이까지 할 작정으로 별러댄다.

그러나 떼어놓고 도적이려니 해본 것이나 암만해도 도적놈은 아닌 것 같다. 가령 도적이 들기로 한다면 가게로 들 것이지 안방이 무슨 상관이며, 하기야 안방에도 마누라의 패물이야 돈냥 없는 건 아니지만, 그렇다면 안방을 앉아서 지키랄 것이지, 생판 아무도 모르게 숨어 들어와설랑은 열한 점에 안방문을 열어젖히라니, 이건 바로 샛서방을 잡는 수작이란 말인가?

'샛서방? 샛서방?'

'원, 그게 어디 당한 소리라고!'

그는 비로소 아낙 김씨에게로 그러한 치의[27]가 가는 것을, 그만 펄쩍 뛰면서 당치도 않다고 얼른 생각을 돌린다. 그는 그만큼 아낙을 믿어왔고, 따라서 그러한 의심이 나는 것만도 몸이 떨리게 무서웠다.

그러나 생각을 말자면서도 생각은 자꾸만 그리로 쏠린다. 늙은 남편, 첩살림, 젊은 아낙, 샛서방, 과연 어째 지금이야 생각해냈는가 싶게 근리하다.

'그래도 설마하니 원……'

제일 근리한 짐작인데 그러나 제일 싫고 제일 상서롭지 않은 일이라서 부득부득 아니라고 하고 싶어 애를 쓴다.

'설마야 우리 여편네가……'

천하의 계집이 다 그러더라도 우리 여편네만은 없을 테라는 것이다.

'옳아! 그자 말이 재앙이라고 하지를 않았나?'

재앙, 그렇다면 어떤 놈이 혹시 겁탈이라도 하려는 것을 알려주자는 것인지도 모른다.

그러나 그것도 사리가 닿지 않는 것이, 그렇다면 조심을 하라든지 역시 안방을 지키라고 할지언정, 열한 시에 아무도 몰래 방문을 열어젖히라니.

별안간 목구멍이 간질간질하면서 기침이 나오려고 한다.

그놈을 꾸욱 삼키고 있노라니까, 이번에는 아주 밉상으로 콧속이 짜릿하면서 재채기가 터져 올라온다. 이놈만은 영 참을 수가 없어,

"처"

하고 겨우 조금만 내쏟는다. 아무래도 감기가 오는 모양이다.

가게 밖으로 마침 쿵쿵쿵 누군지 발자국 소리가 요란히 들린다.

혹시 하고 귀를 바싹 기울인다. 그러나 발자국 소리는 그대로 콩나물고개로 사라진다. 그 끝에 문득, 이건 어느 몹쓸 놈이 정말로 장난을 한 것을 시방 내가 이렇게 병신 짓을 청승스럽게 하고 있는 게 아닌가, 그렇다면 그놈이 시방쯤은 허리를 잡고 웃고 있을 텐데, 이런 생각이 들고 혼자 있기도 점직한 것 같다.

그러나 그 끝에는 다시, 남의 우스개가 되어도 좋으니 제발 어떤 놈의 실없는 장난에 넘어간 것이었으면 하고 마음에 간절히 바라진다.

겨우겨우, 가게에서 낡은 괘종이 씨르륵 목 쉰 기침을 하더니 떼엥 뗑, 늘어지게 열한 번을 친다.

우선 죽다가 살아난 것만큼이나 반가워 한숨이 몰려나온다.

그는 살금살금 가게 바닥으로 내려서서 신발은 신지 않고 우뚝 일어섰다. 가게 앞으로 사람 지나가는 발자국 소리만 들릴 뿐 아무 기척도 없다.

방망이를 바른손에다 단단히 훑으려 쥐고서 발 앞부리로 가만가만 걸어 안으로 난 판자문께로 다가선다.

이놈이 소리가 나고라야 말리라고 걱정을 하면서 조금씩 조금씩 밀어본다.

아니나 다를까, 처음에는 곧잘 말을 듣더니 필경 삐꺽하면서 대답을 한다. 움찔 놀라 손을 움츠리고 귀를 기울인다. 한참 기다려도 아무렇지도 않다. 다시 문틈을 비집기 시작한다.

그놈을 몸뚱이 하나 빠져나갈 만하게 열기까지에는 이마와 등에서 땀이 배어 올랐다.

그는 우선 고개만 문틈으로 들이밀고 휘휘 둘러본다. 안방이고 건넌방이고, 다 불은 켰어도 짝소리도 없다. 마당도 어둡기는 하나 별다른 기척이 없다.

그는 가슴이 두근거리는 것을 참고 마당으로 들어섰다. 또 한 번 휘휘 둘러본다. 역시 아무 이상도 없다.

사풋사풋 안방 대뜰로 올라섰다. 희미한 속에서도 마누라의 하얀 고무신이 달랑 한 켤레 놓인 것이 보인다.

그는 마누라가 혼자서 외로이 꼬부라트리고 잠이 들어 있을 것을 문득 생각하고,

'어허뿔싸! 이건 내가 정녕 도깨비한테 홀려가지고 괜한 짓을……'

아무래도 부질없고 쑥스런 짓인 것 같아 그대로 돌아서서 나가 버릴까 한다. 제일에 아무것도 모르고, 혼자 자고 있는 마누라한테 미안해 못할 노릇이다.

그러나, 그러면서도 그는 기왕 이렇게까지 해놓고서 그냥 돌아서기는 싫었다. 그는 한 걸음 섬돌²⁸로 올라선다.

기왕 내친걸음이니 영영 속은 셈 대고 시키던 대로 다 해보아야 속이 후련하지, 그러잖고는 아예 꺼림칙할 것 같았다.

또 지금 나간댔자 잠그지 못하는 가게를 비워놓고서 작은집으로 갈 수가 없으니 가겟방에 누워서 하룻밤 고생을 해야 하겠은

즉, 그도 못 할 노릇이다.

그는 마침내 마루로 올라가서 윗미닫이의 문설주에 가만히 손끝을 댄다. 그 손이 바르르 떨렸으나 감각은 못했다.

'두말없이 그저 안방문을 열어젖히십시오!'

이렇게 하던 말이 역력히 귀에 울리면서 머리끝이 쭈뼛한다. 그 서슬에 무심코 그는 방치를 든 바른손 손아귀에 불끈 힘을 준다. 이것은 제 자신이 의식치는 못했어도 몸과 마음이 다 같이 적을 노리는 체세[29]였었다.

가슴 두근거리는 것을 진정하느라고 숨을 한번 깊이 들이쉬고 나서, 마침내 드르륵 미닫이를 열어젖혔다. 열어젖히면서 불쑥 머리를 들이미는데, 아랫목으로는 당연한 의외의 광경이 벌어져 있는 것이다.

낭자하던 향락의 뒤끝을 수습치 않은 채, 고단한 대로 풋잠이 든 두 개의 반나체, 얼기설기 서로 얼크러진 두 포기씩의 다리와 다리, 팔과 팔……

탑삭부리 한참봉은 이것을 보고, 알아내고, 분노가 치밀고 하기에 반 초의 시간도 필요치 않았다.

움칫 멈춰서던 것도 같은 순간이요,

"으응!"

떠는 듯, 황소 영각 같은 소리를 치면서, 손에 쥐었던 방망이는 어느 결에 머리 위로 번쩍 치들고 아랫목을 향하여 우뢰같이 달려든다. 그 덤벼드는 위세의 맹렬함이란 하릴없이 선불을 맞은 멧돼지다. 그게 그런데 숱한 수염이 하나 가득 곤두서고, 불길이 뻗쳐 나오는 두 눈은 획 뒤집히고 한 얼굴이니, 이 앞에서야 우선 떨지 않고 배길 자 없을 것이다.

피곤한 끝에 가냘피 들었던 잠이 먼저 깬 것은 김씨다. 잠이 깨고 눈을 뜨는 그 순간 겁에 질리어 벌떡 일어나 앉았을 뿐이지, 그 이상은 더 아무 동작도 가질 여유가 없었다.

한 초쯤 늦게 일어난 것으로 해서 태수는 겨우 머리칼 한 오라기만 한 여유를 얻기는 했다고 할 것이다.

산이라도 떠받을 무서운 힘과 분노의 덩치가 바윗더미 쏠리듯 달려들면서,

"이히년!"

사나운 노호와 동시에 벼락 치듯

"따악."

골통을 내리갈긴다.

김씨의 골통이다.

"아이머닛!"

하는 소리도 미처 다 지르지 못하고,

"캑!"

하면서 그대로 폭 엎드러진다.

태수는 김씨보다 아랫목으로 누워 있었고, 또 일 초만 더디게 일어난 것으로 해서 탑삭부리 한참봉의 최초의 일격이 우선 김씨의 머리 위로 내리는 순간을 탈 수가 있었다.

"따악."

방치[30]가 김씨의 머리를 내리치는 순간, 태수는 나는 듯이 몸을

326

뛰쳐 열려진 윗미닫이로 돌진을 한다. 그것이 만일 트랙에서라면 최단거리의 세계기록(世界記錄)을 깨트리고도 남을 초인적(超人的) 스타트라고 하겠다.

돌진을 하여 탑삭부리 한참봉의 팔 밑을 빠져 마루로 솟쳐 나가는 태수는,

"사람 살리우"

하면서 짜내듯 외친다. 몇 시간 뒤에는 자살을 할 그가 진실로 사람 살리라고 외치던 것이다. 그는 미처 그것을 생각할 겨를도 없었거니와, 설사 생각했다 하더라도 역시 그와 같이 몸을 피할 것이요, 사람 살리라고 외쳤을 것이다. 그러나 그것은 또 이 창피한 죽음을 벗어나 명예로운 자유의 자살을 하려는 의사냐 하면 그런 것도 아니요, 오직 동물적 본능인 것이다.

우선 몸을 빼쳐서 나왔으나 이어 등 뒤로부터 무거운

"이히놈!"

소리가 뒤통수를 바투 덮어 누를 때, 태수는 방에서 솟쳐 나오는 여세(餘勢)로 하여, 몸을 바른편으로 돌려 마당으로 피할 여유를 갖지 못하고서 그냥 다급한 대로 건넌방 샛문을 향해 돌진을 계속한다. 미닫이의 가느다랗게 성긴 문설주가 몸뚱이로 떠받으면 만만히 뚫어지리라는 것, 그리고 건넌방에는 사람이 있다는 것, 이 두 가지의 절박한 여망³¹이던 것이다. 그러나, 건넌방 샛문을 옳게 떠받자면, 그래도 삼십도(三十度)가량은 바른편 쪽으로 몸을 더 틀었어야 할 것인데, 세찬 타성이 말을 듣지 않았다. 그리하여 그는, 건넌방 그 샛문의 왼편에 놓여 있는 육중한 뒤주 모

서리를 번연히 제 눈으로 보면서도, 어찌하지를 못하고 앙가슴으로다가 우지끈 들이받았다.

　들이받으면서,

　"어이쿠!"

　소리를 지르면서 상반신이 앞으로 와락 솟쳤다가는 이어 뒤로 쿵 마룻바닥에 주저앉는다.

　이만만 했어도, 태수는 집에다가 사다둔 '쥐 잡는 약'을 먹을 필요가 전연 없었을 터인데 뒤미처,

　"이놈!"

하더니 방망이는 연달아 그를 짓바수기 시작한다.

　"이놈!"

하고

　"따악"

하면

　"어이쿠!"

하고……

　"이놈!"

하고

　"퍼억"

하면

　"아이쿠!"

하고, 그래서

　"이놈!"

"따악, 퍼억"

"어이쿠!"

이 세 가지 소리가 수없이 되풀이를 한다.

건넌방에서는 식모와 계집아이가 문을 반만 열고 서서 겁에 질려 와들와들, 아이구머니 소리만 서로가람 외친다.

안방의 그 이부자리 위에서는, 앞으로 엎어진 김씨의 몸뚱이가 쭈욱 펴진 채 손끝 발끝만 가느다랗게 바르르 떤다. 치달아 오르는 극도의 분노가 모질게 맺힌 최초의 일격은 그놈 하나로 넉넉히, 배반한 아내의 골통을 바숴뜨리기에 족했던 것이다.

피는 홍건히 흘러, 즐거웠던 자리를 부질없이 싱싱하게 물들여 놓는다.

문경 새재 박달나무는 홍두깨 방망이로 다 나간다는 아리랑의 우상(偶像)은, 그러나 가끔가다 피의 사자(使者) 노릇도 하곤 한다.

아닌 밤중에 여자들의 부르짖는 비명과 남자의 거친 노호 소리는 지나가는 사람들의 주의를 끌었다.

처음이야 구경 삼아 한두 사람이 모인 것이나, 이어서 셋넷, 이렇게 여럿이 모이자, 그들은 집 안의 형세가 졸연치 못한 것을 알고는 단순한 구경꾼으로부터 한 걸음 더 나아가지 않지 못했다. 그들은 무언의 동맹을 맺었다. 잠긴 대문을 흔들었다. 마침내 소리를 쳤다.

대문이 요란히 흔들릴 때에야, 탑삭부리 한참봉은 비로소 정신이 들어 방망이질을 멈췄다. 그리고는 다시금 정신이 나는 듯이, 발아래에 나가동그라진 태수의 몸뚱이를 내려다본다.

태수는 모로 빗밋이 쓰러져서 꽁꽁 마디숨만 쉬고 있지, 몸뚱이며 사지는 꼼짝도 않는다. 얼굴로 유까다로 역시 피가 흥건히 흐르고 젖고 했다.

탑삭부리 한참봉은 이상하다는 듯이 한참이나 태수의 그 꼴을 들여다보다가, 몸을 돌이켜 우르르 안방으로 들어간다.

안방에 엎으러진 김씨의 몸뚱이는 인제는 손끝 발끝을 가늘게 떨던 것도 그만이고, 아주 시체다.

탑삭부리 한참봉은 김씨의 시체 옆으로 가까이 가서 이윽고 들여다보더니 차차로 눈을 흡뜬다.[32]

그는 단지,

'이렇게 되었나!'

하고 이상해하는 양이다.

당장 눈앞에 송장이 두 개나 나가동그라져 있고, 그리고 제 손으로다가 죽이기는 죽였으면서, 그러나 지금 마음 같아서는 아무리 해도 제 자신이 저지른 일인 성싶지가 않던 것이다.

그는 손에 쥐고 있던 피 묻은 방치를 힘없이 떨어뜨리면서 넋을 잃고 우두커니 서서 있다. 그리고 미구에[33] 순사가 달려와서 고랑을 채울 때까지도 그렇게 서서 있었다.

한편 형보는……

그처럼 전화로 탑삭부리 한참봉한테 고자질을 하고는, 시치미를 뚜욱 떼고 제 방으로 들어가서 누웠노라니까 가슴은 좀 두근거려도, 오래 끌던 일이 아무려나 인제는 끝장이 나나 보다고 속이 후련했다.

그는 안방에서 태수와 초봉이가 재미나게 놀고 있는 것을 귀로 들으면서,

'오냐, 마지막이니, 맘껏 놀아라'

하고 싱그레니 웃었다.

아홉 시가 되어 태수가 게다를 딸그락거리고 나가는 것을 그는,

'이 녀석아, 그게 바로 지옥으로 난 길이다'

하고 또 웃었다.

태수를 따라 나갔던 초봉이가 대문을 잠그고 들어오는 소리가 들렸다. 형보는 어둔 속에서 혼자 싱글벙글 웃으면서, 저 혼자 속으로 주거니 받거니 야단이다.

'인제는 네가 처억 내 것이란 말이지?'

'아무럼, 그렇구말구.'

'그러면…… 오늘로 아주 내 것이 될 테라?'

'물론 오늘 저녁으로 조처를 대야지…… 그래서 인감증명을 내놓아야, 딴 놈이 손도 못 댄단 말이었다.'

미리서 계획이 없다고 하더라도, 그는 제 말대로 이미 제 것이 되어 있는 초봉이를 바로 안방에다가 혼자 두어두고서 그냥은 견디기가 어려웠다.

그는 초봉이가 잠이 들기를 기다렸다. 시간을 기다리자니 무던히 지리하기는 했어도, 그는 끄윽 참고 기다렸다.

아홉 시가 지나고 다시 열 시를 치는 소리가 들리자, 이만하면 초봉이가 잠도 들었으려니와 가령 태수가 오늘 밤에 무사해서 돌아온다더라도 한 시간은 여유가 있겠은즉, 꼬옥 좋을 때라고 생

각했다.

'불시로 돌아오면?…… 또 나중에 알고 지랄을 하면?'

'이놈! 꿈쩍 마라, 이렇게 엄포를 해주지?…… 오늘 저녁에 무사히 돌아온대도, 내일 아니면 모레는 때갈 텐데.'

형보는, 태수가 설혹 잡혀가서 문초를 받더라도 소절수 심부름을 해준 형보 제 이름은 결단코 불지 않으려니 하고, 그의 처음 다짐한 말도 말이거니와 의리를 믿고서 의심을 않는다.

이런 것을 보면 그는 악독할지언정 둔한 편이지, 결코 영리하거나 치밀하진 못한 인물이다.

그래 아무튼 만사태평으로 유카다 앞을 여미면서 살그머니 문을 열고 나선다. 조용하다.

"아즈머니 주무시우?"

막상 몰라 나직한 목소리로 불러본다.

아무 대답이 없는 것을 보고는 살금살금 걸어서 안방 미닫이 앞으로 간다. 귀를 기울여본다. 고요한 방 안에서 확실히 잠든 숨소리가 사근사근 들려온다.

형보는 약간 가슴이 두근거리는 것을 어찌하지 못하고 살그머니 미닫이를 열고서 우선 고개만 들이민다.

오십 와트의 전등을 연초록 덮개로 가린 은근한 불빛 아래, 흐트러진 타월 자리옷과 남색 제병 누비이불 위에다가 아낌없이 내던진 하얀 넓적다리며, 머리칼이 몇 낱 흐트러져 내린 평화로운 잠든 얼굴, 이것을 구경하는 것만도 형보한테는 우선 중값이 나가는 향락이다.

초봉이는 초저녁에 태수가 나간 뒤로 바로 잠이 들었었다. 그는 오래간만에 혼자 자리에 누워보니, 사지가 마음대로 뻗어지고 후덥지근하지 않고 한 것이 어떻게나 편한지 몰랐다. 그래서 그는 마음 놓고 편안히 잠이 들었던 것이다.

억척이요 얌전하다는 그의 모친 유씨는 딸을 학교에 보내는 승벽은 있어도, 딸더러 시집을 가서 남편 없이 있을 때는 어떻게 하고 잠을 자야 한다는 것은 가르칠 줄을 몰랐었다.

형보는 이윽고 싱긋 웃고는 방으로 들어서서 미닫이를 뒤로 소리 없이 닫는다. 초봉이가 깨서 앙탈을 하더라도 그것을 막이할 준비는 되어 있지만, 그래도 그는 조심조심 걸어 내려가서 전등 스위치를 잡는다.

그는 아까운 듯이 한 번 더 초봉이의 잠든 맵시를 내려다보다가는 딸꼭 전등을 꺼버린다.

....
....
......

초봉이가 경풍이 나게 놀라 몸을 뒤틀면서 소리를 지르려고 할 제는 억센 손바닥이 입을 틀어막았다. 그러고는, 바로 귓바퀴에서 재빠른 소리로 숨 가쁘게……

"쉿! 떠들면 태수가 죽어…… 태수는 시방 싸전집에서, 그 집 여편네하구 자구 있으니깐…… 그리니깐 내가 나가서 한마디만 쑤시면 태수는 남편 한가한테 맞아 죽는단 말이야. 태수를 죽이잖으려거든 괜히 꼼짝 말구 가만히 있어야 해!"

초봉이는 경황 중이라, 이 말을 조곤조곤[34] 새겨서 그 진가를 분간할 겨를은 없으면서도, 그러나 거듭쳐 놀라운 것만은 사실이어서 다만 정신이 아찔했다. 하는 동안에 형세는 여전하고 조금도 여축이 없다.

대체 이러한 경우에는 어떻게 해야 하는 것인지 전연 알 수가 없다.

그는 다급한 나머지,

'어머니는 이런 것도 아시련만!'

하는 생각이 언뜻 났으나 물론 아무 소용도 없었다.

아무리 용을 썼자 일은 그른 줄 알면서도 그는 몸을 뒤틀어댄다. 그러나 종시 꼼짝도 할 수가 없다.

소리는 어쩐지 지르기가 무섭기도 하려니와, 지르자 해도 입이 막혔다.

원 세상에 이럴 도리가 있을까 보냐고 안타깝다 못해 죽을힘을 다 들여 가까스로 몸을 한 번 비틀면서,

"으으응."

소리를 쳤으나 미처 힘도 쓰다가 말고 고만 그대로 까무러쳐버렸다.

초봉이가 다시 정신이 들었을 때는 마침 열두 시를 쳤다. 그는 아까 일이 꿈결같이 아득하여 도무지 정말인가 싶지 않았다.

그렇게 생각하면 허망하다 못해 혹시 정말로 꿈이나 아니었던가 하여 새삼스럽게 정신이 드는 것이지만, 그러나 아득할 따름이지 분명히 꿈은 아니요 어엿한 생시다. 생시여서 몸은 그렇듯

(허망한 게 곧잘 미덥지도 않은 순간의 소경사이었음에 불구하고 결과되어 나타난 사실은 너무도 똑똑하여) 절대로 무시해버리거나 씻어버리거나 하지를 못할 영원한 더러운 것이 되고 말았다.

초봉이는, 어둠 속에서도 제 몸뚱이가 내려다보이는 것 같아 오싹 진저리를 친다. 더럽고 꺼림한 게 사뭇 구역이 나는 것 같았다.

그는 가마솥의 쩌얼쩔 끓는 물에다가 몸뚱이를 양잿물이라도 두어가면서 푹푹 삶아냈으면 한다. 아니 그것도 시원칠 않으니, 드는 칼로 어디를 싹싹 도려냈으면 한다.

그러나 생각하면 가사 그 짓을 한다고 한들 엎지른 물이 도로 담아질 것이 아니요, 하니 속 후련할 것은 없을 노릇이다.

'그러면 대체 어떻게 하는고?'

조지듯 스스로 묻는 말에, 기다리고 있던 듯이 대번 서슴지 않고 나오는 것이,

'죽어야지!'

하는 대답이다.

죽어야 하겠고, 죽어서 잊어버리기나 하지 않고는 도저히 마음을 견디낼 수가 없을 것 같았다.

이것은 한 개의 순수한 결벽이다. 이 결벽으로 하여 죽음을 뜻한 초봉이는, 죽어야 할 또 하나의 다른 이유를 깨닫고,

'옳다! 죽어야 한다!'

하면서 아랫입술을 지그시 문다. 그제야 정조라는 것—남의 아낙으로서 정조를 더럽혔다는 것—을 생각하게 되었던 것이다.

초봉이는 손으로 어둔 발치를 더듬더듬, 벗어놓았던 옷을 걷어

입고, 도사리고 앉아 한 팔로 턱을 괸다.

죽기로 (결심이 아니라, 죽어야 한다고) 하고 나니 비로소 뭇 생각과 감정이 복받쳐 오른다.

분하기가 이를 데 없다. 그 생김새부터 흉악한 저놈 장가놈한테 이 욕을 보다니, 그러고서 속절없이 죽다니, 당장 식칼이라도 들고 쫓아가서 구렁이같이 징그럽고 미운 저놈을 쑹덩쑹덩 썰어 죽이고 싶은 생각이 물끈물끈 치닫는다.

'그렇지만 만약에 그랬다가는 내 부끄러운 것이 내가 죽은 뒤에라도 드러나고 말 테니, 또한 못할 노릇이다. 속 시원하게 원수풀이도 못 하다니 가슴을 캉캉 쥐고 싶다.'

'대체 이이는 어떻게 된 셈인고? 장가놈이 말한 대로 한참봉네 집엘 가서 정말 그렇게 하고 있는가?'

'설마 그럴라구? 장가놈이 괜히 꾸며댄 허튼소리겠지. 그렇다면 어째서 그따위 소리에 가뜩이나 기가 질려가지고는 맘껏 항거라도 해대질 못했던고!'

'분한지고! 이 원한을 못 풀고 그대로 죽다니. 내가 소리 없이 이렇게 죽어버리면 어머니 아버지며 동생들은 오죽 놀라고 설워 하리.'

어느 결에 눈물이 맺혀 내리고 절로 울음이 솟아쳐 나오는데, 그럴 때에 마침 요란히 대문 흔드는 소리가 들렸다.

초봉이는 울음을 꿀꺽 삼키면서 반사적으로 일어서기는 했으나, 대답을 하고 나올 염을 못 하고 그대로 선 채 당황하여 어쩔 줄을 몰라 한다. 남편을 대할 수가 없다는 것이다.

그는 가슴이 맞방망이치듯 두근거리고, 어째서 진작 목을 매든지 찻길이나 선창으로 나가든지 하질 않고서 여태 충그리고[35] 있었더란 말이냐고, 당장 목을 맬 밧줄이라도 찾는 듯이 방 안을 둘러본다.

그러자 연거푸 대문을 흔드는 사이 사이에,

"여보오 여보, 문 좀 열어요!"

하면서 부르는 음성이며 말투가, 분명 태수가 아닌 것을 퍼뜩 깨달았다.

초봉이는 남편이 돌아온 게 아닌 것이 섬뻑 마음이 놓이더니, 그러나 이어, 그와는 다르게 새로 가슴이 더럭 내려앉았다.

그러면 장가놈이 하던 소리가 빈말이 아니고 무슨 탈이 난 것인가, 이런 의심이 들면서 그는 더 지체할 경황이 없이 가만가만 대문간으로 밟아 나온다.

"누구세요?"

초봉이의 음성은 저도 알아보게 떨렸다.

"이게 고태수 집이래지요?"

대문 밖에서 되묻는 건 갈데없는 순사의 말씨다. 마침 철그럭하는 칼 소리까지 들린다.

인제는 장형보의 하던 소리와, 그리고 무슨 탈이 났다는 것은 더 의심할 여지도 없다. 그러나 어떻게 돼서?

'혹시 장가놈이 내가 까무러쳤던 사이에 나가서 뒤로 무슨 흉계를 꾸몄다면 모르지만, 그러나 나를 그래 놓고서 억하심정으로 그렇게까지 할 머리도 없는 게 아닌가?'

'또 몰라, 그놈의 짓이니…… 그렇지만 그동안이 얼마나 된다고 어느 겨를에 나갔다가 들어오며……'

초봉이는 머릿속이 혼란한 채 밖에서 재촉하는 대로 대문을 열었다.

역시 시꺼먼 순사가 외등불 밑에 우뚝 섰다.

"고태수, 집에 왔소?"

"네, 저어……"

"응…… 그러면 저어, 오늘 저녁에 개복동 한서방네 집에, 그 집 안집에, 에 또, 간 일 있소?"

"네에."

"응, 응……"

순사는 다 알겠다는 듯이 고개를 끄덕끄덕하더니……

"……그러면 저기 도립병원에 가보시우."

"네에?"

초봉이가 소리를 짜내면서 대문 밖으로 쏟쳐 나가는데 순사는 벌써 돌아서서 가고 있고, 여태 순사 뒤에 가 가려 섰다가 조그맣게 나서는 게 탑삭부리 한참봉네 집의 계집아이다.

"오! 너!…… 그래서?"

초봉이는 숨차게 외치고, 계집아이도 초봉이 앞으로 와락 달려든다.

"저, 이 댁 서방님이……"

계집아이는 떨리는 음성으로 말을 내다가 힐끗 순사를 돌려본다. 순사는 돌려다보지도 않고 멀찍이 가고 있다.

"그래서?"

"이 댁 서방님이, 저어⋯⋯"

"으응, 그래서?"

"저어, 아주 돌아가시게⋯⋯"

"머어?"

초봉이는 정신이 아찔하여 몸이 휘둘리면서 쓰러지려고 하는 것을, 겨우 대문 문지방에 등을 지이고 선다. 그는 머릿속에 더운 물을 들어부은 것 같아 욱신거리기만 했지 잠시 어떻게 할 바를 몰랐다.

"아니, 웬일인가요?⋯⋯"

등 뒤에서 게다 끄는 소리가 달그락거리더니 형보가 뛰어나온 다. 그는 허둥지둥하기는 해도, 아까 안방에서 건너간 뒤에 아직 잠을 자지 않고 있었고, 그랬기 때문에 대문간에서 웅성거리는 말소리를 대강 다 알아듣고도 물론 짐짓 의뭉을 피우던 것이다.

"⋯⋯너 웬일이냐?"

형보는 초봉이가 넋을 잃고 섰는 것을 힐끔 돌려다보다가 계집 아이 앞으로 다가선다.

"저어, 이 댁 서방님이 다아 돌아가시게 돼서, 저어 병원으 로⋯⋯"

"머어? 어째?"

형보는 허겁스럽게 놀라는 체하는 것이나 속으로는 일은 썩 묘 하게 맞아떨어졌다고 좋아 죽는다.

"⋯⋯거 웬 소리냐?⋯⋯ 대체 어떻게 된 일인데?⋯⋯"

"저어, 우리 댁 나리가……"

"응, 느이 댁 나리가?……"

"이 댁, 서방님을……"

"그렇게…… 저어 뭣이냐, 돌아가시게 해놨단 말이지?"

"내에."

"내에라께?…… 아니 글쎄……"

"그리구 우리 아씨는 아주 그 자리서 돌아, 돌아가시구……"

계집아이는 비죽비죽 울기 시작한다.

형보는 여편네 김씨까지 그렇게 되었다는 것은 뜻밖이었으나, 역시 그럴듯하기는 했다.

초봉이는 어느 틈에 큰길로 두달음질을 치고 있다.

"그럼 너는 느이 집으루 가보아라. 이 댁 아씬 내가 모시구 병원으루 갈 테니……"

형보는 계집아이더러 말을 이르고서, 초봉이를 따라가느라고 유가다 자락을 펄럭거린다.

초봉이는 제가 병원엘 간다기보다도 등 뒤에서 딸그락거리고 따라오는 형보한테 쫓기어 반달음질을 치고 있다.

'이놈아, 이 천하에 무도한 놈아! 네가 이놈 나를…… 그리고 내 남편을……'

초봉이는 돌아서서 이렇게 저주를 하고, 그의 죄상을 낱낱이 헤어가면서 목청껏 외치고 싶었다. 그럴라치면 길 가던 사람, 잠자던 사람 할 것 없이 숱한 사람이 모이고, 그 여러 사람들이 모두 달려들어 형보를 죽도록 때려주고 걷어차고 할 것이고……

게다를 신었어도 사내의 걸음이라, 몇십 간 가지 못해서 형보는 초봉이와 나란히 섰다.

"자동차라도 얻어 탑시다?"

형보는 혹시 지나가는 자동차라도 없나 하고 앞뒤를 휘휘 둘러본다.

초봉이는 물론 들은 체도 않고 씽씽 가기만 한다.

"허, 그거 원!……"

형보는 따라오면서 혼자말로 자탄하듯 두런거린다.

"……원 그럴 도리가 있더람!…… 그거 원 참!…… 그래, 어쩐지 전에두 보기에 위태하더라니!…… 글쎄, 결혼두 하구 했으면서, 그런 위태한 짓을 할 게 무어람? 사람이 좀 당돌해서…… 당돌해서 필경 일을 저질렀어!"

실상 초봉이는 태수의 생명이 지금 어떻게 되었는지 애가 타기는 했어도, 일변 어찌 된 사맥인지 그것이 궁금하지 않을 것은 아니다.

"그러나저러나 간에……"

형보는 인제는 바로 대고 초봉이더러 이야기를 건넨다.

"……실상, 고군이 오래잖아서 아무래도 죽기는 죽을 사람이었으니깐요……"

'무어야?'

초봉이는 종시 못 들은 체하기는 해도 속으로는 대꾸를 않지 못한다.

"……은행 돈을 수우수천 원을 범포를 냈지요. 남의 소절수를 위조해가지구설랑……"

'이 녀석이, 한단 소리가!'

"……그래 그것이 오래잖아 탄로가 날 테니깐, 그럴 날이면 창피하게 징역살이를 하느니 차라리 죽어버린다구 그랬더라우. 오늘 아침에두 당신이 부엌에 내려간 새 나하구 그런 이얘길 한걸?…… 행화두 태수가 죽는닷 소리는 육장 들었습넨다. 행화두 실상은 태수가 상관하던 계집인데 것두 여태 모르구 있습디다그려?……"

'무엇이 어째?'

"……저의 집이 재산가요, 과부의 외아들이요, 전문학교 출신이요, 그게 다아 당신허구 결혼할려구 꾸며낸 야바웃속[36]이라우, 야바웃속…… 보통학교만 겨우 마치구서 서울 ××은행 본점 급사루 들어갔다가 십 년 만에 행원이 된걸, 흥!"

'아니, 무엇이 어째?'

"……그리구 즈이 집은, 집두 터두 없어서 즈이 어머닌 머 어디라던가, 남의 셋방을 얻어가지구 산답니다. 그날 혼인날 말이오, 내려오지두 않은 걸 보지? 내려오기는커녕, 혼인한다는 기별두 않은걸!……"

'거짓말 마라, 이 녀석아!'

"……이 군산바닥엔 그 사람네 본집이 어덴지 아는 사람이라구는 하나두 없어요. 당신한테두 아마 가르쳐주지 않았으리다……"

'이 녀석아, 누가 네한테 그따위 개소릴 듣쟀어?'

초봉이는 형보가 미운 데다가 일이 안타까워서 그러는 것이지,

342

역시 형보의 말이 다 곧이들리지 않는 것은 아니다.

"……그러니 말이오, 다아 속내평이 그래서, 당신두 억울하게 속아가지구, 말하자면 신세를 망친 셈이지요!……"

'무슨 상관이야?'

"……그러니깐, 그저 지나간 일일랑 다아 잊어버리구서, 맘을 가라앉히시우. 내가 있는 이상, 장차에 살아갈 걱정은 할라 말구……"

'아니, 이 녀석이 가만 두어두니까, 점점……'

초봉이는, 형보가 인제는 바로 제 계집이 다 된 양으로 그렇게까지 말을 하는 수작이 하도 어이가 없어, 대체 어떻게 생긴 낯바대기를 하고서 이러느냐고, 침이라도 태액 뱉어주고 싶은 것을 겨우 참는다.

"……집두 기왕 얻어 논 거요, 살림두 그만큼 채린 것이니, 일부러 그걸 떠헤치구 다시 채릴려구 할 거야 무엇 있소?…… 되려 십상이지, 머……"

"듣기 싫여!"

초봉이는 참다 못해 발을 구르면서 한마디 외친다. 그 끝에 그는,

'내가 네 간을 내먹자면, 네 계집 노릇이라도 해야 하겠지만, 그럴 수가 없으니 차라리 안타깝다.'

고까지 부르짖고 싶었던 것이다.

형보는 좀 더 사람이 영리했다면, 지금 이 경황 중에, 더구나 태수의 흠을 들추어내 가면서 초봉이를 달래려 들지는 않았을 것이다.

이윽고 도립병원엘 당도하여, 형보는 뒤에 처져서 순사가 묻는 대로, 저 여자는 피해자 고태수의 아낙이요, 또 나는 한 집에서 지내는 그의 친구라고 온 뜻을 설명하고, 초봉이는 그대로 치료실 안으로 한 걸음 들여놓았다.

　방금 맞은편에 있는 진찰대 옆에서는 간호부가 흰 홑이불로 태수의 몸뚱이를 머리까지 덮어씌우고 있을 때다.

　그 흰 홑이불이 바로 죽음 그것임을 암시하는 것 같아, 초봉이는 머리끝이 쭈뼛하고 다리가 허든거렸다.

　그는 무엇에 질리듯 더 들어서지 못하고 그 자리에 멈칫 멈춰 선다.

　마침 의사가 귀에서 청진기를 떼어 들고 돌아서면서, 이편 쪽으로 걸상을 타고 앉은 경부보더러 나른하게,

　"〈모오 다메데스!〉(운명했습니다)!"
란 말을 한다.

　그러다가 마침 들어서는 초봉이를 힐끔 건너다보더니, 이어 본 숭만숭 커다랗게 하품을 씹는다. 경부보는 직업에 익은 대로 초봉이의 위아래를 마슬러보다가……

　"고떼수노, 오가미상요?"

　"네에."

　초봉이의 대답은 절로 떨리면서 목 안으로 까라진다.

　"우응……"

　경부보는 고개를 끄덕끄덕하다가, 턱으로 저편 침대께를 가리킨다.

초봉이는 머릿속이 무엇 두꺼운 헝겊으로 한 겹을 가린 것같이 멍하여 차근차근 사려를 갖는다든가 할 수가 없고, 경부보[37]가 턱을 들어 가리키는 대로, 마치 최면술에 걸린 사람처럼 휘청휘청 진찰대 옆으로 다가간다.

간호부가 조용히 홑이불 자락을 걷고 얼굴만 보여주면서, 삼가로이 목례를 한다. 직업도 직업이려니와 애틋한 어린 미망인에 대한 같은 여자로서의 동정과 조상이리라.

태수의 얼굴은, 왼편 이마가 으깨어지듯 터져 피가 번져 나왔고, 같은 왼편 광대뼈가 시퍼렇게 피멍이 져서 부풀어 올랐고, 머리에서 피가 흘러내린 자국만 얼굴에 남았지, 머리털이 있어서 상처는 보이지 않았다.

그러나 피 묻은 얼굴은 흉헙게 뒤틀리고, 눈과 입을 반만 감고 벌린 채, 숨이 져서 있는 꼴은 첫눈에 소름이 쪽 끼쳤다.

초봉이는 반사적으로 외면을 하려다가 뒤에서 보는 사람들을 여겨 못 하고, 두 손으로 얼굴을 싼다. 그러고는 순간만에 접질리듯 무릎을 꿇고, 진찰대 변두리에다가 고개를 파묻는다.

서러운 줄은 모르겠어도, 눈물이 쏟아졌다. 눈물에 따라 어깨도 떨린다.

그렇게 눈물이 먼저 나오고, 어깨가 떨리고 해서 절로 울어지고, 울어지니까 비로소 서러워 온다.

무슨 설움인지 모르고서 울고 있는 동안에, 그제야 이 설움 저 설움 설움이 솟아나고, 분한 일, 안타까운 일, 막막한 일이 모두 생각나고, 그래 끝이 없는 설움에 차차 더 섧게 운다.

그것은 제 설움이 하 망극하여 그렇겠지만, 그는 남편 태수를 슬퍼하는 정은 마음 어느 구석에고 돌지를 않았다. 보다도, 그는 그런 설움이야 없다는 사실을 깨닫지도 못했다.

형보가 이것저것 주변을 부렸다. 자동차부에 전화를 걸어, 집 근처까지는 가지 못하는 자동차로 우선 둔뱀이의 정주사네를 데리러 보낸 것도 그것이다.

그리한 지 한 시간이 넘어서야 복도를 우당퉁탕, 정주사네 내외가 달려들었다.

초봉이는 그때까지도 진찰대 변두리에 엎드려 울고 있었다.

정주사네 내외는 첨에는 사위 태수가 죽었다는 단지 그것만을 알았고, 그래서 웬 영문인지를 몰라 어릿어릿했다.

형보가 시원시원하게 내달아서, 제가 들은 대로 사실 경위 이야기를 해주고는, 연달아 아까 초봉이를 좇아 병원으로 오면서 하던 태수의 근지와 소절수 사건을 까집어내기를 잊지 않았다.

정주사네 내외는 당장 눈앞에 태수가 송장이 되어 자빠졌다는 것 외에는 모두가 반신반의스러웠다. 아니 도리어 미더운 편으로 기울기는 하나, 이 혼인을 정할 때 장사 밑천에 홀리어 사위의 인물의 흐린 점이 있는 것도 모른 체하고 '관주'를 주어버린 자기네의 마음의 죄책을 다만 얼마 동안만이라도 회피하기 위하여, 우정 형보의 씨월거리는 소리를 곧이듣고 싶지가 않았던 것이다.

그러나, 그러한 것은 아무래도 좋고 '날아가버린 장사 밑천' 그것이 속절없어 태수의 죽음은 하늘이 무너진 듯 아뜩했다.

"허! 흉악한 일이로군!"

정주사가 천장을 올려다보면서 이렇게 탄식을 한다. 그것은 사위가 죽은 데 대한, 따라서 딸의 신세를 생각하는, 장인이요 아버지의 상심(傷心)이 노상 아닌 것도 아니나, '날아가버린 장사 밑천'이 더 안타까워,

"허! 허망한 일이로군!"

이라고 하고 싶은 심정이었었다.

대피선 待避線

이튿날 석양.

태수의 시체 해부한 것을 받아내왔다.

해부를 한 결과 사인(死因)은 뇌진탕이요, 그 외에 두개골 한 군데가 바스러지고, 갈비뼈 네 대가 부러지고 한 것 말고, 대소 타박상이 스무 군데나 넘는다고 했다.

그리고 대소변을 지린 것 외에는 위장 계통에는 아무 이상의 흔적이 없다는 것이다.

다음날 장례를 준비하는 중에 경찰서에서 몰려나와 가택 수사를 했다. 은행의 소절수 사건이 뒤집혀졌던 것이다.

증거물로 태수가 미처 없애지 못한 도장이며, 소절수첩이며, 편지 같은 것을 압수해갔다.

모든 것이 횅하니 드러났다.

다시 그 이튿날 소란한 중에서 태수의 시체는 공동묘지의 일광지지에다가 무덤을 장만했다.

관을 내리고, 파올린 붉은 황토를 덮어 봉분을 쌓고, 제철이라서 푸르러 있는 떼를 입히고 하니 제물로 무덤이 되던 것이다.

초봉이는 이 흙내 씽씽하고, 뗏장 꺼칠한 무덤을 남기고 내려오다가 그래도 끌리듯 뒤를 돌려다보고는 새로운 눈물을 잠잠히 흘리고 섰다.

낡고 새로운 무덤들 틈에 끼여 기우는 석양만 비낀 태수의 무덤, 이것이 저 가운데 여러 무덤과 한가지로 오늘 이 시각부터는 영영 무주총[1]이 되어버리느니 생각하면, 비로소 태수라는 인생이 불쌍했고, 그래서 그는 이 자리에서야 처음으로 태수의 불쌍함을 여겨 눈물이 흐르던 것이다.

그러나 그는 문득, 내가 어쩌면 이 무덤을 벌초 한 번이나마 해주지 않을 요량을 하고서, 무주총일 것을 지레 슬퍼해주는고 생각하니, 내 마음의 너무도 박절함이 부끄러웠다.

회심 끝에, 날이 인제 깊기 전에 꽃이라도 한 다발 갖다 놓아주고, 일 년 한 차례 삯꾼을 사서 벌초라도 해주려니 하는 마음을 먹어, 스스로 위로를 하면서 겨우 발길을 돌려놓았다.

집이라고 돌아는 왔으나, 휑뎅그렁하니 붙일성이 없다.

마침 또 경찰서에 불려가느라고 장례에도 나오지 못했던 형보가 아기작거리고 들어서는 꼴이, 선뜩한 게 배암이 살에 닿고 지나가는 것처럼 몸서리가 치인다.

형보는 그새도 건넌방에 그대로 눌러 있었고, 앞으로도 그럴 배포다. 요행 유씨와 형주가 밤에는 초봉이와 같이 자고, 낮에는 온 식구가 다 모이고, 그뿐 아니라 장례야, 경찰서 일이야 해서 일과 인목이 분잡하기 때문에 다시는 초봉이를 건드리거나 하진 못했다.

그 대신 안팎 일에 제 일 못잖게 살뜰히 납뛰어, 정주사네 내외의 환심을 사기에 온갖 정성을 다하는 참이다.

태수의 모친한테는 누구 하나 발설을 해서 기별이라도 해주자는 사람은 없었다. 장례날 초봉이가 겨우 생각이 나서 부친을 졸라 전보를 쳐달라고 했으나, 정주사는 '그런 죽일 놈'은 입에 붙이기도 싫었고, 주소를 모른다는 핑계로 방패막이를 하고 말았다.

초봉이, 정주사, 형보, 그리고 행화 외에 기생이며 몇몇 사람이 여러 번 경찰서에 불려 다녔다. 그러나 필경 다 무사하고 말았고, 그중에 형보는 며칠씩 갇혀 있기까지 하면서 단단히 치의를 받았으나, 내내 모른다고 내뻗쳤다.

그리하여 소절수의 심부름을 해주던 사람, 즉 태수의 공범이 누구라는 것만 수수께끼로 남은 채 사건은 완구히 매듭을 짓고 말았다.

풍파가 인 지 보름이 지나고 차차 여름이 짙어 오는 유월 중순, 이슥하게 깊은 밤……

옆에서 유씨와 형주는 곤한 잠이 들었고 초봉이만 혼자서 이 생각 저 생각 구름 같은 생각에 잦아져 뜬눈으로 누워 있다.

형보에게 무도한 욕을 보던 일이 그날 밤 그 당장에는 목숨을 끊자고까지 했던 크나큰 사단이었으나, 별안간 뒤를 이어 태수의

참변을 싸고도는 폭풍이 불어치자, 그는 무서운 그 타격에 풀이
꺾여, 결벽이나 정조쯤 가지고 자결을 하려 들 만큼 팔팔하던 기
운은 그만 다 사그라지고 말았다. 하루아침에 사람이 늙어버렸다
고 할는지, 아무튼지 그러고서 인제 와서는 이것이고 저것이고
간에 지나간 일이 남의 일처럼 아프지 않고 시쁘듬한 게 곧잘 애
를 삭일 수가 있었다.

물론, 결혼 전의 고민으로부터 시작하여 태수와 결혼을 하던 것
이며, 아무 멋은 모르겠어도 그다지 불행하든 않든 열흘 동안의
신혼생활이며, 그러다가 흉악한 형보에게 겁탈을 당하던 일, 태
수의 불의지변과 뒤미처 현로가 된[2] 온갖 협잡, 이리하여 마침내
곱던 무지개와도 같이 스러진 환멸, 이렇게 추어 들어오노라면
헛짚은 생애의 첫걸음이 두루 애닯고 분하고 원망스럽고 하지 않
은 것은 아니나, 결국 그 순간이 지난 뒤에는 막연한 게, 마치 언
살을 만지기 같아 멍멍하지 그대도록[3] 신경을 쑤시지는 않던 것이
다. 연거푸 힘에 겨운 충격을 맞기 때문에, 신경이 아프다 말고서
지레 지쳐버린 소치일 것이다.

지나간 일이 그렇듯 얼얼하기나 한 뿐이지, 모질게 결리거나 아
프지 않는 것이 요행이어서, 그는 모든 것을 옛말대로 일장의 꿈
으로 돌리고 깨끗이 잊어버리자 했다—미상불 꿈 그대로 허망했
던 것도 사실이니까.

지나간 일은 그러므로 그럭저럭해서 씻어 넘길 수도 있고 잊어
버릴 수도 있는 것이지만, 그러나 되어가는 대로 내던져두거나
걱정을 않고서 지내거나 할 수가 없게시리 절박한 것은 닥쳐오는

앞일이다. 지나간 일이야 마음 하나 둘러먹는 걸로 이렇게든 저렇게든 단념이 되는 것이지만, 앞일에는 신중한 계획과 한가지로 행동을 가져야 할 테니 말이다.

그리하여 그는 벌써 열흘을 더 넘겨두고 밤이면 잠을 잊고 누워, 장차 어떻게 내 한 몸을 가눌 것인가, 어떻게 하면 억울하게도 짓밟혀버린 내 일생을, 아까운 내 청춘을 잘 다시 추어올려, 나도 남처럼 한세상을 보도록 할 것인가, 두루두루 궁리에 자지러져 있는 참이다.

환히 밝기만 한 오십 와트 전등불을, 눈도 아파 않고 간소롭히[4] 바라보면서 모로 누워 있는 초봉이는, 때와 공간을 완전히 잊어버리고, 다만 머릿속에서만 뜬생각이 두서없이 오고 가고 한다.

옆에서는 모친 유씨가 형주로 더불어 가끔 몸 뒤치기는 해도, 딴 세상같이 깊은 잠이 들었다.

때앵 때앵 마루에서 시계 치는 소리가 네 번째 나고는 그친다.

초봉이는 시계 치는 소리에 비로소 제정신이 들어,

"그럼, 군산을 떠나야지!"

하면서 놀란 사람처럼 벌떡 일어나 앉는다. 그리 서두는 품이 방금 혼잣말을 하던 대로 당장 옷을 차려입고 뛰쳐나설 것 같다.

불쾌한 기억이, 나 자신도 자신이려니와 남의 이목의 부끄러움이 오래오래 가시잖을 이 군산바닥이 싫다. 더구나 장가놈이 있어서 위험하다. 하는 눈치가 앞으로 수월찮이 성가실 것 같다. 진작 피하니만 같지 못하다.

서울…… 서울이면 좋을 것이다. 무엇이 어쩌니 좋으리라는 것은 모르겠어도, 그저 막연히 좋을 성부르다.

제호가 미덥다. 윤희를 생각하면, 역시 제호의 상점이든 회사든 붙어 있기가 어려울 듯싶고 해서 불안한 게 아닌 것도 아니나, 일변 제호가 사람이 발이 넓고 변통성이 많은 사람인만큼 어떻게 해서든지 일자리도 구해주고 두루 애써줄 것이다.

'그러면 내일이라도……'

마침내 군산을 떠날 작정을 하고 만다. 작정을 하고 나니 뒷일이야 그때 당해보기로 하고 우선은 마음이 가뜬하여⁵ 맺혔던 한숨이 한꺼번에 시원하게 쉬어진다.

하다가 생각하니, 서발막대⁶ 내둘러야 검불 하나 걸릴 것 없고, 혹혹 불어논 듯이 말짱한 친정을 그대로 두고 훌쩍 떠나기가 마음에 걸린다.

그러나 그렇다고, 내가 이 바닥에서는 직업을 얻기도 졸연찮거니와 그러기도 싫은걸, 항차 어려운 친정집에 내 한 입을 더 얹어놓고 우두커니 앉아 있을 수는 더욱이나 없는 노릇이다.

'차라리 내가 서울로 가서 차차 무슨 도리를 차리기로 하고……'

친정 일도, 그걸로 걱정이나 하고 있었자 별수가 없을 터라, 이만큼 요량만 하고, 하고 나니 다시는 더 돌려다 보이는 것도 없이, 마침내 책상 앞으로 다가앉아서 모친한테 편지를 몇 자 적는다.

편지 사연은, 마음이 울적하여 서울로 올라가니 달리 걱정은 말라고, 서울로 가서 다시 편지도 하겠지만 집을 세 얻느라고 낸 보증금 오십 원을 도로 찾고, 또 살림도 값나가는 것은 쓸어 팔고 해서 가용에 보태 쓰라고, 그리고 내가 서울로 간 종적은 아무한 테도 말을 내지 말라고, 끝에다가 긴히 당부를 했다.

편지를 다 쓴 뒤에 반지 두 개를 뽑고, 팔걸이시계를 풀고 해서 편지와 같이 봉투 속에 집어넣었다. 그럭저럭 날이 휘엿이 밝아 서야 잠깐 눈을 붙였다.

이튿날 아침, 열한 시가 되기를 기다려 초봉이는 모친더러 잠깐 저자에 다녀오마 하고 식모를 데리고 정거장으로 나왔다.

유씨는 그동안 혹시 딸이 모진 마음이나 먹지 않을까 해서 늘 조심이 되었지만, 오늘은 식모를 데리고 나가는 것이, 제 말대로 저자에 다니러 가나 보다 하고 안심을 했다.

초봉이는 결혼한 뒤로는 이내 쪽을 찌고 있던 머리를 학생 머리 로 고쳐 틀고, 옷은 수수하게 흰 모시 진솔 적삼에 검정 치마를 받쳐 입었다. 혼인 때 산 구두도 처음으로 꺼내 신고, 역시 혼인 때 태수가 사준 파라솔과 핸드백을 가졌다. 돈은 태수가 일백오 십 원 가량 남겨놓고 죽은 것을, 백 원 가량은 그동안 장례를 치 르느라고 없어졌고, 오십 원 남짓한 데서 삼십 원을 모친한테 쓴 편지봉투 속에 넣었다.

정거장으로 나오는 길에는 승재가 있는 금호병원께로 자꾸만 주의가 끌리는 것을 어찌하지 못하여 가뜩이나 마음이 어두웠다.

열한 시 사십 분 차가 거진 떠나게 되어서야 데리고 나온 식모 에게다 집에 전하라고 편지를 주어 돌려보내면서, 그리고 딴 집 을 구해가서 부디 잘살라고 일렀다.

차가 슬며시 움직이자 이걸로 가위를 눌리던 악몽은 하직이요,

새로운 생애의 출발인가 하면 무엇인지 모를 안심과 희망이 조용히 솟는 것이나, 일변 너무도 호젓한 내 행색이 둘러 보이면서, 장차로 외로울 앞날이 막막하여 그래도 군산을 떠나는 회포는 슬펐다.

만만한 자의 성명姓名은……

초봉이가 이리(裡里)에서, 호남선 본선을 대전(大田)으로 갈아
타느라고 일단 차를 내려 분잡한 플랫폼의 여러 승객들 틈에 호
젓이 섞여 섰을 때다.

"아니, 이건 초봉이가!"

별안간 등 뒤에서 허겁스럽게 떠들면서 불쑥 고개를 들이대는
건 말대가리같이 기다란 박제호의 얼굴이다.

"아저씨!……"

초봉이는 반가워서 절로 소리가 높았다. 남의 이목이 아니더면
덤쑥 부여잡고 싶게 이 뜻하지 못한 곳에서 제호를 미리 만난 것
이 기뻤다. 제호도 무척 반가워한다. 그러나 반가워서 싱글싱글
웃으면서도, 기다란 얼굴은 표정이 단순치 않다. 그는 초봉이의
그동안 사단을 갖추[1] 알고 있던 것이다. 초봉이도, 제호의 낯꽃이
심상찮은 것이 아마도 군산까지 왔다가 소문을 들었나 보다 싶

어, 이내 고개가 절로 수그러지고 만다.

"그래 어딜 가느라구?"

제호는 초봉이의 행색을 다시금 짯짯이 위아래로 훑어보면서 묻는다.

"거저 이렇게 나왔어요."

초봉이는 고개를 떨어뜨리고 서서 발끝으로 땅을 비빈다.

"거저?…… 아따 것도 할 만하지. 휘얼훨 바람두 쐬구 하는 게 좋구말구, 제기할 것…… 그래 잘했어…… 기왕 나선 길에 나하구 서울이나 구경두 할 겸 같이 가까?"

제호는 옆에서 사람들이야 듣거나 말거나 상관없이 요란하게 떠들어댄다.

"그러잖어두 지금 저두……"

"서울루 간다?"

"네에."

"거 잘했어! 아무렴, 그래야 하구말구……"

초봉이는 기왕 말이 났던 끝이니, 또 아무 때 말을 해도 하기는 해야 할 것이니, 시방 그러지 않아도 아저씨를 바라고 서울로 가는 길이라고, 이야기를 이 자리에서 미리 할까 말까 망설이는 참인데, 제호가 먼저 제 이야기를 부옇게 늘어놓는다.

저번에 서울로 올라간 뒤에 제약회사는 뜻대로 준비가 되어가지고 며칠 아니면 영업을 시작하게 되었다는 것이며, 그래서 잠깐 일이 너끔한 기회에 볼일로 고향인 서천(舒川)까지 왔었다는 것이며, 다시 어제 아침에 군산으로 건너와서 볼일을 보고 지금 서울로 가는 길인데, 군산항(群山港) 정거장에서 차를 탔기 때문에 같은 차를 타고 오면서도 서로 몰랐다고, 이렇게 이야기가 싱겁거나 말거나 구수하니 지껄이고 있는데 마침 차가 들이닿았다. 둘이는 앞서거니 뒤서거니 차에 올랐다.

차는 비좁았다. 찻간마다 죄다 지나면서 보아도 두 사람을 나란히 앉혀줄 자리는 없다.

제호는 한 손에 보스톤[2]을, 또 한 손에 과실 바구니를 갈라 들고 끼웃끼웃 앞서 가면서 연신 두덜거린다.[3]

"이런, 제기할 것. 철도국 친구들은 냉겨먹을 줄만 알지 써비슨 할 줄 모른담?…… 아, 이 이런 놈의, 자리가 있어야지!…… 차장은 어디 갔누? 찻삯을 깎아달라던지 해야지, 응?…… 제기할 것."

아무리 제기를 해도 빈자리는 종시 없다. 할 수 없이 되는 대로 이등칸으로 들어섰다.

"자, 여기 아무 데나 앉게나. 이런 때나 이등차 좀 타보지. 초봉이나 내나 돈 아까워서 언제 이등차 타겠나? 제기할 것."

제호는 보스톤과 과실 바구니를 시렁에 얹고, 양복저고리와 모자를 훌러덩훌러덩 벗어젖힌다.

"제기할 것. 자아 차표라컨 이리 달라구. 이따가 돈 더 주구서 이등차표하구 바꿔야지…… 어때? 이등은 자리가 성글구 또 깨끗해서 좋지? 다아 돈만 있으면 이런 법야!"

초봉이는 삼등칸이 좁으니까 이등칸에 앉는 줄만 알았더니 그래도 차장이 와서 말썽을 하든지 하면 창피할까 싶어 편안한 이등차가 편안치도 않았는데, 돈을 더 주고 이등차표와 바꾼다고 하니, 지난 시재⁴가 염려되고 속이 뜨악했다. 그러나 할 수 없이 핸드백에서 십 원짜리를 꺼내서 차표를 얹어 내놓는 것을, 제호는 손을 내저으면서,

"허어! 내가 초봉이한테 차 이등 한턱 못 쓸 사람인가?…… 자아 돈일라컨 도루 집어넣구, 차표만."

허겁을 떨고 차표만 뺏어간다.

정거장의 성가신 혼잡과 훤화를 털어버리고 차가 달리기 시작하자, 창으로는 시원한 바람이 아낌없이 몰려든다. 창밖은 한창 살이 지려는 여름이 한빛으로 초록이다. 논에는 벌써 완구해진 모포기가 어디고 가조롱하다.⁵ 잔디풀 우거지는 산모퉁이의 언덕 소로에서, 머리에 보따리를 인 촌노파가 우두커니 차가 달리는 것을 보고 섰는 것도 초봉이에게는 기특한 풍경이다.

초봉이는 이렇게 메때리고 뛰쳐나와서, 찻간에 몸을 싣고 첫여름의 싱싱한 풍경을 구경하면서 훨훨 달리는 것 이것 하나만 해도 그 불쾌한 군산바닥에 처박혀 속을 썩이느니보다 훨씬 나은 성싶어, 마음은 이윽고 거뜬해갔다.

"나는 참……"

제호는 차표를 바꾸느라고 차장을 찾아갔다가 돌아오더니, 선반의 과실 바구니를 내려가지고 앉으면서 이야기를 꺼낸다.

"……고, 배라먹을 여편넬 즈이 집으로 쫓아버렸지, 헤헤헤, 제기할 것."

"네에? 아니 왜?"

초봉이는 놀라 묻기는 하면서도, 제호의 좋아하는 속이 그러려니 짐작이 가지고, 겸하여 초봉이 저한테도 아무튼지 일이 천만다행스러웠다.

"그깐 놈의 여편넬 그것 쫓아버리기나 하지 무엇에 쓰누?……에잇 그놈의……"

윤희를 쫓아 보냈다는 것은, 그러나 말투요, 실상인즉 일 년 작정을 하고 별거를 하기로 했던 것이다. 그것은 오랜 계획이었었다.

윤희는 제 자신의 히스테리라든지, 또 부인병에서 생기는 전신의 쇠약이라든지 그것을 잘 알고, 겸하여 그러한 신경과 건강을 가지고 그대로 부부생활을 계속하는 것이 우선 저를 위하여서도 좋지 못한 것도 충분히 알고 있었다. 그래서 요전번에 서울로 이사를 해가는 기회에 별거를 하기로 진작부터 제호와 의논이 있어 왔었다. 그런 때문에 제호가 초봉이를 서울로 데리고 가려는 것을 한사코 막았던 것이다. 초봉이뿐 아니라, 도대체 제호라는 위인의 행실머리가 미덥지 못했지만, 초봉이 일만이라도 제 뜻대로 한 것을 저으기 마음 놓고, 청진동에다가 살림만 차린 뒤에 이내 친정인 신천으로 내려갈 수가 있었다.

떠나기 전에 그는 제호를 잡아 앉히고 가로되, 오입을 하지 말 일, 물론 첩을 얻어 들이지 말 일, 가로되 술을 먹고 다니지 말 일, 가로되 한 달에 세 번씩 편지를 할 일, 그리고 그 밖에 별별 옵두꺼비[6] 같은 것을 다 다짐을 받았다.

제호는 그저 머리를 조아리면서, 네에 네 대답을 했다. 한 일 년 그렇게 별거를 하는 동안에 히스테리가 가라앉아 사람이 되면 요행이요, 그렇지 않으면 눈치를 보아 어름어름하다가 이혼이라도 할 배짱이기 때문에 그저 마마손님 배송하듯 우선 배송만 시키려 들었던 것이다.

속내평이 그렇게 되었던 것인데, 그러나 그렇다고 이 자리에서 그가 초봉이한테다가 짐짓 어떠한 색다른 암시를 주기 위하여 복선(伏線)을 늘이느라고 그러한 말을 내는 것이냐 하면 그런 것은 아니다.

다만 초봉이도 윤희를 잘 알고, 알 뿐 아니라 적지 않게 성화를 먹이던 기억을 가진 그 초봉이인지라, 초봉이를 만나자 문득 생각이 나서 (종차에는 그놈이 어떤 역할을 하게 될 값에 적어도 시초만은) 한 개의 뉴스를 전하는 그런 탄탄한 마음으로 우연히 나온 것이다.

초봉이도 그러니까, 역시 별다른 새김질을 하지 않고 한낱 뉴스를 듣는 정도로 들었을 뿐이다.

그것은 그렇다고, 그러면 시방 제호가 이렇게 만난 초봉이한테 그전과 같이 담담한 마음만 가질 수가 있느냐 하면, 결단코 그렇지는 않다. 커녕 그의 배짱은 시방 자꾸만 시켜매간다.

군산서 초봉이를 데리고 있을 때는 초봉이가 한 고향 친구의 자녀요, 그래서 저한테도 자식뻘밖에 안 되는 어린애라는 것이며, 아내 윤희의 지레 내떠는 강짜며, 그리고 무엇보다도 미혼 처녀에게 대한 중년 남자다운 조심성으로 해서 그의 욕망은 행동으로 번져나지를 못했던 것이나, 지금 당해서는 아무것도 그런 것은 거리껴지지 않아도 좋을 형편이다.

그는 이번에 군산까지 내려왔다가 자자히 떠도는 소문을 듣고, 초봉이의 겪어온 그동안의 사단을 잘 알았었다.

안되었다고 생각도 하고, 그래서 초봉이를 우정 찾아보고 일변 위로도 해주려니와, 또 마음을 가라앉혀주는 요량으로 같이 데리고 서울로 가고도 싶었었다.

그러나 막상 찾아가자 한즉 아직도 경황들도 없을 텐데, 또 정주사를 만나고 보면 자연 우는소리에 짓짜는⁷ 꼴을 보아야 하겠어서 그런 성가신 발걸음이 아예 내키지를 않았다. 그래서 찾아보기를 단념하고, 차라리 모른 체했다가 서울로 올라가서 편지로든지 불러올리려니 했었다.

그랬던 참이라, 초봉이를 뜻밖에 중로에서 만나고 보니 마치 무엇이 씌워대는 노릇이기나 한 것처럼 희한하고 반가웠었다.

희한하고 반가움이 밖에서 들어오는데, 속에서는 초봉이가 인제는 '헌 계집'이니라 하니 안팎이 마침맞게 얼려 붙은 셈인 것이다.

'이미 헌 계집.'

'그리고 임자 없는 계집.'

이러고 보니, 미혼 처녀에 대한 중년 남자다운 조심성과 압박으로부터 단박 해방이 될 것은 물론이다.

시집 잘못 갔다가 홧김에 서울로 바람잡일 나선 계집, 그러니 장차 어느 놈의 밥이 될지 모르는 계집, 그러니까 아무라도 먼저 재치 있게 주워 갖는 놈이 임자다. 옛날로 말하면 공문서(空文書)짜리 땅 같은 것이다.

그런데 그게 눈도 코도 못 보던 초면엣계집이라도 모를 테거늘,

일찍이 가슴을 설레게 해주었고, 두고두고 잊히지 않고 연연턴 초봉이고 보니 인절미에 조청까지 찍은 맛이다. 좋다. 또 윤희가 없어졌으니 더 좋다. 윤희를 이혼을 하든지, 못하면 작은마누라도 좋다. 저도 인제는 헌 계집, 나도 헌 사내.

　제호의 검은 배짱이 각각으로 이렇게 터가 잡혀 가는 걸 모르는 이편 초봉이는, 그러나 안심하고 다행스러워하기는 일반이다.

　윤희가 없으니 제호의 덕을 마음 놓고 볼 수가 있을 테요, 그래 제호네 회사에서 제호 밑에서 있노라면 공부를 쌓아가지고 한때에 희망했던 대로 약제사 시험을 치를 수가 있을 것이고, 그렇게 되면 앞으로 완전히 독립한 생활을 할 수가 있고……

　차는 줄기차게 달려만 간다. 바깥은 여전히 살쪄가는 들이 아니면 짙게 푸르러오는 언덕이다.

　맑은 햇볕이 차창으로 쬐어들어, 좌석의 고운 남빛 우단*을 더욱 해맑게 드러낸다.

　몇 되지 않는 손님들은 제각기 남을 상관 않고 한가로이 앉아 신문을 읽거나 담배를 피운다.

　"자아, 이것 좀 먹으라구……"

　제호는 사과 하나를 꺼내고서 과실 바구니를 통째로 내맡긴다.

　"……어서 아무꺼던지 꺼내 먹어요. 자, 칼두 여기 있구."

　제호는 조끼 주머니를 뒤져서 칼을 꺼내 초봉이를 주고는, 저는 손바닥으로 쓱쓱 문대는 둥 마는 둥,

　"난 머……"

하더니 그대로 덥쑥 베어문다.

"지가 벗겨드리께 인주세요!"

초봉이는, 제호의 털털한 짓이 저 보기에야 유쾌했지만 다른 자리의 점잖은 손님들이 볼까 봐서 민망했다.

"괜찮어, 괜찮어……"

제호는 볼퉁이를 불룩불룩하면서 연신 손을 내젓는다.

"……이놈 사과는 껍질째 먹어야 좋다면서?…… 초봉이두 어서 먹어요…… 이 사과가, 이놈을 날마다 식후에 한 개씩만 먹으면 머 의사가 소용이 없다구? 허허, 정말 그리다간 우리 약장사놈들두 밥 굶어 죽게? 허허허허, 제기할 것."

초봉이는 이 유쾌한 사람에게 끌리어 절로 웃음이 나와진다. 보름 만에 웃는 웃음이다.

제호는 초봉이의 웃는 입 가장자리와 턱을 보고, 새침하던 얼굴이 딴판이요, 미상불 이쁘기는 이쁘다고 속으로 새삼스럽게 탄복을 하여 마지않는다.

"그런데, 서울은 무엇하러 가나?"

제호는 소곳한 초봉이의 이마를 의미 있이 건너다보면서 묻는다. 초봉이는 사과 벗기던 손을 멈추고 잠깐 고개를 들었으나 어쩐지,

'실상은 아저씨를 찾아가는 길이랍니다'

하는 말은 주저해지고,

"거저 구경 삼아서……"

"구경? 허어!……"

제호는 다시 한참이나 초봉이를 건너다보더니, 혼자 고개를 끄

덕끄덕한다.

"……그런 게 아니라, 아따 저어 무엇이냐, 나두 초봉이 사정을 다아 알았어, 알았는데……"

초봉이는 제호가 다 안다는 눈치는 알기는 했었지만, 막상 그의 입에서 이야기가 나오는 데는 얼굴이 화틋 달고, 다시금 고개가 깊이 수그러지지 않을 수가 없다.

"하아! 이 사람, 내한테까지야 무어 그렇게 무렴해할 게 있나!…… 허긴 몰랐을 텐데 우연히 어느 친구가 그런 이야길 하더 군 그래…… 신문에두 나긴 했더라는데 나는 못 보았지만…… 그리나저리나 간에 원, 그런 횡액이 있더람!…… 그거 원 참!…… 횡액이야 횡액. 큰 횡액이야!…… 글쎄 듣기에 어떻게 맘이 안됐는지! 제기할 것, 그런 놈의 일이 원!……"

제호는 말을 잠깐 멈추고 초봉이의 하얀 가르마를 한참이나 건 너다보다가,

"……그렇지만, 응? 이거 봐요 초봉이, 초봉이?"

하면서 찔벅거릴⁹ 듯이 재우쳐¹⁰ 부른다.

"네?"

초봉이는 고개를 숙인 채 벌써 다 벗긴 사과를 먹지도 못하고 만지작거리기만 한다.

"응, 다른 게 아니라 말이지…… 그렇다구 애여 낙심을랑 하지 말아요. 낙심하면 정말루 그건 못쓰지…… 무어 어때? 한번 실수루, 아니 실수가 아니라 횡액으루 그린 일을 좀 당했기루서니 어떤가?…… 아무렇지두 않어. 아직 청춘인데…… 그런 건 하룻밤

꿈이거니 해버리면 그만이야. 다아 아무렇지두 않어. 일없어. 그럴 게 아냐? 응? 초봉이."

"네에."

초봉이는 가만히, 그러나 마지못해서가 아니요 마음으로부터 우러나오는 대답을 한다.

그는 제호가 곡진한 태도로 곰살갑게 구는 품이, 마치 아픈 자리를 만져주되 아프지가 않고 시원하여, 어떻게도 고마운지 눈물이 나올 것 같았다.

따라서 그는 (하기야 전에도 그렇지 않았던 것은 아니지만) 오늘날 낙명[11]이 된 몸으로 맨손을 쥐고서 넓은 사바(娑婆)[12]로 뛰어나온 막막한 이 경우를 당하여, 인생과 생활에는 든든한 권위가 섰고, 일변으로 활달하여 인정이 있는 이 중년 남자 제호라는 사람이 타악 미덥고 안심되는 품이란, 길을 잃은 아기가 일갓집 아저씨를 섬뻑 만난 것과 같아, 인제는 창피나 부끄러운 생각은 다 가시고 만다.

제호 역시, 이미 심중에 초봉이를 가지고 만만히 다룰 수가 있다는 뱃심이 들어차서 있는 것은 사실이나, 그러므로 어떤 기회를 당하게 되면 주저 않고 행동을 일으킬 위인이기는 하나, 그러나 시방 이 자리에서 초봉이를 여러 가지로, 더욱이 장래의 희망을 가지라고 위로를 하고 격려를 하고 하는 것은, 결코 잔망스럽게 달콤한 먹이를 먹이자는 것이 아니요, 단순히 어른다운 애정임에 틀림이 없다.

"그래 그래…… 무슨 일이 있어? 머……"

제호는 담배를 피워 물면서 다시……

"……그리구 서울루 가는 거 잘 생각했어. 그리지 않아두 내가 올라가서 편지를 하려던 참인데!…… 아무튼 잘했어…… 내가 아무리 힘이 없기루서니 초봉이 하나 잘 돌봐주지 못하리. 아무 염려두 말아요. 맘 터억 놓아요, 응?"

초봉이는 그렇다면, 이편에서 이야기를 낼 것도 없이 아예 잘되었다 싶어 더욱 안심이 되었다.

이야기에 팔려서, 차창 밖으로 변하는 첫여름의 살쪄 가는 들과 산을 한동안 눈여겨보지 않는 사이에 차는 황등(黃登), 함열(咸悅), 강경(江景)을 어느 결에 다 지나쳤다.

논산은 학교에 다닐 때 부여로 수학여행을 가느라고 와본 곳이다. 정거장 모습이며, 역엣사람들이 어쩌면 낯이 익은 것 같다. 아는 사람을 만난 것처럼 반가웠다.

팥거리(豆溪)를 지나서 굴 하나를 빠져나왔을 때에 제호는 초봉이의 무릎에 놓인 조그마한 손을 무심코 내려다보다가 손가락에 반지 자국만 남았지, 뽑고 없는 것을 보았다.

"허어! 반지두 다아 뽑아버렸군?…… 아무럼 그래야 하구말구. 그래, 그 께름직한 과거는 칼루다가 비어버리듯이 잊어야 해요. 그리구서 심기일전(心機一轉), 응? 허허, 제기할 것."

제호는 초봉이가 집안의 전당거리라도 되라고, 그저 무심코 반지를 뽑아놓고 온 속사정이야 알 턱이 없다.

그러나 초봉이는 막상 그 말을 듣고 보니 도리어 너무 급작스럽게 결혼반지 같은 것을 뽑아버린 것이 남의 눈에라도 박절하게 보인 것 같아서 화틋 얼굴이 달았다.

차가 대전역에 당도하자, 초봉이를 앞세우고 플랫폼으로 내려
서던 제호는, 명승고적을 안내하는 간판에서 유성온천(儒城溫泉)
이라는 제목이 선뜻 눈에 띄었다.

'유성온천?…… 온천?'

제호는 내숭스럽게 싱긋 웃으면서, 간판을 보던 눈으로 초봉이
의 뒷맵시를 훑는다. 비로소 그는 제 야심을 의식적으로 행동에
옮겨볼 생각이 나던 것이다.

오지 않으면, 아무렇게라도 오래잖아 만들기라도 할 박제호지
만, 우연히 그에의 찬스는 빨리 왔고 겸하여 좋았을 따름이다.

"초봉이, 온정[13] 더러 해봤나?"

쇠뿔은 단김에 뽑으라 했으니 인제는 시간문제라 하겠지만, 시
방부터는 옳게 남의 계집을 꾀는 수작이거니 생각하면 일찍이 여
염집 계집한테는 못 해보던 짓이라 노상 뒤가 돌려다뵈지 않지도
않았다.

초봉이는 마침 가드 밑을 지나면서 전에 서울로 수학여행을 갈
제 이것을 보고 진기하게 여기던 그때 일이 생각이 나서 한눈을
파느라고 제호가 재우쳐 물을 때서야 겨우 알아들었다.

"온정이요? 온천?……"

초봉이는 되묻고서 고개를 가로 흔든다.

"……못 가봤어요."

"그럼 마침 좋군. 바루 이 근처에 유성온천이라구 있는데, 한번
가볼 만한 데야…… 그래 그래, 구경두 못 했다니 첨으로 온정두

해볼 겸, 또 가서 조용히 앉아서 이 앞으로 어떻게 하는 게 좋을지, 초봉이 일두 상의하구, 좋잖어?"

"그렇지만……"

"그렇지만, 무어?"

제호는 이건 좀 창피한 고패로다고 어름어름하는데,[14] 이어 초봉이가,

"아저씨 바쁘실 텐데……"

하는 게, 저도 벌써 알아차리고는 슬며시 드러누우면서도 그저 숫보기답게 부끄럼을 타느라고 괜한 겸사나 한마디 해보는 눈치인 것 같았다. 뭐, 그만하면 다 팔아도 내 땅이다.

"온! 나는 또 무슨 소리라구! 허허 허허, 그런 걱정을라컨 하지두 말아요…… 그럼 그렇게 하기루 하구서, 점심두 아주 거기 가서 먹을까?"

"네에."

"시장하잖어?"

"괜찮어요."

"그럼 됐어. 자아 빨리 나가자구. 자동차를 잡아타야지."

초봉이는 남자와 단둘이서 호젓하게 온천에를 간다는 것이 무엇을 의미하는지 알 턱이 없다. 온천도 역시 거리의 목간탕처럼 남탕이 있고 여탕이 있고 해서, 단지 목간을 하기 위한 목간이라고밖에는 온천이라는 것을 그 이상 달리 생각할 내력이 없었던 것이다.

그러니까, 생전 처음으로 가보는 온천 목간도 하려니와, 또 제

호가 앞으로 어떻게 해야 할지 그것도 상의하자고 하니, 겸사겸사 반갑기만 했을 뿐이다.

그러나 제호는 초봉이의 그러한 단순한 마음이야 몰랐고, 너무 쉽사리 제 뜻에 응하는 것이 도리어 헤먹고 싱거운 맛도 없지 않았다.

바로 유성온천으로 떠나는 버스가 기다리고 있었다. 둘이는 다른 두어 사람 승객과 같이 버스를 잡아타고 흔들린 지 삼십 분 만에 신온천의 B라고 하는 여관에 당도했다.

초봉이는 버스를 타고 오면서,

'바로 근처라더니 이렇게 먼 덴가?'

'언제 목간을 하고, 언제 점심을 먹고, 도로 와서 차를 타려구 이러는고?'

이쯤 궁금히 생각도 했으나, 그대로 잠자코 있었다.

버스가 포치[15]에 닿기가 무섭게 앞뒤로 하녀들이 달려들어 문을 열고 손에 든 것을 채어가고 하면서,

"이랏샤이마세(어서오십시오)!"

소리를 지르고, 현관으로 들어서니까는 여남은이나 같은 하녀들이 나풋나풋 엎드리면서 한꺼번에, 이랏샤이마세를 외친다.

서슬에 초봉이는 정신이 얼떨떨했다.

목간집이라면서 대체 이게 웬 영문인지를 모르겠다. 군산 있을 때에 목간이라고 가면, 수염 난 놈팽이가 포장 뒤에 앉아 벙어리 삼신인지 눈만 힐끔하고 돈이나 받을 줄 알지, 오느냐 가느냐 수인사 한마디 하는 법 없는 그런 데만이 목간탕인 줄 알았었는데,

자 이건 도무지 휘황하고도 혼란해서 정신을 차릴 수가 없다. 어깨가 절로 오므라들려고 한다.

집은 어쩌면 이리도 으리으리하며, 색시들은 어쩌면 이렇게 많이 나오며, 어쩌면 이다지도 소중히 모셔 들이는지, 아마 이런 집에서는 목간삯을, 칠 전은 어림도 없고 일 원이나 그렇게 내야 할 것 같다.

초봉이는 사실로 이런 호강이라고는 꿈에도 받아본 적이 없는지라, 차마 겁이 나고 황송스러 못 한다.

그러나저러나 남탕이니 여탕이니 써 붙인 데는 어디며, 수건도 없고 비누도 없으니, 비누는 이 전짜리를 한 개 산다지만, 빌려주는 수건이 있는지 모르겠어서 종시 두리번거리고 섰는데, 제호는 성큼 마루로 올라가더니,

"어서 올라오잖구?"

하면서 히쭉 웃는다.

초봉이는 그제야 구두를 벗고 마루로 올라서니까, 한 여자가 냉큼 가죽 슬리퍼를 집어다가 꿇어앉으면서 바로 발부리 앞에 놓아준다.

초봉이는 제발 이러지 말아주었으면 하여, 딱해 못 견딘다.

제호는 보니, 짐을 들고 앞선 여자의 뒤를 따라 이층 층계로 올라가고 있다. 초봉이는 이런 집에서는 목간도 이층에다가 만들어 놓았나 보다고 더욱 신기했으나, 자꾸만 이렇게 둔전거리다가는[16] 촌뜨기 처접을 타지 싫어 얼핏 제호를 따라 올라갔다.

이층으로 올라가서 양탄자를 깐 복도를 한참 가노라니깐, 앞서

가던 하녀가 한 방 앞에 쪼그리고 앉더니 문을 열어주는데, 널따
란 다다미방이다. 초봉이는 팔조를 모르니, 그냥 넓은 줄만 알 뿐
이다.

하녀가 뒤로 따라 들어와서는 비단 방석을 두 개 마주 놓아주
고, 시원하라고 앞 유리창들을 열어놓고 한다.

"예가 어디래요?"

초봉이는 목간통이 보이지 않고, 이렇게 방으로 모셔 들이는 게
궁금할밖에……

"어딘? 온정이지."

"목간은?"

"목간? 아무렴, 인제 해야지…… 가만있자, 옷이나 좀 갈아입
어야 목간을 하지."

"옷을?"

"하하하, 첨으로 와서 모르는군?…… 온정에선 빌려주는 유까
다가 있으니깐, 그걸 갈아입어야 편한 법이어든."

그것도 미상불 그럴듯하기는 그럴듯했다. 마침 하녀 둘이 하나
는 찻쟁반을, 하나는 유까다를 받쳐 들고 들어온다. 들고 날 때면
으레 쪼그리고 앉는 것이 민망해서 볼 수가 없다.

하녀가 차를 따르는 동안 제호는 양복을 훌러덩훌러덩 벗어 던
지면서 유까다를 갈아입는다.

초봉이는 얼굴이 홍당무가 되어 얼른 외면을 하고 말았으나, 내
심에는 제호라는 사람이 그렇진 않던 사람인데, 어쩌면 이다지도
무례할까 보냐고 대단히 불쾌했다.

하녀가 유까다를 펴들고서 초봉이더러도 어서 갈아입으라고 속없이 연방 눈웃음을 친다. 기가 막혀 말이 나오지 않는다.

제호가 유까다를 다 갈아입고 돌아서다가, 초봉이의 곤경을 보고는 꺼얼껄 웃으면서 하녀더러 설명을 한다.

우리 아낙은 온천이 처음이기도 하려니와, 또 조선 가정에서는 아낙이 남편 앞에서 남이 보는데 함부로 옷을 벗거나 하지 않는 법이라고, 그러니 그대로 놓아두라고……

'우리 아낙이라니?'

초봉이는 단박 면박이라도 주고 싶게 제호가 괘씸했다. 그의 눈살은 졸연찮게 꼿꼿해서 제호를 거듭떠본다. 그러나 제호는 초봉이의 그러한 눈치는 거니를 챘어도,[17] 어째 그러는지 속내는 알 수가 없었다.

아까 대전역에선 그만큼 선선히 내 뜻에 응하던 사람이, 인제 와서는 이다지 비쌀 게 무엇이란 말인고?

옳아, 그런 게 아니고 저게 부끄럼을 타는 모양인 게로군. 그러면 그렇지 원……

"허허 제기할 것. 그렇게 부끄러울 게 무에 있더람?…… 그래두 너무 그렇게 서먹서먹하질랑 말아요!…… 여기 여자들이 보는데, 마치 남의 집 여자를 꾀여가지구 온 것처럼 수상하게 여길라구…… 그러잖어?"

말이 그럴듯하여, 초봉이는 마음이 약간 풀렸다. 역시 꾀고, 꾐을 받아서 온 것으로 보인다면야 차라리 아닐지언정 겉으로라도 내외간인 체하는 것이 그보다는 덜 창피할 테라서……

"자아, 그런데 어떡헐꼬? 응?…… 목간을 먼점 할까? 시장한데 무어 요기를 먼점 할까?"

"글쎄요……"

초봉이는 시장하기는 하나, 이러자거니 저러자거니 제 의견을 내고 싶지도 않았다.

"그러면 아주 기분 좋게 목간을 하구 나와서 먹드라구? 좀 시장 하더래두, 기왕 참던 길이니."

제호는 기다리고 섰는 하녀더러, 탕에 들어갔다가 나올 동안에 화식(和食)[18]을 준비하든지 그게 안 되겠으면 돈부리나 그런 것이라도 먹게 해달라고, 그리고 우리 아낙은 집에서도 나하고 같이 목간을 하는 법이 없으니 따로 독탕에 안내해주라고 주절주절 이른 뒤에, 하녀가 받쳐주는 타월을 어깨에다 걸치고 나가버린다.

초봉이는 기다리고 섰는 하녀가 제일에 민망해서 할 수 없이 유까다를 갈아입는다. 새수빠진 하녀가 연신 아씨 아씨 해가면서 생 근사를 피우는데[19] 딱 질색을 하겠다.

탕에는 독탕이라 혼자다. 유황내가 나고 호젓한 게 마음에 헤적헤적했지만, 그래도 조용하고 정갈한 것이 좋기는 좋았다.

물탕 바닥의 푸른 타일에 비쳐, 깊은 연못의 물인 듯 새파란 물이 가장자리로 남실남실 넘쳐흐르는 것이 아까울 만큼 흐뭇해 보인다.

물은 너무 뜨거운 것 같았으나 참고 그대로 들어가서 다리를 뻗고 비스듬히 잠겨 있느라니까, 여러 날 동안의 피로가 새 채비로[20] 몸에서 풍기고, 그러나 한편으로는 이어 다 씻겨나가는 성싶어 여간만 개운한 게 아니다.

　맑은 물속으로 하얀 제 몸뚱이가 들여다 보인다.

　대체 이다지도 곱고 깨끗한 몸뚱이가 그만 더럽혀지다니, 기가 막힐 노릇이 아니냐.

　그러나마 그게 한 가지도 아니요, 두 가지씩…… 남이 부끄러운 체면의 수치가 하나, 제 마음에 부끄러운 비밀한 수치가 하나.

　이 두 가지의 형적 없는 때가 이렇듯이 곱고 정갈해 보이는 내 몸뚱이에 적이 돋은 듯 눌어붙어 한평생을 가도 벗어지지 않다니.

　이리 생각하면 마구 껍질이 한벌 벗도록 부욱북 문질러 씻어라도 내보고 싶어진다. 그래 부리나케 물탕 밖으로 나와서 몸을 문지른다. 그러나 미끈미끈하기만 하고 시원치가 않아서, 여기저기 둘러보아야 비누 같은 것은 놓아둔 게 없다. 이만큼 차려놓고 수건까지 주면서 비누는 주지 않는 것이 이상했다.

　그 뒤에 어느 말끝엔가 제호더러 그런 이야기를 했다가, 유황 온천에서도 비누를 쓰느냐고 조롱을 받은 것은 후일담이고.

　탕에서 나와서, 방을 잊어버리고 어릿어릿하는데, 지나가던 하녀가 쪼르르 데려다 준다. 제호는 기다란 얼굴이, 심지어 대머리 벗어진 데까지 불크레하니 익어가지고 조그마한 밥상 앞에 앉아 기다리고 있다. 초봉이의 밥상도 따로 갖다놓았다. 조선식으로 맞상을 안 한 것이 다행스러웠다.

　"어때? 기분이 아주 좋지?……"

　제호는 부채질을 하면서 무엇이 그리 기쁜지 연신 싱글벙글 좋아한다.

"……자아 밥 먹더라구. 퍽 시장했을 거야! 그새 여러 날 걱정으루 지내느라구 무얼 변변히 먹지두 못했을 텐데."

밥상 앞에 가 무릎을 뉘고 앉으니까, 하녀가 간드러지게 공기에다 밥을 퍼올린다. 초봉이는 두 손으로 덥쑥 받는다.

"어여 먹어요. 많이 배불르게 먹어요. 인전 아무 걱정두 할라 말구서 잘 먹구 맘두 편안히 가지구 그래요. 마침 목간을 했으니깐 그걸루 과거는 말끔 씻어버린 요량을 하구 말이지, 허허 제기할 것……"

초봉이는 그렇기는커녕 비누가 없어서 때도 못 씻은걸 하고 속으로 웃었다.

"……자아 어서 먹어요…… 원 저렇게 이쁜 사람이, 원 그런 악착스런 일을 당하구 그리다니, 에이 가엾어!…… 가엾어 볼 수가 없단 말야, 허허허허, 제기할 것……"

초봉이는 이건 바로 어린애를 어르듯 한다고 서글퍼서 우습지도 않았다.

"……자, 난 반주를 한잔……"

제호는 하녀한테 유리 고뿌를 들이댄다.

"……연애라껀 유쾌한 물건이니깐, 술을 한잔 먹으면 더 유쾌하다구? 허허 제기할 것."

초봉이는 겨우 가라앉던 심정이 또다시 더럭 상해 이맛살을 잔뜩 찌푸리면서, 대체 저 사람이 어찌 이리 실없는고 하고, 제호의 얼굴을 똑바로 거듭떠본다.

그러나 제호는 아무렇지도 않게 헤벌씸 웃으면서 하녀가 부어

376

주는 맥주를 버큼째 쭈욱 들이켠다.

"어허 시언하다!…… 어때? 한잔 해보까?"

제호는 지저분하게 거품이 묻은 입술을 손바닥으로 닦으면서 초봉이에게 고뿌를 건네준다.

초봉이는 패앵팽한 눈살로 제호를 거듭떠보다가 외면을 한다.

"싫여?…… 어허허허."

초봉이가 보기에는 하릴없이 미친놈같이 제호는 꺼얼껄 웃어대면서, 하녀한테 고뿌를 들이민다.

초봉이는 밥 먹던 저깔을 내던지고 일어설 만큼 부아가 더럭 치달았다.

대관절 연애를 한다니 어따 대고 하는 말이며, 또 술을 먹으라고 하니, 이건 약간 무례 따위가 아니라 사람을 망신을 주려 드는 게 아니냐?

아니, 인제 보니 저 위인이 딴속이 있어가지고 나를 이리로 꼬여온 것이 아닌가? 섬뻑 만나던 길로 여편네를 쫓았느니 이혼을 하느니 풍을 치던 것이며, 횡액이라고 동정해주는 체 앞일은 제가 감당하마던 것이며, 다 배짱이 달라서 한 수작이 아닌가? 하녀더러 아낙이니 남편이니 한 것도, 그러니까 거짓말 삼아 정말을 한 것이고.

이렇게 제호의 속을 차근차근 캐고 보니, 이건 큰일도 분수가 있지 기가 딱 막힌다.

'음충맞은 도둑놈!'

밉살머리스럽고, 또 도둑놈은 말고라서 역적놈이라도 그게 문제가 아니라, 일은 단단히 커두었다. 어느 결에 이렇게 옭혀들었는지, 정신이 번쩍 든다.

그러노라니, 깔고 앉은 방석에 바늘이 박힌 것 같아 어서어서 이 자리를 피해 달아나야겠다고 마음이 담뿍 단다. 그러나 그러는 하면서도 웬셈인지, 과단 있이 벌떡 자리를 털고 일어서는 대신 기운이 차악 까라지고 한숨이 터져 나온다.

온갖 여망을 거기다가 붙이고 찾아가던 그 사람인 것을 여기서 떼치고 혼자 나설 일을 뒤미처 생각하니, 겁이 더럭 나고, 그것은 마치 어머니를 길에서 잃어버린 아기 적인 듯 천지가 아득하여 어쩔 바를 모를 것 같기만 하던 것이다. 이게 다 무슨 약비한 짓이냐고 애써 저더러 지천도 해보기는 했으나, 종시 제가 제 말을 들어주지를 않는다.

그러나 실상인즉, 그는 제호를 떼쳐버리기가 겁이 나기 전에, 저와 마주 떠억 퍼버리고 앉아 있는 제호라는 인물의 커다란 몸집에서 무겁게 퍼져 나오는 이상한 압기,[21] 이 압기에 눌려 나는 아무리 발버둥을 쳐도 꼼짝 못 하고 저편이 잡아끄는 대로 끌려가고라야 말지 별수가 없느니라고 미리 단념부터 하고 있는 제 자신을 의식치 못할 뿐더러, 그 압기라는 건 제호라는 위인이 버엉떼엥하면서[22] 남을 덮어 누르고, 제 고집대로 하는 뱃심도 뱃심이겠지만, 그보다도 결국 그가 이편을 구해줄 수 있는 능력의 우상인 데 지나지 않는 것을, 그만 것에 눌려 지레 자겁을 하도록 초봉이 제 자신이 본시 앙칼지지도 못했고, 겸하여 인생의 첫걸음을 실패한 것으로 부지중 자긍을 잃고 자포자기가 된 구석이 없지 못했던 때문인 줄을 그는 제 스스로 깨닫지 못했던 것이다.

그러고서 무단히 앉아 속절없이 이 운명 앞에 꿇어 엎디는 제 자신의 만만한 신세를 힘없이 한탄이나 하는 것으로 겨우 저를 위로하자고 든다.

'철든 이후로 무엇에고 나를 고집 못 하던 나!'

'고태수와 결혼한 것도 알고 보면 내 마음이 무른 탓이요, 장형보에게 욕을 본 것도 사람이 만만한 탓이 아니더냐. 그러한 보과로는 내 몸과 청춘을 잡친 것밖에는 무엇이 더 있느냐.'

'그러고서 시방 또다시 새로운 운명이 좌우되는 이 마당에 임해서도 다부진 소리 한마디를 못 하는 것은 무슨 일이냐.'

이걸로써 저를 용서하는 대신, 답답한 마음을 어루만져주는 탄식거리에는 족했었다. 미상불 그는 한숨을 몰아 내쉬면서 눈에는 눈물까지 어렸다.

그러나 근본을 따지고 보면, 시방 초봉의 한탄이란 그다지 근거가 있는 것이 되질 못한다. 그는 애당초에 제가 박제호의 뜻을 받아 그의 계집이 된다는 새로운 사실에 대해서 전연 비판을 가지지 않고 지나쳐버렸다. 그랬기 때문에 그 사실——초봉이 제가 박제호의 계집 노릇을 한다는 사실——이 가한지 불가한지를 통히 모르고 있다. 하물며, 불가하면 무엇이 어쩌니 불가하다는 것이랄지, 따라서 제가 마음에 정녕 싫은 노릇을 하게 되는 것인지 그것도 생각을 해본 적이 없다. 하니, 좀 과하게 말을 하자면, 종일 통곡에 부지하마누라상사[23]라는 우스꽝스런 초상이라고도 할 수가 있겠다.

그래서 아무려나 입맛이 날 리가 없고, 야리게[24] 퍼준 밥 한 공기를 억지로 먹는 시늉을 하다가 상을 물렸다.

아직까지도 맥주만 들이켜고 있던 제호가 생 성화를 하면서 더 먹으라고 야단야단한다.

초봉이는 말을 하고 싶지도 않은 것을 마지못해 많이 먹었노라고 대답을 해주고서, 방머리께 유리창 밖에다가 베란다 본으로 꾸며논 자리로 옮아앉았다.

바깥 풍경은 들 가운데 양옥과 화식집들이 드문드문 놓이고 들에는 모를 심은 논과 보리를 베어낸 밭이 있을 뿐, 퍽 단조했다.

그래도 시원한 등의자에 편안히 걸터앉아 보는 데 없이 벌판을 바라보면서, 막막한 생각에 잠겨들기 시작했다.

제호는 한 시간이나 걸리다시피 밥상머리에 주저앉아 시중드는 하녀와 구수하니 지껄이면서 맥주를 다섯 병이나 집어먹고, 밥도 여러 공기 먹는다. 그러고는 데리고 온 초봉이는 잊은 듯이 방석을 겹쳐 베고 버얼떡 드러누워 이내 코를 골아 젖힌다. 시꺼먼 털이 숭얼숭얼한 정강이를 통째로 드러내놓고 자빠져 자는 꼬락서니가 보기 싫어서, 초봉이는 커튼으로 몸을 가렸다.

그러나 미구에, 조속조속[25] 달콤하니 오는 졸음에 저도 모르게 앞 탁자에 엎드려 잠이 들었다.

잠이 들 때까지도 그는,

'보아서 마구 내뻗으면 고만이지……'

이런, 저도 못 미더운 방안장담[26]이나 해두는 걸로 임시의 위로를 삼았다.

느직이 여덟 시가 지나서 저녁을 먹고 다시 탕에 들어갔다가 돌아와 보니, 하녀가 널따란 이부자리를 방 한가운데로 그들먹하게 펴놓고 베개 두 개를 나란히 물려놓는다.

'필경 이렇게 되고 마는가!'

초봉이는 그대로 문치에 우두커니 지여서서 눈을 내리감는다.

'대체 어째서 이렇게 되어지는 것인고?'

오늘 아침 군산서 아무 일도 없이——그렇다, 아무 일도 없었다——그런 아무 일도 없이 떠나온 내가, 이건 꿈에도 생각지 않고 졸가리^{27}도 닿지 않고 하릴없이 허방^{28}에 푹 빠진 푼수지, 이 밤에 저 박제호와 어엿이 한 이불 속에 들어가다니, 이 기막힌 사실을 무엇이 어떻다고 할 기신도 나지 않았다.

이부자리를 다 펴고 난 하녀는 알심^{29}을 부린답시고, 고단하실 텐데 어서 주무시라고 납죽거리면서 물러나간다.

베란다에 나앉아서 초봉이의 난감해하는 양을 보고 헤벌씸 혼자 웃던 제호가 이윽고,

"무얼 저러구 섰으까?……"

하면서 고개를 까분다.

"……일러루 와서 이야기나 해보더라구?…… 응? 초봉이."

이야기란 소리에, 마지못해 초봉이는 제호의 맞은편으로 가서 고즈넉이 걸터앉는다.

"그런데에…… 집은 어떡헐꼬?"

제호는 담배를 한 대 피워 물더니 밑도 끝도 없이 불쑥 한다는 소리다.

"집? 요?"

초봉이는 무슨 말인지 알아듣지 못하고 고개를 쳐든다.

"응, 집…… 우리 살림할 집, 허허허허 제기할 것."

초봉이는, 대체 누구하고 언제 그렇게 다 작정을 했길래 시방 이러느냐고, 짐짓이라도 면박을 줄 수 있는 제 자신이었으면 싶었다.

제호는 기다랗게 설명을 한다.

앞으로 윤희와 이혼을 하기는 하겠으나, 그게 용이한 일은 아니다. 저편이 그런 억척인 만큼, 너와 내가 동거를 하는 줄을 알고 보면 심술이 나서라도 이혼에 응해주지 않을 것이다. 그러니 윤희와 이혼이 되는 날까지는 일을 속새로[30] 덮어두는 게 좋겠다. 너를 바로 청진동 집으로 데리고 들어가지 못하는 것도 그런 곡절이기 때문이니 부디 어찌 생각 마라. 하면 네가 살림할 집은 우선 마땅한 놈으로 골라 세를 얻어주마.

그렇게 따로 살림을 하고 있노라면, 첫째 뜬마음이 안정이 될 뿐만 아니라 홀몸으로 어디 가서 월급이나 한 이삼십 원 받고 지내는 것 같을 것이냐? 그런 생활보다는 우선 살림 범절만 해도 몇 곱절 낫게시리 뒤를 대주마.

그리고 그렇게 한동안 참고 지내면, 윤희와의 문제가 깨끗하게 요정이 난 뒤에 너를 큰집으로 맞아들일 것은 물론이요, 만약 네가 소원이라면 결혼식이라도 하자꾸나.

그러니 다 그렇게 알고 나를 믿어라. 혹시 나를 의심할는지도 모르겠으나, 설만들 내가 이 나이를 해가지고 집안 간의 세교[31]를 생각하든지, 또 과거에 너를 귀애했던 것으로든지, 너를 한때의 노리갯감으로 주무르다가 내버릴 악심으로야 이럴 이치가 있겠느냐. 그러한 불량한 놈이 아니라는 것은 변명을 않더라도 네가 잘 알리라.

제호의 설명은 대개 이러했다. 한 시간 동안이나 안존히 앉아, 수선도 떨지 않고 점잖게 그리고 간곡히 이야기를 하던 것이다.

미상불 초봉이를 제 것 만들겠다는 일념에, 그의 하던 말은 적어도 이 당장에서는 다 진정임에 틀림이 없었다.

초봉이는 제호의 태도와 말이 진실하다고 믿기보다, 진실하겠지야고 믿어두고 싶었다.

'기왕 이리 된걸……'

무슨 차마 못할 노릇을 죽지 못해 억지로 당하는 것처럼이나 강잉하여 마음을 돌리던 것이다.

그는 제호의 이야기한 '생활의 설계'가 적잖이 만족했다. 욕심 같아서는 기왕이니 제 의향으로, 가령 친정집의 생활 같은 것도 어떻게 요량을 해달라고 말을 해서 다짐 같은 것이라도 받고 싶었으나, 마음뿐이지 처음부터 너무 야박하다는 생각에 입이 차마 떨어지지 않았다.

마침내 제호는 입이 귀밑까지 째지면서, 신혼 축하를 한다고 하녀를 불러 올려 맥주를 청한다.

초봉이는 비로소 제가 제호의 '아낙'이 되는 것에 대한 제 기호[32]를 생각해본다. 그러나 막상 생각해보아야 스스로 이상할 만큼 좋고 언짢고 간에 분간을 할 수도 없고, 또 가타부타 간의 시비도 가려지지 않고, 그저 덤덤할 뿐이었다.

그리고는 제호와 저를 번갈아 보면서 자꾸만,

'내가 저 아저씨의 아낙?'

'저 아저씨가 내 남편?'

해야, 아무래도 실없는 장난이나 거짓말 같아 우습기나 하지, 조금도 실감은 나지 않았다. 고태수 적에도 이랬던가 곰곰 생각해보나, 그러한 것을 마음에 헤아린 기억이 없다.

이튿날 낮 두 시, 인제는 정말로 제호의 '우리 아낙'이 된 초봉이는 신혼여행을 미리서 온 셈이 된 유성온천을 떠나 대전으로 버스를 달린다. 달리면서 생각은 두루 깊어, 어쩌면 한 달 지간에 이다지도 갖은 변화를 겪는고 하면, 그것이 모두 제 일이 아니고 남의 일을 잠시 맡아서 해주는 것만 같았다.

초봉이가 제호를 따라 서울로 올라와서 여관에 묵은 지 나흘째 되는 날이다. 집을 드느라고 제호는 자잘모름한[33] 살림 나부랑이를 자동차에 들이 쟁여가지고 초봉이와 더불어 종로 복판을 동쪽으로 달리기는 오후쯤 해서고.

"저게 우리 회사야……위선 임시루 이층을 빌려 쓰는데, 널찍해서 쓸모가 있어요……"

동관 파주개에서 북편으로 꺾여 올라갈 무렵에, 제호는 길 모퉁이의 이층 벽돌집을 손가락질한다.

"……또오, 저긴 활동사진집…… 우리 꽹이 구경다니기 좋으라구, 헤헤."

제호는 유성온천서 돌아오는 버스 속에서부터, 초봉이를 '우리

384

괭이'라고 불렀다.

동관 중간께서 자동차를 내려, 바른편 골목으로 들어서면 바로 뒷골목을 건너 마주 보이는 집이었었다.

송진 냄새가 나는 듯 말쑥한 새 집이, 문등까지 달리고 드높아서 겉으로 보기에는 산뜻한 게 마음에 안겼다.

대문을 들어서면서 바른편 방이 행랑이요, 다시 유리창을 한 안 대문을 들어서면 왼편이 부엌과 안방, 그리고 고패져서[34] 삼간마루와 건넌방이다. 겉으로 보매 그럴듯한 것이 들어와서 보니 좁고 옹색하다. 마당이 앞집과 옆집의 뒷벽에 코를 부딪칠까 조심되게 좁았다. 그러한 마당에다가 장독대도 시늉은 해놓고, 수통도 있기는 있고, 또 좌가 동남으로 앉은 집이라, 겨울 볕은 잘 들어도, 방금 닥쳐오는 여름철은 서쪽이 막혀서 시원할 것 같았다.

그러나 보증금이 이백 원이요 월세가 삼십 원이라는 소리에, 초봉이는 깜짝 놀랐다.

행랑은 지저분할 테니 두지 말자고 제호가 미리 말하던 대로 비어 있었다.

주인 내외가 들어오니까, 건넌방에서 배젊어도 빛이 검고 우툴우툴하게 생긴 여자가 공손히 마중을 한다.

식모도 이렇게 미리 구해놓았고, 또 의복 장롱이야 찬장에 뒤주야 부엌의 살림 제구야 모두 차려놓은 것을 보니, 초봉이는 태수와 결혼을 하던 날, 역시 이렇게 차려놓은 집을 들던 일이 생각나서 일변 속이 언짢았다.

살림은 쌀나무와 심지어 빗자루 하나까지도 죄다 구비가 되었

고, 무엇보다도 반가운 것은 재봉틀이다. 청진동 제호의 큰집에
있던 것을 내려온 듯한데, 초봉이는 윤희가 쓰던 것이거니 하고
보자니 치사스럽기도 하나, 군산서 모친과 더불어 재봉틀도 없이
삯바느질에 허리가 아프던 일을 생각하면, 윤희한테 치사스러운
것쯤 아무렇지도 않았다.

결국 초봉이는 다 만족한 셈이다. 다만 화단을 만들 자리가 아
무리 해도 없는 것이 섭섭했지만, 그것은 화분을 사다 놓기로 하
면 때울 수가 있으리라 했다.

이튿날 아침, 제호가 조반을 먹고 회사로 나간 뒤에 초봉이는
모친한테 편지를 썼다.

사연은, 무사히 왔고 또 요행히 오던 길로 몸 편하게 잘 있을 수
있게 되었으니 조금치도 염려 말라고, 그리고 떠나올 때 편지에
말한 대로 집 보증금 주었던 것이며, 시계, 반지, 양복장 등속을
말끔 팔아서 그렁저렁 지내노라면 종차 형편을 보아 좌우간 무슨
변통을 하겠노라고, 아주 간단히 썼다.

짐작건대 혼인 때 쓰고 남은 돈이 몇십 원 있을 테고, 또 제가
시킨 대로 주워 보태면 이백 원 돈은 될 테니, 서너 달 동안은 그
렁저렁 지탱할 듯싶어 우선 그걸로 친정은 안심할 수 있었다. 종
차는 제호한테 다 까놓고 이야기를 해서 살림을 조략히[35] 해서라
도 할 테니 매삭 이삼십 원 가량씩 따로 내려보내 달라고 하든지,
그러잖으면 달리 무슨 도리를 구처해달라고 청을 댈 요량이던 것
이다.

그것뿐이 아니라, 기왕 계봉이와 형주도 군산서 지금 다니는 학

386

교를 마치는 대로 서울로 데려올 테니, 그 애들의 교육도 제호더러 감당을 해달라고 할 작정까지도 해두기를 잊지 않았다.

편지를 쓰고 나서도 한동안 붓을 놓지 못하고 망설였다.

기왕 편지를 쓰는 길이니, 시방 제호와 만나 다 이렁저렁 되었다는 사연을 눈치만이라도 비칠까 하던 것이다.

마땅히 그러해야 도리는 당연할 것이었었다. 그러나, 그러고 보면 비록 부모 자식 간일망정 깊은 곡절은 모르고, 계집아이가 몸가짐을 그리 헤피 했을까 보냐고 아닌속[36]을 아실 것 같고 해서 그래 주저를 한 것인데, 역시 아직 이르다고, 마침내 먼저 쓴 대로 그냥 편지를 봉해버렸다.

석양쯤 제호가 싱글벙글 털털거리고 들어오더니 빳빳한 십 원짜리로 오십 원을 착 내놓는다.

"자, 이게 우리 괭이 한 달 월급이다. 허허허허, 괭이 월급 주는 놈은 이 세상에 이 박제호 한 놈뿐일걸? 허허허, 제기할 것, 허허허허."

"이렇게 많이?"

초봉이는 반색을 하면서 웃는다.

아닌게 아니라 이삼십 원 월급이나 받는 것보다 월등 낫다는 타산이야 종차 생각나겠지만, 우선 눈앞에 내논 한 달 용돈 오십 원이 푸짐하던 것이다.

"허허! 그게 그리 대단해서!……"

제호는 초봉이의 볼때기를 가만히 꼬집어주면서……

"……돈 오십 원이 그리 푸달지다구? 쓰기 나름이지…… 그걸

랑 뒤두구서 반찬거리며 전등세, 수도세, 식모 월급, 그런 거나 주라구…… 집세는 내가 따루 줄 테구, 또 나무 양식두 따루 딜여보낼 테니깐, 알겠지!…… 응, 그리구 참, 달리 무엇 살림 장만할게 있다던지, 옷감 같은 걸 끊느라구 모갯돈이 들겠거들랑, 날더러 달라구 말을 하구."

초봉이는 따로 시방 약삭빠른 셈을 따져보고 있다.

수돗세, 전등세, 식모 월급 다 치더라도 십 원이 채 못 될 것이고, 반찬거리라야 제호의 밥상을 어설프지 않게 하기로 하더라도 한 달에 이십 원이면 족할 것이고.

그런즉 오십 원에서 이십 원이나, 잘하면 이십오 원씩은 남을 것이니, 그놈을 친정으로 내려보내 주리라. 종차야 제호더러라도 다 설파하게 될 값에, 우선 얼마 동안은 친정 권솔[37]들을 먹여 살려 어쩌라 하기도 실상 무엇하고 하니 아예 그렇게 하는 편이 옳겠다.

(그래서 미상불 그 다음달, 그러니까 칠월 보름에 가서 보니, 조략히 쓴 보람도 있겠지만 돈이 이십 원하고도 몇 원이 남았었다. 곧 친정으로 내려보냈을 것이로되, 그동안 편지가 온 것을 보면, 아직은 제가 시킨 대로 했기 때문에 그다지 옹색지 않은 눈치여서 그대로 꽁꽁 아껴두었었다.)

두웅둥 떴던 초봉이의 마음은 차차로 가라앉기 시작했다. 그것도 처음은, 이 생활이 현실로 믿어지지가 않고, 아무래도 인제 내일 아니면 모레는 다시 무슨 풍파가 일어, 또다시 새로운 그 운명이 시키는 대로 낯선 생활을 맞이하게 되려니 싶기만 했었다.

그러는 동안에 열흘 보름 한 달 두 달, 이렇게 지내노라니까 비로소 마음이 훨씬 가라앉고 생활도 자리가 잡히던 것이다.

그는 서울로 와서 제호와 살게 되면서도, 역시 집과 일에다가 정을 붙였다.

조석으로 집 안을 정하게 닦달하고, 세간을 보기 좋게 벌여놓고, 화분을 사다가 화초를 가꾸고, 재봉틀을 놓고 앉아 바느질을 하고, 그래서 마당에 모래알 하나 방 안의 전등 덮개 하나에까지도 초봉이의 손이 치이고 마음이 쓰이고 하지 않은 것이 없이 모두 알뜰살뜰했다.

제호는 초봉이가 그러는 것을 너무 청승맞아서 복이 붙지 않겠다고 농담 삼아 말리곤 했지만, 초봉이한테는 그것이 낙이요, 그밖에는 마음 붙일 것이 없었다.

아침에 제호가 회사로 나가고 나면, 초봉이는 그렇게 심심치 않은 하루를 보내다가, 저녁때부터는 제호의 착실한 아낙 노릇을 하기를 게을리하지 않았다.

제호가 웃으면 같이 웃어주고, 이야기를 하면 말동무가 되어주고, 타고난 솜씨에다가 마음까지 써서 조석을 어설프지 않게 살뜰히 공궤[38]하고, 제호가 미리서 말을 이르지 않아도 노상 즐기는 맥주 몇 병은 얼음에 채놓았다가 저녁 밥상머리에 내놓을 줄도 알고……

이렇게 어찌 보면 눈치 빠른 애첩 같기도 하고, 정다운 아내나 착한 주부 같기도 했다.

그러나 실상은 그것이 무슨 제호한테 탐탁스레 정이 있어 그러는 게 아니고, 그런 것 역시 집 안을 깨끗이 치우고, 화초를 가꾸고, 장롱을 훤하게 닦달을 하고, 조각보를 새기고 하는 것과 조금도 다를 것 없이 다만 제 재미를 위해서 하는 노릇일 따름이었다.

이러구러 그는 한갓 승재가 가끔 생각나는 때 말고는 이것이고 저것이고 간에 흥분도 없으려니와 불평도 없이, 일에다가 마음을 붙여서 그날그날 지내는, 로보트 되다가 만 '사람' 노릇을 하기에 골몰하던 것이다.

제호더러는 군산서부터 아저씨라고 불렀고, 친아저씨같이 따랐고, 미더워했고, 그랬기 때문에 시방도 그를 아저씨로 여기고 미더워하고 흔연히 대답을 하고 하기는 해도, 그 이상 남녀 간의 짙은 흥이라든가, 부부다운 정이며 의(誼) 같은 것은 우러나지도 않았고 우러날 건지도 없었다.

오히려 그는 승재를 그리워하는 회포가 깊었다. 오랜 오랜 옛날에 무엇 소중한 것을 통째로 어디다가 잃어버리고, 그 대신 그득한 슬픔 하나를 얻어가지고 온 것같이 마음이 허전하니 외롭고, 그럴 때면 그것이 바로 승재가 그리워지는 고 전 순간이곤 했다. 보면 그다음 순간 영락없이 승재 생각이 나던 것이다.

이것이 초봉이한테는 단 한 가지의 윤기 있는 낙(樂)—괴로운 낙이나, 즐겁게 괴로운 낙이었었다.

그리고 겨우 이것 한 가지로 해서, 그는 오십 넘은 독신의 가정부(家政婦)가 아니고, 아직 청춘이라는 구실(口實)이 되던 것이다.

이와 반대로 제호는 오후와 저녁이면 초봉이의 옆을 떠나지 않았다.

적이나 하면, 삼방(三防), 석왕사(釋王寺) 같은 데로 초봉이를 데리고 피서라도 가고 싶었지만, 새로 시작한 회사일이 하루도 몸을 뺴칠 수가 없다.

그 대신 거의 매일 밤, 초봉이를 데리고 본정으로든지 종로든지 산보도 나가고, 나갔다가 눈에 띄는 것이면 옷감이든지 집안 세간이든지 곧잘 사주곤 했다. 그는 초봉이의 마음을 사자고 여간만 정성을 들이는 게 아니었었다.

이런 일도 있었다. 살림을 시작한 지 바로 사흘째 되던 날인데, 초봉이가 부엌에 있다가 저녁상을 들고 들어서니까 제호는 밑도 끝도 없이,

"아니, 초봉이가 그런데, 그게 어떻게 된 셈이야?"

떼어놓고 하는 소리라, 초봉이는 영문을 몰라 두릿두릿하다가,[39] 혹시 형보의 사단이나 아닐까 하고 가슴이 더럭 내려앉았다.

"글쎄 내가 말야⋯⋯"

제호는 그러나 숟갈을 들면서 심상히 설명을 하던 것이다.

"⋯⋯윤희를 보내구 나서는, 이내 다른 여자와는 도무지 상관을 한 일이 없었는데, 허허 그거 참⋯⋯ 아 글쎄 ××기운이 있단 말야!⋯⋯ 허허 제기할 것, 늙은 놈이 이거 망신이지?⋯⋯ 아무튼 그 사람 고 무엇이라는 친구가 초봉한테 골고루 못 할 일을 하구 죽었어!"

이렇게까지 말을 해도, 초봉이는 충분히 그 뜻을 알아듣지 못했다. 제호가 그래서 ××이라는 것에 대해 한바탕 기다랗게 강의를 하니까, 그제야 초봉이는 고개를 숙이고 들지 못했다.

태수와 처음 결혼을 하고 나서 며칠 지나니까, 확실히 시방 제호가 말한 대로 그런 증세가 나타났던 것을 기억할 수가 있었다.

"거 기왕 그리 된 걸 할 수 있나. 인전 치료나 잘 하두룩 해야지, 허허허허 제기할 것…… 뭐 괜찮아 일없어!"

제호는 속이야 어쨌든 겉으로는 이렇게 웃어버리고는 오히려 말 낸 것을 후회하여 초봉이의 무렴[40]을 꺼주느라고 애를 썼다.

이튿날부터 주사며 약이며 일습[41]을 장만해다 놓고는 제법 익숙하게 주사도 놓아주고, 저도 놓고, 내외가 앉아서 그다지 유쾌하다고는 할 수 없는 치료를 그러나 재미 삼아 농도 삼아 계속을 했었다.

이렇게 범사에 제호는 초봉이를 다독거리고 어루만지고 하기를 잊지 않았다.

그는 한동안 아내 되는 윤희의 히스테리와 건강치 못한 것으로 해서, 가정의 낙은 고사하고 어금니에서 신물이 났던 참인데, 일찍이 마음이 간절했던 초봉이를 얻어 이렇게 아늑한 가정을 이루고 보니, 이래저래 초봉이가 귀엽고 소중하지 않을 수 없었다.

하기야 초봉이가 새침하니 저는 저대로 나돌고 속정을 주지 않아서 흥이 미흡하고 헤먹는 줄을 모르는 바도 아니요, 사실이지 언제까지고 이대로 알찐[42] 맛이 없이 지내라면 그것은 마치 석고로 빚은 인형을 데리고 사는 것 같아 죽여도 그 짓을 오래 두고는 못 해낼 듯싶었다.

그러나 저도 사람이거든 인제 정이 쏠리는 날이 있겠지, 제 정을 앗자면 내가 더욱 정답게 굴어야지, 이렇게 뒤를 보자고 온갖

정성을 다 들였다. 혹시 초봉이가 새침하든지 하면 제 딴에는 버엉뗑하고 흥을 내준다는 게,

"우리 팽이가 기분이 좋잖은 게로군?…… 응?…… 아나 팽아, 조굿대가리⁴³ 주께 이이온."

하면서 손을 까불까불, 장난을 청한다.

그럴라치면 초봉이는,

"말대가리 말대가리."

하면서 눈을 흘기고, 영 심하면 정말 고양이같이 달려들어서는 제호의 까부는 손등이고 빈대머리진 이마빡이고 사정없이 박박 할퀴어준다. 여느 때는 들어보지도 못한 쌍스런 욕을 내갈기기도 한다.

마음 심란하던 차에 탐탁하지도 않은 사람이 괜히 앉아서 지분덕거리는 게 더욱 싫어서 자연 소갈찌를 내떨곤 하던 것인데, 속을 모르는 제호는 제호대로 그럴 적마다 윤희의 히스테리의 초기 적을 생각하고, 초봉이도 그 시초를 잡는 거나 아닌가 싶어 혼자 속으로 입맛이 쓰곤 했다.

흘렸던 씨앗

 칠월과 팔월은 그럭저럭 지나갔고 더위도 훨씬 물러가 마음부터 우선 가을이거니 여겨지는 구월이다.

 장마가 스쳐간 처마 끝의 하늘이, 좁다란 대로 올려다보면 정신이 들게 푸르다.

 뜰 앞 화분에는 국화가 망울이 앉고, 억척으로 마당 한 귀퉁이를 파 일궈 심은 다알리아가 한 길이나 탐지게 자랐다.

 제호는 인제 며칠 아니면 당하는 추석에, 단풍철의 금강산이나 모처럼 둘이서 휘익 한번 다녀오자고 벼르고 있다. 해서, 즐겁자면 맘껏 즐길 수는 있는 가을이다. 그러나 초봉이는 저놈 다알리아에서 빨갱이가 피려느냐, 노랭이나 하얀 놈이 피려느냐 하고 속으로 점치면서 기쁘게 기다릴 경황조차 없이 마음은 어두워 가기 시작했다.

 초봉이는 지난간 오월, 군산에서 고태수와 결혼하던 바로 전날

여자의 타고난 매달 행사 ××을 마쳤었다.

그랬으니 날짜야 쳐보나마나 늦어도 유월 그믐정께까지는 그게 있었어야 할 텐데 그냥 걸러버렸다. 처녀 적에는 한 번도 거른 적이 없었다.

그러나 유월 그믐, 그때가 마침 제호와 새살림을 시작해서 수수하기도 했거니와, 일변 결혼을 하면 그런 변조도 생긴다더니, 그래서 그러나 보다고 심상히 여기고 말았다.

그 다음달인 칠월 그믐께도 역시 감감, 소식이 없고 그냥 넘겨버렸다.

가슴이 더럭 내려앉았으나, 설마 그랬으랴 하는 생각으로 하루 이틀, 매일같이 기다리는 동안에 팔월이 다 가도록 종시 소식이 없고 말았다.

구월로 접어들더니 그제는 분명한 임신의 징조가 보였다. 그것은 여자의 직감이기도 하려니와, 그의 모친이 막내동이 병주를 포태했을 때 여러 가지로 변화가 생기던 것을 본 기억도 도움이 되었다.

맨 처음, 신 것이 많이 먹혔다. 신 것 중에도 살구가 그놈이 약간 설익는다 해서 시큼한 놈을 실컷 좀 먹고 싶은데, 철이 아니라 할 수 없이 나스미캉[1]을 사다가는 이빨이 뻐득뻐득하도록 흠씬 먹었다.

한번은, 여느 때는 즐겨하지도 않는 두부가 금시로 먹고 싶어서 식모를 시켜 한목 열 모를 사다가는, 일변 철에다가 기름으로 부치면서 집어 먹으면서 한 것이 두부 열 모를 다 먹어냈다. 식모가

그걸 보더니 빈들빈들,

"아씨, 애기 서시나베유?"

하는 것을, 새수빠진 소리 작작 하라고 지천을 해주었다.

이 허천 들린 것같이 음식 먹고 싶은 증세가 지나고 나더니, 이번에는 입덧이 나서 욕질이 자꾸만 넘어오고, 가슴이 체한 것처럼 거북하기 시작했다.

밥맛은 뚝 떨어지고, 그렇지 않아도 여름의 더위에 시달려 쇠약해진 몸이 더욱 기운을 차리지 못하고 휘이 휘둘렸다. 그러나 이런 몸의 고통쯤은 약과였었다.

고태수와 결혼을 하고, 장형보한테 열흘 만에 겁탈을 당하고, 다시 보름 만에 박제호를 만났으니 대체 이게 누구의 자식이냔 말이다.

요행 제호의 씨라면 더할 나위 없이 좋은 일이다. 그러나 태수의 씨라면 딱한 노릇이다.

그렇지만 제호는 속이 틘 사람이라, 그런 이해야 해줄 테니 그런 대로 괜찮다 치더라도 만약 불행해서 형보의 씨이고 보면?……

생각하면 기가 딱 질렸다. 방금 제 뱃속에 형보와 꼭같이 생긴 것 하나가 들어 있거니 싶고 오싹 몸서리가 치이곤 했다.

'대체 뉘 자식이냐?'

아무리 답답해도 미리서 알아낼 재주는 없었다. 고가의 자식일 수도 있으면서 아닐 수도 있고, 박가의 자식일 수도 있으면서 아닐 수도 있고, 장가의 자식일 수도 있으면서 요행 아닐 수도 있기는 하고.

그러니 그 분간은 결국 낳아놓은 담에라야 나설 것이다. 그러나 만일 낳아놓고 보아서 제호면 제호를, 태수면 태수를 닮았다면이거니와 형보를 닮았다면 그것은 해산이 아니라 벼락을 맞는 것이요, 자식을 낳아놓는 게 아니라, 구렁이같이 징그러운 고깃덩이를 낳아놓는 것일 것이다.

제호한테도 낯이 없을 뿐 아니라, 천하에 그것을 젖꼭지를 물려가면서 기르다니, 죽으면 죽었지 그 짓은 못 한다.

혹시 아무도 닮지 않고, 저만 탁해주었으면 해롭지 않을 듯하기는 하나, 그러고 보면 이게 뉘 자식이냐는 것을 분간 못할 테니 안 될 말이다. 애비 모를 자식을 낳아놓았다께, 가령 제호가 그런 속 저런 눈치를 모르고 제 자식인 양 좋이 기른다 하더라도 남의 계집으로 앉아서는 차마 민망해 못할 노릇이다.

그뿐더러 애비 모르는 자식이 애비 아닌 애비를 애비로 부르게 하는 것도 본심 있이야 더욱 못할 짓이다.

'그러면 일을 장차 어떡하나?'

미장이의 비비송곳²같이 천착을 한 끝에는 애가 밭아, 이렇게 자문을 하는 것이나 역시 시원한 대답은 나오지 않고, 되레 더 무서운 골로 궁리는 빠져 들어가던 것이다.

비록 석 달밖에 안 된 생명이지만, 그렇더라도 그걸 밟아 죽이는 것이 죄로 갈 짓은 죄로 갈 짓이나, 뒷일을 두루 각다분찮게³ 하자면, 역시 낳지 마는 것이 옳겠다는 것이다.

생각이 이에 미쳤을 때 그는 두려움에 몸을 떨었다. 그러나, 두려워도 차라리 그 두려움을 취하고 싶었다.

더욱이 제호가 임신을 한 눈치를 챌까 봐서 애가 쓰였다. 그래 더구나 ××면 ××를 진작 시켜버리든지 해야겠다고 초초히 결심을 하고 말았다. 하나 그렇게 결심은 했어도 그놈을 시행하자니 또한 어려운 고패여서, 섬뻑 손이 대지지가 않았다. 그리하여 몸은 담뿍 지쳤는데 마음 또한 암담하고 일변 초초하여 살림이고 좋은 가을이고 통히 경황이 없던 것이다.

제중당에 석 달 있었던 빈약한 경험과 막연한 상식의 힘으로 '×× ×××' 즉 '×××'이라는 약을 알아내기에 초봉이는 보름 장간이나 애를 썼다.

약을 알아내고 이어 사다 놓기까지 하고서도, 그러나 매일같이 벼르기만 하고 벌써 십여 일이나 미룸미룸 미뤄 나왔다.

시월 열흘께다. 인제는 배가 제법 도독이 불러 올라 손으로 옷 위를 만져도 그럴싸했다.

아침인데 제호가 조반상을 받더니,

"요새 어찌 신색이 많이 못됐어! 어데 아픈가?"

하면서 딴속 있어 흐물흐물 웃는다.

초봉이는 가슴이 뜨끔했으나, 아마 그새 여러 날 횟배가 아프더니 그래서 그런가 보다고 천연덕스럽게 둘러댔다.

"횟배? 그럴 리가 있나!…… 아무려나 오늘 나하구 병원엘 가던지, S군을 청해 오던지 해설랑 진찰을 좀 해볼까?"

"싫여요!"

초봉이는 잘겁해서 절로 소리가 보풀스럽다.⁴

"허어! 저런 변괴가 있나! 몸 아픈 사람이 그래, 진찰을 해보자는데 그렇게 쏠 건 무어람? 응? 허허허허. 그리지 말구, 자아 어서 밥 먹구 이쁘게 단장두 허구 그래요. 그럼 병원에 다녀오다가 내 조선호텔 한탁 쓰잖으리?"

"싫대두 그래요!"

"저런 고집이 있을라구! 허허허허…… 그럼 병원이 그렇게 싫거던 일루루 오라구. 내라두 맥을 좀 짚어보게……"

제호는 밥 먹던 손을 슬그머니 내민다. 초봉이는 물신물신 물러나면서,

"싫여! 몰라! 마구 할퀼 테야, 마구……"

하고 암상떨이⁵를 한다.

"허허허허, 우리 팽이가 어째서 저럴꼬? 허허허허. 그래 그럼 고만두지 인전 다아 알았으니깐…… 허허허허."

"알긴 무얼 안다구 저래! 밉상이네!"

"흐응, 그렇게 숨기려 들 거야 무엇 있누? 응?…… 제기할 것. 우리 팽이가 인전 벌써 애기어머니가 된단 말이었다! 허허허허."

"저이가 미쳤나!…… 어이구 참, 볼 수 없네!"

"제기할 것, 나두 우리 초봉이 덕분에 막내둥일 본단 말이지?"

"드끄러워요. 괜히 심심허니깐 사람 놀릴 양으루……"

"놀리긴! 남은 시방 좋아서 그리는데."

제호가 좋아서 그런단 말은 그러나 공연한 말이고, 유쾌해하는 것은 역시 농이던 것이다. 그는 진작부터 거니는 챘었지만, 간밤에야 그게 적실한 줄 알았는데, 그러자 초봉이가 이렇게 폴폴 뛰

는 걸 보고 여간만 시방 속이 뜨악한 게 아니다. 분명코 초봉이가 고태수의 혈육을 잉태했기 때문에 한사코 임신을 숨기려 들거니, 미상불 전남편이 죽은 지 겨우 보름 만에 내게로 왔었고, 그러니까 이번 임신이 노상 전엣사람의 씨가 아니라고 할 수도 없으려니 싶었던 것이다.

제호는 그렇다면 생판 제 계집이 낳아놓는 남의 자식을 떠맡아 가지고 길러야 할 판이라 억울한 '아비의 부담'이요, 불쾌한 기억의 기념물이 아닐 수 없는 것은 아니었었다. 그러나 일변, 아무리 그렇더라도 그 계집을 데리고 사는 이상 그것을 부담을 했지 별수가 없는 것이고, 또 그처럼 비명횡사를 한 인간 하나의 혈육이 생명으로 남아 있다는 것이 신기하기도 한 일인즉 활협 삼아서라도 끝을 두고 보기는 할 만한 것이라고 그는 울며 겨자 먹는 푼수로 단념을 하고 말았다.

제호가 이렇게 속 다르고 겉 다른 말을 하는 줄은 아나 모르나 간에, 초봉이는 저대로 마음이 급하여, 그새 여러 날 두고 미뤄만 오던 계획을 오늘은 기어코 해치우려니 단단한 결심을 가졌다.

제호가 나가기가 바쁘게 장롱 옷 사품에다가 잘 건사해두었던 ×××를 찾아냈다. 조반도 먹을 생각이 없고, 식모더러 냉수만 가져오게 했다.

일호 교갑[*] 열두 개, 이것은 보통 때 약으로 먹자면 사흘 치 분량이니 극량에 가깝다. 그래 좀 과한 줄을 알고서 두 개는 덜어놓고 열 개만 해서 왼편 손 손바닥에 쥐었다.

바싹 도사리고 앉으면서 바른손으로 냉수 그릇을 집어 들었다.

손이 바르르 떨리고, 무심결에 아랫배가 내려다보인다.

그새 십여 일 두고 번번이 여기까지 해보다가는 금시로 하늘이 내려다보고, 뱃속엣것이 꼼틀하는 성만 싶어서 도로 걷어치우곤 했던 것이다.

유난스럽게 속엣약이 반짝거리는 교갑 열 개를 손바닥에다가 받쳐 든 왼편 손이 입으로 올라오려다가는 마치 천근 무게로 잡아끌듯이 바르르 떨면서 도로 내려가고, 몇 번이고 이 승강이를 하다가 마침내 후유 한숨이 터져 나온다.

할 수 없이 바른손에 든 물그릇을 내려놓고, 왼편 손 손바닥의 교갑만 말끄러미 내려다본다.

'요것만 입에다가 탁 털어넣고 물만 두어 모금 마시면……'

초봉이는 손바닥에 쥔 ×××교갑을 내려다보고 있는 동안에 차차로 이 약에 대해서 일종 야릇한 매력을 느꼈다.

쉬울 성싶어도 졸연찮고 어려운 일이니 더 어렵기는 한데, 그러나 그놈 한 고패만 눈을 지그려 감고, 이를 악물고, 그저 죽는 셈만 대고서 꿀꺽 넘겨만 버리면, 그때는 무서워도 소용이 없고, 시뻘건 ×덩이를 쏟트릴 때에 하늘이 올려다보여도 역시 소용이 없고, 그러나 그렇더라도 그 덕에 이 뱃속에 들어 있는 이것을 십삭[7]을 채워 낳아놓고 기르고 하느라고 겪는 갖추갖추[8]의 고통과 불쾌함을 면하게 될 것이니 그게 어디냐.

이렇게까지 생각을 하고서 다시 교갑을 출싹거려볼 때에는 시방까지의 무거운 압박과는 달리 무슨 긴장한 게임이나 하려는 순간인 것같이 이상스럽게 고소한 흥분을 느낄 수가 있던 것이다.

한 시간을 넘겨 별렀던 모양이다. 마루에서 괘종이 땡 하고 치기 시작하더니 이어 땡땡땡 여러 번을 친다.

세어보나마나 열한 신 줄 알면서도 귀를 기울여 세고 있다가,

'오래잖아 점심을 먹으러 올 텐데, 그전에 어서 바삐……'

이렇게 급하게 저를 추겨댄다.'

그래도 조금만 더 충그리고 싶어 그럴 핑계를 찾아내려고 휘휘 둘러본다. 마침 이불장이 눈에 뜨인다. 일어서서 요와 누비이불과 베개를 내려다가 아랫목으로 펴놓는다.

옷도, 뒷일이 수나롭게 입고 있어야지 하고 속옷을 단출하게 갈아입는다.

그러고는 또 미진한 게 없나 하고 둘러본다. 그러나 정말 미진한 것을 염량해서 그러는 게 아니라 자꾸 더 충그리고 싶어서 그러는 제 마음을 제가 알았을 때에는, 이러다가는 죽도 밥도 안 되겠다고 저를 나무라면서 물그릇을 얼른 집어든다.

집어 들면서 다시는 망설이지 못하게 하느라고 이어 눈을 지그려 감고 고개를 뒤로 젖히고 입을 벌린다. 이를 악물자고 했으나 먹는 놀음이 되어서 그건 할 수가 없었다.

열 개가 한꺼번에 넘어갈 것 같지 않아 우선 반 어림해서 목구멍에 쏟아넣고는 물을 마신다.

뿌듯했으나 그런대로 넘어간다.

'인제도!'

시원하다고, 저를 조지면서 그다음의 나머지를 다시 털어넣고 물을 마신다.

'인제도!'

아까처럼 목구멍으로 뿌듯이 넘어갈 때 연거푸 또 이렇게 조진다.

그게 글쎄 어디라고 요만큼 수월한 노릇을 안 하려고 벼르고, 망설이고, 핑계 대고 한 제 자신이 괘씸했던 것이다.

자, 인제는 뱃속에서 야단법석이 일어나고, 마침내는 그 지긋지긋한 그놈의 ×덩이가 시원하게 빠져나오기는 나올 테라서, 그 일에만 정신이 팔려 방바닥에다 남겨둔 교갑 두 개는 미처 치우지도 않고, 그냥 이부자리 속으로 들어가 눕는다.

한 삼십 분 동안, 이제나저제나 기다리고 있느란즉 비로소 속이 메스껍기 시작한다.

다 이래야 약이 되겠거니 하고 진득이 참는다. 그러나 차차로 차차로 참기 어려울 만큼 속은 더 뉘엿거리고 아파오기까지 한다. ××이 수축이 되는 것도 약간 알 수가 있었다.

왱하니 귀가 울고, 머릿속이 휘휘 휘둘려 어지러워나고, 눈에 보이는 것이 모두 노래지고 한다. 정신이 가물가물하고 속 메스꺼운 것, 뒤틀리고 아프고 한 것이 점점 더 급해간다.

그래도 게우지 않으려고 정신 몽롱한 중에도 이빨을 악물어 가면서 참아내는 것이나, 그 노력이 길지 못했던 것은 물론이다.

식모가 허겁지겁 회사로 달려와서 제호를 불러내어,

"아씨가, 저어 아씨가 돌아가세유! 헷소리를 허세유! 정신을 못 채리세유!"

하면서 대중없이 주워섬기기는 바로 오정이 조금 지나서다.

'××를 시키려고 약을 먹었구나!'

제호는 단박 속을 알아채었다.

허둥지둥하면서도 친구요 개업의(開業醫)인 S한테 전화를 걸어 위세척(胃洗滌)을 할 준비까지 해가지고 오라는 부탁을 한다. S는 실상 산부인과의 전문의사지만, 제호와 절친한 관계로 제호네 집 안에서 누가 손가락 하나만 다쳐도 그리로 쫓아가고, 골치만 좀 띠잉해도 불러오고 하는, 말하자면 촉탁의산[10] 맥이었었다.

제 할 말만 다 하고 난 제호는 수화기를 내동댕이치고 한걸음에 두 발씩 뛰어 집으로 달려간다.

제호는 가령 무엇이 되었거나, 이미 한번 '어미'라는 인간의 배를 빌려 생명의 싹이 트인 그것을 모체까지 위험한 독약을 먹여가면서 악착스럽게 ××를 시키는 데는 동의를 않는 사람이다.

하기야 그도 초봉이가 아비 모르는 '모듬쇠' 자식[11]을 낳지 말아주었으면야 해롭잖아하기는 할 테지만, 그렇다고 ××라는 수단으로 그런 만족을 사고 싶지는 않았었다. 더구나 시방은 ××가 되고 안 되고는 차치하고, 첫째 초봉이의 생명의 위험이 염려스러워서라도 그다지 다급히 서둘지 않을 수가 없던 것이다.

제호는 선뜻 부엌에 있는 개숫물[12]통을 통째 집어 들고 방으로 달려 들어간다.

초봉이는 보니, 정신을 놓고 펼쳐 누워 숨도 쉬는 둥 마는 둥 확실히 위태해 보였다.

대체 무얼 먹었는가 하고 둘러보다가 방바닥에 두 개 남아 있는 교갑을 집어 뽑아보고는 ×××인 줄 알고서, 그래도 조금은 안심을 했다. 혹시 '맥(麥)×'이나 먹지 않았나 해서 은근히 더 걱정을 하고 왔던 참이다.

많이 토했는지, 식모가 걸레로 훔쳐낸 방바닥에 아직도 그래도 흥건히 괴어 있는 걸 보고 개숫물도 퍼 먹이지 않고 맥만 짚고 앉아서 의사가 오기를 기다린다.

매우 초조하게 기다린 지 이십 분쯤 해서 S가 간호부까지 데리고 달려들었다.

우선 막상 몰라 위세척을 하기는 했으나, 역시 토할 것은 토하고 흡수될 놈은 흡수되고 했기 때문에 그건 별반 효험을 내지 못했다.

위세척을 한 뒤에 이어 강심제와 해독제로 주사를 한 대씩 놓았다. 이렇게 하면서 자연회복이 되기를 바랄 수밖에 별 도리가 없었던 것이다.

"어때?…… 뒤어지지나 않겠나? 그놈의 제기할 것!"

얼굴에 아직도 긴장이 덜 가신 채, 제호는 S가 청진기를 떼어들기를 기다려 물어보는 것이다.

"제길하다니?……"

S는 제호를 따라 마루로 나오면서 시치미를 떼고 농담부터 내놓는다. 이 둘은 언제고 농을 않고는 하는 말이 심심해서 못 배기는 사이다.

"……응? 죽으면 죽구, 살아나면 살아나는 게지, 어째 그 제길하나?"

"배라먹을 게 어쩌자구 ×××을 그렇게 다뿍 집어삼키더람!"

제호는 S가 농담을 하는 데 그래도 적잖이 마음을 놓고서, 그와 마주 담배를 붙여 물고 앉는다. 무척 애를 쓴 표적은, 금시 입술이 바싹 말라붙은 걸로도 알 수가 있다.

"대장쟁이 집에 식칼이 없어 걱정이라더니, 이건 제호 자네는 약장수 집에 약이 너무 많아 성활세그려?"

"여편네 무지한 것두 딱해."

제호는 시방 속으로는 S가 초봉이의 임신한 걸 알까 봐서 은근히 애를 태우고 있다. 아무리 친한 S한텔망정, 초봉이가 ××을 시키려고 이 거조를 했다는 눈치는 보이고 싶지 않던 것이다.

"그게 다아 죄다짐[13]이라는 걸세……"

S는 제호가 꼼짝 못 하는 게 재미가 나서 자꾸만 더 놀려주면서, 환자는 잊어버린 것같이 태평이다.

"……죄다짐이라는 거야…… 오십 전짜리 인찌기[14]약 만들어서 광고만 크게 내굴랑은 오 원 십 원 받아먹는 죄다짐이야."

"그래, 자네네 의사놈들은 위너니 이 원짜리 주사를 이십 전씩 받구 놔주지?"

"그리구 죄가 또 있지. 아인두 족한데 츠바이, 드라이[15]씩 독점을 하구 지내구…… 응? 하나찌[16]두 일이 오분눈데[17] 쓰나찌나 세 나찌나 무슨 일이 있나?"

"옛놈은 팔선녀두 데리구 놀았으리? 제기할 것."

"그런데 자네, 요샌 그 '제기' 하루에 몇 번씩이나 하나?"

안방에서 간호부가 까알깔 웃고, 식모는 킥킥 웃음을 삼킨다.

조금 만에 S는 청진기를 들고 방으로 들어가려다가,

"××이나 안 돼야 할 텐데!……"

하면서 의미 있이 빙긋 웃고는 제호를 내려다본다.

　제호는 할 수 없이,

　"허! 제기할 것."

하고 뒤통수를 긁적긁적한다.

　초봉이가 머리칼 한 오라기만 한 정신에 매달려 두웅둥 뜨다가 땅속으로 가라앉았다가 배암같이 생긴 형보한테 쫓겨다니다가, 그게 갑자기 태수이기도 하고, 염라대왕 앞에 붙들려 가서 문초도 받아보고, 문초를 하던 염라대왕이 제호가 되어 기다란 얼굴로 히죽이 웃으면서 옆으로 오기도 하고, 형보가 칼로 옆구리를 찢고 뱃속에서 기어 나오기도 하고, 이런 혼몽[18] 중에서 온갖 하룻낮 하룻밤을 지나 제정신이 들기는 그 이튿날 저녁나절이다.

　정신이 들자 이어 생신 줄을 아는 순간, 맨 먼저 손이 아랫배로 가졌다. 돈독하게 배가 만져질 때 그는 안심과 실망을 한꺼번에 느끼면서 한숨을 내쉬었다.

　사흘이 지나서 초봉이는 ××를 시키자던 것은 저까지 잡을 뻔하고 실패했으나 기운은 웬만큼 소성[19]이 되었고, 제호가 저녁상을 받을 때에는 자리를 밀어놓고 일어나 앉을 수도 있을 만했다.

　"그대루 누었잖구!…… 누었으라구, 그냥."

　제호는 성화하듯 만류를 하면서, 비바람 함빡 맞고 휘달린 꽃같이 초췌한 초봉이의 얼굴을 물끄러미 건너다본다.

　초봉이는 점직해, 웃으려다 말고 외면을 한다. 제호가 이내 그 일에 대해서는 입을 떼지 않았고, 그래서 둘의 사이에는 무엇이

께름하니 걸려 있는 것 같아 마주 얼굴을 치어다보고 앉았기가 거북했던 것이다.

제호는, 그러나 그 일을 제 속치부나 해두고 탓을 말잴던 게 아니고, 초봉이가 몸이 완구해지거든 차차 타이르려니 기다리고 있던 참이다.

"사람두 원!⋯⋯"

제호는 이윽고 빙긋 웃으면서 숟갈을 집어 든다.

"⋯⋯건 무슨 짓이람?⋯⋯ 그리다가 죽으면 어쩔려구 그래? 겁두 나지 않어?"

초봉이는 외면을 하고 앉아 치마고름만 만지작거린다.

"웅? 초봉이."

"⋯⋯"

"초봉이?"

"⋯⋯"

"그러면 못쓰는 법야. 어찌 됐던지 간에 초봉인 그 생명의 어머니가 아닌가? 어머니⋯⋯ 그런데 글쎄 그 거조[20]를 하다니, 송구스럽지도 않던가?"

초봉이는 '어머니'라는 이름 밑에서 책망을 듣고 보니 미상불 송구한 것 같기는 했다. 그러나 그저 그럴싸했지, 진정으로 마음이 저리게 죄스러운 줄은 모르겠었다.

만일 이번이 두세 번째의 임신이라면 어머니답게 참으로 송구한 마음이 마음에서 우러나기도 했을 것이다. 보다도 오히려 남의 책을 듣기 전에 그랬을 것이요, 혹은 이러고저러고 없이 애당초부터 ××이란 염도 내지 못했을는지 모른다. 그러나 초봉이로 말하면 아직까지도 완전하게는 '어머니 이전(母性以前)'이다. 따라서 가령 이렇게 말썽 붙은 임신이 아니고 순리의 결혼으로 순리의 임신을 했다 하더라도 겨우 넉 달밖에 안 된 뱃속의 생명에 대해서 제법 어머니다운 애정과 양심은 우러날 시기가 아니었었다.

그러한 때문에 ××을 시키려고 약을 들고 앉아서 차마 먹지 못하고 두려워한 것도, 단지 막연하게 액색한 짓, 죄를 짓는 일에 대해 인간으로서, 마음 약한 여자로서 그리했던 것이지, 옳게 어머니다운 양심이나 애정이나는 극히 무력해서 당자 자신도 의식치 못할 만큼 모호했던 것이다.

그처럼 초봉이한테 있어서 어머니다운 애정이나 양심이 희박한 것은, 그것이 초봉이의 살(內體)로써 느낀 것이 아니고, 남의 말이나 남의 일을 다만 듣고 보아서 알아낸 습관으로서 '생리 이전 (生理以前)'인 때문인 것이다. 그렇기 때문에 시방도,

'너는 어쨌든 그 생명의 어머니가 아니냐'

고 뼈아플 소리를 들어도 단지 남이 부끄러웠지, 제 마음에 걸리진 않던 것이다.

"그리구 말야, 초봉이…… 글쎄……"

제호는 실상 오금 두어 나무라는 것이 아니고, 종시 부드러운 말로 타이르는 말이다.

"……세상 일을 그렇게 억지루 해대려 들면 못쓰는 법야…… 역리(逆理)라건 실패하는 장본이니깐…… 알겠나?…… 아 글쎄, 것두 운명이요, 운명이면 다아 하늘의 뜻인데 그걸 이 우리 약비

한 인간의 힘으루다가 거역할래서야 될 말인가?…… 거저 순리
(順理), 순리 그놈이 우리한테는 제일 좋은 보배어든. 응? 알어들
어? 알겠지?"

"네에."

막연해서 알 수도 없고, 귓속으로 잘 들어오지는 않아도, 재우
쳐 조지니까, 초봉이는 마지못해 대답은 하는 것이다.

"나는 말이지, 이 박제호는 말야…… 괜찮어, 아무렇지두 않어.
어때서?…… 우리 초봉이가 낳아주는 거니, 남의 자식 그거 하나
기르지? 남은 개구멍받이"두 좋다구 길르더라!…… 아무렇지두
않어, 일없어……"

제호는 지금 초봉이의 뱃속에 들어 있는 것이 고태수의 혈육이
라고 영영 그렇게 치고서 하는 말이요, 또 그럴 수밖에는 없었다.

"……그러니깐 초봉이두…… 이거 봐요, 초봉이?"

"말씀하세요."

"초봉이두 말야…… 싫은 사람의 자식을 나서 기르느니라 생각
을 하지 말구, 응? 그저 사람, 인간을 하나 나서 기르느니라, 이렇
게 생각을 하란 말이야…… 그냥 사람, 그냥 인간 말이지, 응? 알
겠어?…… 그리구 이 담엔 다시 그런 긴찮은 짓은 않기야?
응?……"

제호는 초봉이한테로 얼굴을 들이대면서 대답을 조르듯……

"……알겠나?"

"네에."

제호는 다지고, 초봉이는 다짐을 두고 하는 맥인데, 다짐이야

두나마나, 다시는 그럴 생심이 날 것 같지도 않았다.

"그래 그래…… 그래야 하구말구……"

제호는 밥을 씹다가 말고 기다란 얼굴을 연신 대고 끄떽끄떽……

"……그래야만 우리 착한 초봉이지! 그렇지? 허허허허."

"저, 입에서 밥 쏟아져요!"

초봉이는, 일껏 점잖다가 도로 껄껄대고 수선을 떨고 하는 게 밉살머리스러워서 핀잔을 준다.

"어? 괜찮어, 일없어…… 거 어때? 아무개 자식이면 어때? 사람의 새끼 한 마리 나서 길르는 건데…… 그런 걸 글쎄…… 거 모두 그래서 치마 둘른 인종은 속이 옹색하다는 거야! 허허허허, 제기할 거."

그 뒤로 초봉이는 뱃속엣것이 걱정이 될 때마다, 제호가 가르쳐 준 주문(呪文)을 외었다.

'아무개 자식이면 어때? 사람의 새끼를 하나 나서 길르는 건데……일없어, 괜찮아.'

이것은 '아멘'이나 '나무아미타불'과 같이 그 순간 그 순간만은 단념과 안심을 주는 효과를 가지고 있었다. 물론 오래가지도 못하고, 그래서 ×× 같은 효과밖에 없기는 했지만……

가을이 여물듯이 애 밴 초봉이의 배도 여물어갔고, 그 해가 갈려 한겨울의 정월과 이월이자 사뭇 북통같이 불러올랐다. 삼월 보름께 가서는 산파가 앞으로 닷새면 해복을 하겠다고 말했다. 그래 예정대로 S의 산실에 입원을 했다.

삼월 스무날 밤이 깊어서…… 마침 봄이 올 테라 생일만은 좋을지 몰라도 속절없이 따라지 목숨이건만, 그래도 어린것은 부득부득 머리를 들이밀고 세상 밖으로 나오기 시작했다.

'네가 만일 너를 안다면, 그리고 네가 나오는 예가 어던 줄을 안다면, 너는 탯줄을 훑으려 잡고 매달리면서, 나는 싫다고 울며 발버둥을 치리라마는.'

초봉이는 이런 생각을 하는 동안에, 거꾸로 있던 놈이 한 바퀴 휘익 돌고, 돌아서는 뿌듯하게 나오려 하자, 모체의 고통은 점점 더하다가 필경 절대(絕大)의 고패에까지 이르렀다.

초봉이는 이렇게도 들이 조지는 무서운 고통이라고는 일찍이 상상도 못 했었다.

배를 눌러 터뜨린다든지 몽둥이로 팬다든지, 어디를 잡아 찢는다든지 하더라도, 가령 배가 터지면 터졌지 한번 터진 다음에는 오히려 아픔이 덜리고 후련할 텐데, 이건 쭌득이 누르는 채 조금도 늦추지 않고 끝없이 계속이 되니 견디는 수가 없었다.

눈이 뒤집히고 정신이 아찔아찔하여, 옆에서 의사와 간호부와 제호가 무어라고 떠들기는 하나 알아들을 경황이 없었다.

옹골진 속은 있어 소리를 지르지 않으려고 이를 악물었으나, 그래도 으응 소리가 이빨 새로 새어 나온다.

위로 제왕을 비롯하여 아래로 행려병[22] 사망자에 이르기까지 인간의 생명이 소중하다는 소치는, 적어도 그 절반은, 그가 모체로부터 세상을 나올 때에 모체가 받은 절대의 고통과 결사의 모험의 값인 때문인지도 모르겠다.

초산이라 그러기도 했겠지만 분명한 난산이었었다. 두 시간을 삐대고 나서 다시는 더 참을 수 없는 고비까지 이르자, 초봉이는 눈앞에 아무것도 보이지 않고 입만 딱딱 벌어졌다.

S는 할 수 없이 스코폴라민[23] 주사를 산모에게 놓아주었다. 효과만은 신속하여, 초봉이는 바로 마취가 되고 수월하게 해산이 되었다.

초봉이가 다시 정신이 들었을 때에는 아래가 한 토막 무너져나간 것같이 허전하고 얼얼했다.

'낳기는 낳았지?'

대체 어디서 솟아났는지, 마치 대령이나 했던 것처럼 맨 먼저 이렇게 차악 안심부터 되던 것이다.

'어떻게 생겼을꼬?'

이어서 이런 호기심이, 그것 역시 어느 구석이라 없이 절로 우러나던 것이다.

바로, 낳기 바로 전까지도 내내,

'형보를 닮았으면!'

하던 공포와 불안은 웬일인지 차례가 더디어, 훨씬 만에,

'어떻게 생겼을꼬?'

하는 호기심에 연달아서야 비로소 가벼운 (공포라고 할 정도도 못 되고) 아주 가벼운 불안으로서 떠오르는 것은 초봉이 제가 생각해도 되레 이상했다.

"정신이 좀 드나? 헤헤."

제호가 기다란 얼굴을 바싹 들이대면서 히죽히죽 웃는다.

'속없는 위인! 무엇이 저리 좋은고?'

초봉이는 기운도 없으려니와 제호가 보기 싫어서 눈을 도로 감는다.

그러자 마침 저편에서,

"응애"

하고 우는 아기의 울음소리……

어떻게나 응애 우는 그 소리가 간드러지고 이쁘던지, 초봉이는 놀란 것처럼 눈을 번쩍 뜬다. 확실히 그는 한 개 경이(驚異)를 즐기려는 무렵의 긴장을 느끼지 않을 수가 없었다.

"응애."

이쁘면서도 느끼는 듯 누구를 부르는 듯 못 견디게 가엾은 아기의 울음소리가 첫 귀로 들렸을 때 과연 초봉이는 아무것도 다 그만두고, 어쩌면 저렇게도 이쁜 것이던가 하는 경이를 띤 반가움이 기다리고 있었던 것처럼 한꺼번에 더럭 솟아오르던 것이다.

어서 아기를 좀 보고 싶었다. 설사 형보를 닮았어도 좋으니 제발 어서 보고 싶었다.

"헤헤, 계집애야, 계집애!"

제호가 허리를 펴고 일어서면서 고개로 저편께를 가리키는 시늉을 한다.

'계집애?'

계집애라는 것이, 계집애라면 분명 초봉이 저와 같은 것이겠거니 싶으면서 더욱 반가운 것 같았다.

간호부가 산모의 눈에서 아기를 찾는 눈치를 알고는 저편으로 쪼르르 가더니 융 기저귀에 싼 아기를 안고 온다. 초봉이는 쏟히듯 그편 짝으로 고개를 돌리고 기다린다.

"어쩌믄 애기를 요렇게도 이쁘게……"

간호부가 칭찬인지 건사를 무는지, 연신 흠선을 떨면서,

"……아주 여승[24] 어머니랍니다! 어머니 화상을 그냥 그대루 그려논걸요!"

들여대주는 대로 초봉이는 아기를 올려다보다가 무심코 미소를 드러낸다.

핏발이 보이게 하늘하늘하고, 그래서 숭업다 할 만큼 시뻘겋고, 그런 상이 콧등을 쨉흐을 눈을 감고, 머리털만 언제 그렇게 자랐는지 새까맣고, 이런 형용이라 아까 울음소리만 들을 때처럼 가엾지는 않았다. 그러나 모습이 정말 저와 꼭 같이 생긴 게, 무슨 기적을 만난 것처럼 기특해서 반가움은 한결 더했다. 그러고 나서야 비로소 아기가 형보를 닮지 않은 것이 가슴 후련하게 다행스러웠다. 그러나 그 끝에 으레껏

'뉘 자식인지 모를 자식!'

하는 탄식이 대단했을 것이로되 그것 역시 임신 때 생각하더니보다는 그리 심하지 않았다.

'나를 닮은, 나와 꼭 같은.'

그런 것을 제가 하나 낳아놓았대서 오히려 그것이 재미가 났다.

"그래 원, 요렇게두 원……"

제호가 아기와 초봉이를 번갈아 굽어다보면서 시시덕거리는 것이다.

"······저허구 거저 꼭 같은 걸 또 하나 나놓는담?······ 것두 심술이야 심술, 제기할 것."

"그럼 어머니를 닮잖구 자넬 닮았더라면 좀 뻔했나?"

의사 S가 제호를 구슬려주는 소리다. 그 말에 제호는 속으로,

'원 천만에, 이게 뉘 자식인데!'

야고 어처구니가 없었으나, 그런 내색은 물론 드러내지 않고,

"아무렴, 아범을 탁해야지!²⁵"

"저 기다란 얼굴 처치가 곤란할걸?······ 한 토막 잘라놓구서 시집을 가야 않나?"

"허허, 그건 그런 불편이 있나? 허허허허, 제기할 것."

제호는 그래도 얼마큼은 마음이 흡족해서 연신 지껄이고 수선을 피우고 하던 것이다.

그는 초봉이더러야 다 아무렇지도 않다고 말로는 그랬었지만, 막상 어린것이 제 아비 고태수라는 그 사람을 닮아가지고나 나오게 되면 그런 불쾌한 노릇이 있으랴 싶었었는데, 공평하게 마련이 되느라고 어미 초봉이만을 닮았으니 안심이라고 하자면 아닐 것도 아니었었다.

이튿날 저녁 늦어서······

초봉이는 처음으로 아기를 안고 젖꼭지를 물릴 때 비로소 어머니가 된 성싶었다.

요게 어디 좀 예쁜 데가 없나 하고 혼자 웃으면서 자꾸만 들여다본다.

생긴 게 아직 그 꼴이어서 이쁘다고 할 데는 없어도, 이쁜 것 같

기는 했다.

아기는 무엇이 뵈는지 안 뵈는지 몰라도 눈을 뜨기는 뜨고 아릿 아릿하다가 젖꼭지를 입에다 대주니까는 입술을 오물오물하더니, 언제 배웠다고 답신 물고서 쪽쪽 젖을 빨아들인다.

그게 어떻게나 재미가 있는지 깨가 쏟아지는 것 같았다.

스코폴라민의 여독을 말고는, 초봉이는 산후에 다른 탈은 없이 몸이 소성되어 이 주일 후에는 퇴원을 했다.

제호는 초봉이도 위할 겸, 저도 아기한테 초봉이를 뺏기지 않으 려고 유모를 정하라고 권을 했다. 그러나 그새 벌써 아기한테 정 이 들기 시작한 초봉이는 고개를 흔들었다.

아기 이름은 초봉이가 옥편까지 한 권 사다 달래서 열흘이나 뒤 적거리고 궁리하고 하다가 송희(松姬)라고 겨우 지었다. 썩 마음 에 드는 이름은 아니라도, 달리는 아무리 지어볼래야 신통한 것 이 나오지 않았다.

이름은 그렇게 해서 지었어도 성은 정할 수가 없었었다.

고가 장가 박가 그놈 셋 중에 어느 놈인 것은 분명하나, 그러나 단 셋 중에 하나 그걸 알아낼 길이 없었다. 그러니 필경 어린것은 성도 없거니와, 따라서 아비도 없는 자식이던 것이다. 초봉이는 임신 때에 막연하던 것과는 달라 '모듬쇠' 자식의 어미가 된 슬픔 이 비로소 뼈에 사무쳤다.

초봉이는 딸 송희한테 정이 드느라고 봄이 아무리 번화해도 여 름이 아무리 더워도, 다 상관없이 지냈다. 그리고 다시 가을철로 접어들어, 시방은 시월도 반이나 지나간 보름께다.

그동안 송희는 초봉이의 알뜰살뜰한 정성과 솜씨로 물컷 없이 잘 자랐다. 처음 한두 달이 지나서 사람 꼴이 박혀 제 모습이 드러나자, 인제는 이목구비 하나도 빼지 않고 초봉이를 그대로 벗겨논 시늉이었었다.

일곱 달인데 아이가 일되느라고 벌써 이칸방을 제 맘대로 서얼설 기어 다니고 일어나 앉고 했다. 손에 닿는 것이면 바느질꾸리고 밥상이고 마구 잡아 엎지르고, 움켜쥐는 것이면 이내 입에다 틀어넣는다.

살이 토실토실한 놈이 엄마를 제법 부르면서 기어오른다. 따로따로를 하라고 일으켜 세워주면, 엉거주춤하고 다리를 버팅기다가 털썩 주저앉는다. 그걸 보고 초봉이와 식모가 재그르르 웃으면 저도 벙싯하고 웃는다.

『학발가(鶴髮歌)』의 조조 군사 신세타령이 아니라도, 왜목불알[26]에 고추자지가 대롱대롱하지만 않았을 따름이지, 온갖 이쁜 짓은 다 하려고 들던 것이다.

초봉이는 송희가 생김새나 하는 짓이나 속속들이 이쁘지 않은 데가 없고, 정 붙지 않는 짓이 없었다.

하기야 '동물'이나 진배없는 유아를 기르는 '인간'인지라, 아이로 해서 심정이 상하는 때도 있고 성가신 때도 있어, 간혹 볼기짝을 찰카닥 붙여주기도 하고 할 소리 못할 소리 해가면서 욕을 해 퍼붓기도 하기는 하지만, 그러나 그것은 잠시요, 곧 뉘우쳐서는 가엾어 한다.

송희가 귀여움에 지쳐 간혹, 임신했을 때에 ××를 시키려고 약을 먹던 일이 문득 생각이 나고, 그런 때면 어린것일망정 자식을 보기조차 부끄러웠다.

그때에 만일 불행해서 ××가 되었더라면 어쨌으랴 싶어 지금 생각만 해도 아슬아슬했다. 그럴 때면,

"원 요렇게두 예쁘구 소중한 내 새끼를 이 몹쓸 에미년이, 이 몹쓸 에미년이…… 아이구 지장[27]의 내 새끼 내 강아지를……"

해싸면서 혼자 중얼중얼, 송희의 볼기짝을 아파할 만큼 착차악 두드리고, 수없이 입을 맞추곤 한다.

성을 정하지 못하고 민적도 하지 못하는 것이 가끔 생각이 나서 마음이 괴로운 때가 있지만, 그러나 이게 태수의 자식이냐 형보의 자식이냐 제호의 자식이냐 하는 꺼림칙한 생각도 없고, 뉘 자식이면 어떠냐, 사람의 새끼 하나를 낳아서 기르는데, 이렇게 억지로 단념하는 주문도 외울 필요도 없고 그저,

'내 자식, 내가 난 내 자식'

이라고만 여길 따름이다.

초봉이는 송희한테다가 온갖 정을 다 들이고는 아무것도 더 바라지를 않았다. 자나 깨나 송희가 있을 뿐이다. 그는 지금 이대로 그럭저럭 제호한테 몸을 의탁해서 송희나 바람 치이지 않게 잘 길러내는 것으로 나머지 반생의 낙을 삼으려니 했다.

아이한테만 함빡[28] 빠져가지고는, 그래서 살림이고 세간 치다꺼리고, 화분이고, 재봉틀이고 다 잊어버렸다. 그다지도 못 잊어 애가 쓰이던 친정도 가끔가끔 마음이 등한해지는 때가 있었다. 다달이 보름이면 잊지 않고, 한 이십 원씩 돈을 부쳐주던 것도 송희

의 겨울에 신길 타래버선[29] 만들기에 잠착하여[30] 이틀 사흘 미루기
도 했다.

송희한테 정을 붙인 뒤로, 승재를 인하여 마음 적막하던 것도
인제는 모르게 되었다. 하기야 승재를 아주 잊어버린 것은 아니
다. 더러 생각은 난다. 생각은 나지만, 지금 이 아이가 승재와 사
이에 생긴 아이로, 그래서 송희가 승재더러 아빠 아빠 부르고 이
쁜 짓을 하고 하는 재롱을 승재와 마주 앉아 보았으면 재미가 있
으리라는 공상으로 생각은 둘러앉혀지고 말았다.

그것은 승재를 위해서 그런 것도 아니요, 초봉이 제 마음의 회
포도 아니요, 차라리 송희의 아비 없는 허전함을 여겨서 우러나
는 아쉬운 생각이었었다.

초봉이의 그러한 변화는 자연 제호한테 대해서도 드러났다. 그
는 제호한테 여간만 범연히 굴지를 않았다.

제호가 남편이라는 것이나, 제호라는 남편이 있다는 것을 여느
때는 어엿이 잊어버리고 지낸다. 제호와 밤에 자리를 같이 하게
되면 될 수 있는 대로 기회를 피하려 들고, 조석의 시중 같은 것
도 식모한테만 내맡겨버리고는 돌아보지를 않는다.

하기야 마음과 몸이 지나치게 송희한테만 쓰이는 중에 모르고
절로 그렇게 된 것이요 일부러 한 짓은 아니지마는, 그건 어�째서
그랬든지 간에 제호는 제호대로 밟히고서 꿈지럭 안 할 리는 없
던 것이다.

초봉이가 그러기는 여름철부터 와락 더 심했었는데……

제호는 사람이 의뭉하고, 일일이 내색을 하거나 구누름[31]을 하

420

거나, 하지를 않아서 망정이지, 그렇다고 우렁잇속 같은 속조차 없는 바는 아니었었다.

찌는 여름에 온종일 회사에서 일에 시달리다가, 명색 집구석이라고 들어와야 도무지 붙일성이 없다.

계집이라는 건 빼액빽 우는 자식이나 차고 누워서 남편 챗것[32]이 들어와도 원두장이 쓴 오이 보듯 하기 아니면 제 할 일만 하고 있다. 그 일이 그리 소중하냐 하면 어린것 기저귀쯤 갈아 채우는 것이다. 시원한 물수건 하나 적시어다 주는 법 없고, 기껏해야 식모가 나서서 세숫물 한 대야 떠다가 든질르기[33]가 고작이다. 그다지도 즐기는 줄 번연히 알면서도 맥주 한 병 얼음에 채웠다가 내놓는 눈치도 없다. 저녁 밥상이라야 옷에서 쉰내가 푸욱 지르는 식모가 들어다놓는 게, 있던 구미도 다 떨어지고 어설프기란 그만이다. 마루고 방구석이고 걸리는 게 기저귀요, 어디로 코를 두르나 젖비린내다.

밤이면 십자군의 계집인 듯이 정조 무장을 하기가 일쑤요, 그렇지 않으면 마지못해서 계집 노릇을 한다는 것이 청루의 계집보다 더 싱겁다.

밤이 적이 서늘해서 겨우 잠자기 좋을 만하면, 어린것 감기 든다고 앞뒷문을 처닫는다. 한밤중이고 새벽녘이고, 옆에서 어린것이 빼액빽 울어 단잠을 깨놓는다.

그럴지라도 그게 내 자식이라면 귀엽고 소중한 맛에 그래저래 견딘다지만, 이건 생판 남의 자식을 가지고 그 성화를 받는단 말이다. 그런 데다가 한술 더 떠서 아침에 조반상을 받고 앉으면,

"우리 송희 민적을 어서 어떻게 해야지!"

이런 소리를 내놓는다. 기가 막혀서 말이 안 나온다. 그래도 좋게 무어라고 어물어물하면, 실상 또 윤희와 이혼이 되지 않았으니 별수가 없기도 하지만, 되레 암상을 내가지고 들볶곤 한다. 그런 날이면 회사에 나가서도 온종일 기분이 좋지 않고 일에 마가 붙는다.

이러고 보니 제호는 결국 남의 자식을 낳아서 기르는 남의 계집을 먹여 살리느라고 눈 번히 뜨고 병신구실을 하는 맥이다.

초봉이는 사실 또, 송희로 해서 그렇게 되지 않았더라도, 워너니 길이 제호의 정을 붙잡아두지 못할 재비³⁴는 못할 재비다. 그저 인사 삼아 껍데기로만 치렛본으로만 남의 첩이지, 속정을 주지 못하니 그럴밖에 없는 것이다. 그래저래 제호로 앉아보면 벌써 일 년 반, 그동안 웬만큼 사랑땜³⁵은 했고, 했은즉 계집이 이쁘고 묘하게 생겼다는 것에 대한 감각이나 흥은 인제는 더엄덤해진 판이다. 누가 무어라 해도 애첩은 애첩인걸……

이러한 때에 제호의 마음을 가라앉혀 그를 붙잡아둘 건 초봉이의 애정뿐이겠는데 애당초부터 그게 없었으니 말이 안 된다. 그러니 초봉이란 간색³⁶만 좋았지, 애무(愛撫)의 취미에 있어서 사십 된 중년 남자의 무르익은 흥취를 만족시켜주기에 쓸모가 없는 계집이고 말았다.

둘의 사이에는 그리하여 조만간 파탈이 나고라야 말 형편이었는데, 계제에 초봉이가 달밤에 삿갓 쓰고 나오더란 푼수로, 사사이 이쁘잖은 짓만 해싸니 그거야말로 붙는 불에 제라서 부채질을

422

하는 것이라고나 할는지.

제호는 그래서 여름이 식어가는 구월달부터는 가정에 등한한 기색이 차차 드러나더니, 시월로 접어들자 그것이 알아보게 유표했다.

이틀에 한 번쯤은 저녁을 비워때린 채 바깥잠을 자고, 그 다음 날 저녁에야 들어와서는 행여 초봉이가 바가지라도 긁어줄까 봐 손님이 왔느니 회사 볼일로 인천을 다녀왔느니 버엉뗑하고 하다가 아무 반응도 없으면 그만 헤먹어서 심심하게 앉았다가는 도로 힝하니 나가고……

그러나 초봉이는 그걸 조금도 괘념 않고, 차라리 성가시지 않은 것만 다행히 여겼다. 그는 제호의 등한해진 태도를 제 말대로 회사일이 바빠서 그러나 보다고 심상히 여길 뿐이지, 유성온천에서 약속해주던 '생활의 설계'를 든든히 믿고 의심은 해보려고도 않던 것이다.

그러던 끝에, 오늘도 초봉이는 제호가 더욱 전에 없이 사흘째나 싹도 안 보인 것은 통히 잊어버리고서 태평세월로 마루에 나앉아 송희한테 젖을 물리고 재롱 보기에 방금 여념이 없는 참이다.

다섯 시나 되었을까, 가을해라 거진 기울게 되어 여윈 햇살이 지붕 너머로 옆집 뒷벽에 가물거리고, 그와 음영진 대문안 수통에서는 식모가 시시[37] 무얼 씻고 있고.

송희는 한 손으로 남은 젖꼭지를 움켜쥐고 한편 젖을 빨면서 잠이 들려고 눈이 갠소름하다가 대문간에서 터덕거리는 발소리에 놀라 눈을 뜬다.

제호는 마치 손님으로 남의 집이라도 찾아오기나 하는 것처럼 기다란 얼굴을 끼웃거리면서 어릿어릿 안대문 안으로 들어선다.

"모르는 집엘 오시나? 무얼 그렇게 끼웃거리시우?"

초봉이는 그대로 앉아 일어나지도 않는다. 그러나 그렇게 말을 하는 초봉이 저도 실상 수수로운 손님이 찾아온 걸 맞는 것같이 어느 구석엔가 서먹서먹한 기운이 있는 걸 어쩌하지 못했다.

"으응, 아니, 거 머……"

제호는 우물우물하다가 히죽이 웃으면서 마룻전에 아무렇게나 털씬 걸터앉는다.

좀 푸짐하라고 우정³⁸ 그렇게 털털하게 굴어보는 것이나, 그래도 안길성이 없고 더 싱겁기만 했다.

한참이나 밍밍하니 앉아 있다가는 심심 삼아 고개를 이리저리 두르더니 초봉이가 안고 있는 송희를 들여다보면서,

"어디? 어디 보자?"

하고 육중한 손바닥을 까분다.

오죽 멋적었으면 그랬으련만, 송희는 졸리는 눈을 뜨고 제호를 올려다보다가 엄마의 젖가슴을 파고들고, 초봉이는 마땅찮아서 이마를 찌푸린다.

"야아! 이놈의 딸년, 낯을 가리는구나…… 허허 제기할 것, 아범이 아주 쫄딱 망했지, 허허허허, 제기할 것."

제호는 여느 때와는 좀 다르게 짐짓 나와지는 너털웃음을 친다. 그러거나 말거나 초봉이는 칭얼거리는 송희만 다독다독한다.

"그것, 성미두 얼굴 생김새처럼 어멈을 닮아서 그렇지?"

"걱정두 말아요!…… 아무려믄 당신 같은 털털이허구 바꾼답디까?"

"허허허허, 제기……"

"드끄러워요!⁴⁹ 아이가 잠들려구 하는데 자꾸만 앉아서……"

"하아, 이런 놈의!"

제호는 지천을 먹고 끄먹끄먹 앉았다가 담배를 피워 문다. 그 동안 초봉이는 잠이 든 송희를 안고 살그머니 안방으로 들어가서 조심조심 뉘어놓고는 다독거리고 덮어주고 돌려다보고 하다가 겨우 마루로 나온다.

"양식이 어떤고?"

제호는 옆에서 서성거리고 섰는 초봉이를 올려다보면서 묻는다. 양식은 달로 헤아리지 않기 때문에 한 가마니를 들여보내면, 어느 때 동이 나는지 모르니까 집에서 말을 해야 다시 들여보내곤 했는데, 오늘은 자청해서 말을 내던 것이다.

"아직 괜찮아요."

초봉이는 쌀 한 가마니 들여온 지가 보름도 못 되는 것을 생각하고 심상한 대답이다.

"그래두 하마 오래잖어 떨어질걸?…… 아무튼 쌀 두주가 큼직하겠다, 내일 새루 한 가마니 들여보내지."

"싫여요! 그럭저럭하다가 햅쌀 나믄 햅쌀을 들여다 먹어야지, 냄새나는 묵은 쌀을 무슨 천주학이라구."

"하하, 햅쌀밥이라! 것두 그렇기는 하군. 벌써 햅쌀밥 소리가 나구, 제기할 것…… 돈은 몇 푼 잡지두 못했는데, 금년 일 년두 거진 다아 가더람!…… 그럼 쌀은 그런다구, 장작은 어떻다구?"

"그거나 한 마차 내일이구 모레구……"

"내일 들여보내지, 그럼……"

제호는 돈지갑을 꺼내더니 십 원짜리 다섯 장을 내놓는다.

"……인제 생각하니 이달은 월급이 이틀이나 밀렸었군? 허허 허허, 대장대신이 요새 건망증이 생겨서."

"한 삼십 원만 더 주어요."

"삼십 원? 그래…… 무어 살 것 있나?"

제호는 돈을 다시 꺼내면서 혼자 속으로,

'오냐, 이번이 마지막일지도 모르니 달랄 테거든 맘껏 달래 가 거라'

하고 활협을 부린다. 그럴 뿐 아니라, 초봉이의 눈치를 보아서 인 제 아주 금을 긋고 갈라서는 마당에는 돈이라도 몇백 원, 혹은 돈 천 원 집어주어서 뒤를 후히 해둘 요량까지 하고 있는 참이다.

삼십 원 더 얹어주는 십 원짜리 여덟 장을 받아 괴춤[40]에 넣으면 서 초봉이는 저 혼자,

'역시 착한 아저씨는 아저씨지!'

야고 생각을 한다.

사실 제호가 살림이고 돈이고 언제든지 이렇게 꿍짜[41] 한마디 없이 아끼잖고 사다 주고 내놓고 하는 것을 받을 때만은 그가 고 마웠고, 고마운 만큼 더 미덥기도 했었다.

"참 어제 아침인가? 그저께 아침인가……"

제호는 돈지갑을 도로 건사하면서 문득 남의 말이나 하듯

이……

"……윤희가 올라왔더군?"

"유운희? 왜애?"

초봉이는 제바람에 놀랄 만큼 깡충 뛴다.

비록 평소에는 의표에 떠오르지 않았다 하더라도 초봉이 역시
소위 남의 사내를 뺏어 산다는 '작은집'다운 신경의 불안이 없을
수가 없었고, 그것이 이런 고패를 당하여 두드러져 나오던 것이다.

"허! 왜라니?…… 낸들 알 택이 있나!"

제호는 종시 아무렇지도 않게 코대답을 한다.

이것은 분명 무엇을 시뻐하는 냉랭한 태도이겠는데, 그러면 그
것이 윤희가 서울로 올라온 그 사실을 대수롭게 여기지 않는 것
인지, 혹은 초봉이 네가 즉 작은여편네가, 시앗이 시앗 꼴을 못
본다더라고, 왜 그리 펄쩍 뛰느냐고 어줍잖대서 하는 소린지, 그
두 가지 중에 어느 것인지를 초봉이는 선뜻 분간을 못 했다. 그러
나 그는 제호를 저 혼자만 꽁꽁 믿는 만큼 설마 내게야 그러진 않
겠지 하고 안심을 하고 싶었다.

"……아마 여편네니깐, 제 서방한테루 살라 온 게지."

이윽고 제호가 한마디 되풀이를 하는 걸 듣고서야 초봉이는 옳
게 정신이 들었다.

제호의 말이 그쯤 간다면, 그러면 앞으로 윤희를 어떻게 할 테
냐 하는 제호의 태도가 자못 문제다.

'제까짓 게 오면 무슨 소용 있나? 괜찮아 일없어.'

어떻게 보면 이런 눈치 같기도 하다. 그러나 또 어떻게 보면 코

방귀를 뀌면서,

　'그야 오는 게 당연하고; 왔으니깐 살고 할 텐데, 왜니 어쩌니
하는 네가 딱하지 않으냐'

하는 눈치 같기도 하다. 같은 게 아니라 훨씬 더 근리할 성부르
다. 그렇다면 일은 커두었다.

　절대로 이럴 일이 아니라고 (국제조약과 한가지로 계집 사내 사
이의 언약은, 저 싫으면 차 내던지는 놈이 장사요, 앉아 당하는 놈이
호소무처[42]라는 걸 모르는 초봉이는) 우선 유성온천서 받은 좀먹은
수형[43]을 오랜 기억의 밑바닥에서 꺼내놓고 뒤적거린다.

　'자, 여기 쓰이되, 한 일 년 두고 서둘러 이혼을 한 뒤에 나를
민적에 올려주마고 한 대문이 있지 않으냐?'

　'그런 것을 미룸미룸 이내 미뤄오다가, 인제는 윤희가 저렇게
쫓아 올라왔으니 어떻게 할 요량이냐? 이혼을 하느냐? 못 하느
냐? 만약 이혼을 못하면 나는 어찌하라며, 나도 나려니와 우리 송
희의 민적은 어떡하라느냐?'

　이렇게 수형의 액면대로 죄다 캐고 따지고 하자면 아무래도 단
단히 악다구니는 해야 할 테고, 급기야는 윤희와도 맞다디려 제
호를 뺏으랴, 차지하랴 해서 요란스런 싸움이 한바탕 벌어지고야
말 것 같았다. 그리고 물론 싸움을 사양치 않을 각오다. 정작 싸
우게 되면 울고 돌아섰지, 싸우지도 못할 성미이면서 우선 혼자
서 방안장담은 해두는 것이다.

　하기야 제호라는 사내는 그대도록 뺏기고 싶지 않은 하 그리 탐
탁한 사내더냐 하면 그런 것은 아니다. 차라리 아이를 기르는 데

428

걸리적거리는 물건 짝이니, 이 기회에 윤희에게로 도로 내주고 선뜻 갈리는 것도 무방은 하다. 그러고서 이를 악물고 나서면야 무슨 짓을 해서든지 송희 하나 못 길러 가진 않을 자신도 없지 않다. 그러나 그건 헐 수 할 수 없는 경우고, 그런 위태스런 바람 앞에 송희를 안고 나서느니보다는 그새처럼 평화롭고 안전한 온실 안에서 소중한 꽃 송희를 길러내야 하고, 그것이 송희를 위한 안전한 방책인 것이다. 그러니까 제호는 우선 뺏기지 말고 보아야 한다.

초봉이는 이러한데, 그러나 제호의 배짱을 떠들고 들여다보면 대단히 그와는 상거"가 멀다.

제호는 이마적 와서는 윤희와 이혼할 생각은 없기도 하려니와, 하고 싶어도 그게 그리 수월한 일이 아니다. 그건 고사하고, 초봉이와 이렇게 딴살림을 차린 줄을 윤희가 아는 날이면 큰 풍파가 일어나서 모두 뒤죽박죽이 될 판이다. 황차 회사에 증자(增資)를 하느라고 윤희를 추거서 그의 친정 돈으로 주(株)를 얼마를 사게 했기에! 그러니 더구나 초봉이와는 하루바삐 손을 끊는 게 그저 상책인 것이다.

인제는 그러므로 켯속이 갈리느냐 안 갈리느냐가 아니라, 갈리기는 꼭 갈리고야 말게만 되었은즉, 그럴 바이면 오늘 저녁 이 자리에서라도 자, 사실이 약시 이만저만하고 이만저만한데, 또 너와는 더 지내기도 싫어졌고, 겸하여 너도 나와 살맛이 덜한 눈치고 하니, 그저 너는 너대로 나는 나대로 갈라서자꾸나, 이렇게 이르고 일어서면 그만인 것이다.

사실 당장 그랬으면 싶고, 또 그리하자면 노상 못할 것도 아니다. 그러나 영영 다급하면 몰라도 애초에 나이 어린 계집애를, 더구나 의리도 돌아보지 않을 수 없는 동향 친구의 자식을 살자고 살자고 꾀어서 오늘날까지 데리고 살다가, 속이야 어떻게 생겼든 겉으로는 그다지 탈 잡을 무엇이 없는 걸, 그처럼 헌신짝 벗어내던지듯 괄시를 하기는 두 뼘이나 되는 낯을 들고 좀체로 못할 노릇이기도 했다. 그리하여 차마 이 성가신 석고상(石膏像)을 박절하게시리 내 손으로 내다버릴 수는 없고 한즉, 그저 비벼댈 언덕을 하나 만나 그걸 핑계 삼아서 갈라서든지 그도저도 못하면 아편쟁이 아편 끊듯이 서서히 두고라도 떼어 팽개치는 수밖에는 도리가 없다는 것이 시방 제호의 요량장이다.

"그럼 어떡허실려우?"

둘이는 제각기 제 생각에 잠겼느라고 한동안 말이 없다가 이윽고 만에 초봉이가 입을 연다.

"응?……"

제호는 너무 오래된 이야기 끝이라 무슨 소린지 몰라 초봉이를 마주보다가 겨우 알아듣고 씨익 웃으면서……

"……어떡허긴 무얼? 거저 그렇구 그렇지…… 모두 성화야 성화! 제기할 것."

제호는 어물어물 씻어 넘기자는 것인데, 초봉이는 종시 딴전만 보느라고 그 말을, 어떻게 하기는 무얼 어떻게 하느냐? 그저 그러고 있으면 윤회 문제는 종차 다 요정이 날 텐데, 에이 성가시어! 이렇게 하는 말로 갖다가 알아듣는다. 그러고 보니 방금 혼자서 결이 나서 따지고 캐고 하던 것이 우스웠고, 따라서 인제는 윤희가 서울로 올라온 것도 위협이 되지 않고, 앞일도 종시 이런 착한 아저씨가 있대서 안심이 되고 했다.

"벌써 다섯 시 반이라? 어허 또 좀 나가봐야 하나! 제기할 것."

제호는 꺼내보던 시계를 도로 집어넣으면서 기지개를 쓰고 일어선다.

제호가 일어서는 걸 보니 초봉이는 그가 시방 윤희한테로 가거니 생각하면 어쩐지 마음이 언짢고 그대로 놓아 보내기가 싫었다. 그건 단순한 물욕만도 아닐 것이고, 나그네 먹던 김칫국이나마 먹자니 더러워도, 남 주자니 아까운 인심이라면, 초봉이도 일 년 넘겨 이태 가까이 살아온 이 사내가 명색 큰여편네라는 것한테로 가고 있는 걸 보고 있기가, 역시 그늘에서 사는 남의 작은집답게 오기가 나지 않을 수도 없던 것이다.

"왜? 저녁 안 잡숫구?"

초봉이는 그새 여러 달 않던 짓이라, 갑자기 속을 뽑히는 것 같아 귀밑이 붉어 올랐다. 제호는 속으로 고소해,

'흥! 너두 겁은 나기는 나는 모양이로구나?…… 얌사스런[45] 것!'

하면서, 그러나 겉으로는 그저 흔연히……

"…… 여섯 시에 잠깐 누굴 만나기루 했는데……"

"그래두 얼른 잡숫구 나가시우?…… 그리구우, 저어……"

초봉이는 오래간만에 해죽해죽 이쁜 웃음을 웃어 보이면서……

"……오늘 월급 탄 턱으루 육회두 치구 갈비두 굽구 해디리께, 당신 좋아허시는……"

"육회? 갈비?……"

제호는 그 웃음에 그전처럼 얼굴과 몸치장까지도 했더라면 얼마나 운치가 있겠느냐 이런 생각을 하는데, 또 육회니 갈비니 하는 게 모처럼 초봉이의 얌전한 솜씨로 만든 안주가 입맛이 당기어 한잔 또한 해롭지 않다 싶어……

"……거 구미는 당기는데…… 그러나저러나 오늘은 웬 써비스가 이리 대단한구?"

"월급 탄 턱으루……"

"허허허허, 시에미가 오래 살면 자수물통에 빠져 죽는다더니……[46] 그러나저러나 시간이……"

"진지는 다 했어요…… 지금 곧 고기허구 약주만 사오믄 고만일걸."

초봉이가 어멈을 불러대면서 부산나게 서두는 것을 제호는 다시금 시계를 꺼내 보다가,

"아니, 가만 있으라구……"

하면서 그대로 마당으로 내려선다.

"……그럴 게 아니라, 내 다녀오지. 지끔 가서 만나볼 사람 만나보구, 여섯 시 반이나 일곱 시 그 안으로는 올 테니깐, 그새 무어구 천천히 만들어뒀다가 줄려거던 주구…… 그럼 내 오는 길에 술은 한 병 사들구 오께시니, 잉? 그러면 좋잖어?"

"그럼 그렇게 허시우. 여섯 시 반이나 일곱 시까지?…… 꼭 오

시우? 또 어디 가서 약주 잡숫느라구 남 눈이 빠지게 기대리겔랑
마시구……"

"아무렴, 글랑 염려 말아요."

제호는 거들거리면서 대문간으로 나간다.

초봉이는 방으로 들어가서 방금 제호가 주고 간 돈을 양복장 속
서랍에다가 잘 건사를 한다. 그러면서, 내일은 송희를 업혀가지
고 백화점으로 침대며 유모차를 사러 가려니 하다가 돌려다보니
송희는 젖을 빠는 꿈을 꾸는지 입술을 오물오물하고 있다.

그놈에 정신이 팔려, 식모를 고깃간에 보내자던 것도 잊어버리
고서 들여다보고 좋아하는데 마침 누군지,

"이리 오너라"

하고 점잖게 찾는 소리가 대문간에서 들려 왔다. 한번 듣기에도,
귀에 여운이 처지는 쩽쩽하고도 따악 바라진 목소리다.

초봉이는 그것이 뉘 목소리인지 알아내기 전에 가슴이 먼저 알
아듣고는 두근 울렁거리면서 손이 절로 올라가서 꽉 눌러준다.

슬픈 곡예사曲藝師

초봉이가 가만가만 마루로 나서는데, 부엌에서 식모가 대문간으로 나가더니 조금 후에 도로 들어오는 그 뒤를 따라 처억 들어서는 건 평생 가도 잊혀지지 않을 곱사 장형보다.

따라 들어서는 형보를 돌려다보고 식모가 무어라고 시비조로 말은 하는 것이나 퍽 익숙한 눈치고, 또 형보 역시 낯설잖은 태도로, 아니 뭐 괜찮으니 염려 말라고 하고, 하는 게 이상히 보자면 볼 수는 있는 것이지만, 초봉이는 그런 걸 여새겨볼 정신이 없었다. 그는 선뜻 형보가 눈에 보이자 (실상은) 보기 전부터 놀라가지고 있었다.

피는 한꺼번에 얼굴로 치달아 두 관자놀이가 터질 듯 우끈거리고 몸은 걷잡을 수 없이 떨렸다.

식모가 앞으로 와서, 아 저이가 아씨를 뵙겠다구 하길래 밖에서 기다리라니깐 안 듣구서 저럭허구 따라 들어온대유 하는 성화도,

쿵쿵 가슴 뛰는 소리에 삼켜지는 듯 똑똑히 알아듣지 못했다.

이윽고 초봉이는 강잉해서 정신을 수습하여, 내가 왜 저 사람을 이대도록 무서워할까 보냐고 숨을 깊이 들이쉬고 고개를 꼿꼿이 쳐들었다. 그래도 종시 가슴은 들먹거리고 몸이 떨리는 건 어찌할 수가 없었다.

언제 보아도 홀아비 꼴이 드러나게 꾀죄죄 때가 묻은 주제다. 호졸군하니' 풀이 죽은 당목 두루마기에, 두루마기 밑으로 처져내린 옹구바지는 더 시꺼멓다. 군산서 볼 때보다 는 것은 그리 낡지 않은 손가방 한 개다.

이 꼬락서니에 고개를 되들고 조롱을 하듯 비죽이 웃으면서 곱사등을 흔들흔들 그는 서슴잖고 대뜰로 올라선다.

"실례합니다. 에, 그새 다아 안녕하십니까?"

"어째서 외간 남자가 남의 집 내정을 함부루 들어오구 있어요!"

초봉이는 눈을 아니꼽게 가라뜨고 형보를 내려다보다가, 떨리는 음성으로 준절히 나무란다.

"네에, 잠깐 좀 뵐 일이 있어서요……"

형보는 네까짓 게 암만 그래 보아라 하는 듯이, 어느새 마룻전에 가서 척하니 걸터앉는다.

"……그새 어 참, 다아 평안하시구, 또오 궁금한 건 그 어린것인데, 잘 놀기나 하나요?"

이 사람을 다뿍 깔보고 덤비는 형보의 괘씸스런 태도에 초봉이는 성이 나기보다 어처구니없었겠지만, 그러나 어린것이라는 소리에 놀라 겨우 가라앉던 정신이 도로 황망해졌고, 그러느라고 다른 경황은 통히 나지 않았다.

"잘 놀거나 말거나 무슨 상관으루 그래요? 일없으니 어서 가
요!"

침착한 것과 초조한 것의 승부는 빠안한 거라 싸움의 첫합에 초
봉이는 우선 지고 넘어가던 것이다.

"어 참, 그리구 박제호 씨 그분두 좀 뵐 텐데, 일곱 시까지면 들
어오신다구요?"

이 소리에 초봉이도 더 놀랐거니와, 부엌문으로 끼웃이 내다보고
섰던 식모는 질겁을 해서 자라 모가지같이 고개를 오므라뜨린다.

식모는 그새 두 달 장간이나 가끔 대문 앞에 와서 어물거리는
형보한테 번번이 돈장씩 얻어먹는 맛에 주인집 내정 이야기를 속
속들이 알려 바쳤었다. 형보의 계책을 알고 그런 건 아니나 아무
튼 끄나풀 노릇을 한 셈이었었다. 그랬는데, 오늘은 아주 어엿이
이리 오너라 하고 찾더니, 바깥주인의 동정을 물어보고는 처억
안에까지 들어와서 맹랑한 수작을 붙이고, 하던 끝에 제게서 들
은 말을 내놓고 하는 게 아무래도 그동안 저지른 소행이 뒤집혀
지는 것 같아, 그래 겁이 나던 것이다.

초봉이는 형보가 제호를 만나겠다고까지 말하는 것은 분명 송
희를 제 자식이라고 뺏어가자는 배짱이거니 해서 그래 겁이 났다.

아무런들 송희야 뺏길까마는, 우선 제호는 여태 모르고 있는 낡
은 비밀 하나가 드러날 테니 걱정이다. 거기 연달아 제호도, 그러
면 제 아비가 나선 맥이니 차라리 내주고 말자고 할 것이요, 그러
잔즉 두 사내가 우축좌축 하는 틈에 끼여 송희를 안 뺏기려고 혼

436

자서 바워내기가 좀챗일이 아닐 것이다.

초봉이는 어쩔 줄을 몰라 쩔쩔맬 것 같았다. 형보는 보니, 바로 태평으로 앉아 뻐끔뻐끔 담배를 피우고 있다.

"왜 가라는데 안 가구서 이래요?…… 괜히 좋잖은 일 보기 전에 냉큼 나가요…… 내 원 별, 참……"

마음이 초조한만큼 초봉이는 말을 하는데도 음성에 그러한 기운이 완구히 드러난다.

"가기가 그리 급한 게 아니니, 위선 우리 이야기나 좀 해봅시다 그려?"

형보는 마룻전에 걸트린 채 한 다리를 접처 올려놓고, 초봉이한 테로 처억 돌아앉는다.

초봉이는 문득, 내가 어쩌니 오늘날 와서까지 이 위인한테 이런 해거를 당하는고 하는 생각이 들면서 더럭 분이 치달아 올랐다. 그리고 분이 나는 깐으로는 당장 왜장을 쳐서 동네 사람이라도 청해 오고, 순사라도 데려다가 혼을 내주기라도 하고 싶었다. 꼭 그랬으면 속이 후련할 것 같았다. 그러나 그러자면 그야말로 동네가 시끄러울 뿐 아니라 막되어 먹은 이 위인의 행티에, 그 입에서 무슨 소리가 나올지 모르는걸, 섣불리 건드렸다가 지나간 사단이나 뒤집히고 보면 나만 망신을 하고 말겠으니, 생각하면 그도 못할 일이고 분해도 참는 수밖에는 없었다. 그리고 이 위인을 어서 그저 쫓아 보내는 게 상책인데, 그러자면 제가 할 말이 있다고 하니 아무려나 말을 시키고 나서 어떻게든지 하는 게 좋을 성불렀다. 이것이 약점과 약한 마음을 지닌 탓이요, 그래서 그게 형보의 생판 억지와 떼에 옭혀드는 시초인 줄이야 초봉이 자신은 알지도 못한다.

"이 애 초봉아?……"

별안간 형보는 지금까지 공대하던 말투는 딱 걷어치우곤 활짝 까놓고서 수작을 붙이고 덤빈다. 다만 식모는 꺼리는지 말소리만은 나직나직……

초봉이는 형보의 무례하고 안하무인한 태도에 속이 불끈했으나, 이왕 제 이야기를 들어보자던 참이라서 분을 꿀꺽 삼켜버린다.

"에헴……"

형보는 목을 한번 가다듬고 담뱃재를 툭툭 털고 하더니……

"……이야길 간단하게 하려 들면 아주 간단하다, 응? 무엇인고 하니…… 저 자식은 내 자식이구…… 똑똑히 들어라……"

발꿈치로 조지듯이 말끝을 한 번 누르고는 바짝 고개를 되들어, 넌지시 기둥에 가 기대 섰는 초봉이를 올려다본다. 그러면서 콧구멍을 벌씸벌씸, 입을 삐쭉 하는 게,

'자아, 어떠냐?'

하는 꼴이다.

초봉이는 속으로

'역시 그런 수작이로구나!'

하고 다시금 가슴이 울렁거렸으나, 그런 내색은 애써 감추고서 꼿꼿이 형보를 마주 내려다보다가,

"별 미친 녀석을 다 보겠네!"

하고 외면을 해버린다.

"흥 암만 그래두 소용없느니라. 그리구 또, 들어보아라…… 자식이 내 자식일 뿐 아니라, 너는 내 계집이야, 내 계집…… 그러니 너는 자식 데리구 나를 따라와야 한다, 나를 따라와야 해……"

초봉이는 차라리 실소를 할 뻔했다. 자식이 형보 제 자식이라는 데는 초봉이도 아니라고 우겨댈 거리가 없다면 없을 수도 있지만,

'너는 내 계집이다'

하는 데는 기가 막히는데, 게다가 한술 더 떠서, 자식 데리고,

'나를 따라와야 해……'

하니 생떼가 아니라면, 미친놈의 수작이라고밖에는 더 달리 보이지가 않았다.

"그래, 할 말이라는 게 겨우 그거더냐?"

초봉이는 시쁘듬하게 형보를 내려다본다.

"그렇다. 그러니깐, 어서 기저귀 뭉뚱그려서 들쳐 업구 날 따라나서거라."

"괜히 허튼수작 하지 말구 냉큼 나가. 저엉 그렇게 추근거리다가는 순사 불러댈 테니…… 무슨 권한으루다가 남의 집 내정에 들어와설랑은 되잖은 소릴 지껄이는 게냐? 법 무서운 줄두 모르구서……"

"법? 흐흐 법?……"

형보는 저야 기가 막히다고 상을 흐트린다.

"……법? 그거 좋지! 그럼 그렇게 허까? 내라두 가서 순사라두 우선 불러오라느냐? 순사 세워놓구 담판하게?"

"무척 순사가 네 편역 들어줄 줄 알았더냐?"

"이 애 초봉아! 아니껍다! 내가 순사가 무서울 배면 이러구서 네게 오질 않는다. 불러올 테거던 불러오느라, 가택침입죄루다 이십구 일 구류밖에 더 살라더냐? 그보다 더한 몇 해 징역두 상관 없다. 종신 징역이나 사형은 아닐 테니깐, 징역 살구서 뇌여 나오는 날이면, 응? 알겠니?……"

형보는 눈을 무섭게 부릅뜨고, 뽀도독 소리가 역력히 들리게 이를 간다.

"……약차하면 순사 보는 데서, 저 어린것을 칵 찔러 죽이구, 아주 시언하게 그래버리구서 잽혀가구 말 테다. 순사 불러댈 테거든 불러대라, 불러대!"

초봉이는 고만 푸르르 몸을 떤다. 그가 순사를 불러댄다고 한 것은 정말 순사를 불러댈래서 한 말이 아니라 엄포를 하느라고 그런 것인데, 형보는 그쯤 서둘러대면서 덜미를 치고 나서니, 정말로 순사를 불러와야 하게 일은 절박했다. 그러나, 그렇다고 막상 순사를 불러대고 보면, 저런 환장한 놈인 걸, 지레 덤태²가 날 것이고, 그러니 이러지도 못하고 저러지도 못하고 마음이 다급하기만 했다.

당초에 형보는 초봉이를 넘보고서 하는 수작이요, 염량은 말짱하여 제가 먼저 겁을 먹고 있는 터이니, 만일 초봉이가 속으로야 무섭고 겁이 나고 하더라도 그런 내색은 보이지를 말고서, 이놈 고얀 놈이라고 엄포는 못한다 할 값에 말 한마디 눈짓 한번이라도, 이 녀석아 네 소리는 미친 소리만도 안 여긴다는 태연한 태도만이라도 보이기만 했더라면, 이 싸움에 그리 문문히 넘어 박히진 않았을 것이다. 그런 것을 침착을 잃고, 압기가 되어가지고는 생판 부르대는 억지떼와 맞서서 승강이를 하니 아무러면 형보의 억지를 이겨낼 리 만무한 것, 필경은 되잡힐 수밖에는 없던 것이다.

"네는 혹시, 혹시 말이다……"

한참이나 있다가 형보는 훨씬 목소리를 눅여가지고 조곤조곤 타이르듯……

"……저것 어린것이 고태수 자식이라구 요량을 대나 부다마는 그건 잘못 알았다. 고태수루 말하면 에, 몇 해를 두구 화류계 계집이며, 염집 계집을 줄창 상관했어두 자식이라구는 배본 적이 없더니라. 아니, 그런 걸 너허구 한 열흘 살았다구 자식이 생겼을 상부르냐? 응?"

"……"

"그리구 또오, 너루 말하면 나허구는 어떻게 돼서 그랬던지 간에 하룻밤 상관이 있었을 뿐더러, 에, 고태수가 생전에 내게다가 너를 맡겼더란 말이다, 응?…… 아 여보게 형보, 내가 죽은 뒤엘라컨 우리 초봉일 거두어줄 겸해서 아주 자네 마누랄 삼아주게, 이런 말을 한 게 한두 번이 아니더란다? 증인이 멀쩡하게 살어 있다!"

초봉이는, 속없는 태수 그 위인이 족히 그런 소리도 지껄이기는 했으리라고 생각하면서……

"내가 머, 느이 집 종의 새끼더냐? 느이끼리 맘대루 주구받구하게?"

"아니 그래, 네가 정녕 내 말을 못 듣겠단 말이냐?"

"어째서 내가 네 말을 들어?"

"정말이냐?"

"그래서?"

"그렇거들랑, 자식을 위선 이리 내놔라."

"나를 목을 쓸어봐라."

"자식두 못 내놓겠단 말이지?"

"도둑놈! 날부랑당 같은 놈!"

"정말 못 내놓겠느냐?"

"아니면?"

"알았다. 너두 자식 소중한 줄은 아나 부구나?……"

초봉이는 대답을 않고, 안방 문지방으로 물러선다. 무심결에 제 몸으로 송희를 가려주고 있던 것이다.

"……네가 자식이 중할 양이면, 나는 더하다. 아무리 내가 이런 병신이기루서니 머, 속 창자까지 없을 줄 알았드냐? 흥!…… 너두 생각을 해봐라? 어느 시러베 개아들놈이, 그래 눈 멀뚱웅멀뚱 뜨구서 제 자식을 의붓애비한테 뺏기구 가만있을 놈이 어디 있다 드냐? 응?…… 괜히 어림도 없다, 흥!…… 자아 보아라!……"

형보는 잠깐 말을 멈추더니 조끼 호주머니를 부스럭부스럭하다 가 짤막한 나무동갈 하나를 뒤져내어 손에다 쥔다. 동글납작하고 한쪽으로 금이 간 하얀 나무동갈, 그건 첫눈에 아이꾸찌(단도)임을 알 수가 있었다. 초봉이는 그것이 칼인 줄도 알았고 그래서 무섭기도 했으나, 실상 알기 때문에 짐짓 모른 체하느라고 고개를 돌린다.

"……너, 이거 알지?"

형보는 한 손으로 손가락을 놀려 칼집을 슬며시 반쯤 뽑아가지고 쳐들어 보인다.

"오냐, 죽일 테거든 죽여라! 죽여두……"

"죽이라? 왜 너를 죽일 줄 알구?…… 가만있거라……"

형보는 칼집을 맞추어 도로 조끼 호주머니에 집어넣으면서……

"……너는 종차 문제구, 네가 보는 네 눈앞에서 저걸, 자식을 말이다, 마구 칵 찔러 죽일 테란 말이다. 자식을……"

초봉이는 형보가 금시로 칼을 뽑아 들고 달려드는 것을 막기나 하려는 듯이 두 팔을 벌려 문지방을 가로막는다. 노상 위협만이 아니고, 칼까지 품고 왔을 제는 참말 송희를 죽이려고 덤빌 줄 알았던 것이다.

인제는 기가 죽어서 무어라고 마주 악다구니를 할 기운도 안 나고, 몸은 사시나무 떨리듯 떨린다. 눈은 실성할 듯 휑하니 벌어진다.

형보는 초봉이의 사색 질린 얼굴을 올려다보면서 신이 나는지 더욱 독살스럽게……

"……흥! 남의 의붓애비한테 뺏기구 말 테면 그까짓 것 죽여버리기나 하구 말지, 그냥 두구 볼 낸 줄 알았드냐? 어림없어……날 마다구 하는 네 심통머리가 얄미워서라두 네 눈구멍으루 보는 데서, 너두 재랄복통이 나서 자진해 죽으라구, 요걸 요렇게 훑으려 쥐구는 거저 칵……"

예까지 형보는 꼬박꼬박 제겨 가다가 문득 낭패한 기색으로 말을 뚝 그친다.

만약 말을 그렇게 했다가 초봉이가 무서워서 그랬던지 귀찮아서 그랬던지 아무튼 옜다 네 자식 하고 선뜻 내주는 날이면, 그런 낭패라고는 없을 판이다.

에미를 낚아 가자는 게 주장이요, 자식이야 실상인즉 어느 놈의 씨알머린지 모르는 것, 가령 또 내 자식이라 치더라도 꿈에도 생각잖는 것, 그러니 그걸 데려다가는 무얼 하느냔 말이다. 진소위 죽은 토끼 잡으려고 산 토끼 쫓는 셈이지.

형보는 그래서 말이 잘못 나간 것을 깨닫고 당황하여 그놈을 둘러맞출 궁량¹을 부산나케 하고 있는데, 그러나 실상 초봉이한테는 도리어 그게 효과가 컸다.

형보의 눈 하나 깜짝 않고 딱 버티고 앉아서 따북따북 말을 뱉어놓다가 필경,

'……요렇게 훑으려 쥐고 칵……'

찔러 죽인다는, 손짓 눈짓 몸짓을 다 겹친 마지막 대목에 가서는 그만 아이구머니 하고 외칠 뻔했다.

눈을 지그시 내리감는다. 그러나 감는 눈에는, 칼을 뽑아 쥐고 헤번덕거리는 형보와 피투성이가 되어서 바르르 떨고 엎어진 송희의 환영이 역력히 나타나 보인다. 푸르르 떨면서 눈을 번쩍 뜨고 무심결에 뒤를 돌려다본다. 의외던 것같이 송희는 고이 자고 있다. 호 하니 한숨이 나왔으나 안심은 순간이요, 마구 미칠 것 같다. 소리를 치자니 단박 칼을 뽑아 들고 덤빌 것이고, 송희를

들쳐 업고 달아나자니 몇 걸음 못 가서 잡히고 말 것이다.

'어떡하나?'

대답은 안 나온다.

'저놈을 그저……'

총이 있으면 두말 않고 탕 하니 쏘아 죽일 것 같다.

마침 보니 형보의 머리 위로 굵다란 도리*가 건너갔다. 저놈이 뚝 부러져 내리면서 정통으로 그저 저 대가리를 후려갈겼으면 캑 소리도 못 하고 직사할 것 같다. 속으로 제발 좀 그래 줍시사고 축수를 한다. 어쩌면 방금 우지끈 딱 하고 내려앉는 성싶으면서 도 치어다보아야 그냥 정정하니 얹혀 있다.

"그러구저러구 간에 말이다……"

이윽고 형보는 둘러댈 말을 장만해가지고 새 채비로 나선다.

"……설사 네가 순순히 자식을 내준대두 나는 네가 보는 데서 죽여버릴 수밖에 없다. 죽여버리는 수밖에 없을 것이…… 아 글 쎄 이, 홀애비놈이 아직두 젖두 안 떨어져서 빼액빽 보채구 하는 걸 데려다가 어떻게 길른단 말이냐?…… 길를 수도 없거니와 액 색해서 나 같은 성미 팔팔한 놈은 그런 꼴 눈으로 볼 수두 없 구…… 그러니 눈 새까만 게 불쌍은 해두 죽여버리는 수밖에 더 있느냐?…… 그럴 게 아니냔 말이다, 이치가…… 생각을 해봐? 이치가 그럴 게 아닌가…… 머, 옛놈은 어린 자식 있는 사내를 계 집년이 버리구 달아나니깐, 자식을 자반을 만들어서 짊어지구 그 년을 찾으러 다녔다더라만, 다아 그게 애비 된 놈의 마음을 생각 해보면 근경이 그럴 만도 하니라."

형보는 담배를 갈아 피우는 체하고 말을 잠깐 멈춘다.

초봉이는 형보의 하는 소리가 귀로 들어오지도 않는 듯이 외면을 하고 서서 꼼짝도 하지 않는다.

그는 차라리 시방 제호라도 어서 들어와주었으면 싶었다. 이렇게 되었으니 나 혼자서는 좀체로 바워내기는 벌써 글렀고 한즉 제호는 기운도 세고 하니깐 어서어서 들어와서 저 위인을 혼땜을 주어서 쫓아 보냈으면 하던 것이다. 제호는 사람이 너그럽고 하니까 지금 와서 낡은 비밀 하나가 드러났다고 어쩔 사람이 아니고, 또 가령 그걸로 제호한테 무안을 본다손 치더라도 형보에게 끝끝내 화를 당하느니보다는 아무것도 아닐 것이라서……

돌려다보니 마침 송희가 잠이 깨어 기지개를 쭈욱 펴더니, 눈을 둘레둘레하면서 때꾼한 목소리로 엄마를 부른다. 자고 깨면 맨 먼저 부르고 찾는 엄마, 이 근경이 새삼스럽게 반가우면서도, 그러나 단지 반갑지만 않고 눈물이 솟아났다.

송희는 엄마의 품에 담숙하니 안기어 젖을 빨고 있다. 누가 뺏어가는가 봐 한 손으로는 남은 젖을 간지게[5] 움켜쥐고, 한 손으로는 꼼지락꼼지락하는 제 발을 잡아당기다가는 놓치고 그놈을 도로 잡으려고 바둥거리고 한다. 그 무심한 양이 들여다보고 있는 초봉이도 절로 따라 무심해지고, 방금 눈앞에 닥쳐온 위험이나 곤경은 저기 먼 데서 들리는 남의 이야긴가 싶기도 했다.

일곱 시가 거진 다 되어, 가슴을 조마조마 죄면서 기다리던 제호가 술병을 손에 들고 터덜터덜 대문간으로 들어선다. 초봉이는 처음으로 제호라는 사람이 소중하고, 그가 집에를 들어오는 발길이 천하에 반가웠다.

"어허, 내가 이거 시간을……"

제호는 무심히 떠들고 들어서다가 주춤하고 서서 뚜렛뚜렛한다.

형보는 헴 밭은기침을 한 번 하고, 걸터앉았던 마룻전에서 천천히 대뜰로 내려선다. 제호는 이 낯선 나그네를 의아스러이 짯짯 훑어보다가 때마침 부엌문으로 내다보는 식모한테로 눈을 돌린다. 그러나 식모는 무어라고 말을 해야 할지를 몰라 민망해서 고개를 숙여버린다.

제호는 저도 모르게 가만가만 걸어 들어오다가 초봉이가 송희를 안고 반기듯 문지방에 기대서는 눈과 서로 마주치자, 힐끔 형보를 돌려다보면서 초봉이더러, 이게 웬 사람이냐고 말없이 묻는다. 초봉이는 무슨 말을 할 듯이 눈이 빛나다가 이어 새침하고 외면을 한다.

그럴수록 제호는 점점 더 선잠을 깬 것처럼 얼떨떨해서 어릿거린다. 대체 웬 낯모를 곱사며, 여편네는 또 왜 저렇게 샐쭉하는고? 기색이 저리 나쁜 게 이 괴물 같은 나그네와 무슨 상지를 한 모양인데, 상지? 상지라니?

'혹시 빚에 졸리나? 그렇지만 모르면 몰라도 빚은 졌을 리도 없거니와, 설사 그런 사단이라고 하더라도 빚이면 빚이지 저대도록 사색이 질리게까지 상지가 되었을 리야 없을 것인데……'

잠깐 동안이라지만 제호는 속이 갑갑해서 혼자 궁리 궁리, 그러느라고 종시 어릿어릿하면서 마루 앞으로 가까이 온다.

형보는 맞이하듯 모자를 벗어 들고 가슴을 발딱 뒤로 젖히면서,

"에, 복상(朴公)⋯⋯이십니까?"

하고 되바라지게, 그러나 공순히 인사를 건넨다.

"네에! 내가 박제홉니다⋯⋯"

제호는 속이야 이 기괴하고 추하게 생긴 인물이 마땅찮을 뿐더러, 더구나 무슨 일인지는 몰라도 그의 침노로 해서 집안이 이렇게 불안하게 된 데 대한 적의도 없지 못했으나 저편에서 의외로 점잖게 하고 보니 그게 또한 이마빡을 부딪뜨린 것 같아 황망히 흔연한 인사 대답을 하던 것이다.

그러고는 이어,

"⋯⋯게, 뉘신지요?"

하고 묻는다.

"네에, 나는 어, 장형보라구 합니다. 어, 참⋯⋯"

"장형보 씨? 장형보 씨? 네, 네."

"어 참, 복상을 좀 뵐 양으로 찾아왔더니 방금 출입을 하셨다구 해서, 그러나 곧 들어오신대길래, 어 참 실례를 무릅쓰구서 이렇게 기대리구 있었습니다. 그리구, 또오⋯⋯"

"아, 네에 네, 그러시거들랑⋯⋯"

"그러구 참, 저 부인 되시는 정초봉 씨루 논지하면 진작부터 잘 알구 해서, 좀 허물이 더얼 하길래⋯⋯"

"네에 네, 아 그러시거들랑 절러루 좀 올라앉아 기다리실 걸⋯⋯ 자, 올라오십시오."

제호는 어디라 없이 하는 투가 아니꼽기는 했으나, 그래도 생김새와는 달라, 공순한 데 적이 적의가 풀렸다.

앞을 서서 올라선 제호가 청하는 대로 형보도 마루로 따라 올라
간다.

"여보, 거 손님이 오셨거들라컨, 거 좀…… 저, 방석 좀 이리 주
구려?"

괜히 한참 덤비는 제호를 초봉이는 좋잖게 거듭떠보다가 또 외
면을 한다.

"……허허, 이런 놈의! 이 방석은 다아 어디루 갔누? 거 원 손
님이 오셨거들랑 좀 올라앉으시게두 허구 허는 게 아니라…… 그
놈, 새끼가 안 떨어질려구 해서 미처 손이 안 갔는 게지…… 가만
있자, 방석이……"

제호는 혼자 부산나케 쑹얼거리면서 안팎으로 끼웃거린다.

초봉이는 제호가 막 들어서자 선뜻 반가운 마음에, 그놈이 시방
칼을 품고 와서 우리 송희를 죽인다고 한대요, 하고 역성을 들어
달라는 원정[7]을 하고 싶었다. 우선 그랬으면 여태까지 끕끕수를
받던 반 분풀이는 될 것 같았다. 그러나 다시금 생각을 하니, 막
상 그랬다가 저놈이 단박 칼을 뽑아 들고 덤빈다든지, 그래서 제
호와도 당장에 툭탁 싸움이 얼려 붙는다든지 하고 보면, 혹시 조
용히 조처를 할 수가 없지도 않았을 일인 걸 갖다가 자는 호랑이
코침 주더라고[8] 지레 탈을 내놓고 마는 게 아닐지도 모르겠고, 하
니 차라리 아무 말도 말고 제호한테 떠맡기고서 아직 하회를 보
아보느니만 같지 못할 것 같다는 것이었었다.

사실 제호한테다 맡겨만 놓으면 사람이 어디로 보나 형보보다
는 한길 솟으니까 몰릴 까닭이 없이 버젓하게 일 조처를 낼 것이

고, 그러나 만약 제호로서도 어찌할 수 없이 끝내 꿀리거들랑 그 때는 같이 나서서 둘이 협력을 해가지고 하면, 가령 악으로 결더라도' 형보 하나쯤은 못 바워낼 성부르진 않던 것이다.

제호는 한참이나 두리번거리고 다니다가 방석을 찾아가지고 나와서 주객이 자리를 잡고 앉는다. 부지중에 그리 된 것이겠지만, 손 형보가 안방 쪽으로 앉고, 주인 제호는 안방께가 마주 보이게 건넌방 쪽으로 앉아졌다.

"자아 담배 피우십시오."

제호는 양복 호주머니를 뒤져 해태곽을 꺼내놓다가 다시 일어서서 마루 구석에 있는 헌 재떨이를 집어온다.

초봉이도 문턱 안으로 넌지시 도사리고 앉는다. 편안히 앉지 못하는 것은, 제호가 미더운 만큼 겁먹었던 마음이 풀려 차차로 속이 든든하기는 하다지만, 그러나 사세가 죽고 살기보다도 더 절박한 살판이라, 자연 형세를 주의하느라고 저도 모르게 전신이 긴장해진 표적일시 분명하다.

"어, 복상께서두 연전에 한동안 군산 가서 계셨지요? 저어 제중당……"

형보는 제 담배 피종을 꺼내어 한 개 피워 물고는 말 시초를 이쯤 한가롭게 내놓는다.

"네, 그렇습니다. 그러면 댁에서두 군산 계셨던가요?"

"네, 한 삼사 년이 아니라, 그럭저럭 사오 년 군산서 지냈습니다. 그러다가 지난 여름 참에야 서울루 다시 올라왔습니다…… 머 변변찮은 거나마 영업을 한 가지 시작하게 돼서……"

"네에 네, 거 대단 좋은 일이시군요."

제호는 묻지도 않은 형보의 그 영업이라는 것을 치하하는 게 아니고, 혼자 짐작되는 것이 있어 고개를 연신 끄덕거린다.

'이 사람이 초봉이를 안다고 하니, 그러면 혹시 초봉이네 친가에서 무슨 까다로운 교섭을 부탁 맡아가지고 온 것이나 아닌지? 그래서 초봉이도 제 비위에 안 맞는 전갈을 하니까 저렇게 뾰로통한 게 아닌지? 매양 그런 내평이겠지……'

형보는 훨씬 더 점잔을 빼가면서……

"어 참, 군산 있을 때는 복상을 뵙던 못했어두, 성화는 익히 듣고 있었습니다. 다아 내가 위인이 옹졸해서 인사를 진작 이쭙덜 못하구 참……"

"온 천만에! 그야 피차 일반이지요…… 아무튼 군산 계셨다니 고향 친구를 만난 것이나 진배없이 반갑습니다."

"네에, 나 역시 참 반갑구 다아……"

형보는 좀체로 이야기를 꺼내지 않고 우선 장황한 한담[10]으로 초를 잡는다.

형보는 제가 외양으로부터서 한팔 꺾이는 곱사요, 그렇기 때문에 언제든지 처음 대하는 사람한테 불쾌한 인상을 주는 것으로 인해 받는 멸시가 우선 큰 손실인 줄을 잘 알고 있다. 그렇기 때문에 그는 우정 점잔을 부려 그 점잔으로써 억울한 체면의 손실을 때우곤 하는 게 항투다.

미상불 세상 사람들은 형보가 곱사요 또 형용이 추하게 생겼대서 속을 주기 전에 덮어놓고 멸시를 했고, 이 멸시 속에서 형보는 자라났고, 살아왔고, 지금도 살고 있다.

'곱사······'

'병신······'

'빌어먹게 생긴 얼굴······'

'무섭게 생긴 상판대기······'

특별히, 그리고 극히 드물게 우연한 기회로 친해지는 사람—가령 죽은 고태수 같은—그런 사람 외에는 대개들 뒤꼭지에다 대고, 혹은 맞대놓고 그를 능멸을 하고 구박을 주고 했다.

어릴 적에 더욱이 그런 고까운 멸시를 많이 받고 자라났다. 노는 아이들 동무만 그런 게 아니라, 아무 이해도 없으면서 어른들도 그랬다.

연한 동심은 좋이 자라지를 못하고 속에서 갈고리같이 옥고, 뱀같이 서리서리 서렸다. 심술이 궂고 음험해졌다.

자란 뒤에 세상살이의 벼리 속에서도 남들은, 보기 숭어운[11] 형보를 꺼려하고 돌려놓았다.

'오냐, 나는 곱사다.'

'오냐, 나는 병신이요, 얼굴이 빌어먹게 생겼다.'

'그렇지만, 그렇다고 죽으란 법 있더냐? 나도 살아야겠다.'

형보는 세상에 대해서 피가 나도록 꿉절한 앙심을 먹고, 마침내는 세상을 통으로 원수를 삼고서 넉 자 다섯 치의 박절한 일신을 부지했다.

그리하는 동안에 삼십여 년을 지내온 지금에는, 소년 적과 이십 안팎 때의 그렇듯 불타던 앙심은 달궈질 대로 달궈져서 그놈이

452

한 개의 천품으로 굳어져버렸다.

세상에 대한 울분이나 저주는 다 잊어버렸다. 그리고서, 꼬부라진 심청과 억지 뱃심으로다가 살기 띤 처세를 하기를 바로 물이나 마시듯 담담하니 무심코 해나갈 뿐이다. 그러므로 그가 가령점잔을 부리더라도 그것은 저편을 존경하는 덕이 있어 그런 게아니고, 그역 제 자신을 위하는 억지엣뱃심일[12] 따름이던 것이다.

고운 꾀꼬리가 가을이면 회색으로 변하는 것과, 형보의 심청이그처럼 꼬부라진 것과는 단지 생리적인 것과 심리적인 것의 차이밖에는 더 다를 게 없는 것이다.

형보의 납작하니 서너 뼘밖에 안 되는 앉은키와, 그 세 곱은 되는 듯 우뚝한 제호의 키…… 제호의 대머리까지 벗어져 가뜩이나위아래로 기다란 얼굴과, 두루뭉술하니 중상(僧相)으로 생긴 형보의 얼굴…… 식인종을 연상할 만큼 흉악스러운 형보의 골상(骨相)과, 귀족태가 나게 세련된 제호의 골상…… 번화한 홈스판[13]으로 말쑥하게 춘추복을 뺀 제호의 몸치장과, 때 묻은 당목걸로 안팎을 감은 형보의 옷 주제…… 뱃심을 내어 몸을 좌우로 흔드는형보와, 속으로 궁금해서 앞뒤로 끄덕거리는 제호……

마주 앉은 이 두 사람은 무얼로 보든지 구경스럽게 기묘한 대조를 이루고 있는 것이었었다.

어느덧 어스름이 내리고 전등도 켜져 있다. 도시의 아득한 소음이 두 사람의 이야기 소리에 무슨 심포니로 반주를 하듯 감감이들려온다.

"어 참, 복상을 보입자구 하는 건 다름이 아니라……"

훨씬 수인사의 한담이 오고 가고 하다가 잠깐 말이 끊였던 뒤를 이어 형보가 비로소 원 대목을 꺼내놓던 것이다.

"……어 참, 저 부인 되시는 정초봉 씨 그분한테 대한 조간인데……"

"네에."

제호는 역시 짐작한 대로 그런 교섭이었구나 생각하면서 순탄히 대꾸를 한다.

"허나, 이거 원 일이 실없이 맹랑해서 이야길 들으시기가 퍽 언짢으실 텐데, 허허…… 그렇더래두 다아 부득이한 사정이니깐 다아 그쯤 양해하시구…… 허허."

"네에 네, 좋습니다. 무슨 말씀이신지는 몰라두, 다아……"

"그러면 맘 놓구서 다아 말씀하겠습니다, 헴 헴…… 어 참, 저 정초봉 씨가 첨에 결혼을 한 고태수 군, 그 군으로 말하면 나하구는 막역한 친구였습니다. 머 참, 친동기간이라두 그렇게 다정하구 가까울 수가 없었지요. 그런 관계루 해서 그 군이 저 정초봉 씨하구 결혼을 하느라구 신접살림"을 채려둔 집에두 내가 미리 가서 있었구, 다아 그만큼 참, 서루 믿구 지냈더란 말씀이지요."

"네에!"

"그건 그렇거니와, 그런데 복상께서두 아시겠지만, 그 사람이 어 참, 그런 참, 비명횡사를 하잖었겠습니까?"

"듣자니 참 그랬다더군요!"

"네에…… 그런데, 실상인즉 그 사람이 진작부터두 자살!……

자살을 헐 양으루 맘을 먹구 있었습니다. 결혼하기 그저언부터 그랬지요."

"네에! 건 어째?"

"역시 다아 아시다시피, 은행돈 그 조간이죠. 그게 발각이 나서 수갑을 차, 징역을 살어, 하자면 챙피할 테니깐, 여망 없는 세상, 치소[15]받고 사느니 깨끗이 죽는 게 옳겠다는 생각이죠. 혹간[16] 징역이란 말만 해두 후울훌 뛰었으니깐요."

제호는 속으로 흥! 하고 싶은 것을,

"네에!"

하고 대꾸한다. 유유하게 결혼까지 할 사람이 자살을 하려고 결심했다는 건 종작없는 소리같이 미덥지가 않던 것이다.

"그래서 어 참, 그렇게 자살을 할 결심을 했는데 공교롭게스리 그 일이 생겼으니깐, 일테면 기왕 죽기는 일반인 것을 좀 창피하게 죽었다구 하겠지요. 허허!…… 아 그런데, 그런데 말씀입니다. 그 사람이 자살할 결심을 하구서는 내게다가 유언 비슷하게 부탁을 해둔 게 있단 말씀이죠!"

"네에!"

제호는 처음 짐작한 대로 초봉이네 친가에서 온 담판이 아니고, 그다지 듣고 싶지도 않은 고태수의 일을 장황히 늘어놓다가 필경 유언 소리가 나오니까, 옳지 그러면 고태수의 유복자를 찾으러 온 속이로구나 생각하고서 그럴 법도 하대서 혼자 고개를 끄덕거린다.

"그런데 어 참, 그 유언이라는 게 어떻게 된 거냐 하면 말씀이죠. 그 사람이 누차 두구서 날더러 하는 말이, 여보게 형보, 난 아무래두 이 세상 오래 살구 싶잖으이. 다아 각오했네. 그렇지만, 두루두루 미망진 일이 한두 가지가 아닐세. 아닌데, 그중에도 꼬옥 한 가지 정말 맘 뇌잖는 일이 있네. 눈이 감길 것 같잖으니. 아이런 말을 하군 한단 말씀이죠!…… 그래 오다가 맨 나중 번엔, 그게 그러니깐 바루 그해, 오월 삼십일날 그 사건이 생기던 전전날입니다. 장소는 개복동 살던 행화라구, 그 사람이 전부터 상관하던 기생의 집이구요……"

만일 고태수가 초봉이와 결혼을 한 뒤로는, 행화의 집에는 통히 발걸음을 한 일이 없다는 사실을 아는 사람이 듣는다면, 지금 형보의 하는 소리가 생판 거짓말인 게 빤히 드러날 것이다. 그러나 제호는 물론이고, 초봉이도 그 진가를 분간할 길이 없던 것이다. 또 그 시비를 가린대야 그게 그다지 효험도 내지는 못하겠지만……

"……그래서 말씀입니다……"

형보는 하던 말끝을 잇대어……

"……내 말이, 아 이 사람아 자네두 거 미친 소리 인전 작작 해두게! 한 삼사 년 전중이[17]나 살구 나오면 그만일 걸 가지구 무얼 육장 그런 청승맞은 소릴 하구 있나!…… 이렇게 머쓰리질[18] 않았겠습니까? 그랬더니 그 군은 종시 고개를 흔들면서, 아닐세. 답답한 소리 말구 아무튼지 내 말을 허수히 여길 것이 아니라 잘 유념해뒀다가 꼭 그대루 해주게…… 해주는데, 다른 게 아니라, 우리 초봉일 내가 죽은 뒤엘라컨 뒤두 거둬줄 겸 아주 자네 마누랄 삼

456

아서 고생살이나 않게 해주게 응? 형보, 나는 자넬 믿구 부탁이니 부디 무엇하게 생각 말구서…… 아, 이런 말을 한단 말씀이죠!"

"네에!"

제호는 속으로, 하하 옳거니! 하면서 무릎이라도 탁 칠 듯이 고개를 끄떡거린다.

'인제 보니 조그만 놈 유복자 문제가 아니고, 이 친구가 시방 다 자란 어미 초봉이를 업으러 왔구만? 바루…… 딴은 그래!…… 초봉이도 그래서 저렇게 앵돌아져가지고는……'

제호는 일이 어떻게 신통한지 몰랐다.

마침 주체스럽던 수하물(手荷物)이 아니었더냐! 하나 그렇다고 슬그머니 내버리고 가자니 한 조각 의리에 걸려 차마 못 하던 노릇이다. 그렇던 걸 글쎄 웬 작자가 툭 튀어들어, 인다구 그건 내 거다 하니 이런 다행할 도리가 있나! 아슴찮으니[19] 돈이라도 몇 푼 채워서 내주어야겠다. 어허 실없이 잘되었다. 좋다.

제호는 전자에 호남선 찻간에서 처음 초봉이를 제 것 만들기로 하고 좋다고 하던 때와 다름없이 시방 와서는 그를 남한테 내주어버리게 될 것을 역시 좋다고 하고 있는 것이다.

초봉이는, 건뜻 넘겨다보니 눈을 내리깔고 아랫입술을 지그시 깨문다. 성미가 복받치는지 숨길이 거칠어 코가 발름거리는 것까지 보인다.

이것은 실상 초봉이가 아까 형보한테 직접 그 말을 들었을 때와 마찬가지로 태수가 작히 그런 염장 빠진 소리를 했으려니 해서, 태수 그에게 대한 반감이 다시금 우러난 표적이었었다. 그러나 제호는 단지 그가 이 괴물 같은 사내한테로는 가지 않겠다는 항거로만 보았고, 그러니 그야 처지를 뒤바꿔놓고 생각하더라도 이런 위인한테 팔자를 고치고 싶지 않을 건 당연한 인정이려니 하면 초봉이를 여겨 일변 마음 한구석이 민망하기도 했다.

"……아, 그런데 참……"

형보가 갑자기 당황하게, 잠깐 말 그쳤던 뒤끝을 얼른 잇대어,

"……거 그 사람 고군이 말입니다. 짐작건대 정초봉 씨한테는 그런 말을 미처 못 해뒀을 겝니다. 그 군인들 머 그런 불의지변을 당할 줄은 몰랐으니깐, 종차 이야기하려니 하구만 있었겠죠. 그리다가 갑재기 그 변을 당했구, 허니 유언 같은 건 할 새두 없었습니다. 그런 유언이라건 아내 되는 분한테다야 미리서 해두지는 못하는 것이구, 다아 자살이면 자살을 하기루 약까지 먹구 나서 하게 되는 거니깐, 그러니깐 아마 모르면 몰라두 정초봉 씨는 그 사람한테서 그런 이야긴 못 들었을 게 십상이지요. 그렇지만 그걸 머, 이 장형보 혼자만 들었을새 말이지, 한자리에 앉아서 같이 들은 행화라는 그 기생두 시방 멀쩡하니 살아 있으니깐요."

형보가 황망하게 중언부언, 이 말을 되씹고 되씹고 하는 것은 행여 초봉이라도, 나는 그런 말 들은 일 없다고 떠받고 나설까 봐서 미리 덜미를 쳐놓자는 계책임은 물론이다.

그러나, 그러고저러고 간에 초봉이는 아직 말참견을 하지 않을 요량일 뿐 아니라, 또 그것만 하더라도, 태수가 정녕 그런 소리를 했기 쉬우리라고 여기는 터라, 그까짓 걸 가지고는 이러네저러네 상지를 할 생각은 통히 나지도 않았다.

형보는 한참이나 있어보아도 그냥 잠잠하니까, 제 재치 있는 주변이 효험이 났거니 하고 안심한 후에 이번은

"자아 그런데 말씀입니다……"

하면서 음성도 일단 높여……

"……어 참, 그렇게 다정한 친구한테 간곡하게 부탁을 받았을 양이면, 그게 다소간 거북한 일은 일이라구 하더라두 말씀입니다, 그 유언을 갖다가 꼭 시행을 해야 옳겠습니까? 그냥 흐지부지 해버려야 옳겠습니까? 어떻습니까? 복상 생각은……"

"글쎄올시다, 원……"

제호는 힐끗 초봉이를 건너다보면서 어물어물한다.

제호는 실상 형보의 그 말을 선뜻 받아, 그러니 마니 하겠느냐고, 아무렴 그래야 옳지야고 맞장구를 치고 싶었다. 일 되어가는 싹수가 그만큼 굳지고[20] 제 맘과 맞아떨어지던 것이다. 그러나 초봉이의 얼굴을 보며는, 하기야 그것도 마음이 한구석 이미 저린 데가 있으므로 하여 보는 눈도 자연 그렇게 어린 것이겠지만, 어쩐지 안색이 다 죽은 듯 암담한 것만 같고 해서, 차마 그쯤 어름어름하고 만 것이다.

제호의 얼굴을 곁눈질로 올려다보고 올려다보고 하던 형보는 말끝을 더 기다리지 않고 이어 흠선하게,[21]

"아니 머, 복상 의견을 말씀하시기가 거북하시면 그만두셔도 좋습니다. 인제 대답은 단 한 마디만 해주실 기회가 있으니깐요. 그러니 아직 내가 하는 말씀을 끝까지 다 듣기나 하십시오……"

하고는 다시 목을 가다듬어,

"……헌데, 어 참 그 뒤에 그 사람이 가뜩이나 그러한 비참한 죽음까지 하구 보니까, 명색이 친구라는 나루 앉아서 당하자니 행결 더 불쌍한 생각이 들구, 이래저래 여러 가지루 비감이 나구 하더군요…… 그래서 어 참, 며칠 두구 밤잠을 못 자구 곰곰이 궁구 마련을 하다가 필경, 그러면 내가 그 유언이라두 시행을 하는 게 도리상 옳겠다고 생각을 했습니다. 어 참, 그걸 어떻게 보면 다소 언짢은 노릇이 아닌 것두 아니긴 하지만, 남이야 무어라던 그대루 시행을 하는 게 생전시에 다아 정다웠던 친구한테 대한 의리니까요……"

제호는 의리하고는 별 되놈의 의리도 다 있던가 보다고, 그런 중에도 실소를 할 뻔했다.

사실 제호는 일이 다 십상으로 계제[22]가 좋고 해서 따로 컴컴한 배짱을 차리고 있었기에 망정이지, 이 괴상한 위인의 하는 수작이 제 모양새대로 해괴망측하고, 단지 초봉이라는 애틋한 계집 하나를 보쌈하듯 업어 가자는 생 엉터리 속이고 한 것을 몰랐다든가, 그래서 맞 다잡고 시비를 캐지 못한다든가 하던 것은 아니었다.

"……그리구, 그리구 말씀입니다, 또 한 가지, 어 참 대단 요긴한 조간이 있습니다…… 그건 다른 게 아니라, 허허 이거 원 말씀하기가 거북해서……"

"머, 괜찮습니다. 어서 다아……"

"그럼 실례를 무릅쓰구 다아…… 헌데, 그 요긴한 조간이라껀 다른 게 아니라, 그 사람 고군 말씀입니다. 그 군이 변을 당하던 바루 그날 밤인데…… 그날 밤에, 어 참 정초봉 씨와 나와는 어참, 그 하룻밤 거 참, 에, 관계라는 게 있었단 말씀이지요! 허허."

제호는 단박에 제 낯이 화틋 다는 것 같았다. 그는, 대체 어떻게 된 속셈이냐고, 족치듯이 좋잖은 낯꽃으로 초봉이를 건너다본다. 하기야 시방 계제 좋은 핑곗거리를 만나, 계집을 떼쳐버릴 요량을 하고 있는 마당에, 계집이 일찍이 몇 사내를 했던들 상관할 게 없는 것이기는 하지만, 그러나 여자의 정조에 대한 남자의 결벽은 결코 그렇게 담담하지가 않던 것이다.

제호의 기색을 살필 겨를도 없고, 다만 그와 눈이 마주칠까 저어서, 초봉이는 지레 고개를 숙이고 들지 않는다.

그는 억울한 대로,

'그놈이 나를 강제로다가 겁탈을 했대요!'

이 말이 목구멍까지 올라왔으나, 첫째 제호한테 마주 얼굴이 둘러지질 않고, 또 시방 그 변명을 한들 무슨 소용이겠느냐고 그대로 꿀꺽 삼켜버리고 말던 것이다.

제호는 초봉이가 변명을 할 말이 없어 고개를 숙인 걸로 보았지, 달리 해석할 길은 없었다. 그러고 보니 원 저게 어쩌면 그다지도 몸을 헤프게 가졌을까 보냐고 내내 불쾌한 생각이 가시지를 않았다. 그러나 일변, 전자에 호남선에서 만나 이편이 하자는 대로 유성온천으로 따라와서 별반 그리 주저도 없이 몸을 내맡기던 일을 생각하면, 본시 행실머리가 줄 수 없는 계집이었구나 싶고, 해서 금시로 초봉이가 훨씬 내려다보이는 것도 같았다.

그러고 보니, 그동안 저 계집의 정조의 경도(硬度)를 시험해보지도 않고서, 그의 정조도 얼굴 생김새와 같이 점수(點數)가 높으려니 믿었던—믿고 안 믿고 할 여부도 없이—의심 한번 해보지도 않은 제호 제 자신이 소갈머리 없는 등신 같기도 했다.

"어 참, 그렇게 하룻밤 관계가 있었을 뿐 아니라……"

형보는 제호의 낯꽃이 변한 것을 보고, 오냐 일은 잘 되어간다고 좋아하면서……

"……그것두 참 다아 인연이라구 할는지, 공교롭다고 할는지…… 아, 어린것 하나가 생겼습니다그려!…… 바루 저게 그거지요."

형보는 고갯짓을 해서 뒤를 가리킨다.

어린아이 송희가 형보의 혈육이라는 것도 제호가 듣기에는 의외엣 소식이었었다. 그러나 곧 그도 그럴 법하다고 저도 모르게 고개를 끄덕거린다. 그러자 또, 작년에 초봉이가 ××를 시키려고 약까지 집어 먹고 그 야단을 내던 속도 비로소 옳게 안 것 같았다.

고태수의 씨라서 그런 줄만 알았더니 옳아! 이 장형보와 그러고 그래서 생긴 불의한 자식이라서……

제호는 눈을 갠소롬히 뜨고 연거푸 기다란 얼굴을 끄덕끄덕한다.

잠잠하니 말이 없다. 형보는 제가 던진 돌멩이가 일으켜놓은 파문을 시험하느라고 담배만 뻐억뻑 피우고 있다.

조용해진 틈을 타서 또옥 딱 또옥 딱, 뒷벽의 괘종이 파적을 돕는다. 밤은 차차로 어두워 온다. 안방과 건넌방의 전등이 내비쳐 마루에 앉은 두 사내의 그림자를 괴물같이 앞뒤로 늘여놓는다. 격동을 싼 순간의 침묵은 임종을 기다리는 것같이 답답하게 무겁다.

초봉이의 떨어뜨린 눈은 품에 안겨 젖을 빨면서 무심히 꼼질거리는 송희의 고사리 같은 손에 가서 또한 무심히 멎어 있다.

초봉이는 제호가 어떤 낯꽃을 하고 있는지 궁금해하면서도 차마 얼굴을 들지 못한다. 비록 낡은 새 흉이 드러났대야 그것은 제호가 다 눈감아주고 탈을 않겠거니 하면 안심이 되기는 하나, 그렇다고 노상 부끄럼이 없진 못했다. 물론 제호가 시방 딴 요량을 먹고서 딴 궁리를 하고 있는 줄은 까맣게 모르고 있는 것이다.

그러므로, 가령 지금 이 자리에서 그 눈치를 알아챘다고 하더라도, 설마 그게 벌써 오래전부터 다른 원인이 있어 그래 오던 것이라고까지는 아무리 해도 깨닫지야 못할 것이고, 그저 오늘 당장 장형보라는 저 원수가 들이덤벼가지고는 조사모사 해놓는 소치로만 여겼을 것이다. 따라서 그냥 잠자코 있으려고 하지도 않을 것이다.

가령 송희를 두고 말하더라도, 그건 결코 그런 게 아니라 사실이 약시 이만저만한 사맥[23]인즉 장가의 자식일 법도 하나, 꼭이 그러랄 법도 없소, 또 ××를 시키겠던 것은 불의한 자식이라서가 아니라, 원수의 자식일는지도 모를 뿐더러, 일변 아비 없는 자식을 낳지 않으려고 그랬소 하고 변명을 하자고 들었을 것이다.

그것뿐이 아니다.

형보와의 하룻밤 관계라는 것도 잠든 틈에 그놈이 나를 겁탈을 한 것이지, 내가 그러구 싶어서 그런 것은 아니오.

고태수의 명색 유언이라는 것도 다 종작없는 소리겠지만, 가령 고태수가 주책없이 그런 부탁을 했다기로서니, 내가 고태수의 물건이길래 저희끼리 주고받고 한단 말이오? 또 내가 죄인이고, 고태수가 법관이라서 내가 그 말을 준수해야 한단 말이오?……

이렇게 초봉이는 듣고 나서서 변명하고 마주 해낼 말이 없던 것이 아니다.

물론 천언만언 변명을 한대야 제호의 배짱 토라진 내력이 따로 있는 이상 아무 효험도 없을 것이고, 그런즉 이 경우에 초봉이가 잠자코 변명을 않기 때문에, 그런 때문에 장차 몇 분 후면 판연히 드러날 한 새로운 운명을 자취하게 된 것은 아니다.

운명은 넌출²⁴이 결단코 조만치가 않다.

시방 초봉이의 새로운 이 운명만 하더라도 그 복선(伏線)은 차라리 그가 어머니로서 송희를 사랑하는 죄…… 하기야 매니아(狂)에 가깝도록 편벽된 구석이 없진 않으나…… 아무튼 어머니 된 죄, 그 속으로부터 넌출은 뻗어 나온 것이다.

하나, 그놈을 다시 추어보면 넌출은 애정 없이 사랑할 수 없다는 서글픈 인정 속에 묻혀 있는 복선의 연맥²⁵임을 알 수 있다. 그리고 다시 그 끝은, 팔자를 한번 그르친 젊은 여인이란, 매춘의 구렁으로 굴러들기 아니면, 소첩 애첩의 이름 밑에 아무 때고 버림을 받아야 할 말이 없는 위험지대에다가 몸을 퍼뜨리고 성적직업(性的職業)에나 종사하도록 연약하기만 하지, 여자이기보다 먼저 인간이라는 각오와, 다부지게 두 발로 대지를 밟고 일어서서 버팅길 능(能)이 없이 치어났다는 죄, 그 죄로 복선의 끝은 면면히 뻗어 들어가서 있는 것이다.

만일 이 복선의 넌출을 마지막, 땅에 뿌리박은 곳까지 추어 들어가서 힘껏 뽑아낸다면 거기엔 두 덩이의 굵은 지하경(地下莖)[26]이 살찐 고구마와 같이 디룽디룽 달려 올라오고 있을 것이다. 이것이 한 덩이는 세상 풍도(風度)요, 다른 한 덩이는 인간의 식욕(食慾)이다.

기구한 생애가 시초를 잡고 뻗쳐 나오는 운명의 요술주머니란 바로 이것인 것이다.

형보의 그다음 이야기는 대강 이러했다.

박제호 너도 저 어린것이 네 혈육이라고 생각하지는 않을 것이다. 사실 그렇다. 혹시 고태수의 것이라고 한다면 그건 근리할 말이겠지만, 그러나 역시 그렇지도 않은 것이, 고태수는 몇 해를 두고 뭇 계집을 상관했으되 단 한 번이라도 자식을 밴 적이 없었다. 그러니 정초봉이와 한 십여 일 지냈다고 임신이 되었을 이치가 없고, 한즉 고태수의 자식도 아니다. 그렇다면 묻지 않아도 내 자식일 것이 분명하다. 보아한즉 어린것이 제 어미를 그대로 닮았더라. 하니, 모습을 가지고는 아비를 찾을 수야 없겠지만, 자세히 뜯어놓고 볼 양이면, 이목구비나 손발 어느 구석이고 한 곳은 나를 탁한 데가 있을 것이다.

(이렇게까지 군색스럽게 꾸며대는 형보는, 그러나 동인(東仁)의 「발가락이 닮았다」의 독자는 아니리라.)

고태수가 죽자 정초봉이는 바로 서울로 올라왔었다. 웬만했으면, 그때에 그 뒤를 곧 쫓아 올라와서 도로 데리고 내려가든지,

혹은 그대로 주저앉아 동거를 하든지 했을 것이나, 내가 그때까지는 통히 축재를 해둔 것이 없기 때문에 그런 책임 있는 일을 하자니 섬뻑 엄두가 나지를 않았다. 그래서 걱정 걱정 하던 중에, 들잔즉 박제호 너와 만나서 산다기에 우선 안심을 했었다.

그 뒤에 나는 이를 갈아가면서 부라퀴[27]같이 납뛴[28] 결과 요행 돈을 몇천 원 손에 잡았다. 그것도 따지고 보면 다 친구의 간절한 부탁을 저버리지 않겠다는 일편단심이던 것이다.

또, 알아보니 자식을 낳았다고 하는데 속새로 염탐을 해본 결과 내 자식인 게 분명했고, 그래서 그때부터는 자식을 찾아야 하겠다는 아비 된 책임도 크게 나를 채찍질했었다.

일변 나는 전부터 경륜하던 유리한 영업이 한 가지 있던 터라, 지난 여름 서울로 올라와서 그 돈 기천 원을 밑천 삼아 우선 영업을 해보았다. 미상불 예상한 대로 이익이 쏠쏠하고 해서 몇 식구는 넉넉 먹고 살고도 남을 형편이다. 만약 못 미덥거든 증거물이라도 보여주마. 저 가방 속에 들어 있는 수형이 그것이다. 수형 할인 장사다.

바야흐로 나는 만단 준비가 다 되었다. 즉 두 인간을 데려다가 고생살이는 안 시킬 만한 힘이 생긴 것이다. 그래서 나는 하루를 천추같이 기다리던 이 오늘에 비로소 너와 및 저 모녀를 찾아온 것이다.

형보는 여기까지 말을 끊고, 마른 입술을 혓바닥으로 침질을 하면서 꺼진 담배를 다시 붙여 문다. 그다음 말을 힘주어서 하자고 호흡을 가다듬는 것이다.

"자아, 그러니 말씀입니다……"

형보는 오래 지체를 않고서 곧 뒤를 잇대어……

"……나는 저 모녀를 데려가야 하겠습니다. 어 참, 절대루 그래야만 하겠습니다. 왜 그런고 하니, 나는 앞으로 남은 세상을 단지 친구의 소중한 부탁을 시행한다는 것 하나허구, 내 자식을 찾아서 길르는 것 하나허구, 단지 그 두 가지를 낙을 삼고 여망을 삼아서 살아가자는 사람이니깐요. 아시겠습니까? 그러니까 이건 말하자면, 어 참, 내게는 생사가 달린 일이라구두 할 수 있습니다. 생사가…… 허니 그런 것두 충분히, 참 양해를 하셔서……"

형보는 쩅쩅 울리는 목소리로 꼬박꼬박 제겨서 말을 내뱉어놓고는 고개를 꼿꼿 쳐들어 똑바로 제호를 건너다본다.

제호는 비로소 말대답을 해야 할 경운 줄은 아나 침음하는 체 입술을 지그시 물고, 깍짓손으로 한편 무릎을 안고 앉아서 입을 열려고 않는다. 그러나 시방 그가 이럴까 저럴까 주저를 하느냐 하면 그건 아니다. 요량은 다 대놓았으면서 말을 내기가 차마 난감하여 그러던 것이다.

이러한 속을 알아서가 아니라도, 초봉이한테는 진실로 간이 녹는 순간이다.

형보의 하는 수작은 어느 모로 따져야 경우도 조리도 안 닿는 생판 억지인 것은 분명하다. 그러나 초봉이는 그 억지가 무서웠다. 만일 까딱 잘못하여 이 자리에서 제호를 놓치는 날이면 영영 꼼짝없이 형보의 밥이 되어 그 억지에 옭히고 말지, 아무리 버티고 부스대고[29] 해도 모면할 수 없게 그렇게시리 꼭 사세가 절박한 것만 같았다.

도무지 천만부당한 엉터리요 하니, 비웃어버리고 대거리도 할 것 없는 억지인 것을, 눈 멀거니 뜨고 옭혀들어, 되레 엉엉 울어야 할 기막히는 재앙……

이 재앙을 면하자니 제호가 아쉬웠다. 물론 그가 미덥지 않은 것은 아니나, 그래도 혹시 어떨까 저어하는 마음에, 마치 신탁(神託)을 듣는 순간처럼 그의 입 떨어짐을 기다리기가 무서웠었다.

지리한 찰나가 무겁게 계속되는데 갑자기 때앵땡 괘종이 연달아 여러 번을 친다. 그러자 시계 치는 소리에 깜짝 놀란 것처럼 제호는 앉았던 자리에서 후닥닥 일어선다.

하릴없이 무엇에 질겁을 한 것처럼 제호가 벌떡 일어서는 바람에 형보나 초봉이나는 미처 무슨 일인지는 몰랐어도 다 같이 놀라 고개를 쳐들고 그를 올려다본다.

"잘 알아들었습니다……"

제호는 쾌히 말을 꺼내다가, 처음 그렇게 후닥닥 일어서던 것은 어디로 가고 천천히 허리를 꾸부려 앉았던 옆에 놓아둔 모자를 집어 얹는다. 제가 생각해도 무단히 그리 납뛴 것이 남 보기에 점직했던 것이다.

"……헌데, 거 원 무슨 곡절이 있어서 사단이 그쯤 엉클어졌는지 나는 이해할 수가 없습니다. 허나 시방 대강 듣자니 아무튼 일은 맹랑하기는 한 것 같군요. 보매 단순치는 않은 성싶어요. 그런데 내라는 사람은 본시 성미루 보던지, 처신으루던지 어디루던지 간에 그런, 말하자면 성가신 갈등에 참례를 해서, 내가 옳으네 네가 그르네 하고 무릎맞춤[30]을 한다던가 하길 싫여하는 사람입니다. 싫여할 뿐 아니라, 사람 됨됨이 그러지를 못하게시리 생겨먹었습니다. 허허…… 그러니 에 참……"

제호는 잠깐 말을 더듬고 있고, 제호를 따라 마주 일어섰던 형보는 벌써 결과를 다 거니를 채고서, 꽝꽝하던 낯꽃이 금시로 풀어진다. 그는 박제호가, 상당히 아귓심 있게 버팅기지, 그래서 저는 위협깨나 해보다가 필경 뒤통수를 툭툭 치고 말겠거니, 그렇더라도 밑져야 본전이니 그만인 것이라고 했던 것인데, 이대도록 선선히 박제호가 물러서고 보매 도리어 헛심이 씌는 것 같았다.

"……그러니……"

제호는 초봉이에게로 얼굴을 돌리려다가 못 하고서 그대로……

"……나는 이 당장에서 아주 깨끗이 손을 끊겠습니다. 나는 모르구서, 고의가 아니라 말씀이지요…… 모르구서 남의 권리를 침해했던 맥이니깐요, 허허…… 그리구 뒷일은 두 분이 상의껏 다아 조처하십시오. 나는 인제부터 아무 상관두 없는 사람입니다."

제호는 종시 형보를 맞대놓고 하는 소리는 하는 소리나, 그것이 초봉이더러 알아들으란 말임은 물론이다.

말을 마지막 잘라서 하고 난 제호는 이어 몸을 움직여 대뜰로 내려갈 자세를 갖는다.

'인제 할 말도 다 했거니와 볼일도 없으니 나는 아무 상관도 없는 객꾼인 걸 더 충그리고 있을 며리가 없지 않으냐?'

이렇게 생각하면 자리가 열적기라니, 기다란 몸뚱이를 어떻게

건사할 바를 모르겠었다. 그러나 그러는 하면서도 선뜻 발길을
떼어놓잔즉, 그것은 더구나 점직해서 할 수가 없었다.

짜장 초봉이더러는 검다 희단 말 한마디 않고서 코 벤 돼지처럼
이대로 횡하니 달아나자니 원 천하게 열적기란 다시 없는 짓이다.

여태 가까이 두고 제가 탐탁해서 데리고 살던 계집인 걸 비록
요새로 들어 안팎 켯속이 다 파탈은 날 형편이라고 하더라도, 한
데 마침 처분하기 십상 좋은 계제는 만났다고 하더라도, 그렇더
라도 아무려면 남보다 갑절이나 긴 얼굴을 들고서 이다지도 박절
하게 (실상인즉 싱겁게) 꽁무니를 빼다니, 항차 저게 생억지엣 뗀
줄을 빤히 알면서 언덕이야 그걸 핑계 삼아 부우 거짓말을 흘려
놓고 도망가는 마당에 말이다.

제호는 어쩔 줄을 몰라 속으로 쩔쩔맬 것 같았다. 그런 걸 마침
또 이 열없는 곱사 서방님이 귀인성 없이 재치를 부려놓으니 딱
질색할 노릇이다. 형보가, 바야흐로 제가 주인이 된 듯 손님을 배
웅하는 좌석머리의 태를 내어,

"어 참, 이렇게 다아 깊이 이해를 해주시니……"
하면서 곱사등을 너풋 꾸부리던 것이다. 그래, 제호는 사뭇 질겁
을 하여

"이해라니요! 건 아닙니다……"
하면서 화급히 형보를 가로막는다.

"……천만엣말씀이지, 난 머 그런 이해구 무어구 그런 게 아닙
니다. 난 참 말하자면, 패하구서 쫓겨 가는 패군지졸인걸요. 별수
없이 그렇지요, 패군지졸!"

제호는 맨 끝에,

'패하고 쫓겨 가는 패군지졸'

이란 말을 일부러 감회 있이 소리 나게 하느라고 없는 재주를 부리다가 잘 되지를 않으니까, 건 세리프로 한 번 더 되풀이를 한다. 연극을 하자는 것이다.

그는 제 의뭉한 배짱은 깊이 묻어두고 약삭빨리 서둘러, 얼은 입지 않고서 되도록이면 좋게 갈리고 싶었다. 그래야만 오늘 갈리고 내일부터는 안 볼 값에, 초봉이며 또 그의 부친 정영배한테라도 체면이 유지가 될 것이었다. 그래서 이 마마손님[31]을 건드릴세라, 어물쩍하고 달아나려는 참인데, 형본지 곱산지가 나서서 긴찮게 방정맞은 소리를 지절거리고 보니, 일이 단박 외창[32]이 나게 되던 것이다.

형보의 말이 깊이 이해를 해주어서라고 했으니, 그걸 그냥 두고 만다면 초봉이의 해석이 자연 온당치가 못할 것이다. 그것은 마치 사내 둘이 대가리를 맞대고 앉아서, 자 그건 내 계집이다 인다구, 아 그러냐 그러면 옜다 나는 방금 염증이 나던 판인데 실없이 잘되었다 자 가져가거라, 이렇게 의논성 있이 한 놈이 한 놈한테 떠맡기고서 내빼는 놀음쯤 된 혐의가 없지 못했다. 거기서 제호는 연극이 필요했고, 그래서 그는 우정 초봉이더러 들으라고 이해라니 천만엣소리라고 펄쩍 뛴 것이요, 그리고 나도 할 수 없어 너를 뺏기고 쫓겨나니 그 회포가 자못 처량쿠나, 그러니 너도 이러한 내 심정이나 헤아려다오. 이런 옹색스런 근천을 피우느라[33]고 쫓겨 가는 패군지졸이네 무어네 하면서 아쉰 세리프를 뇌어보았던 것이다. 그러나 출 수 없는 그 세리프가 우환 중에 침통한 소리로 나오지도 못하고 어색하디 어색했으니 연극은 실패요, 하니 인제는 영영 민두룸히[34] 달아나버릴 수는 없고 말았다.

제호는 할 수 없이 초봉이한테 이를 말을 생각해가지고 몸을 돌이키면서 안방께로 두어 걸음 주춤주춤 다가선다. 영락없이 어린 아이들이 쓴 약이 먹기 싫어서 눈을 지그려 감고 약그릇을 집어 드는 꼬락서니다. 그는 눈이야 감지 않았어도, 얼굴은 아직 똑바로 두르지 못하고서 거진 옆 걸음걸이를 하듯 우선 안방 문께로 다가서기만 해놓는다. 그러고 나서야 마지못해 고개를 바로 돌려 초봉이의 얼굴을 마주 본다.

그 선뜻 얼굴이 마주치는 순간이다. 제호는 등골이 그만 서늘해서 오싹 몸서리를 친다.

쏘아 올라오는 초봉이의 눈살…… 마침 기다리던 듯이 이편의 돌리는 눈앞에 와서 딱 마주치는 초봉이의 눈살은 금시로 새파란 불이 망울망울 돋는 듯했다. 그것은 매서운 걸 한 고비 지나서 일종 처염한 광망(光芒)[35]과도 같았다. 분명한 살기이었었다.

제호는 사람의 눈에서, 더욱이 여자의 눈이 이다지도 무서운 살기가 뻗쳐 나올 수 있으리라고는 생각도 할 수가 없었다.

하려던 말도 칵 막혀버리고 제호는 어름어름한다. 남의 웬만한 노염이나 흥분 같은 것은 짐짓 모른 체하고 제 할 노릇만 버엉뗑 하면서 해치우는 제호지만 이대도록 칼날이 선 이 자리의 초봉이 앞에서는 그러한 떡심도 별수 없고 오갈이 들려고[36] 하던 것이다.

초봉이는 실상 제호가 아까 첫 번에 하던 말은 그게 무슨 뜻인

472

지 분간을 못 하고 어리뜩했었다.[37] 다음번의 말을 듣고서야 비로소 속을 알기는 했는데 진실로 마른하늘의 벼락이었었다.

사세가 옴나위할[38] 수 없게 절박했던 만큼 기대도 천근으로 무거웠던 것은 두말할 것도 없었다. 이 무거운 기대를 메고 동동 달려 팽팽하게 쎙겼던 다만 한 가닥의 줄이 의외에, 참으로 의외에도 매정스런 한칼에 뚝 잘려버리는 순간, 천길 높은 절벽으로부터 쏟쳐 내려치는 듯 아찔해서 정신을 수습치 못했다.

순간이 지나자 빼쳐 나갈 골이 없는 절망은 곧 악으로 변했다.

초봉이는 제호가 혹시 일을 저 혼자 감당하기에 힘이 겨우면 초봉이 저더러도, 자 어떻게 하면 좋으냐고, 또 하다못해 형보의 요구를 들어주는 게 좋겠다고라도 일단은 상의나 권고를 해는 볼지언정 이대도록[39]까지 야박스럽게 잡아끊고 나서리라고야 천만 생각도 못 했던 일이다.

핍절한 여망을 배반당한 분노는 컸다. 아드득 깨물어 먹고 싶단 말이 있거니와, 시방 초봉이가 제호한테 대한 노염이나 원한은 마치 그런 것일 게다.

형보는 아직 둘째다. 생각도 안 난다. 시방은 제호, 오직 제호가 눈에 보일 뿐이다.

'천하에 몹쓸 놈이다. 내게다가 그다지도 흠선히 굴면서 평생 두고 변치 않을 듯이 하던 건 누구며, 그러던 박제호가 나를 저 흉악한 장형보한테다가 떠밀고 도망을 치다니! 의리부동한[40] 놈이지, 처음부터 끝까지 나를 속여 농락만 해온 것이 아니냐?'

초봉이는 생각할수록 분했다. 타오르는 분노에 악이 기름을 친다. 치가 떨렸다.

제호의 변해버린 근일의 심경을 알지 못하는 초봉이로서는 당연한 원혐[41]이기도 했다.

제호는 초봉이의 이 지나친 격동에 언뜻 한 가지 의념이 솟아났다.

'내가 표변[42]을 한 걸로 저렇게 격분을 한 모양인데, 그렇다면 그것이 단지 이 곱사한테로 가기가 싫어서만 그러는 것일까? 그러나 그거야 제가 싫으면 내쫓아버리면 고만일 걸 가지고 저다지도 지레 요란떨이를, 더구나 내게다 대고……'

이렇게 생각할 때에 제호는, 그러면 저 계집이 쌀쌀하던 것은 겉뿐이요, 실상 속은 따로 내게다가 깊은 애정을 품고 있었던 게 아니던가 하는 반성이 노상 없을 수는 없었다.

제호는 그러나 잠깐 침음하다가 역시 허황한 생각이라고 혼자 고개를 흔든다. 초봉이를 데리고 살아오는 동안 어느 한구석, 어느 한 고패서고 그의 계집다운 진정의 포즈를 본 적이 있다고는 믿고 싶어야 믿을 건지가 없던 것이다.

제호는 시방이야 다 식어졌다 하지만 돌이켜서는 저 혼자나마 정을 붙였던 계집이요, 일변 또 그 마음을 앗으려고 온갖 정성을 다 들이던, 말하자면 애원(愛怨)이 상반하던 계집이다.

그러던 것을 마침내는 그다지 간절하던 뜻을 풀지를 못하고서, 내 정이 식은 끝에는 두루두루 짐스러운 생각만 남았는데, 계제에 핑곗거리를 얻은 터라, 덥쑥 남의 손에다 떠맡기고 바야흐로 물러서는 마당에 이르고 보니 다 시원하고 일이 다행스런 것이야

474

여부가 없으나, 그러나 그래도 어느 한구석엔가는 가느다란 미련이 한 가닥 처져 있지 않진 못했었다. 이런 제호 제 자신 의식지도 못할 미련으로 해서, 혹시나 내가 애정의 관측을 그릇했던 것이 아니던가 하는 저도 모를 새에 센티멘털한 반성을 해보았던 것이다.

제호는 그러느라 잠시 침음에 잠겼었으나 실상 일순간이요, 곧 정신이 들었다.

이 잠깐 동안의 침음으로 해서 제호는 초봉이에게 대한 과거의 불만을 되씹은 덕에 도리어 생각잖은 이문을 보았다.

'흥! 저는 내게다 무얼 잘했다고 눈살이 저리 꼬옷꼿한고? 아니꼽다!'

'계집애 한 마리 겁나서 할 일 못 할 내더냐? 그래 어때? 헌계집 데리고 살다가 내버리는 게 머 역적도모더냐?'

제호는 뱃심이 금시로 불끈 솟았다. 그러면서 그는 우정 초봉이게로 한발짝 다가선다.

초봉이는 종시 깜짝도 않고 제호를 올려 쏘고 있다. 가쁜 숨길이 보이는 것 같다. 얼굴은 해쓱하니 핏기 한 점 없고, 지그시 문 아랫입술은 새파랗게 질렸다. 젖꼭지를 물고 안겨 있는 송희의 가슴께로 드리운 왼편 팔 끝의 손이 알아보게 바르르 떨린다. 무슨 말이 와락 쏟아져 나올 텐데 그게 격분에 막혀 터지지를 못하는 체세다.

"어, 그새 참……"

제호는 저편이야 무얼 어쩌거나 말거나 인제는 상관 않기로 하고, 제가 할 말만 의젓이 늘어놓는다. 그래도 살기 띤 눈살은 피해서 입께를 보면서……

"……변변찮은 내한테 매달려서 고생 많이 했소. 생각하면 미안한 말이야 다아 이를 데가 없소마는……"

초봉이는 말소리가 들리는가 싶잖게 이내 그 자세로 까딱도 않고 있고, 제호는 잠깐 숨을 돌렸다가 다시 뒤를 이어……

"……그리구 어, 그동안 두구 보았으니 내 성밀 알겠지만, 내가 이렇게 선뜻 일어서는 건, 결단코 임자가 부족한 데가 있어서 그런다거나, 또 새삼스럽게 과거지살 탈을 잡아가지구서 그리는 건 아니구, 내란 위인이 본시 못 생겨먹은 탓루루, 가령 이런 일만 하더래두 마주 겹구 틀구 다아 그리질 못하는구려!…… 그렇지만 나는 물러 나선다구, 그렇다구 임자더러 저 장씨의 사람이 되란다거나 다아 그런 의사는 아니니깐, 그런 거야 종차 두 분이 형편 대루 상의껏 조처할 일이지, 내가 그걸 좌지우지할 동기가 된다던지, 더욱이 내가 또 이러라저러라 시킬 머리는 없는 것이니까……"

제호는 여기까지 단숨에 말을 해놓고 보니 끝이 무뜩 잘리기는 하나, 그렇다고 그 끝을 잇댈 말도 별반 없었다. 그래서 그만하고 작별인사 겸……

"자아, 그러면……"

마침 이 말이 나오는데, 그러자 별안간 초봉이가,

"다들 가거라 이놈들아!"

하고 목청이 터지게 외치면서 미친 듯 뛰쳐 일어서던 것이다. 그

서슬에 송희를 문턱 안에다가 내동댕이를 쳤고, 그래 아이가 불에 덴 듯이 까무러치게 울고 해도 초봉이는 모르는 모양이다.

눈에서는 닿으면 베어질 듯 파랗게 살기가 쏟쳐 나온다. 아드득 깨물어 뜯은 아랫입술에서는 검붉은 피가 한 줄기 조르르 흘러내려 턱으로 또렷하게 줄을 긋는다. 풀머리를 했던 쪽이 흐트러져 머리채가 한 가닥 어깨 앞으로 넘어와서 치렁거린다. 그다지 고르고 곱던 바탕이 간 곳 없고, 보기 싫게 사뭇 삐뚤어진 얼굴은 터질 듯 경련을 일으켜 산 고깃덩이같이 썰룩거린다. 이는 여느 우리 인간의 눈이나 얼굴이기보다도 생명을 노리는 적에게 바투 몰려 어디고 침침한 막다른 골로 피해 들었다가 절망코 되돌아선, 한 약한 짐승의 그것이라고 하는 게 근리하겠다.

옳게 겁을 먹은 제호는, 이 계집이 혹시 상성이 되는 게 아닌가 하고 눈이 휘둥그레진다.

초봉이는 처음 한 마디 고함을 치다 말고 숨이 차서 가쁘게 씨근씨근한다.

형보는 등을 지고 있었기 때문에 초봉이의 형용을 보지 못하기도 했지만, 종시 귀먹은 체하고 서서 담배만 풀썩풀썩 피울 뿐 아무렇지도 않아 한다.

제호는 물심물심 뒤로 물러서다가 슬금 돌아서버린다.

송희가 으악으악 울면서 치마폭을 잡고 기어올라도 초봉이는 눈도 거듭떠보지 않는다.

"……이 악착스런, 이 무도한 놈들 같으니라고!"

마침내 초봉이는 마루청을 쾅쾅 구르면서 두 주먹을 부르쥐고 목청껏 외쳐댄다.

"……하늘이 맑다구 벼락두 무섭잖더냐? 이 천하에 무도하구 몹쓸 놈들아……"

음성은, 외치던 고함이 그새 벌써 넋두리로 변해 목이 멘다.

"……내가 느이허구 무슨 원수가 졌다구 요렇게두 내게다 핍박을 하느냐? 이 악착스런 놈들아!…… 아무 죄두 없구, 아무두 건디리잖구 바스락 소리두 없이 살아가는 나를, 어쩌면 느이가 요렇게두 야숙스럽게…… 아이구우 이 몹쓸 놈들아!"

목에서 시뻘건 선지피라도 쏟아져 나오도록 부르짖어 백천 말로 저주를 해도 시원할 것 같잖던 분노와 원한이건만, 다직 몇 마디를 못 해서 부질없이 설움이 복받쳐 올라, 처음 그다지 기승스럽던[43] 악은 넋두리로 화하다가 필경 울음이 터지고 만다.

제호는 쫓기듯 횡하게 대문께로 나가고, 형보는 배웅 삼아 그 뒤를 아그죽아그죽 따른다.

"어 참, 대단 죄송스럽습니다!"

대문간에서 형보는 무엇이 어쩌니 죄송하다는 것도 없으면서 죄송하다고 인사를 한다.

"아, 아닙니다. 원 천만에!"

뒤도 안 돌아다보고 씽씽 나가던 제호는 마지못해 대답을 하는 둥 마는 둥 이내 달아나버린다.

제호는 시원했다. 형보도 시원했다. 둘이 다 시원했다.

초봉이는 방문턱에 엎드린 채 두 손으로 얼굴을 싸고 흑흑 서럽게 느껴 운다. 송희는 자지러져 울면서 엄마의 겨드랑 밑으로 파고든다.

식모가 난리에 넋을 잃고 우두커니 부엌문에 지여 섰다.

대문간에서 형보가 도로 들어오다가 식모를 힐끔 보더니,

"거, 올라가서 애기나 좀 안아주지? 응?"

하는 게 제법 바깥주인이 다 된 말씨다. 식모는 그냥 주춤주춤하고 섰다. 시키지 않더라도 아기가 우니 안아다가 달래줄 줄 모르는 것은 아니다. 그러나 집안이 갑자기 난리를 몰아때려 짜였던 질서가 뒤죽박죽이 되고 마니, 식모도 습관 치인 제 일이 남의 일같이 서먹거리고 섬뻑 손이 대지지를 않던 것이다.

"어 참, 그리구 말이야……"

형보는 몸을 안 붙여주고 낯가림을 하듯 비실거리는 식모를 다독다독 타이르듯……

"……인제 차차 알겠지만, 오늘부터는 내가 이 집의, 어 참 바깥주인이란 말이야…… 그러니 그리 알구 있구…… 그리구 집안이 좀 소란했어두 별일은 없으니깐 머, 달리 생각할 건 없단 말이야, 알겠나?…… 응, 그럼 그렇게 알구서, 아씨 대신 집안일이나 이것저것 두루 잘 좀 보살피구……"

형보는 계집과 살 집을 한꺼번에 다 차지한 요량이다. 사실 제호는 그 두 '집'을 몽땅 내놓고 가기는 갔으니까.

식모는 형보의 말을 듣고 서글퍼 웃을 뻔했다. 세상에 첩은 그 날로 나가고 당장 갈려 든다지만, 이건 사내가 이렇게 하나가 나가고, 하나가 들어오고 하다니 도무지 망측했던 것이다.

초봉이는 아무리 울어도 끝이 없는 설움에 마냥 자지러졌다가

겨우, 보채면서 파고드는 송희를 그러안으려고 고개를 쳐드는데 마침 형보가 마루로 의젓이 올라서고 있었다.

그는 형보가 선뜻 눈에 뜨이는 순간, 설움에 눌려 속으로 잠겼던 분이 이것저것 한데 똘똘 몰려 그리로 쏟쳐 올랐다.

"옜다, 이놈아, 네 자식!"

와락 일어서면서, 악을 쓰면서, 안아 올리던 송희를 그대로 형보한테다 획 내던져버리면서 하느라고 미치듯 날뛴다.

마루청에 떨어질 뻔한 아이를 어마지두 형보가 움키기는 했고, 그러나 그전에 벌써 제정신이 든 초봉이는, 아이구머니 이를 어쩌느냐 싶어 가슴을 부둥켜안는다. 방금 시퍼런 칼날이 번쩍하는 것만 같고, 간이 떨렸다. 아이는 까무러치듯 운다. 수각이 황망하고[44] 어떻게 할 도리가 없다. 할 수 없으니깐 악만 부쩍 더 난다.

"오냐, 이노옴! 계집의 원한이 오뉴월에 서리 친다더라! 두구 보자. 네가 이놈 내 신세를 갖다가 요렇게 망쳐주구! 오냐 이놈!"

초봉이는 이를 보드득 갈면서 흐트러진 머리칼 사이로 형보를 노려본다. 그러나 앙칼지게 노리기는 해도 실상 그것은, 형보가 혹시 칼을 뽑아 들고 송희를 해치지나 않는지 그것을 경계하기에 주의가 엉키고 만다.

"아, 네가 정녕 이럴 테냐?"

형보는 버럭 소리를 지르면서 눈을 부릅뜬다. 만약 한옆으로 칼을 뽑아 송희한테다가 겨누면서 그랬으면 꼼짝 못 하고 초봉이는 (제법 그걸 가로막자고 달려들기커녕 오금이 지레 발아서) 그대로 털썩 주저앉아 두 손을 합장하고 개개 빌고 말았을 것이다.

형보는 짐짓 보아라고 아이를 한 손으로다가 등덜미 옷자락을 움켜 고양이 새끼 다루듯 도웅동 쳐들고 섰다. 아이는 네 손발로 허공을 허우적거리면서 그런 중에도 엄마를, 엄마를 부르면서 기색할[45] 듯 자지러져 운다.

초봉이는 겁을 냈던 대로 형보가 칼부림을 않는 것이 다행했으나 안심할 경황은 없고, 당장 송희가 저리 액색하게 부대끼는 정상을 차마 못 보아, 몸을 홱 돌이켜 안방 아랫목 구석에 가서 접질리듯 주저앉는다. 하릴없이 항복은 항복인 줄이야 저도 알기는 하지만, 차라리 항복을 한 것이 안타깝기보다 도리어 송희가 곤경을 면할 것을 여겨 다행했다.

"괜히 그리다간 네 눈구멍으루 정말 피를 보구 만다!"

형보는 안방으로 대고 눈을 흘기면서 씹어뱉는다. 그러나 형보 역시 큰소리는 해도 이 깽깽 소리가 나는 생물을 어떻게 주체할 수가 없었다. 치켜 올려서 품에 안아보았으나 평생 아기라고는 안아본 일이 없으니 거추장스럽기만 하다.

귀찮은 깐으로는 골병이 들거나 뒈어지거나 조금도 상관없으니 마루청에다가 내동댕이를 쳤으면 좋겠었다. 그러나 제 자식인 체, 소중해하는 체, 우선은 그렇게 해야 할 경우라 함부로 다룰 수는 없었다. 그런데 아이는 우는 사발시계[46]처럼 그칠 줄을 모른다. 골치가 띠잉하고 정신이 없다. 벌치고는 단단한 벌이다. 이대로 한 시간만 있으라면 단박 미치고 말 것 같았다.

민망했던지 식모가 와서 팔을 벌리니까 그만 다행해서,

"잘 달래서 재던지 허게……"

하고 넌지시 내맡기고는 일변 혼자말로 탄식하듯……

"……것두 다아 에미 잘못 만난 죄다짐이다! 고생 면하려거든 진즉 뒈여지려무나!"

초봉이는 이 소리가 배가 채이기보다 형보의 입잣[47]이 밉살스러웠다.

송희는 식모한테 안겨서도 엄마를 부르면서 떼를 쓴다. 초봉이는 안방으로 데리고 들어왔으면 선뜻 받아 안겠는데 눈치 없는 식모가 답답했다.

식모는 송희를 달래느라 성화를 먹는다. 얼러주기도 하고, 문도 뚜드려 소리를 내주기도 하고, 그래도 안 그치니까 마당으로 대문간으로 요란히 설레발을 놓고 다닌다.

한동안 그러다가 식모도 준이 나서 할 수 없이 안방으로 들어오고, 송희는 엄마한테 안기기가 무섭게 울음을 꿀꺽 그치면서 대주는 젖을 움켜다가 쭉쭉 소리가 나게 빨아들인다. 오래 울어서 젖을 빨다가도 딸꾹질을 하듯 느끼곤 한다.

초봉이는 하도 가엾어서 볼기짝을 뚝뚜욱 두드려주면서,

'어이구 내 새끼를 누가 그랬단 말인가! 어이구 가엾어라!'

이렇게 귀애하고 얼러주고 하고 싶어도 마루에 앉은 형보가 열적어 못 한다.

송희는 아직도 눈물이 눈가로 볼때기로 흥건히 묻었다. 엄마가 손바닥으로 가만가만 씻어주니까, 젖을 빨다 말고 말끄러미 엄마를 올려다보다가 금시로 입이 비죽비죽하더니,[48]

"엄마!"

하면서 울먹울먹한다. 노염이 새롭다고 역성을 청하는 것이다.

"오냐, 워야 내 새끼!"

초봉이는 마침내 형보를 꺼릴 겨를도 없고, 제 입도 같이서 비
죽비죽 해주면서 소리가 요란하게 볼기짝을 뚝뚜욱 쳐준다. 송희
는 안심을 하고서 도로 젖꼭지를 문다.

초봉이는 이 끔찍이도 소중하고 귀여운 것을 품 안에서 떼어놓
다니, 그것은 생각할 수조차 없었다. 항차 그 어떠한 흉악한 해를
보게 한다는 것은 마음에 상상만이라도 하는 것부터 어미가 불측
스런 것 같았다.

방금 일어난 풍파는 초봉이로 하여금 더욱 힘 있게 애착과 애정
으로써 송희를 끌어안게 해주었다.

송희를 곰곰이 들여다보는 동안, 비장하게 솟아오르는 것은 일
찍이 제 자신에 있어본 적이 없던 하나의 용기이었었다.

물론 솟아오른 그 용기도 적극적인 것은 못 되고서 소극적이요,
그래서 몸을 살리려는 태가 아니고, 몸을 죽이려는 태에 지나지
못했다. 그렇지만 본시 타고나기를 그렇게 타고났고, 치어나기를
그렇게 치어난 초봉이에게 오늘이야 그렇지 않은 것을 바람은 억
지일 것이다.

송희는 인제 노염도 다 풀리고, 젖도 배불러 엄마가 안은 대로
무릎 안에 버얼씬 드러누워 엄마 얼굴을 말끄러미 올려다보면서
쏭알쏭알 이야기를 하는지 노래를 하는지 저 혼자만 아는 소리를
쏭알거리면서 마음을 놓고 한가하게 놀고 있다. 송희는 엄마한테
만 있으면 울어지지도 않고 심심하지도 않다. 좋고 편안하다. 입

으로는 노래도 하고 이야기도 한다. 입이 고프면 바로 그 앞에 단 젖이 있다. 빨면 쭉쭉 나온다. 눈으로는 엄마의 얼굴을 본다. 보면 재미가 있다. 손이 심심하면 엄마 젖꼭지를 만진다. 발이 심심하면 손이 가서 쥐고 같이 논다. 다 좋다. 편안하다.

초봉이는 송희가 이러한 줄을 잘 안다. 오늘은 더욱 그렇다.

이 살판에서도 송희는 엄마가 있으니까 이렇게 편안히, 이렇게 마음을 놓고 잘 있지를 않으냔 말이다. 천하 없어도 송희는 이대로 가축을 해야 하고 그러자면은 초봉이 제 한 몸은 아무래도 좋았다.

칼을 맞아도 좋고, 시뻘건 불꼬챙이로 단근질[49]을 해도 좋고, 그러하되 아무라도 송희의 털끝 하나라도 다쳐서는 안 된다. 그것은 말고, 누가 송희한테 눈 한 번이라도 크게 뜨고, 소리 한 번이라도 몹시 질러도 안 될 말이다.

'내 몸뚱어리는 송희를 위하연 굳센 무쇠방패가 되어야 하고, 그도 부족하면 큰 바위가 되어야 한다. 그러나 추운 때에는 뜨뜻한 솜이 되어야 하고, 비가 올 때에는 우장이 되어야 하고, 바람이 불 때에는 바람막이가 되어야 하고, 어둔 밤에는 등불이 되어야 한다. 그리고 배고파 할 때에는 밥이 되어야 하고.'

'내 몸뚱어리는 이미 버린 몸뚱어리다. 두 남편에 벌써 세 남자를 치르어 온 썩은 몸뚱어리다. 이런 썩은 몸뚱어리가 아까워서 송희의 위험을 막아주기를 꺼릴 필요는 조금도 없다. 차라리 썩은 몸뚱어리를 가지고 보람 있게 우려먹으니 더 좋은 일이다.'

'형보? 좋다, 형보는 말고서 형보보다 더한 놈도 좋다. 원수는

484

말고 원수보다 더한 것도 상관없다. 송희만 탈없이 편안하게 기르면 그만이다.'

여기까지 생각을 했을 때에 초봉이는 깜짝 놀라 몸을 떤다. 대체 어느 겨를에 저 장형보의 계집이 되기로 작정을 하고서 시방 이러느냐는 것이다. 그러나 제 자신이 모르기는 몰랐어도 인제 보니 이미 그러기로 다 작정이 된 것만은 사실인 것이 분명했다.

호 하고 한숨이 절로 터져 나온다. 제가 저를 생각해보아도 너무 갈충머리가 없는 것 같았다.

마침 마루에서 형보의 캐액 하는 기침 소리가 들렸다. 초봉이는 새삼스럽게, 제 몸에서 형보의 살을 감각하고, 뱀이 벗은 발 발등 위로 지나가는 것같이 오싹 진저리가 치었다.

부엉이처럼 마루에 가서 지켜 앉았던 형보는 열 시 치는 소리를 듣고 마침내 방으로 들어왔다. 초봉이는 이미 각오한 바라 속으로,

'오냐, 그렇지만 기왕 그렇게 하는 바에야 나도 다아……'

이렇게 마음을 도사려 먹었다.

형보는 그래도 점직함이 없지 못해, 비죽 웃더니 윗목으로 넌지시 비껴 앉으면서 슬금슬금 초봉이의 눈치를 본다. 이윽고 있어도 (실상 다시 발악을 할 줄 알았던 초봉이가) 아무 반응도 없이 외면만 하고 있으니까 우선 마음을 놓고 처억 수작을 끄집어낸다. 그러나 위협 같은 것은 싹 걷어치우고 없다. 말도 좋은 말로, 조르듯 타이르듯 순하다.

인제는 더구나 별수가 없지 않으냐. 그러니 부디 마음을 돌려

라. 너만 고집을 세우지 않을 양이면, 너도 좋고, 자식한테도 좋고, 또 나도 좋고 다 두루 좋잖으냐.

아까 박제호더러도 이야기를 했지만, 돈 오륙천 원을 들여서 장사를 하는 게 수입이 상당하니 너의 모녀는 웬만한 호강이라도 시키면서 먹여 살릴 수가 있다.

또, 그새까지는 네가 박제호의 첩으로 있었지만, 나는 독신이니까 인제부터는 버젓한 정실 노릇을 할 뿐더러 어린것도 사생자라는 패를 떼게 되지 않느냐.

형보는 간간 담배도 피워 가면서 한 마디씩 두 마디씩 넉 장으로 뗑기고 앉았고, 초봉이는 자는 송희 옆에 두 무릎을 깍짓손으로 껴안고 모로 앉아 형보의 말을 듣는지 마는지 그냥 그러고만 있다. 그렇게 하기를 한 식경은 한 뒤다.

"오냐! 네 원대루, 네 계집 노릇 해주마. 그렇지만······"

초봉이는 마침내, 모로 앉았던 몸을 돌려 윗목의 형보한테로 꼿꼿이 고개를 두른다. 물론 마음먹은 바가 있었기 때문이지, 무슨 졸리다 못해 나오는 대답인 것은 아니었었다.

승낙이 내리자 형보는 좋아라고 그러잖아도 큰 입이 더 크게 째지면서, 아무렴 그래야 옳지야고 진작 그럴 것을 가지고 어째 그랬단 말이냐고, 버엉떼엥 아랫목게로 조촘조촘 내려앉는다. 하는 것을 초봉이는 소리를 버럭······

"왜 이 모양이야?······아직 멀었으니 거기 앉아서 말 듣잖구서······"

"네에 네, 흐흐."

"흥! 물색 없이 좋아 마라! 내가 뭐어 맘이 내켜서 네 계집 노릇 하겠다는 줄 알구?…… 괜히 원수풀이 하잔 말이다, 원수풀 이……."

"허어따! 쓸데없는 소릴!"

"두구 보려무나? 내 신세를 요렇게두 지긋지긋하게 망쳐준 네 놈한테 그냥 거저 다소긋하구 계집 노릇이나 해줄 성부르더냐? 흥!…… 인제 대가리가 서얼설 내둘리게 해줄 테니 두구 보아라!"

초봉이는 입에서 나오는 대로 큰소리를 하기는 해도 마음은 결 코 시원하지 못했다. 원수풀이를 하잔들 무얼로 어떻게 원수풀이 를 할 도리가 있을까 싶질 않았다. 자는데 몰래 칼로 배를 가른다 거나, 국그릇에 비상을 쳐서 먹인다거나 한다면 그거야 못 할 바 는 없지만, 그런다고 짓밟힌 생애를 도로 물려오지는 못 할지니, 헛되이 내 손에 피칠이나 하는 짓이지, 원한이 풀릴 리가 만무하 니 말이다. 생각하면 속절없는 팔자요, 눈물이 솟아났다.

"여보, 이왕지사 다아 이리 된 바에야……"

형보는 곱사등을 흔들흔들, 쪼글트렸다 주저앉았다 못 견디어 납뛰면서……

"……노염 다아 풀어버리구려, 응?…… 그러구서 우리두 처억 어쨌든지, 응? 재미있는 가정을, 쓰윽 한바탕…… 흐흐."

"어이구, 엣다!…… 메시껍구 아니꺼워!"

"허허엉, 그리지 말래두 자꾸만 그러는구려!"

"너 돈 있는 자랑했겠다? 대체 몇 푼이나 되느냐?"

"한 육천 환……"

"거짓말 없지?"

"아무렴! 당장이라두 보여주지!……"

형보는 잊지 않고 끌고 들어온 손가방을 돌려다 보면서……

"……예금통장에 이천여 환 있구, 수형 받은 게 사천 환 가까이 되구…… 자아 시방 볼 테거들랑 보지?"

"가만있어, 인제 꺼내노라는 때 꺼내놓구…… 그러면 어쩔 테냐? 너 내가 해달라는 대루 해줄 테냐?"

"네에, 거저 하늘의 별이라두 따올 수만 있다면 냉큼 가서 따다 디립죠!"

"그러면 첫째, 이 애 앞으루다가 네 이름으루 하나 허구, 내 이름으루 하나 허구, 생명보험 하나씩……"

"얼마짜리?"

"천 원짜리."

"천 원짜리? 천 원짜리가 둘이면 가만있자…… 얼마씩 부어 가누?"

형보는 까막까막 구누를 대보다가

"……그랬다!"

하면서 고개를 꾸벅한다.

"그건 그렇구…… 그 댐은, 그새 박제호두 그래 왔으니깐 너두 나무 양식 집세는 다아 따루 내려니와, 그런 것말구두 가용으로 다달이 오십 원씩 내 손에다 쥐어 줘야지?"

"그러자면?…… 매삭 백 환이 훨씬 넘는데…… 그렇지만 할 수 있나! 박제호만큼 못 한대서야 안 될 말이지. 그럼 것두 자아 그랬다!"

"그리구 또, 그 댐은, 돈을 한목아치 천 원을 나를 주어야 한다?"

"천 환? 현금을?"

"그래."

"그건 좀 문젠걸?…… 돈이 없는 건 아니지만 장사하는 밑천이라 놔서 한목에 천 환을 집어내구 보면 그만큼 수입이 준단 말이야!…… 시방 육천 환을 가지구 주물러서 맥삭 이백 환 가량 새끼가 치는데, 만약 천 환을 없애구 보면 아무래두 어렵겠는걸?…… 대관절 현금 천 환은 무엇에다 쓸려구 그러누?"

"우리 친정두 먹구 살게시리 한끄터리 잡어주어야지!"

"얘! 이건 바루 기생 여대치는구나?"

"머, 내가 기생보담 날 건 있다더냐?"

"무서운데!"

"또 있다…… 우리 친정 동생들 서울루 데려다가 공부시켜주어야 한다!"

식욕食慾의 방법론方法論

또 한 번 해가 바뀌어, 이듬해 오월이다.

태수와 김씨가 그의 남편 탑삭부리 한참봉의 한 방망이에 맞아 죽고, 초봉이는 호젓이 군산을 떠나고, 이런 조그마한 사단이 있은 채로 그러니 벌써 두 번째 제 돌이 돌아는 왔다.

그러나 이곳 항구(港口) 군산은 그러한 이야기는 잊은 지 오래다. 물화(物貨)와 돈과 사람과, 이 세 가지가 한데 뭉쳐 생명 있이 움직이는 조그마한 거인(巨人)은 그만한 피비린내나, 뉘 집 처녀가 생애를 잡친 것쯤 그리 대사라고 두고두고 잊지 않고서 애달파할 내력이 없던 것이다.

해는 여전히 아침이면 동쪽에서 떴다가 저녁이면 서쪽으로 지고, 철이 바뀌는 대로 풍경도 전과 다름없이 새롭고, 조수 밀렸다 쓸렸다 하는 하구(河口)로는 한 모양으로 흐린 금강이 쉴 새 없이 흘러내리고 있다. 그러는 동안 거인은 묵묵히 걸음을 걷느라, 물화는 돈을 따라서, 돈은 물화를 따라서, 사람은 그 뒤를 따라서 흩어졌다 모이고 모였다 흩어지고, 그리하여 그의 심장은 늙을 줄 모르고 뛰어, 미두장의 ×××도 매일같이 벌어지고 있다.

우리 정주사도 무량하다. 자가사리[1] 수염은 여전히 노란데 끝도 그대로 아래로 처졌고, 눈도 잊지 않고 깜작거린다. 소일도 모습과 함께 변함없다. 남은 몇 천금을 걸고 손바닥을 엎었다 젖혔다 하는 순간마다 인생의 하고많은 부침을 되풀이하는 그 틈에 끼여 대판시세가 들어올 적마다 하바꾼 우리 정주사도 오십 전어치 투기에 몸이 자지러진다.

그러나 한 가지 놀라운 발육(發育)은 단 몇십 전이라도 밑천이 떨어지지를 않는 것이다. 어디서 생기는 밑천이든 간에 같이서 하바를 하는 같은 하바꾼들한테 '총을 놓지 않아서' 실인심을 않고 지내니 발육이라면 그런 발육이 있을 데가 없다. 단연코 작년 가을 이래 정주사는 여재수재[2]가 분명했지 도화를 부르고 멱살잡이를 당하거나 욕을 먹거니 한 적이 없다.

이것은 맏딸 초봉이가 작년 가을 서울서 돈 오백 원을 내려 보낸 것으로, 부인 유씨가 구멍가게 하나를 벌여놓은 그 덕이요, 그 끈이다. 수양산 그늘이 강동 팔십 리를 간다거니와,[3] 애초에 죽은 고태수가 소절수 농간을 부리던 돈으로 미두를 하다가, 아시가 나게 된 끄터리[4]를 형보가 얻어 가졌고, 형보는 그놈을 언덕 삼아 오륙천의 큰 수를 잡았고, 그 돈에서 도로 오백 원이 초봉이의 손을 거쳐 정주사네게로 왔으니, 기특하다면 기특한 인연이 아니랄 수 없다. 따라서 어느 사위가 되었든지 사위 덕은 사위 덕이요,

결국은 초봉이라는 딸을 둔 보람이 난 것이라 하겠다.

가게는 삯바느질도 있고 해서 유씨가 지키고 앉았고, 정주사는 밖에서 물건 사들이는 소임을 맡았다.

새벽이면 정거장 앞으로 나가서 길목을 지키다가 촌사람들이 지고 들어오는 채소도 사고, 공설시장에서 과실이며 과자 부스러기도 사고, 더러는 '안스레'에 있는 생선장에 가서 흥정도 해다 준다. 그러고 나면, 정주사는 온종일 팔자 편한 영감님이다. 하기야 유씨가 바느질을 하랴, 가게를 보랴 하느라고 손이 몰리곤 하니 가게나 지켜주었으면 하겠지만, 한 마리에 일 전이나 오 리가 남는 자반고등어며, 아이들의 코 묻은 일 전 한 푼을 바라고 오도카니 지켜 앉았기가 갑갑하기도 하려니와, 일변 미두장에 가서 잘만 납뛰면 한목에 오십 전이고 일 원이고를 따니, 그게 사람이 활발하기도 할 뿐더러 이문도 크다 하는 것이다.

호마는 북풍에 울고, 월조라는 새는 남쪽 가지에다만 둥우리를 얽는다든지,[5] 정주사도 시방은 다 비루먹은 태마[6]라도 증왕에는[7] 천리 준총[8]이었거니 여기고 있다. 그러니까 오십 전짜리 하바라도 하고 싶다.

밑천까지 털리는 손은 어떻게 하느냐고 부인 유씨가 고시랑거릴라치면[9] 잃지 않을 테니 걱정 말라고 만날 희떠운[10] 소리다. 이 말은 돈을 잃어도 관계치 않다는 뱃심과 같은 뜻이다.

오늘도 정주사는 듬뿍 삼 원 돈을 지니고서 한바탕 거들거리고 하바를 하던 판이다.

이 삼 원의 대금(大金)은 마침 가게에 북어가 떨어져서 아침결에 어물전으로 흥정을 하러 가던 심부름 돈이다.

　배고픈 호랑이가 원님을 알아볼 리 없고, 무슨 돈이 되었든지 간에, 마침 또 간밤에는 용꿈을 꾸었겠다 하니, 북어값 삼 원을 밑천으로 든든히 믿고서 아침부터 붙박이로 하바를 하느라 깨가 쏟아졌다. 그러나 따먹기도 하고 게우기도 했지만, 필경 끝장에 와서 보니 옴팍장사[11]다. 밑천이 절반이나 달아나고 일 원 오십 전밖에 남지를 않았던 것이다.

　미두장의 장이 파하자 뿔뿔이 헤어져 가는 미두꾼 하바꾼 틈에 끼여 나오면서 정주사는 비로소 잃어버린 북어값을 생각하고 입맛이 찝찝해 못 한다.

　오월의 눈부신 햇볕이 환히 내리는 행길바닥으로 패패 흩어져 나오는 미두꾼이나 하바꾼들은 응달에서 자란 식물을 갑자기 일광에 내쬐는 것 같아, 어디라 없이 푸죽어[12] 보인다.

　하기야 많고 적고 간에 돈을 먹은 패들은 턱을 쑥 내밀고 흐물흐물 웃으면서 내딛는 걸음이 명랑한 성싶기는 하나, 그것은 이 햇볕과는 아무 상관도 없는, 그래서 오히려 더 부자연스러워 보이는 활기 같다.

　턱 대신 코가 쑤욱 빠지고 죽지 부러진 장닭처럼 어깨가 처지고 고개를 수그리고, 이런 패들은 사오십 전짜리 하바를 비롯하여 몇백 원 혹은 몇천 원의 손을 본 축들이다. 이런 축들 가운데 더러는 저 혼자 점직하다 못해 누구한테라 없이,

　"헤에, 참!"

하면서 뒤통수로 손이 올라가다가 만다. 분명 울고 싶다는 게라,

웃는다는 게 우는 상이다. 이 축들은 더욱이나 이 명랑한 오월의
태양 아래서는 이방인(異邦人)같이 어색하다.

북어값 삼 원에서 일 원 오십 전을 날려버린 정주사는 코 빠진
축으로 편입될 것은 물론이다. 그는 여럿의 틈에 끼여 행길바닥
으로 나섰다가 멈춰 서서 입맛을 다신다. 인제는 하바판도 다 깨
졌은즉 잃어버린 북어값을 추는 도리는 없고 하니 아무나 붙잡
고, 한 오십 전 내기 짱껜뽕이라도 몇 번 했으면 싶은 마음성이
다.

"정주사!……"

넋을 놓고 행길 가운데 우두커니 섰는데 누가 마수없이 어깨를
짚으면서 공중에서 부른다. 고개를 한참 쳐들어야 얼굴이 보이는
'전봇대'다. 키가 대중없이 길대서 '전봇대'라는 별명이 생긴 같
은 하바꾼이다.

"……무얼 그렇게 보구 계시우? 갑시다."

하바에 총만 놓지 않으면 아무라도 그네는 사이가 다정한 법이
다. 단 한 모퉁이를 동행할망정 뒤에 처지면 같이 가자고 하는 게
인사다.

"가세."

정주사는 내키잖게 옆을 붙어 선다. 키가 허리께밖에는 안 닿는
다. 뒤에서 따라오던 한패가 재미있다고 웃어도 모른다.

"정주사 오늘 괜찮었지?"

"말두 말게나!"

"괜히 우는 소릴…… 아까 내해두 오십 전 먹구서……"

"그래두 한 장하구 반이나 펐네! 거 원 재수가……"

"당찮은 소리!…… 그런 소린 작작 하구, 오늘 딴 놈으루 저기 가다가 우동이나 한 그릇 사시우. 난 시장해 죽겠수!"

"시장하기야 피차일반일세!"

정주사는 미상불 퍽 시장했다. 작년 가을 이후로는 팔자가 늘어져서 조석은 물론 굶지 않거니와, 오때[13]가 되면 횡하니 집으로 가서 점심을 먹고 오곤 했는데, 오늘은 마침 북어값 삼 원을 밑천 삼아 땄다 잃었다 하기에 재미가 옥실옥실해서[14] 점심 먹을 것도 깜박 잊었었다. 그래서 비어때린 점심이라 시장기가 들고, 그 끝에 돈 잃은 것이 이번에는 부아가 난다.

"그 빌어먹을 거, 그럴 줄 알았더면 그놈으루 무엇 즘심이라두 사 먹었으면 배나 불렀지!"

"거 보시우……"

정주사가 혼자 두런거리는 것을 전봇대가 냉큼 받아……

"……우리 같은 사람 가끔 우동 그릇이나 사주구 하면, 다아 하누님이 알아보십넨다!"

"하누님이 알어보신다? 허허, 제엔장맞일. 아따 그러세, 우동 한 그릇씩 먹세그려나!"

"아니, 진정이시우?"

"그럼 누가 거짓말 한다던가?…… 그렇지만 꼭 우동 한 그릇씩이네? 술은 진정이지 할 수 없네?"

"아무렴! 피차 형편 아는 터에, 술이야 어디……"

하바꾼도 옛날 큰돈을 지니고 미두를 하던 당절, 이문을 보면 한판 진탕치듯이[15] 친구와 얼려 먹고 놀던 호기는 가시잖아, 이날에 비록 하바는 할 값에 단돈 이삼 원이라도 먹으면 가까운 친구 하나쯤 따내어 우동 한 그릇에 배갈 반 근쯤 불러놓고 권커니잣거니[16] 하면서 감회와 울분을 게다가 풀 멋은 그대로 남아 있다. 그러나, 시방 정주사가 전봇대한테 우동 한턱을 쓰기로 하는 것은 그런 호협이나 멋이 아니라 외람한[17] 화풀이다.

돈 잃은 미련이 시장한 얼까지 입어 화증은 더 나는데 '전봇대'가 연신 보비위는 하겠다, 미상불 그놈 우동 한 그릇을 후루룩 쭉쭉 국물째 건더기째 들이 먹었으면 아닌 게 아니라 단박 살로 갈 것 같고, 그래 예라 모르겠다고 나가 자빠지는 맥이다. 물론 전 같으면야 우동이 두 그릇이면 싸라기가 두 되도 넘는데 언감히 그런 생심을 했을까마는, 지금이야 다 미더운 구석도 없지 않아, 말하자면 그만큼 담보가 커진 것이라 하겠다.

가게는 같은 둔뱀이는 둔뱀이라도 전에 살던 집처럼 상상꼭대기가 아니고 비탈을 다 내려와서 아주 밑바닥 평지다. 오막살이들이나마 살림집들이 앞뒤로 늘비한 길목이라 구멍가게치고는 마침감이다.

가게머리로 부엌 달린 이칸방이 살림 겸 바느질방이다.

지난해 가을 초봉이가 내력 없는 돈 오백 원을 보내주어서 삼백 원을 들여 이 가게를 꾸미고 벌여놓고 했다.

일백이십 원은 재봉틀을 한 채 사놓았다. 나머지는 이사를 하느니 오래 못 벗긴 목구멍의 때를 벗기느니 하느라고 한 사십이나 녹아버렸고, 그 나머지는 장사를 해나갈 예비돈으로 유씨가 고의

496

끈에다가 챙챙 옹쳐 매두었었다. 정주사는 그놈을 올가미 씌워다가 사십 원 증금(證金)으로 쌀이나 한 백 석 붙여놓고 미두를 하려고 갖은 공력을 다 들였어도 유씨는 막무가내하로 내놓지를 않았었다.

아무튼 그렇게 장사를 벌여놓으니, 가게에서 매삭 삼십 원 넘겨 이문이 나고, 재봉틀 바느질로 십여 원 들어오고 해서 네 식구가 먹고 살아가기에는 그리 군색치 않았다. 정주사가 가끔 미두장의 하바판에서 돈 원씩 날리기도 하고, 오늘처럼 우동 한턱을 쓸 담보가 생긴 것도 알고 보면 다 그 덕이다.

권솔이 더구나 단출해서 좋다. 초봉이는 재작년 이맘때에 벌써 식구 중에서 떨어져 나갔지만 작년 가을에는 계봉이를 제 형이 데려 올려갔다. 실상 형주도 그때 같이 올라갔을 것이지만, 그 애는 작년 사월에 이리(裡里) 농림학교에 입학을 해서 통학을 하고 있기 때문에, 전학을 하느니 자리를 옮기느니 하면 번폐스럽기만[18] 하겠은즉 그럭저럭 졸업이나 한 뒤에 상급학교를 보내더라도 우선 다니던 데를 그대로 눌러 다니도록 두어둔 것이다.

이렇게 식구가 단출하게 넷으로 줄고 그 대신 다달이 사오십 원씩 수입이 있으니, 유씨의 억척에 다만 몇 원씩이라도 밀려, 차차로 가게를 늘려 가기도 하고 했을 것이지만, 부원군 팔자랍시고 정주사가 속속들이 잔돈푼을 '크게' '낭비'를 해서 병통[19]이요, 그래서 전에 굶기를 먹듯 하고 지낼 때보다 집안의 풍파는 오히려 잦다. 더구나 유씨는 시방 마침 단산기(斷産期)라, 히스테리가 가히 볼 만한 게 있다.

날도 훈훈하거니와, 오월 초생의 오후는 늘어지게 해가 길어 깜박깜박 졸음이 온다. 유씨는 이태 전이나 다름없이 다리 부러진 돋보기를 코허리에다 걸치고 졸린 것을 참아가면서, 보물 재봉틀을 차고 앉아 바느질에 고부라졌다.[20]

다르르, 연하게 구르는 재봉틀 소리가 달콤하니 졸음을 꼬인다. 졸리는 대로 한잠 자고는 싶으나, 바느질도 바느질이려니와 가게가 비어서 못 한다. 남편 정주사는 인제는 기다리지도 않는다. 아무 때고 들어왔지 별수가 없을 테고, 거저 들어오기만 오면, 어쨌든지 마구 냅다…… 이렇게 꽁꽁 벼르고 있다.

올에 입학을 해서 일학년이라, 항용 두 시면 돌아오는 병주도 오늘은 더디어 낮잠 한잠도 못 자게 하니 그것도 화가 난다.

동네 안노인이 아이를 업고 행뚱행뚱[21] 가게 앞으로 오더니 한다는 소리가 남 속상하게,

"북엔 없나 보군?"

하면서 끼웃이 들여다본다. 유씨는 일어서서 나오려고 하다가 고개만 쳐든다. 오늘 벌써 세 번째 못 파는 북어다. 부아가 나는 깐으로는 물이라도 쩌얼쩔 끓여놓았다가 남편한테 들어서는 낯짝에다가 좌악 한 바가지 끼얹어주고 싶다.

"……북엔 없어. 저 너머까지 가야겠군!"

동네 노인은 혼잣말같이 쑹얼거리면서 돌아선다.

"인제 좀 있으문 이 애 아버지가 사 가지구 올 텐데요……"

유씨는 다섯 마리만 잡더라도 오 전은 벌이를 놓치는구나 생각하면서 다시금 남편 잡도리할[22] 거리로 단단히 치부를 해둔다.

"걸 언제 기대려? 손님들이 술잔을 놓구 앉아서 안주 재축인 걸."

"그럼 건대구를 들여가시지?"

"건대구는 집에두 있는데 북에루다가 마른안주만 해딜이라니 성화지!"

동네 노인이 가게 모퉁이로 돌아가자 마침 병주가 씨근벌떡하면서[23] 달려든다. 콧물이 육장 코에 가 잠겨서 질질 흐르기 때문에 입으로 숨을 쉬느라고 입술은 다물 겨를이 없고 밤낮 씨근거린다.

"엄마!"

한 번 불러놓고는 책보를 쾅 하니 방에다가 들이뜨리고 모자를 벗어 휙 내동댕이치면서, 우선 사탕목판을 들여다본다. 아무 때고 하는 짓이라 저는 무심코 그러는 것인데, 돋보기 너머로 눈을 찢어지게 흘기고 있던 유씨는,

"네 이놈!……"

하고 소리를 버럭 지른다.

생각잖은 고함 소리에 병주는 움칫 놀라 모친한테로 얼굴을 돌린다.

"……어디 가서 무슨 못된 장난을 하다가 인제야 오구 있어?"

유씨는 금시로 자쭉[24]을 집어 들고 쫓아 나올 듯이 벼른다. 그는 시방, 자식의 버릇을 가르치자고 나무라는 것이 아니라, 남편한테 할 화풀이야 낮잠 못 잔 화풀이야를, 애먼 어린아이한테 하느니라고는 생각도 않는다.

병주는 첫마디에 벌써 볼때기가 추욱 처지고 식식한다.

막내둥이라서 재미 삼아 온갖 응석과 어리광은 있는 대로 받아
주던 아이다. 그놈이 인제는 품 안에 안고 재롱을 보던 때와는 딴
판이요, 전처럼 응석받이를 안 해주고 나무라면 이퉁^{25}을 쓰고, 아
무가 무어라고 해도 듣지도 않고 무서워하지도 않는다. 그래서
작년부터는 성가시니까 버릇을 가르친다고 회초리를 들기 시작했
다. 그것도 유씨뿐이요, 정주사는 이따금 나무라기나 할 뿐이지,
나무라고서도 아이가 노염을 타서 울면 되레 빌기가 일쑤다.

병주로 당해서 보면 모든 것이 제 배짱과는 안 맞고, 저 하고 싶
은 대로 못 하게 하니까 심술이 난다. 대체 그렇게도 저 하자는
대로 다 해주고 이뻐만 하더니 어째 시방은 지천을 하고 때리고
하는 게며, 또 학교에서 오는 것만 하더라도 여느 때는 아무 소리
도 없으면서 오늘 같은 날은 불시로 늦게 왔다고 생야단을 치니
어째 그러는 게냔 말이다.

병주로서는 당연한 불평인 것이다.

"아, 저놈이 그래두!⋯⋯ 네 요놈, 그래두 이짐만 쓰구 섰을 테
냐?"

유씨는 속이 지레 터지게 화가 나서 자쪽을 집어 들고 쫓아 나
온다. 병주는 꿈쩍도 않고 곁눈질만 한다.

"이놈!"

따악 소리가 나게 자쪽으로 갈기니까 기다렸노라고 아앙 울음
을 내놓는다. 필요 이상으로 울음소리가 큰 것은 부친의 역성을
청함이다.

"이 소리! 이 소리가 어디서 나와? 응? 이놈, 이 소릿!"

말 한 마디에 매가 한 대씩이다. 병주는 악을 악을 쓰면서 가게 바닥에 주저앉아 발버둥을 친다.

"이놈, 이 이퉁머리! 이마빡에 피두 안 마른 것이…… 이놈, 이놈, 어린놈이 소갈머리 치레만 해가지구는…… 이놈……"

사정없이 아무 데고 내리 조진다. 병주는 영 아프니까는 그제야 아이구 안 하께 소리가 나온다. 그러나 그것도 비는 게 아니고, 고래고래 악을 쓰면서 일종의 반항이다.

병주는 매를 맞기 시작하면서 다급하면 안 하께라는 소리를 치는 것도 같이 배웠다. 그러나 때리면서 그렇게 빌라고 시켰으니까 하는 소리지 그 뜻은 알지를 못한다.

"다시두?"

"안 하께!"

"다시두?"

"아야, 아아, 안 허께, 이잉."

유씨는 겨우 매질을 멈추고 서서 가쁜 숨을 허얼헐 한다.

병주는 콧물이 배꼽이나 닿게 주욱 빠져 내린 채 히잉히잉 하고 섰다. 매는 맞았어도 이짐은 도리어 더 났다.

"이 소리가 어디서!"

유씨는 방으로 들어가다 말고 돌아서면서 엄포를 한다. 병주는 히잉 소리를 조금만 작게 낸다.

"저 코, 풀지 못할 테냐?"

"히잉."

"아, 저놈이!"

"히잉."

"네에라 이!"

유씨가 도로 쫓아오려고 하니까 병주는 손가락으로 코를 풀어서 한 가닥은 가게 바닥에 내동댕이치고 손은 옷에다가 쓰윽 씻는다.

"학교를 갔다 오믄, 공부는 한 자두 않는 놈의 자식이 소갈머리만 생겨서, 이짐이나 쓰구……"

"히잉."

"군것질이나 육장 하러 들구……"

"히잉."

"공부를 잘해야 인제 자라서 벌어먹구 살지!"

"히잉."

"그따위루 공분 않구서, 못된 버릇만 느는 놈이 무엇이 될 것이야!"

"히잉."

병주는 차차로 더 크게 히잉 소리를 낸다. 모친의 나무라는 말이 하나도 제 배짱에는 맞지도 않는 소리라서 심술로 도전을 하는 속이다.

"에미 애비가 백년 사나? 아무리 어린것이라두 고만 철은 나야지! 공부 못하믄 노가다패나 되는 줄 몰라?"

"히잉."

"늙은 에미가 이렇게 애탄가탄 벌어 멕이믄서 공부를 시키거들랑 그런 근경을 알아서, 어른 말두 잘 듣구 공부두 잘 해야지. 그

502

래야 인제 자란 뒤에 잘되구 돈두 많이 벌구 하지."

"히잉, 그래두 아버진 돈두 못 버는 거…… 히잉."

어린애가 하는 소리라도 곰곰이 새겨보면 가슴이 서늘할 것이지만, 유씨는 눈만 거듭 뜨고 사납게 흘긴다.

유씨는 걸핏하면 남편 정주사더러 공부는 많이 하고도 내 앞 하나를 가려 나가지 못한단 말이냐고 정가를 하곤 한다.[26]

독서당(獨書堂)을 앉히고 십오 년이나 공부를 했다는 것이, 또 신학문(普通學校 卒業)까지 도저하게 하고도 오죽하면 한푼 생화 없이 눈 멀뚱멀뚱 뜨고 앉아서 처자식을 굶길까 보냐고, 의관을 했다면서 치마 두른 여편네만도 못하다고, 늘 이렇게 오금을 박던[27] 소리다. 그것이 단순한 어린애의 머리에 그대로 소견이 되어 우리 아버지는 공부를 했어도 '좋은 사람이 안 되었다고', 그래서 돈도 못 벌고, 그러니까 공부를 잘한다거나 좋은 사람이 된다거나 하는 것과 돈을 번다는 것과는 아무 상관도 없는 것이라고 병주는 알고 있고, 그것밖에는 모르니까 그게 옳던 것이다.

제 소견은 이러한데, 공부를 않는다고 육장 야단이니 대체 어떻게 하는 것이 공분지 그것도 알 수 없거니와, 암만 공부를 해도 우리 아버지처럼 '좋은 사람도 못 되고' 돈도 못 벌고 할 것을, 또 그러나마 좋은 말로 해도 모를 소린데 욕을 하고 때리고 하면서 그러니 그건 분명 제가 미우니까 괜스레 구박을 주느라고 그러는 것으로밖에는 생각할 수가 없고, 따라서 심술이 나고 제 뱃속에 든 대로 앙알거리고 하던 것이다.

꼼짝 못하고 되잡힌 속이지만, 그러니 가히 두려운 소리겠지만,

유씨는 그러한 반성을 할 길이 없으니까, 어린것이 벌써부터 깜찍스럽기나 해 보일 뿐이다.

"그래 요 못된 자식!……"

유씨는 눈을 흘기면서 윽박질러 잡도리를 시작한다.

"……넌 그래, 세상에두 못난 느이 아버지 본만 볼 테냐?…… 사람 같잖은 것 같으니라구!…… 사람 되라구 경 읽듯 하믄 지지리두 못나구 으젓잖은 본이나 뜨을려 들구…… 요 못된 씨알머리!²⁸"

필경은 남편더러 귀먹은 푸념을 뇌사리면서 혀를 끌끌 차고 재봉틀 앞으로 다가앉는다. 그러자 마침맞게 정주사가 가게 안으로 처억 들어선다.

"웬일이야? 넌 또 왜 울구?…… 응? 어째서 큰소리가 나구 이러느냐?"

정주사는 막내동이의 아버지다운 상냥함과 한 집안의 가장다운 위엄을 반씩반씩 갖추어 가면서 장히 서슬 있이 서둔다.

정주사한테는 바라지도 못한 좋은 트집거리다. 병주도 속으로는 옳다, 인제는 어디 보자고 기광이 나서 히잉히잉 소리를 더 크게 더 잦게 낸다.

유씨는 돋보기 너머로 힐끔 한 번 거듭 떠다가 아니꼽다고 낯놀림을 하면서 바느질을 붙잡는다.

"이 소리, 썩 근치지 못하느냐!……"

정주사는 목 가다듬기로 짐짓 병주를 머쓰려놓고는 유씨게로 대고 준절히 책을 잡는 것이다.

"······어째 그 조용조용 타이르지는 못하구서 노상 큰소리가 나게 한단 말이오?"

눈을 깜작깜작 노랑 수염을 거스르면서 졸연찮게 서두는 것이나, 유씨는 심정이 상한 중에도 속으로,

'아이구 요런, 어디서 낯바닥하고는!······'

하면서, 기가 막혀 말이 안 나온다는 듯이 눈만 흘깃흘깃 연신 고갯짓을 한다.

"······거 전과두 달라서 이렇게 길가트루 나앉었으니 좀 조심을 해야지······ 게 무슨 모양이란 말이지요? 무지막지한 상한(常漢)[29]의 집구석같이······"

"아따! 끔직이두!······ 옜소, 체면······ 홍! 체면!"

마침내 맞서고 대드는 유씨의 음성은 버럭 높다. 정주사도 지지 않고 어성을 거칠게······

"게 어째서 체면을 안 볼 것은 또 무어란 말이오?"

"큰소린 혼자 하려 들어!······ 모두 떼거지가 될 꼬락서니에 칙살스럽게 이거라두 채려놓구 앉어서 목구멍에 풀칠을 하니깐 조(驕)가 나서[30] 그래요?······ 당신두 인전 나이 오십이니 정신을 채릴 때두 됐으면서 대체 어쩌자구 요 모양이우? 동녁이 버언하니깐 다아 내 세상으루 알구 그리슈? 복장이 뜨듯하니깐 생시가 꿈인 줄 알구 그리슈, 그리길······"

"아니, 건 또 무엇이 어쨌다구 당치두 않은 푸념을······"

"내가 푸념이오? 내가 푸념이야?······ 대체 그년의 북에는 대국으루 사러 갔더란 말이오? 서천 서역국으루 사러 갔더란 말이

오?…… 그러구두 온종일 흥떵거리구 돌아다니다가, 다아 저녁 때야 맨손 내젓구 들어와선, 그래 무슨 얌체에 큰소리요? 큰소리 가…… 이게 나 혼자 먹구 살자는 노릇이란 말이오?"

"아니 그건 그것이고 이건 이것이지, 그래 내가 북에 흥정을 안해다 주어서 그래 여편네가 삼남 대로 바닥에 앉아서 이 해게란 말이오? 어디서 생긴 행실머리람! 에잉, 고현지고!"

싸움은 바야흐로 익어간다. 조금 아까 당도한 승재는 가게로 섬뻑 들어오지를 못하고 모퉁이에 비켜서서 주춤주춤한다.

승재는 이 집에서 가게를 내고 이만큼이라도 살아가게 된 그 돈 오백 원의 내력을 잘 알고 있다. 작년 가을 계봉이가 서울로 올라가더니, 제 형 초봉이의 지나간 이태 동안의 소경사와 생활을 대강 편지 내왕으로 알려주었던 것이다.

그것을 미루어 승재는, 초봉이가 박제호라는 사람의 첩 노릇을 한 것이나, 그자한테 버림을 받고 장형보라는 극히 불쾌한 인간과 살고 있는 것이나 죄다 친정을 돕기 위하여 그랬느니라고만 해석을 외곬으로 갖게 되었다. 그렇게 되고 보니 끝끝내 딸자식 하나를 희생시켜 가면서 생활을 도모하고 있는 정주사네한테 반감이 없을 수가 없었다.

승재는 이 정주사네가 명님이네와도 또 달라, 낡았으나마 명색 교양이 있다는 사람으로 그따위 짓을 하는 것은 침을 배앝을 더러운 짓이라 했다. 그리하여 마침내 그는 교양이라는 것에 대하여 환멸을 느끼기까지 했다. 가난한 사람은 교양이 있어도 그것이 그네들을 선량하게 해주는 것이 못 되고, 도리어 교양의 지혜를 이용하여 무지한 사람들보다도 더하게 간악한 짓을 하는 것이라 했다.

작년 가을 계봉이가 집에 없는 뒤로는 실상 만나볼 사람도 없거니와, 겸하여 정주사네한테 그러한 반감도 생기고 해서 승재는 그동안 발을 끊다시피 하고 다니지 않았었다. 그러다가 이번에 아주 군산을 떠나게 되기도 했거니와, 마침 또 계봉이한테서 형 초봉이가 자나 깨나 마음을 못 놓고 불안히 지내니 부디 저의 집에 들러서 장사하는 형편이 어떠한지 직접 자상하게 좀 보아다 달라는 편지가 왔기 때문에 그래 마지못해 내키지 않는 걸음을 한 것이다.

와서 보니 우환 중에 또 이런 싸움이라 오쟁이를 뜯는 것 같아 더욱 불쾌했다. 그러나 그렇다고 그대로 돌아설 수도 없지만 부부싸움을 하는데 불쑥 들어가기도 무엇하고, 해서 잠깐 기다리고 있노라니까 문득 옛 거지의 이야기가 생각이 났다.

'산신당(山神堂)에서 거지 둘이 의좋게 살고 있었다. 그 둘이는 저희끼리도 의가 좋았거니와, 밥을 빌어오면 먼저 산신님께 공궤하기를 잊지 않았다.

그 덕에 산신님은 여러 해 동안 푸달진 바가지 밥이나마 달게 얻어 자시고 지냈는데, 하루는 산신님의 아낙이 산신님을 보고 거지들한테 무엇 보물 같은 것이라도 주어서 은공을 갚자고 권면을 했다. 산신님은 보물을 주어서는 도리어 그네들을 불행하게 한다고 아낙의 권을 듣지 않았다. 그래도 졸라싸니까, 자 그럼 이걸 두고 보라면서 좋은 구슬(寶石) 한 개를 위패 앞에다가 내놓아주었다.

두 거지는 그것을 얻어가지고 좋아서 날뛰었다. 그리고 인제는 우리가 팔자를 고쳤다고. 그러니 우선 술을 사다가 산신님께 치하도 하려니와, 우리도 먹자고 그중 하나가 술을 사러 마을로 내려갔다.

남아 있던 한 거지는 그 구슬을 제가 혼자 독차지할 욕심이 났다. 그래서 그는 몽둥이를 마침 들고 섰다가 술을 사가지고 신당으로 들어서는 동무를 때려 죽였다. 그러고는 좋다고 우선 술을 따라 먹었다. 그러나 술을 사러 갔던 자도 그 구슬을 저 혼자서 독차지할 욕심이었던지라 술에다가 사약(死藥)을 탔었다. 그래서 그 술을 마신 다른 한 자도 마저 죽었다.

이 꼴을 보고 산신님은 아낙더러, 저걸 보라고, 그러니까 아예 내가 무어라더냐고 하여 그제야 산신님의 아낙도 고개를 끄덕거렸다.'

승재는 정주사네 양주가 싸우는 것을 산신당의 두 거지한테 빗대놓고 생각을 하노라니까, 이네도 정말 서로 죽이지나 않는가 하는 망상이 들면서 어쩐지 무시무시했다.

싸움은 차차 더 커간다.

"그래, 내 행실머린 다아 그렇게 상스럽다구…… 그래……"

유씨는 와락 재봉틀을 밀어젖히면서 일어선다. 서슬에 와그르르 하고 받쳐놓았던 궤짝 얼러 재봉틀이 방바닥으로 나가동그라진다.

유씨는 홧김에 밀치기는 했어도 설마 넘어지랴 했던 것인데, 이렇게 되고 보니 만약 부서지기나 했으면 어쩌나 싶어 화보다도 가슴이 뜨끔했다.

재봉틀이래야 인장표도 아니요, 일백이십 원짜리 국산품 손틀기이기는 하지만, 천하에도 없이 끔찍이 여기는 보배다. 유씨는 늘 밉게 굴던 계봉이 같은 딸 하나쯤보다는 차라리 이 재봉틀이 더 소중하고 사랑스러웠다.

그러잖고 웬만큼 대단해하던 터라면, 남편이 얄밉고 부아가 나는 깐으로야 번쩍 들어 내동댕이를 쳐서 바숴뜨리기라도 했지, 좀 밀쳤다고 넘어지는 것쯤 아무렇지도 않아 했을 것이다.

재봉틀이 넘어지느라고 갑자기 와그르르 떼그럭 요란한 소리가 나는 바람에 승재는 망설일 겨를도 없이 가게로 뛰어들었다.

정주사는 승재가 반갑다기보다, 몰리는 싸움을 중판을 메게[31] 된 것이 다행해서 얼른 낯빛을 풀어가지고 흔감스럽게 인사를 먼저 한다. 유씨는 싸움이야 실컷 더 했어야 할 판이지만 재봉틀이 넘어지는 데 가슴이 더럭해서 잠깐 얼떨떨하고 섰는 참인데, 일변 반갑기도 하려니와, 어려움도 있어야 할 승재가 오고 보니 차마 더 기승은 떨 수가 없었다.

두 양주는 다 같이 어색한 대로 반색을 하면서 승재를 맞는다. 그래 싸움하던 것은 어느덧 싹 씻은 듯이 어디로 가고 이렇게 천연을 부리니 싱거운 건 승재다.

그냥 말로만 주거니 받거니 하는 틀거리[32]가 아니고, 철그덕 따악 살림까지 쳐부수는 게, 이 싸움 졸연찮은가 보다고 그만 엉겁결에 툭 튀어들었던 것인데, 이건 요술을 부렸는지 싹 씻은 듯이

하나도 그런 내색은 없고 둘이 다 흔연하게 인사를 하니 다뿍 긴
장해서 납뛴 이편이 점직할 지경이다.

"거 어째 그리 볼 수가 없나? 이리 좀 앉게그려…… 거 원……"

정주사는 연방 흠선을 피운다는 양이나 끙끙거리고 쩔맨다.

"좋습니다. 곧 가야 하겠어서…… 형주랑 병주랑 그새 학교엔
잘 다니나요?"

승재는 이런 인사엣말을 하면서 정주사네 양주와 가게 안을 둘
러본다. 병주는 어느새 눈깔사탕이나 두어 개 쥐어 넣었는지 가
게에 없고 보이지 않는다.

"거 머 벌제위명[33]이지, 공부라구 한다는 게…… 그래, 그런데
참, 자넨 작년 가을에 무엇이냐 거, 의사에 합격이 됐다구? 참 경
사로운 일일세!……"

정주사는 여전히 남의 사무실 고쓰가이같이 의표(衣表)가 구지
레한 승재를 위아래로 훑어보면서, 그런데 왜 이렇게 궁기가 흐
르느냐고는 차마 박절히 묻지 못하고서 혼자 고개만 끄덕거리다
가 좋게 둘러대느라고……

"……그러면 자네두 거 인전 병원을 설시하구서 다아 그래야
할 게 아닌가?"

"네에, 그리잖어두 이번에 어쩌면……"

"응! 이번에? 병원을 설시하게 되나? 허! 참 장헌 노릇이네!"

"머어, 된다구 해두 그리 변변찮습니다마는……"

"원 그럴 리가 있나! 다아 도저하겠지…… 그래 설시를 하게
된다면 이 군산이렷다? 그렇지?"

"군산이 아니구, 저어 서울서 어느 친구 하나가……"

"서울다가?"

"네에, 아현(阿峴)다가 어느 친구가 실비병원[34]을 하나 내겠는
데, 절더러 와서……"

"실비병원?"

정주사는 실비병원이란 소리를 다뿍 시쁘게 되된다. 그저 그렇
지, 저 몰골에 제법 옹근 병원이라도 처억 차려놓을 잡이가 워너
니 못 되더니라고 시들해하는 속이다.

"……실비병원이든 무엇이든 아무려나 잘됐네그려!"

"아이 참, 잘됐구려!……"

유씨가 남편한테 승재를 뺏기고서 말을 가로챌 기회를 여새기
다가 얼핏 대꾸를 하고 나선다.

"……그럼 다아 그렇게 허기루 작정이 됐수?"

"아직 작정이구 무엇이구 없습니다. 그 사람이 자기는 시방 의
사 면허가 없으니깐, 같이 해나가는 양으로 와서 있어 달라구 그
런 기별만 왔어요. 그래서 내일이나 모레쯤 올라가서 잘 상일 한
뒤에 원 어떻게 하던지…… 그래서 이번 올라가면 어쩌면 다시
내려오지 못할 것 같기두 하구, 그래서 인사두 이쭐 겸……"

"오온! 그래서 모초로옴 모초롬 이렇게 찾어왔구려! 잊지 않구
서 찾어와주니 고맙수마는 떠난다니 섭섭해 어떡허우!…… 우리
가 참, 남서방 신세두 적잖이 지구, 참…… 그러나저러나 이러구
섰을 게 아니라 일러루 좀 올라오우. 원 섭섭해서 어디…… 방을
치우께시니 우선 거기라두……"

유씨는 너스레를 떨면서 일변 방으로 들어가서 나가동그라진 재봉틀을 바로잡아 한편 구석에 치워놓느라 한참 분주하다. 승재는 거기 눈에 뜨이는 대로 석유상자 걸상에 가서 걸터앉고 정주사는 승재 앞으로 빈지 문턱에 가서 바짝 쪼글뜨리고 앉아 팔로 볼을 괸다. 그는 시방 승재가 오늘 해가 지고 밤이 깊도록 있어서, 아까 중판멘 싸움이 그대로 흐지부지했으면 한다. 이유는 달라도 승재를 잡아두고 싶기는 유씨도 일반이다.

유씨는 승재를 생각하면 초봉이를 또한 생각하고 자못 회심이 들지 않을 수가 없다. 더구나 승재가 인제는 버젓한 의사가 되어 병원을 내려고 서울로 떠난다는 작별인사를 하러 온 오늘 같은 날은, 일변 가슴을 부둥켜안고 싶게 지나간 일이 여러 가지로 안타깝다.

일찍이 초봉이가 승재한테로 뜻이 기우는 눈치였었고, 승재 또한 그렇게 부랴부랴 이사를 해가던 것을 보면 초봉이한테 마음이 깊었던 모양이고 했으니, 만약 저희 둘을 서로 배필을 정해주었더라면 초봉이의 팔자도 그렇게 그르치지 않을 뿐더러 오늘날 이러한 승재를 제 남편으로 받들어 호강을 늘어지게 하고, 집안도 또한 이 사위의 덕을 보았을 것이다. 그런 것을 그 천하의 몹쓸놈 고가한테 깜빡 속아가지고는 그런 끔찍스런 변을 다 당하고, 필경은 자식의 신세가 그 지경이 되었으니 열 번 발등을 찍어도 시원하지가 않다.

하기야 어찌 되었으나 그 덕을 보지 않는 것은 아니다. 혼인 전후에 돈을 적지 않게 얻어 쓴 것도 쓴 것이려니와, 초봉이가 서울로 올라가서 다달이 이십 원씩 보내주어 그걸로 큰 힘을 보았고, 작년 가을에는 한목 오백 원이나 내려 보낸 것으로 이만큼이라도 가게를 차려놓고서 그 끝에 연명을 하고 있으니, 그것이 결코 적다고는 할 수 없는 것이다. 그러나 딸의 일생을 버려준 것에 대면 말도 안 되게 이쪽이 크다.

그때에 그저 눈을 질끈 감고서 조금만 염량을 다르게 먹었다든지, 또 그 당장에서는 미워서 욕을 했어도, 계봉이가 말하던 대로 염탐이라도 좀 해보았든지 해설랑 고가의 청혼을 물리쳤더라면, 그새 한 이 년 집안의 고생은 더 했을망정 오늘날 와서 제 팔자 남에게 부럽지 않았을 것이고, 집안도 떳떳이 사위의 덕을 볼 것이고 그랬을 것이 아니더냔 말이다.

유씨는 이렇게 후회를 하기는 하면서도 그러나 일변 재미스러운 궁리도 없진 않다.

유씨가 승재를 애초에 초봉이의 배필로 유념을 했다가 태수가 뛰어드는 판에 퇴짜를 놓고는, 다시 계봉이를 두고 마음에 염량을 해두었던 것은 벌써 이태 전이다. 그러나 딴속이 있었기 때문에 그동안 계봉이가, 유씨의 말대로 하면 말만한[35] 계집애년이 홀아비로 지내는 총각놈 승재한테를 자주 놀러도 다니고 하면서 가까이 지내는 것을 알고도 모른 체 짐짓 눈치만 보아왔던 것이요, 그러잖았으면야 단단히 잡도리를 해서 그걸 금했을 것은 여부도 없는 말이다.

그러다가 작년 가을 승재가 마지막 시험을 치른 결과 합격이 다 되어서 아주 옹근 의사 노릇을 하게 되었다는 소식을 듣고는 바

싹 더 마음이 당겨 마침내 혼인을 서둘러 볼 요량까지 했었다. 그
런데 그년 계봉이가 못 가게 막는 것도 듣지 않고서 서울로 올라
가버리고, 또 승재도 발길을 뚝 끊다시피 다니지를 않고 해서 유
씨는 적잖이 실망을 하고 있던 참이다.

그렇게 실망을 하고 있던 참인데 승재가 모처럼 찾아왔고, 찾아
와서는 병원을 내기 위하여 서울로 간다고 하니 이는 진실로 일
대의 서광이 아닐 수가 없던 것이다.

유씨는 그리하여 시방 승재를 좀 붙잡아 앉히고 슬금슬금 제 눈
치도 떠보려니와 이편의 눈치도 보여주고 해서, 이번에 서울로
올라가거든 계봉이와 저희끼리 그 소위 연애라든지 사랑이라든지
하는 것을 분명히 어울리도록 어쨌든 자주 상종도 하고 하게시리
마련을 해놀 요량인 것이다. 그래만 놓으면 뒷일은 다 절로 술술
들어달 판이라서……

승재는 정주사와 마주 앉아서 지날말같이 인사엣말같이 가게의
세월은 어떠하며, 매삭 수입은 어떠하며, 집안 지내는 형편은 어
떠하냐고 물어보고, 정주사는 그저 큰 것을 더 바랄 수는 없어도
가게의 수입이 쏠해서[36] 암만은 되고, 또 재봉틀에서 들어오는 것
이 있고 하니까 아무러나 지내는 간다고 별반 기일 것도 없이 대
답을 해준다. 승재는 그럭저럭하면 계봉이한테라도 들은 대로 본
대로 전할 거리는 되겠거니 했다.

이야기가 일단 끝나고 난 뒤에 정주사는 혼자 하는 걱정같이,
그러나저러나 간에 내가 나대로 무엇이고 소일거리라도 마련을
해야지 원 갑갑해서…… 이런 소리를 덧들인다. 이 말은 오늘 북

어를 못 사오고, 미두장에 가서 있던 것도 다 할 일이 없고 해서 심심한 탓으로 그렇게 되는 것이라고 유씨더러 알아듣고 양해를 하라는 발명이다. 그러나 승재는 이 위에 좀 더 딸의 덕을 볼 욕심으로 이번 서울로 올라가거든 초봉이한테 그런 전갈과 권념을 해달라는 속이거니 싶어, 못생긴 얼굴이 다시금 물끄러미 건너다 보였다.

유씨는 승재를 방으로 모셔 들일 요량으로 바느질 벌여놓았던 것을 죄다 걷어치우고 말끔하게 쓸어낸 뒤에 앞치마를 두르면서 가게로 내려선다. 아직 좀 이르기는 하지만 저녁밥을 지어 대접을 하자는 것이다.

"아 글쎄, 우리 작은년은 말이우!……"

유씨는 부엌으로 나가려면서 우선 한 사설 늘어놓느라고……

"……그년이 공불 한답시구 쫓아올라가더니, 웬걸 학곤 들잖구서 아따 무어라더냐, 나는 밤낮 듣구두 잊으니, 오 참 백화점…… 백화점엘 다닌다는구려! 그년이 무슨 재랄이야, 글쎄……"

승재는 다 알고 있는 소리지만 짐짓 몰랐던 체하는 표정을 한다.

"……아 글쎄, 더 높은 학콜 못 가서 육장 노래 부르듯 하던 년이, 그게 무슨 변덕이우? 머, 제 형이 뒤를 거둬주구 하니 공불 하자믄야 조옴 좋수?……"

"……"

승재는 무어라고 대꾸할 말이 없어 그냥 덤덤하고 있다.

"……그년이 까부느라구 그랬을 거야, 그년이…… 그렇지만 그년이 까불긴 해두 재준 있다우. 또 제가 하려구두 들구…… 그러니깐 싹수가 없던 않은데…… 그리구 허기야 까부는 것두 다아 철들면 괜찮을 테구 하지만……"

승재는 유씨가 그 입으로 이렇게까지 계봉이를 추는 소리를 듣느니 처음이다.

"사람 못 된 것 공분 더 시켜서 무얼 해! 제 형년 허패만 빠지지!"

정주사가 옆에서 속도 모르고 중뿔난 소리를 한마디 거든다.

유씨는 쓰다고 고갯짓을 하면서 입을 삐죽삐죽,

"그년이 왜 사람이 못 돼? 그년이 속이 어떻게 찼다구!…… 다아들 그년만치만 속이 찼어보라지!"

하고 전접스럽게" 꼬집어 뜯는다. 정주사는 승재 보기가 열적기는 하나 아까 싸움이 되벌어질까 봐서 더 대거리는 못 하고 노랑 수염만 꼬아 붙인다.

"이건 참 긴한 부탁인데, 남서방……"

유씨는 낯꽃을 도로 푸느라고 이윽고 만에야 다시 근사속 있이……

"……이번에 올라가거들랑컨 말이우, 그년더러 애여 그 짓 작파허구서 공부나 더 하라구 남서방이 단단히 좀 나무래기라두 허구 타일르기두 허구 다아 그래 주우. 남서방 하는 말이믄 곧잘 들을 테니깐…… 난 아주 남서방만 믿수?"

"글쎄올시다, 제가 머……"

"아니라우! 그년이 남서방을 어떻게 따르구 했다구! 그러니 잘 좀 유념해서 등한하게 여기지 말구…… 그리구 그년뿐 아니라 제

516

형두 서울루 떠난 지가 꼬박 이태나 됐어두 인해 어떻게 지내는
지를 알 수가 없구려! 그러니 남서방 같은 이라두 서울 가서 있으
믄서 오면 가면 뒤두 보살펴주구 하믄, 즈이두 맘이 든든할 것이
구, 에미 애비두 다아 맘이 뇌구 않겠수?…… 그러니 이번에 올
라가거들랑 부디 좀…… 아니 머 그럴 게 아니라 이렇게 허구려?
즈이 집 방을 하나 치이래서 같이 있어두 좋지? 그랬으믄야 머
참…… 내 그럼 오늘이래두 미리서 편질 해두까?"

"아, 아니올시다. 머, 다아 번폐스럽게……"

승재는 황망히 가로막는다.

승재가 짐작하기에는 이 수다스럽고 의뭉스런 마나님이 그렇게
어쩌고저쩌고 해서 초봉이와 가까이하게 해가지고는 다 이러쿵저
러쿵 둘이를 도로 비끄러매놓자는 수작이거니 싶었다. 그러나 승
재로는 천만 당치도 않은 소리다.

미상불 승재는 그것이 젊은 첫사랑이었던 만큼 시방도 초봉이
한테 아련한 회포가 없는 것은 아니다. 또 그렇기 때문에 초봉이
의 말 아닌 운명을 매우 슬퍼했고, 그를 불쌍히 여겨 깊은 동정도
하기는 한다. 그러나 꿈에라도 그를 다시 찾아내어 옛정을 도로
누린다든가, 더욱이 그를 제 아내로 맞이한다든가 할 생각은 없
었다.

그러하지, 지금 승재가 절박하게, 그리고 리얼하게 마음이 쏠리
기는 차라리 계봉이한테다.

계봉이는 드디어 승재를 사로잡고 말았다. 승재도 제 자신이
그렇게 된 줄을 몰랐다가, 작년 가을 계봉이가 서울로 뚝 떠난 뒤

에야 제 몸뚱이가 통째로 없어진 것같이 허전한 것을 느끼고서
비로소 그것이 계봉이로 인한 탓인 줄을 알았었다. 그리하여 시
방 승재를 끌어올려 가는 것도 사실은 실비병원의 경영보다 계봉
이의 '머리터럭 한 오라기'의 인력이 크던 것이다.

유씨와 정주사가 사뭇 부여잡다시피 저녁을 먹고 가라고 만류
하는 것을 뿌리치고, 승재는 '콩나물고개'를 넘어 부랴부랴 S여학
교의 야학으로 올라갔다. 벌써 다섯 시 반이니 오늘새라 좀 더
일잡아 갔어야 할 야학시간도 촉하거니와, 일찌거니 명님이를 찾
아봤어야 할 것을 쓸데없이 정주사네게서 충그린 것이 접접해 못
했다.

야학이라는 건 작년 늦은 봄부터 개복동과 둔뱀이의 몇몇 사람
이 발론을 해가지고 S여학교의 교실을 오후와 밤에만 빌려서, 낮
으로 일을 다닌다거나 놀면서도 보통학교에 다니지 못하는 아이
들 모아놓고 '기역 니은'이며 '일이삼사'며 '아이우에오' 같은 것
이라도 가르치자고 시작을 한 것인데, 마침 발기한 사람 축에 승
재와 안면 있는 사람이 있어서, 승재더러도 매일 산술 한 시간씩
만 맡아 보아달라고 청을 했었다.

승재는 그때만 해도 계몽이라면 덮어놓고 큰 수가 나는 줄만 여
길 적이라 첫마디에 승낙을 했고, 이내 일 년 넘겨 매일 꾸준히
시간을 보아주어는 왔었다.

승재가 학교 밑 언덕까지 당도하자 종치는 소리가 들렸고 다 올
라갔을 때에는 아이들은 벌써 교실에 모여 왁자하니 떠들고 있었
다. 승재는 직원실에는 들르지 않고 바로 교실로 들어갔다.

아이들은 선생님이 들어서는 것을 보고 참새 모인 대숲에 새매[38]
가 지나간 것처럼 재재거리던 소리를 뚝 그치고 제각기 천연스럽
게 고개를 바로 갖는다. 아이들이라야 처음 시작할 때에는 그것
도 팔십 명이나 넘더니, 스실사실 다 떨어져나가고 시방은 열댓
밖에 안 남아서 단출하다면 무척 단출하다.

승재는 급장아이를 직원실로 보내어 출석부만 가져오게 하고는
모두 오도카니 고개를 쳐들고서 기다리는 아이들의 얼굴을 휘익
한번 둘러본다.

학과를 시작하기 바로 전이면 언제고 별 뜻 없이 한번 둘러보는
게 무심한 습관이었지만, 오늘은 이것이 너희들과도 마지막이니
라 생각하면 그새같이 무심치가 않고, 아이들의 얼굴이 하나씩하
나씩 똑똑하게 눈에 띄는 것 같았다.

새삼스럽게 모두 한심했다. 하기야 승재가 처음에 그다지 와락
당겨 하던 것은 어디로 가고 명색이나마 이 야학에 흥미를 잃은
것은 어제오늘 일이 아니다. 작년 겨울부터서 그는 계몽이니 혹
은 교육이니 한다지만, 어느 경우에는 절름발이를 만드는 짓이
고, 보아야 사실상 이익보다 독을 끼쳐주는 게 아니냐고, 지극히
좁은 현실에서 얻은 협착스런[39] 결론으로다가 막연한 회의를 하기
시작했었고, 그러기 때문에 야학 맡아 보아주는 것도 신명이 떨
어져서 도로 작파하고 싶은 생각이 없지 않았었다.

그렇지만 속은 어찌 되었든, 같은 교원이며 아이들한테고 떳떳
하게 내세울 이유도 없이 고만두겠다는 말이 선뜻 나오지를 않아
서 오늘날까지 미룸미룸 해왔던 것인데, 그러자 계제에 이번 서

울로 멀리 떠나게 되었고, 그래서 할 수 없이 고만두게 되는 참이라 마음이야 어디로 갔든 겉으로는 그리 민망할 건 없었다.

그러나 소위 학문을 시킨다는 것은 흥미가 없었어도 아이들 그들한테 정은 적잖이 들었던 만큼, 더구나 저렇게 한심스런 것들을 떼어놓고 떠나가자면은 자못 섭섭한 회포가 없지 못했다.

아이들의 모양새라는 것은 제각기 모두 밥을 한 사발씩 듬뿍듬뿍 배불리 먹고 났어도 도로 시장해 보일 얼굴들이다. 핼끔한 놈, 샛노란 놈, 그중에 그래도 새까만 놈은 영양이 좋은 편이다. 모가지와 손등과 귀밑에는 지나간 겨울에 트고 눌어붙고 한 때꼽재기⁴⁰가 아직도 가시잖은 놈이 거지반이다. 옷도 저희들 생김새와 잘 얼린다. 아직 솜바지저고리를 입은 놈이 있는가 하면, 어느 놈은 홑고의적삼을 서늑서늑 갈아입었고, 다 떨어진 고꾸라양복⁴¹은 제법 치렛감⁴²이다.

승재는 아이들의 가정을 한두 번씩, 혹은 병인이 있는 집은 치료를 해주느라고 드리없이 찾아다니곤 했기 때문에 그 형편들을 낱낱이 잘 알고 있고, 그래서 어느 아이고 얼굴을 바라다보노라면 그 애의 집안의 꼴새까지 환히 머리에 떠오른다.

개개 지붕이 새고 토담벽이 무너진 오막살이요, 그나마 옹근 한 채가 아니고 방이 둘이면 두 가구, 셋이면 세 가구로 갈라 산다. 방문을 열면 악취가 코를 찌르는 어두컴컴한 속에서 얼굴이 오이꽃같이 노오란 여인네의 북통 같은 배가 누워 있기 아니면, 뜨는 누룩처럼 꺼멓게 부황이 난 사내가 쿨룩쿨룩 기침을 하고 앉았다.

또 어느 집은 하릴없는 도야지 새끼처럼, 허리를 헌 띠 같은 것으로 동여매어 궤짝 자물쇠에다가 매달아놓은 아기가 눈물 콧물 뒤범벅이 되어 울고 있다. 이건 양주[43]가 다 벌이를 나간 집이다. 그 반대로, 남녀가 어린아이들과 방구석에 옹숭크리고 있는 집은 벌이가 없어 대개 하루나 이틀은 굶은 집이다.

승재는 모두 신산했지만, 더욱이 당장 굶고 앉았는 집을 찾아간 때면 차마 그대로 돌아서지를 못해, 지갑에 있는 대로 털어놓곤 했다. 마침 지닌 것이 없으면 뒤로 돈 원이라도 변통해 보내준다. 그뿐 아니라 온종일 굶고 있다가 추욱 처져가지고 명색 공부랍시 고 하러 온 아이들한테 호떡이나 떡이나 사서 먹이는 게 학과보 다도 훨씬 더 요긴한 일과였었다.

그러느라 작년 가을 의사면허를 땄을 때 병원 주인이 사십 원을 한목 올려주어 팔십 원이나 받는 월급이 약품 값으로 이십 원가 량, 생활비로 십 원가량 들고는 그 나머지는 고스란히 그 구멍으 로 빠져나가곤 했다. 그러나 전과 달라, 시방 와서는 그것을 기쁨 과 만족으로 하지를 못하고, 하루하루 막막한 생각과 불만한[44] 우 울만 더해갔다.

승재가 가난한 사람의 병든 것을 쫓아다니면서, 돈도 받지 않고 치료를 해준다는 소문이 요새 와서는 좁다고 해도 인구가 육만 명이 넘는 이 군산바닥에 구석구석 모르는 데 없이 고루 퍼졌고, 그래서 위급한데도 어찌하지 못하는 병자만 돌아보아 주재도 항 용 열씩은 더 된다.

그 밖에 종기야 가슴아피야 하고 모여드는 사람은 이루 헬 수가 없다. 큼직한 종합병원 하나를 차리고 앉았어도 그 사람들을 골고루 만족히 치료해줄 수는 없을 것 같았다. 그런 것을 낮에는 병원 일을 보아주고 나서 오후와 밤으로만 그 수응을 하자 하니 도저히 승재의 힘으로는 감당해낼 재주가 없었다.

그건 그렇다고 다시, 돈 그까짓 삼사십 원을 가지고 그 숱한 배고픈 사람들을 갈라 먹이자니 마치 시장한 판에 밥알이나 한 알갱이 입에다 넣고 씹는 것 같아 간에도 차지 않았다.

대체 이 조그마한 군산바닥이 이러할 바이면 조선 전체는 어떠할 것인가, 이것을 생각해보았을 때에 승재는 기가 딱 질렸다.

단지 눈에 띄는 남의 불행을 차마 보지 못해 제 힘 있는껏 그를 도와주고 도와주고 하는 데서 만족하지를 않고, 그 불행한 사람들의 존재라는 것을 인식하는 데로 눈을 돌리게 된 것은 승재로서 일단의 발육이라 할 것이었었다.

그러나 그는 겨우 그 양(量)으로 눈이 갔을 뿐이지, 질(質)을 알아낼 시각(視角)엔 이르질 못했다. 따라서, 가난과 병과 무지로 해서 불행한 사람이 많은 줄까지는 알았어도, 사람이 어째서 가난하고 무지하고 병에 지고 하느냐는 것은 아직도 알지를 못한다.

그렇기 때문에 소박한(타고난) 휴머니즘밖에 없는 시방의 승재의 지금의 결론은 절망적이다.

그 숱해 많은 불행한 사람을 약삭빨리 한두 사람이 구제할 수는 없는 일이다.

그리고, 그래도 눈으로 보고서 차마 못해 돈푼이나 들여서 구제니 또는 치료니 해주는 것은 결국 남을 위한다느니보다도, 우선 나 자신의 감정을 만족시키는 제 노릇에 지나지 못하는 일이다.

이러한 해석 끝에 그러면 어떻게 해야 옳으냐고 자연 반문을 하는데, 거기서는 아무렇게도 할 수 없다는 대답밖에 나오지 않았다.

승재는 갑갑했다. 그러자 마침 계봉이로 해서 서울로만 가고 싶었다. 그런데 계제에 서울로 올라갈 기회가 생겼다.

그러니 결국 계봉이한테 끌려서, 또 한편으로는 예가 막막하니까 새로운 공기 속으로 도망을 가는 것이지만, 승재 제 요량에는 서울로 가기만 하면 좀 더 널리 그리고 좀 더 효과 있게 일을 할 수가 있겠지 하는 희망도 없진 않았었다.

"자아 오늘은⋯⋯"

승재는 아이들을 내려다보던 얼굴을, 역시 별 의미 없이 두어 번 끄덕거리고 나서⋯⋯

"⋯⋯공분 고만두구, 느이허구 나허구 이야기를 한다구우."

"네에."

모두 좋아서 한꺼번에 대답을 한다. 내놓았던 공책이며 책을 걷어치우느라고 잠시 분주하다.

"내가 내일이면 저어 서울루 떠나는데⋯⋯ 그래서 느이허구두 인전 다시 못 만나게 됐는데 말이지⋯⋯"

말이 떨어지자 아이들은 잠시 덤덤하더니, 이어 와 하고 제각기 한마디씩 지껄인다.

어째 서울로 가느냐고 짐짓 섭섭한 체하는 놈, 서울로 떠나지 말라는 놈, 언제 몇 시 차로 떠나느냐고 정거장까지 배웅을 나가겠다는 놈, 저희끼리 쑥덕거리는 놈 해서 한참 요란하다.

승재는 물끄러미 내려다보고 섰다가 교편으로 교탁을 따악 친다.

"고마안 하구 조용해!"

아이들은 지껄이던 것을 한꺼번에 뚝 그치고 고개를 똑바로 쳐든다.

"……자아, 느이들 내가 부르는 대루 하나씩 하나씩 일어서서 내가 묻는대루 다아 대답해보아? 응?"

"네에."

승재는 아이들더러 이야기를 하자고는 했지만, 그래도 명색이 작별하는 마당인데, 여느 때처럼 토끼나 호랑이 이야기를 할 수는 없고 해서 어쩔까 망설이다가 문득 심심찮은 거리가 생각이 났던 것이다.

"저어 너, 창윤이……"

승재가 교편을 들어 가리키면서 이름을 부르는 대로 한가운데 줄에서 열댓 살이나 먹어 보이는 야멸치게 생긴 놈이 대답을 하고 발딱 일어선다.

성한 데보다는 뚫어진 데가 더 많은 검정 고쿠라 양복바지에 얼쑹덜쑹⁴⁵ 무늬가 박힌 융샤쓰를 입고 이마에 보기 흉한 흉이 있는 아이다. 눈이 뚜렷뚜렷한 게 무척 약게 생겼다.

"……음, 창윤이 넌 이렇게 공불 해가지구서 인제 자라면 무얼할 텐가?"

승재가 천천히 묻는 말을 받아 아이는 서슴지 않고 냉큼,

"전 선생처럼 돼요"

한다.

"나처럼? 건 왜?"

"전 선생님이 좋아요."

승재는 속으로 예라끼 쥐 같은 놈이라고 웃었다.

"그다음, 넌?"

맨 뒷줄에서 제일 대가리 큰 놈이 우뚝 일어선다. 눈만 두리두리 쾡하지 얼굴이 맺힌 데가 없고 둔해 보인다.

"……넌? 넌 공부해서 무얼 할 테야?"

"네, 전 전, 조선 총독부 될래요."

아이들이 해끗해끗 돌려다보고 그중 몇 놈은 빈들빈들 웃는다. 승재도 웃음이 나오려는 것을 겨우 참고서……

"그래 조선 총독이 돼선 무얼 할려구?"

"월급 많이 받게요."

"월급은 얼마나?"

"백 원…… 아니 그보담 더 많이요."

"월급은 그리 많이 받아선 무얼 할 텐고?"

"마구 쓰구, 그리구……"

그다음은 종쇠라고 하는 열두어 살이나 먹은 놈이 불려 일어섰다. 콧물이 흐르고 옷이라는 건 때가 누더기 않고 솜뭉치가 비어 나오는 핫옷[46]이다.

"넌 공부해가지구 인제 자라면 무얼 할 텐가?"

아이는 고개를 들지 않고 곁눈질만 한다. 이 애는 늘 이렇게 침울한 아인데, 오늘은 유난히 더해 보인다.

"자아, 종쇠두 대답해봐?"

"저어……"

"응."

"저어……"

"응."

"순사요."

"순? 사?"

뒷줄에서 두어 놈이 킥킥거리고 웃는다. 웃는 소리에 종쇠는 가뜩이나 주눅이 들어서 고개를 깊이 떨어뜨린다.

"그래, 순사가 되구 싶다?"

"네에."

"응, 순사가 되구 싶어…… 그런데, 어째서?……"

"저어……"

"응."

"저어 우리 아버지가……"

종쇠는 그 뒷말을 다 하지 못하고 손가락을 문다.

"그래 느이 아버지가 널더러 순사 되라구 그러시던?"

"아뇨."

"그럼?"

"우리 아버지, 잡아가지 말게요."

승재는 황망하여, 아까보다 더 여러 놈이 웃는 것을 일변 나무라면서 일변 종쇠더러

"종쇠, 너, 순사가 느이 아버지 붙잡어 가던? 응?"

"내에."

526

"온, 저걸!"

전서방이라고 살기는 '사젱이'에서 살고, 선창에서 지겟벌이로 겨우 먹고 사는데, 며칠 전에 다리를 삐었다고 승재한테 옥도정기까지 얻어간 사람이다. 그리고 집에는 아내와 종쇠를 맨 우두머리로 젖먹이까지 아이들이 넷이나 되는 것도 승재는 횅하니 알고 있다.

"……그래, 언제 그랬니?"

승재는 종쇠 옆으로 내려와서 수그리고 섰는 아이의 얼굴을 들여다본다.

"어저께 저녁에요."

"으응!…… 그런데 왜? 어쩌다가?"

"저어……"

"응, 누구하구 싸웠나?"

"쌀 훔쳐다 먹었다구……"

승재는 아뿔싸! 여러 아이들이 듣는 데서 물을 말이 아닌 걸 그랬다고 뉘우쳤으나 이미 늦었다. 그는 저도 모르게 사나운 얼굴로 다른 아이들을 휘익 둘러본다. 선생님의 무서운 얼굴에 겁들이 나서, 죄다 천연스럽게 앉아 있고 한 놈도 웃거나 저희끼리 소곤거리는 놈이 없다.

승재는 이윽고 안색을 눅이고 한숨을 내쉬면서 풀기 없이 교단으로 도로 올라선다.

"그래, 종쇠야?"

"내에?"

"넌 그래서 순사가 되겠단 말이지?…… 느이 아버지가 남의 쌀을 몰래 갖다 먹어두 넌 잡어가지 않겠단 말이지?"

"내에."

"응…… 그래, 느이 아버지를 잡아가지 말려구, 그럴려구 순사가 될 터란 말이었다?"

"내에."

"그럼 남의 쌀을 몰래 갖다가 먹은 아버진 그랬어두 아버진 착한 아버지란 말이지?"

"아뇨."

"아나?"

"내에."

"그럼 나쁜 아버진가? 종쇠랑 동생들이랑 배고파 하니깐 밥해 먹으라구, 그래서 그랬는데."

"그러니깐 난 아버지 붙잡어 안 가요."

승재는 슬픈 동화를 듣는 것 같아 눈가가 매워 오고 목이 메어 더 말을 하지 못했다.

술이 얼큰해가는 동행 제약사는 저 혼자 흥이 나서 승재의 몫으로 들어온 여자까지 둘 다 차지를 하고 앉어 재미를 본다. 색주가 집이라고는 생전 처음으로 와보는 승재는, 술은커녕 다른 안주 짜박도 매독이 무서워서 손도 대지 않았다.

여자들의 행동은 상상 이상으로 추악한 게 완연히 동물 이하여서 승재로는 차마 바로 볼 수가 없었다.

제약사는 두 여자를 양편에다 끼고 앉아서, 한 손으로는 유방을 떡 주무르듯 하고 한 손으로는…… 그래도 두 여자는 어디 볼때기나 만지는 것처럼 심상, 심상이라니 도리어 시시덕거리면서 좋아한다. 승재는 차마 해괴해서 못 본 체 외면을 하고 앉았다.

"여보, 난상? 난상?"

제약사는 지쳤는지, 이번에는 여자 하나를 끼고 뒹굴다가 소리소리 승재를 부르면서 게슴츠레 풀린 눈으로 연신 눈짓을 한다. 그래도 승재가 못 들은 체하고 있으니까,

"……아, 난상두 총각 아니우? 자구 갑시다, 자구…… 아인(一圓)이믄 돼. 내 다아 당허께……"

하고 까놓고 떠들어대면서, 일변 짝 못 찾은 다른 한 여자더러 눈을 끔적끔적한다.

그 여자는 알아듣고서 얼른 승재게로 달려들더니 여부없이 목을 얼싸안고 나가 뒹군다. 승재는 질겁을 해서 버둥거려도 빠져나지를 못 한다.

"이 양반이 분명 내신가 봐?"

여자는 조롱을 하다가, 어디 좀 보자고 손을 들이민다. 승재는 사정없이 여자를 떠다 밀치고 벌떡 일어서서 의관을 찾는다.

"가 가만, 잠깐만, 난상 난상…… 정말 재미나는 구경이……"

제약사는 비틀거리고 일어서더니 지갑 속에서 오십 전짜리를 한 푼을 꺼내 들고는 승재의 몫이던 여자더러……

"너 이거 알지?"

"피이! 오십 전!"

"얘, 서양선 금전을 쓴다더라만, 조선서야 어디 금전이 있니? 그러니깐 아쉰 대루 이놈 은전으루, 응?"

"오십 전 바라군 못하네!"

"그럼 이놈만 ………면 일 원 한 장 더 준다!"

"정말?"

"네한테 거짓말하겠니? 염려 말구서 ………기나 해라. 얘, 얘, 그렇지만 아랫두린 다아 ………야 한다? 응?"

"그야 여부가 있수!"

"자아, 난상 구경하시우. 이건 서양이나 가예지 보는 거라우. 그리구 더 놀다가 ………허구 가요, 네?"

제약사는 성냥갑 위에다가 오십 전짜리 은전을 올려놓고 물러앉고, 재주를 한다던 여자는 별안간 입었던 치마부터 ……기 시작한다. 승재는 누가 잡을 사이도 없이 문을 박차고 나와서 신발도 신는 둥 마는 둥 거리로 뛰어 나섰다. 그는 은전을 ……다니까 혹시 입으로 무슨 재주를 부리는 줄만 알고서 잠자코 있었던 것이다. 모자도 못 쓰고, 외투도 못 입고, 혼자 떨면서 돌아오는 승재는 속에 메스꺼워 몇 번이고 욕질이 나는 것을 겨우 참았다.

이것이 작년 겨울 어느 날 밤에 약제사가 승재의 사처로 놀러와서는 색시들 있는 데를 구경시켜주마고 꾀는 바람에, 승재는 대체 어떻게 생긴 곳이며 생활과 풍토는 어떠한가 하는 호기심으로 슬며시 따라왔다가 혼떰[47]이 나보던 경험이다.

승재는 전연 상상도 못 한 것이어서, 어쩌면 사람이(더욱이 여자가) 그대도록 타락이 될까 보냐고 여간만 분개한 게 아니다. 그는 작년 겨울의 이 기억을 되씹으면서 온통 색주가집 모를 부은[48] 개복동 아랫비탈 그중의 개명옥(開明屋)이라는 집으로 시방 명님이를 찾아온 길이다.

오늘 야학에서 일찍 여섯 시까지 시간을 끝내고, 교원 두 사람더러 내일 밤차로 떠날 듯하다는 작별을 한 뒤에 이리로 이내 오는 참이다.

아직 해도 지기 전이라 손님은 들지 않았고, 이 방 저 방 색시들이 둘씩 셋씩 늘비하니 드러누워 콧노래도 부르고, 누구는 단속곳 바람으로 웃통을 벗어젖히고서 세수를 하느라 시이시 한다. 끼웃끼웃 내다보는 색시들이 죄다 얼굴이 삐뚤어져 보이기도 하고, 볼때기나 이마빼기나 코허리가 썩어 들어가는 것을 분으로 개칠[49]을 했거니 싶기도 했다.

승재는 그의 말대로 하면, 이런 곳은 인류가 환장을 해서 동물로 역행하는 구렁창이었었다. 환장을 않고서야 결단코 그렇게 파렴치가 될 이치는 없다는 것이다.

결국 그러므로, 승재는 제 소위 '환장을 해서 동물로 역행을 하는' 여자들을 그 허물이 전혀 그네들 자신에게 있는 줄만 알고 있는 게 되어서 그들을 동정하고 싶은 생각보다는 더럽다고 침을 뱉고 싶어 하는 사람이다.

명님이는 승재가 찾아온 음성을 알아듣고 반가워서 건넌방에 있다가 우루루 달려나온다. 그러나 승재와 얼굴이 쭈뼉 마주치자 해죽 웃으려다 말고 금시로 눈물이 글성글성하더니 몸을 홱 돌이켜 쫓아 나오던 건넌방으로 도로 들어가서는 울고 주저앉는다.

명님이는 실상 어째서 우는지 저도 모르고 울던 것이다. 이런
집에 와서 있게 된 것이 언짢거나 슬프거나 한 줄을 아직 모르겠
고 그저 덤덤했다. 다만 안된 것이 있다면, 어머니 아버지와 같이
있는 '우리집'이 아니어서 호젓한 것 그것 한 가지뿐이다. 그러니
까 승재를 보고 운 것도, 차라리 반가운 한편, 역시 어린애다운
농함으로 눈물이 나온 것일 것이다.

명님이가 눈물 글썽거리는 것을 보고서 승재도 눈물이 핑 돌았
다. 그는 옳게 처량했다.

저렇게 애련하고 저렇게 순진하고 해보이는 소녀를 이 구렁창
에다 두어 '환장한 인간들로 더불어 동물로 역행'을 하게 하다니,
도저히 못할 노릇이라 생각하면 슬픈 것도 슬픈 것이려니와 그는
다시금 마음이 초조했다.

승재는 암만 동정이나 자선이란 제 자신의 감정을 위안시키기
위한 제 노릇에 지나지 못하는 것이라는 해석은 가지고 있어도,
시방 명님이를 구해주겠다는 이 형편에서는 그런 생각은 몽땅 어
디로 가고 없다. 또 생각이 났다고 하더라도 그 힘이 이 행동을
막진 못할 것이었다.

그새 사흘 동안 승재는 제 힘껏은 눈을 뒤집어쓰고 납뛰다시피
했었다. 물론 승재의 주변이니 별수가 없기는 했었지만, 아무려
나 애는 무척 썼다.

사흘 전, 밤에 명님이가 찾아와서 몸값 이백 원에 팔렸다는 것
이며, 내일 밝는 날이면 아주 이 집 개명옥으로 가게 되었다고,
그래서 작별을 온 줄로 이야기하는 말을 듣고는 펄쩍 뛰었었다.

그는 그동안 명님이네 부모 양서방 내외더러, 자식을 몹쓸 데다가 팔아먹어서야 쓰겠냐고, 그런 생각은 부디 먹지 말라고 만나는 족족 일러 왔고, 양서방네도 들을 만하고 있었기 때문에 일이 갑자기 이렇게 될 줄은 깜박 모르고 있었다.

그날 밤 승재는 당장 두 주먹을 불끈 쥐고 양서방네한테로 쫓아가려고 뛰쳐 일어섰으나 양서방은 그 돈을 몸에 지니고 아침에 벌써 장사할 어물(乾魚物)을 사러 섬으로 들어갔다는 명님이의 말을 듣고 그만 떡심이 풀려 방바닥에 펄씬 주저앉았다.

밤새껏 승재는 두루두루 궁리를 한 후에 이튿날 새벽같이 병원 주인 오달식이더러 서울로 가는 걸 서너 달 미루고 더 있어줄 테니 돈 이백 원만 취해달라고 말을 해보았다. 그러나 병원 주인은 며칠 전에 승재가 서울로 가겠다고 말을 해놓고서 이태 동안만 더 있어달라고 졸라도 듣지 않았을 때에 속으로 꽁하니 노염이 났었고, 또 석 달이나 넉 달 더 있어주는 건 고마울 것도 없대서, 그래저래 심술을 피우느라고 한마디에 거절을 해버렸다.

승재는 십상 되겠거니 믿었던 것이 낭패가 되고 보니, 달리는 아무 변통수도 없고 해서 코가 석 자나 빠졌다.

할 수 없이 책을 죄다 팔아버리려고 헌 책사 사람을 데려다가 값을 놓게 해보았다. 그러나 그것 역시 이런 군산바닥에서는 의학서류며 자연과학에 관한 서적은 사놓는대도 팔리지를 않으니까 소용이 닿지 않는다고 다뿍 비쌘[50] 뒤에, 그래도 정 팔겠다면 한 팔십 원에나 사겠다고 배를 튕겼다.

도통 사백 권에 정가대로 치자면 근 천 원어치도 넘는 책이다.

그래도 승재는 아깝지 않은 것은 아니나, 그대로 팔십 원에 내놓았다. 그러고도 심지어 헌 책상 나부랑이며 자취하던 부둥가리까지 헌 옷벌까지 모조리 쓸어다가 팔 것 팔고 잡힐 것 잡히고 한 것이 겨우 십오 원 남짓해서, 서울 올라갈 찻삯 오 원 각수[51]를 내놓으면 도통 구십 원밖에는 변통이 못 되었다.

그다음에는 아무리 애를 써도 더 마련할 재주가 없었다. 그것도 사람이 좀 더 주변성이 있었다면, 가령 되다가 못 될 값에 이번에 병원을 같이 해나가자고 한다는 그 사람한테 전보라도 쳐서 구처를 해보려고 했을 것이지만, 도무지 남과 여수[52]라는 것을 해보지 못한 샌님이라 놔서 거기까지는 생각이 미치지도 못했거니와, 또 생각이 났다 하더라도 병원 주인한테 한번 무렴을 본 다음이고 하여 역시 안 되려니 단념을 하고 말았기가 십상일 것이었었다.

그러고서는 하도 속이 답답하니까, 그동안 다달이 몇 원씩이라도 저금이나 해두었더라면 하고, 아닌 후회나 했다.

할 수 없이 마음은 초조해오고 달리는 종시 가망이 없고 하여, 그놈 구십 원이나마 손에 쥐고 허허실수로, 또 오늘 일이 여의치 못하면 뒷일 당부도 할 겸, 명님이와 작별이라도 할 겸 이렇게 찾아는 온 것이다.

승재는 가뜩이나 낯이 선 터에 명님이를 따라 눈물이 비어지는 것을 억지로 참느라고 한참이나 두리번거리다가 겨우, 주인양반을 좀 만나보겠다고 떼어놓고 통기를 했다.

주인은 내가 주인인데 하면서 웬 뚱뚱한 여자 하나가 아직 이른 태극선을 손에 들고 나서는 것도 승재한테는 의외거니와, 그의

534

뚱뚱한 것이며 차림새 혼란스런 데는 어쩌면 기가 탁 접질리는 것 같았다.

나이는 한 오십이나 됨직할까, 볼이 추욱 처지고 두 턱진 얼굴에 불콰하니 화색이 도는 것이며, 윤이 치르르 흐르는 모시 진솔 치마를 질질 끌면서 삼칸마루가 사뭇 그들먹하게 나서는 양은 어느 팔자 좋은 부잣집 여인네가 나들이를 나온 길인 성싶게 후덕하고 점잖아 보였다. 다만 손가락마다 싯누런 금반지가 아니면, 백금반지야 돌 박힌 반지를 그득 낀 것은 몹시 조색스럽기도[53] 하지만, 의젓한 그 몸집이나 옷 입음새에 얼리지 않고 쌍스러워 보였다.

주인이라는 여자는 위아래로 승재를 마슬러보면서

"누구시우? 왜 그러시우?"

하고 거푸 묻는다. 도금비녀나 상호(商號) 없는 화장품 장수 대응하듯 하는 태도가 분명했다.

미상불 승재는 털면 먼지가 풀신풀신 날 듯, 구중중한 그 행색에 낡은 왕진가방까지 안고 섰는 꼴이 성가시게 떠맡기려고 졸라댈 도금비녀 장수 같기도 십상이었었다.

"저어, 쥔…… 양반이십니까?"

승재는 안 물어도 좋을 말을 다시 물어놓는다.

"글쎄 내가 이 집 주인이란밖에요…… 사내주인은 없단 말이오. 그러니 할 말 있거던 날더러 허시우…… 어디서 오셨수?"

"네, 그러면…… 저어 명님이라는 아이가 여기 와서 있는데요……"

"명님이? 명님이?"

"저어, 그저께 새루…… 저 요 우에 사는 양서방네……"

승재는 방금 들어오면서 제 눈으로 본 아이를 생판 모르는 체하거니 하고 참으로 무섭구나 했다. 그러나 이어 주인여자의 대답을 듣고는 그런 게 아닌 줄은 알았고,

"네에, 양서방네요!…… 있지요. 홍도 말씀이시군…… 그래, 그 앨 만나러 오셨수? 일가 되시우?"

"일간 아니구요…… 그 애 일루 해서 좀…… 양반허구 무어 좀 상의할 일이 있어서요."

"나허구 상읠 하신다? 네에…… 그럼 당신은 누구시우?"

"나는 저어 남승재라구 저기 금호병원……"

"네에! 아아 그러시우!"

주인여자는 승재의 말이 미처 떨어지기도 전에 알아듣고는 반색을 하여 갑자기 흠선을 떨면서……

"……온, 그러신 줄은 몰랐지요! 좀 올라오십시오, 어여 절러루 좀 올라가십시다…… 나두 뵙긴 첨이지만 소문은 들어서 다아 참 장허신 수고를 허신다는 양반인 줄은 알구 있답니다…… 어서 일러루……"

승재는 주인여자의 흔감떨이에 낯이 점직해 어쩔 줄 몰라하면서 청하는 대로 안방으로 들어가서 권하는 대로 모본단[54] 방석을 깔고 앉았다.

주인여자는, 손은 피우지도 않는 담배를 내놓는다, 재떨이를 비어 오게 한다, 부산나케 서둘다가야 겨우 자리를 잡고 앉더니, 이

번에는 입에서 침이 마르게 승재를 추앙을 해젖힌다. 필시 별 뜻은 없고, 구변 좋고 말 좋아하는 여자의 지날 인사가 그렇던 것이다.

아무려나 승재는 처음 생판 몰라주고서 쌩동쌩동할[55] 때와는 달라, 이렇게 흔연 대접을 해주니, 우선 제 소간사를 말 내놓기부터 수나로울 것 같았다.

"게, 그 앤 어찌?……"

주인여자는 이윽고 그 수다스런 사설을 그만 해두고 말머리를 돌려 승재더러 묻던 것이다.

"……전버텀 알음이 있던가요? 혹시 같은 한 고향이라던 지……"

승재는 비로소 제 이야기를 내놓을 기회를 얻었다.

처음 병을 낫우어주느라고 명님이를 알게 된 내력부터 시작하여, 이내 삼 년 동안이나 친누이동생같이 귀애하던 것이며, 그런데 뜻밖에 이런 데로 팔려왔다는 말을 듣고 마음이 언짢았다는 것이며, 그래 그대로 보고 있을 수가 없어서 백방으로 주선을 해보았으나, 돈이 구십 원밖에는 안 되었다는 것이며, 그러니 물론 경우가 아닌 줄 알기는 알지만, 그놈 구십 원만 우선 받아두고 그 애를 도로 물러줄 양이면 일간 서울로 올라가서 석 달 안에 실수 없이 나머지 처진 것을 보내주겠노라고, 이렇게 조곤조곤 정성을 들여 사정 설파를 늘어놓았다.

주인여자는 이야기를 들으면서, 대문대문 그러냐고, 아 그러냐고 맞장구만 연신 치고 있더니, 승재의 말이 다 끝나자 한참 만에

"허허!"

하고 탄식인지 탄복인지 모르게 우선 한마디 해놓고는 새로 담배를 붙여 문다.

"참, 대단 장허신 노릇입니다!…… 해두……"

주인여자는 붙인 담배를 두어 모금 빨고 나서, 또 잠시 생각하는 체하다가……

"……건 좀…… 다아 섭섭하시겠지만…… 그래 디리기가 난처합니다, 네……"

어느 편이냐 하면, 허탕을 치기가 십상이려니 미리서 각오를 안 한 것은 아니나, 막상 이렇게 되고 보매, 승재는 신명이 떨어져 고개를 푹 수그리고 묵묵히 말이 없다.

"……다아 그래 디렸으면야 대접두 되구 하겠지만, 아 글쎄 좀 보시우? 나두 이게 좋으나 궂으나 영업이 아닌가요? 영업을 하자구 옹색한 돈을 딜여서 영업자를 구해 온 게 아녜요?"

"……"

"그런 걸 영업두 미처 않구서 도루 물러주기가 억울한데 우환 중에 디린 돈두 다아 찾질 못 하구서 내놓는대서야, 건 좀…… 네? 그렇잖다구요?"

"네에."

승재는 마지못해 대답을 하면서 고개를 끄덕거린다.

"그러니 여보시우, 기왕 점잖으신 터에 말씀을 하신 그 대접으루다가 내가 딜인 밑천만 한목에 치러주시믄 두말없이 그때는 물러디리지요."

승재는 하도 막막해서 뒷일 상의와 부탁을 하자던 것도 잊고 덤덤히 앉아만 있다.

"그런데 여보시우?……"

주인여자는 뒤풀이가 미흡했던지, 또는 이야기가 더 하고 싶었던지 음성을 훨씬 풀어가지고 근경속 있게 다시 초를 잡는다. 승재는 무엇인가 해서 고개를 쳐들고 말을 기다린다.

"……이런 건 나버텀두 다아 객적은 소리지만, 게 다아 쓸데없는 짓입넨다. 다아 괜히 그러시지……"

"네에!…… 건 어째서?"

"허어 여보시우, 시방 당신님은 그 애가 불쌍하다구, 그래서 도루 빼주시잔 요량이지요?"

"불쌍?…… 으음, 그렇지요!"

"그렇지요? 그런데에…… 알구 보믄 이런 데라두 와서 있는 게 차라아리, 차라리 제겐 낫습넨다! 나어요!"

"낫다구요?…… 오온!"

"낫지요, 낫구말구요!"

"낫다니 그게 어디……"

"허어! 모르시는 말씀……"

주인여자는 볼때깃살이 털레털레하도록 고개를 흔들면서……

"……자아, 당신님두 저 애네 형편을 잘 아시겠구료? 아시지요? 별수 없이 퍼언펀 굶지요? 아마 하루 한 끼 어려우리다?…… 그러나, 아 세상에 글쎄 배고픈 설움 위에 더한 설움이 어딨겠수? 꼬루룩 소리가 나다 못해 쓰라린 창자를 틀켜 쥐구 앉아서 눈 멀뚱멀뚱 뜨구 생배를 곯는 설움보다 더한 설움이 있답니까?……"

고생하구는 제일가는 고생이구 그런 게 불쌍한 사람이지 누가 불쌍허우?…… 남의 무엇은 크다구 부주깽이루다가 찔르더란 푼수루다 아 남이야 남의 시장한 창잣속 딜여다보는 게 아니니깐 배가 고픈지 어쩐지 모르지요. 그렇지만 당하는 사람은 육장으루 생배 곯기라께 진정 못할 노릇입닌다…… 못할 노릇일 뿐 아니라……"

주인여자의 언변은 차차 더 열이 올라 팔을 부르걷고 승재에게로 버썩 다가앉는다.

"……게, 제엔장맞일, 사람 쳇것이, 그래 날아다니는 까막까치두 제 밥은 있는 법인데 그래 사람 명색이 생으루 굶어야 옳아요? 그버담 더한 천하에 몹쓸 죄인두 가막소[56]에서 밥은 얻어먹는데, 죽일 놈두 멕여 죽이는 법인데, 그래 생사람이 굶어 죽어야 옳단 말씀이오? 네? 육신이 멀쩡한 사람이 눈 멀거니 뜨구 앉아서 굶어 죽어야만 옳아요? 네?"

"그거야 누가 굶어 죽으라나요? 제가끔 다아, 저 거시키……"

승재가 잠깐 더듬는 것을 주인여자는 바싹 다잡고 대들면서……

"그럼? 어떡허란 말이오? 두더지라구 흙이나 파먹구 살아요?"

"두더지처럼 땅 파구, 개미처럼 짐 지구 그렇게 일하면 먹을 거야 절루 생기지요."

승재는 대답은 해도 자신이 있어서 하는 소리는 아니다.

그동안 야학 아이들의 가정들을 보기 싫도록 다니면서 보아야 그들이 누구 없이 일을 하기 싫어 않는 사람은 하나도 없고 개개 벌이가 없어서 놀고 있기가 아니면 병든 사람인 줄을 그는 역력히 알고 있었던 것이다.

그러니 그렇다면 시방 이 여자의 말이 옳다 해야 하겠는데, 승재는 결단코 항복을 않는다. 제 자신이 지닌바 '인간의 기준'과 '사실'이 어그러진다는 것이다. 그러나 실상인즉 그 '인간의 기준'이란 건 제가 몸소 현실을 손으로 파헤치고서 캐낸 수확이 아니라, 남이 마련한 결론만 눈으로 모방해가지고는 그것이 바로 제 것인 양 만능인 양 든든히 믿고서 되돌려다 볼 생각도 않는 '우상'일 따름인 것이다.

결국 승재는 그래서 시초 모를 결론만 떠받고 둔전거리는 셈이요, 그러니 저는 암만 큰소리를 해도 그게 무지(無智)지 별수 없는 것이었었다.

"말두 마시우!"

주인여자는 결을 내어[5] 떠든 것이 점직했던지 헤벌씸 웃으면서 뒤로 물러앉는다.

"……다아 몹쓸 것들두 없잖어 있어 호강하자구 딸자식을 논다니루 내놓는 년놈두 있구, 애편을 하느라고 청루나 술집에나 팔아먹는 수두 있긴 합디다마는, 그래도 열에 아홉은 같이 앉어 굶다 못해 그 짓입넨다. 나는 이런 장사를 여러 해 한 덕에 그 속으루는 뚫어지게 알구 있다우. 배고픈 호랭이가 원님을 알어보나요? 굶어 죽기 아니면 도둑질인데…… 아 참 여보시우, 그래 당신님 생각에는 이런 데 와 있느니 도둑질이 낫다구 생각하시우?"

"그야!"

승재는 실상 도적질과 그것과를 비교해서 어느 것이 좀 더 낫다는 판단을 선뜻 내리기가 어려웠다.

"거 보시우! 도둑질할 수 없지요? 그러니 그대루 앉아서 꼿꼿이 굶어 죽어요?…… 오온 인간탈을 쓰구서 인간세상에 참례를 했다가 생으루 굶어 죽다니? 그런 천하에 억울한 노릇이 있어요? 잘나나 못나나 한세상 보자구 생겨난 인생인걸, 그러니 살구 볼 말이지, 그래 사는 게 나뻐?"

승재는 뾰족하게 몰린 꼴새여서 대답을 못 하고 끄먹끄먹 앉아 있다.

"그리구, 여보시우……"

주인여자는 한참이나 승재를 두어두고 혼자 담배만 풀썩풀썩 피우다가 문득 긴한 목소리로 그러나 조용조용 건넌방을 주의하면서……

"……장차 어떻게 하실는지야 모르겠소마는, 저 앨 몸을 빼줘두 별수 없으리다!"

"네?…… 어째서?"

"또 팔아먹습니다요!"

"또오?"

"네, 인제 두구 보시우."

"그럴 리가!"

"아니오!…… 나는 다아 한두 번이 아니구 여러 차례 겪음이 있어서 하는 소리랍니다!…… 아, 글쎄 그 사람네가 그까짓 것 돈 이백 원을 가지구 한평생 살 줄 아시우?…… 장사? 흥! 단 일 년

542

지탕하믄 오래 가는 셈이지요. 그리구 나믄 그땐 첨두 아니었다, 한번 깨묵맛을 딜였는 걸 오죽 잘 팔어먹어요? 시방이나 그때나 배고프기는 일반인데 무엇이 대껴서 안 팔어먹겠수?…… 두 번 쨋 굶어 죽더래두 안 팔어먹을 에미 애비라믄, 애여 처음 번에 벌써 팔아먹들 않는다우…… 생각해보시우? 이치가 그럴 게 아니우?"

"네에!"

승재는 미상불 그럴듯하다고 고개를 연신 끄덕거린다. 그러고 보니 인제 서울로 올라가서 돈을 보내서 몸만 빼놓아준다는 것도 생각할 문제일 것 같았다.

"보아서 촌 농가집으루 민며느리[58]라두 주게 하던지……"

승재는 꼭이 그러겠다는 작정이라느니보다 어떻게 할까 두루두루 생각하면서 혼자말같이 중얼거리는 것을 주인여자가 얼핏 내달아

"것두 괜헌 소리지요!"

하면서 고개를 설레설레 흔든다.

"건 왜요?"

"여보시우. 당신님 저어기 촌 여편네들 거 팔자가 어떤지 아시우? 아마 잘 모르시나 보니 좀 들어보시우…… 그 사람네라께 여름 한철이나 겨우 시꺼먼 꽁보리밥이나 배불리 얻어먹지, 여니 땐 편편 굶구 지내우. 옷이 어디 변변허우? 삼복에 무명것 친친 감구 살기, 동지섣달에 맨발 벗구 홑고쟁이 입구 더얼덜 떨기…… 일은 그러구서두 육 나오게 하지요! 머 말이나 소 같지

요! 도무지 사람 꼴루 뵈들 않는걸!…… 그런 데나가 열이면 열
다아 시에미가 구박허구, 걸핏하면 능장질[59]을 하지요! 서방놈이
때리지요! 어디 개팔자가 그렇게 기구허우? 차라리 개만두 못하
지…… 그러니 자아 생각을 해보시우. 그렇게두 못 얻어먹구 헐
벗구 뼈가 휘게 일을 하구 그러구두 밤낮 방망이찜이나 받구,
응?…… 그러믄서 그 숭악한 농투산이[60]한테, 계집으로 한 사내
셈긴다는 것, 꼭 고것 한 가지, 그까짓 게 무슨 그리 큰 자랑이라
구?…… 그까짓 게 무슨 그리 대단한 영화라구 그 노릇을 한단
말씀이오? 대체 춘향이는 이도령이 다아 잘나구, 또 제 정두 있구
해서 절개를 지켰다지만, 시방 여니 계집들이야 그까짓 일부종사
가 하상 그리 대단하다구 촌 농투산이한테 매달려서 그 고생을
할 게 무어란 말씀이오? 네?…… 당신님이 다아 귀여허구 그러신
다니 저 애만 하더라두 내가 시방 이얘기한 대루 촌에 가서 그 팔
자가 된다믄 당신님 생각에 좋겠수? 네?…… 나 같으믄 그러느니
차라리 예다 두지요!"

만일 농촌의 여자의 생활이 사실로 그렇다면, 미상불 명님이더
러 이 길에서 그 길로 옮아가라고 한다는 것도 결국 새빨간 남으
로 앉아서 나만 옳은 줄 여겨 그걸 주장하는 것이 부끄럽지 않은
가 싶었다. 그럴 뿐만 아니라 정으로 생각하더라도, 이 여자의 말
마따나 승재로서는 명님이를 그런 데로 보내기가 가엾어 차마 못
할 것이었었다.

"그러면 저어, 이렇게 좀 해주시까요?"

오래오래 고개를 숙이고 앉아서 두루 궁리를 하던 승재가 겨우

얼굴을 쳐든다.

"어떻게?…… 무슨 좋은 도리가 있으시우?"

"내가 내일 밤차루 서울루 떠나는데요. 가서 속히 그 돈을 마련해서 보내디릴 테니깐……"

"글쎄, 그러신다믄 물러는 디리지만, 시방 말씀한 대루 즈이 부모가 다시 또……"

"아니, 그러니깐, 차비두 부쳐디릴 테니 즈이 집으로 보내지 말구서 바루 서울루 보내주시면……"

"아아, 네에 네!…… 그야 어렵잖지요. 그렇지만 즈이 부모네가 말이 없을까요?"

"그건 내가 잘 말을 일러두지요. 머 못 한다군 못 할 테니까요."

"즈이 부모만 말이 없다믄야 졸 대루 해디리지요, 머…… 그러면 그렇게 허시우. 아직두 어린애구 허니깐, 내가 촉량해서 야숙한 짓은 안 시키구 잘 맡아뒀다가 도루 내디릴 테니 다아 안심허시구 수히 조처나 허시두룩……"

승재는 주인여자가 말이라도 그만큼 해주는 게 여간 마음 든든하지를 않았다. 그는 방금 앉아서 명님이를 서울로 데려다가 제 밑에 두어두고 간호부 견습을 시키든지, 또 형편이 웬만하면 공부라도 시킬 생각을 해냈던 것이다.

섬뻑 생각한 것이라도 더할 것 없이 무던했고, 진작 그런 마음을 먹었더라면 양서방한테라도 미리서 말을 했었을 테니, 그네도 참고 기다렸지 이렇게 갖다가 팔아먹진 않았을 것이고, 따라서 이러한 각다분한 일도 없었으려니 싶어 느긋이 후회도 들었다.

승재는 주인여자더러 넉넉잡고 두 달 안으로는 돈을 보내줄 테니 그리 알고 부디 잘 좀 맡아두었다가 달라는 부탁을 한 뒤에 자리를 일어섰다.

주인여자는 마루로 따라 나오면서 되도록 일을 쉬이 끝내 달라고, 실상 다른 사람이라면 그동안의 돈 이자 하며 밥값까지도 쳐서 받겠지만, 젊은이가 마음이 하도 어질어서 그게 고마워서 본금 이백 원만 받겠노라고, 하니 그런 근경도 알아서 하루라도 빨리 조처를 해달라고 도리어 신신당부를 한다. 승재는 이 구혈의 이 여자가 그만큼 속이 트이고 인정까지 있는 것이 의외이어서 더욱 고마웠다.

명님이는 얼굴을 해죽 웃으면서 눈만 통통 부어가지고 승재를 따라 나온다.

대문간으로 나와서 명님이는 고개를 숙이고 섰고, 승재는 잠시 말없이 명님이를 바라다본다. 인제는 나이 그만해도 열다섯이라고 곱살한⁶¹ 게 제법 처녀꼴이 드러난다. 이렇게 처녀꼴이 박힌 명님이를 이곳에다가 두고 가는 일을 생각하면 두 달 동안이라 하더라도, 또 주인여자가 다짐하듯 한 말이 있다고는 하더라도 결코 마음이 놓이는 건 아니었었다.

"명님아?"

승재의 음성은 한량없이 보드랍다. 명님이는 대답 대신 고개를 쳐든다.

"너, 늘잡구 이 집에서 두 달만 참아라, 응?…… 그럼 그 안에 서울로 데려가 주께."

"서울요?"

무척 반가운지 명님이의 음성은 명랑하다. 그러면서 눈에는 구슬이 어린다.

명님이는 눈물이 나게 반갑고 고마웠는데, 승재는 이 애가 슬퍼서 울거니 하고 저도 눈물이 글성글성하고 목이 잠긴다.

"응, 서울…… 그러니깐 참구서 죄꼼만 기대리는 게야? 응?"

"내에."

"어머니 아버지한텐 내 말해두께시니, 이 집 쥔이 차표 사주믄서 서울루 가라구 하거던 바루 오는 거야?"

"네에, 그렇지만 어떻게?……"

"혼자 못 온단 말이지?…… 괜찮아…… 이 집에 부탁해서 전보 쳐달라구 할 테니깐, 전보 받구 내가 중간꺼정 마주 오지? 혹시 형편 보아서 내가 내려와두 좋구…… 그러니깐 맘 놓구 그리구 울지 않구 잘 있는 거야?"

"내에."

"아버지 오늘 오신댔지? 밤에 오신댔나?"

"밤인지 몰라두 오늘 꼭……"

"응…… 그럼 내, 내일 떠나기 전에 한 번 더 들르마…… 무엇 가지구 싶은 것 없나? 내일 올 때 사다 주께……"

"없어요, 아무것두……"

"그럴 리가 있나?…… 가만있자, 내가 생각해봐서 내일 올 때 아무거구 하나 사다 주께…… 그럼 인젠 들어가."

"내에."

명님이는 대답은 하고도 그냥 서서 치마 고름만 문다. 승재는 울지 말고 있으란 말을 다시 이르고 떨어지지 않는 발길을 겨우 돌린다.

근경이 어쩌면 두 정든 사람끼리 떠나기를 아끼는 것과 흡사하다.

어느 사이 옅은 황혼이 자욱이 내려, 두 그림자를 도리어 더 뚜렷이 드러내준다.

탄력_{彈力} 있는 아침

계봉이는 제가 거처하는 건넌방에서 아침 출근 채비가 한창이다.

옷은 마악 갈아입었고, 그다음에는 언제고 하는 버릇으로 마지막, 거울에다가 바투 얼굴을 대고서 이이, 이빨을 들여다본다. 그리 잘지도 않고 고른 위아랫니가 박속같이 새하얗게 드러난다. 아무것도 없다. 잇념 밑에 빨간 고춧가루 딱지도 박히지 않고, 잇살에 밥찌꺼기도 끼지 않았다.

소매 끝에서 꺼내 쥐었던 손수건을 도로 집어넣고, 이번에는 방 안을 한 바퀴 휘휘 둘러본다. 방금 벗어 내던진 양말짝이야 치마야 속옷 들이 여기저기 제멋대로 널려 있다.

셈든¹ 계집아이가 몸 담그고 있는 방 뒤꼬락서니 하고는 조행² 에 갑(甲)은 아깝다. 그러나 계봉이 저는 둘러보다가 만족하대서,

"노이예츠 나하츠!"³

하고 아 베 쩨 데도 모르는 주제에 독일말 토막을 쌔와린다.

미상불 뒤가 어수선한 품이 종시 그 대중이지 서부전선처럼 아무 이상이 없기는 하다. 그러나 계봉이 저는 나갈 채비에 미진한 게 없다는 뜻이요 하니 오케라고 했을 것이지만, 요새 그 오케란 말이 자못 속되대서 이놈이 그럴싸한 대로 응용을 하던 것이다.

팔걸이시계를 들여다본다. 여덟 시에서 십 분이 지났다. 지금 나서서 ××백화점까지 가자면 십 분이 걸리니, 여덟 시 반의 출근 정각보다 십 분은 이르다. 그놈 십 분은 동무들과 잡담으로 재미를 본다. 되었다.

"노이예츠 나하츠!"

한마디 부르는 홍으로 또 한 번 외우면서, 샛문을 열고 마루로 나가려다 말고 문득 이끌리듯, 환히 열어젖힌 앞문 문지방을 활개 벌려 짚고 서서 하늘을 내다본다.

꽃이 피느라, 핀 꽃이 지느라 사월 내내 터분하던 하늘이 인제는 말갛게 씻기고 한창 제철이다.

추녀 끝과 앞집 지붕 너머로 조금만 내다보이는 하늘이지만 언제 저랬던가 싶게 코발트 한빛으로 맑아 있다. 빛이 한빛으로 푸르기만 하니 단조하여 싫증이 날 것 같아도 볼수록 정신이 들게 신선하여 끝없이 마음이 끌린다. 바람결이 또한 알맞다. 부는지 마는지 자리는 없어도 어디서 새로 싹튼 떡잎의 냄새 없는 향기를 함빡 머금어다가 풍기는 것 같다.

계봉이는 문지방을 짚고 선 채 정신이 팔린다. 하도 일기가 좋아서 아침에 일어나던 길로 이내 몇 번째 이렇게 내다보곤 하던 참이다.

옷도 오늘 일기처럼 명랑하게 갈아입었다. 어제저녁에 형 초봉이가 바늘을 뽑기가 무섭게 부랴부랴 식모한테 한끝을 잡히고 싸악 다려놓은 새 옷이다. 옅은 미색 생수 물겹저고리에 방금 내다뵈는 하늘을 한 폭 가위로 오려다가 허리 잡아 두른 듯이 시원한 무색(水色) 부사견[4] 치마다.

옷도 이렇게 곱게 입었으니 침침한 매장(賣場)보다도 저 하늘을 올려다보면서, 저 햇볕을 쪼이면서, 저 바람을 쏘이면서 어디고 아무 데라도 새싹이 피어오른 숲이 있고, 풀이 자라고 한 야외로 훠얼훨 돌아다니고 싶다. 곧 그러고 싶어서 오금이 우줄거린다.

마침 생각하니 오늘이 게다가 일요일이다. 그리고 공폴시[5] 내일이 셋째 번 월요일, 쉬는 날이다.

그게 더 안 되었다. 훨씬 넌지시 한 주일이고 두 주일 후라면 차라리 마음이나 가라앉겠는데, 오늘이 일기가 이리 좋아도 못 놀면서 남 감질만 나게시리 바투 내일이 쉬는 날이라니 약을 올려주는 것 같아 밉광스럽다.

승재나 있었으면, 예라 모르겠다고 오늘 하루 비어때리고서 잡아 앞참을 세우고 하다못해 창경원이라도 갔을 것을 하고 생각하니, 하마 올라왔기 쉬운데 어찌 소식이 없는가 해서 궁금하다.

"다라라 다라라."

'그루미 썬데이'[6]를, 그러나 침울한 게 아니고 명랑하게 부르면서 샛문을 열고 마루로 나선다.

"언니이, 나 다녀와요오."

"오냐, 늦잖었니?……"

대답을 하면서 초봉이가 안방 앞미닫이를 열다가 황홀하여 눈을 홉뜬다.

"……아이구! 저 애가!"

"왜애?…… 하하하하, 좋잖우?……"

계봉이는 한 손으로 치마폭을 가볍게 치켜 잡고 리듬을 두어 빙그르르 돌아서 형이 문턱을 짚고 앉아 올려다보고 웃는 앞에 가나풋 선다.

"……날이 하두 좋길래 호살 좀 하구 싶어서…… 하하하, 좋지? 언니."

"좋다! 다아 잘 맞구 잘 쌘다."

초봉이도 흔연히 같이서 좋아한다. 그러나 그 좋아 보이는 동생의 옷치장이며 무성한 몸매를 곰곰이 바라다보는 그의 얼굴에는 이윽고 한 가닥 수심이 피어오른다.

계봉이는 본시 숙성하기도 하지만, 인제는 나이 벌써 열아홉이라 몸이 빈틈없이 골고루 다 발육이 되었다.

돌려세워놓고 보면 광파짐하니 동근 골반 아래로 쪼옥쪽 곧은 두 다리가 비단양말이 터질 듯 통통하다. 그 두 다리가 어떻게도 실하게 땅을 디디고 섰는지 등 뒤에서 느닷없이 칵 떠밀어야 꿈쩍도 않을 것 같다. 어깨도 무슨 유도꾼처럼 네모가 진 것은 아니나 묵지근한 게 퍽 실팍해 보인다. 안으로 옥지 않은 가슴은 유방이 차차 보풀어 오르느라고 알아보게 불룩하다.

키는 초봉이와 마주 서면 이마 위로 한 치는 솟는다. 그 키가 탐스런 제 체격에 잘 어울린다. 얼굴은 어렸을 때 양편 볼때기로 추욱 처졌던 군살이 다 가시고 전체로 균형이 잡혀서 두렷하다.

그러한 얼굴이 분이나 연지 기운이 없이 제 혈색 그대로요, 요새 봄볕에 약간 그을러 가무롯한 게 오히려 더 건강해 보인다. 눈은 타기가 없고 총명하나, 자라도 심술은 가시잖는다.

하하하, 마음 턱 놓고 웃는 입과 잇속은 어렸을 적보다도 더 시원하다.

이 활달하니 개방적인 웃음과, 입이 아무고 무엇이고 다 용납을 하여 사람이 헤플 것 같으면서도 고집 센 콧대와 심술 든 눈이 좀처럼 몸을 붙이기 어렵게시리 옹글지고 맺힌 데가 있어, 결국 그두 가지의 상극된 품격을 조화를 시킨다.

아무튼 전체로 이렇게 건강하고 균형이 잡혀 휘언한 몸매라 그는 어느 구석 오밀조밀하니 이쁘장스럽다거나 그런 게 아니고 그저 좋고 탐지어 개중에도 여럿이 있는 데서 떼어놓고 보며는 선뜻 눈에 들곤 한다.

초봉이는 이렇게 탐스럽고 좋게 생긴 동생을 둔 것이, 보고 있노라면 볼수록 좋았다. 좋은 데 겨워 혼자만 보기가 아깝고 남한테 두루 자랑을 하고 싶다. 그래서 언제든지 계봉이와 같이서 거리를 나가기를 좋아한다.

형보가 못 나가게 고시랑거리니까 자주 출입은 못 하지만, 간혹 계봉이도 놀고 하는 날 둘이서 나란히 거리를 걷노라면 젊은 사내들은 물론이요, 늙수그름한 여인네들도 곧잘 계봉이를 눈여겨보곤 한다. 그러다가는 둘을 지나쳐놓고 나서,

"아이! 그 색시 좋게두 생겼다!"

이런 칭찬을 개개들 한다.

그럴라치면, 초봉이는 동생을 마구 들쳐 업고 우쭐거리고 싶게 기쁘고 자랑스러웠다.

그러나 동생이 그처럼 자랑스럽고 좋기 때문에 일변 걱정도 조만치가 않다.[7]

초봉이가 보기에는 계봉이의 말하는 것이며 생각하는 것이며가 도무지 계집애다운 구석이 없고 방자스럽기만 했다.

언젠가도 아우형제가 앉아서 여자의 정조라는 것을 놓고 서로 우기는데, 초봉이는 요컨대 여자란 것은 정조가 생명과 같이 소중하고 그러니까 한번 정조를 더럽히기 시작하면은 그 여자는 버려진 인생이라고, 쓰디쓴 제 체험으로부터 우러난 소리를 하던 것이나, 계봉이는 그와 정반대의 의견이었었다.

즉 정조는 생리의 한 수단이지 결단코 생명의 주재자(主宰者)가 아니오, 그러니까 정조의 순결성이란 건 상대적인 것이어서, 한 여자가 가령 열 번을 결혼했다고 하더라도 그 열 번이 번번이 다 정조적일 수가 있는 것이오, 그리고 설사 어떠한 여자가 생활의 과정상 불가항력이나 또는 본의가 아닌 기회에 정조를 온전히 하지 못한 적이 있다 하더라도 그것만으로 '인생(人生)의 실권(失權)'을 선고할 아무런 근거도 없다는 것이었었다.

이것이 제 형을 연구 재료 삼아서 얻은 계봉이의 주장이었고, 그런데 초봉이는 동생의 그렇듯 외람한 소견을 그것이 바로 행동의 기준인가 하고는, 저 애가 저러다가 분명코 무슨 일을 저지르지 싶어 가슴이 더럭했었다.

차라리 학교나 다녔으면 그래도 더얼 마음이 죄이겠는데, 그다지 하고 싶어 하던 공부면서 무슨 변덕으로 남자들이 덕실덕실한 백화점을 군이 다니고 있으니 마치 어린아이가 우물가에서 놀고 있는 것처럼 위태위태해서 볼 수가 없다.

그런 데다가 올 봄으로 접어들어 완구히 성숙한 계봉이의 몸뚱이를 버엉떼엥하면서 힐끗힐끗하는 형보의 눈길!

그 눈치를 알아챈 초봉이는 계봉이가 아무 철없이 어린애처럼 형보와 함부로 장난을 하고 농지거리를 하고 하는 것을 볼 때마다 사뭇 감수[*]를 하게시리 가슴이 떨리곤 해서, 그래 근심이요 걱정이던 것이다.

계봉이가 마악 대뜰로 내려가려고 하는데 얼굴에다가 밥알을 대래대래 쥐어 바른 송희가 엄마를 밀어젖히고

"암마이!"

부르면서 께꾸 하듯이 내다보고 좋아한다. 송희는 계봉이를 무척 따른다.

"어이구, 우리 송훤가!······"

계봉이는 수선을 피우면서 우르르 달려들어 두 팔을 쩌억 벌린다.

"······아, 이건 무어야! 점잖은 사람이! 밥알을 사뭇······"

"암마이."

송희는 위로 두 개와 아래로 세 개가 뾰족하게 솟은 젖니를 하얗게 드러내면서 벙싯 웃고 계봉이한테 덥쑥 안긴다.

"얘야, 저 새 옷 모두 드렌다!"

형이 방색[*]을 해도 계봉이는 상관 않고

"괜찮어요, 괜찮어요!"

하면서 경중경중 우줄거린다.

"그치? 송희야?"

"응."

송희는 좋아라고 같이서 우줄우줄 뛰고, 계봉이는 쪽쪽 입을 맞춰준다.

"그까짓 옷이 젤인가? 우리 송희가 젤이지. 그치?"

"응."

"그런데 엄만 괘앤히 시방 그러지?"

"응."

"하하하하, 이건 막둥인가? 대답만 응 응 그러게……"

"응."

송희가 계봉이를 잘 따르고 계봉이도 송희를 귀애할 뿐더러 끔찍 소중히 하는 줄을 초봉이는 진작부터 몰랐던 것은 아니나, 시방 저희 둘이서 재미나게 노는 양을 곰곰이 보고 있노라니까, 어디선지 모르게 문득

'내가 없더래도 너희끼리……'

이런 생각이 나던 것이다.

"얘, 계봉아?"

"으응?"

계봉이는 해뜩 돌아서서 형 앞으로 오고, 송희는 '암마이'가 시방 밖으로 나갈 참인 줄 알기 때문에 안고 나가주지 않고 엄마한테 떼어놓을까 봐서 고개를 파묻고 달라붙는다.

"나 없어두 괜찮겠구나?"

초봉이는 속은 어떠한 감회로 용솟음이 쳐도 웃는 낯으로 지나는 말같이 묻는다.

"언니 없어두? 우리 송희 말이지?"

"응."

"그으럼!……"

계봉이는 미처 형의 눈치를 못 알아채고서 연신 수선을 피우느라고,

"……그치? 송희야?"

"응."

"엄마 없어두 아마이허구 맘마 먹구, 코 하구, 잉?"

"응."

"하하하아, 이거 봐요, 글쎄……"

계봉이는 좋아라고 웃고 돌아서다가, 아뿔싸! 속으로 혀를 찬다. 초봉이가 만족해 웃어도 형용할 수 없이 암담한 빛이 얼굴에 가득 가렸음을 보았던 것이다. 그것은 나는 인제 고만하고 죽어도 뒷근심은 없겠지, 이런 단념의 슬픈 안심이었었다.

"어이구 언니두!…… 누가 정말루 그랬나 머…… 우리 송희가 엄마가 없으믄 어떡허라구 그래!……"

계봉이는 얼른 이렇게 둘러대면서 철이 없는 체 짐짓 송희와 장난을 친다.

"……그치? 송희야?"

"응."

"저어, 어디 놀러 가려믄 송희 데리구 같이 가예지?"

"응."

"이거 봐요!…… 그런데 괜히 엄마가 송흴 띠어 놓구 혼자만 창경원 갈 양으로 그러지? 응? 송희야?"

"응."

계봉이는 수선을 피우면서도, 일변 형의 기색을 살피느라고 애를 쓴다.

초봉이는 눈치 빠른 계봉이가 벌써 속을 알아차리고 황망하여 짐짓 저러거니 생각하면 동기간의 살뜰한 정이 새삼스럽게 가슴에 배어들어 눈가가 아리다.

쿠욱 캐액 가래를 들이켜고 내뱉고 하면서, 변소에 갔던 형보가 나오는 소리가 들린다.

이 형보가 막상 저렇게 멀쩡하게 살아 있음을 생각할 때 초봉이의 그 슬픈 안심은 그나마 여지없이 바스러지고 만다.

형보가 저렇게 살아 있는 이상, 가령 내가 죽고 없어진대야 죽은 나는 편할지 몰라도, 뒤에 남은 계봉이와 송희가 형보에게 환[10]을 보게 될 테니 그건 내 고생을 애먼 그 애들한테다 전장시키는 것밖에 아무것도 아니다. 계봉이는 아이가 똑똑하기도 하고, 또 경우가 좀 다르기는 하니까 나같이 문문하게 형보의 손아귀에 옭혀들지 않는다고는 할지 모르지만, 형보란 위인이 엉뚱하게 음험하고 악독한 인간인걸, 장차 어떻게 무슨 짓을 저지르라고 그 애들을 두어두고서 죽음의 길로 피해가다니 그건 무가내하[11]로 안 될 말이다.

558

'그러니 나는 잘살기는 고사하고, 죽자 해도 죽지도 못하는 인생인가!'

이렇게 생각하면 막막하여 절로 한숨이 터져나온다.

"허어, 오늘은 어쩌 여왕님께서 이대지 넉장을……"

형보는 고의춤[12]을 훑으려 잡고 마룻전에 댈롱 걸터앉으면서 계봉이한테 농을 건넨다.

"시종무관[13]은 무얼 하구 있는 거야? 여왕님 거동에 신발두 참겨놀 줄 모르구서……"

계봉이가 형보의 툭 불거진 곱사등에다 대고 의젓이 나무라는 것을 형보는 굽신 받아,

"네에, 거저 죽을 때라 그랬습니다, 끙……"

하면서 저편께로 있는 계봉이의 굽 낮은 구두를 집어다가 디딤돌 위에 나란히 놓아준다.

"……자아 인전 어서 신읍시구 어서 거동합시지요?"

"거동이나마나 시종무관이거들랑 구둘 좀 닦아놓는 게 아니라 저건 무어람!"

"허어! 그건 죽여두 못 해!"

"그럼 담박 면직이다!"

"얘야! 쓰잘디없이 지껄이지 말구 갈 디나 가거라! 괜히 씩둑꺽둑……"

초봉이가 이맛살을 찌푸리면서 음성을 모질게 동생더러 지천을 한다.

"내애 아, 온, 내. 여왕님을 이렇게 몰아셀 디가 있더람! 그치?

송희야."

"응."

"하하하하, 우리 송희가 젤이다!…… 아 글쎄 요것이……"

계봉이는 송희를 입을 쪼옥 맞춰주고는 형한테다 내려놓는다.
송희는 안 떨어지려고 납작 달라붙다가 그래도 어거지로 떼어놓
으니까는 발버둥을 치면서 떼를 쓴다. 계봉이는 못 잊어서 돌려
다보고 얼러주고 달래주고 하면서 겨우 대뜰로 내려선다.

"여왕님이 호사가 혼란하긴 한데 안 된 게 하나 있군?"

형보가 구두를 신는 계봉이를 토옹통한 다리와 퍼진 허리 밑을
눈으로 더듬고 있다가 한 마디 뚱기는 소리다.

"구두가 낡았단 말이지요?"

"알어맞히니 그건 용해!"

"그렇지만 걱정 말아요. 그렇게 안타깝게 구두가 신구 싶으믄
아무 때구 양화부에 가서 한 켤레 집어 신으믄 고만이니……"

"그러느니 내가 저기 일류 양화점에 가서 아주 썩 '모당'으루[14]
한 켤레 마쳐주까?"

"흥! 시에미가 오래 살믄 머? 자수물통에 빠져 죽는다구?……
우리 아저씨 씨두 그런 소리가 나올 입이 있었나?"

계봉이는 형보더러 별로 아저씨라고 하는 법이 없고, 어쩌다가
비꼬아줄 때나 씨자 하나를 더 붙여서 '아저씨 씨'라고 한다.

계봉이가 아무리 그렇게 업신여기고 놀려주고 해도 형보는, 그
러나 그저 속없는 놈처럼 허허 웃고 그대로 받아준다.

계봉이는 아무 때고 그저 어린 듯이, 철이 없는 듯이, 형보와 함

부로 덤비고 시시덕거리고 장난을 하고 하기를 예사로 한다. 이
것은 그를 형부(兄夫)로 대접한다거나 나이 어린 처제답게 허물
없어 하고 따르고 하는 정이거나 그런 것은 물론 아니고, 계봉이
는 단지 동물원에 가서 곰이나 원숭이를 집적거려주고 놀려주고
하는 것과 마찬가지로 이 형용부터 괴물로 생긴 형보를 재미 삼
아 놀려먹고 장난을 하고 하던 것이다. 그를 지극히 경멸하며 속
으로 반감을 품은 것은 물론이지만.

　가령, 그새까지는 그다지 다니고 싶어 자발을 하던 기술 방면의
전문학교를 의학전문이고 약학전문이고 맘대로 다닐 기회를 만났
으면서도, 또 그 목적으로다가 서울로 올라왔으면서도 그것을 아
낌없이 밀어내 던지고서 백화점의 월급 삼십 원짜리 숍걸로 나선
것만 하더라도, 그 지경이 된 형을 뜯어먹고, 그따위 인간 형보에
게 빌붙어서 공부를 하는 게 창피했기 때문이다.

　"여보시우, 우리 여왕나리님……"

　형보가 다시 지분덕거리는 것을, 계봉이는 구두를 신으면
서……

　"여왕두 나린가? 무식한 백성 같으니라구!…… 할 말 있거든
빨리 해요."

　"그러지 말구, 내가 처제 구두 한 켤레 못 해줄 사람인가?……
이따가 글러루 갈 테니 같이 가서 썩 멋지게 한 켤레 마쳐 신어
요."

　"걱정 말래두! 내 일 내가 어련히 알어서 하까 뵈?"

　"하아따! 괜헌 고집 쓰지 말구…… 내 이따가 아홉 시 파할 때

쯤 해서 가께, 잉?"

"어딜 와?…… 괜히 왔다만 봐라, 미친놈이라구 순살 안 불러 대나."

"흐흐, 거 재미있지! 구두 사준다구 순사 불러대구…… 그래 어디 모처럼 유치장이나 하룻밤 구경할까?"

"괜히 빈말루 알구서?…… 와서 얼찐거리구 말이나 붙이구 해 봐? 담박……"

계봉이는 쏘아주면서 대문간으로 나가버린다. 초봉이는 울고 떼쓰는 송희도 달랠 생각을 잊고서, 둘이서 수작하는 양을 우두 커니 보고 있다가 한숨을 쉬고 돌아앉는다.

형보는 그렇게 처음부터 끝까지 배포 있이 쭌둑쭌둑하는데, 계 봉이는 그 떡심을 받아내다 못해 꼬장꼬장한 딴 성미를 부리고 마는 것이 그게 장차에 환을 볼 장본인 것만 같았다.

강강한[15] 놈과 눅진거리는[16] 두 놈이 마주 자꾸 부딪치면, 우선 보매는 강강한 놈이 이겨내는 것 같지만, 그러는 동안에 속으로 곯아 필경 끝장에 가서는 작신 부지러지고, 그래서 눅진거리는 놈한테 잡치고 말 것이었었다.

초봉이는 그게 걱정이다. 그러니 이왕 그럴 테거든 계봉이도 그 발딱하는 성미를 부리지 말고서 차라리 마주 끝까지 떡심 있이 바워내기나 했으면 한다.

구두를 사주마 하거든, 오냐 사다오, 말로라도 이렇게 받아넘기 고, 백화점으로 찾아간다거든, 오냐 오너라, 우리 동무들한테 구 경거리 한턱 쓰는 셈이니 기다릴게 제발 좀 오너라, 이렇게 받아

넘기고 했으면, 그 당장 겉으로 보기에는 위태로워 조심스럽기는
하겠지만 그게 오히려 뒤가 든든할 것 같았다.

계봉이가 나가는 뒤태를, 입을 헤벌리고 앉아 멀거니 바라보던
형보는 이윽고 끙 하면서 고의춤을 움켜쥐고 안방으로 들어온다.

"히히, 히히, 참 좋게 생겼어, 히히."

초봉이는 그게 무슨 소린지 알아듣기는 했어도 짐짓 모르는 체
더 지껄이지 못하게 하느라고 식모를 불러들인다. 형보는 식모가
들어와서 밥자리를 훔치고 밥상을 들어내 가기가 바쁘게 털썩 초
봉이 앞에 주저앉아

"히히히……"

하고 그 웃음을 그대로 웃는다. 초봉이는 잔뜩 눈을 흘기다
가……

"미쳤나! 이건 왜 이 모양새야? 꼴 보아줄 수 없네!"

"히히, 조오탄 말야! 응? 아주 아주……"

"무엇이 좋다구 시방 이 지랄이야?"

"꼬옥 잘 익은 수밀도"야! 그렇지?"

"비껴나! 보기 싫은 게……"

"비어 물면 물이 주울줄 쏟아질 것 같구……"

형보는 싯 들여마시다가 침을 한 덤벙이 지르르 흘린다. 그놈을
손등으로 쓱 씻는 게 더 그럴듯하다.

"……흐벅진 게! 아이구 흐흐, 열아홉 살! 마침 조올 때지!"

"아, 네가 저엉 이러기냐?"

"헤에따! 무얼 다아…… 옛날에 요임금 같은 성현두 아황 여영

두 아우 형젤 데리구 살았다는데, 히히."

사납게 쏘아보고 있던 초봉이는 이를 악물면서 발끈 주먹을 쥐어 형보의 앙가슴을 미어지라고 내지른다.

"아이쿠!"

형보는 뒤로 나가동그라져 가슴을 우리다가 초봉이가 다시 달려들려고 벼르는 몸짓을 보고 대굴대굴 윗목으로 굴러 달아나서 오꼼 일어나 앉는다.

"헤헤헤헤."

형보는 그만 것에는 골을 내지 않는다.

초봉이는 무엇 집어 던질 것을 찾느라고 휘휘 둘러본다.

"헤헤헤헤, 안 그래 안 그래."

"다시두 그따위 소릴 할 테야?"

"아니 안 그러께…… 히히."

"다시두 그따위 소릴 했다만 봐라! 죽여버릴 테니……"

무심코 초봉이는 이 말을 씹어뱉다가 제 말에 제가 혹해서 눈을 번쩍 뜬다.

죽일 생각이 나서 죽인다고 한 게 아닌데, 흔히 욕 끝에 나오는 소린데 막상 죽인다고 해놓고 들으니, 아닌 게 아니라 귀에 솔깃이 당기면서, 정말 죽여버렸으면 싶은 생각이 솟아나던 것이다. 이것은 초봉이에게 대하여 일변 무서운, 그러나 퍽도 신기한 발견이었었다.

초봉이가 소피를 보러 가느라고 송희를 내려놓고 나가니까 아직도 떼가 덜 가라앉은 참이라 도로 와 하고 울음을 내놓는다.

"조 배라먹을 게, 또 빼액 운다!……"

형보는 눈을 흘기면서 혀를 찬다. 초봉이가 없는 새라 제 맘대로 아이를 미워해도 좋았던 것이다.

"……에이 듣기 싫여! 조 배라먹을 것 잡아가는 귀신은 없나?"

형보는 아이한테다 주먹질을 하면서 눈을 부릅뜬다. 무서워서 울음을 그치라는 것인데, 아이는 겁을 내어 더 자지러지게 운다.

"……조게 꼭 에미년을 닮아서 소갈찌두 조 모양이야……"

형보는 휘휘 둘러보다가 마침 앞문 앞으로 내려다놓은 경대 위에 있는 빗솔을 집어서 아이한테 쥐어준다.

"……옛다, 요거나 처먹구 재랄이나 해라, 배라먹을 것아!"

송희는 미식미식 울음을 그치고 형보를 말긋말긋 올려다보다가 손에 쥔 빗솔을 슬며시 입으로 가지고 간다.

칫솔 쓰던 것을, 빗을 치고 살쩍을 쓸고 해서 터럭 틈새기에 비듬이야 기름때야 머리터럭이야가 꼬작꼬작 들이 끼었는데, 그놈을 입에다가 넣고 빨았으니 맛이 고약할밖에.

송희는 오만상을 찌푸리면서도 그대로 입에 물고 야긋야긋 씹는다. 꼬장물이 시꺼멓게 넘쳐서 턱 아래로 질질 흘러내린다.

"……쌍통 묘오하다! 어이구 쌔원해라! 거저 빼액빽 울기나 좋아하구, 무엇이구 주동아리에다가 틀어넣기나 좋아하구, 그러면 다아 그런 맛두 보는 법이니라!……"

형보는 제 말대로 속이 시원해서 연신 욕을 씹어뱉는다.

"……맛이 고수하냐? 천하 배라먹을 것! 허천백이[18] 삼신이더냐?…… 대체 조게 어느 놈의 종잘꾸? 응?…… 뉘 놈의 종잘 생

판 멕여 길르느라구 내가 요렇게 활활 화풀이두 못 하구 성활 먹
는고? 기가 맥혀서, 내 원……"

욕을 먹을 줄 모르는 송희는 아무 상관없이 저만 재미가 나서
그 찝질한 빗솔을 연신 씹고 논다.

"……조게 뒤어만 졌으면 내가 춤을 한바탕 덩실덩실 추겠구만
서두…… 무어 소리 없이 흔적 없이 감쪽같이 멕여서 죽여버릴
약은 없나?"

초봉이가 마루로 올라서는 기척을 듣고 형보는 시침을 뚜욱 떼
고 외면을 한다.

"아니, 이 애가!……"

초봉이는 방으로 들어서다가 질겁해서 빗솔을 와락 뺏어 들더
니 형보를 잔뜩 노려본다. 송희는 싫다고 떼를 쓰고 방바닥에 가
나가동그라진다.

"……아이가 이런 걸 쥐어다가 빨아 먹어두 못 본 체하구 있
어?"

"뺏으면 또 울라구?"

"인정머리 없는 녀석!"

"아냐, 아이들이라껀 그렇게 아무것이구 잘 먹어야 몸이 실한
법이야."

"듣기 싫여! 수언 도척[19]이 같은 녀석아!"

"제기! 인전 자식이 성가신 게로군!…… 그렇거들랑 남이나 내
줄 것이지, 저럴 일이 아닌데……"

"이 녀석아, 그게 내가 널더러 할 소리지 네가 할 소리더냐? 그

566

녀석이 술척스럽게[20] 사람 여럿 궂히겠네![21]"

"괜히, 자식이 구찮을 양이면 아따, 염려 말게…… 내가 동냥하러 온 중놈의 바랑 속에다가라두 집어넣어 주께시니."

"이 녀석아, 내가 네 속 모르는 줄 아느냐?…… 네 맘보짱이 어떤지 다아 알구 있단다…… 공중 나 안 놓칠려구 네 자식인 체하지? 홍! 소리 없이 죽여버리구 싶어두 날 놓칠까 봐서 못 하지? 네 뱃속을 내가 모르는 줄 알구?"

"알긴 개 ×× 알아? 아마 자네두 아직두 뉘 자식인지 똑똑히 모르니까는 자식이 원수 같은가 버이! 그렇지만 난 소중한 내 자식일세."

"얌체는 좋아!"

"세상에 모듬쇠 자식의 에미라건 저래 못쓴다는 거야!"

"무엇이 어째?"

모듬쇠 자식의 어미란 소리에, 초봉이는 분이 있는 대로 복받쳐 올라, 몸부림을 치면서 목청껏 외친다. 그러나 그다음 말은 가슴에서 칵 막히고 숨길만 가쁘다. 어느 결에 눈물이 촬촬 쏟아진다.

"이놈! 두구 보자!"

이것은 단순히 입에 붙은 엄포나 분한 끝에 발악만인 것이 아니라, 마침내 형보를 죽이겠다는 결심이 뚜렷이 가슴속에 들어차기 시작한 표적이요, 그 선고라고 할 수가 있던 것이다.

사실 초봉이는 송희나 계봉이는 말고서 저 하나만 놓고 보더라도, 자살이 아니면 저절로 받아 죽었지 형보한테 끝끝내 배겨낼 수가 없이 되고 만 형편이었었다.

초봉이는 작년 가을 형보와 같이 살기 시작한 그날부터서 마음의 안정과 평화를 잃어버린 것은 말할 것도 없거니와, 지칠 줄을 모르는 형보의 정력에 잡쳐 몸이 또한 말이 아니게 시들었다. 여느 때 예삿일로 다투게 되면은, 형보는 기껏해야 빈정거리기나 하고 미운 소리나 하고 하지 웬만해서는 그저 바보처럼 지고 만다. 발길로 걷어채고 등감[22]을 질리고 하는 것쯤 아주 심상히 여기고 달게 받는다. 낮의 형보는 그리하여 늙은 수캐처럼 만만하고 순하다.

그러나 만일 초봉이가, 드리없는 그의 '밤의 요구'에 단 한 번이라도 불응을 하고 보면, 단박 두 눈을 벌컥 뒤집어쓰고 성난 야수와 같이 날뛴다. 꼬집어 뜯고 물어 떼고 하는 건 예사요, 걸핏하면 옆에서 고이 자는 송희를 쥐어박지르고 잡아 내동댕이를 치곤 한다. 그래도 안 들으면 칼을 뽑아 들고 송희게로 초봉이게로 겨누면서 헤번덕거린다.

필경 초봉이는 지고 말아, 이를 갈면서도 항복을 한다.

이것은, 그런데 형보의 본디 성질만으로 그러던 것이 아니고, 따라서 처음부터 그러던 것도 아니고, 차라리 초봉이 제가 부지중 그런 버릇을 길러준 것이라 할 수가 있었다.

초봉이는 맨 처음 형보와 더불어 밤을 같이할 때부터 승강을 하고 표독스럽게 굴고 했었고, 한데 그놈을 억지로 굴복시키자니 형보는 자연 '사나운 수캐'가 되지 않을 수가 없었다.

초봉이는 물론 징그럽고 싫기도 했지만, 일변 그것을 형보한테 대한 앙갚음이거니 하고 우정 그러기도 했던 것인데, 그러나 그 결과가 어떠했느냐 하면 필경 초봉이 제 자신만 더 큰 해를 보고 만 것이다.

흉포스런 완력다짐 끝에 따르는 계집의 굴복, 그것에서 형보는 차차로 한 개의 독립한 흥분을 즐겼고, 그것이 쌓여서 미구에는 일종의 새디즘이 되어버렸던 것이다.

아무튼 그래서, 초봉이는 절망이 마음을 잡쳐놓듯이 건강도 또한 말할 수 없이 쇠해졌다.

병 주고 약 주더란 푼수로, 형보는 간유[23] 등속에 강장제하며, 한약으로도 좋다는 보제는 골고루 지어다가 제 손수 달여서 먹이고 하기는 해도 종시 초봉이의 피로와 쇠약을 막아내지는 못했다.

불과 반년 남짓한 동안이나 초봉이는 아주 볼썽이 없이 바스러졌다. 볼은 깎아낸 듯 홀쭉하니 그늘이 지고, 눈가로는 푸른 테가 드러났다. 살결은 기름기가 밭고 탄력이 빠져서 낡은 양피(羊皮) 같이 시들부들 버슬버슬해졌다. 사지에 맥이 없이 노곤한 게 밤이고 낮이고 눌 자리만 뵌다.

이렇게 생명이 생리적으로도 좀먹어 들어가는 줄을 초봉이는 저도 잘 알고 있으면서, 그러나 어찌할 바를 몰랐다.

하다가 못할 값에 형보의 손아귀에서 벗어나도록 부스대볼 생각은 아예 먹지도 않는다. 근거도 없는 단념을, 돌이켜 캐보려고는 않고 운명이거니 하고서 내던져두던 것이다.

작년 겨울 그날 밤에 형보더러 두고 보자고 무슨 큰 앙갚음이나 할 듯이 옹글진 소리를 하기는 했지만, 그것도 그 소리를 하던 그 당장에 벌써 별수 없거니 하고 단념부터 했었은즉 말할 것도 없다.

결국은 두루 절망뿐이다. 절망 가운데서 빤히 내다보이는 얼마 안 남은 목숨을 지탱하고 있기는 괴롭고 지리했다. 그러니 차라리 일찌감치 죽어버리고나 싶었다. 죽어만 버리면 만사가 다 편할 것이었었다.

그러나 그러면서도 와락 죽지 못한 것은 송희 때문이다. 소중한 송희를 혼자 두고 나만 편하자고 죽어버리다니 안 될 말인 것이다.

그래 막막하여 어쩔 바를 몰랐는데, 계제에 문득 동생 계봉이에게다 송희를 맡기면 내나 다름없이 잘 가축하여 기르겠거니, 따라서 나는 마음을 놓고 죽을 수가 있겠거니 하는 '슬픈 안심'을 해보았던 것이다. 그러나 그것도 순간이요, 형보가 멀쩡하게 살아 있는 이상 역시 못할 노릇이라고 그 '슬픈 안심'조차 단념을 할 수밖에 없었다.

그러자 거기서 또 마침 한 줄기의 희망은 뻗치어, 형보를 죽이고서(죽여버리고서) 내가 죽으면 후환도 없으려니와 나도 편안하리라는 '만족한 계획'이 얻어졌던 것이다. 물론 형보를 죽인다면야 제가 죽자던 이유가 절로 소멸되는 것이니까, 가령 형벌을 받는다든지 도망을 간다든지 이러기로 생각을 돌리는 게 당연한 조리겠지만, 그러나 초봉이는 그처럼 둘러 생각을 할 줄은 모른다. 그저 기왕 죽는 길이니 후환마저 없으라고, 형보를 죽이고서 죽는다는 것뿐이다.

형보는 그리하여, 잠자코 있어도 초봉이의 손에 죽을 신순데, 게다가 입을 모질게 놀려 분까지 돋우어주었으니, 만약 오늘이라도 어떠한 거조가 난다면, 그건 제가 지레 명을 재촉한 노릇이라

하겠다.

××백화점 맨 아래층의 화장품 매장이다.

위와 안팎이 환히 들여다보이는 유리 진열장(陳列欌)을 뒤쪽 한편만 벽을 의지 삼고 좌우와 앞으로 빙 둘러 쌓아놓은 게 우선 시원하고 정갈스러워 눈에 선뜻 뜨인다.

진열장 속과 위로는, 형상이 모두 각각이요 색채가 아롱다롱이기는 하지만 제각기 용기(容器)의 본새랄지 곽의 의장(意匠)이랄지가, 어느 것 할 것 없이 섬세하고 아담한 게 여자의 감각을 곧잘 모방한 화장품들이 좀 칙칙하다 하리만큼 그득 들이쌓였다.

두 평은 됨직한 진열장 둘레 안에는 그들이 팔고 있는 화장품 못지않게 맵시 말숙말숙한 숍걸이 넷, 모두 그 또래 그 또래들이다.

계봉이가 있고, 얼굴 둥그스름하니 예쁘장스럽게 생긴 싱글로 깎아 올린 단발쟁이가 있고, 코가 오뚝하니 눈도 오꼼[24] 입도 오꼼한 오꼼이가 있고, 얇디얇은 얼굴에다가 주근깨를 과히 발라놓은 레지[25]가 찰그랑거리고 앉았고……

이 가운데 양복 끼끗하게 입고 얼굴 거무튀튀 함부로 우툴두툴한 사내꼭지가 한 놈, 감히 들어앉아 있음은 매우 참월하다[26] 하겠다. 그러나 남은 화초밭의 괴석이라고 시새움에 밉게 볼는지는 몰라도, 당자는 검인(檢印)의 스탬프를 손에 쥐고, 물건 싸개지의 봉인딱지에다가 주임이라는 제 권위를 꾸욱꾹 찍느라 버티고 있는 맥이다.

아침 아홉 시가 조금 지났고, 문을 방금 연 참이라 손님이라고

는 뒷짐 지고 이리 끼웃 저리 어릿, 구경 온 시골 사람 몇이지 헤성혜성하다.[27]

약속한 건 아니지만 손님이 없으니까 모두 레지 앞으로 모여선다.

"계봉이 이따가 키네마 안 갈늬?"

영화를 아직까지는 연애보다도 더 좋다고 주장하는 오꼼이가 계봉이를 꾀던 것이다.

"글쎄…… 썩 좋은 거라믄……"

계봉이는 싫지도 않지만 내키지도 않아서 그쯤 대답을 하는데 오꼼이가 무어라고 말을 하려고 하는 것을 레지의 주근깨가 냉큼 내달아,

"저 계집앤 영화라믄 왜 저렇게 죽구 못 살까?"

하고 미운 소리를 한다.

"남 참견은! 이년아, 누가 너처럼 밤낮 괴타분하게 소설만 읽구 있더냐?"

"흥! 소설 읽는 취미를 갖는 건 버젓한 교양이란다!"

"헌데 좀 저급해!"

계봉이가 도로 나서서 주근깨를 찝쩍이던 것이다.

"어째서 이년아, 소설 읽는 게 저급하더냐?"

"소설 읽는 게 저급하다나? 이 사람 오핼세!"

"그럼 무엇이 저급하니?"

"읽는 소설이……"

"어쩌니 내가 읽는 소설이 저급하니?"

"국지관[28]이 소설이 저급하잖구? 「×××」이 저급하잖구?……

그런 것두 예술 축에 끼나?"

"예술은 다아 무엇 말라비틀어진 게야? 소설이믄 거저 소설이
지……"

"하하하하, 옳아, 네 말이 옳다. 그래도 『추월색』이나 『유충렬
전』을 안 읽으니 그건 신통하다!"

"저년이 버르쟁이 없이, 사람 막 놀려!"

"그게 신통해서, 네 교양 점수(點數) 육십 점은 주마, 낙제나 면
하라구, 응?…… 그리구 너는……"

계봉이는 오꼼이를 손으로 찔벅거리면서 남자 어른들 음성을
흉내 내어……

"……거 아무리 근대적 감각을 향락하기 위해서 그런다구 하더
래두 계집아이가 영활 너무 보러 다니며는 뒤통수에 불자(不字)
가 붙는 법이다, 응? 알았어? 불량소녀……"

"걱정을 말아, 이 계집애야!"

"요놈!"

깩 지르는 소리가 무심결에 너무 커서 주임이 주의하라는 뜻으
로 빙긋 웃으니까 계봉이는 돌아서서 입을 막는다. 오꼼이와 주
근깨가 쌔원한 김에 재그르르 웃는다.

"무얼들 그래?"

물건을 파느라고 이야기 참례를 못 했던 단발쟁이가 이리로 오
면서, 혹시 제가 웃음거리가 된 것인가 하고, 뚜렛뚜렛한다.

"그리구 참, 넌 무어냐?"

계봉이가 또 나서서 단발쟁이의 팔을 잡아끈다.

"무어라니?"

"저 애들 둘은, 하난 문학소녀구, 또 하난 영화광이구, 그런데 넌 무어냔 말이다?…… 연애? 그렇지?"

"내 온!…… 넌 무어냐?…… 너버틈 말해봐라!"

"그래 그래."

"옳아, 제가 먼점 말해예지."

오꼼이와 주근깨가 한꺼번에 들고 나서고, 단발쟁이가 계봉이를 붙잡으면서 따진다.

"네가 옳게 연애하지?…… 연애편지가 마구 쏟아지구……"

"여드름바가지가 있구……"

"소장변호사 영감 계시구……"

"하꾸라이[29] 귀공자가 있구……"

"대답해라!"

"그중 누구냐?"

"아무튼 연애파는 연애파 갈데없지?"

오꼼이와 주근깨와 단발쟁이가 서로가람 계봉이를 말대답도 못하게 몰아대는 것이다.

"여드름바가지가 오늘두 하마 올 시간인데……"

"소장변호사 영감께선 그새 또 몇 장이나 왔되?"

"하하, 편지 첫끝에다가 연애법 제몇조(戀愛法第×條)라군 안 썼던?"

"가만있어, 내 말을 들어……"

계봉이는 겨우 손을 저어 제지를 시켜놓고는……

"……난 피해자야, 피해자……"

모두 무슨 소린지 못 알아듣고 뚜렛뚜렛한다. 계봉이는 다시 남자 어른 목소리로……

"땅 진 날 밖엘 나오지 않느냐? 자동차가 옆으루 지나가질 않았느냐? 흙탕물을 끼얹질 않았느냐? 옷에 흙탕물이 묻었겠다?…… 그와 마찬가지루 헴 헴, 여드름바가지나 변호사나리나 하꾸라이 귀공자나 그 축들이 어쩌구어쩌구 해서 내가 제군들한테 연애파라구 중상을 받는 것두 즉 말하면 그런 피해란 말야, 응?…… 나는 아무 상관두 없는데 자동차가 흙탕물을 끼얹어 옷을 버려준 것처럼, 그게 모두 여드름바가지니 변호사니 하꾸라이 귀공자니 하는 것들이 무어냐 하면은, 땅 진 날 남의 새옷에다가 흙탕물을 끼얹고 달아나는 '처벌할 수 없는' 깽들이란 말이야. 그러니깐 제군들두 조심을 해! 잘못하면 약간 흙탕물이 아니라, 바루 바퀴에 치여서 죽거나 병신이 되거나 하기 쉬우니깐…… 알아들어? 아는 사람 손들엇!"

계봉이 저까지 해서 모두 재그르르 웃는다. 주임도 무어라고 간섭을 못 하고서 히죽히죽 웃는다.

"그럼 대체 넌 무엇이냐?…… 말을 그렇게 능청맞게 잘하니, 약장수냐?"

"구세군 전도빤?"

"무성영화 변사?"

"나? 난 본시 행동파시다, 행동파(行動派)……"

"행동파라니?"

계봉이의 말에 주근깨가 먼저 따들고 나선다.

"행동과 몰라? 사람이 행동하는 거 몰라? 소설은 많이 읽어서 현대적인 체하믄서두 깜깜하구나!"

"아, 이년아, 그럼 누군 행동하잖구서 밤낮 우두커니 앉었기만 한다더냐?"

"이 사람, 행동이라니깐 머, 밥 먹구 따블류 씨³⁰ 다니구 하품하구 그런 행동인 줄 아나?"

"그럼 그건 행동 아니구 지랄이더냐?"

"그런 건 개나 도야지나 그런 짐승들두 할 줄 안다네."

마침 주임이 계봉이의 전화를 받아서 넘겨준다. 계봉이는 전화통에 입을 대면서 바로

"언니우?"

한다. 어쩌다가 형 초봉이가 전화를 거는 외에는 통히 전화라고는 오는 데가 없기 때문에 계봉이는 언제고 그러던 것이다.

그런데 오늘은 뜻밖에

"나야, 나……"

하면서 우렁우렁한³¹ 사내의 음성이 들려 왔다.

승재가 전화를 걸던 것인데, 계봉이는 승재와는 전화가 처음이라 목소리를 언뜻 분간하지 못했었다.

"나라니, 내가 누구예요?"

"남서방이야!"

"아이머니!…… 난 누구란다구!……"

계봉이는 깜짝 반가워서 주위를 꺼리지 않고 반색을 한다. 등

뒤에서는 오꼼이 주근깨 단발쟁이가 서로 치어다보고 웃으면서 눈짓을 한다.

"······언제 왔수?"

"오긴 그저께 아침에 당도했는데······"

"그러구서 여태 시침을 뚜욱 따구 있었어? 내, 온!"

"미안허우. 좀 어수선해서····· 그런데 내가 글러루 찾아가두 좋겠지만······"

"아냐, 내가 가께. 어디? 아현?"

"응 저어······"

승재는 마포로 가는 전차를 타고 오다가 아현고개 정류장에서 내려서 신촌 나가는 길로 한참 오노라면 바른편 길옆으로 낡은 이층집이 있고 '아현실비의원'이라는 간판이 붙었다고 노순[32]을 자세하게 가르쳐준다.

여섯 시 반이나 일곱 시까지 대어 가마고 하고서 전화를 끊고 돌아서는데 마침 대기하고 섰던 세 동무가 일제히 공격을 한다.

"또 하나 생겼구나?"

"누구냐?"

"그건 자동차 아니냐? 흙탕물 끼얹는······"

마지막의 단발쟁이의 말에 모두 자지러져 웃고, 계봉이도 같이 서 웃는다.

스무 살 안팎의 한참 피어나는 계집아이들이 넷이나 한데 모여 재깔거리고, 그러다가는 탄력 있는 웃음이 대그르르 맑게 구르고, 침침해도 명랑하기란 바깥에 가득 내리는 오월의 햇빛과도 바꾸지 않겠다.

이윽고 웃음이 그치자 여럿은 계봉이를 다시 몰아댄다.

"애 이년아, 그러구서두 입때 시침을 따구 있어?"

"누구냐? 대라!"

"저년이 뚱딴지 같은 년이 이뭉해서……"

"그게 행동파가 하는 짓이냐?"

"개나 도야지두 연애를 하기는 한다더라?"

"웃구 섰지만 말구서 바른 대루 대라!"

"인전 제가 할 말이 있어야지!"

"아니 여보게들……"

공격이 너끔한 틈에 계봉이는 비로소 말대꾸를 하고 나선다.

"……대체 그 사람이 누군 줄 알구서 그러나?"

"누군 무얼 누구야? 네년의 리베³³지."

주근깨가 옥박질러주는 말이다.

"리베?"

"그럼!"

"우리 산지기다, 헴……"

또 모두들 허리를 잡고 웃는다.

"대체 어떻게 생긴 동물이냐? 구경이나 한번 시키럼?"

단발쟁이가 웃음엣말같이 하기는 해도 퍽 궁금한 눈치다.

"구경했다간 느이들 뒤로 벌떡 나가동그라진다!"

"그렇게 잘났니?"

"아니, 안팎이 모두 고색이 창연해서."

"망할 계집애! 누가 그게 그리 대단해서 태클할까 봐?"

"너 가질늬?"

"일없어!"

"행동파 연앤 다르구나? 리베를 키네마 입장권 한 장 선사하듯 동무한테 내주구…… 그게 행동파 특색이냐?"

오꼼이가 그것도 영화에 전 버릇이라 비유를 한다는 게 역시 거기 근리한 말을 쓴다.

"지당한 말일세! 궐씨(厥氏)³⁴가 너무 행동이 낡구두 분명치가 못해서……"

"그럼 그 사람이 사람이 아니구서 네 말대루 하믄 그치가 도야진가 보구나?"

"가깝지!"

"저년 보게!…… 내 인제 일를걸?"

"팟쇼라두 좋구 또 하다못해 너처럼 영광이래두, 아무튼 현대적 호흡이 통한 행동이 있어야 말이지! 거저 법이나 먹구, 매달려서 로보트처럼 일이나 허구, 생식(生殖)이나 허구, 그리군 혹시 한다는 게 고색이 창연한 짓이나 하구 있구……"

"어느 회사 사무원인 게루구나?"

"명색이 의사라네!"

"하주! 여드름바가지나 변호사나 하쿠라이 귀공잘 눈두 안 떠 볼 만하구나!"

"얘들아! 호랭이두 제 말 하믄 온다더니, 왔다 왔다, 저기……"

주근깨가 떵기는 소리에 모두 문간을 돌려다본다. 아닌 게 아니라 여드름바가지가 어릿어릿 이편으로 걸어오고 있다.

얼굴에 여드름이 다닥다닥 솟았대서 생긴 별명이다. 모표를 보면 ××고보 학생인데 학교 갈 시간에 백화점으로 연애(?)를 하러 오는 걸 보면 온전치 못한 것은 분명하다.

나이는 다직해야 열아홉 아니면 그 아래다. 어린애 푼수다.

그는 지나간 삼월에 아몬 파파야를 한번 사 가더니 그날부터 아침 아홉 시 반을 정각 삼아 이내 일참[35]을 해내려왔다. 그것도 처음에는 그런 줄 저런 줄 몰랐다가 얼마 후에야 단발쟁이가 비로소 발견을 했었고, 다시 며칠이 지나서는 계봉이가 과녁인 것까지 드러났다.

그는 화장품 매장 앞에 서서 얼씬거리다가 계봉이가 대응을 해주면 무엇이고 한 가지 사 가지고 가되, 혹시 다른 여자가 나서면 이것저것 뒤지다가는 그냥 돌아서버리곤 하던 것이다. 그래 그 눈치를 안 뒤로부터는 다른 여자들은 우정 피하고서 계봉이한테다가 민다.

계봉이는 역시 마다고 않고 처억척 대응을 하면서(대응이라야 물론 지극히 간단한 것이지만) 슬금슬금 구슬려주곤 하기도 한다. 그 덕에 여드름바가지는 화장품 매장에다가 적지 않은 심심파적과 이야깃거리를 매일같이 끼쳐주던 것이다.

"어서 오십시오!"

계봉이는 웃던 끝이라 얌전을 내느라고 한참 만에 진열장 앞으로 다가가면서 여점원답게 상냥하게 마중을 한다.

여드름바가지는 아까 들어올 때 벌써 반은 붉었던 얼굴을 드디어 완전히 빨갛게 달궈가지고 힐끔 계봉이를 올려다보더니 이내 도로 숙인다. 여기까지는 그새와 같고 아무 이상이 없다. 그다음 그는 양복 포켓 속에다가 한 손을 넣고서 이상스럽게 전보다 더 어물어물한다.

이윽고 포켓에 손을 꿴 채 어릿어릿하면서, 진열장 속을 들여다 보면서, 천천히 돌아가기 시작한다. 계봉이는 그가 돌아가는 대로 안에서 따라 돌고 있고, 나머지 세 여자는 대체 오늘은 무엇을 사는가 재미 삼아 기다린다.

여드름바가지는 이 귀퉁이에서 저 귀퉁이까지 한 바퀴를 다 돌고 나더니 되짚어 가운데께로 올 듯하다가 말고서 손가락으로 진 열장 유리 위를 짚어 보인다. 으레 입 대신 손가락질을 하는 게 맨 첨 오던 날부터 하던 버릇이다.

계봉이가, 그가 짚는 대로 들여다보니, 이십오 원이나 받는 '코티'의 향수다.

계봉이는 이 도련님 아무거나 되는 대로 짚은 것이 멋몰랐습니다고 우스워 죽겠는 것을 참아 가면서 향수를 꺼내준다.

여드름바가지는 바르르 떨리는 손으로 물건을 받아 들고 한참 서서 레테르[36]를 읽는 체하다가 계봉이를 치어다본다. 이건 값이 얼마냔 뜻이다.

"이십오 원입니다."

여드름바가지는 움칫하더니 그래도 부스럭부스럭 십 원짜리 석 장을 꺼내어 향수병에다가 얹어 내민다. 언제든지 십 전짜리 비 누 한 개를 사도 빳빳한 십 원짜리만 내놓는 터라 그놈이 석 장이

나왔다고 의아할 것은 없다.

"고맙습니다!"

계봉이는 향수와 돈을 받아 들고 레지로 오면서 눈을 찌긋째긋한다. 동무들 모두 웃고 싶어서 입이 옴츠러진다.

계봉이는 향수를 제 곽에 담고 싸고 해서 검인을 맡아 주근깨가 주는 거스름돈과 표를 얹어다가 내주면서

"고맙습니다!"

하고, 한 번 더 고개를 까딱한다.

여드름바가지는 먼저보다 더 떨리는 손을 내밀어 덥석 받아 들고 이내 돌아선다.

"안녕히 가십시오!"

계봉이는 등 뒤에다가 인사를 하면서 동무들한테 웃음이 터져 나오려는 얼굴을 돌린다.

그러자 마침 단발쟁이가 기다렸던 듯이 오르르 달려오더니 여드름바가지가 서서 있던 진열장 위로 또 한 층 올려논 진열대 밑에서 조그마해도 볼록한 꽃봉투 하나를 쑥 뽑아들고 돌아선다. 나머지 두 여자는 손뼉이라도 칠 체세다.

계봉이는 그것이 여드름바가지가 저한테 주는 양으로 거기다가 놓고 간 편진 줄은 생각할 것도 없이 대번 알아챘다.

와락, 단발쟁이의 손에서 편지를 뺏어 쥔 계봉이는 이어 몸을 돌이키면서 여드름바가지를 찾는다.

"여보세요? 여보세요, 학생?"

부르는 소리에 방금 댓 걸음밖에 안 간 여드름바가지는 흠칠 하

582

고 그대로 멈춰 선다.

"학생, 날 좀 보세요!"

보란다고 정말 보기만 하라는 것은 아니겠지만, 여드름바가지
는 겨우 몸을 돌리고 서서 어릿어릿한다.

"일러루 좀 오세요?"

계봉이는 아무렇지도 않게 천연덕스런 얼굴로 손을 까분다. 여
드름바가지는 비실비실 진열장 앞으로 가까이 와서 고개를 숙이
고 선다.

"이 편지 우체통에다가 넣어드리까요?"

계봉이는 뒤로 감추어 가지고 있던 편지를 내밀어 보인다. 앞뒤
에 아무것도 쓰이지 않은 것을 계봉이도 비로소 보았다.

여드름바가지는 학교에서 선생님께 꾸지람을 들을 때처럼 두
발을 모으고 고개를 깊이 떨어뜨리고 서서 꼼짝도 않는다. 두 귀
밑때기가 유난히 더 새빨갛다.

"우표딱지야 한 장 빌려 드려두 좋지만, 주소두 안 쓰구 성명두
없구 그래서요……"

계봉이는 한 팔을 진열장 위에다 짚어 오도카니 턱을 괴고 편지
를 앞뒤로 되작되작 이상하담 하듯 한다. 등 뒤에서는 동무들이
터져 나오는 웃음을 삼키느라고 킥킥거린다. 마침 딴 손님이 없
고 조용한 때기에 망정이지 큰 구경거리가 생길 뻔했다.

"자아, 이거 갖다가 주소 성명 잘 쓰구, 우표딱진 사서 요기다
가 똑바루 붙이구, 그래 가지구서 우체통에다가 자알 집어넣으세
요, 네?"

탄력 있는 아침 583

여드름바가지는 편지를 주는 줄 알고 손을 쳐들다가 오므뜨린다.

"아, 이런 데다가 내버리구 가시믄 편지가 마요이꼬"가 돼서 저 혼자 울잖어요?"

이번에는 편지를 내밀어주어도 모르고 섰다.

"자요, 이거 가지구 가세요."

코앞에다가 바싹 들여대주니까 채듯 받아 움크려 쥐고 씽하니 달아나버린다.

맘껏 소리를 내어 대굴대굴 굴러 가면서라도 웃을 것을 차마 조심들을 하느라 모두 애를 쓴다.

노동 老童 '훈련일기 訓戀日記 '

종일 마음이 들떴던 계봉이는 여섯 시가 되자 주임을 엎어삶아서 쉽사리 수유'를 타가지고 이내 백화점을 나섰다. 시방 가면 아무래도 제시간까지 돌아오게 되지는 못할 테라고 지레 시간이 새로워서, 그러자니 형 초봉이가 걱정하고 기다릴 것이 민망은 했으나, 집에 잠깐 들렀다가 도로 나오기보다 승재게를 갈 마음이 더 급했다.

승재가 일러준 대로 짐작대고 간 것이 미상불 수월하게 찾아낼 수가 있었다.

계봉이는 급한 마음을 누르는 재미에 집을 둘러보고 하면서 우정 천천히 서둔다.

명색 병원이라면서 생철지붕에다가 낡은 목제(木製) 이층인 것이 계봉이가 생각하던 병원의 위풍과 아주 딴판이고, 우선 집 생김새부터 궁상이 질질 흘렀다. 그러나 막상 당하여 보고서 예상 어그러진 것이 섭섭하기보다도, 여느 혼란스런 병원집이 아니요, 역시 승재 그 사람인 듯이 이런 낡고 빈약한 집이던 것이 그의 체취가 스미는 것 같아 오히려 정답고 구수했다.

"십오일부터 병을 보아디립니다."

대단 장황스런 설명을, 분명 승재의 필적으로 굵다랗게 양지[2]에다가 써서 붙인 것을 계봉이는 곰곰이 바라보면서 승재다운 곰상[3]이라고 혼자 미소를 했다.

사개[4] 틀린 유리 밀창을 드르릉 열기가 바쁘게 클로로 냄새가 함뿍 풍기는 게, 겨우 그래도 병원인가 싶었다. 현관 안에 들어서니 바로 왼쪽으로 변죽 달린 반창이 있고 그 앞에다가 '진찰 무료'라고 쓴 목패를 비스듬히 세워놓았다. 거기가 수부(受付)[5]다.

복도 하나가 짤막하게 뻗어 들어가다가 그 끝은 좁다란 층계를 타고 이층으로 올라갔다. 복도 중간께로 바른편에 가서 간유리창이 닫혔고 그 위에는 '진찰실'이라고 거기 역시 아직 먹 자국이 싱싱한 팻조각이 가로로 붙었다.

겉은 하잘것없어도 내부는 둘러볼수록 페인트며 벽의 양회며 바닥의 양탄자며 모두 새것이고 깨끔했다.

아무 인기척이 없고 괴괴했다. 수부의 창구멍을 똑똑 쳐보아도 대응이 없다.

무어라고 찾아야 할까 싶어서 망설이고 섰는데 진찰실의 문이 야단스럽게 열리더니 고개 하나가 나온다. 승재다.

계봉이가 온 것을 본 승재는 히죽 얼굴을 흐트리고

"으응! 왔구먼!……"

하면서 이 사람으로서는 격에 맞지 않게 급히 달려 나온다. 마음이 다뿍 죄었던 판이라 반가움에 겨워, 저도 모르게 그래졌던 것이겠다.

승재는 맞닥뜨리 싶게 계봉이게로 바로 달려들더니 쭈쩍 멈춰서서는 그다음에는 어쩔 바를 몰라하다가 요행 계봉이가 내밀어 주는 손을 덥쑥 잡는다.

둘이는 다 같이 정열이 가슴속에서 용솟음쳐 두근거리는 채 눈과 눈이 서로 맞는다. 말은 없고, 또 필요치도 않다. 숨소리만 높다.

이윽고 더 참지 못한 계봉이가 상큼 마룻전으로 올라서면서 승재의 가슴을 안고 안겨든다. 그것이 봄의 암사슴같이 발랄한 몸짓이라면 마주 덥쑥 어깨를 그러안고 지그시 죄는 승재는 우직한 곰이라 하겠다.

드디어, 그러나 곧 두 입술과 입술은 빈틈도 없이 맞닿는다.

심장과 심장으로부터 야생의 말과 같이 거칠게 뛰고 솟치던 정열은, 그리하여 흐를 바를 찾음으로써 순간에 포근히 순화(醇化)[6]가 된다.

병아리는 알에서 까놓으면 바로 모이를 쫄 줄 안다. 미리서 배운 것은 아니다.

승재 같은 숫보기[7] 무대[8]가 다들리면 포옹을 할 줄 알고 키스를 할 줄 아는 것도 언제 구경인들 했을까마는, 그러니 알에서 갓 나온 병아리가 이내 모이를 쪼아 먹는 재주와 다름이 없는 그런 재줄 게다.

안에는 물론 저희 둘 외에 아무도 없으니까 단출해서 좋다 하겠지만, 혹시 밖에서 누가 문이나 드르릉 열고 들어서든지 했으면 피차 무색할 노릇이다. 하기야 계봉이의 모친 유씨가 이것을 목도했다면 대단히 만족을 했을 것이다. 병원이라는 게 어찌 꼬락서니가 이러냐고 장히 못마땅해서 이맛살을 찌푸리기는 했겠지만……

그리고 또 초봉이가 보았더라도 기뻐했을 것이다. 가령 그 둘이 모르게 돌아서서 저 혼자 눈물을 흘릴 값에, 동생 계봉이가 승재 그 사람을 사랑하게 된 것을, 또 승재 그 사람이 동생 계봉이를 사랑하게 된 것을 진정으로 기뻐하지 않질 못했을 것이고, 부랴부랴 서둘러서 결혼 예식을 치르도록 두루 마련도 했을 것이다.

암만해도 계집아이란 다른 겐지, 계봉이는 모로 비스듬히 외면을 하고 서서 저고리 고름을 야긋야긋 씹는다. 귀밑때기가 아직도 알아보게 붉다. 오히려 사내꼭지라서' 승재가 부끄럼을 타지 않는다.

"절러루 들어가지? 응?"

"몰랏!"

"저거."

승재는 신발장 안에 새로 그득히 사둔 끌신을 한 켤레 꺼내다가 계봉이 앞에 놓아주고서 어깨를 가만히 짚는다.

"자아, 구두 벗구 이거 신구서……"

"몰라 몰라! 난 갈래."

"저거! 누가 메랬나?"

"해해해."

계봉이는 구두를 마룻바닥에다가 훌렁훌렁 벗어 내던지고 끌신을 꿰는 둥 마는 둥 쪼르르 복도를 달려 진찰실 앞에 가 서더니 해뜩 돌려다보면서

"여기?"

한다.

"응."

궁상맞게 눈을 끔쩍 고개를 꾸뻑, 그렇다고 대답을 하면서 승재는 계봉이가 야단스럽게 벗어 내던진 구두를 집어 한편으로 가지런히 놓는다.

계봉이는 진찰실로 들어서다가 천천히 따라오고 있는 승재를 또 해뜩 돌려다보더니 문을 타악 닫아버린다. 승재가 문을 열래도 안에서 계봉이가 꼭 잡고 안 놓는다.

"문 열어요, 잉? 나두 들어가게……"

"안 돼, 못 들온다누!"

"거 야단났게? 그럼 어떡허나?……"

"잘못했다구 그래예지."

"잘못?"

"응."

"무얼 잘못했나?"

"저어……"

"응."

"저어, 몰라 몰라!"

"저거! 그럼 자, 잘못했─습─니─다─"

"하하하하아!"

승재는 문이 열리는 대로 진찰실 안으로 들어선다.

너댓 평이나 됨직한 방인데, 차리기는 다 제대로 차려놓았다.

검정 양탄자를 덮은 진찰침대, 책장, 기구장, 치료탁, 문서탁, 세면대, 가스 다 제자리에 놓이고, 아직 손도 대지 않은 새것들이다.

계봉이는 문서탁 앞에 의사 몫으로 놓인 회전의자에 걸터앉아 두 발을 대롱대롱한다. 승재는 멀찍이 있는 걸상을 끌고 와서 탁자 모서리로 계봉이 옆에 다가앉는다.

둘이는 서로 말끄러미 들여다본다. 무엇이 우스운지는 제 자신들도 모르면서 자꾸 싱긋벙긋 웃는다.

"그래……"

"응!"

둘이는 아무 뜻도 없는 말을 이윽고 한 마디씩 하고 나서는 또 마주 보고 웃는다.

"보지 말아요! 자꾸만……"

저도 보면서 계봉이는 이쁜 지천을 한다.

"보믄 못쓰나?"

"응."

"거 야단났게?…… 헤."

"하하아!"

"좀 점잖어진 줄 알았더니 입때두 장난꾸레기루구면?"

"몰랏!"

"인전 최꼼 점잖어야지?"

"왜?"

"어룬이 될 테니깐……"

"어룬이?"

"응, 오늘 절반은 됐구……"

"하하하…… 그리구?"

"그리구 인제, 응?"

"응."

"그리구 인제, 우리 저어……"

더듬으면서 승재는 탁자 위에서 철필대를 가지고 노는 계봉이의 손을 꼬옥 덮어쥔다.

"……인제 결혼하믄, 헤에……"

"겨얼혼?"

말을 그대로 받아 되뇌면서 잡힌 손을 슬며시 잡아당기는 계봉이의 얼굴은 더 장난꾸러기같이 빈들빈들하기는 해도 결코 장난이 아닌 만만찮은 기색이 완연히 드러난다.

"……누가 결혼한댔수?"

승재의 눈 끄먹거리는 얼굴을 빠아꼼 들여다보고 있다가 지성으로 묻는 것이다.

승재는 그만 뒤통수를 긁고 싶은 상호다.

"그럼 이게, 오늘 아까…… 장난으로 그랬나?"

승재가 비슬비슬 떠듬떠듬하는 것을, 계봉이는 냉큼 받아……

"장난? 누가 또 장난이랬수?"

그러나 그럴수록 어쩐 영문인지를 몰라 얼떨떨한 건 승재다.

결혼이라니까 펄쩍 뛰더니, 그럼 시방 이게 연애가 장난이냐니까 더 야단이다. 그런 법도 있나? 결혼 안 할 연애가 장난이 아니라? 장난 아니라 연애를 하면서 결혼은 안 한다?

승재는 암만 눈을 끔적거리고 머리를 흔들고 해도 모를 소리요, 도깨비한테 홀린 것 같아 종작을 할 수가 없다.

"나 좀 봐요, 응?……"

이번에는 계봉이가 저라서 승재의 손을 끌어다가 두 손으로 꽈악 쥐고 조물조물한다. 말소리도 은근하다.

"……남서방두, 아이 참, 남서방이라구 해선 못쓰지! 뭐라구하나?…… 남선생?……"

"선생은 무슨 선생! 그냥 그대루 남서방 좋지."

"그래두우…… 오 참, 못써 안 돼, 하하하하…… 정말 산지기같아서 안 돼!"

"산지기?"

"하하하!…… 아따, 아까 아침에 절러루 전화 걸잖었수?"

"응."

"동무들한테 들켰다우. 그래 누구냐길래 우리 산지기라구 그랬더니, 하하하하……"

"거 좋군, 산지기…… 허허허."

"가만있자…… 아이이, 무어라구 불루? 응?"

"승재……"

"승? 재?…… 승재 씨, 그래?…… 건 더 어색한걸?"

"아따, 부르는 거야 좀 아무러믄 어떻나? 되는 대로 할 거지, 그렇잖어?"

"그럼 인제 좋은 말 알아낼 때까지만 그대루 남서방이라구 부르께? 응?"

"응, 그거 좋아."

"그거 그러구. 자아, 내 이야기 자세 들우? 응?"

"응."

"저어 남서방이 말이지, 날 좋아하지요?"

"좋아하느냐구?"

"응, 아따 저어 사랑하는 거."

"으응, 그래서?……"

"글쎄, 남서방 날 사랑하지요?"

"건 물어 뭘 하나! 새삼스럽게……"

"그렇지?…… 응, 그리구 나두 남서방 사랑허구…… 나, 남서방 사랑하는 줄 알지요?"

"응."

"그렇지?…… 그럼 고만 아니우? 남서방이 날 사랑하구, 내가 남서방 사랑하구, 그게 연애 아니우?"

"응."

"그러니깐 그러믄 충분하구, 충분하니깐 만족해야 않어우?…… 결혼은 달라요!"

"어떻게?"

"연앤 정열허구 정열허구가 만나서 하는 게임이구, 그러니깐 연앤 아마추어 셈이구…… 그런데 결혼은 프로페쇼날, 직업인 셈이구……"

"그럴까! 온……"

"그러니깐 이를테면 학문허구 직업허구처럼 다르지…… 누가 꼭 취직하자구만 공불 허우?"

승재는 모를 소리요, 결혼이 약속 안 되는 정열은 암만해도 불안코 미흡한 것이었다.

앞으로 승재의 소견이 어느 만큼 트일는지 그것은 미지수이나, 또 계봉이가 장차 어떻게 해서 둘 사이의 이 '세기(世紀)의 차이(差異)'를 조화라도 시켜낼는지야 또한 기약하기 어려운 일이나, 시방 당장 보기에는 승재의 주제에 계봉이 같은 계집아이란 게 도시 과분한가 싶다.

흥이 떨어져가지고 앉아 있는 승재를 방긋방긋 들여다보고 있던 계봉이는 의자에서 발딱 일어서더니 뒤로 돌아가서 두 팔을 승재의 어깨 너머로 얹고 등에다 몸을 싣는다.

승재는 양편으로 계봉이의 손을 끌어다가 제 가슴에 포개 잡고 다독다독 다독거린다.

"남서바앙?"

바로 귓바퀴에서 정다운 억양이 소곤거린다.

"응?"

"노였수?"

"아니."

"왜 지레 낙심을 해가지군 이럴까? 응? 남서방…… 대답 좀 해봐요!"

"응."

"내가 언제 결혼을 않는다구 그랬나?…… 결혼한단 말을 안 했다구만 그랬지."

"……"

"그러니깐 시방은 이렇게……"

보드라운 볼이 수염 끝 비죽비죽 솟은 승재의 볼을 비비면서, 음성은 한결 콧소리다.

"……이렇게 꼬옥 좋아허구, 좋아하니깐 좋잖우? 그리구 결혼은 인제 두구 봐서 응? 이 말 잘 들어요. 연애란 건 원칙적으룬 결혼이란 목적지루 발전해나가는 본능을 가졌으니깐…… 그러니깐 우리두 무사하게 목적지까지 당도하면 결혼이 되는 거구, 또 중간에 고장이 생기던지 하는 날이믄 결혼을 못 하는 거구…… 그렇잖우?"

"그거야 물론……"

"거 봐요, 글쎄, 아 내가 낼이라두 갑재기 죽어버리던지 하믄 그것두 결혼 못 하게 되는 거 아니우?"

"숭헌 소릴!"

"하하하…… 그리구 또, 이 담에라두 내가 남서방이 싫여나믄?…… 꼭 싫여나지 말란 법은 없잖우? 응?"

"글쎄……"

"글쎄가 아냐! 글쎄가 아니구, 그러니깐 싫여나믄 결혼 못 하는 거 아니우? 둘 중에 하나가 싫여두 결혼을 하나?"

"그야 안 되겠지……"

"거 봐요!…… 그렇지? 그리구 또……"

"또오?"

승재는 고개를 뒤로 젖히고 눈이 맑게 웃는다. 시무룩했던 것이 저으기 가셨다. 실상 알고 보니 그리 대단스런 조건도 아니던 것이다.

서편 유리창 위께로 다 넘은 저녁 햇살이 가물가물 들이비친다. 변화라고 하자면 오직 그것뿐, 방 안은 두 사람을 위해 종시 단출하고 조용하다.

계봉이는 승재가 무엇이 또 있느냐고 고개를 돌려 재우쳐 묻는 눈만 탐탁하여 들여다보다가 웃고 대답을 않는다.

노상 오늘 처음은 아니라도 사심 없고 산중의 깊은 호수 같아 만년 파문이 일지 않으리 싶게 고요한 눈이다.

이 눈이 소중하여, 계봉이는 장차 남서방도 마음이 변해서 나를 마다고 하지 말랄 법이 어디 있느냐는 말을 하기가, 실상 또 아무 상관도 없는 것이지만, 한갓 아름다운 것에 대하여 계집아이 티를 하느라 로맨스런 본능이랄까, 차마 그 말을 하기가 아까웠던 것이다. 그러했지, 눈이 좋대서 사랑이 영원하리라고 믿는 것도 아니요, 그뿐더러 아직은 영원한 사랑을 투정할 마음도 준비되어 있질 않다.

"아이 참, 그런데 말이우……"

계봉이는 도로 제자리로 와서 앉으면서 다른 말로 이야기를 돌린다.

"……그새 좀 발육이 된 줄 알았더니 이내 그 대중이우?"

"무엇이?"

승재는 언뜻 알아듣지 못하고 끄덕끄덕한다.

"이 짓 말이우, 이 병원…… 글쎄 아무 소용 없대두 무슨 고집일꾸?"

"소용이 없는 줄은 나두 알긴 아는데……"

"알아요? 어이꾸 마구 제법이구려! 하하하…… 그런데 어떻게 그런 걸 다아 알았수? 나한테 강을 좀 해봐요.[10]"

"별것 있나? 가난한 사람두 하두 많구, 병든 사람두 많구 해서, 머……"

"안 되겠단 말이지요?"

"응…… 세상의 인간이 통째루 가난병이 든 것 같아! 그놈 가난병 때문에 모두 환장들을 해서 사방에서 더러운 농(膿)이 질질 흐르구…… 에이! 모두 추악하구……"

"그렇지만 가난한 사람이 가난한 게 어디 그 사람네 췬가, 머……"

"죄?"

"누가 글쎄 가난허구 싶어서 가난하냔 말이우!"

"가난한 거야 제가 가난한 건데 어떡허나?"

"글쎄 제가 가난허구 싶어서 가난한 사람이 어딨수?"

"그거야 사람마다 제가끔 부자루 살구 싶긴 하겠지……"

"부자루 사는 건 몰라두 시방 가난한 사람네가 그닥지 가난하던 않을 텐데 분배가 공평털 않어서 그렇다우."

"분배? 분배가 공평털 않다구?……"

승재는 그 말의 촉감이 선뜻 그럴싸하니 감칠맛이 있어서 연신 고개를 까웃까웃 입으로 거푸 뇐다. 그러나 지금의 승재로는 책을 표제만 보는 것 같아 그놈이 가진 매력에 구미는 잔뜩 당겨도 읽지 않은 책인지라 그 표제에 알맞은 내용을 오붓이 한입에 삼키기 좋도록 알아내는 수는 없었다.

사전에서 떨어져 나온 몇 장의 책장처럼 두서도 없고 빈약한 계봉이의 '분배론'은 승재를 입맛이나 나게 했지 머리로 들어간 것은 없고 혼란만 했다.

"선생님이 있어야겠수, 하하하."

계봉이는 그 이상 깊이 들어가서 완전히 설명을 할 자신이 없어 이내 동곳을 빼고[11] 만다.

"선생님? 글쎄…… 난 이런 생각을 하구 있는데……"

"무얼? 어떻게?"

"큰 화학실험실을 하나 가지구서……"

"그건 무얼 하게?"

"연구……"

"연구?"

"공기 속에 무진장으루 들어 있는 원소를 잡아가지구……"

"응."

"아주 값이 헐한 영양물이라던지 옷감이라던지 무엇이구 사람이 생활하는 데 필요한 건 다아 맨들어내는 그런……"

"내, 온!…… 아, 인조견이 암만 헐해두 헐벗는 사람이 수두룩한 건 못 보우?"

"시방보다 더 헐하게…… 옷 한 벌에 일 전이나 이 전씩 받을 걸루 맨들어내지?"

"그건 공상 이상이니깐 고만둬요! 고만두구 자아, 이 짓이 소용 없는 줄 알았으믄서 왜 또 시작은 해요?"

"그래두 눈으루 보군 차마 그냥 있을 수가 있어야지!…… 별반 소용이 없구 기껏해야 내 맘 하나 질겁자는 노릇인 줄 알긴 알면서두……"

"난 몰라요! 결혼하자믄서 날 무얼루 멕여 살릴 텐구?…… 쫄쫄 가난하게 사는 거 나 싫여! 나두 몰라! 머……"

계봉이는 응석하듯 쌀쌀 어깨를 내두른다. 승재는 그게 굴져서 히죽이 웃으면서……

"괜찮어. 이 병원만 가지구두 그리구 인심 써가면서라두 돈은 벌자면 벌 수 있으니깐 머, 넉넉해."

"난 몰라! 저 거시키, 우리집 못 봐요? 가난 핑계 대구서 얌체 없이 자식이나 팔아먹구, 파렴치!"

계봉이는 입에 소태를 문듯이 쓰게 내뱉는다.

승재는 마침 생각이 나서 올라오던 그 전날 계봉이네 집 가게에 잠깐 들렀었다고 (정주사 내외가 싸움질하던 것은 빼놓고) 본 대로 들은 대로 대강 이야기를 했다. 그리고 그럭저럭하면 먹고 살아는 가겠더라고 제 의견도 붙여 말했다.

그러나 계봉이는 형의 소청으로 제가 부탁 편지를 하기는 했지만, 실상 제 소위 '파렴치'한 저의 집과는 이미 마음으로 절연을 했던 터라, 그네가 잘 산다건 못 산다건 아무 주의도 흥미도 끌리지를 않았고, 제 형 초봉이한테 전갈이나 해줄 거리로 귓결에 대강 들어두기나 한다.

계봉이한테는 차라리, 명님이를 몸값 갚아주고서 데려다가 간호부 견습을 시키겠다고 하는 그 간호부란 소리에 귀가 솔깃하여, 나두 좀 하는 샘이 가만히 났다. 이것은 그러나, 승재 옆에 명님이라는 계집아이가 있게 되는 것을 노상 텃세하고 시새워하고 해서만 그러는 것은 아니다. 그렇다고 아주 담담한 것은 아니지만……

집안과 이미 그러해서 마음으로 절연을 한 계봉이는, 그네가 못 살아가고 있으면 말할 것도 없거니와, 설혹 잘 살아간다고 하더라도 장차에 그네와 생활의 교섭을 갖는다거나 더욱이 결혼 전에 장성한 계집아이로서의 몸 의탁을 한다거나 할 의사는 조금도 갖고 있지를 않았다.

그러고 보니 비록 총명도 하고 다부져 독립자행할 자신과 자긍을 가진 계집아이기는 해도, 때로는 고아답게 몸의 허전함과 그 몸의 허전한 데서 우러나는 명일(明日)의 불안을 느끼지 않을 수가 없었다. 물론 그런 것을 가지고 비관을 하거나 하지를 않고 늘 무엇이 어때서 그럴까 보냐고 싹싹 뭉시려버리고[12] 무시를 하기는 하지만, 그러나 제 자신 주의를 하고 않는 여부없이, 이십 안팎의 계집아이로 결혼과 생활에 대한 명일에의 불안이 노상 없다는 것은 오히려 빈말일 것이다.

하기야 형 초봉이가 동기간의 살뜰한 우애로 끔찍이 위해주기는 하나, 초봉이 제 자신부터 앞일을 기약할 수 없는 처지니 거기다가 어떠한 기대를 두어둘 형편도 못 되거니와 되고 안 되고 간에 아예 그리할 생각조차 먹질 않는다. 학교를 다니지 않는 것은 고사하고, 그대로 몸을 의탁해서 있는 것도 결백치 않다 하여 제 먹을 벌이를 제가 하느라 직업을 가지기까지 한 터이니……

그런데 지금 가진 직업이라는 게 그다지 투철해서 다 자란 계집아이 하나의 앞뒷일을 안심코 보장할 수 있는 것이냐 하면 그렇지를 못하고 기껏해야 소일거리 푼수밖에는 안 되는 것이다.

그러니 남과도 달라, 일반으로 남들이 그러하듯이 결혼이라는 가장 안전해 보이는 '직업'을 방귀¹³ 일찌감치 몸 감장을 할 유념이나 할 것이지만, 승재가 결혼 소리를 내놓는다고 오히려 지천을 하던 것이 아니냐.

계봉이는 결단코, 지레 결혼에로 도피도 하지 않고, 가정이나 남한테 구구히 의탁도 하지 않고 다만 혼자서 젊은 기쁨을 자유롭게 생활하고 싶고, 그것을 변하려고도 않는다. 그러므로 그것의 한 방편으로서 직업을 실하게 갖자니까 기술이 그립던 것이다.

"나두 간호부, 응?"

계봉이는 숫제 손바닥을 내밀고 사탕이라도 조르듯 한다.

"간호부?"

승재는 계봉이가 바룩바룩¹⁴ 웃으면서 그러는 것이 장난엣말인 줄 알고 저도 웃기만 한다.

"왜? 난 못쓰우?"

"못쓸 건 없지만……"

"그런데 왜?"

"하필 간호부꼬?"

"해해…… 그럼 약제사? 또오, 의사? 더 좋지 머…… 낼바틈이라두 오께시니 배워줘요, 응?"

"안 돼, 소용없어."

"왜?"

"인제 얼마 안 있어서 시험이 없어지는데, 머…… 그래두……"

"어쩌나!"

"그래두 우리 계봉인 걱정 없어."

"정말?"

"그으럼!"

"어떻게?"

"어느 의학전문이나 또오, 약학전문이나 들어갈 시험 준빌 하라구."

계봉이는 좋아서 금세 입이 벌어지다가 말고 한참 승재를 바라보더니,

"싫다누!"

해버린다.

"싫다니?"

"싫여!"

"내가 공부시켜줘두 챙피한가? 액색한가?"

"그건 아니지만……"

"그런데 왜?…… 응?"

"싫여!"

"대체 왜 싫대누?"

"공부시켜주는 의리가 연애나 결혼을 간섭할 테니깐⋯⋯"

계봉이는 여전히 웃으면서 승재의 낯꽃을 본다. 승재는 어처구니가 없다고 실소를 하려다가 도리어 입이 뚜우 나온다.

"쓰잘디없는 소리 말아요. 아무런들 내가 머 그만 공부 못 시켜줄 사람인가? 내가 공부 좀 시켜준 값으루 결혼 억지루 하잴까?⋯⋯ 오온!"

"남서방은 다아 그렇다지만, 내가 그렇덜 못 하믄 어떡허나? 결혼은 할 수가 없는데 결혼으루라두 갚어야 할 의리라믄?"

"혼동할 필욘 없어."

"필요야 없는 줄 알지만 이론보다두 실지가 더 명령적인 걸 어떡허나?"

마침 전등이 힘없이 들어와서 켜진다. 아직 긴치 않은 광선이다. 그래도 승재는 생각이 들어 벌떡 일어선다.

"자, 그건 숙제루 둬두구서⋯⋯ 나허구 여기서 우선 저녁이나 먹더라구?"

"글쎄⋯⋯"

"무얼 대접하나? 이런 아가씰 상밥집[15]으루 모시구 갈 순 없구, 헤."

"상밥? 여관두 안 정했수?"

"여관은 별것 있나! 더 지저분하지⋯⋯ 병원 뒤루 조선집이 한 채 따른 게 있어서 자취를 할까 허구 아직 상밥을 먹구 있지."

"그 궁상 좀 인전 고만둬요! 자췬 무어구 상밥은 무어야!"

"그렇거들랑 계봉이가 좀 와서 있어주지?"

"그럴까 보다? 재밌을걸!"

"식모나 하나 두구서…… 오래잖어 명님이두 올라오구 할 테니깐, 동무 삼아서……"

"하하하! 누가 보믄 결혼했다구 그러게?"

"헤, 괜찮어. 누이라구 그러지?"

"누이라구 했다가 결혼은 어떡허나?"

"어떻나?…… 그런데 웃음엣말이 아니라, 언니 집에 있기가 마땅찮다면서 낼이라두 오게 하지?"

"언니 띠어놓구서 나 혼자 나오던 못 해요. 그러기루 들었으믄야 벌써 하숙이라두 잡구 있었게?"

계봉이는 형 초봉이를 곰곰 생각하고 얼굴을 흐린다.

승재 역시 초봉이라면 한 가닥 감회가 없지 못한 터라, 묵묵히 뒷짐을 지고서 계봉이가 앉았는 등 뒤로 뚜벅뚜벅 거닌다.

계봉이는 이윽고 있다가, 몸을 돌리면서 승재의 가운 자락을 잡고 끈다.

"저어어, 언니두 데리구 같이 오라구 하믄 오지만……"

"언니두? 데리구?"

"왜? 못써?"

"아아니 못쓴다는 게 아니라……"

"그런데 왜?"

"아냐, 난 아무래두 괜찮지만……"

"날 공부시켜주느니 차라리 그렇게 해줬으믄 착한 남서방이지?"

"그런 교환조건이야 머……"

건성으로 중얼거리면서, 승재는 딴 생각을 하느라고 도로 마루
청을 오락가락한다.

승재는 초봉이가 그새 경난해 내려온 사정의 자세한 곡절이랄
지, 더구나 시방 생사조차 임의로 할 수 없게끔 절박한 사세인 줄
까지는 아직 모르고 있다.

계봉이가 한 번 서신으로 대강 경과를 적어 보내주기는 했었으
나 지극히 간단한 졸가리뿐이어서 그걸로 깊은 정상을 짐작할 재
료는 되지 못했었다. 그래 그저 막연하게 불행하거니 해서, 안되
었다고, 종차 기회를 보아 달리 새로운 생애를 개척하도록 권면
도 하고 두루 주선도 해주고 하려니, 역시 막연은 하나마 준비된
성의가 없던 것은 아니다.

그런데 막상 이날에 계봉이와 드디어 마음을 허하여 서로 맞터
놓고 지내게 된 계제이자, 공교롭다 할는지, 동시에 가서 초봉이
를 저희들의 사랑의 울타리 안으로 불러들인다는 문제가 생기고
본즉 승재로서는 더럭 불길스런 생각이 들지 않질 못했다.

만약 셋이서 그렇듯 그룹을 이루었다가 서로서로 새에 어떤 새
로운 감정의 파문이 일어나가지고, 그로 하여 필경 착잡한 알력
이 생기든지 하고 보면 어떻게 할 것이냐.

그럴 날이면, 결국은 가서 일껏 구해주었다는 초봉이한테 도리
어 새로운 슬픔과 불행을 갖다가 전장시키게 될 것이 아니냐.

미상불 그러했다. 그러나 좀 더 깊이 캐고 보면 그것도 그것이

지만, 그와 같은 감정의 알력으로 해서 승재 저와 계봉이와의 사랑에 파탈이 생기지나 않을까 하는 게 보다 더 절박한 불안이었던 것이다.

그러나 거기서 한 번 더 그 밑을 헤치고 본다면, 또다시 미묘한 심경의 약한 이기심(利己心)의 갈등이 얽히어 있음을 볼 수가 있었다.

승재는 초봉이에게 대한 첫사랑의 기억을 완전히 씻어버리지는 못한 자다. 물론 그것은 욕망도 없고 미련도 아닌 한낱 가슴에 찍혀져 있는 영상(映像)일 따름이기는 하다. 하지만 소위 첫사랑의 자취라면 마치 어려서 치른 마마자국[16] 같아 좀처럼 가시질 않는 흠집이다.

흠집일 뿐만 아니라, 가령 몸과 마음은 당장 이글이글 달구어진 새 정열의 도가니 속에서 다 같이 녹고 있으면서도 일변 첫사랑의 자취에서는 연연한 옛 회포가 제 홀로 한가로운 소요를 하는 수가 없지 않다.

결국 촌 가장자리에 유령이 나와서 배회하듯 '사랑의 유령'이지 별수 없는 것이다. 그러나 어쨌든 승재는 아직도 망부(亡父) 아닌 그 사랑의 유령을 가끔 만나 햄릿의 제자 노릇을 일쑤 하곤 했었다. 그럴 뿐더러 그는 제 마음을 미루어, 초봉이도 응당 그러하려니 짐작하고 있다.

이렇듯 제 자신이 저편을 완전히 잊지 못하고 있고, 저편에서도 그리한 줄로 여기고 있기 때문에, 만약 초봉이와 한 울 안에서 조석 상대의 밀접한 생활을 하고 보면, 정이 서로 다시 얽혀 마침내

606

가장 불쾌한 결과를 보고라야 말게 되지나 않을까 이것이다. 즉 제 자신의 약점을 위험 앞에 드러내놓기가 조심이 되어 뒤를 내던 것이다.

승재는 전에도 시방도 그리고 앞으로도 초봉이에게 대한 동정은 잃지 않을 생각이다. 그러나 이미 뭇 남자의 손에 치어, 정조적으로 순결성을 잃어버린 여자, 초봉이를 갖다가 결혼의 상대로 삼을 의사는 꿈에도 없을 소리다. 하물며 계봉이를 두어두고서야…… 사내 쳐놓고 고만한 결벽이야 누구는 없을까마는 승재는 가뜩이나 그게 더한 데다가 일변 소심하기 또한 다시 없어, 이를테면 시방 해변가의 놀란 조개처럼 다뿍 조가비를 오므리는 양이다.

계봉이는 종시 오락가락 서성거리는 승재를 잡아다가 제자리에 앉혀놓고 안존히 이야기를 시작한다.

"그때 언니가 서울로 올라오다가 중로에서 박제호를 만나 가지구……"

이렇게 거기서부터 시초를 내어……

초봉이는 제가 치르던 전후 풍파를 그동안 여러 차례 두고 동생한테 설파를 했었고, 그래서 계봉이는 그것을 다 그대로 승재에게다 되옮겨 들려주었다. 그리고 작년 가을부터는 직접 제 눈으로 보아온 터라, 장형보의 인물이며, 그와 초봉이와의 부자연한 관계며, 송희에게 대한 초봉이의 지나친 애정이며, 또 요즈음 들어서는 바싹 더 절망이 되어 사선에서 헤매는 정상이며, 그의 심경, 그의 건강, 그리고 송희를 두고 느끼는 형보의 위협과 해독, 이런 것은 차라리 초봉이 자신이 이야기할 수 있는 이상으로 세밀하게 그러나 요령 있게, 잘 설명을 할 수가 있었다.

한 시간이나 거진 이야기는 길었다. 그리고 맨 마지막에 가서,

"그러니깐 암만 보아두 눈치가, 송흴 갖다가 장가 녀석의 위협
이며 해독에서 구해낼 겸, 그 앤 내게다 맽기구서 자긴 죽어버릴
생각인가 봐!"

하고 목맺힌 소리로 끝을 맺는다.

승재는 마침내 크게 격동이 되지 않질 못했다. 견우코 미견양[17]
의 그 양을 본 심경이라 할는지, 좌우간 해변가의 소심한 조개는
바스티유 함락같이 형세 일변했다.

이야기를 듣는 동안 승재의 거동은 요란스러웠다. 얼굴이 붉으
락푸르락했다가 절절히 감동을 했다가 주먹을 부르쥐고 코를 벌
심벌심했다가 마루가 꺼지게 한숨을 내쉬었다가……

그리하다가 마침내 초봉이가 할 수 없이 자결이라도 하지 않지
못하게 되었다는 대문에 이르러서는 그만 참지 못해

"빌어먹을 놈의!……"

볼먹은 소리를 버럭 지르더니 금시로 굵다란 눈물 방울이 뚝뚝
떨어져 내린다. 그놈을 커다란 주먹으로 꾹꾹 씻으면서 두런두
런……

"그런 놈을 갖다가 그냥 두구 본담! 마구 죽여놓던지……"

계봉이는 같이서 흥분하기보다도, 승재의 흥분하는 양이 우스
워서 미소를 드러내고 바라보다가 문득 고개를 가로 흔든다.

"그래두 육법전서[18]가 다아 보호를 해주잖우? 생명을 보호해주
구, 또 재산두 보호해주구…… 수형법(手形法)?이라더냐 그런 게

있어서, 고리대금을 해먹두룩 마련이시구…… 머, 당당한 시민인
걸! 천하 악당이라두……"

승재는 두 팔을 탁자 위에 세워 턱을 괴고 앉아서 앞을 끄윽 바
라다본다. 얼굴은 골똘한 생각에 잠겨, 양미간으로 주름살이 세
개 굵다랗게 팬다.

육법전서가 보호를 해준다고 한 계봉이의 그 말이 방금 승재한
테 신선한 자극을 주었던 것이다. 그것이 비록 라 마르세유처럼
분명하진 못해도 마치 박하(薄荷)를 들이켠 것 같아 아프리만큼
시원했다.

승재는 머릿속이 그놈 박하 기운으로 온통 어얼얼, 화아해서
시원하기는 하나, 어디가 어떻다고 꼭 집어낼 수가 없었다. 시방
이맛살을 찌푸려 가면서 생각하기는 그의 중심을 찾아내자는 것
이다.

계봉이는 무얼 저리 생각하는가 싶어 그대로 두어두고서 저 혼
자 손끝으로 탁자 복판을 똑똑, 박자 맞추어 몸을 앞뒤로 가볍게
흔든다.

이윽고 침묵이 계속된 뒤다. 갑갑했던지 계봉이가 승재의 팔을
잡아당긴다.

"응?……"

승재는 움칫 놀라다가 비로소 정신이 들어 거기 계봉이가 있음
을 웃고 반긴다.

"……무얼 그렇게 생각해요?"

"머어, 별것 아냐…… 헌데에…… 자아 언닐 위선 일러루라두

데려 내오는 게 좋겠군?"

누가 만만히 놓아준대서까마는 그런 건 상관없고 승재의 말소리며 얼굴은 자못 강경하다. 가슴에 묻은 불이, 아직 그를 바르게 어거해[19] 나갈 '의사'가 트이지 않아, 종잇조각 투구에 동강난 나무칼을 휘두르면서 비루먹은 당나귀를 몰아 풍차(風車)로 돌격하는 체세이기는 하나, 초봉이를 뺏어내어 괴물 장형보를 퇴치시킴으로써(단지 그것에 그치지 않고) 육법전서에게 분풀이를 할 요량인 것만은, 승재로서는 제접한[20] 발육이 아닐 수 없었다.

"정말? 아이 고마워라!……"

계봉이는 좋아라고 냉큼 일어서더니 아까처럼 승재의 등 뒤로 가서 목을 싸안는다.

"……우리 착한 되련님, 하하하."

"저어 이렇게 하더라구?"

"응, 어떻게?"

"위선 언니더러 그렇게 하자구 상월 하구서……"

"좋아서 얼른 대답할걸, 머…… 다른 사람두 아니구, 남서방이 들어서 다아 그래 준다는 데야…… 아이 참! 이거 봐요…… 언니 가아 시방두우, 응? 남서방을 못 잊겠나 봐?"

"괜헌 소릴!"

"아냐, 더러 말말끝에 남서방 이야기가 나오구, 그런 때믄 낯꽃이 여간만 다르질 않아요, 정말……"

"그럴 리가 있나!"

승재는 그렇다면 필경 야단이 아니냐고 잊었던 제 걱정이 도로 도져서 혼자 땅이 꺼진다.

　그러자 계봉이가 별안간

　"오오, 참……."

하면서 승재의 어깨를 쌀쌀 잡아 흔든다.

　"……그렇다구 괘애니, 언니허구 둘이서 도루 어쩌구저쩌구 해
가지굴랑, 날 골탕맥였다만 봐?…… 머, 난 몰라 몰라! 머……."

　"뭘! 계봉인 나허구 결혼두 할는지 말는지, 그렇다면서?"

　"뭐어라구?"

　보풀스럴 것까지는 없어도 방금 웅석하던 음성은 아니다.

　계봉이는 승재의 가슴에 드리웠던 팔을 거두고 제자리로 와서
앉는다. 승재는 이건 잘못 건드렸나 보다고, 무색해서 히죽히죽
웃는다. 그러나, 승재를 빠끔히 들여다보고 있는 계봉이의 얼굴
은 하나도 성난 자리는 없다. 장난꾸러기 같은, 또 어떻게 보면
시뻐하는 것 같은 미소가 입가로 드러날 뿐 아주 천연스럽다.

　"정말이우?"

　"아냐, 아냐. 오해하지 말라구, 해해."

　"내, 시방이라두 집에 가서 언니 보내주리까?"

　"아냐! 난 계봉이가 무어래나 보느라구 그랬어."

　"이거 봐요, 남서방!…… 머 이건 내가 괜히 지덕[2]을 쓰는 것두
아니구 아주 진정으루 하는 말인데…… 난 죄꼼두 거리낄라 말구
서 그렇게 해요!…… 언닌 아직까지 남서방을 못 잊는 게 분명하
니간 남서방두 언니한테 옛 맘이 남았거들랑 다 그렇게 하는 게
좋아요…… 머 아무 걱정두 할라 말구서……."

"아니래두 자꾸만!……"

"글쎄, 아니구 무어구는 두구 봐야 하지만, 아무튼지 내 이야긴 참고 삼아서라두 들어봐요, 응?…… 난 왜 그런고 허니 '오올 오어 낫싱'[22], 전부가 아니믄 전무(全無), 응? 사랑을 전부 차지하지 못하느니 쪼각은 그것마저두 일없다는 거, 알지요?…… 그렇다구 내가 언닐 두구 질투를 하느냐믄 털끝만치두 그런 맘은 없어요. 사실 이건 질투 이전이니깐. 난, 난 말이지, 여러 군디루 분열된 사랑에서 한몫만 얻느니 치사스러 차라리 하나두 안 받구 말아요…… 사랑일 테거들랑 올 하나두 빗나가지 않은 채루 옹근 사랑, 이거래야만 만족할 수 있는 거지, 그러잖군 아무것두 다아 의의(意義)가 없어요. 전체의 주장, 이건 자랑스런 타산이라우, 애정의 타산……"

붙일성 없이 쌀쌀한 것도 아니요, 또 격해서 쏟쳐 오르는 폭백[23]도 아니요, 열정은 혀 밑에 넌지시 가구고 고삐를 늦추지 않아 차분하니 마침 듣기 좋은, 그래서 오히려 어떤 재미있는 담화 같다.

승재는 인제는 마음이 흐뭇해서 넓죽한 코를 연신 벌심벌심 입이 절로 자꾸만 히죽히죽 헤벌어진다. 건드려는 놓고도 이 얼뚱아기의 엉뚱스런 정열이 되레 흡족했던 것이다.

계봉이는 이내 꿈을 꾸는 듯 그 포즈대로 곰곰이 앉아 말을 잇는다.

"……삼 년! 아니 그 안해 겨울부터니깐 그리구 내 나이 열여섯 살이었으니깐 햇수루는 사 년이겠지…… 허긴 그때야 철두 안든 어린앤 걸 무엇이 무엇인지 알기나 했나! 거저 따르기나 했지.

그것이 나두 몰래, 남서방두 모르구, 우린 씨앗 하나를 뿌렸던 게 아니우?…… 그런 뒤루 사 년, 내 키가 자라나구 지각이 들어가구 그렇듯이 그 씨앗두 차차루 자라서 싹이 트구 떡잎이 벌어지구 속잎이 솟아오르구 그래서 뿌리가 백히구 가지가 벋구 한 것이 시방은 한 그루 뚜렷한 남구가 됐구…… 그걸 가만히 생각하믄 퍽 희한스럽기두 허구!…… 신통하잖아요?"

실상 동의를 구하는 말끝도 아닌 걸, 승재는 제 신에 겨워 흥흥 연신 고개를 끄덕거린다.

"……그런데 말이지요. 애정이라견 '에네르기 불멸'두 아니구, 또 '불가입성²⁴'두 아니니깐…… 그새 동안 내가 남서방을 잊어버린다던지, 혹 잊어버리던 않았더래두 달리 한 자리 애정을 길른다던지 그럴 기회가 없으랄 법이 없는 것이지만…… 머 그랬다구 하더래두 그게 배덕²⁵의 짓두 아니구…… 그래 아무튼지, 내가 시방 남서방을 온전히 사랑을 하긴 하나 본데, 또 그렇다 해서 그걸 갖다가 무슨 자랑거리루 유세를 하는 건 절대루 아니구, 더구나 빚을 준 것이 아닌 걸 숫제 갚아달라구 부둥부둥 조를 며리가 있어요? 졸라서 받는 건 사랑이 아니라 동정이니깐……"

"자알 알았습니다……"

승재는 슬며시 쥐고 주무르던 계봉이의 손을 다독다독 다독거려주면서……

"……그리구 나두 시방은 계봉이처럼, 응? 저어 거시키……"

헤벌씸 웃는 승재의 얼굴을 짯짯이 보고 있던 계봉이는 딴생각이 나서 입술을 빙긋한다.

역시 기교가 무대요, 사람이 진국인 데는 틀림이 없으나, 그 안면 근육의 움직이는 양이 어떻게도 둔한지, 바보스럽기 다시 없어 보였다.

그러니 그저 사범과 출신으로 시골 보통학교에서 십 년만 속을 썩힌 메주같이 생긴 올드미스가 이 사람한테는 꼬옥 마침감이요, 그런 자리에다가 중매나 세워 눈 딱 감고 장가나 들 잡이지 도시의 연애란 과한 부담이겠다고, 이런 생각을 해보면서 혼자 웃던 것이다.

계봉이는 신경도 제 건강과 한가지로 건실하다. 그렇기 때문에 그는 현대적인 지혜를 실한 신경으로 휘고 삭이고 해서 총명을 길러간다.

만약 그렇지 않고서 지혜에 좀먹힌 말초신경적인 폐결핵 타입의 영양(令孃)이었다면 (하기야 그렇게 생긴 계집애는 아직은 없고 이 고장의 지드나 발레리의 종자(從者)들이 쓰는 소설 가운데서 더러 구경을 할 따름이지만, 그러므로 가사 말이다) 그렇듯 우둔하고 바보스런 승재의 안면 근육은 아예 그만한 풍자나 비판으로는 결말이 나질 않았을 것이다.

분명코 그 아가씨는 템씨나, 또 동물원의 하마(河馬) 같은 걸 구경할 때처럼 승재에게서도 병든 신경의 괴상한 흥분을 맛보았기 아니면, 야만이라고 싫증을 내어 대문 밖으로 몰아냈기가 십상이었을 것이다.

그러나 그렇다고 또, 계봉이는 그러면 마치 엊그제 갓 시집온 촌색시가 중학교에 다니는 까까중이 새서방의 다 떨어진 고꾸라

양복을 비단치마와 한가지로 양복장 속에다가 소중히 걸어놓듯 그렇게 촌스럽게 승재를 위하고 그가 하는 짓은 방귀도 단내가 나고 이럴 지경이냐 하면 그건 아니다.

그런 둔한 떠받이[26]도 아니요, 또 말초신경적인 병적 감상도 아니요, 계봉이는 극히 노멀하게 비판해서 승재의 부족한 곳을 다 알고 있다.

안팎이 모두 고색이 창연하고, 우물우물하고 굼뜨고, 무르고, 주변성 없고, 궁상스럽고, 유치하고 그리고 또 연애라니까 단박 결혼 청첩이라도 박으러 나설 쑥[27]이고…… 등속[28]이다. 이러해서 저와는 세기(世紀)가 다른 줄까지도 계봉이는 모르는 게 아니다. 그렇건만 계집아이의 첫사랑이라는 게(첫사랑이 풋사랑이라면서) 그게 수월찮이 맹랑하여, 길목버선에 비단 스타킹 격의 무서운 아베크를 창조해놓았던 것이요, 그놈이 그래도 아직은(남들이야 흉을 보거나 말거나) 저희는 좋아서 희희낙락 대단히 유쾌하니 할 말이 없는 것이다.

초봉이의 일 상의를 하느라 이야기는 다시 길어서, 여덟 시가 지난 뒤에야 둘이는 같이서 종로까지 나가기로 자리를 일어섰다. 근처에서 매식이 변변칠 못하니 종로로 나가서 저녁도 먹을 겸, 저녁을 먹고 나서는 그 길로 초봉이를 만나러 가기로……

초봉이와는 셋이 앉아 미리 당자의 의견도 듣고 상의도 하고 그런 뒤에 형편을 보아, 그 당장이고 혹은 내일이고 승재가 형보를 대면하여 우선 온건하게 담판을 할 것, 그래서 요행 순리로 들으면 좋고, 만약 안 들으면 그때는 달리 무슨 방도로 구처할 것, 이렇게 얼추 이야기가 되었던 것이다.

무릇하기²⁹란 다시 없는 소리요, 그뿐 아니라 온건히 담판을 하겠다고 승재가 형보한테 선을 뵈다니 긴치 않은 짓이다. 형보가 누구라고 온건한 담판은 말고 백날 제 앞에 꿇어앉아 비선³⁰을 해도 들어줄 리 없는 걸, 그리고 완력다짐을 한댔자 별반 잇속이 없을 것인즉, 그다음에는 몰래 빼다가 숨겨두는 것뿐인데, 그렇다면 승재까지 낯알음을 주어서 장차에 눈 뒤집어쓰고 찾아다닐 형보에게 들킬 위험만 덧들이다니……

이 계책은 대체로 계봉이의 의견을 승재가 멋모르고 동의한 것이다. 계봉이는 물론 승재보다야 실물적으로 형보라는 인물을 잘 알기 때문에 좀 더 진중하고도 다부진 첫 잡도리를 하고 싶기는 했으나, 섬뻑 좋은 꾀가 생각이 나지를 않았었다. 그래서 할 수 없이 우선 그렇게 해보되 약차하면 기운 센 승재가 주먹으로라도 해대려니 하는 아기 같은 안심이었던 것이다.

어깨가 자꾸만 우줄거려지는 것을 진득이 누르고, 승재는 가운을 벗고서 양복저고리를 바꿔 입는다. 갈데없는 검정 서지의 쓰메에리 양복 그놈이다.

계봉이는 바라보고 섰다가 빙긋 웃는다. 승재도 그 속을 알고 히죽 웃는다.

"저 주젤 언제나 좀 면허우?"

"응, 가만있어. 다아 수가 있으니……"

승재는 모자를 떼어다 얹고 나서고 계봉이는 그의 어깨에 가 매달리면서……

"수는 무슨 수가 있다구!…… 그러지 말구, 응? 이거 봐요."

"응."

"선생님 됐으니깐 나한테 턱을 한탁 해요!"

"턱을 하라구?…… 하지, 머."

"꼬옥?"

"아무럼!"

"내가 시키는 대루?"

"응."

"옳지 됐어…… 인제 시방 나간 길에 양복점에 들러서 갈라붙인 새 양복 한 벌 맞춰요, 응?"

"아, 그거?…… 건 글쎄 한 벌 생겼어."

"생겼어? 저어거!…… 그런데 왜 안 입우?"

"아직 더얼 돼서…… 여기 강씨가, 이거 병원 같이 하는 강씨가, 고쓰가이 같다구 못쓰겠다구, 헤에…… 그래 축하 겸 자기가 한 벌 선사한다나? 헤."

"오옳아…… 난두 그럼 무어 선살 해예지? 무얼 허나? 넥타이? 와이샤쓰?"

"괜찮아. 계봉인 아무것두 선사 안 해두 좋아."

"어이구 왜 그래!"

"그럼 꼭 해야 하나? 그렇거들랑 아무거구 값 헐한 걸루다가 한 가지……"

"넥타일 할 테야, 아주 훠언한 놈으로…… 하하하하, 넥타이 매 구 갈라붙인 양복 입구, 아이 그렇게 채리구 나선 거 어서 좀 봤

으른! 응? 언제 돼요? 양복."

"내일 아침 일찍 가져온다구 했는데……"

"낼 아침? 아이 좋아!"

계봉이는 아기처럼 우줄거린다. 승재는 나갈 채비로 유리창을 이놈저놈 단속하고 다닌다.

"그럼 이거 봐요, 낼, 낼이 마침 나두 쉬는 날이구 허니깐, 응?"

"놀러 가자구?"

"응…… 새 양복 싸악 갈아입구, 저어기……"

"저어기가 어딘가?"

"저어기 아무디나 시외루……"

"거, 좋지!"

"하하, 새 양복 입구 '아미³' 데리구, 오월달 날 좋은 날 시외루 놀러가구, 하하 남서방 큰일났네!"

"큰일? 거 참 큰일은 큰일이군…… 그러구저러구 내일 그렇게 놀러 나가게 될는지 모르겠군."

"왜?"

"오늘 낼이라두 언니 일을 서둘게 되면……"

"그거야 일이 생기믄 못 가는 거지만…… 그러니깐 봐서 낼 아무 일두 없겠으믄 말이지…… 옳아 참, 언니두 데리구 송희두, 송흰 남서방이 업구 가구, 하하하하."

계봉이는 허리를 잡고 웃고, 승재도 소처럼 웃는다. 조금만 우스워도 많이 웃을 때들이기야 하다.

승재는 진찰실 문을 밖으로 잠그느라고 한참 꾸물거리다가 겨우 돌아선다.

"내가 애길 업구 간다?…… 건 정말루 고쓰가이 같으라구? 헤헤."

사실은 그렇게 하고 나서면 고쓰가이가 아니라, 짜장 초봉이와 짝이 된, 애아비의 시늉이려니 해서 불길스런 압박감이 드는 것을, 제 딴에는 농담으로 눙치던 것이다.

이렇게 소심하고 인색스런 데다 대면 계봉이는 오히려 대범하여, 그런 좀스런 걱정은 않고 노염도 인제는 타지 않는다. 그러기 때문에 승재의 그 말을 받아 얼핏,

"고쓰가이 같은가? 머, 애기 아버지 같을 테지, 하하하."

하면서 이상이다. 계봉이가 이렇게 털어놓는 바람에 승재도 할수 없이 파탈이 되어,

"애기 아버지면 더 야단나게? 누구 울라구?"

하고 짐짓 한술 더 뜬다. 그러나 되레 되잡혀……

"날 울리믄 요용태지!…… 난 차라리 우리 송희가 남서방같이 착한 파파라두 생겼으믄 좋겠어!"

"연앨 갖다가 게임이라더니 암만해두 장난을 하나 봐!"

승재는 구두를 꺼내면서 혼자 두런거리고, 계봉이는 지성으로 얼굴을 들여다보면서……

"왜? 소내기 맞었수? 무얼 자꾸만 쑹얼쑹얼허우?"

"장난하긴 아냐!"

"네에, 단연코 장난이 아닙니다아요! 되렌님."

"그럼 무어구?"

"칼모틴 '형'이나 수도원 '형'이 아닐 뿐이지요. 칼모틴형 알아요? 실연허구서 칼모틴[32] 신세지는 거…… 또, 수도원형은 수녀(修女)살이 가는 거."

"대체 알기두 잘은 알구, 말두 묘하겐 만들어댄다! 원 어디서 모두 그렇게 배웠누?"

승재는 어이가 없다고 뻐언히 서서 웃는다.

"하하하…… 그런데 그건 그거구, 따루 말이우, 따루 말인데, 우리 송희가 남서방 같은 좋은 파파가 있다믄 정말 좋을 거야! 인제 이따가라두 보우마는 고놈이 어떻게 이쁘다구!"

"그런가!"

"인제 가서 봐요! 남서방두 담박 이뻐서 마구……"

"계봉이두 그 앨 그렇게 이뻐하나?"

"이뻐하기만!…… 아 고놈이 글쎄 생기기두 이쁘디이쁘게 생긴 놈이 게다가 이쁜 짓만 골고루 하는 걸, 안 이뻐허구 어떡허우!"

"그럼 이쁘게두 생기덜 않구 이쁜 짓두 하덜 않구 그랬으면 미워하겠네?"

"그거야 묻잖어두 이쁘게 생기구 이쁜 짓을 허구 하니깐 이뻐하는 거지, 머…… 우리 병주 총각 못 보우? 생긴 게 찌락소[33] 같은 되련님이 그 값 하느라구 세상 미운 짓은 다아 허구 다니구…… 그러니깐 내가 그앤 어디 이뻐해요?"

"그건 좀 박절하잖나! 동기간에……"

"딴청을 하네! 동기간의 정은 또 다른 거 아니우? 미워해두 동

620

기간의 정은 있는 거구, 남의 집 아이면은 정은 없어두 이뻐할 순 있는 것이구……"

"그럼 그 앤?…… 머, 이름이 송희?"

"응, 송희…… 송흰 내가 이뻐두 허구, 정두 들었구, 두 가지루 다아…… 그러니깐 글쎄 그걸 알구서, 언니가 그 앨 날만 믿구, 자기는 죽는다는 거 아니우?"

"허어!"

승재는 새삼스럽게 감동을 하면서, 우두커니 섰다가 혼자 말하듯……

"쯧쯧!…… 그래, 필경은 그 애를, 자식을 위해선 내 생명까지두 아깝덜 않다! 목숨을 버려가면서라두 자식을! 응, 응…… 거원, 모성애라께 그렇게두 철두철미하구 골똘하단 말인가!"

"우리 언닌 사정이 특수하기두 하지만, 그런데 참……"

계봉이는 문득 다른 생각이 나서……

"세상에 부모가, 그중에서두 어머니가, 어머니라두 우리 어머닌 예외지만…… 항용 어머니가 자식을 사랑하는 거란 픽두 끔찍한 건데, 그런데 말이지, 그런 소중한 모성애가 이 세상의 일반 인간들한텐 과분한 것 같어! 도야지한테 진주라까?"

"건 또 웬 소리?"

승재는 문을 열다가 돌아서서 계봉이를 찬찬히 들여다본다. 대체 너는 어쩌면 그렇게 당돌한 소리만 골라가면서 하고 있느냔 얼굴이다.

"어서 나가요! 가믄서 이얘긴 못 하나?"

계봉이는 제가 문을 드르릉 열고 승재를 밀어낸다.

집 안보다도 훨씬 훈훈하여 안김새 그럴싸한 밤이 바로 문밖에서 잡답한 거리로 더불어 두 사람을 맞는다.

이 거리는, 이 거리를 끼고서 좌우로 오막살이집이 총총 박힌 애오개 땅 백성들의 바쁘기만 하지 지지리 가난한 생활을 고대로 드러내느라고, 박절스럽게도 좁은 길목이 메워질 듯 들이 붐빈다.

승재와 계봉이는 단둘이만 조용한 방 안에서 흥분해 있다가 갑자기 분잡한 거리로 나와서 그런지 기분이 혜식어[34] 한동안 말이 없이 걷기만 한다.

"그런데 저어 거시키……"

이윽고 승재가 말을 내더니 그나마 떠듬, 떠듬……

"……저어 우리 이얘길, 걸, 어떡헐꼬?"

"무얼."

"이따가 집에 가서 말야……"

"언니더러 말이지요? 우리 이얘기 말 아니우!"

"응."

"너무 부전스럽잖어? 더 큰일이 앞챘는데……"

"글쎄……"

승재도 그걸 생각하던 터라 우기지는 못하고 속만 걸려한다.

초봉이가 요행 이런 눈치 저런 눈치 몰랐다 하더라도, 승재를 마음에 두거나 그럼이 없이 오로지 장형보의 손아귀를 벗어져 나올 그 일념만 가지고서 계봉이와 승재 저희들의 권면과 계획을 좇아 거사를 한다면은 물론 아무것도 뒤돌아볼 일은 없을 것이다.

그러나 만약 초봉이가 저희들 승재와 계봉이와의 오늘의 이 사실을 몰랐기 때문에 일변 승재의 단순한 호의를 잘못 해석을 하고서 그에게 어떤 분명한 마음의 포즈를 덧들여 갖든지 하고 볼 양이면, 사실 또 그러하기도 십상일 것이고 하니, 그건 부질없이 희망을 주어놓고서 이내 다시 낙망을 시키는 잔인스런 노릇이 아닐 수 없대서, 그래 승재는 아까와 달라 제 걱정 제 사폐[35]는 초탈하고 순전히 초봉이만 여겨서의 원념을 놓지 못하던 것이다.

덩치 큰 나그네, 자동차 한 대가 염치도 없이 이 좁은 길목으로 비비 뚫고 부둥부둥 들어오는 바람에 승재와 계봉이는 다른 행인들과 같이 가게의 처마 밑으로 길을 비껴서서 아닌 경의(敬意)를 표한다. 문명한 자동차도 분명코 이 거리에서만은 야만스런 폭한이 아닐 수가 없었다.

자동차를 비껴 보내고 마악 도로 나서려니까, 이번에는 상점의 꼬마동인지 조그마한 아이놈이 사람 붐빈 틈을 써커스하듯 자전거를 타고 달려오다가 휘파람을 쟁그랍게 휘익,

"좋구나!"

소리를 치면서 해뜩해뜩 달아나고 있다.

승재는 히죽 웃고, 계봉이는 고놈이 괘씸하다고 눈을 흘기면서

"저런 것두 '독초'감이야!……"

하다가 그 결에 아까 중판멘 이야기 끝이 생각이 나서?……

"……아까 참, 모성애 그 이야기하다가 말았겠다?…… 이거 월사금 단단히 받아야지 안 되겠수! 하하."

"그래 학설을 들어봐서……"

"하하, 학설은 좀 황송합니다마는…… 아무튼 그런데, 그 모성애라께 퍽 참 거룩허구, 그래서 애정 가운데선 으뜸가는 거 아니우?"

"그렇지……"

"그렇지요?…… 그런데, 가령 아무나 이 세상 인간을 하나 잡아다가 놓구 보거던요? 손쉽게 장형보가 좋겠지…… 그래, 이 장형보를 놓구 보는데, 그 사람두 어려서는 저이 어머니의 사랑을 받구 자랐을 게 아니우?…… 자식이 암만 병신천치라두 남의 어머닌 대개 제 자식은 사랑하구 소중해하구 하잖어요? 되려 병신일수룩 애차랍다구서 더 사랑을 하는 법이 아니우?"

"그건 사실이야……"

"그러니깐 장형보두 저이 어머니의 살뜰한 사랑을 받었을 건 분명허잖우? 그런데 그 장형보라는 인간이 시방 무어냐 하믄 천하 악인이요, 아무짝에두 쓸데가 없구 그러니 독초, 독초라구 할 것밖에 더 있수? 독초…… 큰 공력에 좋은 비료를 빨아먹구 자란 독초…… 그런데 글쎄 이 세상에 장형보 말구두 그런 독초가 얼마나 많수? 그러니 가만히 생각하믄 소중한 모성애가 아깝잖어요?…… 이건 참 죄루 갈 소리지만 우리 언니가 그렇게두 사랑하는 송희, 생명까지 바치자구 드는 송희, 그 애가 아닐말루 인제 자라서 어떤 독초가 안 된다구는 누가 장담을 허우?"

"계봉인 단명하겠어!"

승재는 말을 더 못 하게 것지르면서 어느새 당도한 전차 안전지대로 올라선다. 그건 그러나 아기더러 끔찍스런 입을 놀린대서 지천이지, 그의 '육법전서' 연구에 돌연 광명을 던져주는 새 어휘(형보 같은 인물을 '독초'라고 지적한) 그 어휘를 나무란 것은 아니다.

승재와 계봉이는 종로 네거리에서 전차를 내려, 바로 빌딩의 식당으로 올라갔다.

계봉이도 시장은 했지만 배가 고프다 못해 허리가 꼬부라졌다.

모처럼 둘이 마주 앉아서 먹는 저녁이다. 둘이 다 같이 군산 있을 적에 계봉이가 승재를 찾아와서 밥을 지어준다는 게 생쌀밥을 해놓고, 그래도 그 밥이 맛이 있다고 다꾸앙[36]쪽을 반찬 삼아 달게 먹곤 하던 그 뒤로는 반년 넘겨 오늘 밤 처음이다.

그런 이야기를 해가면서 둘이는 저녁밥을, 한 끼의 저녁밥이기보다 생활의 즐거운 한 토막을 누리었다.

둘이 다 건강한 몸에 시장한 끝이요, 또 아무 근심 없이 유쾌한 시간이라 많이 먹었다. 승재는 분명 두 사람 몫은 실히 되게 먹었다.

그리 급히 서둘 것도 없고 천천히 저녁을 마친 뒤에, 또 천천히 거리로 나섰다.

배도 불렀다. 연애도 바깥의 트인 대기에 인제는 낯가림을 않는다. 거리도 야속하게만 마음을 바쁘게 하는 애오개는 아니다.

훈훈하되 시원할 필요가 없고 마악 좋은 오월의 밤이라 밤이 또한 좋다. 아홉 시가 좀 지났다고는 하나 해가 긴 절기라 아직 초저녁이어서 더욱 좋다. 승재와 계봉이는 저편의 빽빽한 야시를 피해 이쪽 화신 앞으로 건너서서 동관을 바라보고 한가히 걷는다.

제법 박력 있이 창공으로 검게 솟은 빌딩의 압기를 즐기면서, 레일을 으깨리는 철(鐵)의 포효와 도시다운 온갖 소음으로 정신 아득한 거리를 유유히 걷고 있는 '연애'는 외계가 그처럼 무겁고 요란하면 할수록 오히려 더 마음 아늑했다. 더구나 불빛 드리운 포도 위로 앞에도 뒤에도 오는 사람과 가는 사람으로 늘비하여 번거롭다면 더할 수 없이 번거롭지만, 마음이 취한 두 사람에게는 어느 전설의 땅을 온 것처럼 꿈속 같았다.

그랬기 때문에 승재나 계봉이나 다 같이 남은 남녀가 쌍 지어 나섰으면 둘이의 차림새에 그다지 층이 지지 않아 보이는걸, 저희 둘이는 승재의 그 어설픈 그 몰골로 해서 장히 얼리지 않는 컴비[37]라는 것도 모르고 시방 큰길을 어엿이 걷고 있는 것이다. 항차 남의 눈에 선뜻 뜨이는 계봉이를 데리고 말이다.

동관 파주개에서 북으로 꺾여 올라가다가 집 문 앞 골목까지 다와서 계봉이가 팔걸이시계를 들여다보았을 때에는 아홉 시하고 마침 반이었었다.

계봉이가 앞을 서서 골목 안으로 쑥 들어서는데 외등 환한 대문 앞에 식모와 옆집 행랑사람 내외와 맞은편 집 마누라와 이렇게 넷이 고개를 모으고 심상찮이 수군거리고 있는 양이 얼른 눈에 띄었다.

남의 집 드난살이나 행랑사람들이란 개개 저희끼리 모여 서서 잡담과 주인네 흉아작[38]을 하는 걸로 낙을 삼고 지내고, 그래서 이 집 식모도 그 유에 빠지질 않으니까 그리 괴이타 할 게 없다면 없기도 하다. 그러나 이 집 식모는 낮으로는 몰라도, 밤에는 영 어쩔 수 없는 주인네 심부름이나 아니고는 이렇게 한가한 법이 없다.

저녁밥을 치르고 뒷설겆이를 하고 나서, 그러니까 여덟 시 그 무렵이면 벌써 제 방인 행랑방에서 코를 골고 떨어져 세상 모른다. 역시 심부름을 시키느라고 뚜드려 깨기 전에는 제 신명으로 밖에 나와서 이대도록 늦게(?)까지 이야기를 하고 논다는 게 전고에 없는 일이다.

계봉이는 그래 선뜻 의아해서 주춤 멈춰 서는데, 인기척을 듣고 모여 섰던 네 사람이 죄다 고개를 돌린다.

과연 기색들이 다르고, 식모는 당황한 얼굴로 일변 반겨하면서 일변 달려오면서 목소리를 짓죽여,

"아이! 작은아씨!"

하는 게 마구 울상이다.

"응! 왜 그래?"

계봉이는 어떤 불길한 예감이 번개같이 머릿속을 스치면서, 그대로 뛰어 들어가려다가 말고 한 번 더 눈으로 식모를 재촉한다. 사뭇 몸을 이리 둘렀다 저리 둘렀다 어쩔 줄을 몰라한다. 원체 다급하면 뛰지를 못하고 펄썬 주저앉아서 엉덩이만 들썩거린다는 것도 근리한 말이다.

계봉이는 정녕코 형 초봉이가 죽었거니, 이 짐작이다.

"아이! 어서 좀 들어가보세유! 안에서 야단이 났나 배유!"

계봉이는 식모가 하는 소리는 집어 내던지듯 우당퉁탕 어느새 대문간을 한걸음에 안마당으로 뛰어든다. 뛰어드는데 그런데 또 의외다.

"언니!"

어떻게도 반갑던지, 고만 눈물이 쏟아지면서 엎드러지듯 건넌방으로 쫓아 들어간다.

꼭 죽어 누웠으려니 했던 형이, 저렇게 머리 곱게 빗고 새옷 깨끗이 입고, 열어 논 건넌방 앞문 문지방을 짚고 나서지를 않느냔 말이다. 또 송희도 아랫목 한편으로 뉜 채, 고이 자고 있고……

"왜? 누가 어쨌나요?"

승재는 계봉이의 뒤를 따라 들어가다가 말고, 잠깐 거기 모여 섰는 사람들더러 뉘게라 없이 떼어놓고 묻던 것이다.

계봉이와 마찬가지로 승재도 초봉이에게 대한 불길한 예감이 들기는 했으나 그러고도 현장으로 덮어놓고 달려 들어가지 않고서 우선 밖에서 정황을 물어보고 하는 것이 제법 계봉이보다 침착하게 군 소치더냐 하면 노상 그런 것도 아니요, 오히려 더 당황하여 두서를 차리지 못한 때문이었었다.

식모가 나서서 말대답을 했어야 할 것이지만, 이 낯선 사내사람을 경계하느라 비실비실 몸을 사린다.

승재는 그만두고 이내 그대로 대문 안으로 들어서려는데 그들 중의 단 하나인 사내로 옆집 행랑사람이 그래도 사내라서 텃세하듯,

"당신은 누구슈?"

하고 나선다. 그들은 시방 이 변이 생긴 집에 다시 전에 못 보던 인물이 나타난 것이 새로운 흥미이기도 하던 것이다.

승재는 실상 여기서 물어보고 무엇 하고 할 게 없는 걸 그랬느

니라고 생각이 든 참이라 인제는 대거리하기도 오히려 긴찮아 겨우 고개만 돌린다.

"혹시 관청에서 오시나요?"

그 사내는 가까이 오면서 먼저 같은 시비조가 아니고 말과 음성이 공순해서 묻는다.

관청에서 왔느냔 말은 순사냐는 그네들의 일종 존대엣말이다. 검정 양복에 아무튼 민거나마 누렁 단추를 달았고, 하니 칼만 풀어놓고 정모 대신 여느 사포를 쓴 순사거니, 혹시 별순검[39]인지도 몰라, 이렇게 여긴대도 그들은 저희들이 방금 길 복판에다가 구루마를 놓았다거나, 술취해 야료[40]를 부렸다거나 하지 않은 이상 순사 아닌 사람을 순사로 에누리해보았은들, 하나도 본전 밑질 홍정은 아닌 것이다.

승재는 관청 운운의 그 어휘는 몰랐어도, 아무려나 면서기도 채 아닌 것은 사실인지라, 아니라면서 고개를 흔든다.

"네에! 그럼 이 집허구 알음이 있으슈?"

그 사내는 뒷짐을 지고 서면서 제법 점잖이 이야기를 하잔다.

"네, 한 고향이구……"

"네에, 그렇거들랑 어서 들어가 보슈…… 아마 이 집에서 사람이 상했다 봅디다!"

"예? 사람이? 사람이 상했어요?"

승재는 맨처음 제가 짐작했던 것은 어디다 두고, 뒤삐어지게[41] 후닥닥 놀라서 들이 허둥지둥 야단이 난다.

단걸음에 안으로 뛰어 들어가야 하겠는데 뛰어 들어갈 생각은

생각대로 급한데, 그러자 비로소 제가 의사라는 걸, 의사이기는
하되 청진기 한 개 갖지 못한 걸 깨닫고 놀라, 자 이걸 어떡할까,
병원으로 자동차를 몰고 가서 채비를 차려가지고 와야지, 아아니
상한 사람은 그새 동안 어떡하라구, 그러면 그대로 들어가 보아
야겠군, 아아니 이 사람더러 아무 병원이라도 달려가서 아무 의
사든지 청해 오게 할까, 아아니 그럴 게 아니라 가만있자 어떡하
나 어떡할꼬……

　이렇게 당황해서 얼른 이러지도 못 하고 저러지도 못 하고 둘레
둘레[42] 허겁지겁 사뭇 액체라도 지릴 듯이 쩔쩔매기만 하고 있다.
그리고, 시방 사람이 상했다고 한 그 상했단 소리는 말뜻대로만
해석해 부상(負傷)인 줄만 알고 있던 것이다.

　그 사내는 남의 속도 몰라주고 늘어지게,

　"네에, 분명 상했어요, 분명……"

하다가 식모를 힐끔 돌아보면서,

　"…… 이 집 바깥양반이 아마 분명……"

　"네, 바깥양반이, 그이 부인을, 말이지요?"

　승재가 숨 가쁘게 묻는 말을 그 사내는 천천히 고개를 흔들면서,

　"아아니죠!…… 이 집 아낙네가, 이 집 바깥양반을……"

　"네에!"

　"바깥양반을 굳혔어요!"

　"어!"

　짧게 지르는 소리도 다 못 맺고 긴장이 타악 풀어지면서, 승재
는 마치 선잠 깬 사람처럼 입안엣말로 중얼거리듯,

"……다친 게 아니구? 응…… 이 집 부인이 다친 게 아니구…… 바깥양반이…… 죽 죽었?……"

"네에! 아마 그랬나 봐요! 자센 몰라두 분명 그런가 봅니다……"

승재는 멀거니 눈만 끄먹거리고 섰다.

가령 초봉이가 자살을 했다든지, 또 처음 알아들은 대로 장형보한테 초봉이가 다쳤다든지 그랬다면 놀라운 중에도 일변 있음직한 일이라서 한편으로 고개가 끄덕거려질 수도 있을 노릇이다. 그러나 천만 뜻밖이지, 초봉이가 장형보를 죽이다니, 도무지 영문을 모를 소리던 것이다.

잠깐만에 승재가 정신을 차려 안으로 달려 들어가자 바깥에 모인 세 남녀는 하품을 씹으면서 다시금 귀를 긴장시킨다.

내보살 외야차 內菩薩 外夜叉

조금 돌이켜 여덟 시가 되어서다.

초봉이는 송희가 잠든 새를 타서 잠깐 저자에 다녀오려고, 여러 날째 손도 안 댄 머리를 빗는다, 나들이옷을 갈아입는다 하고 있었다.

윗목 책상 앞으로 앉아 수형 조각을 뒤적거리던 형보가 아까부터 힐끔힐끔 곁눈질이 잦더니 마침내,

"어디 출입이 이대지 바쁘신구?"

하면서 참견을 하잔다. 제가 없는 틈에 나다니는 것은 못 막지만, 눈으로 보면 으레 말썽을 하려고 들고 더욱이 밤출입이라면 생비상으로 싫어한다.

"여편네라건 밤 이실을 자주 맞어선 못쓰는 법인데! 끙."

형보는 초봉이가 대거리도 안 해주니깐 영락없이 그놈 뱀모가지를 쳐들어 비위를 긁는다.

초봉이는 뒤저릴 일이 없지 않아, 처음은 속이 뜨끔했으나 새침한 채 종시 거듭떠보지도 않고, 마악 나갈 채비로 송희를 한 번 더 싸주고 다독거려주고 하고 나서 돌아선다.

형보는 뽀루루 앞문 앞으로 가로막고 앉아, 고개를 발딱 젖히고 올려다보면서……

"어디 가? 어디?"

"살 게 있어서 나가는데 어쨌다구 안달이야? 안달이."

"인 줘, 내가 사다 주께?"

형보는 제가 되레 누그러져 비쭉 웃으면서 손바닥을 궁상으로 내민다.

"일없어!"

"그러지 말구!"

"이게 왜 이 모양이야!…… 안 비낄 테냐?"

"어멈을 시키던지?"

"안 비껴?"

초봉이는 소리를 버럭 지르면서 형보의 등감을 내지르려고 발길을 들먹들먹 아랫입술을 문다.

"제에밀!"

형보는 못 이기는 체 두덜거리면서 비켜 앉는다. 그는 지지 않을 어거지와 자신이 없는 것은 아니나, 그러나 초봉이를 위하여 짐짓 져준다. 되도록이면 제 불편이나 제 성미는 참아가면서 억제해가면서 마주 극성을 부리지 말아서, 그렇게마다 초봉이를 마음 편안하게 해주고 싶은 정성, 진실로 거짓 아닌 정성이던 것이다. 그것이 물론 '뱀'의 정성인 데는 갈데없기야 하지만……

"난 모르네! 어린년 깨애서 울어두?"

"어린애만 울렸다 봐라! 배지를 갈라놀 테니."

초봉이는 송희를 또 한 번 돌려다보고, 치맛자락을 휩쓸면서 마루로 나간다.

"제에밀! 장형보 배진 터져두 쌓는다!…… 아무튼 꼭 이십 분 안에 다녀와야만 하네?"

"영영 안 들올걸!"

"흥! 담보물은 어떡허구?"

형보는 입을 삐쭉하면서 아랫목의 송희를 만족히 건너다본다.

옛날에 한 사람이 있었다. 계집이 젖 먹는 자식을 버리고 간부와 배맞아 도망을 갔다. 어린것은 어미를 찾고 보채다가 꼬치꼬치 말라 죽었다. 사내는 어린것의 시체를 ×를 갈라, 소금에 절여서 자반을 만들었다. 그놈을 크막한 자물쇠 한 개와 얼러, 보따리에 싸서 짊어지고 계집을 찾아나섰다. 열두 해 만에 드디어 만났다. 사내는 계집의 젖통을 구멍을 푹 뚫고 자식의 자반시체를 자물쇠로 딸꼭 채워주면서, 옜다, 인제는 젖 실컷 먹어라 하고 돌아섰다.

형보는 고담을 한다면서, 이 이야기를 그새 몇 번이고 초봉이더러 했었다. 그런 족족 초봉이는 입술이 새파랗게 죽고, 듣다 못해 귀를 틀어막곤 했다.

그럴라치면 형보는 못 본 체 시치미를 떼고 앉았다가 더 큰 소리로,

"자식을 업구 도망가지?······"

해놓고는, 그 말을 제가 냉큼 받아······

"그러거들랑 아따, 자식을 산 채루······ 에미 젖통에다가 자물쇠루 채워주지? 홍!"

초봉이는 이것이 노상 엄포만이 아니요, 형보가 족히 그 짓을 할 줄로 알고 있다.

그는 송희를 내버리고 도망할 생각이야 애당초에 먹지를 않지만, 하니 데리고나마 도망함 직한 것도, 그 때문에 뒤를 내어 생심을 못 하던 것이다.

형보는 초봉이의 그러한 속을 잘 알고 있고, 그러니까 그가 도망갈 염려는 않는다.

형보는 일반 사내들이, 제 계집의 나들이(그중에도 밤출입을) 덮어놓고 기하는¹ 그런 공통된 '본능' 이외에 또 한 가지의 독특한 기호를 이 '밤의 수캐'는 가지고 있으니, 전등불 밑에서는 반드시 초봉이를 지키고 앉았어야만 마음이 푸지고 좋고 하지 그러질 못하면 공연히 짜증이 나고 짜증이 심하면 광기가 일고 한다. 그래 시방도 일껏 도량 있이 내보내주기는 하고서도, 막상 초봉이가 눈에 안 보이고 하니까는 아니나다를까 슬그머니 심정이 부풀어 오르기 시작했다. 더구나 영영 안 들어올걸 하고 쏘아붙이던 소리가 아예 불길스런 압박을 주어, 단단히 심청이 부풀어 올라가던 것이었다.

초봉이는 동관 파주개에서 바로 길 옆의 양약국에 들러 항용 ××라고 부르는 '염산×××'한 병을 오백 그램짜리째 통으로 샀다. 교갑도 넉넉 백 개나 샀다.

드디어 사약(死藥)을 장만하던 것이다.

오늘 아침 초봉이는 그렇듯 형보를 갖다가 처치할 생각을 얻었고, 그것은 즉 초봉이 제 자신의 '자살(自殺)의 서광(曙光)'이었었다.

형보 때문에, 형보가 징그럽고 무섭고 그리고 정력에 부대끼고 해서 살 수가 없이 된 초봉이는 마치 차일귀신²한테 덮친 것과 같았다.

차일귀신은 처음 콩알만 하던 것이 주먹만 했다가 강아지만 했다가 송아지만 했다가 쌀뒤주만 했다가 이렇게 자꾸만 커가다가 마침내 차일처럼 획하니 퍼져 사람을 덮어씌우고 잡아먹는다.

초봉이는 시방 그런 차일귀신한테 덮치어, 깜깜한 그 속에서 기력도 희망도 다 잃어버리고, 생명은 각각으로 눌려 찌부러들기만 했다. 방금 숨이 막혀오고 그러하되 아무리 해도 벗어날 길은 없었다.

이렇게 거진 죽어가는 초봉이는 그러므로 생명이란 건 한갓 무서운 고통일 뿐이지 아무것도 아니었다. 따라서 해방과 안식이 약속된 죽음이나 동경하지 않질 못하던 것이다.

그리하여 차라리 죽음을 자취하자던 초봉인데, 그런데 막상 죽자고를 하고서 본즉은, 그것 역시 형보로 인해 또한 뜻대로 할 수가 없게끔 억색한 사정이 앞을 막았다. 송희며 계봉이며의 위협이 뒤에 처지기 때문이다.

그렇기 때문에 초봉이가 절박하게 필요한 제 자신의 자살에 방

636

해가 되는 형보를 처치하는 것은, 자살을 할 그 목적을 이루기 위한 한 개의 수단, 진실로 수단이요, 이 수단에 의한 자살이라야만 가장 완전하고 의의 있는 자살일 수가 있던 것이다.

이것이 일시 절망되던 자살이 서광을 발견한 경위다. 독단이요, 운산(運算)은 맞았는데 답(答)은 안 맞는 산술이다. 아마 식(式)이 틀린 모양이었었다.

계집의 좁은 소견이라 하겠으나, 그건 남이 옆에서 보고 하는 소리요, 당자는 맞았는지 틀렸는지 알 턱도 없고 상관도 없이 그 답을 가지고서 곧장 제이단으로 넘어 들어간 지 이미 오래다. 오늘 아침에 산술을 풀었는데 시방은 저녁이요, 벌써 사약으로 ××까지 샀으니 말이다.

물론 이 ×××이라는 약품이 형보의 목숨을 (초봉이 제 자신이 자살하는 데 쓰일 긴한 도구(道具)인 형보의 그 목숨을) 처치하기에는 그리 적당치 못한 것인 줄이야 초봉이도 잘 안다. 형보를 굳이 자면 사실, 분량이 극히 적어서 저 몰래 먹이기가 편해야 하고, 그러하고도 효과는 적실하고 빨리 나타나주는 걸로, 그러니까 저 '××가리' 같은 맹렬한 극약이라야만 할 터였었다.

초봉이는 그래서 '××가리'를 구하려고, 오늘 종일토록 실상은 그 궁리에 골몰했었다. 그러나 결국 시원칠 못했다.

무서운 극약이라 간대도 사진 못할 것이고, 한즉 S의사의 병원에서든지, 또 하다못해 박제호에게 어름어름 접근을 해서든지 몰래 훔쳐내는 수밖에 없는데, 그러자니 그게 조만이 없는 노릇[3]이었었다. 그래서 아무려나 우선 허허실수로, 일변 또 마음만이라도 듬직하라고 이 ×××이나마 사다가 두어보자던 것이다.

×××이라면, 재작년 송희를 잉태했을 적에 ××를 시키려고 먹어본 경험이 있는 약이라, 얼마큼 효과를 믿기는 한다.

그때에 교갑으로 열 개를 먹고서 거진 다 죽었으니까, 듬뿍 서른 개면 족하리라 했다.

초봉이 저는 그러므로 그놈이면 좋고, 또 그뿐 아니라 다급하면 양잿물이 없나, 대들보에 밧줄이 없나, 하니 아무거라도 다 좋았다.

하고, 도시 문제는 형보다.

교갑으로 서른 개라면 한 주먹이 넘는다. 너댓 번에 저질러야 다 삼켜질지 말지 하다. 그런 걸 제법 형보게다가 저 몰래 먹인다는 게 도저히 안 될 말이다.

혹시 좋은 약이라고 사살살 돌라서나 먹인다지만 구렁이가 다된 형본 것을 그리 문문하게 속아 떨어질 이치가 없다. 반년이고 일 년이고 두고 고분고분해서 방심을 시킨 뒤에 거사를 한다면 그럴 법은 하지만, 대체 그 짓을 어떻게 하고 견디며, 또 하루 한시가 꿈만한⁴ 걸 잔뜩 청처짐하고⁵ 있기도 못 할 노릇이다.

그러므로, 아무리 해도 이 ×××은 정작이 아니요 여벌감이다. 여벌감이고, 정작은 앞으로 달리 서둘러서 '××가리'나 그게 아니면 '×××'이라도 구해볼 것, 그러나 만약 그도 저도 안 되거드면 할 수 있나, 뭐 부엌에 날카로운 식칼이 있겠다 하니 그놈으로, 잠든 틈에…… 몸을 떨면서도 이렇게 안심은 해두던 것이다.

외보살 내야차(外菩薩內夜叉)라고 하거니와 곡절은 어떠했든 저렇듯 애련한 계집이, 왈 남편이라는 인간 하나를 굳히려 사약을 사서 들고 만인에 섞여 장안의 한복판을 어엿이 걷는 줄이야 당자 저도 실상은 잊었거든, 하물며 남이 어찌 짐작인들 할 것인고.

초봉이는 볼일을 보았으니 이내 돌아갔을 테로되, 이십 분 안에 들어오라던 소리가 미워서 어겨서라도 더 충그릴 판이다. 충그려도 송희가 한 시간이나 그 안에는 깨지 않을 터여서 안심이다. 그런데 마침 또, 오월의 밤이 좋으니 이대로 돌아다니고 싶기도 하고.

가벼운 옷으로 스머드는 야기(夜氣)가 무어라고 형용할 수 없이 홑입맛이 당기게 살을 건드려주어 자꾸자꾸 휘얼휠 걸어 다녀야만 배길 것 같다. 자주 바깥바람을 쐬는 사람한테도 매력 있는 밤인걸, 반 감금살이를 하는 초봉이게야 반갑지 않을 리가 없던 것이다.

불빛 은은한 포도 위로 사람의 떼가 마치 한가한 물줄기처럼 밀려오고 이쪽에서도 밀려가고 수없이 엇갈리는 사이를 초봉이는 호젓하게 종로 네거리로 향해 천천히 걷고 있다.

가도록 황홀한 밤임에는 다름없었다. 그러나 오가는 사람들을 무심코 유심히 보면서 지나치는 동안 초봉이의 마음은 좋은 밤의 매력도 잊어버리고 차차로 어두워오기 시작했다.

보이느니 매양 즐거운 얼굴들이지 저처럼 액색하게 목숨이 밭아가는 사람은 하나도 없는 성불렀다.

하다가 필경 공원 앞까지 겨우 와서다.

송희보다 조금 더 클까 한 아기 하나를 양편으로 손을 붙들어

배착배착[6] 걸려가지고 오면서 서로가 들여다보고는 웃고 좋아하고 하는 한 쌍의 젊은 부부와 쭈쩍[7] 마주쳤다.

어떻게도 그 거동이 탐탁하고 부럽던지, 초봉이는 그대로 땅바닥에 가 펄씬 주저앉아 울고 싶은 것을 겨우 지나쳐 보내고 돌아서서 다시 우두커니 바라다본다. 보고 섰는 동안에 생시가 꿈으로 바뀐다. 남자는 승재요, 여자는 초봉이 저요, 둘 사이에 매달려 배틀거리면서 간지게 걸음마를 하고 가는 아기는 송희요……

번연한 생시건만, 초봉이는 제가 남이 되어 남이 저인 양 넋을 잃고 서서 눈은 환영을 쫓는다.

초봉이는 집에서도 늘 이러한 꿈 아닌 꿈을 먹고 산다. 송희를 사이에 두고 승재와 즐기는 단란한 가정.

물론 그것은 꿈이었지, 산 희망은 감히 없다. 마치 외로운 과부가 결혼사진을 꺼내놓고 보는 정상과 같아, 추억의 세계로 물러갈 수는 있어도 추억을 여기에다 살려놓을 능력은 없음과 일반인 것이다.

일찍이 초봉이는 제호와 살 적만 해도 승재에게 대한 여망을 통히 버리진 않았었다. 흠집 난 몸이거니 하면 민망은 했어도 그래도 승재가 거두어주기를 은연중 바랐고, 인제 어쩌면 그게 오려니 싶어 저도 모르게 기다렸고, 하던 것이 필경 형보한테 덮치어 심신이 다 같이 시들어버린 후로야 그런 생심을 할 기력을 잃는 동시에, 일변 승재는 저를 다 잊고 이 세상 사람으로 치지도 않겠거니 하여 아주 단념을 했었다. 그러고서 임의로운 그 꿈을 가졌다.

계봉이가 그때그때의 소식은 들려주었다. 의사면허를 탄 줄도,

오래잖아 서울다가 개업을 하는 줄도 알았다. 그런 것이 모두 꿈을 윤기 있게 해주는 양식이었었다.

계봉이와 사이가 어떠한가 하고 몇 번 눈치를 떠보았다. 그 둘이 결혼을 했으면 좋을 생각이던 것이다. 하기야 처음에 저와 그랬었고 그랬다가 제가 퇴를 했고, 시방은 꿈속의 그이로 모시고 있고, 그러면서 그 사람과 동생이 결혼하기를 바라는 것이 일변 마음에 죄스럽지 않은 것은 아니었었다. 그러나 그러고저러고 간에 계봉이의 태도가 범연하여 동무 이상 아무것도 아닌 성싶었고, 해서 더욱 마음 놓고 그 꿈을 즐길 수가 있었다.

아까 계봉이가 승재더러 한 말은 이 눈치를 본 소린데, 의뭉장이가 저는 시치미를 떼고 형의 속만 뽑아보았던 것이다. 물론 알다가 미처 못 안 소리지만, 아무려나 초봉이 저 혼자는 희망 없는 한 조각 빈 꿈일값에, 만약 승재가 아직까지도 저를 약시약시*하고 있는 줄을 안다면 그때는 죽었던 그 희망이 소생되기가 십상일 것이었었다. 뿐 아니라 그의 시들어 빠진 인생의 정기도 기운차게 살아날 것이었었다.

사람의 왕래가 밴 공원 앞 행길 한복판에 가서 넋을 놓고 섰던 초봉이는 얼마 만에야 겨우 정신이 들었다. 정신이 들자 막혔던 한숨이 소스라치게 터져 오르면서 이어 기운이 차악 까라진다.

인제는 더 거닐고 무엇 하고 할 신명도 안 나고, 일껏 좀 마음 편하게 즐기겠던 좋은 밤이 고만 쓸데없고 말았다.

처음 요량에는 종로 네거리까지 바람만 바람만 밟아가서, 계봉이가 있는 ××백화점에 들러 천천히 한 바퀴 돌아보고, 그러다

가 시간이 되어 파하거든 계봉이를 데리고 같이 오려니, 오다가
는 아무거나 먹음직한 걸로 밤참이라도 시켜가지고 오려니, 이랬
던 것인데 공폴시 생각잖은 마가 붙어 흥이 떨어지매 이것이고
저것이고 다 내키지 않고 지옥 같아도 할 수 없는 노릇이요, 차라
리 어서 집으로 가서 드러눕고 싶기만 했다.

그래도 미망이 없진 못해 잠깐 망설였으나, 이내 호오 한숨을
한 번 더 내쉬고는 돌아섰던 채, 오던 길을 맥없이 걸어간다.

걸어가면서 생각이다.

'숲 속에 섞여 선 한 그루 조그마한 나무랄까, 풀 언덕에 같이
자란 한 포기 이름 없는 풀이랄까, 명색도 없거니와 아무 시비도
없는 내가 아니더냐.'

'우뚝 솟을 것도 없고 번화하게 피어날 며리도 없고 다못 남과
한가지로 남의 틈에 섭쓸려 남을 해하지도 말고, 남의 해도 입지
말고, 말썽없이 바스락 소리 없이 살아갈 내가 아니더냐.'

'내가 언제 우난 행복이며 두드러진 호강을 바랐더냐. 내가 잘
되자고 남을 음해했더냐. 부모며 동기간이며 자식한테며 불량한
마음인들 먹었더냐.'

'마음이 모진 바도 아니요 신분이 유난스런 것도 아니요, 소리
없는 나무, 이름 없는 풀포기가 아니더냐. 그렇건만 그 사나운 풍
파며 이 불측한 박해가 어인 것이란 말이냐.'

'이 약병은 무엇을 하자는 것이냐. 인명을 궂혀서까지 내 목숨
을 자결하자는 것이 아니냐.'

'내가 어쩌다 이렇듯 무서운 독부'가 되었단 말이냐. 이것이 환

장이 아니고 무엇이냐. 이 노릇을 어찌하잔 말이냐. 이러한 것을 일러 운명이란다면 그도 하릴없다 하려니와, 아무리 야속한 운명이기로서니 너무도 악착하지 않으냐.'

'운명! 운명! 그래도 이 노릇을 어찌하잔 말이냐—'

소리를 부르짖어 울고 싶은 것이, 더운 눈물만 두 볼을 좌르르 흘러내린다. 눈물에 놀라 좌우를 살피니 어둔 동관의 폭만 넓은 길이다.

아무렇게나 소매를 들어 눈물을 씻으면서 얼마 안 남은 길을 종내 시름없이 걸어 올라간다.

희미한 가등에 비춰보니 팔목시계가 여덟 시하고 사십 분이나 되었다. 그럭저럭 사십 분을 넘겨, 밖에서 충그린 셈이다. 꼭 이십 분 안에 다녀오라던 시간보다 곱쟁이[10]가 되었거니 해도 그게 그다지 속이 후련한 것도 모르겠었다.

큰길을 다 올라와서 골목으로 들어설 때다.

무심코 마악 들어서는데 갑자기 어린애 우는 소리가 까무러치듯 울려 나왔다.

송희의 울음소린 것은 갈데없고, 깜짝 놀라면서 반사적으로 움칫 멈춰 서던 것도 일순간, 꼬꾸라질 듯 대문을 향해 쫓아 들어간다.

아이가 벌써 제풀로 잠이 깰 시간도 아니요, 또 깼다고 하더라도 울면 칭얼거리고 울었지 저렇게 사뭇 기절해 울 이치도 없다. 분명코 이놈 장가놈이 내게다가 못 한 앙심풀이를 어린애한테다 하는구나!

급한 중에도 이런 생각이 퍼뜩퍼뜩, 그러나 몸은 몸대로 바쁘다. 골목이라야 바로 몇 걸음 안 되는 상거요, 길로 난 안방의 드높은 서창이 마주 보여, 한데 아이의 울음소리가 어떻게도 다급한지 마음 같아서는 단박 창을 떠받고 뛰어들어갈 것 같았다.

지친 대문을, 안 중문을, 마당을, 마루를, 어떻게 박차고 넘어뛰고 해 들어왔는지 모른다.

안방 윗미닫이를 벼락 치듯 열어젖히는 순간 아니나 다를까 두 눈이 벌컥 뒤집어진다.

짐작이야 못했던 바 아니지만 너무도 분이 치받치는 장면이었었다.

마치 고깃감으로 사온 닭의 새끼나 다루듯, 형보는 송희의 두 발목을 한 손으로 움켜 거꾸로 도동동 쳐들고 섰다. 송희는 새파랗게 다 죽어, 손을 허우적거리면서 숨이 넘어가게 운다.

형보는 초봉이가 나가고, 나간 뒤에 이십 분이 넘어 삼십 분이 지나 사십 분이 거진 되어도 들어오질 않으니까, 그놈 불안과 짜증이 차차로 더해가고 해서 시방 어미가 들어오기만 들어오면 아까 나갈 제, 어린애를 울렸다 보아라 배지를 갈라놀 테니, 하던 앙칼진 그 소리까지 밉살스럽다고 우정 보아란 듯이 새끼를 집어 동댕이를 쳐주려고 잔뜩 벼르는 판인데, 이건 또 누가 이쁘달까 봐 제가 제풀로 발딱 깨서는 들입다 귀 따갑게 울어대지를 않느냔 말이다.

이참저참 해서 '밤의 수캐'는 드디어 제 성깔이 나고 말았다.

울기는 이래도 울고 저래도 울고 성화 먹기야 매일반이니, 화풀이 삼아 언제까지고 이렇게 거꾸로 들었다 놓았다 하면서 어미한 테다 기어코 요 꼴을 보여줄 심술이었었다. 그랬기 때문에 초봉이가 달려드는 기척을 알고서도 짐짓 그 모양을 한 채로 서서 있었던 것이다.

악이 복받친 초봉이는 기색해가는 아이를 구할 것도 잊어버리고 푸르르 몸을 떨면서 집어삼킬 듯 형보를 노리고 섰다.

이윽고 형보는 초봉이게로 힐끔 눈을 흘기고는,

"배라먹을 것! 사람 귀가 따가워⋯⋯"

씹어뱉으면서 아이를 저 자던 자리에다가 내던져버린다.

"이잇 천하에!"

초봉이는 아드득 한 마디 부르짖으면서 새끼 샘에 성난 암펌같이 사납게 달려들다가 마침 돌아서는 형보를, 되는 대로 아랫배를 겨누어 꿰어지라고 발길로 내지른다.

역시 암펌같이 모진 그리고 날쌘 일격이었으나, 실상 겨누던 배가 아니고 어디껜지 발바닥이 칵 막히는데 저편에서는 의외에도 모질게 어이쿠 소리와 연달아 두 손으로 사타구니를 우디고 뱅뱅 두어 바퀴 맴을 돌다가 그대로 나가동그라진다.

엇나간 겨냥이 도리어 좋게 당처를 들이 찼던 것이고 당한 형보로 보면 불의의 습격이라 도시에 피할 겨를이 없었던 것이다.

방바닥에 나가동그라진 형보는 두 손으로 ×××께를 움킨 채 악악 소리나 아니나 무령하게 물 먹는 메기처럼 입을 딱딱 벌리면서 보깬다. 눈은 흰창이 뒤집어지고 방금 숨이 넘어가는 시늉이다.

죽으려고 헤번득거리는 것을 본 초봉이는 가슴이 서늘하면서
몸이 떨렸다.

겁결에 얼핏 물이라도 먹이고 주물러라도 주어야지, 아아니 의
사라도 불러대어 살려놓아야지 하면서 마음 다급해하는데 순간,
마치 뜨거운 물을 좌왁 끼얹는 듯 머릿속이 화끈하니 치달아 오
르는 게 있었다.

'옳아! 죽여야지!'

소리는 안 냈어도 보다 더 살기스런 포효다.

죽으려고 납뛰는 것을 보고 겁이 나서 살려놓자던 저를 혀 한 번
찰 경황도 없었다. 경황이 없기보다도 잊어버렸기가 쉬우리라.

이 순간의 초봉이의 얼굴을 누가 보았다면 벌겋게 상기된 채 씰
룩거리는 안면 근육이며 모가지의 푸른 핏대며 독기가 뎅겅뎅겅
듣는 눈이며, 분명코 육식류(肉食類)의 야수를 연상하고 몸을 떨
지 않길 못했을 것이다.

"아이구우, 사람 죽는다아!"

형보는 그새 아픔이 신간했던지, 떠나가게 게목"을 지른다.

초봉이는 깜짝 놀라 입술을 깨물고 와락 달려들어 형보가 우디
고 있는 ×××께를 겨누고 힘껏 걷어찬다. 정통이 거기라는 것
은 형보 제가 처음부터 우디고 있기 때문에 안 것이요, 하니 방법
은 당자 제 자신이 가르쳐준 셈쯤 되었다.

마음먹고 차는 것이건만 이번에는 곧잘 정통으로 들어가질 않
는다. 세 번 걷어찼는데 겨우 한 번 올바로 닿기는 했어도 형보의
손이 가리어 효과가 없고 말았다. 그럴 뿐 아니라 형보는 겨냥 들

어오는 데가 거긴 줄 알아채고서 두 손으로 잔뜩 가리고 다리를
꼬아붙이고 그러고도 몸을 요리조리 가눈다. 인제는 암만 걷어질
러야 위로 헛나가기 아니면 애먼 볼기짝이나 차이고 말지 정통에
는 빈틈이 나지 않는다.

　—아이구우, 이년이 날 죽이네에!

　—아이구 아야 아이구 아야.

　—아이구우 이년이 사람 막 죽이네에!

　—아이구 아이구 아이구!

　—아이구우 날 잡아먹어라.

　형보는 초봉이가 한 번씩 발길질을 하는 족족, 발길질이라야 헛
나가기 아니면 아프지도 않은 것을 멀쩡하니 뒹굴면서 돼지 생먹
따는 소리로 소리소리 게목을 질러댄다.

　×××차인 것도 인제는 안 아프고 번연히 흉포를 떠느라 엄살
인 것이다.

　형보는 조금치라도 초봉이에게서 살의(殺意)를 거니채지는 못
했다. 그러나 제가 송희를 가지고 한 소행은 있겠다, 한데 초봉이
가 전에 없이 미칠 듯 날뛰니까 달리 겁이 슬그머니 났었다.

　그새까지는 악이 바치면은 등감이나 한 번 쥐어박지르고 욕이
나 해퍼붓고 이내 그만두었지 그다지 기승스럽게 대드는 법이 없
었다.

　본시 뒤가 무른 형보는, 그래서 생각에, 저년이 이번에는 아마
단단히 독이 오른 모양이니 마주 성구거나 잘못 건드렸다가는 제
분에 못 이겨 양잿물이라도 집어삼킬는지 모른다. 아예 그렇다면

맞서지를 말고 엄살이나 해가면서 제 분이 풀리라고, 때리면 맞는 시늉, 걷어차면 차이는 시늉 해주는 게 옳겠다, 차여준대야 맨처음의 ×××는 멋도 모르고 차인 것, 인제는 제까짓것 계집년이 참새다리 같은 걸로 발길질을 골백번 한들 소용 있더냐! 엉덩판이나 허벅다리 좀 차였다고 골병들 리 없고, 요렇게 ×××만잘 싸고 피하면 고만이지, 이렇대서 시방 앞뒤 요량 다 된 줄로든든히 배짱 내밀고 구렁이 같은 의뭉을 피우던 것이다.

초봉이는 발길질에 차차로 기운이 광져 오는데, 형보는 일변 도로 멀쩡해지는 걸 보니 마음이 다뿍 초조해서, 이를 어찌하나 싶어 안타까워할 즈음 요행히 꾀 하나가 언뜻 들었다.

그는 여태까지 형보가 누워 있는 몸뚱이와 길이로만 서서 샅[12]을 겨누어 발길질을 하던 것을 고만두는 체 슬쩍 비키다가 와락 옆으로 다가서면서 날쌔게 발꿈치를 들어 칵 내리 제긴다.

"어이쿠, 아이구우."

형보는 ××× 두덩을 한 손만 옮겨다가 우디면서 옳게 아파한다.

"아이구우 사람 죽네에!"

형보는 여전히 게목을 지르면서 몸을 요리조리 바워내고, 초봉이는 따라가면서 옆을 잃지 않고 제긴다.

그러다가 한 번, 정통과는 겨냥이 턱없이 빗나갔고 훨씬 위로배꼽 밑인 듯한데, 칵 내리 제기는 발꿈치가 물씬하자 단박,

"어억!"

소리도 미처 못 맺고 자리를 우디려 올라오던 팔도 풀기 없이

방바닥으로 내려진다. 아까 맨 먼저 ×××를 차이고 나가동그라질 때보다 더하다. 차인 자리는 형보고 초봉이고 다 같이 생각지도 알지도 못하는 배꼽 밑의 급처[13]이던 것이다.

형보는 숭업게 눈창을 뒤집어쓰고 입을 떠억 벌린 채 거진 사족이 뻐드러져서 꼼짝도 않는다. 숨도 쉬는 것 같지 않고 입가로 게거품이 피어오른다.

"오오냐!"

기운이 버쩍 솟은 초봉이는 이를 보드득 갈아 붙이면서 맞창이라도 나라고 형보를 아랫배를 내리 칵칵 제긴다. 하나 둘 세엣 너히, 수없이 대고 제긴다. 다아섯 여어섯 이일곱 여어덟……

얼마를 그랬는지 정신은 물론 없고, 펄럭거리면서 발꿈치 방아를 찧는데 어찌어찌하다가 내려다보니 형보는 네 활개를 쭈욱 뻗고 누워 움칫도 않는다. 숨도 안 쉬고 눈도 많이 감았다.

초봉이는 비로소 형보가 죽은 줄로 알았다. 죽은 줄을 알고 발길질을 멈추고는 허얼헐 가쁜 숨을 쉬면서, 발밑에 뻐드러진 형보의 시신을 들여다본다.

이 초봉이의 형용은 거기 굴러져 있는 송장 그것보다도 더 흉허운 꼴이다.

긴 머리채가 앞뒤로 흐트러져 얼굴에도 그득 드리웠다. 얼굴에 드리운 머리칼 사이로 시뻘겋게 충혈된 눈이 무섭게 번득인다. 깨문 입술은 흐르는 피가 검붉다. 매무시[14]가 흘러내려 흰 허리통이 징그럽게 드러났다. 가삐 쉬는 숨길마다, 드러난 그 허리통이 쥐노는 고깃덩이같이 들먹거린다.

초봉이는 시방 완전히 통제를 잃어버린 '생리'다.

머리가 눈을 가리거나 매무시가 흘러 허리통이 나온 것쯤 상관
도 않거니와, 실상 상관 이전이어서 알기부터 못 하고 있다. 암만
숨이 가빠야 저는 가쁜 줄을 모른다. 송희가 들이 울어도 뒹굴어
도 안 들린다. 동네가 발끈한 것도 모른다.

다 모른다. 모르고 형보가 이렇게 발밑에 나가동그라져 죽은
것, 오로지 그것만이 눈에 보일 따름이다.

감각만 그렇듯 외딴 것이 아니라 의식도 또한 중간의 한 토막뿐
이다. 그의 의식은 과거와도 뚝 잘리고, 미래와도 뚝 끊기어 앞선
일도 뒤엣일도 죄다 잊어버렸다. 잊어버리고서 역시 형보가 시방
—당장 시방—거기 발밑에 나가동그라져 죽은 것, 단지 그것만
을 안다. 그것은 흡사 곁가지를 후리고 위아래 동강을 쳐낸 가운
데 토막만 갖다가 유리단지의 알콜에 담가놓은 실험실의 신경이
라고나 할는지.

그 끔찍한 모양을 하고 서서 형보의 시신을 끄윽 내려다보던 초
봉이는 이윽고 이마와 양미간으로 불평스런 구김살이 분명하게
드러난다.

초봉이는 형보를, 원망과 증오가 사무친 형보를, 또 이미 죽이
겠던 형보를 마침내 죽여놓았고, 그래서 시방 이렇게 죽어 뻐드
러졌고, 그러니까 인제는 속이 후련하고 기쁘고 했어야 할 것인
데 아직은 그런 생각이 안 나고, 형보가 죽은 것이 도리어 안타까
웠다.

원수는 이미 목숨이 없다. 죽었으되 저는 죽은 줄을 모른다. 발

길로 차고 제기고 해도 아파하지 않는다.

'내 생애를 잡쳐주었고 갖추갖추 나를 괴롭히던 원수건만 인제는 원한을 풀 데가 없다. 원수는 저렇듯 편안하다. 저 평온! 저 무사! 저 무관심!……'

초봉이는 이게 안타깝고 그래서 불평이던 것이다.

멈추고 섰던 것은 잠깐 동안이요, 이어 곧 훨씬 더 모질게 발길질을 해댄다.

칵칵 배가 꿰어지라고 내리 제긴다. 발을 번갈아 가면서 제긴다.

만약 이 형보의 배가 맞창[15]이라도 났으면, 이렇게 물씬거리지 말고 내리구르는 발꿈치가 배창을 꿰뚫고 다시 등짝을 꿰뚫고 따악 방바닥에 가서 야멸치게 맞히기라도 했으면 그것이 대답인 양 초봉이는 속이 후련해했을 것이다. 그러나 암만 기운을 들여서 사납게 제겨야 아파하지도 않고 퍼억퍽 바람 빠진 고무공처럼 물씬거리기만 한다. 마치 그것은 형보가 살아 있을 제 하던 짓처럼 유들유들한 것과 같았다.

끝끝내 반응이 없고, 그게 답답하다 못해 초봉이는 고만 눈물이 쏟아진다.

눈물에 맥이 탁 풀려, 그대로 주저앉으려다가 말고, 문득 방 안을 휘휘 둘러본다. 아무거나 연장이 아쉬웠던 것이다.

이때에 가령 칼이 눈에 띄었다면 칼을 집어 들고서 형보의 시신을 육회 치듯 난도질을 해놓았을 것이다. 또, 몽둥이나 방망이가 있었다면 그놈을 집어 들고서 들이 짓바쉈을 것이고, 시뻘건 화톳불이 있었다면 그놈을 들어다가 이글이글 덮어씌웠을 것이다.

방 안에는 아무것도 만만한 것이 보이지 않으니까 열려 있는 윗 미닫이로 고개를 내밀고 마루를 둘러본다. 바로 문치의 쌀뒤주 앞에 가서 시커먼 맷돌이 묵직하게 포개져 놓인 것이 선뜻 눈에 띄었다.

서슴잖고 우르르 나가 그놈을 위아래짝 한꺼번에 불끈 안아 들고 방으로 달겨든다. 여느 때는 한 짝씩만 들재도 힘이 부치는 맷 돌이다.

번쩍 턱밑까지 높이 쳐들어 올린 맷돌을, 형보의 가슴패기를 겨 누어 앙칼지게 내리 부딪는다.

"떠그럭, 퍽, 떠그럭."

무딘 소리와 한가지로 육중한 맷돌이 등의 곱사혹에 떠받히어 빗밋이 기운 형보의 앙가슴을 으깨고 둔하게 굴러 내린다.

맷돌을 내려치는 바람에 초봉이는 중심을 놓치고 앞으로 형보 의 시체 위에 가서 꼬꾸라질 뻔하다가 겨우 몸을 가눈다.

몸을 고쳐 가진 초봉이는 또다시 맷돌을 안아 올리려고 허리를 꾸부리다가, 피 밴 형보의 가슴을 보고서 그대로 멈춘다.

맷돌에 으끄러진 가슴에서 엷은 메리야스 위로 자리 넓게 피가 배어 오른다. 팔을 쭉 편 손끝이 바르르 보일락 말락 하게 떨다가 만다. 초봉이가 만일 그것까지 보았다면 아직도 설죽은 것으로 알고서 옳다꾸나 다시 무슨 거조를 냈겠는데, 실상은 잡아놓은 쇠고기에서 쥐가 노는 것과 다름없는 생명 아닌 경련이었었다.

뒤로 고개를 발딱 젖힌 입 한쪽 귀퉁이에서 검붉은 피가 가느다 랗게 한 줄기 흐른다.

초봉이는 굽혔던 허리를 펴면서

"휘유."

깊이 한숨을 내쉰다. 피의 암시로 하여 다시 한 번 형보의 죽음을 알았고, 그러자 비로소 그대도록 벅차고 조만찮아했던 거역[16]이 아주 우연하게 이렇듯 수월히 요정이 난 것을 안심하는 한숨이었었다.

따로 놀던 신경이 정리가 되어감을 따라, 그것은 완연히 초봉이 제 자신의 능력이 아니고 한 개의 기적인 것 같아 경이의 눈으로 이 결과를 내려다보지 않을 수가 없었다.

아닌 게 아니라 오늘 밤 같은 전연 돌발적인 우연한 고패가 아니고서는 아무리 ××가리나 그런 좋은 약품이 있다고 하더라도 초봉이의 맑은 정신을 가지고는 좀처럼 마음 차근차근하게 일 거조를 내지 못했을는지도 모른다.

초봉이는 차차 온전한 제정신이 들고, 정신이 들면서 맨 처음 송희의 우는 소리를 알아들었다.

매우 오랫동안인 것 같으나, 실상 첫 번 형보의 ×××를 걷어질러 넘어뜨리던 그 순간부터 쳐서 오 분밖에 안 된 시간이다.

초봉이는 얼른 머리카락을 뒤로 걷어 넘기고 허리춤을 추어올리고 그러고 나서 팔을 벌리고 안겨 드는 송희를 그러안으려고 몸을 꾸부리다가 움칫 놀라 제 손을 끌어당긴다. 이 손이 사람을 굳힌 손이거니 하는 생각이 퍼뜩 들면서 사람을 굳힌 손으로 소중스런 자식을 안기가 송구했던 것이다. 송희는 엄마가 꺼려하는 것이야 상관할 바 없고, 제풀로 안겨 들어 벌써 젖꼭지를 문다.

할 수 없는 노릇이고, 초봉이는 송희를 젖 물려 안은 채 처네를 내려다가 형보의 시신을 덮어버린다. 이것은 송장에 대한 산 사람의 예절과 공포를 같이한 본능일 게다. 그러나 시방 초봉이의 경우는 그렇기보다 어린 송희에게, 아무리 무심한 어린 눈이라고 하더라도 그 눈에 이 끔찍스런 살상의 자취가 보이지 말게 하자는 어머니의 마음일 게다.

초봉이는 이어서 뒷일 수습을 하기 시작한다. 우선 시간을 본다. 아홉 시까지는 아직 십오 분이나 남았다. 계봉이가 항용[17] 아홉 시 사십 분 그 어림해서 돌아오곤 하니 그 준비는 그동안에 넉넉할 것이었었다.

한 손으로는 송희를 안고 한 손만 놀려 가면서 바지런바지런, 그러나 어디 놀러 나갈 채비라도 차리는 듯 심상하게 서둔다.

아까 사가지고 온 ×××병과 교갑 봉지가 방바닥에 굴러져 있는 것을 집어 건넌방에다 갖다 둔다.

그다음, 양복장 아래 서랍에 고스란히 들어 있는 송희의 옷을 그대로 담쏙 트렁크에 옮겨 담아 건넌방으로 가져간다.

또 그다음, 장롱에서 위아랫막이 안팎 새 옷을 한 벌 심지어 버선까지 고르게 챙겨 내다가 놓는다.

마지막 방바닥의 너저분한 것을 대강대강 거두잡아 치우고는 손맷그릇[18]의 돈지갑을 꺼내서 손에 쥔다.

반지가 백금반진데, 시방 손에 낀 형보가 해준 놈말고 전에 박제호가 해준 놈이 또 한 개, 그리고 사파이어를 박은 금반지까지 도통 세 개다. 죄다 찾아내고 뽑고 해서 돈지갑에다가 넣는다.

반지를 뽑고 하노라니까 문득 한숨이 소스라쳐 나온다. 지나간 날 군산서 떠나올 그 밤에 역시 고태수가 해준 반지를 뽑던 생각이 나던 것이다.

어쩌면 한 번도 아니요 두 번째나 이 짓을 하다니, 그것이 심술 사나운 운명의 역력스러운 표적인가 싶기도 했다.

반지 하나 때문에 추억을 자아내어 가슴 하나 가득 여러 가지 회포가 부풀어 오른다.

한참이나 넋을 놓고 우두커니 섰다가 터져 나오는 한숨 끝에 중얼거린다.

"그래도 그때 그날 밤에는 살자고 희망을 가졌었지!"

초봉이는 안방을 마지막으로 나오려면서 휘익 한번 둘러본다. 역시 미진한 게 있다면 얼마든지 있겠으나 시방 이 경황 중에는 어찌할 수 없는 것들이다.

남색 제병처네를 덮어씌운 형보의 시신 위에 눈이 제풀로 멎는다. 인제는 꼼지락도 않는 송장, 송장이거니 해야 몸이 쭈뼛하거나 무섭지도 않다.

항용 남들처럼 사람을 해하고 난 그 뒤에 오는 것, 가령 막연한 공포라든지, 순전한 마음의 죄책이라든지, 다시 또 그 뒤에 오는 것으로 받을 법의 형벌이라든지 그런 것은 통히 생각이 나질 않는다. 단지 천행으로 이루어진 이 결과에 대한 만족과, 일변 원수의 무사태평함에 대한 시기(嫉妬)와 이 두 가지의 상극된 감정이 서로 번갈아 드나들 따름이다.

이윽고 마루로 나와 미닫이를 닫고 돌아서다가 문득 얼굴을 찡

그러면서,

"원수는 외나무다리서 만난다더니! 저승을 가도 같이 가야 하나!"

하고 쓰디쓰게 한 마디 입속말을 씹는다.

미상불 징그럽기도 하려니와 창피스런 깐으로는 작히나 하면 이놈의 집구석에서 약을 먹고 죽을 게 아니라 철도 길목이든지 한강이든지 나갔으면 싶었다.

건넌방으로 건너와서 그동안 잠이 든 송희를 아랫목으로 내려 뉜다. 뉘면서 송희의 얼굴을 들여다보노라니 비로소 그제야 설움이 소스라쳐 눈물이 쏟아진다.

설움에 맡겨 언제까지고 울고 싶은 것을 그러나 뒷일이 총총해 못한다. 흘러넘치는 눈물을 씻으며 흘리며, 계봉이의 경대를 다 가놓고 머리를 빗는다. 단장은 했으나 눈물이 자꾸만 망쳐놓는다. 마지막 새 옷을 싸악 갈아입는다. 옷까지 갈아입고 나니 그래도 조금은 기분이 산뜻한 것 같다.

유서를 쓴다. 비회가 붓보다 앞을 서고 또 쓰기로 들면 얼마든지 장황하겠어서 아주 형식적이요 간단하게 부친 정주사와 모친 유씨한테 각각 한 장씩 썼다.

계봉한테는 송희를 갖추갖추 부탁하느라고 좀 자상했다. 승재와 결혼하는 것이 좋겠다는 말도 했다.

유서 석 장을 각각 봉해가지고 다시 한 봉투에다가 넣어 겉봉을 부주전상백시[19]라고 썼다.

마침 아홉 시 반이 되어 온다. 인제 한 십 분이면 계봉이가 오고, 오면은 선 자리에서 송희와 돈지갑과 유서와 트렁크를 내주면서 정거장으로 쫓을 판이다.

모친이 병이 위급하다는 전보가 왔는데, 형보가 의증을 내어 못 내려가게 하니 너 먼저 송희를 데리고 이번 열한 점 차로 내려가면, 날라컨 몸 가쁜하게 있다가 눈치 보아가면서 오늘 밤에 못 가더라도 내일 아침이고 밤이고 몸을 빼쳐 내려가마고, 이렇게 돌릴 요량이다. 유서의 겉봉을 부친한테 한 것도 그러한 의사가 있기 때문이다.

이것은 미리서 계획했던 것이 아니고, 당장 꾸며낸 의견이다. 그는 계봉이를 송희와 압령해서 그렇게 시골로 내려보내놓고 최후의 거사를 해야 망정이지, 이 흉악한 살상의 뒤끝을 그 애들한테다가 맡기다니 절대로 불가한 짓이었었다.

사실 그러한 뒷근심[20]이 아니고서야 유서나 머리맡에다 놓아두고 진작 약그릇을 집어 들었을 것이지 우정 계봉이를 기다리고 있을 것도 없던 것이다.

그러나 막상 '필요'가 그러한 연유로 해서 기다린다 하지만, 사랑하는 동생을 마지막으로 한 번 더 상면을 하게 되는 것이, 그것이 초봉이에게는 오히려 뜻이 있고 겸하여 커다란 기쁨이 아닐 수 없었다.

유서까지 써놓았고 하니 준비는 다 된 셈이다.

인제는 계봉이가 돌아올 동안에 교갑에다가 약이나 재자고 ××병을 앞으로 다가놓다가, 먹고 죽을 사약이 쓴 걸 가리려는 저 자신이 하도 서글퍼 코웃음을 하면서 도로 밀어놓는다.

하고 그것보다는 나머지 십 분을 송희의 마지막 엄마 노릇을 할 것이긴 한데 잊어버렸던 것이 대단스러웠다.

그래 마악 책상 앞으로부터 아랫목의 송희에게로 돌아앉으려고 하는데 그때 마침 계봉이가 우당퉁탕 황급히 언니를 불러 외치면서 달려들었던 것이다.

달려드는 계봉이는 미처 방으로 들어가지도 못하고 마루로 난 샛문턱에 우뚝, 사라질 듯 목안엣소리로

"언니이!"

부르면서 눈에는 눈물이 뚜욱뚝 형의 얼굴을, 송희를, 트렁크를, ×××병을, 이렇게 휘익 둘러보다가 다시 형을 마주본다.

서곡 序曲

　초봉이는 동생이 하도 황망히 달려들면서 겸하여 사뭇 자지러
져 찾는 소리에 저 애가 일 저지른 걸 벌써 다 알고 이러지를 않
나 싶어 깜짝 놀랐으나, 이어 곧 무슨 그럴 리가 있을까 보냐고,
미심은 미심대로 한옆에 젖혀둔 채 얼굴을 천연스럽게 가지려고
했다.

　그러나 마루로 뛰어올라 문턱을 디디고 서는 계봉이의 (긴장한
거동이 종시 예사롭질 않았지만 그것보다도) 가뜩 더 간절하게,
언니이! 부르는 소리가 어떻게도 정이 넘치는지, 그런데 또 눈에
서는 눈물이 글썽글썽 솟아 흐르고…… 초봉이는 제법 침착하자
고 마음 도사려먹었던 것은 그만 파그르르 스러지고, 마주 눈물
이 방울방울 떨어져 내린다.

　그것은 사람의 육친의 동기간 사이에서만 우러날 수 있는 극진
한 애정에서 초봉이는 순간 아무것도 다 잊어버리고 아프리만큼

감격을 느꼈다. 그는 뒷일이야 어찌 되든지 설사 계봉이가 말려서 시방 최후의 요긴한 한 가지 일인 자결을 뜻대로 이루질 못하게 될값에 그렇더라도 이렇게 다시 한 번 동생을 상면하는 것이 크고, 그러므로 기다리고 있었던 게 잘한 노릇이고 하다 싶어 더욱이 기뻐해 마지않는다.

계봉이는 형이 무사히 있음을 보고서 와락 반가움에 지쳐 눈물까지는 나왔어도, 그다음 다른 것은 암만해야 머루 먹은 속같이 얼떨떨하니 가늠을 할 수가 없었다.

가만히 한 발걸음 방 안으로 계봉이는 형의 기색과 동정을 살피면서, 또 한 걸음 떼어놓고는 둘레둘레하다가……

"언니이!"

조르듯 응석을 하듯 다뿍 성화가 난 소리다. 왜 그다지 성화에 겨웠느냐고 물으면 저도 섬뻑 대답은 못 할 테면서, 그러나 단단히 걱정스럽기는 걱정스러웠다.

초봉이는 눈에 눈물을 담은 채 아낌없이 가만히 웃으면서,

"지끔 오니?"

하고 근경 있이 대답을 해준다.

경황 중에도 계봉이는 참으로 아직껏 형의 웃는 입가는 이쁘다고 좋아했다.

잠깐 서로 말이 없이 보고만 섰다.

계봉이는 자꾸만 궁금해 못 견디겠는데, 그러면서도 어리뚱웅해서 무슨 소리를 무어라고 물어보고 이야기하고 할지를 몰랐다. 하다가 언뜻 승재와 같이서 온 생각이 생각났다.

별반 이 장면의 이 공기에 긴급한 테마는 아니지만, 그렇다고 또 생각이 난 것을 말 않고 가만히 있을 것도 없는 것이라……

"남서방두 왔는데……"

"머어?"

초봉이가 호들갑스럽게 놀라는데 마침 뚜벅뚜벅 마당으로 승재가 들어서고 있다.

초봉이는 반사적으로 몸이 앞 미닫이께로 와락 쏠리다가 마당 가운데 쭈쩍 멈춰 서는 승재와 얼굴이 마주치자 꺾이듯 고개가 깊이 떨어진다.

계봉이도 형의 어깨 너머로 내다보고, 그러나 불빛이 희미해서 피차에 얼굴의 변화는 세 사람이 다 같이 알아보지 못했다.

승재는 둘레둘레 망설이고 섰다가 그로서는 좀 대담하리만큼 대뜰로 해서 마루로 성큼 올라선다.

건넌방의 아우형제는 시방 승재가 그리로 들어올 줄 기다리고 있는데, 승재는 마루에서 잠깐 머뭇거리더니 쿵쿵 발소리를 내면서 안방께로 가고 있다.

계봉이도 의아했지만, 초봉이는 숙였던 고개를 번쩍 소스라치게 놀라서,

"아이머니 저이가!"

하면서 기색할 듯 목소리를 짓누른다.

그러나, 승재는 벌써 미닫이를 뒤로 닫고 들어갔고, 계봉이는 비로소 번개같이 머리에 떠오르는 게 있어 눈이 휘둥그래지더니 형더러 무슨 말을 할 듯하다가 우루루 마루로 달려나간다.

초봉이는 일순간의 격동 끝에 어깨를 추욱 처트리고 넋 없이 서서 있고, 계봉이는 한걸음에 마루를 지나 안방 미닫이를 와락 열어젖힌다.

생각한 바와 같았는데 놀람은 놀람대로 커서,

"악!"

조심스러우나 무거운 부르짖음이 쏠려 오른다.

"문 닫구 절러루 가서 있어요!"

처네를 걷어치우고 형보의 시신을 손목 짚어 맥을 보던 승재가 얼굴을 들지 않은 채 계봉이를 나무란다.

계봉이는 더 오래 정신없이 섰을 것을 승재의 주의에 기계적으로 미닫이를 닫고, 역시 기계적으로 한 걸음 두 걸음 건넌방을 향해 걸어온다.

초봉이는 동생과 얼굴이 마주치자, 힘없이 고개를 떨어트린다.

계봉이는 형의 앞에까지 와서 조용히 선다. 말은 없고 형의 숙인 이마를 보던 눈을 책상 위의 약병 ×××으로 돌렸다가 도로 형을 본다. 이때는 놀랐던 기색이 벌써 다 가시고 슬픔이 가득히 얼굴로 갈려들었다.

저 사약(死藥)이 말을 하는 죽음이 아니면, 법(法)이 주는 형벌, 일순간 후에는 반드시 오고야 말 형의 절박한 운명의 아픔을 시방 계봉이는 독립한 딴 개체(個體)의 것으로가 아니요, 바로 제 살(肉體) 속에서 감각하고 있는 것이다.

"언니!"

들이' 몸부림이 치일 직전의 무의식한 호흡 같고, 부르는 소리도 목이 메어 목에서 걸린다.

초봉이는 순순히 고개를 들어 웃으려고 한다. 조용히 단념을 하는 미소, 하니 그것은 웃음이기보다 울음에 가깝겠지만, 그거나마 동생의 너무도 슬픈 얼굴 앞에서는 이내 스러져버리고 만다. 하고서 방금 울음이 터져 오를 듯 입이 비죽비죽……

"계봉아!"

"언니!"

계봉이는 와락 쏠려 들어 형의 아랫도리를 얼싸안고 접질리고, 초봉이는 그대로 주저앉으면서 동생의 어깨에다가 고개를 파묻는다.

두 울음 소리가 동생은 높게 형은 가늘게 서로 뒤섞여 호젓이 떨린다.

"죄꼼만 더 참던 않구! 죄꼼만……"

갑자기 계봉이가 얼굴을 쳐들면서 어깨를 쌀쌀, 안타까이 부르짖는다.

"……죄꼼만 참았으믄 남서방이 나서서 언닐 구해내주구, 다아 그러기루 했는데!…… 죄꼼만 더 참지! 이 일을 어떻게 해애! 언니 언니!"

계봉이는 도로 형의 무릎에 가 엎드러진다. 폭폭하다 못해 하는 소리요, 말하는 그대로지, 말 이외에 다른 의미는 없던 것이다.

그러나 듣는 초봉이에게는 그렇게 단순하게만 들리진 않았다.

초봉이는 가슴속이 용솟음을 치는 채, 울던 것도 잊어버리고 벙벙하니 앉아 있다.

'승재가 나서서 나를 구해내주고 그리고 다 그러기로 했다
구?…… 옳아! 시방도 그러니까 나를 사랑하고, 그래서 다시 거
둬주려고……'

이렇게 생각할 때에 초봉이는 금시로 몸에 날개가 돋치는 것 같
았다. 그러나 그다음 순간,

'정말 그랬구나. 그래서 저렇게 찾아온 것이고…… 그런 것을
아뿔싸! 정말 죄꼼만 참았더라면, 한 시간만 참았어도……'

생각이 이에 미치자 그만 상성이라도 할 듯 후울훌 뛰고 싶게
안타까웠다.

이 정당한 오해는 물론 계봉이의 고의도 아니요, 초봉이의 잘못
도 아닌 것이다.

초봉이는 동생의 등 위에 또다시 엎드려 애가 끊이게 운다.

승재가 아직도 나를 사랑하고 있었구나 하면 이다지도 기쁜 노
릇은 생후 처음이다. 그러나 시방은 일을 저지른 뒤다. 부질없이
큰 기쁨이 순간의 어긋남으로 해서 내 것이 아니고 말았으니 세
상에도 이런 야속한 노릇이 있을 수가 없다.

그래도 승재가 이제껏 나를 사랑하는 것은 반갑지 않으냐?……
그렇지만 반가우면 무얼 하나. 인제 죽고 말 테면서. 아니 그래
도…… 글쎄…… 어떡허나! 어떻게……

이렇게 되풀이를 하는 동안 초봉이는 일이 기쁜지 슬픈지 마침
내 분간을 하지 못하고 울기만 한다.

이윽고 승재가 안방으로부터 건너와서 우두커니 문치에 가 선다.

승재가 건너온 기척을 알고 초봉이가 먼저 몸을 일으켜 도사리

고 앉으면서 숙인 얼굴을 두 손으로 싼다. 뒤미처 계봉이도 얼굴을 들어 옆에 섰는 승재게로 토옹통 부은 눈을 돌린다. 승재는 그 뜻을 알아차리고 도리질을 한다. 형보는 아주 치명상으로 절명이 되었던 것이다.

승재가 몸 주체를 못 하고 섰는 것을 계봉이가 눈짓을 해서 그 자리에 편안찮이 앉고, 세 사람은 초봉이가 따암땀 가늘게 느껴 울 뿐, 다 같이 말이 없이 한동안 잠잠하다.

"언니이?"

침착을 회복하여 곰곰이 생각을 하고 있던 계봉이는 얼마 만에 야 목소리를 가다듬어 형을 부르면서 바투 더 다가앉는다. 초봉이는 대답 대신 얼굴의 손만 떼었다가 도로 가린다.

"저어, 응? 언니이……"

"……"

"저어, 응?…… 저어, 경찰서루 가서 응? 자현²을 허우, 응?…… 그걸 차마……"

말을 채 못 하고서 계봉이는 한숨을 내쉰다. 초봉이는 움칫 놀라 얼굴을 들고 동생을 바라다본다. 무어라고 할 수 없는 착잡한 표정이 퍼뜩퍼뜩 갈려든다.

동생의 말은 선뜻 반가운 소리였었다. 그러나 야속스런 훈수였었다.

"자현?…… 자현을 하다니!……"

우두커니 동생의 얼굴을 건너다보고 앉았던 초봉이의 입에서, 그것은 누구더러 하는 말이라기보다도, 자탄에 겨운 넋두리가 흘러져 나온다.

"……자현을 하든 징역을 살라구? 사형이라믄 차라리 좋지만,
징역을 살다니…… 인전 하다하다 못해서 징역까지 살아? 그 몹
쓸 경난을 다아 겪구두 남은 고생이 있어서 징역까지 살아?……
못하겠다! 난 기왕 죽자구 하던 노릇이니 죽구 말겠다! 죽구 말지
징역이라니!…… 내가 무얼 잘못했길래? 응? 내가 무얼 잘못했
어? 장형보 그까짓 파리 목숨 하나만두 못한 생명. 파리 목숨이라
믄 남한테 해나 없지. 천하에 몹쓸 악당. 그놈을 죽였다구 그게,
그게 죄란 말이냐? 어쩌니 그게 죄냐? 미친개는 때려죽이면 잘했
다구 추앙하지? 미친개보담두 더한 걸 죽였는데 어째서 죄란 말
이냐?…… 난 억울해서 징역 못 살겠다!…… 왜, 왜 내가 징역을
사니? 인전 두 다리 쭈욱 뻗구서 편안히 죽을 것을, 왜 일부러 고
생을 사서 하니? 응? 응?"

가슴을 쥐어뜯고 몸부림을 치게 애달픈 것을 못 하고서 다시 손
으로 얼굴을 싸고 운다. 손가락 사이로 눈물이 줄줄이 흘러내린다.

승재가 눈에 눈물이 가득, 코를 벌심벌심, 황소같이 식식거리고
앉았다.

참혹한 살상에 대한 불쾌했던 인상이 스러지는 반면 그 살상을
저지른 초봉이의 정상에 오히려 동감이 되면서, 일변 '독초'와 독
초(毒草) 그것을 가꾸는 '육법전서'에의 울분이 치달아 오르던 것
이다. 그는 시방 가슴에 불이 치미는 깐으로는 단박 ×이라도 뽑
아 들고 거리로 뛰쳐나갈 것 같은 것을, 그러고서는 막상 어디 가
서 누구를 행실을 낼 바를 몰라 그것이 답답했다.

"어떻게 해요! 응?"

계봉이가 고개를 돌리고 조르듯 성화를 한다. 승재는 그 말은 대답을 못하고,

"빌어먹을 놈의!⋯⋯"

볼먹은 소리로 두런두런, 주먹으로 눈물을 씻다가, 그다음에는 이라도 갈 듯,

"⋯⋯어디 보자!"

하면서 허공을 눈 부릅뜬다.

"뚱딴지네!"

계봉이는 승재한테 눈을 흘기면서 입안엣말로 종알거리다가 형을 부여잡는다.

"언니?"

"계봉아!⋯⋯"

초봉이는 부지를 못해 동생의 어깨에 얼굴을 묻고 엎드려서 울음소리 섞어섞어 하소를 한다.

"⋯⋯계봉아! 이 노릇을 어떡허니? 어떡허믄 좋 거나? 응? 죽자구 해두 죽을 수두 없구⋯⋯ 살자구 해두 살 수두 없구⋯⋯ 이 노릇을 어떡허믄 좋단 말이냐? 에구 계봉아!"

"언니? 언니! 헐 수 있수? 정상이 정상이구, 또 자술 했으니깐 형벌이 그대지 중하던 않을 테지⋯⋯ 다직 한 십 년, 아니 한 오륙 년밖엔 안 될지두 모르니, 그것만 치르구 나오믄 고만 아니우? 그 댐엔 다아 좋잖우? 송횐 그새 동안 아무 걱정 할라 말구⋯⋯ 그저 몇 해 동안만⋯⋯ 그렇지만, 그렇지만 언니가 그 짓을 어떻

게! 징역살이를 어떻게 허우!…… 아이구 이 일을 어쩌애!"

달랜다는 것이 마지막 가서는 같이서 울고 만다.

막혔던 봇둑을 터뜨린 듯 형제가 도로 어우러져 울고 있고, 승재는 고개를 깊이 숙이고 앉았고 하기를 한 식경이나 지나간 뒤다.

초봉이는 불시로 눈물을 거두고 얼굴을 들어 승재게로 돌린다. 승재도 마침 울음소리 끊긴 데 주의가 가서 고개를 들다가 초봉이와 눈이 마주친다.

초봉이는 무엇인지 간절함이 어리어 있는 눈동자로 무엇인지를 승재의 얼굴에서 찾으려는 듯 한참이나 보고 있다가 이윽고 목멘 소리로,

"그렇게 하까요? 하라구 허시믄 하겠어요! 징역이라두 살구 오겠어요!"

하면서 조르듯 묻는다. 의외요, 그러나 침착한 태도였었다.

승재는 그렇듯 어떤 새로운 긴장을 띤 초봉이의 그 눈이 무엇을 말하며, 하는 그 말이 무엇을 의미하는 것인지를 잘 알 수가 있었다.

알고 나니 대답이 막히기는 했으나 그는 시방 이 자리에서 초봉이가 애원하는 그 '명일의 언약'을 거절하는 눈치를 보일 용기는 도저히 나질 못했다.

"뒷일은 아무것두 염려 마시구, 다녀오십시오!"

승재의 음성은 다정했다. 초봉이는 저도 모르게 한숨을, 안도의 산숨을 내쉬면서,

"네에."

고즈넉이 대답하고, 숙였던 얼굴을 한 번 더 들어 승재를 본다. 그 얼굴이 지극히 슬프면서도 그러나 웃을 듯 빛남을 승재는 보지 않지 못했다.

인간기념물

1 합수지다 합수(合水)되다. 물줄기가 합쳐지다.

2 우줄거리다 가볍게 율동적으로 자꾸 움직이는 모양.

3 섭쓸리다 섭슬리다. 함께 섞여 휩쓸리다.

4 양양하다 많고 넉넉하다

5 미두 시세 변동을 이용하여 현물 없이 약속으로만 곡물을 거래하는 일종의 투기 행위. 미두장은 미두를 하는 곳이며, 그리고 이를 하는 사람을 기미꾼, 미두꾼, 미두장이라 부른다. 군산의 미곡취인소(미두장)는 1932년 1월 1일 개장했다. 당시 본정통 23번지에 있었는데 현재의 100년 광장 앞 도로이다.

6 하바꾼 미두꾼이 전락한 형태로, 밑천도 없이 투기하는 사람.

7 배젊다 나이가 썩 젊다.

8 당시랍다 '야무지다'의 전북 방언. 일을 하는 모습이 단단하고 굳세다.

9 따잡히다 '따져서 엄하게 다잡다'는 의미의 '따잡다'의 피동형.

10 봉욕 욕된 일을 당함.

11 후장의 대판시세이절 일본 오사카 증권거래소 미가(米價)의 오후 시세.

12 맥고모자(麥藁帽子) 맥고로 만든 모자. 개화기에 젊은 남자들이 주로 썼다.

13 알조 알 만한 일.

14 총을 놓다 미두에서 남에게 일러준 결과가 맞지 않아서 낭패를 보는 일.

15 장근(將近) 거의.

16 해거(駭擧) 얄궂은 일.

17 구성없다 처지에 어긋나다. 사물의 돌아가는 형세를 모르고 어울리지 않다.

18 잘꾸사니 잘코사니. 미운 사람이 불행을 당하거나 봉변을 당해 고소함. 쌤통.

19 때 교도소.

20 당목 홑두루마기 당목으로 속을 넣지 않고 지은 두루마기. 당목은 광목으로 한 가지로 광목보다 결이 고움.

21 올개미 없는 개장수 밑천 없이 하는 장사.

22 바다지 중매점의 시장 대리인. 여기서는 군산미곡취인소 혹은 군산미두장에 가서 거래를 성사시키는 증권사 직원으로 미두장의 일을 매개해주고 영리를 얻는다.

23 곱사 곱사등. 척추 장애인을 낮잡아 부르는 말.

24 씨월거리다 실없는 말을 함부로 지껄이다.

25 열적다 열없다. 약간 부끄럽고 계면쩍다.

26 점직하다 약간 부끄럽고 미안한 느낌이 들다.

27 졸연찮다 어떤 일의 상태가 보통 일과 같이 심상하지 아니하다.

28 성구다 부아를 돋우다. 성을 내게 하다.

29 입때 여태.

30 마코 당시 많이 피우던 담배 이름의 하나.

31 깜작거리다 눈이 자꾸 살짝 감겼다 뜨였다 하다.

32 마침감 마침맞은 사물이나 일.

33 찍어매다 실이나 노끈 따위로 대강 꿰매다.

34 시장스럽다 시들하다.

35 앞뒷동이 뚝 잘려서 앞뒤가 꽉 막혀서.

36 옹근 온전히 된 그대로의.

37 오 통 '통'은 대개 두 말 들이 통으로 오 통은 한 가마 분량.

38 소불하(少不下) 적게 잡아도. 최소한.

39 꽁댕이 꼬리의 낮춤말.

40 승벽이 유난스럽다 성미가 유별난 데가 있다.

41 뇌사리다 뇌까리다. 듣기 싫도록 자꾸 뇌어서 말하다.

42 조업(祖業) 선조가 물려준 유산이나 덕.

43 짙다 재물 같은 것이 넉넉하게 남아 있다.

44 우나다 별나다. 특별하다.

45 일광지지(日光之地) 묏자리 하나만 겨우 쓸 수 있는 땅. 좁은 땅.

46 승차(陞差) (관아 안에서) 윗자리의 벼슬에 오름.

47 주변 일을 주선하거나 변통함. 또는 그런 재주.

48 두억시니 모질고 사나운 귀신의 하나.

49 전장(田庄) 개인이 소유한 논밭.

50 노후물의 처접을 타고 늙어서 제구실을 못한다는 대우를 받아서.

51 강심(江心) 강 한가운데.

52 칠산바다 전남 영광 일대의 앞바다.

53 준설선 준설기를 장치하여 물의 깊이를 깊게 하거나 건설 재료를 얻기 위하여 물속에서 모래나 자갈을 파내는 배.

54 똑딱선 발동기로 움직이는 작은 배.

55 용댕이 충청남도 서천군의 마을 이름.

56 군졸하다 군색하고 남보다 못하다.

57 용(用) 쓰임.

58 완구히 완연히.

59 푸달지다 푸닥지다. 적은 것을 많다고 바꿀 때의 '푸지다'의 뜻으로 쓰는 말.

60 스실사실 호지부지. 모르는 사이에 슬그머니.

61 밭아버리다 바싹 졸아서 말라붙다. 없어지다.

62 증금 보증금.

63 그렁저렁 그럭저럭.

64 궁기(窮氣) 궁한 기색.

65 액색하다 운수가 막히어 생활이나 행색 따위가 군색하다.

66 불어먹다 살림이나 밑천을 탕진하다.

67 후장이절(後場二節) 미두장은 하루에 17절씩(오전 10절, 오후 7절) 열렸다. 후장이
절은 오후 두 번째 절을 말한다. 절(節)은 쌀의 가격을 공시해서 정하는 과정.

68 대판시세(大阪時勢) 쌀의 시세는 일본의 오사카(大阪) 시세에 준한 것이었다.

69 축제(築堤) 축방. 높이 쌓아올린 제방.

70 행티 행짜를 부리는 버릇. 행짜는 심술을 부려 남을 해롭게 하는 행위.

71 옹심 앙심. 옹색한 마음.

72 도화를 부르다 약속을 지키지 않고 만세를 부르다는 뜻. 나 몰라라 나자빠짐.

73 내평 속마음. 겉으로 드러나지 않은 일의 실상.

74 방퉁이꾼 미두장 밖으로 밀려난 사람. 노름판 같은 데서 노름을 하지 않으면서
본패 옆에 붙어 참견하는 사람.

75 탑삭부리 탑삭나룻(짧고 다보록하게 많이 난 수염)이 난 사람을 놀림조로 이르는
말.

76 싸전(米廛)가게 쌀과 그 밖의 곡식을 파는 가게.

77 생철집 함석으로 지붕을 이은 집.

78 옴닥옴닥 작은 크기의 물건이나 사람들이 빽빽하게 들어찬 모양.

79 납대기 모되의 방언. 목판되. 네모가 반듯하게 된 되.

80 낱되질 되 단위로 곡식을 헤아리는 일.

81 상고판 상고는 상고(商賈) 즉 상인(商人), 혹은 장사치. 상고판은 상인들이 모이
는 시장.

82 육장 부사적 용법으로 '늘'이나 '항상'의 뜻.

83 양박스럽다 얼굴이나 생김새가 후덕스럽지 못하다. 야박하다.

84 속으로 기역자를 긋다 겉으로는 드러내지 않아도 속으로는 결정을 짓다.

85 셈평 집안 돌아가는 형편.

86 묵은 솀조 아직 처리되지 않은 부채 관계.

87 야붓야붓 야들야들하다. 부드럽고 윤이 나다.

88 모시 진솔 모시로 옷을 지어 한 번도 빨아 다루지 아니한 새 옷.

89 엄부렁하다 '엄범부렁하다(실속은 없이 겉만 크다)'의 준말.

90 미거(未擧)하다 철이 없고 사리에 어둡다.

91 내남없이 나와 다른 사람이나 모두 마찬가지로.

92 이녁 당신.

생활 제일과

1 병론 병에 대한 의론.

2 군가락 이야기의 원래 줄거리와 관계없이 객쩍게 하는 말을 비유적으로 이르는 말.

3 떡심 성질이 매우 질기고 비위가 좋음.

4 대팻밥모자 나무를 대팻밥처럼 얇게 깎아 꿰매어 만든 여름 모자.

5 무령하다 편안하지 않다.

6 연삽하다 부드러우면서도 사근사근하다.

7 하장 아래 부분.

8 인단(仁丹) 은단. 일본 모리시타진탄(森下仁丹)에서 1905년부터 만들어 팔기 시작한 구중청량제의 상품

9 카올 카오루. 당시에 널리 팔리던 은단의 한 종류.

10 옥도정기 요오드. 요오드화칼륨 따위를 알코올에 녹인 용액. 어두운 붉은 갈색으로 소독에 쓰이거나 진통, 소염 따위에 쓰이는 외용약.

11 추렷하다 추레하다.

12 도렴직하다 얼굴이 동그스름하다.

13 귀인성 귀티가 나는 귀염성.

14 숫두룸하다 술두룸하다. 순진하고 투박하다. ※수투룸하다: 어수룩하다의 방언 (제주).

15 위정 일부러의 방언(함경).

16 헤리오도로푸 헬리오트로프의 꽃에서 뽑은 향료.

17 오리지나루 오리지널(original)의 일본식 발음. 여기서는 상표.

18 침음(沈吟) 속으로 깊이 생각함.

19 뜸직뜸직 말이나 행동이 한결같이 아주 속이 깊고 무게가 있는 모양.

20 멋스리다 말 또는 행동을 꾸미어 하다.

21 밉광머리스럽게 밉살머리스럽게.

22 퀄퀄하다 '많은 양의 액체가 큰 구멍으로 잇달아 세차게 쏟아져 나오다'의 의미
가 전이되어 거침없이 시원스럽다는 뜻.

23 치레쁜으루 치레를 할 양으로.

24 희학질 실없는 말로 농지거리를 하는 짓.

25 조백이다 잘잘못을 분명히 가리다.

26 우렁잇속 품은 생각을 모두 털어놓지 아니하는 의뭉스러운 속마음을 비유적으
로 이르는 말.

27 정가 막히다 흠잡힐 일이 있어서 대항하지 못하다.

28 사세부득한 일이 돌아가는 형편을 어찌할 수 없음.

29 재가가 자기가. 채만식 특유의 방언적·구어적 표현.

30 화툿 갑자기 뜨거운 느낌이 일어나는 모양.

31 안길 성 붙임성이 있어 남에게 호감을 주는 성질.

32 실직(實直)하다 성실하고 정직하다.

33 매초롬하다 젊고 건강하여 아름다운 태가 있다.

34 북새를 놓다 여러 사람이 부산하게 법석이다.

35 밀수(蜜水) 꿀물.

36 동부인(同夫人)하다 아내와 동행하다.

37 섬뻑 어떤 일이 행하여진 후 곧바로.

38 말부리를 따놓고 말머리를 내놓고. 말을 시작해놓고.

39 모개지다 죄다 한데 모아져 있다. 목돈이 되도록.

40 근리(近理)하다 이치에 가까워 그럴듯함.

41 뚜렛뚜렛하다 어리둥절하여 눈을 이리저리 굴리다.

42 숫지다 약삭빠르지 아니하여 순박하고 후하다.

43 손복(損福)하다 복을 일부 또는 전부 잃다.

44 흐무지다 흐무뭇하다. 매우 흐뭇하다.

45 우측좌측 이리 차고 저리 차고 이리저리 거드는 것.

46 우연만하다 웬만하다. 그대로 쓸 만하다. 그저 그만하다.

신판『흥부전』

1 생화(生貨) 먹고 살아가는 데 도움이 되는 벌이나 직업.

2 일각대문 대문간에 따로 없이 양쪽에 기둥을 하나씩 세워서 문짝을 단 대문.

3 헛다방 아무 소용없는 헛된 일.

4 따들싹하다 잘 덮이거나 가려지지 않아 밑이 조금 떠들려 있다.

5 애탄가탄 애면글면. 몹시 힘에 겨운 일을 이루려고 갖은 애를 쓰는 모양.

6 마새 마(魔)가 사이에 끼는 것. 말썽.

7 씨쁘다 마음에 차지 아니하여 시들하다. 껄렁하여 대수롭지 않다.

8 소댕 솥뚜껑.

9 고질고질 된 음식을 한꺼번에 많이 입에 넣고 잇달아 씹는 모양.

10 세안 한 해가 끝나기 이전.

11 벰베르크 독일의 벰베르크 회사가 구리암모니아법으로 제조한 인조 견사의 상품명.

12 본초 없다 염치없다.

13 늘품 앞으로 좋게 발전한 품질 또는 가능성.

14 돌씨 '집안 내림과는 달리 별난 자손'의 낮춤말.

15 뚜하다 말이 없고 언짢아하는 기색이 있다.

16 이짐 고집이나 떼.

17 짓수굿하다 저항하거나 거역하지 아니하고 하라는 대로 복종하는 데가 있다.

18 자리끼 밤에 자다가 마시기 위하여 잠자리의 머리맡에 준비하여 두는 물.

19 질름질름 가득 찬 액체가 흔들려서 자꾸 조금씩 넘치는 모양.

20 쓰메에리 깃의 높이가 4센티미터쯤 되게 하여, 목을 둘러 바싹 여미게 지은 양복. 학생복으로 많이 지었다.

21 소프트 전이나 천으로 만든 부드러운 중절모자.

22 고패 고비. 일이 되어가는 데 있어서의 요긴한 기회. 또는, 한창 막다른 때나 상황.

23 탁객(濁客) 탁보(濁甫). 성격이 흐리터분한 사람.

24 행담(行擔) 길 가는데 가지고 다니는 작은 상자.

25 수응(酬應) 요구에 응함.

26 풍신 사람의 얼굴 생김새, 몸가짐, 체격 등과 같은 것으로 드러나 보이는 모양 새. 풍채.

27 짯짯이 똑바로 째려보는 모양.

28 다궂다 다그치다의 준말.

29 털팽이 행동이 진중하지 못한 사람을 일컫는 말.

30 한밤 누에의 마지막 잡힌 밥.

31 잠박(蠶箔) 누에채반. 누에를 누에자리(잠석)에 올려 기르는 데 받침으로 쓰는 연장.

32 기연가미연가하다 '긴가민가(그런지 그렇지 않은지 분명하지 않은 모양)'의 본말. 그 런지 그렇지 않은지 분명하지 아니하다.

33 월사금 다달이 내던 수업료.

34 편역 역성. 옳고 그름에는 관계없이 무조건 한쪽 편을 들어주는 일.

35 회람문고(回覽文庫) 요즈음의 이동도서관과 같은 제도.

36 새수빠지다 이치에 맞지 않고 소갈머리가 없다.

'……생애는 방안지라!'

1 공동조계(共同租界) 19세기 후반 중국에 있던 조계 가운데 여러 나라가 공동으로 권리를 가지고 있던 지역. 조계(租界)는 중국 개항 도시에 있던 외국인 거주지로 서 외국의 행정권과 경찰권이 행사되었던 지역.

2 육혈포 권총.

3 허위단심 허우적거리며 무척 애를 씀.

4 백백교(白白敎) 백도교에서 파생한 동학 계통의 유사 종교의 하나. 1915년경 동학 교도 전정운이 세웠음.

5 보천교(普天敎) 훔치교의 교조 강일순의 제자 차경석이 1916년 전라북도 정읍에 창시한 유사 종교.

6 비회(悲懷) 마음속에 서린 슬픈 시름이나 회포.

7 동경대진재 동경대지진. 1923년 동경 간토 평야에서 발생한 대지진.

8 지함 땅이 움푹 가라앉아 꺼짐.

9 서두리꾼 일을 거들어주는 사람.

10 당한 장기 청산 거래에서 그달 말에 결제하기로 약정한 거래를 말함.

11 타기만만하다 게으름이 가득하다.

12 중한 청산 거래에서 대금과 현물의 교환을 계약한 달의 말일로 정하는 것을 말함.

13 시데나시 (내놓을) 물건 없음.

14 선한 청산 거래에서 주식을 매매 계약한 뒤, 다음 월말에 인수·인도하는 일.

15 훤화(喧譁) 시끄럽게 지껄이며 떠듦.

16 전장요리쓰키(젠바요리쓰키; ぜんばよりつき) 오전 장 개장가.

17 전장도메(젠바도메; ぜんばどめ) 오전 장 종가.

18 후장요리쓰키(고바요리쓰키; ごばよりつき) 오후 장 개장가.

19 오 정 5전 떨어졌다는 의미를 말하면서 오 정(五丁; 고초; ごちょう)과 오 전(五錢; 고센; ごせん)을 병기함. '오 정' '사 정'을 애써 병기한 이유는 에도시대 이후 상거래 관행을 반영한 것으로 보임. 에도시대에는 구로쿠센(96전)이라는 화폐계산방법이 있었는데 동전96개를 묶은 뭉치를 100문(文)으로 환산하여 계산함(우수리 없이 2, 3, 4, 6, 8로 나뉘어지기 때문). 그러나 이와 더불어 초센(丁錢)이라는 계산 방법도 병존해서, 동전100개를 100문으로 통용하는 방식임(오늘날의 십진법과 일치. 따라서 문중에 나오는 5정;5전, 4정;4전은 동어반복에 지나지 않지만, 당시의 계산관행상 습관적으로 정, 전을 병용한 듯함).

20 쓰요키(つよき) 장이 오를 것으로 예상하고 사자 주문을 넣는 사람들. 쓰요키(つよき)는 한자로 적으면 원래 强氣인데, 여기서 작가가 원래 일본어에 없는 强派로 병기한 이유는 强氣 있는 부류를 적시하려고 한 것으로 보임.

21 아시 아시(あし)는 일본어로 다리(足)이며, 여기서는 아시오다스あしをだす[足を出す]의 준말. 아시오다스는 거래에서 손해를 보아서 증거금으로도 손실분을 다 충당할 수 없게 되는 것.

22 당좌계 당좌계는 기업금융을 말하며, 기업과 금융관계를 갖으며 각종 어음, 회사채, 대출, 예적금, 퇴직금관리의 업무를 수행한다.

23 작취(昨醉) 어제 마신 술.

24 이기죽이기죽 계속 밉살스럽게 지껄이며 짓궂게 빈정거리는 모양.

25 소절수 약은 액수의 수표를 이르는 일본말.

26 나리유키 成(り)行き注文의 준말. 물품과 수량만 정하고 가격은 정하지 않은 채 그때의 시세로 매매하는 주문.

27 강재 이롭거나 유리한 재료.

28 지천을 하다 꾸중을 하다의 방언(전라).

29 조촘조촘 어떤 행동이나 걸음 따위를 망설이며 자꾸 머뭇거리는 모양.

30 풀기 드러나 보이는 활발한 기운.

31 침혹하다 무엇을 몹시 좋아하여 정신을 잃고 거기에 빠지다.

32 흐벅지다 푸지거나 만족스럽다.

33 조지리(ちょうーじり) 장부 기재의 끝 부분. 수지의 최종적 계산. 결산 결과.

34 행하(行下) 놀이가 끝난 뒤에 기생이나 광대에게 주는 보수. 아랫 사람에게 수고를 갚거나, 집안에 경사가 있을 때 부리는 사람에게 주는 돈이나 물건.

35 등갈 갈등(葛藤). 서로 불화하고 다툼.

36 백줴 '백주(白晝)에'의 준말. 공공연하게 드러내놓고, 아무 까닭 없이. 터무니없이.

37 을종 '갑·을·병·정' 등으로 등급을 매길 때의 두 번째 종류.

38 탈잡다 흠을 잡아 탓하다. 핑계나 트집을 잡다.

39 거듬거듬 대강대강 거둬 나가는 모양. 원래 양이나 길이보다 조금씩 더 보태어지는 모양.

40 너끔하다 (돌림병 따위가) 심하게 퍼져나가던 기세가 수그러지고 뜸하다.

41 더금더금 더한 위에 또 더하는 모양.

42 보료 솜이나 짐승의 털로 속을 넣고, 천으로 겉을 싸서 선을 두르고 곱게 꾸미며, 앉는 자리에 늘 깔아두는 두툼하게 만든 요.

43 사방침(四方枕) 팔꿈치를 괴고 비스듬히 기대어 앉을 수 있게 만든, 네모난 베개.

44 쭈루투룸하다 언짢거나 시틋하여 토라진 기색이 있다.

45 빨쭈리 물부리(담배를 끼워서 빠는 물건)의 방언(전라).

46 병정 조방꾸니 노릇을 하는 사람을 비유적으로 이르는 말. 주로 돈 있는 사람을 따라다니며 잔시중을 들고 공술을 얻어먹는다.

47 범포(犯逋) 국고(國庫)에 낼 돈이나 곡식을 써버림.

48 모가치 몫, 몫으로 들어오는 물건이나 일.

49 다직해야 기껏 많이 잡아야.

50 수형 할인 어음 할인. 어음에 적힌 금액에서 지불 기일까지의 이자와 수수료를 제한 금액으로 그 어음을 사는 일. 돈장수는 어음 할인을 업으로 하는 사람.

51 납디다 부지런히 돌아다니다.

52 자포(自逋) 스스로 범포를 내다.

53 버엿하다 남의 축에 빠지지 않을 만큼 행동이 당당하면서 떳떳하다. 어엿하다.

54 되작거리다 이리저리 이모저모 살펴보다. 생각을 이리저리 굴리다.

55 피천 노린동전(매우 적은 액수의 돈).

56 염량 세태를 파악하고 선악을 분별하는 슬기.

57 다들리다 닥쳐오는 일에 직접 당하다.

58 도깨비살림 재물이 있다가도 어느 결에 갑자기 없어지는 따위의 불안정한 살림살이.

59 들거리 장사나 영업의 기초가 되는 돈이나 물건.

60 세사는 여반장이요, 생애는 방안지라 세상일은 손바닥 뒤집듯 쉬운 일이고, 인생의 생애는 모눈종이처럼 복잡하다.

61 하도롱봉투 하도롱지(화학 펄프를 사용한 다갈색의 질긴 종이)로 만든 봉투.

62 시춤하다 시침하다. 쌀쌀하게 시치미를 떼는 태도가 천연스럽다.

63 권반(券班) 이 시기의 기생 조합.

64 불이촌 불이농장을 경영하던 사람들이 이룬 마을. 불이농장은 당시 전라도를 중심으로 형성된 일인들의 농장.

65 초랑초랑하다 정신이나 목소리가 맑고 또렷또렷하다.

아씨 행장기

1 바워내다 밀어내다.

2 잇념 잇몸의 방언(전라·충청).

3 경풍하다 풍(風)으로 인해 갑자기 의식을 잃고 경련을 일으키다.

4 심청 심술의 방언(전라).

5 반연(絆緣) 얽혀서 맺어지는 인연.

6 객회(客懷) 객지에서 느끼는 외롭고 쓸쓸한 심정.

7 풀머리 땋거나 걷어 올리지 않고 풀어 해친 머리털.

8 자릿적삼 잠자리에 입는 속적삼.

9 시앗 남편의 첩.

10 엽엽스럽다 엽엽하다. 매우 영리하고 날렵하다. 분별있고 의젓하다.

11 누비처네 누벼서 만든 처네. 이불 밑에 덧덮는 얇고 작은 이불.

12 제바리 노가다막노동패들이 자기의 불만을 표하는 말.

13 변 변리(邊利). 남에게 돈을 빌려 쓴 대가로 치르는 일정한 비율의 돈.

14 늦발 늦은 무렵.

15 보비위 남의 비위를 잘 맞추어주는 것.

16 핍절하다 진실하여 거짓이 없고 매우 간절하다.

17 놉빼꾸 화투를 가지고 하는 노름의 하나.

18 상보기 화투를 가지고 놀 때 누가 상선인지를 결정하는 방식.

19 철철이 돌아오는 철마다.

20 비발 비용(費用).

21 실섭(失攝) 섭생을 잘 하지 못함.

22 포태 임신. 아이를 가짐.

23 뇌살거리다 뇌깔거리다. 작게 뇌까리다.

24 손짭손 자질구레하고 얄망궂은 손장난.

25 파탈(擺脫) 구속에서 예절 따위로부터 벗어나는 것.

26 미룩미룩 미루적미루적 일을 자꾸 미루어 시간을 끄는 모양.

27 트레머리 가르마를 타지 않고 뒤통수 한가운데에 틀어 붙인 여자 머리.

28 워너니 워낙. 원체의 방언(전라).

29 강짜 아무런 근거나 조건도 없이 억지를 부리거나 강다짐을 하는 것을 낮잡아 이르는 말

30 뒤받이 뒷바라지. 뒤에서 물건이나 수고를 아끼지 아니하고 도와주는 일.

조그마한 사업

1 홉 땅 넓이의 단위. 1홉은 1평의 10분의 1이다.

2 경쟁이 재앙을 물리치기 위하여 경(經)을 읽어주는 것을 직업으로 하는 사람.

3 빈취 가난한 집 방에서 나는 찌들고 퀴퀴한 냄새.

4 소지 부정(不淨)을 없애고 신에게 소원을 빌기 위하여 흰 종이를 태워 공중으로 올리는 일. 또는 그런 종이.

5 노수(路需) 노자(路資). 여비.

6 오쟁이를 뜯다 서로 헐뜯으며 싸우다.

7 운감(殞感) 제사 때에 차려놓은 음식을 귀신이 맛봄.

8 상성(上聲)**하다** 본래의 성질을 잃어서 딴 사람같이 되다.

9 칭원(稱寃) 원통함을 들어서 말함.

10 볼먹은 소리 볼멘소리. 불만스럽거나 성이 나서 퉁명스럽게 하는 말소리.

11 편작(扁鵲) 중국 전국 시대의 명의(名義).

12 다섯 살 앞의 '신판 『홍부전』'장에서 남승재를 서술자가 소개하는 부분에서는 '다섯 살'에 고아가 된 것으로 서술되었는데(p. 88), 여기서는 '네 살'로 되어 있다. 아마도 작가의 단순한 착오로 그리 된 것 같은데 이전의 판본에서는 그 착오를 그대로 반영했지만, 여기서는 앞의 사실에 맞추어 '다섯 살'로 교열한다.

13 검온기(檢溫器) 체온계.

14 설하선염(舌下腺炎) 혀 밑에 나는 염증.

15 낭탁(囊橐) 주머니와 전대를 아울러 이르는 말. 여기에서는 일종의 자비(自費).

16 골딱지 '골'의 속된 말. 무엇이 비위에 거슬리거나 하여 벌컥 내는 성.

17 다뿍 분량이 다소 넘치게 많은 모양.

18 깔끄막지다 벼랑이 지다의 방언(전라).

19 살앓이 살을 앓는 일. 종기를 치름.

20 근경(近頃) 요즈음의 사정.

21 수나롭다 손쉽다. 순하고 편하다.

22 정상(情狀) 어떤 결과에 이르기까지의 사정. 일의 형편.

23 소쇄(掃灑) 비로 먼지를 쓸고 물을 뿌리다.

24 술속 술버릇.

25 호가 나다 세상에 널리 알려져 있다.

26 영각 암소를 찾아 황소가 우는 소리.

27 어마지두 무섭고 놀라워서 정신이 얼떨떨함. 얼떨결.

28 동당거리다 동동거리다. 매우 안타깝고 춥거나 할 때 발을 가볍게 자꾸 구르다.

29 수죄 범죄 행위를 들추어 세어냄.

30 마슬러보다 샅샅이 더듬거나 살펴보다.

31 끄은히 시침을 뚝 떼고, 천연스럽게.

32 왜장을 치다 제 위에 아무도 없는 듯이 저 혼자 마구 큰소리로 떠들어댐을 비겨 이르는 말.

33 들어단짝 들이대고 다짜고짜.

34 준절하다 매우 위엄이 있고 정중하다.

35 모산지배(謀算之輩) 꾀를 내어 이해타산을 일삼는 무리.

36 엄엄하다 매우 엄하다.

37 암상 남을 미워하고 샘을 잘 내는 잔망스러운 심술.

천냥만냥

1 근지 자라온 환경과 경력을 아울러 이르는 말.

2 솟을대문 행랑채보다 높이 솟은 대문.

3 각지편지 등기우편의 일종으로, 돈과 귀중품을 보낼 때 씀.

4 들엄들엄 들음들음의 방언(전라). 가끔 조금씩 들음.

5 범백 갖가지의 모든 것.

6 범절 법도에 맞는 모든 질서나 절차.

7 가합(可合)하다 무던히 합당하다.

8 요정(了定)을 짓다 결정을 짓다.

9 도저하다 학문이나 생각 등이 깊고 철저하다. 생각이나 몸가짐이 올곧고 빗나가지 않다.

10 시관(試官) 조선 시대에, 과거 시험에 관계되는 시험관을 통틀어 이르던 말.

11 끊는다 글을 어떤 원칙을 가지고 점수를 매기다.

12 자자 각 글자.

13 관주(貫珠) 예전에, 글이나 시문(詩文)을 하나하나 따져보면서 잘된 곳에 치던 동그라미.

14 눈짜 눈자위의 방언(전라).

15 생수(生手) 생무지. 어떤 일에 익숙하지 못한 사람.

16 발살 발가락 사이.

17 구누 남이 알아차리지 못하게 입이나 눈으로 신호를 보내는 짓. 입짓 눈짓.

18 발명(發明) 죄나 잘못이 없음을 변명하여 밝히는 것.

19 괴탑지근하다 고탑지근하다. 조금 고리타분하다.

20 카이젤 수염 카이저 수염. 양끝을 위로 치켜올린 콧수염.

21 서시렁주웅 서경·시경의 어떤 대문을 대는 듯이 꾸미어 말머리를 얼렁뚱땅 잡음.

22 조동 오냐오냐 떠받들어 버릇없이 자람.

23 청루 창관(娼館). 창기(娼妓)나 창녀들이 있는 집.

24 의표(儀表) 몸을 가지는 태도, 또는 차린 모습이 본받을 만함.

25 약시(若是) 이와 같이.

26 냉갈령 몹시 인정 없고 쌀쌀한 태도.

27 듭신 듭씬. 정도에 넘치게 많거나 심한 모양.

28 속치부 잊지 않고 새겨두거나 그렇다고 여김.

29 소담스럽다 생김새가 탐스러운 데가 있다.

30 홈탁 마음이 미혹하여 흠뻑 빠짐.

31 강잉하다 마지못하여 그대로 하다.

32 순편하다 마음이나 일의 진행 따위가 거침새가 없고 편하다.

33 파의(罷議)하다 의논을 그만두다.

34 말짜듯이 말짜다. 일을 세밀하게 함을 비유하는 말.

35 밴조고름하다 겉으로 보기에 생김새가 깜찍하게 반반하다.

36 음충맞다 성질이 매우 음충한 데가 있다. 마음이 음흉하고 불량하다.

37 꽝우리구멍 광주리 구멍.

38 씨근버근 숨이 몹시 차서 가쁘게 헐떡거리는 모양.

39 사맥(事脈) 일의 내력과 갈피.

40 모친한텔값에 모친이라 한들. '-ㄹ값에'는 '-ㄹ망정'의 방언(경상).

41 왜장녀 몸이 크고 부끄럼이 없는 여자.

42 얄래지다 이성을 알 만한 상태의 처녀를 욕하는 여자들의 말.

43 분배를 놓다 북새를 놓다.

44 흰말 흰소리. 터무니없이 떠벌리거나 희떱게 하는 말.

45 치패하다 살림이 아주 결딴나다.

46 우황(又況) 하물며.

47 옴나위하다 꼼짝할 만큼의 적은 여유밖에 없어 간신히 움직이다.

48 공짱나다 드러나다. 숨기거나 감추려고 하는 것을 들추어내다.

49 다마노코시(玉の輿) 귀인이 타는 가마. 신혼차.

50 언중유언(言中有言) 말 속에 말이 있다.

51 곤달걀 지고 성 밑으로 못 간다 이미 다 썩은 달걀을 지고 성 밑으로 가면서도 성벽이 무너져 달걀이 깨질까 두려워 못 간다는 뜻으로, 무슨 일을 지나치게 두려워하며 걱정함을 비유적으로 이르는 말.

52 침척(針尺) 바느질 자.

53 간구(艱苟)하다 가난하고 구차하다.

54 빈차리 비쩍 말라 볼품 없는 사람. 회초리같이 비쩍 마른 사람.

55 여대치다 능가하다. 더 낫다.

56 세리프(せりふ) 대사. 상투적인(틀에 박힌) 말.

57 음식 분별 음식을 장만하여 차리는 일.

58 총망(悤忙) 매우 급하고 바쁜 틈.

59 출반주(出班奏) 여러 사람이 모인 자리에서 맨 먼저 말을 꺼냄.

60 게야단법석 야단법석을 더 강조한 말인 듯.

외나무다리에서

1 끄먹끄먹 자꾸 눈을 가볍게 감았다 떴다 하는 모양.

2 화류병 성병을 달리 이르는 말.

3 고쓰가이(こづかい)=사정(使丁) 소사(小使). 사환(使喚). 관공서에서 허드레 심부름을 하는 사람.

4 기광(氣狂) 극성스럽게 마구 날뛰는 행동이나 기세.

5 끕끕수 잔뜩 겁을 주는 수단의 속어.

6 짓바수다 함부로 마구 부수다.

7 오십 체체 50cc를 독일식으로 읽은 발음.

8 초자판 유리판.

9 트리파플라빈 아크리딘 물감의 하나. 노란색 색소로 그 용액을 상처에 바르면 썩는 것을 방지한다.

10 민사 괴롭게 죽음.

11 금자(金子)박이 금자로 이름을 박은 책.

12 제이세(第二世) 자식을 비롯한 다음 세대.

13 적악(積惡) 남에게 악한 짓을 많이 함.

14 털이개 먼지떨이.

15 다다미, 오시레 다다미(畳)는 일본식 주택에서 짚으로 만든 판에 왕골이나 부들로 만든 돗자리를 붙인, 방바닥에 까는 재료. 오시레(押入れ)는 방 한쪽에 붙어 있는 붙박이장.

16 공중 공연히.

17 깝신깝신 체신없이 까불거리는 모양.

18 레포하다 보고(report)하다.

19 제웅 허수아비. 아무 분수를 모르는 사람.

20 리놀륨 시트(sheet) 모양으로 된 실내 바닥에 까는 재료

21 오블라토 포르투갈어 오블라투(oblato). 녹말로 만든 반투명의 얇은 종이 모양의 물건. 맛이 써서 먹기 어려운 가루약 따위를 먹기 좋게 만드는 데 쓴다.

22 구접지근하다 구접스럽다. 너절하고 더럽다.

23 얀정없다 남을 동정하는 마음이 조금도 없다.

24 조달(早達) 나이에 비하여 일찍 철이 들거나 몸이 큼.

25 앙앙(怏怏)하다 마음이 차지 않아 즐거워하지 않고 불평하다.

26 『장한몽(長恨夢)』 일본의 소설가 오자키 고요(尾崎紅葉)의 『금색야차』를 조중환(趙重桓)이 번안한 작품으로, 이수일과 심순애의 비련의 이야기.

27 종작없다 대중이나 요량이 없다.

28 토파하다 남의 말을 논박하고 공격하여 쳐부수다.

29 서로가람 '서로'를 이르는 말.

30 집달리(執達吏) 집행관의 옛 용어. 재판 결과의 집행 및 법원이 발하는 서류의 송달 사무를 행하는 직원.

31 낫우다 병을 고치다.

32 신칙하다 단단히 타일러 삼가게 하다.

행화의 변

1 종용자약(從容自若) 자연스럽고 태연한 태도.

2 활량(闊良) 이성 간의 관계가 도덕적으로 건전하지 못한 사람을 이르는 말.

3 군장맞다 궁장맞다의 방언(전라). 길고 짧은 간당이 잘 들어맞다. 궁각(宮角)맞다에서 온 말.

4 아사가오(朝顔) 나팔꽃.

5 밭은기침 병이나 버릇으로, 힘도 들이지 않고 소리도 크지 않게 자주 하는 기침.

6 빗밋이 비스듬히 옆으로 비껴서.

7 해뜩해뜩 갑자기 얼굴을 돌리며 자꾸 살짝살짝 돌아보는 모양.

8 하상(何嘗) '근본부터 캐어본다면' '따지고 보면'의 뜻으로 부정의 뜻을 가진 말 위에 붙여 쓰는 말. 하필의 방언(전라).

태풍

1 중난하다 중대하고도 어렵다.

2 머리 '까닭'이나 '필요'의 뜻을 나타내는 말.

3 맨드리 옷을 입고 매만진 맵시.

4 옥구구 옥셈. 생각을 잘못하여 제게 불리하게 계산하는 셈.

5 들믓하다 분량이나 수효가 어떤 범위 안에 가득 차 있다.

6 제병 비단의 한 가지.

7 잠덧 편안히 자지 못함. 전전반측하는 모양.

8 밴들밴들 하는 일 없이 빤빤스럽고 얄밉게 게으름만 부리는 모양.

9 컷속 복잡하게 얽힌 사물의 속사정이나 내용.

10 보짱 꿋꿋하게 가지는 생각. 속으로 품은 생각.

11 헤벌씸 입 따위가 헤벌어져 벌쭉한 모양. 헤벌레. 헤벌쭉.

12 상지(相持) 서로 자기의 의견만을 고집하고 양보하지 아니함

13 활협 남을 돕는 데 인색하지 않고 시원스러움.

14 유까다(浴衣) 유카타. 아래위에 걸쳐서 입는, 두루마기 모양의 긴 무명 홑옷. 옷

고름이나 단추가 없고 허리띠를 두름(목욕 후 또는 여름철에 평상복으로 입음).

15 물큰하다 연하고 부드러운 느낌이 날 정도로 물렁하다.

16 애물 사랑하여 소중히 여기는 물건.

17 감장시키다 어떤 일을 하는데 남의 도움 없이 혼자 힘으로 꾸리어 나가게 하다.

18 해망 행동이 해괴하고 요망스러움. 또는 그런 행동.

19 시쁘듬하다 시뿌듬하다. 마음에 차지 아니하여 아주 시들한 기색이 있다.

20 미상(未詳)하다 일의 내용이 선명치 못하다.

21 고뿌 컵(cup)의 일본식 발음.

22 실토정 사정이나 심정을 솔직하게 말함.

23 빈지 널빈지. 한 짝씩 떼었다 붙였다 하게 만든 문. 가게에서 앞의 문 대신에 씀. 비바람을 막기 위하여 덧댄다.

24 겉목소리 건성으로 내는 목소리.

25 샛서방(間夫) 남편이 있는 여자가 남편 몰래 관계하는 남자.

26 오십객 나이가 쉰이 된 사람.

27 치의(致疑) 의심을 둠.

28 섬돌 집채의 앞뒤에 오르내릴 수 있게 놓은 돌층계.

29 체세(體勢) 몸을 지니는 자세.

30 방치 '다듬잇방망이(다듬이질을 할 때 쓰는 방망이)'의 방언(평안).

31 여망 아직 남은 희망.

32 홉뜨다 눈알을 위로 굴리고 눈시울을 위로 치뜨다.

33 미구(未久)에 오래 지나지 않아. 얼마 안 가서.

34 조곤조곤 조용조용. 차분차분.

35 충그리다 머물러서 웅크리고 있거나 머뭇거린다.

36 야바웃속 야바윗속. 속임수로 야바위 치는 속내.

37 경부보(警部補) 대한제국 때에, 경부의 아래, 순사 부장의 위에 있던 판임 경찰관.

대피선

1 무주총(無主塚) 무연분묘. 자손이나 관리해줄 사람이 없는 무덤.

2 현로(現露)되다 탄로되다. 숨긴 일이 드러나다.

3 그대도록 그다지. 별로 그렇게까지.

4 간소롬하다 가느스름하다(조금 가늘다)의 방언(경북).

5 가뜬하다 마음이 가볍고 상쾌하다. '가든하다'보다 센 느낌을 준다.

6 서발막대 매우 긴 막대를 강조하여 이르는 말(북한어).

만만한 자의 성명은……

1 갖추 고루고루 다 갖추어. 빠짐없이 갖추어.

2 보스톤 보스턴 백(Boston bag). 바닥은 평평하나 위쪽은 둥근 모양을 한 여행용 가방.

3 두덜거리다 남이 알아듣기 어려울 정도의 낮은 목소리로 자꾸 불평을 하다.

4 시재(時在) 지금 당장 가지고 있는 돈이나 곡식.

5 가조롱하다 가지런하다.

6 옴두꺼비 두꺼비의 몸이 옴딱지 붙은 것과 같아 보이는 데서 유래하여 '두꺼비'를 달리 이르는 말. 혹은 '옴뚝가지'와 같은 뜻으로 '쓸모없고 보잘것없는 것'을 이르는 말.

7 짓짜다 함부로 마구 울거나 눈물을 흘리다

8 우단(羽緞) 벨벳(거죽에 곱고 짧은 털이 촘촘히 돋게 짠 비단).

9 찔벅거리다 '집적거리다'의 방언(전남).

10 재우치다 빨리 몰아치거나 재촉하다.

11 낙명(落名) 명성이나 명예가 떨어지는 것.

12 사바 불교에서 괴로움이 많은 인간 세계. 석가모니불이 교화하는 세계를 이른다.

13 온정(溫井) 온천욕.

14 어름어름하다 말이나 행동을 똑똑하게 분명히 하지 못하고 우물쭈물하다.

15 포치(porch) 건물의 입구에 지붕을 갖추어 차를 대도록 한 곳.

16 둔전거리다 두리번거리다. 머무적거리다. 우물거리다.

17 거니를 채다 낌새를 대강 짐작하여 눈치채다.

18 화식 일본의 전통 방식으로 만든 음식이나 식사.

19 근사를 피우다 어떤 일에 오랫동안 힘써 은근히 공을 들이다.

20 새 채비로 새삼스레 다시 한 번 더.

21 압기(壓氣) 억누르는 기운.

22 버엉떼엥하다 어벙하면서도 남을 무시하는 태도.

23 종일 통곡에 부지하(不知何)마누라상사(喪事) 종일토록 통곡을 하고 났는데 어떤 마누라가 죽었는지도 모른다.

24 야리다 조금 모자라다.

25 조속조속 기운 없이 꼬박꼬박 조는 모양.

26 방안장담 저 혼자서 큰소리치는 일.

27 졸가리 줄거리.

28 허방 땅바닥이 움푹 패어 빠지기 쉬운 구덩이.

29 알심 은근히 동정하는 마음.

30 속새로 비밀로. 속으로.

31 세교(世交) 대대로 사귀어온 교분.

32 기호(嗜好) 즐기고 좋아함.

33 자잘모름하다 자잘하다.

34 고패지다 한 건물과 직각 방향으로 꺾이다.

35 조략하다 아주 간략하여 보잘것없다.

36 아닌속 그렇지 않은 마음.

37 권솔 한집에 거느리고 사는 식구.

38 공궤(供饋) 윗사람에게 음식을 드리는 것.

39 두릿두릿하다 두리번두리번하다. 눈을 크게 뜨고 자꾸 여기저기를 휘둘러 살펴보다.

40 무렴(無廉) 염치없음을 느끼어 마음에 계면쩍음.

41 일습(一襲) 옷·그릇·기구 따위의 한 벌.

42 알찌다 알차다.

43 조긋대가리 조기의 머리 부분.

흘렸던 씨앗

1 나스미캉 여름 밀감.

2 비비송곳 자루를 두 손바닥으로 비벼서 구멍을 뚫는 송곳.

3 각다분하다 일을 해나가기가 몹시 힘들고 고되다.

4 보풀스럽다 보기에 모질고 날카로운 데가 있다.

5 암상떨이 남을 시기하고 샘을 잘 내는 짓.

6 교갑(膠匣) 아교로 작게 만든 갑.

7 십삭(十朔) 열 달. 십 개월의 예스러운 말.

8 갖추갖추 여럿이 모두 있는 대로.

9 추기다 다른 사람을 꾀어서 무엇을 하도록 하다.

10 촉탁의(囑託醫) 학교나 회사 같은 데에서 건강 진단, 질병 치료 따위를 위촉하고 있는 의사.

11 모듬쇠 자식 여자가 이 사람 저 사람 상대해서 아버지가 누군지 분간을 할 수 없는 자식.

12 개숫물 음식 그릇을 씻을 때 쓰는 물.

13 죄다짐 죄에 대한 갚음.

14 인찌기(いんちき) 사기 도박, 속임, 협잡, 가짜(물건)의 뜻을 지닌 일본어.

15 아인(ein)·츠바이(zwei)·드라이(drei) 독일어로 각각 하나·둘·셋.

16 하나찌·쓰나찌·세나찌 '찌'는 젖, 젖꼭지를 뜻하는 '치'(ち〔乳〕)의 센 발음으로 추정된다(일본어에서 ちち〔chichi, 乳〕에서 유래한 것으로 보이는 '찌찌'는 '젖'을 이르는 어린아이의 말이다). 성적 대상으로서의 여성에 대한 은어로 쓴 표현 같다. 그 '찌' 앞에 하나, 둘, 셋(앞에서는 독일어로 "아인, 츠바이, 드라이"라고 했음)을 붙이되 '하나+찌'와 리듬을 맞추기 위해 '두나' '세나'로 말장난〔語戲〕을 한 것으로 보인다. 이때 '쓰나찌'는 '두〔tu〕'음이 일본어 'つ'〔tsu〕로 와전되어 '쓰'로 적어 말장난을 했을 가능성이 있다.

17 오분눈다 살림 따위가 옹골지고 포실하다, 아우르다 등의 뜻을 지닌 '오붓하다'의 방언.

18 혼몽(昏懜) 정신이 흐릿하고 가물가물함.

19 소성(蘇醒) 까무러쳤다가 다시 깨어나는 것. 중병을 앓고 난 뒤 다시 회복하는 것.

20 거조 큰일을 저지름.

21 개구멍받이 남이 밖에 내다 버린 것을 받아서 기른 아이.

22 행려병 나그네로 떠돌아다니다가 앓는 병.

23 스코폴라민(scopolamine) 가지과(科) 식물에 함유되어 있는 알칼로이드로, 부교감신경억제제·진통제·진정제로 간질·알코올중독·천식·멀미 등에 사용된다.

24 여슷 꼭. 틀림없이의 방언(전라).

25 탁하다 '닮다'의 방언(전남, 평안).

26 왜목불알 광목 바지 속에서 덜렁거리는 불알.

27 지장 '지중'의 방언(전라). 지중은 아주 썩 귀한.

28 함빡 분량이 차고도 남도록 넉넉하게.

29 타래버선 돌 전후의 아이가 신는 누비버선의 한 가지.

30 잠착(潛着)하다 참척하다. 한 가지 일에 정신을 골똘하게 쏟아 다른 생각이 없이 되다.

31 구누름 자조적으로 욕을 해대며 중얼거리는 짓.

32 쳇것 체신머리 없는 놈.

33 든질르다 들이지르다의 방언(전라). 들이닥치며 세게 지르다.

34 재비 됨됨이. 주제. 변변치 못한 사람.

35 사랑땜 사랑하면서 여러 가지 일을 겪음.

36 간색(看色) 여러 가지 물건을 본보기로 내놓은 것. 여기서는 얼굴 생김새.

37 시시 무엇을 씻는 일.

38 우정 '일부러'의 방언(강원).

39 드끄럽다 듣그럽다. 떠드는 소리가 귀에 거슬린다.

40 괴춤 고의춤(고의나 바지의 허리를 접어서 여민 사이)의 준말.

41 끙짜 강짜.

42 호소무처(呼訴無處) 원통한 사정을 호소할 곳이 없음.

43 수형(手形) 어음. 여기서는 일종의 구두 약속.

44 상거(相距) 떨어져 있는 두 곳의 거리.

45 암사스럽다 얌전한 듯하면서도 간사스럽다.

46 시에미가 오래 살면 자수물통에 빠져 죽는다 시어미가 오래 살면 개숫물통에 빠져 죽는다. 오랜 시간을 지나는 동안에는 뜻밖의 일도 있을 때가 있다는 말.

슬픈 곡예사

1 호졸군하다 호졸근하다. 종이나 피륙 같은 것이 약간 젖어 풀기가 없어서 보기 싫게 늘어지다.

2 덤태 덤터기의 방언(전라). 남에게 넘겨씌우거나 넘겨 맡는 걱정거리. 여기에서는 동티에 가까운 뜻으로 쓰임.

3 궁량 궁리. 마음속으로 이리저리 따져 깊이 생각함.

4 도리 서까래를 받치기 위하여 기둥 위에 건너지르는 나무.

5 간지다 붙은 데가 가늘어서 곧 끊어질 듯하다. 간지럼을 느낄 정도로 살짝 쥐다.

6 저대도록 저다지. 저러한 정도로.

7 원정(原情) 사정을 하소연하는 것.

8 자는 호랑이 코침 주다 '자는 벌집 건드린다'는 북한 속담. 코침이란 콧구멍에 심지를 넣어 간질이는 짓.

9 결다 겨루다.

10 한담 심심하거나 한가할 때 나누는 이야기. 또는 별로 중요하지 아니한 이야기.

11 숭업다 모습이 꽤 흉하다.

12 억지엣뱃심 억지로 부리는 뱃심.

13 홈스판(homespun) 스카치 종의 거친 양털로 만든 수직물.

14 신접살림 처음으로 차린 살림살이.

15 치소(恥笑) 남부끄러운 조롱. 웃음.

16 혹간 간혹(間或). 어쩌다가 띄엄띄엄.

17 전중이 징역살이 하는 사람을 속되게 이르는 말.

18 머쓰리다 대거리를 못하게 말문을 막다. 머쓱하게 하다.

19 아슴찮다 내 마음 같지 않다. 내 마음보다 낫다.

20 굴지다 흐뭇하다. 마음에 흡족하여 불만이 없다.

21 흠선하다 우러러 공경하고 부러워하다.

22 계제 어떤 일을 할 수 있게 된 형편이나 기회.

23 사맥(事脈) 일의 내력과 갈피.

24 넌출 넝쿨의 방언(전라).

25 연맥(緣脈) 이어져 있는 맥락.

26 지하경(地下莖) 땅속 줄기.

27 부라퀴 몹시 야물고 암팡스러운 사람. 자신에게 이로운 일이면 기를 쓰고 덤벼
드는 사람.

28 납뛰다 날뛰다.

29 부스대다 가만히 있지 못하고 자꾸 군짓을 하다.

30 무릎맞춤 두 사람의 말이 서로 어긋날 때, 제삼자를 앞에 두고 전에 한 말을 되
풀이하여 옳고 그름을 따짐.

31 마마손님 천연두. 여기서는 장형보에 대한 비유.

32 외창 한 가닥 구멍.

33 근천을 피우다 짐짓 어렵고 궁한 상태가 드러나도록 행동하다.

34 민두룸하게 모나지 않고 평퍼짐하게.

35 광망 비치는 빛살.

36 오갈이 들다 두려움에 기운을 펴지 못하다.

37 어리뜩하다 말이나 행동이 똑똑하지 못하다.

38 옴나위하다 꼼짝할 만큼의 적은 여유 밖에 없어 간신히 움직이다.

39 이대도록 이렇게까지. 이러한 정도로.

40 의리부동하다 의리에 맞지 아니한 데가 있다.

41 원혐(怨嫌) 원망과 혐의.

42 표변(豹變) 마음과 행동이 갑자기 달라짐.

43 기승스럽다 억척스럽고 굳세어 좀처럼 굽히지 않으려는 데가 있다.

44 수각(手脚)이 황망(慌忙)하다 급작스런 일을 당하여 어찌할 바를 모르고 쩔쩔맴.

45 기색(氣塞)하다 과도한 충격으로 호흡이 멈춤. 숨막혀 기절할 듯하다.

46 사발시계 사발 모양의 둥근 탁상시계.

47 입잣 입짓. 남의 입에 좋지 않은 뜻으로 오르내림. 어떤 뜻을 전하거나 무엇을
넌지시 알려주기 위하여 입을 움직이는 짓.

48 비죽비죽하다 언짢거나 비웃거나 울려고 할 때 소리 없이 입을 내밀고 실룩거리
다.

49 단근질 불에 달군 쇠로 몸을 지지는 일.

식욕의 방법론

1 자가사리 동자개 과의 민물고기.

2 여재수재 돈을 주고받음.

3 수양산 그늘이 강동 팔십 리를 간다 어떤 한 사람이 크게 되면 그의 친구나 집안이 덕을 입게 된다.

4 끄터리 끄트머리(맨 끝이 되는 부분)의 방언(전라).

5 호마는 북풍에 울고, 월조라는 새는 남쪽 가지에다만 둥우리를 얽는다 호나라에서 온 말이 북풍이 불 때마다 고향을 그려 북쪽을 바라보고 운다는 데서 고향을 몹시 그리워하는 모양을 일컬음.

6 태마(駄馬) 짐을 나르는 데에 쓰이는 말.

7 증왕(曾往)에는 이전에는.

8 천리 준총 천리준마. 하루에 천 리를 달린다는 아주 훌륭한 말.

9 고시랑거리다 고스랑거리다. 못마땅하여 군소리를 좀스럽게 자꾸 하다.

10 희떱다 말이나 행동이 분에 넘치며 버릇이 없다.

11 옴팡장사 이익을 보지 못하고 크게 밑지는 장사.

12 푸죽다 풀이 죽다. 성하던 기세가 꺾이어 약해지다.

13 오때 '오정(午正)때'의 준말. 점심때.

14 옥실옥실하다 옥시글옥시글하다. 여럿이 한데 모여 매우 들끓다.

15 진탕치다 몹시 흥취 있거나 방탕하게 행동하다.

16 권커니잣거니 술 따위를 남에게 권하기도 하고 자기도 받아 마시기도 하며 계속하여 먹는 모양.

17 외람하다 하는 행동이나 생각이 분수에 지나치다.

18 번폐스럽다 보기에 번거롭고 폐가 되는 데가 있다.

19 병통 깊이 뿌리박힌 잘못이나 결점. 탈이 생기는 원인.

20 고부라지다 다른 생각을 한 겨를이 없이 어떤 한 가지 일에만 파묻히다.

21 행똥행똥 몸피가 굵고 다리가 짧은 사람이 갸우뚱갸우뚱 걷는 모양.

22 잡도리하다 잘못되지 않도록 엄하게 단속하다. 아주 요란스럽게 닦달하거나 족치다.

23 씨근벌떡하다 몹시 숨이 차서 숨소리가 고르지 아니하고 거칠면서 가쁘고 급하

게 나다. 또는 그런 소리를 내다.

24 자쪽 '자'의 방언(전남).

25 이통 고집. 심술.

26 정가를 하곤 한다 흉보고 지청구하다. 지나간 허물을 들추어 흉보다.

27 오금을 박다 큰소리치며 장담하던 사람이 그와 반대되는 말이나 행동을 할 때에, 장담하던 말을 빌미로 삼아 몹시 논박하다.

28 씨알머리 남을 욕할 때 그의 혈통을 비아냥거리며 하는 말.

29 상한 양인 또는 상인(常人)의 다른 말.

30 조가 나다 교만한 생각이 들다.

31 중판을 메다 하던 일을 도중에 그만두다.

32 틀거리 틀거지. 튼실하고 위엄이 있는 겉모양. 틀.

33 벌제위명(伐齊爲名) 겉으로는 하는 체하고 속으로는 딴짓을 함.

34 실비병원 당시 병원 제도의 하나. 실제 비용만 받고 치료를 해주는 싼 병원.

35 말만하다 이제 결혼할 수 있을 만큼 성숙한.

36 쑬하다 쏠쏠하다. 쑬쑬하다. 품질·수준 따위가 어지간하여 쓸 만하다.

37 전접스럽다 점잖은 듯 속은 차다.

38 새매 수릿과의 새 이름.

39 협착하다 차지하고 있는 자리가 매우 좁다. 처하여 있는 사정이나 형편이 매우 어렵다.

40 때꼽재기 더럽게 엉기어 붙은 때의 조각이나 부스러기.

41 고꾸라양복 고꾸라 천으로 만든 양복의 한 가지.

42 치렛감 잘 매만져서 모양을 내는 감. 실속보다 더 낫게 꾸며 드러낸 감.

43 양주(兩主) 바깥주인과 안부인이라는 뜻, '부부'를 남이 대접하여 부르는 말.

44 불만(不滿)하다 불만족하다.

45 얼쑹덜쑹하다 여러 가지 모양이나 빛깔이 뒤섞여 분간하기 어렵다.

46 핫옷 솜옷(안에 솜을 두어 만든 옷).

47 혼띔 혼내는 일.

48 모를 붓다 못자리를 만들어 씨를 뿌리다. 여기서는 그처럼 색주가집이 많다는 뜻.

49 개칠(改漆) 한 번 칠한 것을 고쳐 칠함.

50 비쌔다 마음에는 있으면서도 안 그런 체하다.

51 각수(角數) 돈을 원 단위로 셀 때 남는 몇 전이나 몇십 전을 일컫는 말.

52 여수(與授) 주고받음.

53 조색스럽다 조화가 되지 않아 어색하다.

54 모본단(模本緞) 정밀하고 윤이 나며 무늬가 아름다운 비단의 한 종류.

55 쌩동쌩동하다 생동생동하다. 기운이 꺾이지 아니하고 본래의 기운이 고대로 남아 있다. 고분고분하지 아니하다.

56 가막소 감옥의 방언(전라).

57 결을 내다 결기를 내다. 발끈 성을 내다.

58 민며느리 장래에 며느리로 삼으려고 관례를 하기 전에 데려다 기르는 계집아이.

59 능장질 사정없이 몰아치는 매질.

60 농투산이 '농부'를 낮추어 부르는 말.

61 곱살하다 얼굴이나 성미가 예쁘장하고 얌전하다.

탄력 있는 아침

1 셈들다 사물을 분멸하는 슬기가 생기다.

2 조행(操行) 태도와 행실을 아울러 이르는 말.

3 노이예츠 나하츠 노이에스 니히츠(Neues nichts)의 오기. 독일어로 '이상 없다'는 뜻.

4 부사견 명주로 짠 옷감의 일종.

5 공골시 공교롭게도.

6 그루미 썬데이(Gloomy Sunday) 당시 유행하던 노래.

7 조만치가 않다 일의 상태 등이 예사롭지 않다.

8 감수(減壽) 목숨이 줄어듦.

9 방색(防塞) 들어오지 못하게 막는 것.

10 환 환난(患難), 근심과 재난을 통틀어 이르는 말.

11 무가내하 막무가내.

12 고의춤 고의나 바지의 허리를 접어서 여민 사이.

13 시종무관 조선 말기에, 궁내부의 시종무관부에 속하여 임금을 호종하는 일을 맡아보던 무관.

14 '모당'으루 모던(modern)한 것으로.

15 강강하다 굽힐 줄 모르고 강직하다.

16 눅진하다 느긋하면서도 끈끈하다.

17 수밀도(水蜜桃) 껍질이 얇아 잘 벗겨지며 살과 물이 많고 맛이 단 복숭아.

18 허천백이 허천배기. 바닥에서 주워 먹는 아이.

19 도척 중국 춘추시대의 큰 도적. 악인을 비유하는 말.

20 숱척스럽다 흉측스럽다의 방언(전라).

21 궂히다 죽게 하다.

22 등감 등창의 속어. 등어리.

23 간유(肝油) 물고기 간장에서 짜낸 지방유. 강장제.

24 오꼼 몸을 오똑 일으켜 세우는 모양.

25 레지 영어 register에서 온 말로 계산을 담당하는 여점원.

26 참월하다 참람하다. 분수에 넘쳐 외람하다.

27 헤성헤성하다 헤싱헤싱하다. 치밀하지 못하고 허전한 느낌이 있다. 듬성듬성하다.

28 국지관(菊池寬) 기쿠치 칸. 당시 일본의 대중 소설가.

29 하꾸라이はくらい〔舶來〕 외래. 외국제를 뜻하는 일본어.

30 따블류 씨 W. C(water closet). 화장실.

31 우렁우렁하다 울리는 소리가 매우 크다.

32 노순(路順) 가야 할 길의 순서.

33 리베(Liebe) 독일어로 연인이라는 뜻.

34 궐씨 저쪽 편.

35 일참(日參) 나날의 출근.

36 레테르 라벨(lable)의 네델란드어 letter의 일본식 발음.

37 마요이꼬(迷い子) 미아.

노동 '훈련일기'

1 수유(受由) 말미를 받음. 또는 그 말미.

2 양지(洋紙) 서양에서 들여온 종이.

3 곰상 행동이 잘고 좀스러움

4 사개 나무와 나무가 서로 꼭 맞물리도록 나무의 끝을 들쭉날쭉하게 파낸 것.

5 수부 접수대의 일본식 한자어.

6 순화 잡스러운 것을 걸러서 순수하게 함.

7 숫보기 가스라지지 않고 숫된 사람. 숫총각이나 숫처녀.

8 무대 지지리도 못나고 어리석은 사람.

9 사내꼭지라서 사내라고 해서 자존심을 가지고.

10 강(講)을 하다 어떤 사실을 풀어서 설명하다.

11 동곳을 빼다 잘못을 인정하고 굴복하다.

12 몽시려버리다 뭉개 없애다.

13 방구(旁求)하다 널리 찾아 알아보아 구하다.

14 바룩바룩 골이 난 듯한 모습으로 웃는 모양.

15 상밥집 상에 반찬과 밥을 차려서 한 상씩 따로 파는 집.

16 마마자국 마마를 앓아 곰보진 자국.

17 견우미견양(見牛未見羊) 소는 보고 양은 보지 않았다는 뜻으로, 무엇이나 보지 않은 것보다는 직접 눈으로 보고 들은 것에 대하여 한층 더 생각하게 된다는 말.

18 육법전서(六法全書) 온갖 법령을 다 모아서 수록한 종합 법전.

19 어거(馭車)하다 수레를 메운 말이나 소를 몰다. 거느려서 바른길로 나가게 하다.

20 제접하다 그런 대로 쓸 만하다.

21 지덕 지드럭거림. 남을 귀찮게 건드림.

22 오올 오어 낫싱 All or Nothing.

23 폭백(暴白) 억울하고 분한 사정을 털어놓고 말하는 것.

24 불가입성(不可入性) 두 개의 물체가 동시에 같은 공간을 차지하지 못하는 성질.

25 배덕(背德) 도덕에 어그러짐.

26 떠받이 떠받듦을 받으며 버르장머리 없이 자란 사람. 세상 물정을 모르고 버르장머리 없이 구는 사람.

27 쑥 지나치게 순진하거나 어리석은 사람.

28 등속(等屬) 나열한 사물과 같은 종류의 것들을 몰아서 이르는 말.

29 무름하다 알맞을 정도로 무르다.

30 비선 비손. 민간 신앙에서 신에게 손을 비비면서 소원을 비는 일.

31 아미(Amie) 불어로 친구.

32 칼모틴(Calmotin) 냄새가 없는 흰색의 결정성 가루. 진정·최면 작용이 있어서, 불면증·신경 쇠약·구토·천식 따위를 치료하는 데 쓰인다. 당시에는 자살이나 정사(情死)하는 수단으로 종종 사용되기도 했다.

33 찌락소 찌럭소. 성질이 사나운 황소를 일컫는 말.

34 헤식다 일판이나 술판 따위에서 흥이 깨어져 서먹서먹하다.

35 사폐(事弊) 일이 잘못됨.

36 다꾸앙 단무지.

37 컴비 콤비(combination). 짝.

38 흉아작 흉보는 것.

39 별순검 비밀 정탐에 종사하던 사복 경찰관.

40 야료 생트집 잡고 함부로 떠드는 것.

41 뒤삐어지다 똥이 삐져나오다. 몹시 혼이 나다.

42 둘레둘레 사방을 이리저리 살피는 모양.

내보살 외야차

1 기(棄)하다 싫어하고 피하다.

2 차일귀신 몸이 점점 커져 사람을 덮어씌우고 잡아먹는다는 귀신.

3 조만이 없는 노릇 잘 성취되리라고 기대가 없는 일.

4 꿈만하다 어찌하여야 할지 몰라 막막하다.

5 청처짐하다 동작이나 상태가 바싹 조이는 맛이 없이 조금 느슨하다.

6 배착배착 배치작배치작. 가볍게 몸을 절룩거림.

7 쭈쩍 문득 갑자기.

8 약시약시 이러저러.

9 독부(毒婦) 성격이나 행동이 몹시 악독한 여자.

10 곱쟁이 '곱절'을 속되게 이르는 말.

11 게목 목청을 강조한 말.

12 살 사타구니.

13 급처(急處) 급소.

14 매무시 옷을 입을 때 매고 여미는 따위의 뒷단속.

15 맞창 마주 뚫어진 구멍.

16 거역(巨役) 몹시 힘이 드는 큰일.

17 항용 흔히 늘.

18 손땟그릇 손으로 오랜 세월 두고 길들인 그릇.

19 상백시 상사리. 사뢰어 올린다는 뜻. 웃어른에게 올리는 편지의 첫머리나 끝에 씀.

20 뒷근심 뒷일에 대한 근심.

서곡

1 들이 들입다(세차게 마구).

2 자현(自現) 예전에 자기 스스로 범죄 사실을 관아에 고백하던 일.

비극적 현실주의와
패배한 개인 욕망

우찬제

1. 청류(淸流)에서 탁류(濁流)로

현실 부정의 리얼리스트, 풍자의 작가…… 우리는 채만식을 그
렇게 부른다. 일제 강점기와 해방기의 우리 소설사를 빛낸 채만
식은 시대의 어둠을 문학의 빛으로 밝혀나간 작가이다. 1902년
전북 옥구에서 출생, 일본 와세다 대학 영문과를 중퇴한 그는
1925년 중편 「세길로」로 등단한 이후 열정적인 창작열과 리얼리
즘 정신으로 당대의 현실상을 매우 예리하게 형상화했다. 일제
식민지 정책이 강화되고 자본주의가 본격화되는 현실에서 그는
민족의 운명과 현실을 매우 부정적인 시선으로 파악한 작가에 속
한다. 사람다운 삶이 그 뿌리를 상실한 채 부유하는 현실을 그는
마성적 자본주의의 폐해, 반민족적 작태의 문제성으로 직관하고,
그 현실을 넘어서는 새로운 전망을 모색하려는 열의를 보였다.

특히 채만식은 1934년부터 1938년 사이에 풍자를 통해 부정적 현실을 예리하게 비판하는 소설들을 많이 발표했다. 만주사변 이후 일제 식민 통치는 강화되어 정치적 억압과 경제적 곤경도 심해지고 문화적으로도 어려울 수밖에 없었던 시기였다. 한마디로 청류(淸流)가 아닌 탁류(濁流) 같은 시절과 맞씨름하며, 소설로 시대의 고난을 증거하고 새로운 산문정신을 열어나가고자 했던 작가가 바로 채만식이었던 터이다.

『태평천하』(1938)와 더불어 채만식의 대표작으로 손꼽히는『탁류』는『조선일보』에 1937년 10월 12일부터 1938년 5월 17일까지 총 198회에 걸쳐 연재되었던 작품으로, 모두 19장으로 이루어진 장편이다. 200자 원고지 기준으로 2,300여 매 되는『탁류』는 채만식 소설로는 가장 길다.『탁류』에서 가장 인상적인 인물은 가련한 여인의 전형처럼 보이는 초봉이다. 초봉은 타락한 시대의 희생양이다. 파행적인 자본주의화가 진행되는 와중에서 생겨난 온갖 독소들에 의해 순결한 처녀성을 여지없이 파괴당하는 인물이다. 아버지를 비롯해 그녀 주변의 남성들은 모두 마성적 자본주의의 표상이다. 타락한 현실에서 타락한 남성들에 의해 초봉의 고통은 가중된다. 거기서 벗어나고자 초봉이 시도한 결정적 행위가 장형보 살인이다. 그것은 순진하고 청초했던 영혼에게 가해지는 끝없는 핍박과 억압의 실상을 인지하고 적극적으로 벗어나려는 행위라고 할 수 있다.

『탁류』의 주된 공간 배경은 군산이다. 인천, 부산 등과 더불어 대표적인 물류 기지였던 군산은 식민지 경제 소통의 창구였는데,

조선의 입장에서 보면 수탈의 전초 기지의 일환이었다. 속절없이 빼앗김을 당하는 장소에 다름 아니었던 것이다. 그런 군산을 배경으로 이루어지는 초봉의 운명적 비극이기에, 여기서 초봉은 단순한 개인일 수 없다. 식민지 현실에서 수탈당하는 조선 민중의 전형적 성격을 찾아볼 수 있다. 그녀의 극단적 고난과 상처, 그리고 살인까지 저지르는 나름의 저항 행동은 의미 있는 어떤 것이었다. 탁류의 세태를 거슬러서 청류의 새로운, 바람직한 질서로 나아가고자 하는 지향 의식을 보였던 작가의식을 짐작할 수 있다. 그런 점에서 마지막 장의 제목이 '서곡(序曲)'인 것은 매우 인상적이다.

『탁류』는 여주인공 초봉의 기구한 운명의 족적을, 금강 물이 점점 탁해지는 현상에 비유하면서, 비유적으로 타락한 당대의 세계상을 여실하게 드러내주고 있는 장편이다. 가련한 초봉은 아버지의 상징적 질서를 수락함으로써, 비극적 주인공이 된다. 아버지를 비롯한 고태수, 박제호, 장형보 등 초봉 주위의 남성들이 그녀에게 부여한 상징적 질서는 당시의 타락상을 여실히 반영하는 것이 아닐 수 없다. 초봉은 지배적인 욕망체계에서 억압당하고 피해당한 대표적인 인물이다. 그 결핍상이 너무나도 극단적이어서 이렇다 할 새로운 욕망체계를 지향하지 못하던 그녀는 결말 부분에 가서 동반자 이념의 소유자 남승재와의 상호주관적인 관계를 통해서 지배적인 욕망체계에서 벗어나고 분리된다. 즉 상징적 질서에서 벗어나 상상적 질서로 향한다는 것을 의미한다. 채만식 특유의 인물 박물지가 잘 드러난 소설인 만큼 초봉을 비롯한 주요 인물들의 상징적 기능을 텍스트 내 사회 현실과 관련지어 살펴본 다음 상충하는 인물들의 욕망을 어떤 플롯 원리로 극화하고 있는가를 검토해보고자 한다. 우선 마성적 욕망의 희생양으로서의 초봉, 마성적 욕망의 대변자 장형보, 몰락한 계층과 타락한 부권의 상징인 정주사, 새로운 욕망체계(동반자적 욕망)의 암시자 남승재를 중심으로 살펴면서, 채만식이 『탁류』를 통해 형상화한 인물의 욕망학에 다가서보기로 하자.

2. 마성적 욕망의 희생양: 초봉

『탁류』에서 초봉은 희생양의 상징이다. 파행적인 자본주의 전개 과정에서 생겨난 여러 부정적 요소들에 의해 처녀의 순결성을 여지없이 파괴당하는 인물이다. 초봉에게 타자의 상징적 질서는 자본주의적 마성의 성격으로 나타난다. 그것은 다시 둘로 나누어 보면, 가정 내에서 아버지의 질서와 가정 외적으로 남성들의 질서가 공히 마성적 성격을 띤다고 할 수 있다.

먼저 가정내에서 아버지의 질서란 무엇인가. 아버지 정주사의 성격에 대해서는 뒤에 다시 살펴겠거니와, 우선 아버지의 질서란 타락한 마성적 경제 원리에 근거한 질서라 할 수 있겠다. 초봉의 아버지 정주사는 딸의 혼사에서 사윗감의 인물됨보다는 그의 외적 조건 특히 경제적 조건에 완전히 매몰되는 모습을 보인다. "장사 밑천을 대준다는 데 이르러서 완전히 미화되어"(p. 189)버린 정주사는 혼인을 하기로 결심한 다음에 "쉽게 한밑천"(p. 191) 잡게 되기를 욕망한다. 이렇게 타락한 돈에의 욕망으로 아버지의 질서는 점철되어 있다. 가히 마성적이다. 딸을 돈과 교환하여 한밑천 잡아보겠다는 아버지에게 딸은 한갓 상품의 대상이지 육친적인 인격의 대상은 될 수 없다. 그러기에 이 같은 마성적인 아버지의 질서는 딸을 억압하는 것으로 기능한다. 타락한 아버지의 욕망은 딸 초봉을 질식시키기에 족한 것이다.

이처럼 아버지의 질서가 워낙 마성적이고 강력한 것이기도 하려니와, 이에 온당하게 대응하기에 딸 초봉의 성격은 너무나 유약하다. 초봉은 청초한 용모와 사근사근한 성격으로 사람들의 관심을 끌지만, 매우 연약한 편이다. 특히 자기에 대해서는 지나칠 정도로 무의지적인 인물이다. 그래서 자기에게 닥쳐오는 고통쯤은 아랑곳하지 않고 가정을 위한 길이라면 어떠한 자기희생도 감수하겠다는 생각을 한다. 지배적 욕망체계에서 극단적인 결핍을 느끼지만, 자기 욕망의 주체로 설 수 없는 비극적 인물이다. 아버지라는 타자의 힘과 질서에 완벽하게 압도당하고 있기 때문이다. 그 힘은 주체를 타자에게 복속시킨다. 상징적인 거리를 무화시키고 아버지의 질서에 편입하게 만든다. 그래서 딸 초봉은 아버지의 마성적 영토 안으로 투항하고 만다. 육체만의 투항이 아니라 의식이나 욕망의 투항상태이기도 하다. 원래 남승재에게 마음을 두었던 초봉이었다. 그럼에도 모친으로부터 태수와 결혼하면 아버지에게 몇천 원의 장사 밑천이 떨어진다는 말을 들은 초봉은 속절없이 태수에게 마음이 기울어지고 만다. 적어도 승재와의 사랑에서 초봉은 욕망의 주체일 수 있었다. 그것은 상호인정관계였다. 승재의 욕망을 초봉이 욕망하고, 초봉의 욕망을 승재가 욕망할 수 있는 관계였다. 그런데 이제 초봉이 그 욕망을 버리고, 태수를 택한다는 것은 무엇인가. 무엇보다 초봉은 태수를 욕망하지 않는다. 태수가 초봉을 욕망하는 것(성욕)을 초봉은 욕망하지 않는 것이다. 그러나 아버지는 태수를 욕망한다. 그러나 아버지의 태수에 대한 욕망도 태수의 욕망과는 다르다. 아버지는 태수에게 단지 돈을 욕망하기 때문이다. 따라서 초봉이 아버지의 욕망에 투항한다는 것은 곧 욕망하지 않는 태수의 돈을 욕망한다는 의미가 된다. 정리하자면 이렇다: i) 초봉은 승재를 욕망하고, 승재도 초봉을 욕망한다(사랑을 통한 상호인정관계); ii) 고태수는 초봉을 욕망(성욕)하지만, 초봉은 고태수를 욕망하지 않는다; iii) 아버지는 고태수를 욕망(금전욕)하지만, 고태수는 아버지를 욕망하지 않는다. 다만 딸 초봉(성욕)을 욕망할 따름이다; iv) 아버지와 고태수가 욕망의 교환, 혹은 상호인정관계에 이르기 위해서는 딸 초봉의 희생이 필요하다; v) 초봉이 희생을 결심, 아버지의 욕망에 투항한다; vi) 아버지와 고태수의 욕망은 마성적으로 교환된다; vii) 초봉의 욕망은 좌절된다.

초봉의 개인적인 욕망의 좌절은 곧 사기꾼이며 호색한인 고태수와의 불행한 결혼으로 결과된다. 이 결혼을 계기로 초봉은 매우 비극적인 전락의 과정을 밟아나간다. 고태수와의 불행한 결혼 생활, 악한의 전형이랄 수밖에 없는 곱사 장형보에 의한 남편의 죽음과 자신의 겁탈, 의인으로 여겼던 약국 주인 박제호와의 불행한 첩살이와 아이 출산, 장형보의 새로운 출현과 친부권 주장, 장형보와의 비극적인 결혼생활, 장형보 살인으로 이어지는 초봉의 전락의 과정은, 금강 물이 탁해지는 정도와 정히 비례하는 것이다. 장형보를 살해하는 것 이외에는 거의 모든 행위가 체념에 가까운 태도로 이루어진다. 대부분의 사건에서 체념이나 무의지적인 자세를 보이는 초봉은 현실의 상징적 질서에 매몰되는 투항자의 모습 그대로이다. 결혼할 때 아버지의 질서에 투항했듯이, 차례로 타락한 남성들의 질서에 투항하는 것이다. 고태수에게 그랬듯, 박제호에게 그랬고, 또 장형보에게도 그랬다. 앞서도 말했지만, 아버지의 질서, 고태수 박제호 장형보로 이어지는 남성들의 질서는 타락한 자본주의의 마성적 질서이다. 이같은 마성적인 상징적 질서에 투항해 있던 초봉이 그 질서와의 고리를 끊으려한 행위가 바로 장형보 살인이다. "내가 느이허구 무슨 원수가 졌다구 요렇게두 내게다 핍박을 하느냐? 이 악착스런 놈들아!······ 아무 죄두 없구, 아무두 건드리잖구 바스락 소리두 없이 살아가는 나를, 어쩌면 느이가 요렇게두 야숙스럽게······ 아이구우 이 몹쓸 놈들아!"(p. 478)라고 절규하면서 장형보를 살해하는 행위를 통해서 초봉은 새로운 주체로 변신하는 것이다. 물론 그 과정에서 초봉은 자신이 욕망하는 대상인 승재와의 상호 관점의 교환을 통한다. 소설의 마지막 부분에서도 초봉과 승재의 시선과 응시가 상호교환하고 있는 것도 그런 맥락에서 관심을 끈다. 이 관점의 상호교환은 곧 서로의 욕망의 뒤섞임을 의미한다. 그 욕망의 뒤섞임 속에서 유아적(唯我的) 자아는 상호주관적 자아로 변신한다. 이렇게 상호주관적 자아로 변신할 때 초봉은 새롭게 욕망의 주체가 될 수 있지만 그 주체의 자리도 불안하긴 마찬가지이다. 살인범으로 감금되어야하기 때문에, 다시 법이라는 사회제도가 구축해놓은 상징적 질서의 규율에 강제적으로 투항하지 않으면 안 되기 때문이다. 그래서 초봉이 환기하는 비극성의 심상은 더더욱 증폭된다.

3. 마성적 욕망과 타락한 부성: 장형보와 정주사

비극적 여주인공 초봉은 부정적 타자들의 마성적 그물 속에서 전락만을 거듭하다가, 승재와 관점의 상호교환을 통해 상호주관적 자아를 확보하게 됨으로써 새로운 주체로 변신한다는 사실을 앞에서 살폈다. 이제 그녀를 그토록 비극에 빠지게 하는 부정적 타자들을 검토해볼 차례이다. 부정적 타자들 중 으뜸은 당연히 장형보이다. 초봉은 체념의 극단에서 "형보? 좋다, 형보는 말고서 형보보다 더한 놈도 좋다. 원수는 말고 원수보다 더한 것도 상관없다"(pp. 484~85)라고 외친다. 이 외침에서 형보는 분명히 원수로 인지된다. 원수로 인지되는 장형보는 누구인가? "미상불 세상 사람들은 형보가 곱사요, 또 형용이 추하게 생겼대서 속을 주기 전에 덮어놓고 멸시를 했고, 이 멸시 속에서 형보는 자라났고, 살아왔고, 지금도 살고 있다"(pp. 451~52)는 서술자의 보고에서도 확인할 수 있듯이 장형보는 부모도 정처도 없는 떠돌이 불한

당처럼 자랐다. "심술이 궂고 음험해"(p. 452)진 형보는 "세상에 대해서 피가 나도록 핍절한 앙심을 먹고, 마침내는 세상을 통으로 원수를 삼"(p. 452)아온 인물이다. 이러한 형보는 여러 면에서 세계의 일탈자임에 분명하다. 그리고 그 일탈행동은 돈의 화신, 나아가 악(惡)의 화신 형태로 나타난다.

수형할인업을 하고 있는 그는 『태평천하』의 윤직원 영감처럼 고리대금업자이다. 그런데 이 고리대금업은 이른바 '육법전서'의 질서가 보장하는 직업이다. 그가 품고 지내는 '계획'인 "계집장사나 술장사"(p. 126)도 마찬가지이다. 이렇듯 현실의 법과 제도의 테두리 안에서 혹은 그것을 이용하여 악한 행위를 서슴지 않는 장형보는 마성적 자본주의 현실에서 타락한 욕망체계 안에 깊숙이 들어있는 인물로 보인다. 그 욕망체계 안에서 그는 자기의 타락한 욕망을 점점 더 부풀릴 뿐만 아니라, 자신이 속한 타락한 욕망체계를 더욱 힘차게 추동시킨다. 일종의 타락한 '욕망하는 기계desiring machines'라고나 할까. 이 욕망하는 기계가 작동하면 작동할수록 형보의 악성(惡性)은 높아진다. 장형보의 악성이 높아지면 높아질수록 그 대안(對岸)의 타자인 초봉의 비극성은 높아간다. 초봉의 극단적인 부정적 타자인 형보를 따라 초봉의 비극성이 형상화된다. 즉 형보는 적어도 초봉에게는 비극적 세계의 원인이면서 악을 현실화하는 결과이기도 한 존재로서, 세계의 마성(魔性)을 구체적으로 표상하고 있는 인물이다.

따라서 결말 부분에서 초봉이 형보를 살해한 것은 세계의 마성적(魔性的) 악성(惡性)에 대한 반항이요, 타락한 욕망하는 기계에 대한 거부를 의미하는 행위로 해석될 수 있다.(마성적 욕망을 지닌 남성 인물 계열에는 고태수와 박제호도 포함된다. 그러나 이 두 인물의 성격은 대체로 장형보에 포함되는 것으로 보아 구체적인 분석은 생략한다. 다만, 지적하고 넘어갈 것은, 작가 채만식이 어쨌든 이 마성적 욕망에 감염되어 있는 인물들을 초봉의 주위에서 제거해 나간다는 사실이다. 고태수는 그보다 더한 악한인 장형보에 의해서 비명에 죽어가고, 박제호[그는 셋 중 악의 정도가 가장 약한 편이다. 그래서 작가는 이 인물만큼은 살려놓고 있다]는 초봉에게 싫증을 느낄 무렵 장형보가 나타나자 스스로 떠나며, 최대의 악한인 장형보는 가장 극단적인 악(惡)의 피해자여서 가장 비극적인 인물인 주인공 초봉이에게 살해되어 떠나는 것으로 설정해놓고 있다. 이런 소설적 구성은 작가 채만식이 현실을 있는 그대로 그리면서 비극성을 증폭시키는 한편으로, 그 현실에 대해 이건 절대로 아니다!라고 강력하게 반항하고자 했던 현실인식 및 창작의도의 결과일 것으로 추정된다.)

주인공인 초봉이 비극적 전락의 삶을 살게 된 일차적인 원인은 아버지 정주사에게 있었다. 실업과 무능으로 인해 타락한 인물로 전락한 아버지가 구성해놓은 상징적 질서에 붙박히기 시작하면서 초봉의 전락은 시작되는 것이다. 그런데 초봉의 전락은 아버지의 전락에 뒤이은 연쇄 전락이라는 성격을 갖는다. 초봉의 전락 이전에는 이미 아버지의 전락의 패러다임이 있었던 것이다. 아버지 정주사는 구한말에서 식민지 시대로 이어지는 역사적 사회적 경제적 격동기를 거치면서 몰락한 전형적인 인물이다. 그는 선비요

지주였던 인물인데, 사회변동 과정에서 급기야 하층 도시빈민으로 전락한 것이다. 논 사천 평 규모의 중농 출신에다 보통학교를 졸업, 당시로서는 전형적인 농촌 지식인의 면모를 갖출 수 있었던 그였지만, 군서기에서 도태되면서부터 군산으로 이주, 은행원, 미두 중개상, 미두꾼, 하바꾼 등으로 점진적인 전락을 체험한다. 이 전락 속에서 그는 "'명일(明日)'이 없는 사람" 혹은 "갈데 없이 그런 사람"(p. 9)이 되고 만다. 그러나 전락하면 전락할수록에 대한 그의 편집광적 집착은 그 정도를 더해간다. 그의 욕망은 진정한 욕망이라기보다는 기형적인 탐욕에 가깝다. 그는 식민지 조선인들이 모여 사는 변두리에서 살면서 끊임없이 일인들이 사는 신흥 중심가에서 살기를 욕망한다. 욕망할 뿐 아무런 힘도 앎도 없는 그이기에 그 욕망은 가짜 욕망이다. 그의 욕망은 점차 인격 파탄과 더불어 타락한 욕망으로 치닫게 되는데, 결국은 딸 초봉이의 혼사문제를 인신매매 차원으로 이끌고 간다. 여기서 우리는 그의 거세된 부성(父性)을 보게 된다. 고태수의 돈에 탐욕하여 딸의 불행을 팔아 '끔찍한 행운'을 잡고자 한다. 자신이 설정한 상징적 질서의 권능을 발동하여 마침내 매매혼을 성사시킴으로써 딸 초봉이 전락하게 되는 제1의 계기를 마련한다. 그러므로 초봉에게 있어 부정적 타자요, 타락한 아버지 기능을 하는 것이다.

이 같은 정주사는 전반적인 사회변동 과정에서 몰락한 계층의 전형이면서 타락한 부권(父權)의 상징이라고 할 수 있다. 그는 '아버지'라는 이름으로 자신이 구축한 타락한 상징적 질서의 권능을 발휘함으로써, 역설적으로 '아버지'라는 이름을 잃고 있다.

곧 부권(父權)을 상실하고 거세당한 부성(父性)인 것이다. 부권을 상실한 아버지의 상징적 질서는 비극적 세계의 한 단면을 보여주기에 충분하다. 따라서 『탁류』에서 정주사는 장형보나 고태수, 박제호 등과 더불어 극단적으로 타락해 있는 지배적 욕망체계를 상징적으로 보여주고 있는 인물이라 할 수 있다. 이런 초봉의 부정적 타자들을 한 패러다임으로 묶으면, 이들이 환기하고 있는 욕망의 구조가 당대 사회의 지배적 욕망의 구조와 상동관계에 있음을 어렵지 않게 짐작할 수 있게 된다.

4. 동반자적 욕망의 암시자: 남승재

채만식의 『탁류』에서 남승재는 초봉의 동생 계봉과 더불어 새로운 욕망체계의 암시자로 제시된다. 따라서 이 인물은 작가 채만식의 현실인식과 창작 의도를 해명하는 데 중요한 단서를 제공해주는 인물이라 하겠다. 남승재는 서울에서 태어났으나 5세에 고아가 되어 "외가 편으로 일가가 된다면 되고 안 된다면 안 되는 어떤 개업의(開業醫)가 마지못해서 거두어 길"(p. 88)러준 덕분에 어렵게 중등학교까지 졸업했다. 상급학교 진학이 어려움을 알고 주인의 조수 노릇을 하면서 의사시험 준비를 했다. 그러나 아껴주던 주인이 급서함에 따라 주인이 천거해준 군산의 금호의원으로 오게 된다. 금호의원에서 일하면서 의사시험에 이차까지 합격했고, 초봉이 서울로 떠나갈 무렵에는 모두 합격하여 곧 상경, 빈민을 위한 의료원을 개업, 의사가 된다. 이런 그의 역정에서도 알수 있듯이, 남승재는 어려운 여건 속에서도 세파에 찌들지 않고 꿋꿋하게 자기 길을 개척해나간 인물이다. 그러나 그의 의미는 그 자신의 개인적인 성취 여부에 있는 것이 아니다. 그렇다면 『탁류』에서 남승재의 의미는 무엇인가?

우선 그가 '의사'라는 점에 주목해보자. 의사로서 그는 무엇보다 임상에 능하여 두루 인정받는다. 그런데 그의 임상은 신체적 임상에 그치지 않는다. 신체적 임상이 1차라면 2, 3차의 정신병리적, 사회병리적 임상으로 확대시켜나간다. 즉 단지 신체의 치유자가 아닌 정신의 치유자, 나아가 사회의 치유자가 되기를 소망하는 인물이다. 이런 남승재의 성격은 그가 군산에 있으면서 바라본 현실의 모습이 너무나도 질곡에 빠져 있다고 느끼는 데서 비롯된다. 그의 현실인식 과정은 크게 세 가지로 나누어볼 수 있다.

첫째, 가난 체험이다. 야학 아이들의 가정 방문을 하면서 혹은 치료를 위해 가정방문을 하면서 여실하게 가난 체험을 하게 된다. 대개 "당장 굶고 앉았는 집"(p. 521)의 모양을 하고 있었던 것이다.

둘째, 가난과 관련한 타락한 욕망에 대한 체험이다. 자신이 진심으로 사랑하고 욕망하던 초봉이 정주사의 금전욕과 고태수의 야수적 성욕의 교환으로 매매혼을 하게 된 사건에서 이를 처절하게 체험하거니와 명님이 사건에서도 마찬가지다. 명님이가 이백원에 개명옥에 팔렸다는 말을 듣고 그 주인을 찾아가서 자신이 그 돈 이백 원을 물어줄 터이니 명님이를 돌려달라고 요청하는 대화를 나누는 동안, 그는 "제 자신이 지닌바 '인간의 기준'과 '사실'이 어그러진다"(p. 541)는 점을 느끼게 된다. 이 대화 과정에서 남승재는 이전의 관념성을 넘어서 현실을 구체적으로 깨닫게 된다. 자기가 설정했던 '인간의 기준'과 '사실'이 얼마나 먼 거리에 있었던가를 알게 된 것이다. 소박한 휴머니스트였던 그는 자기가 생각했던 인간 질서가 결국 자기 개인이 상상적 그물에 모든 것을 동일시한 결과, 즉 상상적 질서를 넘어서지 못했던 것임을 알아차리게 된다. 현실의 엄혹한 상징적 질서는 바로 가난으로 규율되는 것이었으니, 그것은 곧 자본(돈)의 질서였다. 자본의 질서가 구체라면 자신이 설정한 인도적 질서는 관념이었다. 이 거리, 이 간격 사이에서 그는 갈등하고, 자기반성도 하지만, 그럼에도 불구하고 자신이 설정했던 상상적 질서를 전면적으로 폐기하지는 않는다. 왜냐하면 현실은 그에게 있어서 긍정의 대상이 아니라 부정의 대상이기 때문이다. 그가 보기에 돈이 없어 굶어죽을 지경이 되고, 그래서 딸까지 팔아넘기는 작태가 벌어지는 현실은 극단적으로 '병든' 세상 이외에 다른 것이 아니다. 즉각적인 사회임상의 대상이 되는 질병의 세계인 것이다. 요컨대 승재가 구체적으로 느낀 현실은 가난으로 인해 인간이 동물적 상태로 전락해 있고, 그런 동물적 상태에서 동물적으로 타락한 욕망에 의해 비인간적인 생활로 점철되는 공간이라고 할 수 있다.

셋째, 어른들만 그런 타락한 욕망체계 안에 있는 것이 아니라, 아이들 역시 그 체계의 주술력에 깊숙이 감염되어 있음을 느끼게 된다. 야학에서 아이들에게 장래 희망을 묻자, 아이들은 월급을 많이 받기 위해 총독부 직원이 되고 싶다든지, 순사가 되고 싶다든지 하는 식으로 답변한다. 이 또한 가난 타령, 허기 타령이기는 한가지다. 승재는 이를 "슬픈 동화"(p. 528)로 느낀다.

이상과 같은 세 가지 체험을 하면서 승재는 현실을 구체적으로 인식하게 된다. 그에게 있어 현실 인식은 곧 현실의 욕망체계에서 결여, 결핍을 느끼는 것과 등가이다. 그런데 주위에 그런 인식을 공유할 만한 사람이 없다. 혼자 느끼고 혼자 고민하고 갈등할 뿐이다. 그래서 그는 현상만을 알아차렸을 뿐 그 현상의 본질과 그런 현상을 낳게 한 본질적 원인에 대해서는 아직 모르고 있다. 남승재가 이처럼 자기인식의 양질전환을 변증법적으로 수행하지 못하는 것은 그가 소박한(타고난) 휴머니스트이기도 하지만, 보다 밀접하게는 자기와 동질적인 타자를 발견하지 못했기 때문이다. 다시 말하면, 그의 주위에 있는 인물들은 대개 그와는 이질적인 부정적 타자들이라는 것이다. 정주사가 그렇고, 장형보나 고태수, 박제호가 그러하며, 가난한 빈민들과 기생집 주인 등 대부분 타락한 욕망에 감염되어 있는, 그래서 부정되어야 마땅한 타자들인 것이다. 물론 승재가 그 타자들을 무조건 배척하는 것은 아니다. 오히려 그들로부터, 혹은 그들과 관점을 교환하면서 현실의 구체적인 징표를 읽어내고 있는 것이다. 그러나 그 이질적인 부정적 타자와의 관점의 상호교환은 현상 이해에 도움이 될 뿐 본질에 다가가게 하는 데는 오히려 방해물로 작용한다. 따라서 이제 그에게 필요한 것은 동질적인 긍정적 타자이다.

『탁류』에서 발견되는 승재의 동질적인 긍정적 타자는 초봉의 동생 계봉이다. 계봉이와 대화를 나누면서 승재는 자기가 관찰했던 현상의 본질적 원인에로 다가갈 수 있게 된다. 여기서 계봉이와 같은 대상을 놓고 대화를 나눈다는 것은 의미심장하다. 왜냐하면 그 대화를 통해서 관점을 상호교환하고 상호주관성을 확보할 수 있기 때문이다. 이 상호주관성의 확보를 통해 승재는 현상의 본질적인 원인, 다시 말해 있는 현상이 병증(病症)이라면 그것의 병인(病因)을 조심스럽게 찾아나가게 되는 것이다. "인간의 세상이 통째루 가난병"이 든 것 같은 현상의 원인으로 계봉은 "분배가 공평"(p. 597)치 않아서 그렇다며 사회경제적 구조의 모순을 지목한다. 그에 반해 승재는 개인의 행태론적 윤리적인 측면에서 접근했던 인물이었다. 그러나 승재는 계봉과 계속 대화를 나누고 사랑을 나누면서 지속적인 상호주관성을 확보해나가는 가운데 보다 진보적인 가치관을 지닌 인물로 성숙하게 된다.

이처럼 『탁류』에서 남승재는 계봉과 더불어 '탁류(濁流)'를 '청류(清流)'로 전환시키고자 하는 희망의 표상으로 제시된다. 물론 그들은 이 작품에서 어떤 핵심적이고 결정적인 역할은 하지 않는다. 다만 타락한 '탁류(濁流)의 욕망'을 진정한 '청류(清流)의 욕망'으로 전환시키고자 노력하는 인물로, 그래서 새로운 욕망의 암시자로 나타나고 있을 뿐이다. 그렇다면 남승재와 계봉이가 암시하는 새로운 욕망체계, 즉 이른바 청류(清流)의 욕망체계는 무엇일 터인가? 그것은 바로 자본주의의 마성적 체계 안에서 일어나는 동물적인 약육강식 혹은 생존본능적인 욕망의 악순환에서 벗어날 때 가능한 체계라고 할 수 있다. 다름 아닌 정신적이고, 도덕적인 상호인정관계 속에서 이루어지는 진정한 욕망체계이다. 이런 진정한 욕망체계와 아울러 부의 불공평한 분배로 문제되는 '있는 현실'을 넘어서서 부의 공평한 분배가 이루어질 '있어야 할 현실'(궁극적으로는 사회주의 지향)을 추구해야 되리라는 사실도 암시한다. 이렇게 새로운 욕망체계와 있어야 할 현실의 모습을 암시하는 남승재나 계봉의 존재는 퍽 중요하다. 탁류의 욕망체계에 감염되어 있던 30년대 중반 식민지 상황에서 나름대로 바람직한 현실대응 자세를 보여주기 위해 설정된 인물들처럼 보인다. 작가 채만식은 이 두 인물을 통하여 자본주의의 마성적 욕망체계와 식민지 조선의 암울하고 척박한 현실 상황을 극복하고, 진정한 휴머니즘과 유적 본질을 지닌 인간적 자각에 입각한 미래지향적 가치와 이념을 형상화해보려고 한 것이 아닐까 짐작한다.

5. 초봉의 플롯과 승재의 플롯

『탁류』에서 중요한 서사적 요소는 욕망의 현시와 전이 과정에서 드러난다. 그리고 그것은 두 개의 플롯으로 구성되어 있다. 하나는 초봉이 이끌고 있는 상위의 플롯이요, 다른 하나는 남승재가 진행시켜나가는 하위의 플롯이다. '억압자—희생자' 관계로 구축된 초봉의 플롯은 이 소설의 전체를 지탱하고 있는 겉 플롯이자 중심 플롯이다. 반면 '치유자—환자' 관계로 되어 있는 남승재의 플롯은 잠재되어 있던 속 플롯이다. 이 겉 플롯과 속 플롯이 결말 부분에서 상호주관성의 확보에 의해서 합쳐진다. 말하자면, 겉 플롯은 영향력 약화로, 속 플롯은 영향력 강화로 인해 둘은 합쳐질 수 있었다.

초봉의 플롯은 가족관계나 가족상황에서 비롯된다. 즉 아버지 정주사로부터 비롯되는 것이다. 정주사는 사회변동과정에서 몰락한 계층을 대변한다. 그리고 그 몰락으로 인해 정신이나 가치관이 황폐화되어 있다. 이미 말한대로 거세된 부성(父性)의 상징이다. 가정 내에서는 정상적 부권을 행사할 능력이 없으며, 따라서 그의 부권(父權) 행사 방식은 타락한 방법에 의해서만 가능하다. 그 타락한 방법은 가정 내에서 타락한 상징적 질서를 형성한다. 이 상징적 질서에 의해 딸 초봉은 억압된다. 즉 자신의 욕망의 대상인 승재를 포기하고 아버지의 욕망의 대상인 고태수를 욕망하게 되는 것이다. 이를 앞에서 아버지가 구축해놓은 타락한 상징적 질서에의 투항이라고 설명했다. 아버지의 상징적 질서에 순응함으로써 초봉의 욕망은 희생적으로 전이된다. 그것은 그녀의 결혼이 철저하게 사회경제적 기초에 근거한 타락한 욕망의 교환에 의해 이루어진 까닭이다. 다시 말하면 초봉의 욕망의 대상은 자신의 결혼의 사회경제적 기초에 의해 '사랑'에서 '돈'으로 전이된다고 말할 수 있다. 처음에는 고민도 하고 갈등도 보이지만, 아버지의 상징적 질서에 순응하기로 결정한 다음에는 오히려 고태수에게 마음이 끌리고 있음을 보여준다. 이렇게 대상 인물이 승재에서 고태수로 전이된다는 것은 그녀가 철저하게 사회경제적 기초에, 사회경제적 메커니즘이 구축해놓은 상징적 질서에 이끌리고 있음을 알리는 구체적인 표지가 된다. 즉 고태수와의 결혼을 통해 아버지를 비롯한 집안을 돕는 일과 자신이 경제적으로 신분 상승을 할 수 있다는 것, 이 두 조건이 바로 그녀에게 욕망의 대상 전이를 야기했던 것이다.

그러나 그 같은 대상 전이는 곧 타락한 질서에의 함몰을 의미하기도 한다. 고태수와 결혼하여 한 몸이 된다는 것은 고태수의 질서와 등가를 이룬다는 것과 다르지 않다. 이것은 일차적으로는 승재에 대한 사랑 욕망의 좌절이라는 기초 위에 축성된, 고태수를 대상 인물로 한 경제적 안정의 추구 욕망이라 할 수 있다. 하나의 욕망이 좌절되었고, 다른 하나의 욕망이 생겨났다. 그에 따라 초봉이의 욕망은 그 새 욕망으로 전이되었다. 그 욕망의 전이를 통해 초봉은 타락한 기성 욕망체계의 신참자가 된다. 이때부터 독자의 관심은 이 신참자의 욕망이 어떻게 실현될 수 있는가에 쏠리게 마련이다. 고태수와의 결혼이 이를 보증해 줄 수 있는가를 따지려 할 것이다. 그러나 초봉의 욕망 실현은 장형보에게 겁탈당하는 사건과 남편 고태수의 죽음으로 지연된다. 욕망의 실현이 지연되자 초봉은 다시 대상 인물을 박제호로 바꾼다. 물론 처음부터 자발적인 것은 아니었지만, 결국 나중에 가서 박제호를 수락하고 그의 첩살이를 시작하는 것을 보면 이제 그 대상 인물로 박제호를 설정했다는 것을 알 수 있다. 박제호와 살면서 딸 송희를 낳는다. 이로써 그녀의 욕망의 실현에로 다가서는가 싶지만, 장형보가 나타남으로써 다시 지연된다. 장형보에 의해 박제호는 떠나고 대상 인물 자리에 가장 부정적인 타자인 장형보가 들어앉는다. 극단적으로 부정적인 인물이지만, 장형보가 대상 인물로 설정될 수 있는 이유는 딸 송희의 양육 문제 때문이다.

이렇게 볼 때 초봉이의 플롯에서 알 수 있는 것은 그녀의 욕망이 실현으로 향하기는커녕 좌절 쪽으로 기울고 있다는 점이다. 승재를 포기하고 고태수를 택한 것은 욕망의 내용이 동질적인 것이 아니기 때문에 단순 비교할 수는 없다. 그러나 사회경제적 기초에 의해 설정된 대상 인물이 '고태수—박제호—장형보'로 바뀌는 과정은 곧 초봉이의 욕망이 줄어들고, 욕망실현 가능성이 줄어드는 과정, 바로 그것이다. 이 과정은 다시 말하면 철저한 전락의 과정이다. 아버지 정주사가 전락했듯이, 그와 유사하게 딸 초봉이도 전락을 되풀이한다. 이런 '父—女' 이대(二代)로 이어지는 전락의 대물림이 이 소설의 겉 플롯의 핵심이다. 그 전락의 고리를 끊으려 한 마지막 몸부림이 결말 부분에 제시되는 초봉이의 장형보 살해 행위이다. 그것은 곧 자기 욕망의 대상 인물을 죽이는 것으로, 자기 욕망을 죽이는 것과 마찬가지이다. 장형보의 죽임은 곧 타락한 기성 욕망체계에 감염되어 있던 초봉 자신의 욕망의 죽임이다. 초봉은 자신의 욕망을 죽임으로써 새로운 욕망체계를 맞이할 준비를 할 수 있었다.

이상과 같은 초봉의 플롯은 지금부터 논의할 승재의 플롯과 상호관계를 갖는다. 승재의 플롯은 기본적으로 '치유자—환자'의 관계 위에서 구성된다. 그에게 있어서 치유의 이데아는 휴머니즘에서 사회주의적 평등 이념으로 전이된다. 초봉의 플롯이 표층에서 욕망이 줄어드는 플롯이라면, 승재의 플롯은 심층에서 욕망이 늘어나는 플롯이라 할 수 있다. 앞에서도 살펴본 바와 마찬가지로, 승재는 주위의 부정적 타자들로부터 현실의 질곡을 지각하고, 긍적적인 동질의 타자 계봉이와의 대화를 통해서 현실 모순의 원인을 인식하게 됨으로써 사회주의적 분배 이데올로기를 바탕으로 자기 욕망을 확대해나간다.

이렇게 줄어드는 초봉의 플롯과 늘어나는 승재의 플롯을, 작가는 결말 부분에서 상호주관성의 원리에 입각해 합쳐놓고 있다. 초봉의 플롯은 승재의 플롯과 합쳐지면서 축소, 하강을 멈추고 승재의 플롯을 따라 굴각을 이루며 확대, 상승의 궤도로 나아갈 수 있게 된다. 그것은 초봉이 감염되어 있던 기성의 타락한 욕망체계에 대한 작가의 비판이면서, 동시에 늘어나는 승재의 플롯을 통해 있어야 할 새로운 욕망체계를 암시하고자 한 작가의 지향의식의 결과인 셈이다. 결국 초봉이의 욕망은 타락한 마성적 욕망체계 안에서 좌절되고, 승재의 욕망은 실현지향 상태에 있을 뿐 실현은 여전히 지연 상태에 있다. 그래서 욕망의 대상과 타자와의 거리는 완전히 근접되지 못했고, 중간 정도에 머물고 말았다. 중간 거리에서 작가는 아이러니 기제를 나름대로 활용하여 현실 비판, 즉 타락한 현실의 욕망체계 비판을 수행하고 있다.

요컨대 『탁류』에서 채만식은 초봉의 욕망이 철저하게 좌절되는 모습을 보여주면서 현실의 비극적인 측면을 부각, 내지 비판하고 있다. 그 비판은 작가의 목소리가 연루되어 이루어져 있는 것이 아니라, 작품 내에서 이제까지 잠재되어 미미하게 흐르고 있던 승재의 속 플롯을 들추어냄으로써 자연스럽게 가능하게 된 것이다. 이 장편에서 장형보나 정주사로 대리되는 대부분의 남성 인물들은 타락한 지배적인 욕망체계 안에 있는 인물들이며, 그들의 타락한 욕망체계로 사회는 이루어져 있고, 또 현실이 구성되고 있음을 보여준다. 반면 여주인공 초봉은 지배적인 욕망의 체계에서 결핍을 느끼는 인물이지만 현실적 타자들에 억압되어 새로운 욕망체계를 구성할 힘이 없는 존재이다. 단지 형보라는 타락한 악에 대한 반항으로서의 살인 행위를 통해 기존의 욕망체계와 그 사회 현실을 거부하는 몸짓을 보여줄 수 있었을 따름이다. 그렇다면 이 작품에서 새로운 욕망체계 및 있어야 할 새로운 현실에 대한 제시는 전혀 나타나지 않고 있는가? 반드시 그런 것은 아니다. 초봉의 형보 살인 사건과 이를 바라보는 온건한 사회주의자 남승재와 동반자 계봉의 의식을 통해 암시되는 동반자 이념, 즉 부의 평등한 분배 이데올로기가 새로운 욕망체계와 있어야 할 새로운 현실을 잠재적으로 드러내주는 것이라 하겠다. 이런 수사학적 방식으로 작가 채만식은 어떤 공식적인 현실원칙이나 이데올로기 체계로부터 일정한 거리를 유지하면서도 새로운 욕망을 실현시킬 수 있는 한계 같은 것을 점검해본 것이 아닐까 한다.

1902년(1세) 전라북도 옥구군 임피면 읍내리(구 임피군 군내면 동상
리)에서 9남매 중 5남으로 태어남. 부는 채규섭(蔡奎燮), 모는
조우섭(趙又燮).

1910년(9세) 임피보통학교 입학.

1914년(13세) 임피보통학교 졸업. 이후 서당에서 한문 수학.

1918년(17세) 중앙고등보통학교(당시 교명: 사립중앙학교) 입학.

1920년(19세) 중앙고등보통학교 3학년 재학 중 은선홍(殷善興)과 결혼.

1922년(21세) 중앙고등보통학교 졸업. 일본 와세다(早稻田)대학 부
속 제일(第一) 와세다 고등학교 문과(영문과) 입학.

1923년(22세) 관동대지진과 집안의 몰락으로 여름방학에 귀향(대학
중퇴). 처녀작 중편 「과도기」 탈고. 동아일보사 학예부 담당
기자로 입사.

1924년(23세) 경기 강화의 사립학교 교원으로 취직. 이광수의 추천으

로 단편「세 길로」를『조선문단』에 발표하면서 등단. 장남 무
열 태어남.

1925년(24세) 동아일보 정치부 기자로 입사. 단편「불효자식」『조선
문단』에 발표.

1926년(25세) 〈전조선기자대회〉와 6·10만세사건 이후 동아일보 기
자에서 면직.

1928년(27세) 차남 계열 태어남. 단편「생명의 유희」탈고.

1929년(28세) 잡지『개벽』사에 입사.『별건곤』『제1선』『혜성』등 잡
지 편집에 관여.

1932년(31세) 현인 이갑기와 동반자 작가 논쟁을 벌임.

1933년(32세) 조선일보사에 입사.『조선일보』에 장편『인형의 집을
나와서』연재.

1934년(33세) 단편「레디메이드 인생」, 희곡「인텔리와 빈대떡」「영
웅모집」등을 탈고.

1936년(35세) 조선일보사 퇴사 후 개성으로 이사. 본격적인 전업작가
로 활동.「명일」(『조광』), 희곡「심봉사」(『문장』) 발표. 단「심
봉사」는 총독부 검열로 전문(全文) 삭제됨.

1937년(36세) 장편『탁류』를『조선일보』에 연재.

1938년(37세) 장편『천하태평춘』을『조광』에 연재.

1939년(38세)『채만식단편집』(학예사),『탁류』(박문서관)가 출판. 장
편『金의 정열』을『매일신보』에 연재.

1940년(39세) 개성에서 안양으로 이사. 장편『천하태평춘』을『태평천
하』(명성사)로 개제(改題)하여 출판.

1941년(40세) 『탁류』再版이 간행됨(조선총독부의 3판 발행 금지처분을 받음). 장편『金의 정열』(영창서관) 출판.

1942년(41세) 삼남 병훈 태어남.

1943년(42세) 장편『어머니』를『조광』에 연재. 중편집『배비장』(박문서관), 단편집『집』(조선출판사) 출판.

1944년(43세) 딸 영실 태어남. 장편『여인전기』를『매일신보』에 연재.

1945년(44세) 부친 규섭 별세. 장남 무열 병사(病死). 소개령에 의해 고향 전북 임피로 낙향하여 8·15 해방을 맞이함. 해방 후 서울로 다시 이사.

1946년(45세) 중편집『허생전』(협동문고), 단편집『제향날』(박문출판사) 출판. 향리인 전북 임피로 다시 낙향. 단편「맹순사」「미스터 方」, 중편「허생전」 발표.

1947년(46세) 모친 조우섭 별세. 사남 영훈 태어남. 익산시(당시 이리시) 고현동으로 이사. 장편『아름다운 새벽』(박문출판사) 출판.

1948년(47세) 장편『태평천하』(동지사) 재출간. 단편집『잘난 사람들』(민중서관), 단편집『당랑의 전설』(을유문화사) 출판. 중편「민족의 죄인」(『백민』) 발표. 장편『옥낭사』 집필 완성.

1949년(48세) 『탁류』(민중서관) 재출간. 장편『소년은 자란다』 집필 완성. 과로로 6월 와병.

1950년(49세) 익산시(당시 이리시) 마동 269번지로 이사. 6·25를 앞둔 시점에 지병(폐병) 악화로 6월 11일 오전 11시 30분 마동 269번지에서 영면(永眠). 전북 옥구의 선영에 안장됨.

작품 목록

1. 소설(신문, 잡지 발표)

작품명	발표지	발표 연월일
과도기(중편, 1923년 작)	문학사상	1973. 8~9.
세 길로	조선문단	1924. 12.
불효자식	조선문단	1925. 7.
생명의 유희(1928년 작)	문학사상	1975. 1
산적	별건곤	1929. 12.
허허 망신했군(콩트)	신소설	1930. 1
그 뒤로	별건곤	1930. 1
병조와 영복이	별건곤	1930. 2, 3, 5
창백한 얼굴들	혜성	1931. 10
화물 자동차	혜성	1931. 11
염소를 팔아서 (1931년 작으로 추정)	집	1943
농민의 회계 보고	동방평론	1932. 7
인형의 집을 나와서(장편)	조선일보	1933. 5. 27~11. 14
팔려간 몸	신가정	1933. 8

작품명	발표지	발표 연월일
레디메이드 인생	신동아	1934. 5~7
염마(장편)	조선일보	1934. 5. 16~11. 5
보리방아	조선일보	1936. 7. 4~22
소복 입은 영혼	신동아	1936. 8
언약(콩트)	여성	1936. 9
빈…제일장 제이과	신동아	1936. 9
명일	조광	1936. 10~12
부전딱지(콩트)	여성	1936. 11
젖	여성	1937. 1
얼어죽은 모나리자	사해공론	1937. 3
생명	백광(3~4합집)	1937. 4
정거장 근처(중편)	여성	1937. 3~10
어머니를 찾아서	소년	1937. 4~8(5회)
어떤 화가의 하루(콩트)	동아일보	1937. 9. 18, 21, 22
탁류(장편)	조선일보	1937. 10. 12~1938. 5. 17
황금원(1937년 작, 유고)	현대문학	1956. 4
태평천하춘 (장편, 『태평천하』로 개제)	조광	1938. 1~9
동화	여성	1938. 3
치숙	동아일보	1938. 3. 7~14
향연(콩트)	동아일보	1938. 5. 17
두 순정	농업조선	1938. 6
쑥국새	여성	1938. 7
이런 처지	사해동론	1938. 8
용동택의 경우	농업조선	1938. 8
소망	조광	1938. 10
점경(콩트)	조선일보	1938. 12. 28
정자나무 있는 삽화	농업조선	1939. 1
패배자의 무덤	문장	1939. 4
금의 정열(장편)	매일신보	1939. 6. 19~11. 19

작품명	발표지	발표 연월일
반점	문장(임시증간호)	1939. 7
모색	문장	1939. 9
홍보씨	인문평론(창간호)	1939. 10
태풍(『탁류』에서 재수록)	박문	1939. 10
이런 남매	조광	1939. 11
상경반절기(1939년 작, 유고)	신사조	1962. 11
차 안의 풍속	신세계	1940. 1~2
순공 있는 일요일	문장	1940. 4
냉동어(중편)	인문평론	1940. 4, 5
젊은 날의 한 구절(중편, 미완)	여성	1940. 5, 7, 8, 10, 11
회	조광	1940. 12
근일	춘추(신춘호)	1941. 2
사호일단	문장	1941. 2
왕치와 소새와 개미와(동화)	문장(폐간호)	1941. 4
집	춘추	1941. 6
병이 낫거든	조광	1941. 7
종로의 주민	제향날	1941. 2. 20 탈고
해후		1941. 3. 17(음) 탈고
차중에서(유고)	체신문화	1961. 3
덕원이 선생		1941
고약한 사돈		1941
아름다운 새벽(장편)	매일신보	1942. 2. 10~7. 10
향수	야담	1942. 2
삽화	조광	1942. 7
어머니(장편, 미완, 1947년 『여자의 일생』으로 게재	조광	1943. 3~10
배비장(장편, 박문서관 출판)		1943. 11. 30
여인전기(장편)	매일신보	1944. 10. 5~1945. 5. 17
심봉사(중편)	신시대	1944. 11, 12, 1945. 1
처자(유고)	자유문학	1961. 7

작품명	발표지	발표 연월일
선량하고 싶던 날(1944년 작)	약업신문	1960. 6. 18, 25
실의 공(1944년 작)	가정생활	1962. 10
신군(미완)	반도の광	1944
유감(콩트)	한성시보	1945. 10
맹순사	백민	1946. 3, 4
역로	신문학	1946. 6
미스터 방	대조	1946. 7
허생전(중편, 협동문고 4-1)		1946. 11. 15
논 이야기	협동	1946. 10
옥랑사(장편, 1948년 작)	희망	1955. 5~1956. 5
도야지	문장(속간호)	1948. 6
낙조(『잘난 사람들』)		1948
민족의 죄인	백민	1948. 10, 1949. 1
아시아의 운명(1948년 작, 유고)	야담	1955. 10
청류(장편, 1948년 작, 미완, 유고)	현대문학	1986. 11
이상한 선생님(동화)	어린이나라	1949. 1
역사	학풍	1949. 1
늙은 극동선수	신천지	1949. 2, 3
소년은 자란다 (중편, 1949년 작, 유고)	월간문학	1972. 9
소(1950년 작, 미완)		

2. 평론

작품명	발표지	발표 연월일
작자의 변	조선일보	1930. 5. 31, 6. 3~5
평론가에 대한 작자로서의 불복	동아일보	1931. 2. 14~21
문단소어	중앙일보	1931. 11. 30
문예평가 함일돈군의 기극	비판	1931. 12
현인군과 카프에	조선중앙일보	1932. 1. 30

작품명	발표지	발표 연월일
현인군의 몽을 계함	제일선	1932. 7~8
백 명이 한 개를 낳더라도 옳은 프로 작품을	조선일보	1933. 1. 6
창작의 태도와 실제	조선일보	1934. 1. 11
문예비평가론	조선일보	1934. 2. 15, 16
문예시감(1)	조선중앙일보	1934. 5. 12~18
한 작가로서의 항변	조선일보	1934. 10. 3
문예시감(2)	동아일보	1936. 2. 13~17
소설 안 쓰는 변명	조선일보	1936. 5. 26~30
문단시감	조선중앙일보	1936. 6. 21, 24~28, 30
현대작가 창작고심 합담회(좌담)	사해공론	1937. 1
한제 수편	동아일보	1937. 8. 26, 29
조선문단 근상	조선일보	1937. 9. 30, 10. 1, 3, 5
출판문화의 위기	조선일보	1937. 10. 24, 26
위장과 과학평론	조선일보	1937. 12. 1~6
문학과 영화	조선일보	1938. 6. 16~21
작가의 한계	조선일보	1938. 8. 4~9
대하를 읽고서(서평)	조선일보	1939. 1. 28
연극 발전책	조광	1939. 1
모방에서 창조로	동아일보	1939. 2. 7, 8
이효석씨 저 해바라기(서평)	동아일보	1939. 2. 21
삼월 창작 개관	동아일보	1939. 3. 7, 9, 10, 14
장덕조 여사의 진경	조광	1939. 3
문학 작품의 영화화 문제	동아일보	1939. 4. 6
박태원씨 저 기방소설집(서평)	조선일보	1939. 5. 22
염상섭 작 이심(서평)	조선일보	1939. 6. 5
작품권의 변	매일신보	1940. 3. 26~28
삼월의 작품들	인문평론	1940. 4
소설가는 이렇게 생각한다	조선일보	1940. 6. 14, 15
소설을 잘 씁시다	조광	1940. 7

작품명	발표지	발표 연월일
문학과 해석	매일신보	1940. 8. 21~24, 26
문예시평	매일신보	1940. 9. 25~28, 30
김남천 저 사랑의 수족관 평(서평)	매일신보	1940. 11. 19
시대를 배경하는 문학	매일신보	1940. 1. 5, 10, 12, 14, 15
문학과 전체주의	삼천리	1941. 1
국민문학의 공작정담회(좌담)	매일신보	1941. 11. 7, 10, 11
창작합평회(좌담)	신문학	1946. 6
청춘잡조를 받아 읽고(서평)	협동	1949. 1

3. 희곡

작품명	발표지	발표 연월일
가죽버선(1927년작)	문학사상	1973. 2
낙일	별건곤	1930. 6
농촌 스케치	별건곤	1930. 8
밥	별건곤	1930. 10
그의 가정풍경	별건곤	1931. 1
미가 대폭락	별건곤	1931. 2
스님과 새장사	혜성(창간호)	1931. 2
두부	혜성	1931. 5
야생소년군	동광	1931. 5
코 떼인 지사	혜성	1931. 8
사라지는 그림자	동광	1931. 9
간도행	신동아	1931. 11
조그마한 기업가	신동아	1931. 12
행랑 들창에서 들리는 소리	신동아	1932. 2
감독의 안해	동광	1932. 3
낚시집판의 풍파	혜성	1932. 3
목침 맞은 사또	신동아	1932. 5
부촌	신동아	1932. 7

작품명	발표지	발표 연월일
조조	신동아	1933. 3
인텔리와 빈대떡	신동아	1934. 4
영웅 모집	중앙	1934. 8
다섯 귀머거리(동극)	신가정	1934. 9
심봉사(검열로 삭제)	문장	1936
흘러간 고향	조광	1937. 3
예수나 안 믿었다면	조선문학	1937. 4~5
제향날	조광	1937. 11
당랑의 전설	인문평론	1940. 10
무장삼동(1941년 작, 유고)	문학사상	1976. 2. 3
심봉사	전북공론	1947. 10, 11

4. 수필

작품명	발표지	발표 연월일
김기전씨	별건곤	1930. 3
우애결혼의 의의	별건곤	1930. 5
칼세이지의 애국영웅 한니발(잡문)	별건곤	1930. 7
인도의 뮤니티(사병반란)(잡문)	별건곤	1930. 12
문단 제일선(잡문)	제일선	1933. 3
투르게네프와 나(자설)	조선일보	1933. 8. 26
『인형의 집을 나와서』를 쓰면서(자설)	삼천리	1933. 9
비평 정신과 내용의 양전에(잡문)	조선일보	1933. 10. 5
향수에 번뇌하여서(자설)	조선일보	1934. 5. 10, 11
인연 맺어진 연인들(자설)	신동아	1934. 7
하일잡초(자설)	조선일보	1935. 7. 18~21
나의 무력한 펜 한 개(자설)	신동아	1935. 8. 31
단장 수삼제(자설)	조선일보	1935. 12. 21, 22, 25, 27, 28

작품명	발표지	발표 연월일
문단 의견(잡문)	조선일보	1936. 1. 4
문학인의 촉감	조선일보	1936. 6. 4, 6~13
농촌 색시와 나(자설)	신동아	1936. 7
문인 멘털 테스트(자설)	백광	1937. 3
백마강의 뱃놀이(기행)	현대평론	1937. 7
극평에 대하여(잡문)	동아일보	1937. 8. 6
박연행 회화(기행)	동아일보	1937. 11. 16~21
통곡하고 싶은 심정(잡문)	동아일보	1938. 1. 14
작가 단편 자서전(자설)	삼천리문학	1938. 1
잃어버린 10년(자설)	조선일보	1938. 2. 18~26
여백록	박문(2집)	1938. 11
조선 문단의 황금시대(잡문)	동아일보	1938. 7. 19
금강창랑 굽이치는 군산항의 금일(기행)	조광	1938. 7
송도잡기(기행)	조선일보	1938. 7. 3, 9, 10, 12
임진강과 그 유역(기행)	조광	1938. 8
구기자 열매만 붉어 있는 고향(기행)	조광	1938. 9
만경평야(기행)	여성	1938. 9
먼저 지성의 획득을(잡문)	비판	1938. 11
탁류의 계봉(잡문)	동아일보	1939. 1. 7
속 여백록	박문(3집)	1939
안회남씨에게(잡문)	여성	1939. 4
자작 안내(자설)	청색지	1939. 5
사이비 농민소설	조광	1939. 7
지충	박문	1939. 8
금과 문학(자설)	인문평론	1940. 2
문학을 나처럼 해서는(자설)	문장	1940. 2
남행기(기행)	문장	1940. 2
등경암(기행)	매일신보	1940. 2. 21

작품명	발표지	발표 연월일
안양복거기	매일신보	1940. 6. 5~8, 10, 11
외래어 사용의 단편감	한글(80호)	1940
대륙 경륜의 장도, 그 세계사적 의의(잡문)	매일신보	1940. 11. 22, 23
자유주의를 청소(잡문)	삼천리	1941. 1
풍속시평	매일신보	1941. 1. 25, 27, 28
방황 이십 년	신시대	1941. 2
간도행(기행)	매일신보	1943. 2. 17~24
기미 삼일날	한성일보	1946. 3. 1
한글 교정 · 오식 · 사투리	민성	1949. 3

5. 단행본

작품명	발표지	발표 연월일
채만식 단편집	학예사	1939. 8. 4
탁류	박문서관	1939. 11
3인 장편집(「천하태평춘」 수록)	명성사	1940
금의 정열	영창서관	1941. 6. 10
집	조선출판사	1943. 10. 25
배비장	박문서관	1943. 11. 30
조선단편문학선집(제1집)	범장각	1946. 1. 20
허생전	조선금융조합연합회	1946. 11. 15
제향날	박문출판사	1946. 12
조선대표작가전집(제8집)	서울타임즈사	1947. 3. 10
아름다운 새벽	박문출판사	1947
조선문학전집 단편선(상)	한성도서주식회사	1948. 6. 20
잘난 사람들	민중서관	1948
당랑의 전설	을유문화사	1948. 10. 15
태평천하	동지사	1948. 12. 5

▌참고 문헌

1. 단행본

국어국문학회 편,『채만식 문학 연구』, 한국문화사, 1997.

군산대학교 채만식연구센터,『채만식 중. 장편소설 연구』, 소명출판, 2009.

권영민,『한국현대문학사 1』, 민음사, 2002.

김병익,『풍자정신의 채만식』, 일지사, 1973.

김상선,『채만식 연구』, 약업신문사, 1989.

──────,『한국근대문학과 그 미래상』, 중앙대학교출판부, 1992.

김용재,『한국소설의 서사론적 탐구』, 평민사, 1993.

김윤식·정호웅,『한국소설사』, 문학동네, 2000.

김윤식 편,『채만식』, 문학과지성사, 1984.

김홍기,『채만식 연구』, 국학자료원, 2001.

문학과사상연구회,『채만식 문학의 재인식』, 소명출판, 1999.

민현기,『한국근대소설론』, 계명대학교출판부, 1984.

박태상,『전통부재시대의 문학』, 국학자료원, 1993.

방민호,『채만식과 조선적 근대문학의 구상』, 소명출판, 2001.

송하춘,『채만식 : 역사적 성찰과 현실 풍자』, 건국대학교출판부, 1994.

송현호,『한국현대문학론』, 관동출판사, 1993.

신동욱,『우리 시대의 작가와 모순의 미학』, 개문사, 1982.

우한용,『채만식소설 담론의 시학』, 개문사, 1992.

────,『한국현대소설구조연구』, 삼지원, 1990.

────,『채만식소설의 언어미학』, 제이앤씨, 2009.

이도연,『채만식 문학의 인식론적 지형도와 구성 원리』, 소명출판, 2011.

이래수,『채만식 소설 연구』, 이우, 1986.

이재선,『한국현대소설사』, 홍성사, 1979.

정한숙,『한국문학의 주변』, 고려대학교출판부, 1978.

정현기,『한국근대소설의 인물유형』, 인문당, 1983.

정호웅 외,『장편소설로 보는 새로운 민족문학사』, 열음사, 1993.

정홍섭,『채만식―문학과 풍자의 정신』, 역락, 2004.

조건상,『한국현대골계소설연구』, 문학예술사, 1985.

조남현,『한국지식인소설연구』, 일지사, 1984.

황국명,『채만식 소설 연구』, 태학사, 1998.

2. 박사 논문

구중서, 「한국소설의 전통 연구: 리얼리즘 맥락을 중심으로」, 중앙대 박사논문, 1985.

권혁준, 「채만식 문학 연구」, 성균관대 박사논문, 2001.

김경수, 「한국세태소설연구」, 서강대 박사논문, 1993.

김연숙, 「채만식 문학의 근대 체험과 주체구성 양상 연구」, 경희대 박사논문, 2002.

김영아, 「1930년대 소설에 나타난 카니발리즘의 양상 연구: 채만식, 김유정, 이상의 소설을 중심으로」, 공주대 박사논문, 2005.

김충실, 「채만식의 소설 연구」, 고려대 박사논문, 1994.

김홍기, 「채만식 소설 연구」, 연세대 박사논문, 1990.

박명순, 「채만식 소설의 페미니즘 연구」, 공주대 박사논문, 2006.

박심자, 「채만식 소설에 나타난 식민지 현실대응으로서의 여성주체 연구」, 한국외국어대 박사논문, 2003.

방민호, 「채만식 문학에 나타난 식민지적 현실 대응 양상」, 서울대 박사논문, 2000.

배봉기, 「채만식 문학 인물의 특성과 형상화에 대한 연구」, 연세대 박사논문, 1992.

양현진, 「채만식 문학의 풍자성 연구」, 이화여대 박사논문, 2004.

우찬제, 「현대 장편소설의 욕망시학적 연구」, 서강대 박사논문, 1992.

우한용, 「채만식 소설의 담론 특성에 관한 연구」, 서울대 박사논문, 1991.

유려아, 「채만식과 老舍의 비교 연구」, 한국정신문화연구원 박사논문,
    1992.

유화수, 「채만식소설연구: 서사권 통과의 연계 양상을 중심으로」, 전
    북대 박사논문, 1996.

윤석달, 「한국현대가족사소설의 서사양식과 인물유형연구」, 고려대
    박사논문, 1991.

윤영옥, 「채만식 풍자소설의 서사기법 연구」, 전남대 박사논문, 1999.

이내수, 「채만식 소설 연구」, 동국대 박사논문, 1986.

이도연, 「채만식 소설의 세계 인식과 미적 구조」, 고려대 박사논문,
    2005.

이상재, 「1930년대 소설의 서사 의도와 사상 연구」, 고려대 박사논문,
    2011.

이수라, 「채만식 소설 연구: 식민성과 탈식민성을 중심으로」, 전북대
    박사논문, 2004.

이영지, 「채만식 소설의 인물 원형 연구」, 경상대 박사논문, 2003.

이주형, 「1930년대 한국장편소설연구」, 서울대 박사논문, 1984.

장양수, 「채만식의 민족주의 문학 연구」, 동아대 박사논문, 1988.

정경수, 「채만식 소설의 인접 장르 수용 양상 연구」, 동아대 박사논문,
    2003.

정현기, 「〈삼대〉·〈탁류〉·〈태평천화〉의 소설세계에 나타난 인물 연
    구」, 연세대 박사논문, 1982.

정홍섭, 「채만식 문학의 풍자 양식 연구」, 서울대 박사논문, 2003.

표정옥, 「놀이의 서사시학: 1930년대 김유정, 이상, 채만식의 놀이성

(Ludism)을 중심으로」, 서강대 박사논문, 2003.

한지현, 「리얼리즘 관점에서 본 〈탁류〉 연구」, 연세대 박사논문, 1987.

한혜경, 「채만식 소설의 언술구조 연구: 서술자의 존재양상을 중심으로」, 이화여대 박사논문, 1993.

황국명, 「채만식 소설의 현실주의적 전략 연구」, 부산대 박사논문, 1990.

3. 석사 논문

강금숙, 「한국풍자소설의 연구」, 이화여대 석사논문, 1974.

강덕구, 「채만식 소설의 인물연구」, 성균관대 석사논문, 1990.

강봉기, 「채만식 연구: 1930년대 풍자소설을 중심으로」, 서울대 석사논문, 1977.

강성백, 「채만식 소설연구: 작중인물의 갈등양상을 중심으로」, 영남대 석사 논문, 1987.

강헌국, 「채만식 소설의 서사구조」, 고려대 석사논문, 1987.

권혁준, 「채만식 연구: 풍자소설을 중심으로」, 단국대 석사논문, 1982.

김경수, 「채만식 문학의 리얼리즘적 성격: 리얼리즘 문학의 원론적 접근」, 고려대 석사논문, 1988.

김규일, 「채만식의 초기 작품 연구: 현실비판의식을 중심으로」, 중앙대 석사논문, 1991.

김동석, 「채만식 소설의 연구: 사회의식과 문체를 중심으로」, 성균관
    대 석사 논문, 1987.

김두하, 「채만식 장편소설 연구: 〈태평천하〉, 〈탁류〉를 중심으로」, 경
    남대 석사논문, 1985.

김명숙, 「〈태평천하〉 연구」, 인하대 석사논문, 1988.

김문수, 「채만식 연구: 풍자소설을 중심으로」, 국민대 석사논문,
    1983.

김미리, 「1930년대 채만식 소설의 풍자성 연구」, 연세대 석사논문,
    1989.

김미영, 「채만식의 〈탁류〉 연구」, 충남대 석사논문, 1983.

김병욱, 「〈탁류〉의 작중인물고」, 충남대 석사논문, 1985.

김상묵, 「채만식 소설의 구조적 조명」, 전북대 석사논문, 1984.

김성수, 「이야기의 전통과 채만식 소설의 짜임새」, 한국정신문화연구
    원 석사논문, 1983.

김성진, 「아이러니를 통한 소설의 현실 인식 연구: 〈삼대〉,〈태평천하〉
    를 중심으로」, 고려대 석사논문, 1980.

김시중, 「채만식 연구: 작품에 나타난 특징을 중심으로」, 고려대 석사
    논문, 1980.

김연숙, 「채만식의 해방전후 소설 연구」, 고려대 석사논문, 1986.

김용성, 「채만식의 〈태평천하〉연구: 풍자소설의 심화를 위하여」, 경희
    대 석사논문, 1984.

김원용, 「채만식 단편 소설의 분석」, 부산대 석사논문, 1993.

김은숙, 「해방 이후의 채만식 소설 연구」, 한양대 석사논문, 1995.

김인옥, 「채만식 작품 연구: 현실인식의 전개양상을 중심으로」, 숙명
　　　여대 석사논문, 1988.

김종현, 「채만식 소설 연구: 풍자기법을 중심으로」, 중앙대 석사논문,
　　　1988.

김지연, 「채만식 문학의 상호텍스트성 연구」, 전남대 석사논문, 1999.

김춘강, 「채만식 소설에 나타난 여성상 연구」, 고려대 석사논문,
　　　1981.

김춘택, 「채만식 소설의 인물 연구: 사회적 갈등과 의식구조를 중심으
　　　로」, 성균관대 석사논문, 1984.

김현숙, 「『탁류』와 『낙타상자』의 비교문학적 고찰」, 한성대 석사논문,
　　　2003.

김현주, 「〈탁류〉 구조 연구: 독서역학적 관점에서 본」, 서강대 석사논
　　　문, 1989.

김호인, 「채만식 소설에 나타난 성격 고찰」, 조선대 석사논문, 1985.

김홍매, 「채만식과 라오서의 비교연구 : 『탁류』와 『낙타샹즈(駱駝祥
　　　子)』를 중심으로」, 충남대 석사논문, 2009.

김희선, 「채만식 소설의 여성상 연구: 「탁류」와 「인형의 집을 나와서」
　　　를 중심으로」, 단국대 석사논문, 2004.

남두현, 「채만식의 〈치숙〉에서의 아이러니 연구: 텍스트의 구조분석
　　　을 통한 문학사회학적 접 근」, 경희대 석사논문, 1985.

노광복, 「채만식 소설의 서술상황 연구」, 서강대 석사논문, 1987.

노수당, 「채만식 소설 연구」, 인하대 석사논문, 1989.

문진란, 「채만식 소설에 나타난 여성인물 연구」, 전남대 석사논문,

1992.

문현옥,「채만식 소설의 서술방식 연구 : '태평천하'와 '탁류'를 중심으로」, 전남대 석사논문, 1998.

민용기,「채만식의 풍자문학 연구」, 원광대 석사논문, 1986.

민현기,「채만식 연구: 풍자소설을 중심으로」. 서울대 석사논문, 1977.

박기원,「연암과 채만식의 풍자소설 비교: 한국소설의 전통성 문제 규명을 위한 시고」, 중앙대 석사논문, 1977.

박노태,「채만식 소설 연구 : 인물 유형을 중심으로」, 영남대 석사논문, 1989.

박대성,「이효석 前期小說의 경향성과 채만식의 〈탁류〉의 사회성攷」, 한국 외국어대 석사논문, 1987.

박미경,「채만식 소설의 지식인상 연구」, 성균관대 석사논문, 1987.

박영순,「〈탁류〉의 의미구조 연구 : 화자의 시점을 중심으로」, 이화여대 석사논문, 1984.

박용신,「채만식 문학의 사상성 연구」, 중앙대 석사논문, 1988.

박정숙,「채만식 작품에 나타난 작가의식 연구: 〈레디메이드 인생〉, 〈탁류〉, 〈태평천하〉를 중심으로」, 동아대 석사논문, 1982.

박천화,「채만식 비평사 연구」, 중앙대 석사논문, 1987

박혜경,「채만식 문학의 모티프 연구」, 전남대 석사논문, 1991.

배봉기,「채만식 소설에 나타난 판소리의 서술양식에 대한 고찰」, 연세대 석사논문, 1985.

배재옥,「채만식 소설 연구: 돈〔錢〕을 중심으로」, 경희대 석사논문,

1982.

송영희, 「1930년대 풍자소설 일고: 채만식과 김유정의 단편소설을 중심으로 한 대비」, 부산대 석사논문, 1986.

송하춘, 「채만식 연구」, 고려대 석사논문, 1974.

신영관, 「채만식 소설 연구」, 국민대 석사논문, 1993.

신운철, 「채만식 문학에 나타난 현실 인식 연구」, 서원대 석사논문, 1999.

신현달, 「채만식 문학에 나타난 〈沈淸傳〉題材 변용 양상과 작가 의식 연구」, 계명대 석사논문, 1995.

양수정, 「박지원 소설과 채만식 소설에 나타난 풍자성 비교 고찰」, 전남대 석사논문, 1989.

여민희, 「판소리 〈흥부전〉과 채만식의 〈태평천하〉의 비교연구」, 경희대 석사논문, 1993.

오영록, 「1930년대 소설의 자본주의적 양상」, 충남대 석사논문, 2012.

오한근, 「채만식 소설 연구: 〈탁류〉와 〈태평천하〉를 중심으로」, 연세대 석사논문, 1994.

우영미, 「채만식론」, 서울대 석사논문, 1977.

원영혁, 「채만식 소설의 상호인물성 연구: 『인형의 집을 나와서』·『탁류』·『허생전』을 중심으로」, 서강대 석사논문, 2005.

유봉희, 「채만식 『탁류』 연구: 미두장을 중심으로」, 인하대 석사논문, 2008.

유준기, 「채만식 소설에 나타난 풍자 및 해학성 연구」, 고려대 석사논문, 1971.

유화수, 「채만식의 소설 연구」, 전북대 석사논문, 1987.

유효동, 「채만식 『탁류』에 대한 시·공간의 구조연구」, 원광대 석사논문, 2007.

이경희, 「김유정과 채만식의 작품 비교 연구」, 연세대 석사논문, 1984.

이광주, 「채만식의 소설 연구: 해방기 소설을 중심으로」, 경원대 석사논문, 1994.

이내수, 「채만식 연구」, 동국대 석사논문, 1972.

이대환, 「채만식의 풍자소설 연구」, 중앙대 석사논문, 1986.

이덕화, 「신화비평방법을 적용한 채만식의 『탁류』분석」, 연세대 석사논문, 1975.

이도희, 「채만식 소설에 나타난 허무의식 연구」, 국민대 석사논문, 1992.

이미나, 「채만식 단편소설 연구: 소외양상에 따른 작품구조 유형 분석」, 서울대 석사논문, 1984.

이병원, 「채만식 문학 연구: 리얼리즘 및 자연주의 성격을 중심으로」, 중앙대 석사논문, 1988.

이상갑, 「채만식 연구: '소년' 모티브를 중심으로」, 서울대 석사논문, 1987.

이상준, 「채만식의 해방직후 소설 연구」, 계명대 석사논문, 1996.

이선자, 「채만식 연구」, 연세대 석사논문, 1980.

이수라, 「해방공간의 단편소설에 나타난 작가의식 연구」, 전북대 석사논문, 1993.

이승진, 「채만식 장편소설 연구: 『태평찬하』와 『탁류』의 구조분석」, 강원대 석사논문, 1993.

이용규, 「채만식 소설 연구: 시대상황과 작가의식을 중심으로」, 성균관대 석사논문, 1991.

이인아, 「채만식 문학에 나타난 패러디 연구: 소설작품을 중심으로」, 중앙대 석사논문, 2000.

이재명, 「채만식 소설 연구: 해방 이후 작품을 중심으로」, 연세대 석사논문, 1987.

이정모, 「채만식 소설 연구: 작가의 현실인식 양상과 문체를 중심으로」, 동국대 석사논문, 1995.

이정숙, 「채만식 연구: 그의 소설을 중심으로」, 연세대 석사논문, 1976.

이종수, 「채만식의 『金의 情熱』에 나타난 지식인의 현실 대응 자세」, 영남대 석사논문, 1995.

이종철, 「채만식 풍자소설 연구」, 계명대 석사논문, 1988.

이주형, 「채만식 연구: 1930년대 작품에 나타난 사회의식을 중심으로」, 서울대 석사논문, 1973.

이준호, 「채만식 소설의 공간 의식 연구: 『탁류』와 『태평천하』를 중심으로」, 군산대 석사논문, 2004.

이철우, 「채만식 문학의 서사담론적 특성 연구: 단편소설과 희곡을 중심으로」, 한성대 석사논문, 1994.

이 훈, 「채만식 소설 연구」, 서울대 석사논문 1981.

임경순, 「인물 형상화 양상을 통한 소설교육 연구: 채만식 풍자소설을 중심으로」, 서울대 석사논문, 1995.

임경순, 「채만식 풍자소설의 시간 구조연구」, 성균관대 석사논문, 1993.

임기현, 「채만식 소설의 공간성 연구: 주로 1930년대 단편 소설을 중심으로」, 충북대 석사논문, 1997.

임전수, 「해방 직후 채만식 소설의 현실인식과 작가적 위치 연구」, 경북대 석사논문, 1993.

임학수, 「채만식 소설 연구」, 성균관대 석사논문, 1987.

장기호, 「채만식 문학에 나타난 상징성 고찰: 〈탁류〉를 중심으로」, 조선대 석사논문, 1982.

장성수, 「채만식 소설 연구」, 고려대 석사논문, 1981.

장양수, 「채만식 풍자 소설에 나타난 역사의식」, 부산대 석사논문, 1978.

전기철, 「〈삼대〉와 〈탁류〉의 비교 考」, 서울대 석사논문, 1983.

전양숙, 「채만식 소설의 개작에 대한 연구」, 한국정신문화연구원 석사논문, 1993.

정봉기, 「채만식 소설에 나타난 현실 인식 고찰」, 조선대 석사논문, 1988.

정석곤, 「채만식 소설의 풍자성에 관한 연구」, 원광대 석사논문, 1989.

정영길, 「채만식 문학 연구」, 원광대 석사논문, 1987.

정현숙, 「채만식 소설에 나타난 해방 직후 사회상 연구」, 인하대 석사논문, 1990.

정희룡, 「채만식 소설 연구」, 원광대 석사논문, 1981.

조영국, 「채만식의 소설에 나타난 사회성 고찰」, 조선대 석사논믄 1982.

조희경, 「채만식 초기작품연구」, 숙명여대 석사논문, 1985.

지병오, 「〈천변풍경〉과 〈탁류〉의 대비적 고찰」, 건국대 석사논문, 1992.

천혜숙, 「채만식의 농촌소설 연구」, 계명대 석사논문, 1981.

최규익, 「채만식의 소설 연구」, 국민대 석사논문, 1986.

최기인, 「채만식 소설에 나타난 경제적 관심」, 경원대 석사논문, 2000.

최정삼, 「채만식의 작가의식 연구: 특히 주제와 문체를 중심으로」, 원광대 석사논문, 1990.

최정숙, 「채만식 소설의 인물연구」, 덕성여대 석사논문, 1987.

최정윤, 「채만식 소설의 인물유형 연구」, 전남대 석사논문, 1994

최준식, 「채만식문학의 변모양상 : 허무의식을 중심으로」, 영남대 석사논문, 1993.

한형구, 「채만식의 세계관과 창작방법 연구」, 서울대 석사논문, 1987.

4. 정기간행물 및 단행본 게재 논문

강봉기, 「채만식 연구」, 『국어국문학 논문집』, 서울대, 1978.

공임순, 「'탁류', 그 성적 타락의 기표와 식민지적 불구성: 채만식의

〈탁류〉」,『문학사상』 1999.

구인환, 「역사의식과 풍자」, 『한국근대소설연구』, 삼영사, 1977.

권혁준, 「〈태평천하〉의 등장인물 성격 분석」, 『동해전문대 연구논문
　　　집』, 1994.

──, 「채만식의 〈탁류〉 연구: 도시하층민의 몰락과 탁류적 현실」,
　　　『동해전문대 연구논문집』, 1993.

김남천, 「〈탁류〉의 매력」, 『조선일보』, 1940. 1. 15.

──, 「소화 14년도 개관」, 『조선문예연감』, 1939.

김동환, 「〈삼대〉·〈태평천하〉의 환멸구조」, 『관악어문연구』, 서울대,
　　　1991.

김만수, 「탁류 속의 인간 기념물: 채만식의 「탁류」를 찾아」, 『민족문
　　　학사연구』 제12호, 1998.

김병구, 「채만식의 『탁류』론」, 『한국문학평론』 17, 2001.

김병익, 「풍자 정신의 채만식」, 『한국문단사』, 일지사, 1973.

김성수, 「채만식 초기 농민문학의 짜임새와 의미」, 『반교어문연구』,
　　　1994.

김승종, 「풍자성과 『탁류』의 문학세계」, 『國語文學』 제32집, 1997.

김양호, 「해방공간과 채만식의 현실인식: 〈민족의 죄인〉론」, 『숭의논
　　　총』, 1994.

김용희, 「채만식 소설에 나타난 도시성」, 『한신인문학연구』 1, 2000.

김우철, 「채만식론」, 『풍림』, 1977.

김윤식, 「채만식론(上): 이야기적인 것과 소설적인 것」, 『현대문학』,
　　　1991.

———, 「풍자와 그 소멸의 관계」, 『한국현대문학사』, 일지사, 1976.

———, 「풍자의 방법과 리얼리즘」, 『한국문학의 논리』, 일지사, 1974.

———, 「한국소설의 미학적 기반」, 『한국학보』 3집, 일지사, 1976.

김윤식·정호웅, 「한국소설사」, 『현대소설한국학보』, 1991.

김재석, 「〈태평천하〉의 서사 구조의 화자 성격」, 『문학과언어』, 1994.

김재용, 「해방직후 자전적 소설의 네 가지 양상」, 『문예중앙』, 1995.

김주리, 「채만식의 〈탁류〉에 나타난 여성 폭력과 히스테리의 의미」, 『현대소설연구』 제35호, 한국현대소설학회, 2007.

김치수, 「역사적 탁류의 인식」, 『한국현대문학의 이론』, 민음사, 1972.

———, 「채만식의 유고」, 『문학과 지성』 9호, 1972.

김홍기, 「채만식 문학관의 변모과정」, 『국어교육』 57·58 합호, 한국국어교육연구회, 1986.

민병기, 「세태소설론 재고: 〈천변풍경〉과 〈탁류〉의 거리」, 『비평문학』, 1991.

민현기, 「어두운 시대의 진실 찾기: 채만식론」, 『소설과사상』, 1995.

———, 「태평천하와 작가 정신」, 『한국근대소설과 민족현실』, 문학과지성사, 1989.

———, 「태평천하의 작품구조와 작가정신」, 『관악어문연구』 5집, 1980.

박계주, 「채만식과 신소설」, 『여원』, 1963.

박선경, 「〈탁류〉 여주인공의 세계인식과 행동양식에 대한 정신분석: 모성성(Maternity)을 중심으로 본 여성정체성의 실체」, 『어문학』 71, 한국어문학회, 2000.

박태상, 「채만식의 장편소설 〈탁류〉 연구」, 『한국방송통신대 논문집』, 1988.

박헌호, 「카프 해산 전후기의 풍자문학론과 풍자소설」, 『반교어문연구』, 3집, 1992.

방민호, 「채만식 소설의 패러디 양상에 관한 고찰: 「濁流」를 중심으로」, 『개신어문연구』 17, 2000.

방민화, 「식민지 공간에서의 부권상실과 딸의 서사: 채만식의 〈탁류〉를 중심으로」, 『인문학연구』 제32집, 숭실대학교, 2002.

백 철, 「신춘지 창작개평」, 『조광』, 1937.

―――, 「채만식의 〈탁류〉를 읽고」, 『매일신문』 1956. 3. 23.

변화영, 「『탁류』의 인물 패러디 연구」, 『國語文學』 제32집, 1997

서동훈, 「채만식 소설 〔탁류〕에 나타난 가난과 돈의 문제: 사회상과 인물을 중심으로」 대구미래대학 『논문집』 제20집, 2002.

서종택, 「세속화와 자기 풍자」, 『한국근대소설의 구조』, 새문사, 1990.

서종택·정덕준 편, 「반어와 풍자의 세계」, 『한국현대소설연구』, 새문사, 1990.

송지현, 「채만식의 〈탁류〉론: 여성주의의 형성과 한계를 중심으로」, 『용봉논총』, 전남대 인문과학연구소, 1991.

송하춘, 「1930년대 소설에 나타난 무산운동의 추이」, 『大衿 洪石影 교수화갑기념논총』, 원광대, 1990.

송현호, 「채만식의 탈식민적 경향에 대한 고찰」, 『관악어문연구』, 서울대, 1992.

송현호·유려아, 「한국 근대소설의 전통 예술 수용 양상: 〈태평천하〉

　　　의 서사구조와 서술방식 을 중심으로」, 『국어국문학』, 1992.

신동욱, 「채만식의 소설 연구」, 『우리시대의 작가와 모순의 미학』, 개
　　　문사, 1982.

신동한, 「채만식론」, 『창조』, 1972. 7.

신명란, 「1930년대 소설의 여성 인물 연구: 염상섭·채만식을 중심으
　　　로」, 『대구어문논총』, 1994.

신상성, 「한국의 저항문학 연구 II : 채만식의 경우」, 『대한체육과학대
　　　논문집』, 1990.

신상철, 「채만식의 전통성」, 『해암 김형규선생 고희기념논총』, 서울대
　　　사범대학 국어과, 1981.

신언철, 「채만식 문학의 풍자성에 관한 연구」, 『대한공전 논문집』 19집,
　　　1976.

신종한, 「한국근대소설의 판소리 서술 양식 수용: 채만식·김유정의
　　　소설을 중심으로」, 『단국대 논문집』, 1993.

안회남, 「채만식 논변」, 『조선일보』, 1933. 6. 28.

염무웅, 「일제하 지식인의 고뇌」, 『민중시대의 문학』, 창작과비평사,
　　　1979.

──── , 「채만식 평전」, 『채만식』, 지학사, 1985.

우한용, 「〈탁류〉의 문학교육적 해석」, 『선청어문』, 서울대 사대 국어
　　　교육과, 1991.

──── , 「채만식소설의 언어적 기법」, 『국어교육』, 한국국어교육연구
　　　회, 1985.

유금호·채희윤, 「탁류의 페미니스트적 독서 시론」, 『목포대학교논문

집』15, 1994.

유려아, 「채만식과 老舍」소설에 나타난 전통계승의 양상에 관한 비교
　　　연구, 『중국어문학』, 1991.

윤영옥, 「채만식 소설의 상호텍스트성과 패러디: 「탁류」와 「태평천
　　　하」를 중심으로」, 『한국언어문학』 제48집, 2002.

윤한숙, 「새 자료로 본 채만식의 생애」, 『문학사상』 15호, 1973.

이강현, 「탁류의 성격연구: 등장인물을 중심으로」, 중앙대학교, 『論文
　　　集』, 1996.

이경훈, 「이중의 탁류: 채만식의 〈탁류〉에 대해」, 『연세어문학』, 1990.

이남호, 「닫힌 현실과 풍자기법: 〈태평천하〉론」, 『현대소설』, 1991.

이내수, 「채만식 문학의 전개 양상」, 『국어국문학』 78호, 국어국문학
　　　회, 1978.

이대규, 「〈탁류〉에 나타난 근대성 체험 연구」, 『한국언어문학』 43,
　　　1999.

———, 「〈탁류〉의 고소설 수용과 탈식민화 전략」, 『한국사상과문화』
　　　제17집, 2002.

———, 「채만식 소설 『탁류』에 나타난 식민지적 근대성」, 『한국사상
　　　과문화』 제21집, 2003.

이동하, 「이광수와 채만식의 해방기 작품에 대한 연구」, 『배달말』,
　　　1991.

이동희, 「채만식 소설의 문체양상」, 『국어교육논집』 9집, 1982.

이명우, 「해방직후의 채만식 소설 연구」, 『동국어문학』, 1994.

이무영, 「결백했던 채만식」, 『경향신문』, 1956. 3. 23.

이병순, 「채만식의 해방직후 소설 연구」, 『숙명여대 원우론총』, 1994.

이선영, 「혼탁한 사회와 반어적 비판」, 『문학이론과 비평의식』, 삼영
사, 1983.

이승준, 「『탁류』의 통속성 문제에 대한 고찰」, 『어문논집』 41, 안암어
문학회, 2000.

이승진, 「채만식 장편 소설 연구: 〈태평천하〉와 〈탁류〉의 구조 분석」,
『강원대 어문학보』, 1993.

이은숙, 「문학작품 속에서의 도시경관: 채만식의 〈탁류〉를 중심으로」,
『상명여대 사회과학연구』, 1993.

———, 「문학작품 속에서의 도시경관: 채만식의 탁류를 중심으로」,
『社會科學硏究』, 5, 1993.

이재선, 「『탁류』와 도시 군산의 징후학」, 『현대소설의 서사주제학』,
문학과지성사, 2007.

이주형, 「채만식 문학과 부정의 논리」, 『한국근대소설연구』, 창작과비
평사, 1996.

———, 「채만식의 〈태평천하〉」, 『한국현대소설작품론』, 문장, 981.

이철우, 「채만식 문학의 서사담론 특성 연구」, 『한성어문학』, 1995.

이형진, 「채만식의 「탁류」에 나타난 여성 재현 양상 연구」, 『어문연
구』 39권 2호 통권 150호, 2011.

임명진, 「〈탁류〉에 나타난 채만식의 역사의식」, 『비평문학』, 1989.

임　화, 「세태소설론」, 『문학의 논리』, 학예사, 1940.

장경숙, 「채만식 연구」, 『성심어문논집』 2호, 1968.

장성수, 「진보에의 신념과 미래의 전망」, 김용성·우한용 편, 『한국근

대작가연구』, 삼지원, 1986.

장양수, 「채만식 풍자소설에 나타난 역사의식」, 『국어국문학』 15집, 부산대, 1978.

──── , 「채만식의 민족주의 문학연구」, 『동의논집(인문 · 사회과학)』, 1989.

장영창, 「작가 채만식 선생을 회고한다」, 『신여원』, 1972. 4.

──── , 「채만식의 인간과 사상과 그 문학」, 『한국문학』, 1974. 6.

전흥남, 「채만식의 〈소년은 자란다〉攷」, 『국어국문학』, 1992.

──── , 「채만식의 〈허생전〉에 나타난 고전소설의 현대적 수용과 변용」, 『국어국문학』, 1993.

정한숙, 「붕괴와 생성의 문학」, 『민족문화연구』 5집, 고려대, 1973.

──── , 「상황과 예술의 일체성」, 『문학사상』 15호, 1973. 12.

정현기, 「〈탁류〉와 〈태평천하〉의 인물」, 『한국현대소설연구』, 새문사, 1990.

정호웅, 「현실탐구의 깊이와 허무주의: 채만식론」, 『포항연구』, 1995.

정홍섭, 「『탁류』의 개작과 『무정』 패러디」, 『어문연구』 31권 2호 통권 118호, 2003.

정희룡, 「채만식 소설 연구」, 『국어국문학연구』 7집, 원광대, 1981.

조건상, 「김유정과 채만식 소설의 특질」, 『도남학보』 3집, 1980.

──── , 「한국현대 골계소설의 전개과정과 그 양상」, 『논문집』 33집, 성균관대, 1983.

조남현, 「채만식 소설의 주요 모티프」, 『한국현대소설연구』, 민음사, 1987.

조창환, 「1940년대 채만식 소설 연구」, 『전주우석대 우석어문』, 1993.

———, 「채만식 소설 연구」, 『한국언어문학』, 1993.

채규열, 「아버지 채만식」, 『문학사상』 15호, 1973. 12.

천이두, 「프로메테우스의 언어들」, 『문학사상』 15호, 1973. 12.

최성윤, 「이해조의 〈화의 혈〉과 채만식의 〈탁류〉에 나타나는 자매 모
　　　　티프의 세대론적 의미」, 『현대소설연구』 제18호, 2003.

최시한, 「가정소설 전통의 지속과 변모 : 채만식의 〈태평천하〉를 중심
　　　　으로」, 『배달말』, 1991.

최원식, 「채만식의 고전소설 패러디에 대하여」, 『민족문학의 논리』,
　　　　창작과비평사, 1982.

———, 「채만식의 역사소설에 대하여」, 『국어국문학』, 1976. 10.

최재서, 「풍자문학론」, 『최재서 평론집』, 청운출판사, 1961.

최하림, 「채만식과 그의 30년대」, 『현대문학』, 1973. 10.

최혜실, 「채만식의 풍자소설연구」, 『관악어문연구』 11집, 서울대 국문
　　　　과, 1986.

———, 「통속성과 사실성의 사이: 채만식 〈탁류〉」, 『문학사상』, 1993.

한상무, 「식민지의 비극적 축도와 시대정신」, 『한국현대장편소설연
　　　　구』, 삼지원, 1989.

한지현, 「『탁류』의 여성의식 연구」, 『한민족문화연구』 제6집, 2000.

한형구, 「채만식론」, 『한국문학의 리얼리즘과 모더니즘』, 민음사,
　　　　1989.

한혜영, 「〈정자나무 있는 삽화〉의 언술과 의미구조」, 『이화어문논집』,
　　　　1992.

허영석·전홍남, 「해방 직후 농민소설의 한 양상: 〈논이야기〉, 〈농민의 비애〉, 〈풍류잽히는 마을〉을 중심으로」, 『군산대 논문집』, 1991.

홍기삼, 「채만식 연구」, 『이병주선생 주갑기념논총』, 이우, 1981.

———, 「채만식론」, 『상황문학론』, 동화예술선서, 1974.

———, 「풍자와 간접화법」, 『문학사상』 15호, 1973. 12.

홍석영, 「채만식의 풍자문학 연구: 장편 〈태평천하〉를 중심으로」, 『운당 丘仁煥 교수 정년퇴임 기념논문집』, 서울대 사대, 1995.

홍이섭, 「채만식의 〈탁류〉」, 『창작과비평』, 1973 봄.

황국명, 「〈탁류〉의 이데올로기적 한계 : 희생양과 격정극적 장치의 정치적 해석」, 『외국문학』, 1990.

———, 「채만식의 텍스트상호적 상상력 연구」, 『한국문학논총』 27, 2000.

황수남, 「채만식의 『탁류』와 하디의 『테스』에 나타난 자연과 순수의 미학」, 『인문학연구』 제35권 제3호 통권 75호, 충남대학교 인문학연구소, 2008.

한국문학전집을 펴내며

오늘의 한국 문학은 다양한 경험과 자산에서 비롯된 것이지만, 그중
에서도 우리 앞선 세대의 문학 작품에서 가장 큰 유산을 물려받고 있
다. 그럼에도 우리는 가끔 우리의 문학 유산을 잊거나 도외시한다. 마
치 그것 없이는 살아갈 수 없는 소중한 물을 쉽게 잊고 사는 것처럼
그동안 우리는 우리가 이루어놓은 자산들을 너무 쉽게 잊어버리고 있
었는지도 모르겠다. 인기 있는 외국 작품들이 거의 동시에 번역 출판
되고, 새로운 기획과 번역으로 전 세계의 문학 작품들이 짜임새 있게
출판되고 있는 요즈음, 정작 한국 문학 작품들을 체계적으로 정리하
지 못하고 있었다는 점을 최근에 우리는 깊이 반성하게 되었다. 그리
고 이러한 때늦은 반성을 곧바로 '한국문학전집'을 기획하는 힘으로
전환하였다.

오늘의 시점에서 '한국문학전집'을 기획한다는 것은, 우선 그동안
양적으로나 질적으로 괄목할 만한 수준에 이른 한국 문학 연구 수준

을 반영하는 새로운 시각이 전제되어야 할 것이다. 그리고 '우리 것을 지키자'는 순진한 의도에서가 아니라, 한국 문학이 바로 세계 문학이 되는 질적 확장을 위해, 세계 문학 속에서의 한국 문학의 정체성을 찾는 일을 간과해서는 안 될 것이다.

이번 기획에서 우리가 가장 크게 신경 썼던 점은 크게 두 가지이다. 하나는, 그동안 거의 관습적으로 굳어져왔던 작품에 대한 천편일률적인 평가를 피하고 그동안의 평가에 대한 비판적 평가와 더불어 새로운 평가로 인한 숨은 작품의 발굴이었다. 그리하여 한국 문학사를 시기별로 구분하여 축적된 연구 성과들 위에서 나름대로 중요한 작품들을 선별하는 목록 작업에 가장 큰 공을 들였다. 나머지 하나는, 그동안 여러 상이한 판본의 난립으로 인해 원전 텍스트가 침해되고 있는 심각한 상황을 고려하여 각각의 작가에게 가장 뛰어난 연구자들을 초빙하여 혼신을 다해 원전 텍스트를 확정하였다는 점이다.

장구한 우리 문학사의 주옥같은 작품들을 한자리에 모아, 세대를 넘고 시대를 넘어 그 이름과 위상에 값할 수 있는 대표적인 한국문학전집을 내놓는다. 이번에 출간되는 한국문학전집은 변화된 상황과 가치를 반영하는 내실 있고 권위를 갖춘 내용으로 꾸며질 것이며, 우리 문학의 정본 전집으로서 자리매김해 한국 문학의 전통을 계승하고 발전시키는 데 기여하고자 한다. 이 기획이 한국 문학의 자산들을 온전하게 되살려, 끊임없이 현재성을 가지는 살아 있는 작품들로, 항상 독자들의 옆에 있게 되기를 기대한다.

(주)문학과지성사

01 감자 김동인 단편선

최시한(숙명여대) 책임 편집

수록 작품 약한 자의 슬픔 / 배따라기 / 태형 / 눈을 겨우 뜰 때 / 감자 / 광염 소나타 / 배회 / 발
가락이 닮았다 / 붉은 산 / 광화사 / 김연실전 / 곰녜

극단적인 상황과 비극적 운명에 빠진 인물 군상들을 냉정하게 서술해낸 한국 근대 단
편 문학의 선구자 김동인의 대표 단편 12편 수록. 인간과 환경에 대한 근대적 인식을
빼어난 문체와 서술로 형상화한 김동인의 주옥같은 작품들을 만날 수 있다.

02 탈출기 최서해 단편선

곽근(동국대) 책임 편집

수록 작품 고국 / 탈출기 / 박돌의 죽음 / 기아와 살육 / 큰물 진 뒤 / 백금 / 해돋이 / 그믐밤 / 전
아사 / 홍염 / 갈등 / 먼동이 틀 때 / 무명초

식민 치하 빈궁 문학을 대표하는 최서해의 단편 13편 수록. 식민 치하의 참담한 사회
적 현실을 사실적으로 전해주는 작품들. 우리 민족의 궁핍한 현실에 맞선 인물들의
저항 정신과 민족 감정의 감동과 울림을 전한다.

03 삼대 염상섭 장편소설

정호웅(홍익대) 책임 편집

우리 소설 가운데 서울말을 가장 풍부하게 살려 쓴 작품이자, 복합성·중층성의 세계
를 구축하여 한국 근대 장편소설의 대표작으로 꼽히는 염상섭의 『삼대』. 1930년대
서울의 중산층 가족사를 통해 들여다본 우리 근대의 자화상이다.

04 레디메이드 인생 채만식 단편선

한형구(서울시립대) 책임 편집

수록 작품 논 이야기 / 레디메이드 인생 / 미스터 방 / 민족의 죄인 / 치숙 / 낙조 / 쑥국새 / 당랑
의 전설

역설과 반어의 작가 채만식의 대표 단편 8편 수록. 1920~30년대의 자본주의적 현실
원리와 민중의 삶을 풍자적으로 포착하는 데 탁월했던 채만식. 사실주의와 풍자의 절
묘한 조합으로 완성한 단편 문학의 묘미를 즐길 수 있다.

05 비 오는 길 최명익 단편선

신형기(연세대) 책임 편집

수록 작품 폐어인 / 비 오는 길 / 무성격자 / 역설 / 봄과 신작로 / 심문 / 장삼이사 / 맥령

시대를 앞섰던 모더니스트 최명익의 대표 단편 8편 수록. 병과 죽음으로 고통받는 인
물 군상들을 통해 자신이 예감한 황폐한 현대의 징후를 소설화한 작가 최명익. 너무
나 현대적이어서, 당시에는 제대로 평가받을 수 없었던 탁월한 단편소설들을 만난다.

06 사하촌 김정한 단편선

강진호 (성신여대) 책임 편집

수록 작품 그물 / 사하촌 / 항진기 / 추산당과 곁사람들 / 모래톱 이야기 / 제3병동 / 수라도 / 인간단지 / 위치 / 오끼나와에서 온 편지 / 슬픈 해후

리얼리즘 문학과 민족 문학을 대표하는 김정한의 대표 단편 11편 수록. 민중들의 삶을 통해 누구보다 먼저 '근대화의 문제'를 문학적으로 제기하고 예리하게 포착한 작가 김정한의 진면목을 본다.

07 무녀도 김동리 단편선

이동하 (서울시립대) 책임 편집

수록 작품 화랑의 후예 / 산화 / 바위 / 무녀도 / 황토기 / 찔레꽃 / 동구 앞길 / 혼구 / 혈거부족 / 달 / 역마 / 광풍 속에서

한국적이고 토착적인 전통 세계의 소설화에 앞장선 김동리의 초기 대표작 12편 수록. 민중의 삶 속에 뿌리 내린 토착적 전통의 세계를 정확한 묘사와 풍부한 서정으로 형상화했던 김동리 문학 세계를 엿본다.

08 독 짓는 늙은이 황순원 단편선

박혜경 (인하대) 책임 편집

수록 작품 소나기 / 별 / 겨울 개나리 / 산골 아이 / 목넘이마을의 개 / 황소들 / 집 / 사마귀 / 소리 / 닭제 / 학 / 필묵장수 / 뿌리 / 내 고향 사람들 / 원색오뚝이 / 곡예사 / 독 짓는 늙은이 / 황노인 / 늪 / 허수아비

한국 산문 문체의 모범으로 평가되는 황순원의 대표 단편 20편 수록. 엄격한 지적 절제와 미학적 균형으로 함축적인 소설 미학을 완성시킨 작가 황순원. 극적인 사건 전개 대신 정적이고 서정적인 울림의 미학으로 깊은 감동을 전한다.

09 만세전 염상섭 중편선

김경수 (서강대) 책임 편집

수록 작품 만세전 / 해바라기 / 미해결 / 두 출발

한국 근대 소설의 기념비적 작품인 「만세전」, 조선 최초의 여류화가인 나혜석의 삶을 소설화한 「해바라기」, 그리고 식민지 조선의 현실을 담아내고 나름의 저항의식을 형상화하기 위한 소설적 수련의 과정을 단적으로 보여주는 「미해결」과 「두 출발」 수록. 장편소설의 작가로만 알려진 염상섭의 독특한 소설 미학의 세계를 감상한다.

10 천변풍경 박태원 장편소설

장수익 (한남대) 책임 편집

모더니스트 박태원이 펼쳐 보이는 1930년대 서울의 파노라마식 풍경화. 근대 자본주의 사회의 이데올로기와 일상성에 대한 비판에 몰두하던 박태원 초기 작품의 모더니즘 경향과 리얼리즘 미학의 경계를 넘나드는 역작. 식민지라는 파행적 상황에서 기형적으로 실현되던 근대화의 양상을 기층 민중의 생활에 초점을 맞춰 본격화한 작품이다.

11 태평천하 채만식 장편소설

이주형(경북대) 책임 편집

부정적인 상황들이 난무하는 시대 현실을 독자적인 문학적 기법과 비판의식으로 그려냄으로써 '문학적 미'를 추구했던 채만식의 대표작. 판소리 사설의 반어, 자기 폭로, 비유, 과장, 희화화 등의 표현법에 사투리까지 섞은 요설로, 창을 듣는 듯한 느낌과 재미를 선사하는 작품. 세태풍자소설의 장을 열었던 채만식이 쓴 가족사소설의 전형에 해당한다.

12 비 오는 날 손창섭 단편선

조현일(홍익대) 책임 편집

수록 작품 공휴일 / 사연기 / 비 오는 날 / 생활적 / 혈서 / 피해자 / 미해결의 장 / 인간동물원초 / 유실몽 / 설중행 / 광야 / 희생 / 잉여인간 / 신의 희작

가장 문제적인 전후 소설가 손창섭의 대표 단편 14작품 수록. 병적이고 불구적인 인간 군상들을 통해 전후 사회 현실에서의 '절망'의 표현에 주력했던 손창섭. 전쟁 그리고 전쟁 이후의 비일상적 사태를 가장 근원적인 차원에서 표현한 빼어난 작품들을 선별했다.

13 등신불 김동리 단편선

이동하(서울시립대) 책임 편집

수록 작품 인간동의 / 흥남철수 / 밀다원시대 / 용 / 목공 요셉 / 등신불 / 송추에서 / 까치 소리 / 저승새

「무녀도」의 작가 김동리가 1950년대 이후에 내놓은 단편 9편 수록. 전기 작품에 이어서 탁월한 문제의 매력, 빈틈없는 구성의 묘미, 인상적인 인물상의 창조, 인간에 대한 깊이 있는 통찰이라는 김동리 단편의 미학을 다시 한 번 경험할 수 있는 기회이다.

14 동백꽃 김유정 단편선

유인순(강원대) 책임 편집

수록 작품 심청 / 산골 나그네 / 총각과 맹꽁이 / 소낙비 / 솥 / 만무방 / 노다지 / 금 / 금 따는 콩밭 / 떡 / 산골 / 봄·봄 / 안해 / 봄과 따라지 / 따라지 / 가을 / 두꺼비 / 동백꽃 / 야앵 / 옥토끼 / 정조 / 땡볕 / 형

고단한 삶을 살아가는 순박한 촌부에서 사기꾼에 이르기까지 다양한 삶의 모습을 문학 속에 그대로 재현한 김유정의 주옥같은 단편 23편 수록. 인물의 토속성과 해학성, 생생한 삶의 언어와 우리 소리, 그 속에 충만한 생명감을 불어넣은 김유정 문학의 정수를 맛본다.

15 소설가 구보씨의 일일 박태원 단편선

천정환(성균관대) 책임 편집

수록 작품 수염 / 낙조 / 소설가 구보씨의 일일 / 애욕 / 길은 어둡고 / 거리 / 방란장 주인 / 비량 / 진통 / 성탄제 / 골목 안 / 음우 / 재운

한국 소설사상 가장 두드러진 모더니즘 작품으로 인정받는 「소설가 구보씨의 일일」을 비롯한 박태원의 대표 단편 13편 수록. 한글로 씌어진 가장 파격적이고 실험적인 작품으로 주목 받은 박태원. 서울 주변부 중산층의 삶이라는 자기만의 튼실한 현실 공간을 구축하여 새로운 소설 기법과 예술가소설로서의 보편성을 획득한 작품들이다.

16 날개 이상 단편선

김주현(경북대) 책임 편집

수록 작품 12월 12일 / 지도의 암실 / 지팡이 역사 / 황소와 도깨비 / 공포의 기록 / 지주회시 / 동해 / 날개 / 봉별기 / 실화 / 종생기

근대와 맞닥뜨린 당대 식민지 조선의 기념비요 자화상 역할을 하는 이상의 대표 단편 11편 수록. '천재'와 '광인'이라는 꼬리표와 함께 전위적이고 해체적인 글쓰기로 한국의 모더니즘 문학사를 개척한 작가 이상. 자유연상, 내적 독백 등의 실험적 구성과 문체로 식민지 근대와 그것에 촉발된 당대인의 내면을 예리하게 포착해낸 이상의 문제작들을 한데 모았다.

17 흙 이광수 장편소설

이경훈(연세대) 책임 편집

한국 최초의 근대 장편소설 『무정』을 발표하면서 한국 소설 문학의 역사를 새롭게 쓴 이광수. 『흙』은 이광수의 계몽 사상이 가장 짙게 깔린 작품으로 심훈의 『상록수』와 함께 한국 농촌계몽소설의 전위에 속한다. 한국 근대 문학사상 가장 많이 연구되고 있는 작가의 대표작답게 『흙』은 민족주의, 계몽주의, 농민문학, 친일문학, 등장인물론, 작가론, 문학사 등의 학문적·비평적 논의의 중심에 있는 작품이다.

18 상록수 심훈 장편소설

박헌호(성균관대) 책임 편집

이광수의 장편 『흙』과 더불어 한국 농촌계몽소설의 쌍벽을 이루는 『상록수』. 심훈의 문명(文名)을 크게 떨치게 한 대표작이다. 1930년대 당시 지식인의 관념적 농촌 운동과 일제의 경제 침탈사를 고발·비판함으로써, 문학이 취할 수 있는 현실 정세에 대한 직접적인 대응 그리고 극복의 상상력이란 두 가지 요소를 나름의 한계 속에서 실천해냈고, 대중적으로도 큰 호응을 불러일으킨 작품이다.

19 무정 이광수 장편소설

김철(연세대) 책임 편집

20세기 이래 한국인이 가장 많이 읽고 가장 자주 출간돼온 작품, 그리고 근현대 문학 가운데 가장 많이 연구의 대상이 된 작가 이광수의 대표작 『무정』. 씌어진 지 한 세기가 가까워오도록 여전히 읽히고 있고 또 학문적 논쟁의 중심에 서 있는 『무정』을 책임 편집자의 교정을 충실하게 반영한 최고의 선본(善本)으로 만난다.

20 고향 이기영 장편소설

이상경(KAIST) 책임 편집

'프로문학의 정점'이자 우리 근대 문학사의 리얼리즘의 확립을 결정적으로 보여주는 이기영의 『고향』. 이기영은 1920년대 중반 원터라는 충청도의 한 농촌 마을을 배경으로 봉건 사회의 잔재를 지닌 채 식민지 자본주의화가 진행되어가는 우리 근대 초기를 뛰어난 관찰로 묘사한다. 일제 식민 치하 근대화에 대한 문학적·비판적 성찰과 지식인의 고뇌를 반영한 수작이다.

21 까마귀 이태준 단편선

김윤식(명지대) 책임 편집

수록 작품 불우 선생 / 달밤 / 까마귀 / 장마 / 복덕방 / 패강랭 / 농군 / 밤길 / 토끼 이야기 / 해방 전후

'한국 근대소설의 완성자' '단편문학'의 명수. 이태준은 우리 근대 문학의 전개 과정에서 결코 간과할 수 없는 역할을 담당했던 작가 가운데 한 사람이다. 문학의 자율성과 예술성을 상실하지 않으면서도 현실 문제에 각별한 관심을 보여주었던 그의 단편은 한국소설사에서 1930년대를 대표하는 것으로 인정받고 있다.

22 두 파산 염상섭 단편선

김경수(서강대) 책임 편집

수록 작품 표본실의 청개구리 / 암야 / 제야 / E선생 / 윤전기 / 숙박기 / 해방의 아들 / 양과자갑 / 두 파산 / 절곡 / 얼룩진 시대 풍경

한국 근대사를 증언하고 있는 횡보 염상섭의 단편소설 11편 수록. 지식인 망국민으로서의 허무적인 자기 진단, 구체적인 사회 인식, 해방 후와 전후 시기에 대한 사실적 증언과 문제 제기를 포함한 대표작들을 통해 횡보의 단편 미학을 감상한다.

23 카인의 후예 황순원 소설선

김종회(경희대) 책임 편집

수록 작품 카인의 후예 / 너와 나만의 시간 / 나무들 비탈에 서다

인간의 정신적 순수성과 고귀한 존엄성을 문학의 제일 원칙으로 삼았던 작가 황순원. 그의 대표작 가운데 독자들의 가장 많은 사랑을 받은 장편소설들을 모았다. 한국전쟁을 온몸으로 체득하면서 특유의 절제되고 간결한 문장으로 예술적 서사성을 완성한 황순원은 단편에서와 마찬가지로 변함없는 감동의 세계를 열어놓는다.

24 소년의 비애 이광수 단편선

김영민(연세대) 책임 편집

수록 작품 무정 / 소년의 비애 / 어린 벗에게 / 방황 / 가실 / 거룩한 죽음 / 무명 / 꿈

한국 근대소설사와 이광수 개인의 문학 세계에서 중요한 의미를 갖는 단편 8편 수록. 이광수가 우리말로 쓴 최초의 창작 단편 「무정」, 당시 사회의 인습과 제도를 비판한 「소년의 비애」, 우리나라 최초의 서간체 소설인 「어린 벗에게」, 지식인의 내면적 갈등과 자아 탐구의 과정을 담은 「방황」, 춘원의 옥중 체험을 바탕으로 씌어진 「무명」 등 한국 근대문학의 장르와 소재, 주제 탐구 면에서 꼼꼼히 고찰해야 할 작품들이다.

25 불꽃 선우휘 단편선

이익성(충북대) 책임 편집

수록 작품 테러리스트 / 불꽃 / 거울 / 오리와 계급장 / 단독강화 / 깃발 없는 가수 / 망향

8·15 해방과 분단, 6·25전쟁으로 이어지는 한국 근현대사의 열병을 깊이 있게 고찰한 선우휘의 대표작 7편 수록. 평판작 「불꽃」과 「깃발 없는 가수」를 비롯해 한국 근현대사의 역동성과 이를 바라보는 냉철한 작가의식이 빚어낸 수작들을 한데 모았다.

26 맥 김남천 단편선

채호석(한국외대) 책임 편집

수록 작품 공장 신문 / 공우회 / 남편 그의 동지 / 물 / 남매 / 소년행 / 처를 때리고 / 무자리 / 녹성당 / 길 위에서 / 경영 / 맥 / 등불 / 꿀

카프와 명맥을 같이하며 창작과 비평에서 두드러진 족적을 남긴 작가 김남천. 1930년대 초, 예술운동의 볼셰비키화론 주장과 궤를 같이하는 「공장 신문」 「공우회」, 카프해산 직후 그의 고발문학론을 담은 「처를 때리고」 「소년행」 「남매」, 전향문학의 백미로 꼽히는 「경영」 「맥」 등 그의 치열했던 문학 세계의 변화를 일별할 수 있는 대표작 14편 수록.

27 인간 문제 강경애 장편소설

최원식(인하대) 책임 편집

한국 근대 여성문학의 제일선에 위치하는 강경애의 대표작. 일제 치하의 1930년대 조선, 자본가와 농민·노동자의 대립 구조 속에서 농민과 도시노동자가 현실의 문제를 해결하고자 하는 주체로 성장하는 과정과 그들의 조직적 투쟁을 현실성 있게 그려낸 작품. 이기영의 『고향』과 더불어 우리 근대 소설사에서 리얼리즘 소설의 수작으로 꼽힌다.

28 민촌 이기영 단편선

조남현(서울대) 책임 편집

수록 작품 농부 정도룡 / 민촌 / 아사 / 호외 / 해후 / 종이 뜨는 사람들 / 부역 / 김군과 나와 그의 아내 / 변절자의 아내 / 서화 / 맥추 / 수석 / 봉황산

카프와 프로문학의 대표 작가 이기영. 그가 발표한 수십 편의 단편소설들 가운데 사회사나 사상운동사로서의 자료적 가치가 높으면서 또 소설 양식으로서의 구조미를 제대로 보여주는 14편을 선별했다.

29 혈의 누 이인직 소설선

권영민(서울대) 책임 편집

수록 작품 혈의 누 / 귀의 성 / 은세계

급진적이고 충동적인 한국 근대의 풍경 속에 신소설이라는 새로운 서사 양식을 창조해낸 이인직. 책임 편집자의 꼼꼼한 텍스트 확정과 자세한 비평적 해설을 통해, 신소설의 서사 구조와 그 담론적 특성을 밝히고 당시 개화·계몽 시대를 대표하는 서사 양식에 내재화된 일본적 식민주의 담론을 꼬집는다.

30 추월색 이해조 안국선 최찬식 소설선

권영민(서울대) 책임 편집

수록 작품 금수회의록 / 자유종 / 구마검 / 추월색

개화·계몽시대의 대표적인 신소설 작가 3인의 대표작. 여성과 신교육으로 집약되는 토론의 모습을 서사 방식으로 활용한 「자유종」, 구시대적 인습을 신랄하게 비판한 「구마검」, 가장 대중적인 신소설 가운데 하나로 꼽히는 「추월색」, 그리고 '꿈'이라는 우화적 공간을 설정하여 현실 비판의 풍자적 색채가 강한 「금수회의록」까지 당대의 사회적 풍속과 세태의 변화를 민감하게 반영한 작품들을 수록했다.

31 젊은 느티나무 강신재 소설선

김미현(이화여대) 책임 편집

수록 작품 안개/해방촌 가는 길/절벽/젊은 느티나무/양관/황량한 날의 동화/파도/이브의 변신/강물이 있는 풍경/점액질

1950, 60년대를 대표하는 여성 작가 강신재의 중단편 10편을 엄선했다. 특유의 서정적인 문체와 관조적 시선, 지적인 분석력으로 '비누 냄새' 나는 풋풋한 사랑 이야기에서 끈끈한 '점액질'의 어두운 욕망에 이르기까지, 운명의 폭력성과 존재론적 한계를 줄기차게 탐문한 강신재 소설의 여정을 한눈에 볼 수 있는 기회다.

32 오발탄 이범선 단편선

김외곤(서원대) 책임 편집

수록 작품 일요일/학마을 사람들/사망 보류/몸 전체로/갈매기/오발탄/자살당한 개/살모사/천당 간 사나이/청대문집 개/표구된 휴지/고장난 문/두메의 어벙이/미친 녀석

손창섭·장용학 등과 함께 대표적인 전후 작가로 꼽히는 이범선의 대표작 14편 수록. 한국 현대사의 비극에 대한 묘사를 바탕으로 하면서도 잃어버린 고향, 동양적 이상향에 대한 동경을 담았던 초기작들과 전후의 물질적 궁핍상을 전통적 사실주의에 기초해 그리면서 현실 비판적 성격을 강하게 드러낸 문제작들을 고루 수록했다.

33 메밀꽃 필 무렵 이효석 단편선

서준섭(강원대) 책임 편집

수록 작품 도시와 유령/깨뜨려지는 홍등/마작철학/프레류드/돈/계절/산/들/석류/메밀꽃 필 무렵/삽화/개살구/장미 병들다/공상구락부/해바라기/여수/하얼빈산협/풀잎/낙엽을 태우면서

근대 작가의 문화적 정체성이 끊임없이 흔들렸던 식민지 시대, 경성제대 출신의 지식인 작가로서 그 문화적 혼란기를 소설 언어를 통해 구성하고 지속적으로 모색했던 이효석의 대표작 20편 수록.

34 운수 좋은 날 현진건 중단편선

김동식(인하대) 책임 편집

수록 작품 희생화/빈처/술 권하는 사회/유린/피아노/할머니의 죽음/우편국에서/까막잡기/그리운 흘긴 눈/운수 좋은 날/발/불/B사감과 러브 레터/사립정신병원장/고향/동정/정조와 약가/신문지와 철창/서투른 도적/연애의 청산/타락자

한국 근대 단편소설의 형식적 미학을 구축하고 근대적 사실주의 문학의 머릿돌을 놓은 작가 현진건의 대표작 21편 수록. 서구 중심의 근대성과 조선 사회의 식민성 사이에서 방황하는 지식인의 내면 풍경뿐만 아니라, 식민지 조선의 일상을 예리하게 관찰함으로써 '조선의 얼굴'을 담아낸 작가 현진건의 면모를 두루 살폈다.

35 사랑 이광수 장편소설

한승옥(숭실대) 책임 편집

춘원의 첫 전작 장편소설. 신문 연재물의 제약에서 벗어나 좀더 자유롭고 솔직한 그의 인생관이 담겨 있다. 이른바 그의 어떤 장편소설보다도 나아간 자유 연애, 사랑에 관한 작가의 생각을 엿볼 수 있는 작품. 작가의 나이 지천명에 이르러 불교와 『주역』 등 동양고전에 심취하여 우주의 철리와 종교적 깨달음에 가닿은 시점에서 집필된, 춘원의 모든 것.

36 화수분 전영택 중단편선

김만수(인하대) 책임 편집

수록 작품 천치? 천재? / 운명 / 생명의 봄 / 독약을 마시는 여인 / 화수분 / 후회 / 여자도 사람인가 / 하늘을 바라보는 여인 / 소 / 김탄실과 그 아들 / 금붕어 / 차돌멩이 / 크리스마스 전야의 풍경 / 말 없는 사람

1920년대 초반 자연주의, 사실주의적 색채가 강한 작품 세계로 주목받았던 작가 전영택의 대표작선. 이들 작품에서 작가는, 일제 초기의 만세운동, 일제 강점기하의 극심한 궁핍, 해방 직후의 사회적 혼돈, 산업화 초창기의 사회적 퇴폐상에 대한 자신의 경험을 소박한 형식 속에 담고 있다.

37 유예 오상원 중단편선

한수영(동아대) 책임 편집

수록 작품 황선지대 / 유예 / 균열 / 죽어살이 / 모반 / 부동기 / 보수 / 현실 / 훈장 / 실기

한국 전후 세대 문학의 대표 작가 오상원의 주요작 10편을 묶었다. '실존'과 '행동'에 초점을 맞춘 그의 작품은, 한결같이 극한 상황에 처한 인간 존재의 의미를 묻는 데 천착하면서 효과적인 주제 전달을 위해 낯설고 다양한 소설적 실험을 보여준다.

38 제1과 제1장 이무영 단편선

전영태(중앙대) 책임 편집

수록 작품 제1과 제1장 / 흙의 노예 / 문 서방 / 농부전 초 / 청개구리 / 모우지도 / 유모 / 용자소전 / 이단자 / B녀의 소묘 / O형의 인간 / 들메 / 며느리

한국 농민문학의 선구자로 평가받는 이무영의 주요 단편 13편 수록. 이들 작품에서 작가는, 농민을 계몽의 대상이 아닌, 흙을 일구는 그들의 삶을 통해서 진실한 깨달음을 얻는 자족적 대상으로 바라본다. 이무영의 농민소설은 인간을 향한 긍정적 시선과 삶의 부조리한 면을 파헤치는 지식인의 냉엄한 비판 의식이 공존하고 있다.

39 꺼삐딴 리 전광용 단편선

김종욱(세종대) 책임 편집

수록 작품 흑산도 / 진개권 / 지층 / 해도초 / GMC / 사수 / 크라운장 / 충매화 / 초혼곡 / 면허장 / 꺼삐딴 리 / 곽 서방 / 남궁 박사 / 죽음의 자세 / 세끼미

1950년대 전후 사회와 60년대의 척박한 삶의 리얼리티를 '구도의 치밀성'과 '묘사의 정확성'을 통해 형상화한 작가 전광용의 대표 단편 15편 모음집. 휴머니즘적 주제 의식, 전통적인 서사 형식, 객관적이고 냉철한 묘사 태도, 짧고 건조한 문체 등으로 집약되는 전광용의 작품 세계를 한눈에 살필 수 있는 계기.

40 과도기 한설야 단편선

서경석(한양대) 책임 편집

수록 작품 동경 / 그릇된 동경 / 합숙소의 밤 / 과도기 / 씨름 / 사방공사 / 교차선 / 추수 후 / 태양 / 임금 / 딸 / 철로 교차점 / 부역 / 신촌 / 이녕 / 모자 / 혈로

식민지 시대 신경향파·카프 계열 작가로서 사회주의 리얼리즘 문학을 추구한 작가 한설야의 문학적 특징을 잘 드러내는 단편 17편을 수록했다. 시대적 대세에 편승하며 작품의 경향을 바꾸었던 다른 카프 작가들과는 달리 한설야는, 주체적인 노동자로서의 삶을 택한 「과도기」의 '창선'이 그러하듯, 이 주제를 자신의 평생 과제로 삼아 창작에 몰두했다.

41 사랑손님과 어머니 주요섭 중단편선

장영우(동국대) 책임 편집

수록 작품 추운 밤 / 인력거꾼 / 살인 / 첫사랑 값 / 개밥 / 사랑손님과 어머니 / 아네모네의 마담 /
북소리 두둥둥 / 봉천역 식당 / 낙랑고분의 비밀

주요섭이 남녀 간의 애정 문제를 주로 다룬 통속 작가로 인식되어온 것은 교정되어야
마땅하다. 그는 빈민 계층의 고단하고 무망(無望)한 삶을 사실적으로 재현하는 데 탁
월한 기량을 보였으며, 날카로운 현실인식과 객관적 묘사의 한 전범을 보여주었고 환
상성을 수용함으로써 보다 탄력적인 소설미학을 실험하기도 하였다.

42 탁류 채만식 장편소설

우찬제(서강대) 책임 편집

채만식은 시대의 어둠을 문학의 빛으로 밝히며 일제 강점기와 해방기의 우리 소설사
를 빛낸 작가다. 그는 작품활동 전반에 걸쳐 열정적인 창작열과 리얼리즘 정신으로
당대의 현실상을 매우 예리하게 형상화했다. 특히 『탁류』는 여주인공 초봉의 기구한
운명의 족적을 금강 물이 점점 탁해지는 현상에 비유하면서 타락한 당대의 세계상을
여실하게 드러내주고 있다.

43 벙어리 삼룡이 나도향 중단편선

우찬제(서강대) 책임 편집

수록 작품 젊은이의 시절 / 별을 안거든 우지나 말걸 / 옛날 꿈은 창백하더이다 / 여이발사 /
행랑 자식 / 벙어리 삼룡이 / 물레방아 / 꿈 / 뽕 / 지형근 / 청춘

위험한 시대에 매우 불안하게 살았던 작가. 그러나 나도향은 불안에 강박되기보다 불
안한 자유의 상태를 즐기는 방식으로 소설을 택한 작가였다. 낭만적 환멸의 풍경이나
낭만적 동경의 형식 등은 불안에 대한 나도향 식 문학적 향유의 풍경으로 다가온다.

44 잔등 허준 중단편선

권성우(숙명여대) 책임 편집

수록 작품 탁류 / 습작실에서 / 잔등 / 속습작실에서 / 평대저울

한국 근대소설사에서 허준만큼 진보적 지식인의 진지한 자기 성찰을 깊이 형상화한
작가는 없었다. 혁명의 필연성을 기꺼이 인정하면서도 혁명과 해방으로 인해 궁지와
비참에 몰린 사람들에 대해 깊은 연민과 따뜻한 공감의 눈길을 던진 그의 대표작 다
섯 편을 한데 모았다.

45 한국 현대희곡선

유치진 함세덕 오영진 차범석 이근삼 최인훈 이현화 이강백 이윤택 오태석
이상우(고려대) 책임 편집

수록 작품 토막 / 산허구리 / 살아 있는 이중생 각하 / 국물 있사옵니다 / 옛날 옛적에 훠어이 훠
이 / 카덴자 / 봄날 / 오구 — 죽음의 형식 / 심청이는 왜 두 번 인당수에 몸을 던졌는가

한국 현대희곡 100년사를 대표하는 작품 열 편. 1930년대부터 1990년대까지 각 시
기의 시대정신과 연극 경향을 대표할 만한 희곡들을 골고루 선별하였고, 사실주의 희
곡과 비사실주의희곡의 균형을 맞추어 안배하였다.

⁴⁶ 혼명에서 백신애 중단편선

서영인 책임 편집

수록 작품 나의 어머니 / 꺼래이 / 복선이 / 채색교 / 적빈 / 낙오 / 악부자 / 정현수 / 학사 / 호도 / 어느 전원의 풍경—일명 · 법률 / 광인수기 / 소독부 / 일여인 / 혼명에서 / 아름다운 노을

일제강점기 한국문학을 대표하는 여성 작가이자 사회운동가인 백신애의 주요 작품 16편을 묶었다. 극심한 가난과 봉건적 인습의 굴레에 갇힌 여성들의 비극, 또는 그로부터 벗어나고자 하는 의지를 섬세한 필치와 치열한 문제의식으로 그려냈다.

계속 출간됩니다.